LE

BEAU ROLAND

PAR

GONTRAN BORYS

PARIS

AUX BUREAUX DE L'ADMINISTRATION DU *FIGARO*

5, RUE COQ-HÉRON, 5

1872

LE

BEAU ROLAND

PREMIÈRE PARTIE

LA PETITE DAME DES TAILLIS

I

Quelqu'un de triomphant, c'était moi !
J'avais quitté Paris la veille au soir,
muni de mon diplôme de bachelier ès-
lettres. A toute vapeur et à tout jamais je
m'éloignais du lycée. J'étais libre, j'étais
un homme. Des poils follets en quantité
notable ornaient ma lèvre supérieure ; au
lieu de la tunique abhorrée, je portais un
pimpant costume de voyage ; enfin je
m'envolais vers la maison paternelle avec
un plaisir d'autant plus vif que j'allais y
tomber en pleine fête.

On mariait ma chère petite sœur Fanny.
On la mariait selon son cœur à un honnête garçon que nous aimions tous. La
cérémonie était imminente ; il n'y manquait plus que moi. Nopces et festins !...
Quelle perspective pour un adolescent
échappé d'hier au perpétuel carême du
lycée !...

A quatre heures du matin, — c'est-à-
dire longtemps avant le jour, — le train-
poste me déposa dans la gare d'Angers. A
quatre heures et demie, je grimpais à tâ-

tons sur l'impériale d'une de ces poudreu-
ses diligences qui desservent l'espace compris entre certaines localités et les stations
correspondantes.

Eh ! mon Dieu, oui, — sur l'impériale.
Je n'étais point fier en ce temps-là.

Et puis, sur l'impériale, il y avait Ménard, le conducteur, qui me connaissait
d'ancienne date. Or, Ménard était un véritable puits d'anecdotes, un inépuisable
répertoire de cancans. Je comptais m'installer auprès de lui et le faire jaser...

Que voulez-vous !... absent du pays
depuis dix mois, j'étais altéré de nouvelles. La route est longue, d'ailleurs,
d'Angers à Soriat. Et rien n'aide à tuer le
temps comme un petit brin de chronique
scandaleuse.

Malheureusement mon projet fut déçu.
Un villageois grincheux m'avait précédé sur l'impériale. A ma suprême déconvenue, il s'était emparé du poste con-
voité par moi, à la gauche du conducteur.
Le prier de me céder sa place eût été inutile, cela se devinait à son abord peu so-
ciable. Très contrarié, je m'assis sans
souffler mot entre ce rural et un autre
individu que sa casquette galonnée dénonçait pour être un domestique.

Jolie société ! Mais enfin, quand on n'est point fier...

Un quart d'heure après, nous galopions sur un grand chemin bordé de vieux arbres. La nuit s'achevait. Large et rouge, la lune à son déclin semblait courir avec nous; son disque énorme s'éclipsait, reparaissait tour à tour parmi les branches. A sa lueur indécise, j'examinais mes compagnons de voyage qui déjà ronflaient à l'unisson.

Le villageois avait de vingt-quatre à vingt-cinq ans. C'était un gars solide, bien découplé, noir de hâle, tondu, rasé de frais. Du menton aux pommettes, sa mâchoire luisait, rugueuse et bleue. Il avait l'air sombre indécise, la mine circonspecte, l'œil sournois ; et sa longue bouche aux lèvres serrées ressemblait à une coupure.

Le domestique étalait des favoris abondants sur une figure malsaine. Une bague chevalière en similor étranglait son index imparfaitement lavé. Quant à sa physionomie, elle trahissait le laquais parisien. C'est tout dire...

Nous étions fort à l'étroit ; — par conséquent, les côtes de mes voisins s'immisçaient dans les miennes. Cela me fut désagréable. Moins désagréable toutefois que les odeurs qu'ils épandaient...

L'homme des champs sentait l'échalotte; le citadin empoisonnait le vieux musc. De ces deux parfums combinés, il résultait un mélange infâme. Je n'étais point fier, non, mais il m'eût été bien doux de m'en aller.

Pendant que je songeais avec consternation aux cinquante ou soixante kilomètres qu'il me restait à parcourir, Ménard, dont l'attelage n'avait plus besoin de stimulant, déposa son fouet, fourragea des deux mains la brosse raide et grise qu'il appelait ses cheveux, et, penchant vers moi sa face apoplectique par dessus la face brune du villageois endormi :

— Pardon... excuse !... balbutia-t-il. Je ne crois pas me tromper. C'est bien monsieur Gilbert de Soriat que j'ai l'honneur...

— Eh quoi ! Ménard, m'écriai-je, vous ne m'aviez pas reconnu ?

— Ma foi, non ! monsieur Gilbert. Il fait noir comme chez le loup... En sorte que je n'étais pas sûr...

— Et cependant, nous sommes de vieilles connaissances.

— Pour quant à ça, oui. Neuf ans bientôt que je vous mène, pensez !... Mais vous avez si tellement grandi depuis l'an dernier... Sans compter cette fine barbe blonde qui pointe... Ah ! ah ! monsieur Gilbert, où est l'époque où vous pleuriez à chaudes larmes quand le papa vous ramenait au collège ? Enfoncé, à présent, le collège, hein ? On dit que vous allez travailler pour être avocat ?

— Je vais d'abord prendre du bon temps, Ménard. On verra ensuite.

— Vous avez raison, saquerlotte, amusez-vous pendant que vous êtes jeune... Et puis, c'est pas l'embarras, n'y aura guère moyen de s'embêter chez vous ces jours-ci.

— La maison est pleine de monde, n'est-ce pas ?

— Archi pleine, pardié ! On y accourt de tous les côtés pour la noce. Des dames à falbalas... des parisiens à lunettes... et des demoiselles... ah ! potence !... une flotte de demoiselles... A propos de ça, dites moi donc, M. Gilbert.

— Eh bien ?

— Est-ce que, censément, n'y en aurait pas une pour vous, dans le nombre ?

— Plaît-il ?

— Dame, voilà votre cadette qui vous montre le bon exemple... Ça doit vous donner des envies, je parierais.

— Des envies de quoi ?

— Progressivement, de devenir père de famille.

— Moi ! Vous plaisantez. J'ai vingt ans à peine.

— C'est le vrai moment. J'avais juste cet âge-là, moi, quand je m'ai mis la corde au cou.

— Comment, la corde au cou ?

— En ménage, si vous aimez mieux.

— Et vous ne vous en êtes jamais repenti ?

— Si fait bien. Une fois tous les jours à peu près. Mais, c'est égal, faut se marier jeune, voyez-vous. On a le temps de voir grandir les mioches.

— Bien obligé, dis-je en éclatant de rire.

Ménard, étonné, se gratta l'oreille et reprit :

— N'y a pas d'affront. Je vous demandais ça parce que l'autre jour j'ai vu arriver chez vous une petite particulière qui, dans mon idée, vous aurait rudement convenu...

— Bah !

— Oui. A preuve que dès que je l'ai aperçue, je me suis écrié : « Tiens, la future à M. Gilbert ! »

— Une singulière idée que vous aviez là.

— Une idée fausse, vous voulez dire ?

— Complétement fausse.

— Tant pire, nom d'un poulain, tant pire ! Quel gentil couple vous auriez fait à vous deux ! Figurez-vous une mignonne enfant blonde comme vous, avenante, distinguée... Et avec ça des manières si douces, si modestes... Enfin un ange, là... oui, un ange, ou que le diable m'emporte...

— Parbleu, Ménard, vous m'intriguez.

— Bon. Est-ce que vous ne vous doutez pas qui ça peut être?

— Nullement. J'ai beau fouiller mes souvenirs, je n'aperçois aucun ange parmi les demoiselles de notre entourage... Ah ça! vous dites que l'ange en question est à Soriat?

— Depuis jeudi dernier.

— C'est vous qui l'y avez conduit?

— Faites excuse. C'est monsieur votre père et mademoiselle Fanny qui ont été la chercher en calèche à la gare. Moi, je me trouvais là comme d'habitude, attendant le voyageur... Ça fait que j'ai assisté aux embrassades.

— Ah!... l'on s'est embrassé?

— Si l'on s'est embr... Ah! malheur!.... C'est-à-dire que mademoiselle Fanny et l'autre s'étouffaient de baisers... Elles se mangeaient, elles se dévoraient, quoi!..... Et c'étaient des sautillements, des petits cris : Ma belle biche, par ci... ma bonne chérie, par là... que je suis donc contente! Combien je suis heureuse!...

Ménard, afin de mieux imiter les roucoulements de ces demoiselles, avait pris la plus extraordinaire voix de fausset qu'il soit possible d'imaginer.

Je devenais, quant à moi, très pensif. Ma curiosité se nuançait d'émotion.

— Mais, repris-je, qui est-ce qui l'accompagnait, cette jeune personne?

— Sa mère, une vieille badigeonnée...

— Avez-vous entendu prononcer son nom?

— Le nom de la vieille?... Oui, oui... Voyons voir un peu que je me rappelle. Un nom cocasse... un nom de mois...

Mon cœur battit à coups redoublés.

— Madame Haveril? hasardai-je.

— Juste.

Je bondis sur place en murmurant :

— Diane!... oh! mon Dieu! Diane est à Soriat!

Nous descendions une côte. Ménard, qui s'était baissé pour tourner la mécanique, ne remarqua point mon soubresaut. Par contre, mes deux voisins se réveillèrent.

— Monsieur a sonné?... balbutia le domestique.

Le paysan, lui, sans ouvrir les yeux, grommela quelques mots menaçants. Après quoi, tous deux recommencèrent l'un à ronfler sur mon épaule gauche, l'autre à graisser mon épaule droite avec ses favoris.

— Diane à Soriat!... me répétais-je extasié. Enfin!... enfin!... je vais donc la voir, je vais donc la connaître!

Car je ne la connaissais pas, car je ne l'avais jamais vue, cette adorable Diane, dont j'étais éperdument épris.

Et à la pensée que j'allais m'asseoir à la même table qu'elle, dormir sous le même toit, respirer le même air, frôler ses vêtements... un tel spasme souleva ma poitrine qu'il faillit me suffoquer.

Diane!... déjà ce nom magique avait transformé tout. Je n'étais plus sur une diligence boueuse, je ne succombais plus sous le poids de deux individus nauséabonds, je n'entendais plus le rauque organe de Ménard...

Non. Je planais, je volais, je plongeais dans l'azur à grands coups d'ailes.

Cependant, par degrés, la lune avait abandonné l'horizon. Bientôt le vent fraîchit, puis l'orient se fit clair, puis l'aube attacha ses glacis d'argent, sur un ciel d'une splendeur inexprimable.

Oh! la matinée radieuse! Au dedans de moi comme au dehors, tout était espérance, jeunesse, lumière. Un sang plus chaud gonflait mon cœur. Je riais, je secouais mes cheveux dans la brise; j'avais envie de chanter, de joindre mes fanfares au roulement des roues, aux claquements du fouet, à la sonnerie des grelots.

Soudain la voiture fit halte.

On relayait.

Je sautai à terre pour me dégourdir les jambes.

A cet instant,—et dans le même but que moi,—un jeune homme vêtu avec la simplicité la plus élégante, s'élança hors du coupé qu'il occupait à lui seul, fit quelques pas au hasard et promena sur les alentours un regard ennuyé.

Le site, à vrai dire, méritait bien qu'on l'honorât d'une œillade.

A droite, la maison de poste, d'où l'on nous amenait des chevaux frais. A gauche, de vastes plaines bariolées par l'automne ondulaient jusqu'à un amphithéâtre de collines. Enfin, à trois ou quatre portées de fusil, s'étageaient les toits d'un gros bourg.

Sur ce tableau rustique, le soleil levant projetait une teinte uniformément sanglante. Le ciel, les bois, le clocher, les peupliers grêles, tout était rouge; — et là-bas, miroir étincelant parmi les herbes, une petite rivière sinueuse réfléchissait si fidèlement la pourpre matinale qu'elle semblait charrier des rubis.

L'effet produit me parut saisissant. Je regardai le voyageur du coupé. Il allumait un cigare.

Je le rencontrais pour la première fois, ce voyageur. Pourquoi donc sa figure s'est-elle immédiatement gravée en moi? D'où vient que, dès cette minute, son image s'est pour toujours associée dans mon esprit au souvenir du paysage embrasé qui l'entourait?

II

C'était un svelte et grand garçon de vingt-six ans, très brun, au teint mat, aux yeux larges et caressants comme des yeux de femme.

Il avait la tête nue. Ses cheveux noirs, coupés ras, dessinaient leurs cinq pointes sur un front d'une pâleur délicate. Avec sa moustache cavalière, sa tournure efféminée, ses mains blanches et molles, son air d'insolence doucereuse, il me rappela les mignons du temps de Henri III. Sauf le costume, je crus voir Saint-Mégrin ou Bussy-d'Amboise.

Très séduisant d'ailleurs. Ses traits eussent été taillés dans le marbre qu'ils n'auraient pas été plus fermes et plus fins. Mais l'ironie était leur expression dominante; et, sous ces clartés de braise, encadrés par ce ciel incandescent, ils revêtaient un caractère que je ne saurais oublier.

Aujourd'hui encore, si je songe à cet homme, il m'apparaît tel que je l'aperçus ce jour-là : — debout, son noble profil se détachant sur un fond de feu, l'œil reflétant des incendies, la face éclairée par des lueurs de fournaise...

Tandis que j'examinais ce superbe personnage, deux énormes souliers à clous montrèrent leurs semelles au sommet de l'impériale, tâtèrent le marchepied, descendirent avec précaution ; puis, l'un de mes compagnons de route — le paysan — toucha le sol.

Aussitôt, il étendit les bras pour recevoir quatre ou cinq lourds paniers que Ménard, perché sur la bâche, lui envoya un par un.

— En voilà, des colis !... disait le conducteur. Vous n'allez pas les emporter chez vous dans vos poches, hein, Jean Renot ?

— Non, répliqua l'autre.

— Alors votre femme vous amènera la voiture ?

— Oui.

— Attrapez encore ce paquet-là. Bon. Est-ce tout ?

— C'est tout.

— A présent, vous payez la goutte ?

— Faudra voir.

— Voir quoi ?

Le laconique Jean Renot, sans répondre, abrita ses yeux avec sa main et, d'un coup d'œil vif, interrogea la plaine.

On discernait au loin une charette dirigée par une femme à coiffe blanche. Débouchant du bourg et longeant le sentier communal, elle approchait rapidement.

— La Renote !... exclama Ménard. Compris. Bien le bonsoir aux rafraîchissements,

pas vrai ?... rapport à l'épouse qui nous a défendu de boire ?

Jean haussa les épaules.

— Allons, dit-il, arrivez. Mais ne lambinons point.

Malgré sa corpulence d'hippopotame, Ménard dégringola lestement du haut de son siége.

— C'est ça ! fit-il en goguenardant, dépêchons... crainte que mâme Renot ne nous pince... Grand jobard, va ! Après six mois de ménage, c'est donc elle qui porte les pantalons ?

— Ça, riposta Renot, c'est mon affaire.

— Positivement, mon garçon. N'empêche que d'avoir servi chez des bourgeois, ça me paraît lui avoir donné le goût du commandement, à la belle Eglantine.

Ce dernier mot fit tressaillir l'élégant voyageur du coupé qui se promenait indolemment à dix pas des deux causeurs.

Il se retourna. Sa figure peignait la surprise. Avec une curiosité moqueuse, il toisa de la tête aux pieds le jeune villageois que Ménard entraînait en riant.

Lorsque Jean Renot et le conducteur eurent disparu à l'intérieur du cabaret, l'inconnu reporta ses yeux du côté de la plaine et concentra son attention sur la charrette, qui arrivait au grand trot.

Évidemment il cherchait à distinguer les traits de la personne assise dans cette voiture.

Tout à coup ses narines palpitèrent, un sourire imperceptible retroussa les coins de sa bouche, et, levant la tête vers le haut de la diligence, il cria d'un ton bref :

— Désiré !

A cet appel, mon deuxième cauchemar, l'homme aux favoris somptueux, se pencha en dehors de l'impériale.

— Désiré, lui dit son maître, passez-moi mon fusil et ma valise, qui sont derrière vous, sur la bâche.

Stupéfié par un pareil ordre, M. Désiré eut un haut-le-corps. Puis il empoigna ses favoris, qu'il tira d'un air méditatif. Mais, ayant alors aperçu la charrette, il comprit le mot de l'énigme ; et, dissimulant une grimace railleuse, il se hâta de descendre avec un fusil enveloppé de sa gaîne, une poire à poudre, une carnassière et la valise demandée.

— Monsieur compte... séjourner ici ?... fit-il respectueusement.

— Oui, un jour ou deux, répondit le jeune homme. La chasse doit être superbe dans ces fourrés...

Il désignait à l'horizon d'épaisses masses de verdure sombre.

A force d'empire sur lui-même, M. Désiré demeura sérieux comme un chien qu'on fouette, bien que sa plate figure trahît un grand besoin d'hilarité.

— Je croirais manquer à mon devoir,

objecta-t-il, si je n'avertissais Monsieur qu'ici nous serons mal logés, couchés horriblement et pas nourris du tout...

— Bah! pourquoi donc ça?

— Parce que le village que voici ne possède qu'une auberge... et que cette auberge est exécrable.

— Qu'en savez-vous?

M. Désiré regarda son patron en dessous, lança sous son bras gauche sa casquette galonnée, toussa pour s'éclaircir la voix, et, d'un accent qu'il s'efforça de rendre naïf :

— Monsieur ignore peut être que ceci est le bourg de Sainte-Croix?... Et monsieur a sans doute oublié que l'ancienne femme de chambre de madame...

— C'est bon, interrompit vivement le voyageur dont les tempes s'empourprèrent. Ne vous inquiétez pas pour vous, Désiré. Vous allez continuer votre route.

Le valet de chambre s'inclina.

— J'oserai encore faire observer à monsieur que madame va me questionner.

Un geste involontaire, un geste plein d'ennui, d'impatience, d'agacement nerveux, échappa au fumeur.

— Si madame vous questionne, accentua-t-il, vous répondrez à madame... Eh! pardieu, vous lui répondrez que je ne suis pas mort... et que je chasse...

Le tumulte causé par les jurons des hommes d'écurie, par les hennissements et les ruades du nouvel attelage, m'empêcha de saisir la fin du dialogue.

Sur ces entrefaites, Ménard et le villageois sortirent du cabaret, l'un plus bavard, l'autre plus taciturne qu'auparavant.

Jean Renot s'assit sur un de ses paniers, et je le vis extraire une pipe de dessous sa blouse.

Ménard mesura de l'œil le chemin parcouru par la charrette.

— Comme elle va, la Renote, comme elle va!... s'écria-t-il. On reconnaît déjà son joli museau... C'est que vraiment le mariage l'a encore embellie, cette petite Eglantine. Je ne m'étonne point... si l'on a prétendu dans les temps...

Il s'arrêta et se mordit les lèvres.

Jean Renot, impassible, aspira coup sur coup cinq ou six bouffées de fumée ; après quoi, jetant son allumette, il dit avec lenteur :

— Qu'est-ce que l'on a prétendu, dans les temps?

— Rien, rien. Des bêtises.

Et Ménard pivota sur ses talons.

— En voiture, messieurs! cria-t-il.

Quelques voyageurs qui avaient profité du relai pour humer un peu d'air respirable, s'empressèrent de réintégrer la diligence, et je fis comme eux.

J'allais, au surplus, être tout à fait au large sur l'impériale : car le sieur Désiré venait d'élire domicile dans le coupé, à la place qu'abandonnait son maître.

Quant à ce dernier, il endossait gaiement sa carnassière, lorsque Ménard, s'adressant à lui :

— Sans vous commander, monsieur Maugreval, nous repartons.

— Eh bien!... bon voyage, Ménard. Moi, je reste.

— Tiens! tiens!

— Oui. La fantaisie me prend de tirer ici le lapin.

Un vague sourire effleura la face luisante du conducteur.

— Il y en a tout de même, sous bois, dit-il en se grattant le menton d'un air malicieux. Allons, serviteur... et bonne chance, M. Maugreval...

A ce nom, que Ménard prononçait pour la deuxième fois, Jean Renot se leva, retint par la manche de sa blouse le gros homme qui se disposait à escalader la voiture, et lui dit doucement :

— Pardon, M. Ménard. Comment que vous avez appelé ce monsieur-là, s'il vous plaît?

Ménard le considéra en clignant de l'œil.

— Farceur!.. avec ça que vous n'avez pas bien entendu...

— Si j'avais bien entendu, je n'aurais pas la chose de vous faire répéter...

— C'est M. Roland Maugreval.

— Le propriétaire des Taillis?

— Lui-même. Est-ce que vous ne le connaissez pas?

— Non, mais on m'a souvent parlé de lui.

— Qui? interrogea le jovial conducteur. Votre femme?

— Ma femme, oui, reprit froidement Renot.

Il souriait. Je remarquai qu'il avait laissé tomber sa pipe, et que, par mégarde probablement, il la broyait sous son talon.

— Et, continua-t-il, pourquoi qu'il s'arrête à Sainte-Croix, ce monsieur Roland?

— Pour y tirer le lapin.

— Ah! ah!

— Dame, le gibier abonde par chez vous, mon garçon : gibier à plumes, gibier à poils, gibier à cornes... Les amateurs n'ont que l'embarras du choix.

Ce disant, le conducteur se détourna et fut envahi par un rire muet qui le rendit presque noir.

Ce rire laborieux se termina par une forte quinte de toux. Puis Ménard se hissa jusqu'à son siège et la diligence s'ébranla.

Mais, en me penchant un peu, voici ce que j'eus le loisir d'entrevoir :

Roland Maugreval s'était engagé d'un

pas leste sur le chemin qui montait vers le bourg.

Au bout de trente pas, il rencontra la charrette.

Tout en se rangeant pour lui livrer passage, il souleva gracieusement son feutre et prononça quelques mots accompagnés d'un sourire.

Madame Renot, ou pour parler comme Ménard, « la Renote », très jolie et très coquette paysanne de vingt ans, blonde, blanche, grassouillette, à la bouche rose, à la physionomie candide, abaissa d'un air étonné ses brillantes prunelles sur le piéton.

En reconnaissant Maugreval, elle poussa un petit cri, laissa échapper la bride, et, subitement, devint plus vermeille qu'une framboise.

Ce fut tout.

Roland poursuivit son chemin.

Immobile et les bras croisés, Jean Renot le suivait des yeux.

Quand la diligence passa auprès de lui, je devinai au mouvement de ses lèvres qu'il grommelait sourdement.

— Faudra voir !... faudra voir !...

L'instant d'après, nous roulions à grand fracas sur la route inondée de soleil, et Ménard, avec qui je me trouvais maintenant tête-à-tête, riait de telle sorte que son ventre monstrueux semblait vouloir sauter hors de la voiture.

— Oh ! là, là... Ouf ! bégaya-t-il en soufflant comme une baleine échouée. Tirer le lapin !...Il a de l'aplomb, M. Maugreval !... Et ce pauvre mâtin de Jean Renot qui a gobé ça tranquillement...

— Non, dis-je à mon tour. J'ai bien examiné ce garçon et je vous certifie que sa défiance est éveillée.

— Vous êtes sûr, Monsieur Gilbert ?

— Très sûr.

— Eh bien! tant mieux, nom de nom ! Si je l'ai blagué, c'était à seule fin de lui mettre la puce à l'oreille. Il veillera au grain, à présent qu'il est averti...

— A-t-il donc sujet d'être jaloux?

— Pas précisément. La Renote est une honnête femme, comme elle a été, je crois, une honnête fille. Mais, dame ! Si M. Roland se remet à lui tourner autour... C'est un rude enjôleur, M. Roland !.. Sans compter qu'il y a déjà eu des histoires entre eux, dans les temps, quand elle était demoiselle.

— Contez moi ça, Ménard.

III.

— Oh ! ça n'a rien de bien curieux commença le conducteur. Faut vous dire qu'Eglantine est née native de Sainte-Croix, ce bourg où nous avons relayé. Je connais la famille. Des vrais braves gens, ce qu'on appelle des chrétiens premier choix. Pour lors, il y a de ça un an, un an et demi, voulant mettre leur fille en condition, ils m'ont prié de lui dénicher une bonne place. Ma foi, les Maugreval venaient de s'installer dans le pays, ils cherchaient une fille de chambre; je leur ai proposé la petite...

— Elle n'était pas mariée encore ?

— Non. Et c'était un fier cadeau que je leur faisais là, aux Maugreval. Une enfant sage, rangée, pieuse, nourrie dans les bons principes... Et puis, tant qu'à la figure, la taille, la santé, l'embonpoint, la fraîcheur et tout... vous l'avez vue. Un morceau de roi. Si bien donc que M. Roland...

— Ah ça ! Ménard, qui est-ce, au résumé, que ce M. Roland ? D'où vient-il ? Que fait-il ?

— Eh ! pardieu, c'est un Parisien, un mirliflor... qui s'est fixé chez nous, voilà de ça, comme je vous disais, environ deux ans. Et tenez, Monsieur Gilbert, il est votre voisin de campagne... votre plus proche voisin même...

— En effet, j'ai cru comprendre qu'il a récemment acheté les Taillis, cette charmante propriété à deux ou trois kilomètres de Soriat.

— Juste. C'est là qu'il habite avec sa dame. Encore une, par parenthèse, qui a un drôle de genre!

— Comment ?

— C'est haut comme ma botte, figurez-vous, et ça fume, et ça monte à cheval, et ça tire le pistolet, et ça vous abat un lièvre au jugé ni moins ni plus qu'un officier de hussards... Et ça vous a des tas de cheveux qui lui pendent dans le dos... et des yeux qui flambent... Ah! tonnerre... deux tisons!

— Elle est jolie alors ?

— Hum !... jolie, vous savez, ça dépend des goûts. Mince, déliée, noire comme un pruneau... Moi, ça n'est pas mon type... Je suis pour les femmes étoffées. Du reste, elle plaît à beaucoup de monde. A cet âge-là, vous concevez, on n'est jamais laide...

— Quel âge ?

— Dix-neuf ans, tout au plus.

— Et son mari la trompe ?...

— A mort. Les grasses, les maigres, les brunes, les blondes, les rousses, tout lui est bon. Uu gueusard fini! Impossible à lui d'entrevoir un cotillon sans courir après. Faudrait l'attacher.

— Diantre! il aurait mieux fait en ce cas de rester garçon...

— D'autant plus que ça ne lui sert pas à

grand'chose d'être en ménage. Il ne fait point de visites et ne reçoit personne. Sans un de ses amis, un Polonais... un comte, qui est toujours fourré chez eux et qui passe aux Taillis les trois quarts de l'année... il vivrait quasiment comme un loup...

— Triste existence pour sa jeune femme !

— Je vous en réponds. Dans les premiers temps, ça marchait encore, parce que M. Roland était pire qu'un tourtereau. Il ne bougeait point d'auprès de madame, il se confondait en petits soins... la lune de miel, quoi !... mais tout s'use.

— Et ça s'est usé ?

— A fond. Au bout de trois mois, M. Roland bâillait à se décrocher les mandibules ; au bout de six mois, il s'absentait pendant des semaines. D'abord la petite dame n'a trop rien dit ; seulement, on la rencontrait galopant à travers bois, pâle et les yeux rouges. Ça n'a pas ramené mon guerdin. Même qu'il a commencé alors à conter fleurette aux autres...

— Quelles autres ?

— Eh bien, mais les paysannes, les bourgeoises, tout ce qui lui tombait sous la main. Ah ! il s'en est payé, le scélérat !... Vous pensez : un bel homme, et riche, et généreux... que l'or lui coule entre les doigts comme de l'eau !

— Un don Juan de village ! murmurai-je avec dédain.

Car de minute en minute j'avais senti s'amoindrir mon admiration pour le sieur Maugreval

Comment admirer un homme qui, taillé en héros de roman, emploie ses brillants dehors à mettre à mal des gardeuses de dindons et à pourchasser des chambrières ?

Puisqu'il s'affichait de la sorte, puisqu'il avait si peu le souci de sa propre dignité, si peu le respect de la femme qui portait son nom, c'est que nécessairement son élégance, sa grâce, sa charmante figure, cachaient des goûts bas, des instincts grossiers et un manque absolu de délicatesse.

Telle fut du moins mon impression.

Et dès lors, chose étrange, ce Roland qui m'avait tant charmé, que je ne devais plus revoir et dont par conséquent les faits et gestes auraient dû me laisser froid, m'inspira une antipathie soudaine.

Fut-ce l'effet d'un pressentiment ? Quelque voix secrète m'avertissait-elle qu'il serait bientôt fatalement mêlé à ma vie ?

— Pour vous finir l'histoire, monsieur Gilbert... reprit Ménard.

Il jubilait, ce bon Ménard. Ses joues luisaient. Ses petits yeux gris s'humectaient. Le bonheur de médire lui sortait par tous les pores.

Il poursuivit :

— Un jour donc qu'il pleuvait et que M. Roland, par hasard, était resté à la maison, s'est-il pas aperçu tout d'un coup que madame avait une fille de chambre superbe ? C'était Églantine.

— Ah ! ah ! madame Jean Renot ?

— Oui, la Renote. Et vous allez comprendre comme quoi mon gaillard vient de s'arrêter à Sainte-Croix, soi-disant pour y tirer le lapin. Je le retiens, son lapin. Drôle de lapin !

Ici le ventre de Ménard entra de nouveau en danse.

— Depuis plus d'un an qu'Eglantine était chez lui, croiriez-vous qu'il ne l'avait pas encore remarquée ? Il la remarqua subito et prit feu. Je vous parle d'il y a huit mois : ainsi ça n'est guère ancien. Et voilà mon enragé qui relance la pauvre fille dans tous les coins pour lui débiter des bêtises... En arrière de sa femme, s'entend.

— Je n'en doute.

— Oui, mais va te promener, il a trouvé là de la résistance. Lui, pas habitué, ça l'a surpris. Alors, en avant les prières, les promesses, cajoleries, offres de palissandres, bijoux contrôlés et autres propositions à l'amiable. Rien n'a fait. Pas moyen de moyenner. Bon. En attendant, la toquade de M. Roland sautait aux yeux d'un chacun, et les potins trottaient un train du diable sur le compte d'Eglantine...

— Qui fut compromise ?

— A tel point, M. Gilbert, qu'au jour d'aujourd'hui, vous trouveriez encore des feignants pour vous soutenir qu'elle a succombé. Moi, voyez-vous, le cou sur la guillotine, je mettrais ma main au feu du contraire. La vérité vraie, c'est qu'à un moment, sa vertu a un peu molli...

— Ah !... elle a un peu molli... sa vertu ?

— Ecoutez donc, pour une fillette de la campagne... voir à ses pieds un joli bourgeois bien câlin, bien brossé, bien mignon, dame !... c'est dangereux ! Bref, sentant que sa vertu mollissait, qu'a-t-elle imaginé ? Elle n'a fait ni une ni deux : elle a tout conté à sa maîtresse...

— Et naturellement, sa maîtresse l'a mise à la porte ?

— Nenni. Sa maîtresse l'a embrassée sur les deux joues. — « Ma chère enfant, qu'elle lui a dit, gentille et sage comme vous l'êtes, vous devez avoir un fiancé ?

— Mais oui, madame, qu'a répondu Eglantine en rougissant. J'ai mon cousin Jean Renot ?

— Pourquoi ne vous mariez-vous pas avec lui ?

— Parce que je suis pauvre, que Jean Renot est riche et que ses parents refusent leur consentement.

— L'accorderaient-ils si vous possédiez six mille francs de dot ?

— Oh! madame, plutôt dix fois qu'une.

— Eh bien, je vous les donne. Écrivez à Sainte-Croix.

— Huit jours après, qui est-ce qui fut attrapé, un soir qu'il revenait de la chasse? Ce fut M. Roland. Voilà que pendant le dîner, madame lui insinue au beau milieu de la conversation :

« — A propos, mon ami, je suis dans un singulier embarras. Ma femme de chambre me quitte.

» — Ah!... qu'il fait en riant jaune, ah! votre...

» — Oui, elle se marie. Sa mère est venue la chercher ce matin et l'a emmenée. »

Patatras!... vous voyez d'ici le tableau. M. Roland a voulu faire celui qui s'en moque pas mal, mais son nez blanc le dénonçait. D'autant que les jolies filles ne l'avaient pas accoutumé à ce genre de farce.

Enfin, bon. Comme la maison des Taillis est à une distance peu conséquente du bourg de Sainte-Croix, les malins se chuchotaient dans le tuyau : — Il saura toujours bien repincer Églantine.

Pas du tout. Le lendemain matin, comme il bouclait ses guêtres avant de se mettre en route, la petite madame Maugreval a pris son mari par le bras, l'a emmené dans sa chambre, s'est enfermée avec lui à double tour... et apparemment qu'elle lui a trempé une soupe à mille francs l'assiettée, car au sortir de là il était blanc comme votre chemise. Il rageait, il rageait!... que s'il avait pu, allez, il aurait joliment planté là son épouse...

Ménard essoufflé, s'essuya le front.

— Au fait, lui dis-je, du moment qu'ils ne s'aiment plus et qu'ils se rendent la vie insupportable, il serait sage à eux de se séparer.

— Vous croyez ça, monsieur Gilbert? mais primo et d'une, si monsieur n'aime plus madame, madame idolâtre énormément monsieur.

— Bah?

— C'est comme j'ai l'honneur : plus il lui fait de misères, plus elle l'adore. Les mauvais sujets ont toujours cette chance-là. En second lieu, il ne demanderait pas mieux, quant à lui, que de s'en aller; mais il n'ose...

— Pourquoi?

— Pourquoi? répéta Ménard, qui se pencha mystérieusement vers moi. Parce qu'il a peur d'elle...

— Peur de sa femme?

— Oui, peur. Une peur bleue. Elle le tient, voyez-vous. Elle a un secret à lui. Ça fait qu'il a beau s'embêter avec elle; il dévore son embêtement, crainte qu'elle le dénonce.

— Allons donc!... quelle plaisanterie!

— Monsieur Gilbert, aussi positif comme voilà le soleil qui nous éclaire, je...

— On s'est moqué de vous, Ménard. Qui diable a pu vous renseigner ainsi?

— Et les domestiques, monsieur?

— Bon, vous aurez causé avec ce grand drôle à favoris huileux qui se carre présentement dans le coupé...

IV

— M. Désiré, le valet de chambre! s'écria Ménard. Il crèverait plutôt que de bavarder contre son maître. Lui et le Maugreval, ils s'accordent comme larrons en foire... Non, non, c'est les autres domestiques qui ont jasé.

— Et ils prétendent?...

— Ils ne prétendent pas. Ils ont bel et bien entendu les plaintes, les reproches, les menaces de la petite dame. Car elle a menacé M. Roland... à mots couverts, par exemple.

— De quoi l'a-t-elle menacé?

— On en ignore. Ça devait être du sérieux, pas moins. La preuve en est qu'à dater de ce jour-là, mon coureur a cessé de cascader à droite et à gauche. Plus fort que ça : il est redevenu tendre et galant auprès de madame. Rapport à la peur bleue en question...

— Sottise! il aura eu honte de sa conduite et voulu se la faire pardonner...

— Pardonné, il l'était d'avance, monsieur Gilbert. Quand on aime, on est bête. En foi de quoi, la petite dame est retombée folle de lui. Finalement, huit mois ont coulé par là-dessus. On croyait tout ça terminé. Pour tant qu'à moi, pas plus tard qu'il y a dix minutes, je vous aurais signé mon billet que M. Maugreval ne songeait plus à Églantine, lorsque tout à l'heure, quand il l'a reconnue sur la charrette... paf!.. son satané caprice l'a repiqué.

— Mais, Ménard..,

— Oui, oui, je sais. Vous me direz : Mais, Ménard, si c'est réellement qu'il a eu envie de tirer le lapin?!... Jamais de la vie... N'y a pas de lapin qui tienne. Si mon gueusard, qui est absent de chez lui depuis six semaines, que sa femme l'attend sans comparaison comme le Messie, s'est arrêté à Sainte-Croix, c'est pour y manigancer... quoi? on le devine, allez, lapin à part, et ça fera du vilain, j'en ai peur.

— Vous supposez que Jean Renot...

— Jean Renot a ouvert l'œil. Bon, fameux; mais en y réfléchissant, je ne ris plus. J'ai même un tantinet la chair de poule, vu que Jean Renot, avec sa figure en dessous... Hum !... suffit. C'est leur affaire et pas la nôtre. Qui vivra verra. Hue ! la Grise.

Et Ménard, en manière de péroraison, fit lugubrement claquer son fouet.

J'étais écœuré.

J'avais vingt ans, l'âge de l'innocence. Cette vieille et banale histoire de mari trahissant sa femme au profit de sa servante était une nouveauté pour moi. Cependant elle me révolta moins que le cynisme de Maugreval.

Ignorait-il donc que, par sa faute, l'existence intime de sa femme, sa douleur, son amour, sa jalousie, étaient la risée des valets et l'amusement des badauds ?

Qu'il l'ignorât ou non, cet homme me parut odieux, et je détournai de lui ma pensée avec dégoût.

Le soleil devenait brûlant. Ménard entama une autre série d'anecdotes. Au bruit monotone de son papotage et à celui d'un essaim de mouches qui nous précédait en bourdonnant dans l'air chaud, je me repris à songer à ma chère Diane.

Et nous allâmes ainsi, montant et descendant les côtes, traversant les villages, soulevant derrière nous une interminable écharpe de poussière.

Puis un cahot me réveilla, et mes yeux ravis contemplèrent des sites qui leur étaient familiers.

J'approchais du terme de mon voyage. Autour de moi, les vallons, les plaines, les talus, les côteaux hérissés de vignes, parlèrent soudain à ma mémoire et y ressuscitèrent mon passé d'enfant.

Au travers de certains bouquets d'arbres, j'entrevoyais tantôt des hameaux silencieux que j'aurais pu désigner par leurs noms, tantôt les ailes frémissantes d'un moulin dont j'avais connu le propriétaire.

Il y avait là-bas des fossés au long desquels j'avais cueilli des mûres, un petit bois où souvent j'avais déchiré mes chausses en grimpant à l'assaut des nids.

Rien de changé. Tout avait le même aspect qu'aux vacances dernières. Les gens disséminés sur différents points de la campagne me produisaient l'effet d'être restés là, depuis un an, figés dans la même attitude.

A chaque tour de roue, je reconnaissais quelqu'un, travailleur ou passant.

Ce bonhomme au bourgeron bleu, au dos voûté, au bonnet de coton enfoncé sur la nuque ;

Cette vieille femme qui, assise à l'ombre d'un buisson, tricotait en surveillant trois chèvres brunes et blanches ;

Cette gamine qui, armée d'une gaule, rappelait ses moutons épars et encourageait par un cri rauque les aboiements du chien de garde.

Ce fermier rubicond, emporté au galop dans sa carriole et secoué dur, ainsi que sa femme, qui retenait à deux mains ses coiffes soulevées par le vent,

Ce casseur de pierres, au bord de la route, redressant ses reins fatigués et s'appuyant sur sa pioche pour mieux nous voir ;

Ces quatre ou cinq gaillards qui, au milieu d'un pré, bras nus, fourche au poing, achevaient de charger leur charrette attelée d'un mulet rétif ;

Tous, enfin, je les reconnaissais tous !... Et je tressaillais d'aise, et je les eusse embrassés de bon cœur.

Ils me reconnaissaient aussi. Agitant leurs chapeaux de paille, étalant leurs dents saines en de larges sourires, ils me saluaient de l'œil, du geste, de la voix...

Il n'y avait pas jusqu'à l'air vif, l'air du pays natal, qui, me caressant la joue comme un baiser fait un vieil ami, ne semblât me siffler dans les oreilles :

— Hé !... c'est Gilbert !... bonjour, Gilbert !... te voilà donc revenu !

— Tonnerre de chien !... s'écria subitement Ménard. Qu'est-ce que je vois là-bas ?... Est-ce que j'ai la berlue ?.., Non, ma foi. Quand on parle du loup...

Je suivis la direction de son regard.

Au loin, droit en face de nous, apparaissait une femme à cheval, escortée par un domestique. Elle accourait bride abattue.

Le rire agaçant de Ménard éclata de rechef.

— C'est parbleu bien elle ! bégaya-t-il.

— Qui, elle ?

— La petite dame.

— Madame Maugreval ?

— Oui. Elle n'aura pas pu y tenir... Elle attendait aujourd'hui le cher époux... Et la voilà qui... ouf !... se précipite... à sa rencontre... Pauvre bichette, va !... Il tire le lapin, ton époux !...

Il n'avait pas achevé que madame Maugreval rejoignait la diligence.

Ménard redevint grave, ralentit l'élan de ses chevaux et multiplia les salutations empressées. Mais madame Maugreval ne fit aucune attention à lui.

C'était une petite femme très brune, très mince, à la tournure élégante, aux brillants yeux noirs, à la physionomie fière, hardie, impérieuse.

Son habit de cheval en drap bleu, à longue jupe traînante, moulait admirablement sa taille souple. Fort jolie, quoi qu'en eût prétendu le malin conducteur, elle avait un air de résolution qu'accentuait encore son chapeau d'homme et son col droit rattaché par un nœud de soie cerise.

Elle arriva sur nous comme une trombe. Puis, contenant à grand' peine sa superbe jument anglaise et la forçant à mar cher auprès de la voiture, elle se pencha sur sa selle pour jeter un rapide coup d'œil à l'intérieur du coupé.

Presque aussitôt elle se redressa, toute pâle et les lèvres tremblantes.

Alors M. Désiré passa par la portière sa tête pommadée, luisante et strictement partagée en deux par une raie de chair irréprochable.

Il présenta d'abord ses très humbles respects. Après quoi, d'une voix noble et en termes choisis, il exposa :

Que monsieur envoyait ses compliments à madame et la priait de l'excuser;

Que monsieur était retenu à Paris pour affaires;

Mais que l'absence de monsieur ne se prolongerait pas au-delà de quarante-huit heures.

— Et pas un mot du lapin !.. me dit Ménard en m'allongeant un coup de coude. A-t-il du vice !...

Madame Maugreval demeura immobile, muette, le front incliné, sans s'apercevoir que tous les voyageurs de la diligence la regardaient.

Soudain, sa monture ayant fait un brusque écart, elle leva sa cravache et lui cingla les oreilles avec colère.

— Prenez garde, madame! s'écria le groom qui l'accompagnait. Ne frappez pas Betsy... elle est méchante !

Au lieu d'écouter ce conseil, madame Maugreval continua de châtier Betsy.

La bête était fine, nerveuse, irritable. Elle regimba, se cabra violemment. Une lutte inquiétante s'engagea entre elle et la jeune femme, qui, désespérant à la fin d'en venir à bout, lui rendit la main, se courba sur l'encolure et se laissa emporter...

Furieux, affolé de douleur, l'animal fila devant nous comme une flèche. En un clin d'œil nous le perdîmes de vue...

— Suivez votre maîtresse, monsieur Baptiste, suivez-la ! exclama Ménard. Elle va se rompre le cou.

— Pas de danger! Elle monte mieux qu'une écuyère du cirque, répondit le groom, qui se pavanait tranquillement à côté de nous, persuadé que sa courte redingote à boutons d'argent, ses culottes de daim et ses bottes à revers nous plongeaient dans l'extase.

La portière du coupé encadra de nouveau les favoris de M. Désiré.

— N'importe, Baptiste, n'importe! opina ce personnage majestueux. M. Ménard a raison : votre devoir est de suivre madame. Vous êtes jeune; apprenez à faire votre service.

— Mais, monsieur Désiré, vous voulez donc que je crève Sultan comme elle va sûrement crever Betsy? Comment la rejoindre d'ailleurs? Elle est loin, si elle

court toujours. Et elle ne retourne pas aux Taillis, c'est certain.

— Au nom du ciel, Baptiste, ne dites pas brutalement : elle! quand vous parlez de votre maîtresse. Dites : madame. Il ne vous en coûtera pas davantage et vous ferez preuve de bon goût.

— Madame, soit. Eh bien !... madame va courir les bois toute la journée. Vous savez que telle est l'habitude de madame, chaque fois que madame a ses humeurs noires... Et madame les a carrément ce matin.

— Rapport au manque de parole de son cher et tendre ?... dit Ménard. Elle devrait pourtant y être accoutumée.

— Oh ! ce n'est pas seulement ça qui « l'ostine », dit le groom. Le fin mot, c'est qu'elle s'est chamaillée tout à l'heure avec le Polonais.

— Baptiste !... intervint encore M. Désiré, vous me faites réellement de la peine. Vous m'affligez, Baptiste, et je commence à craindre que vous ne vous formiez jamais aux bonnes manières...

— Tiens !... et à cause ?

— Mon cher enfant, voyons, la main sur la conscience, qu'est-ce que cela signifie : le Polonais? Est-ce ainsi que vous devriez désigner le meilleur ami de monsieur ; un gentilhomme si aimable, si bon, si poli avec les domestiques ?

— Mais, monsieur Désiré, puisqu'il l'est, Polonais?...

— Le beau raisonnement! Vous êtes du Berry, vous, Baptiste. Trouveriez-vous convenable qu'on vous appelât sans cesse le Berrichon? Tâchez donc, je vous en supplie, de vous exprimer en homme du monde, et dites : monsieur le comte Ladimir Obrinski... ou, si vous l'aimez mieux, M. le comte, tout simplement.

— Bon, bon, moi, ça m'est égal, vous concevez. Pour lors, M. le comte tout simplement est la bête noire de madame. Elle l'a dans le nez, comme on dit...

— Comme on ne dit pas, mon cher Baptiste !...

Baptiste impatienté haussa les épaules.

— Elle l'a en grippe, quoi !... Tout à l'heure, dans la serre, j'ignore à quel propos, elle s'est fâchée contre lui. A travers la porte, j'ai entendu qu'elle lui disait : « Vous serez châtié de votre insolence. Je vous ferai chasser comme un laquais ! »

— Oh ! se récria le valet de chambre scandalisé.

— Quel fichu caractère !... observa Ménard. Qu'est-ce qu'il lui avait donc fait, ce bon monsieur Ladimir?

— Lui ? rien du tout probablement. Il aura ri, plaisanté comme à son ordinaire. Il est si farce ! Alors, elle est sortie en fureur, elle a commandé de seller les chevaux et elle est accourue ici, dans l'espoir de rencontrer à moitié chemin M. Maugreval. Elle comptait sur lui positivement.

— Et bernique! ricana Ménard. C'est la faute à ce gueux de lapin!..

V

— Baptiste, mon cher, se hâta d'interrompre M. Désiré, puisque vous ne croyez pas pouvoir rejoindre madame, faites-moi l'amitié de me précéder au château et d'y annoncer mon arrivée à M. le comte Obrinski...

— Avec plaisir, monsieur Désiré.

— Vous le préviendrez que je suis chargé pour lui d'un message important, de la part de mon maître.

— Très bien. Nous allons vous attendre pour déjeuner, pas vrai?

Là-dessus, Baptiste partit au petit trot. M. Désiré rentra sa tête dans le coupé comme une tortue dans sa carapace, et je me fis à moi-même le solennel serment de m'abstenir autant que possible d'avoir des domestiques.

Un quart d'heure après, je vis poindre au loin, à ma gauche, par dessus d'épais massifs de tilleuls et de sorbiers, les tourelles en poivrières de notre vieux manoir de Soriat.

Quand je dis « manoir », j'amplifie.

Soriat peut-être a mérité ce titre sous le règne de Henri IV; aujourd'hui, ce n'est qu'une vaste maison de campagne, bâtie sur les décombres de l'ancien château.

Deux antiques donjons, précieusement conservés par nous avec leurs machicoulis croulants et leurs murs noirs qu'enveloppe le lierre, donnent à cette construction moderne un certain cachet féodal.

Quant au domaine qui l'environne, il nous rapportait alors huit ou dix mille francs; encore ce mince revenu aurait-il été moindre, si mon père, par goût et par prudence, n'eût fait valoir son bien lui-même.

C'était un agronome passionné que M. de Soriat, un véritable gentilhomme campagnard, et, disait-on dans le pays, le meilleur des pères. Toutefois on ne pouvait lui reprocher d'avoir gâté ses enfants.

Doué d'une activité prodigieuse, dirigeant une armée de cultivateurs et de valets, il se levait à trois heures du matin, sortait de chez lui par tous les temps, n'y rentrait qu'après la nuit close et se couchait harassé de fatigue. Une existence aussi remplie ne lui permettait guère de s'occuper de nous.

D'ailleurs, il n'éprouvait aucun penchant pour les joies du foyer, pour les effusions de la vie de famille. Aussi, lorsque notre mère mourut, se trouva-t-il fort déconfit d'avoir à veiller sur deux marmots.

Il nous aimait, certes. Seulement, il nous jugea incommodes. Fanny avait sept ans; j'en avais neuf. Il nous conduisit à Paris, me plaça dans un lycée, et, de la même façon, se débarrassa de ma sœur, qu'il mit au couvent.

Nous passâmes dix années, Fanny et moi, éloignés l'un de l'autre, et ne nous rencontrant à Soriat qu'aux vacances. Mon père nous accueillait alors avec cordialité, avec rondeur; mais nous comprenions bien que nous ne lui étions pas indispensables. Notre arrivée le réjouissait médiocrement, notre départ ne l'affligeait pas outre mesure. Et, de retour à Paris, nous retombions, chacun de notre côté, dans un tel isolement moral, que nous nous considérions presque comme des orphelins.

Ce demi-exil augmenta notre tendresse réciproque, de même qu'il accrut notre attachement pour la maison où nous étions nés, où notre mère était morte, et où, pareils à des étrangers, nous ne faisions que de rares et courtes visites.

Pauvre chère maison!... Allions-nous enfin nous y fixer? allions-nous enfin nous y aimer de près, maintenant?

Hélas! non. Ma sœur se mariait; quelques jours encore, et son mari l'emmènerait loin de nous. Moi, j'aurais mon droit à faire, une carrière à entreprendre. Il semblait écrit que le toit paternel ne serait jamais le nôtre, il semblait dans notre destin de vivre toujours séparés.

Je songeais à ces choses en regardant les deux tourelles de Soriat. J'y songeais sans tristesse, car, au fond de moi-même étincelait en ce moment un feu de joie que nul brouillard n'eût été capable d'assombrir.

Diane était là!... Derrière l'une de ces fenêtres dont, malgré la distance, je voyais scintiller les vitres, elle était là, Diane l'inconnue, le rêve, la bien-aimée!

— Où faut-il vous descendre, monsieur Gilbert? demanda Ménard.

— Au chemin de traverse, comme d'habitude.

— C'est que je n'aperçois pas le tilbury qui vient vous chercher ordinairement.

— Je n'ai prévenu personne de mon arrivée.

— Ah! vous voulez surprendre votre monde!... Fameux! fameux!... Pas de bagages?...

— Non. Demain on me les expédiera de Paris.

— Je vous les apporterai moi-même.

Ah ça! vous voilà rendu... nous y sommes au chemin de traverse.

— Eh bien! adieu, Ménard.

— Eh! mais, attendez donc... attendez donc que j'arrête mes chevaux... Baste!... il est déjà en bas. Oh! ces jeunes gens!... A vous revoir, monsieur Gilbert.

La diligence, lancée à fond de train, disparut dans un tourbillon poudreux et je tournai l'angle d'un sentier qui, entre deux talus plantés d'arbres verdis par la mousse, conduisait en droite ligne à Soriat.

Il était dix heures du matin. Il faisait chaud. L'air embaumait. Une herbe fine ourlait les marges du sentier, capitonnait les cailloux et veloutait le creux des ornières. A mesure que je m'écartais de la grande route, le silence se faisait si profond que j'entendais gazouiller, dans les vignes d'alentour, les grives enivrées de soleil et de raisins.

Il n'y avait pas dix minutes que, bondissant comme un chevreau, je courais sous la fraîcheur des feuilles, lorsque tout à coup, à cent pas devant moi, je remarquai sur le sol un objet immobile et noir.

Je m'approchai rapidement...

Puis, je reculai en poussant une exclamation d'épouvante.

L'objet noir était une femme morte ou évanouie.

Je reconnus madame Maugreval.

Elle gisait, couchée sur la hanche gauche, un bras replié sous elle, l'autre pendant au long de son corps. Sa petite main, gantée étroitement, serrait un tronçon de cravache rompue.

Son chapeau avait roulé à quelques pas. Ses magnifiques cheveux dénoués et son interminable jupe d'amazone barraient toute la largeur du chemin.

Quel accident avait eu lieu?

Une énorme souche d'arbre oubliée en travers de la route me le fit deviner.

Furieuse des coups injustes qui pleuvaient sur elle, la jument avait dû s'emporter, prendre ce sentier en dépit des efforts de sa maîtresse, buter contre la souche malencontreuse, s'abattre en désarçonnant la jeune femme, — puis se relever et poursuivre sa course aveugle.

Mon premier mouvement fut d'appeler à l'aide.

J'escaladai successivement les deux talus en criant de toutes mes forces; mais, soit qu'il n'y eût personne aux champs, soit que nul ne se trouvât à portée de ma voix, je ne reçus point de réponse.

Eperdu, je revins auprès de madame Maugreval.

Elle avait l'apparence d'une morte. Le blanc de ses yeux luisait entre ses paupières; ses lèvres bridées et pâlies découvraient l'émail des dents.

Je posai ma main sur son cœur; les pulsations en étaient à peine perceptibles.

Je lui soulevai la tête, et peu s'en fallut aussitôt que je ne la laissasse retomber, tant je fus effrayé à l'aspect du sang qui rougissait le gazon. Ce sang découlait goutte à goutte d'une plaie cachée sous les cheveux. Je n'eus pas le courage d'y regarder.

Que faire? Le temps pressait. Courir à Soriat et ramener du secours, cela aurait dévoré vingt minutes. Y avait-il pour vingt minutes de vie chez cette frêle créature? C'était douteux : aussi je n'hésitai plus.

Avec des précautions infinies, je l'enlevai de terre.

Fardeau léger. Une enfant de douze ans eût pesé davantage. Elle avait du reste la petite taille d'une enfant; ses traits eux-mêmes, dépouillés de leur expression altière, présentaient à cette heure un caractère candide et enfantin.

Mais, entre ses deux sourcils, une ride verticale, — si mince, qu'elle semblait avoir été tracée par une lame de rasoir, — trahissait des chagrins précoces, des larmes secrètement versées.

Dix-neuf ans et malheureuse déjà! Qui donc, à ma place, n'eût ressenti pour elle le plus tendre, le plus fraternel intérêt?

Je me mis en marche.

De toute nécessité, il me fallut bien la presser un peu contre moi. Cela, je l'avoue, me troubla fort. Elle était la première femme que j'étreignais ainsi...

Et puis, quelque bouleversé que je fusse, il m'eût été difficile de ne point constater la grâce charmante, l'exquise perfection de ses membres délicats. Un de mes bras entourait son corsage; l'autre soutenait ses pieds mignons, noyés dans les immenses plis de sa robe. Sur mon épaule, sa joue couleur de neige reposait, frôlant parfois la mienne; — en sorte que malgré moi je respirais le pénétrant parfum de ses cheveux.

Au bout de cent pas, j'eus un étourdissement; au bout de deux cents pas, j'évoquai tout bas le nom de Diane en manière d'exorcisme.

Et lorsqu'enfin la maison m'apparut, j'exhalai un long soupir de soulagement.

La grille de fer rouillé, grande ouverte, démasquait l'avenue de tilleuls jonchée de feuilles jaunies. A l'extrémité de l'avenue, on distinguait confusément le perron du manoir.

Mon intention n'était point d'aller jusque là.

Il y avait — il y a encore — à droite de la grille un petit pavillon bâti en briques rouges. C'était le logis du père Tringlot, notre jardinier-concierge.

Pousser la porte d'un coup de genou, traverser une salle, entrer dans l'autre et déposer madame Maugreval sur la belle courtepointe orange du lit à baldaquin, fut pour moi l'affaire d'un instant.

Après quoi, m'étant retourné, j'aperçus la mère Tringlot, ma nourrice, qui, suffoquée de stupeur, le bonnet de travers, les jambes écartées, la bouche béante et les yeux arrondis, me contemplait sans parvenir à proférer un son.

VI

J'étais, ma foi, encore plus ahuri qu'elle. Je lui sautai au cou, néanmoins.

— Bonjour, Marthe! Tout le monde va bien? Toi aussi? Bon. Où est Tringlot? Je ne vois pas Tringlot. Appelle Tringlot. Vite, vite...

La bonne femme agitait en vain ses mâchoires. Le ressort qui enchaînait sa langue refusa de fonctionner.

— M'as-tu entendu? Appelle ton mari... Mais remue-toi donc... Mais dépêche-toi donc...

Et je l'embrassais, puis je la secouais ferme; et je l'embrassais de rechef, et je la secouais de nouveau. Le ressort eut beau s'obstiner; tant de secousses et tant d'embrassades firent à la fin partir la détente.

— Jésus-Maria-Joseph!... C'est mon chéri!... C'est Gilbert!...

— Oui, nourrice, oui.

— Arriver ainsi sans crier gare!

— Je t'expliquerai...

— Et ça?... balbutia-t-elle avec indignation. Ça, petit malheureux, qu'est-ce que c'est que ça?

Elle désignait madame Maugreval.

Peut-être me supposait-elle coupable d'un enlèvement. Peut-être me soupçonnait-elle d'être venu à pied de Paris, portant ma victime à bras tendus.

— Au nom du ciel, nourrice! m'écriai-je, ne bavardons pas. Cette dame est blessée...

— Où?

— A la tête.

— Comment?

L'impatience me gagnait. Pour couper court aux questions, je bredouillai à la hâte:

— Tombée de cheval. Perdu connaissance. Rencontrée par moi dans le chemin creux. Relevée. Apportée ici... Es-tu assez renseignée? Appelleras-tu Tringlot?

— Mon homme?... Pourquoi faire?

— Eh! morbleu, je veux l'envoyer chez le docteur Bruloy.

Marthe haussa les épaules, s'approcha du lit et se pencha sur le pâle visage enfoui dans l'oreiller.

— Ah! mon Dieu!... exclama-t-elle.

— Quoi?

— C'est la petite dame des Taillis.

— Tu la connais?

— De vue. Madame Hélène, qu'on l'appelle.

— Madame Maugreval.

— Tout le monde dit: Madame Hélène. Un nom d'amitié, parce qu'elle est aimée d'un chacun.

— Soit. A présent, Marthe, le médecin, songeons au médecin...

Au lieu d'obéir, Marthe retroussa lentement ses manches.

— Pauvre petite dame! murmura-t-elle. Si douce, malgré ses airs de fierté! si charitable aux malheureux! Un cœur d'or...

— Mais, sacrebleu, raison de plus pour la secourir.

— Certainement qu'elle sera secourue. Pas besoin de Tringlot pour ça, ni de jurer, ni du médecin.

J'allais m'élancer hors de la chambre; la mère Tringlot me saisit au collet.

— Où cours-tu, chéri?

— Chercher moi-même le docteur.

— Assieds-toi là. Sais-tu ce qu'il ordonnerait, ton docteur? Des compresses d'eau froide, et il demanderait pour sa peine un écu de cinq francs. Pas besoin.

Elle avait reconquis son sang-froid, ma vieille Marthe. Du moment qu'il s'agissait de soigner quelqu'un, elle redevenait une femme éminemment pratique.

Tout en babillant, elle choisit une tasse bien propre, la remplit d'une eau limpide, fouilla dans son armoire de noyer, en tira quelques linges éblouissants de blancheur et se mit à laver la blessure.

— Vois-tu, chéri, — me dit-elle gaiement, — les plaies à la tête, n'y a rien de plus agréable... Ça vous tue d'emblée... ou bien ça se guérit comme par enchantement. Madame Hélène sera sur pied dans une couple d'heures...

— Tu crois, nourrice?

— A moins qu'elle n'ait d'abord un brin de délire...

— Du délire, grand Dieu!...

— Mais pour quant à du danger, pas l'ombre. Tiens, regarde... une égratignure, un bobo, une bagatelle...

Bagatelle ou non, je frissonnai. Marthe, au contraire, déployait l'aplomb d'un chirurgien-major. Avec une dextérité merveilleuse, elle coupa les cheveux qui s'étaient collés à la plaie; puis, ses gros doigts, plus légers que des plumes, recommencèrent à voltiger sur la tête endolorie.

— Là!... fit-elle, lorsque l'eau de la tasse

eut passé du rose pâle au rouge vif. Maintenant, je vas lui appliquer une compresse toutes les dix minutes... et tu m'en diras des nouvelles, chéri.

—Marthe!...Marthe!...elle remue!...Ses paupières battent... ses lèvres frémissent!

— Pardié, oui. Elle ne mourra pas encore cette fois-ci, la chère mignonne. Qu'est-ce qu'il lui aurait fait de plus, ton docteur? Sans te commander, chéri, donnemoi donc le seau de cuivre qui est là-bas, dans ce coin. C'est de l'eau de puits, fraîchement tirée.

Et la mère Tringlot, souriante et sereine, posa délicatement la première compresse.

Aussitôt madame Maugreval ouvrit les yeux, promena son regard autour d'elle avec une expression d'angoisse, porta la main à son front, sentit l'humidité glacée du linge et balbutia deux ou trois mots.

— Chut! ne parlez pas, ne vous tourmentez pas, lui dit Marthe d'un ton câlin. Et puis, ne touchez pas votre tête : il y a là une écorchure. Vous êtes tombée de cheval, ma chère dame. Ça ne sera rien ; mais faut demeurer bien sage, bien tranquille... et même dormir un somme, si vous pouvez...

Les yeux de la malade se remirent à errer de meuble en meuble.

— Vous vous demandez où vous êtes? poursuivit Marthe. Pas bien loin de chez vous, à une demi-heure des Taillis... chez un de vos voisins, M. de Soriat.

Une vague inquiétude contracta les traits de la jeune femme.

— Vous le connaissez, M. de Soriat, pas vrai, madame Hélène?

Elle fit un signe négatif.

— Tiens, c'est drôle. Il est pourtant lié avec votre mari... Oui vraiment. Ils ont chassé ensemble plus de dix fois. Enfin, vous êtes chez lui... ou plutôt chez moi, la mère Tringlot, sa jardinière.

J'observai, non sans surprise, que ce dernier renseignement semblait soulager d'un grand poids la blessée. Evidemment elle aimait mieux devoir l'hospitalité à Marthe qu'à mon père.

— Et, continua la vieille, voici son fils, Gilbert de Soriat, que j'ai nourri de mon propre lait, qui arrive de Paris et qui a eu la chance de vous relever après votre chute. Sans lui, dame! on ne sait pas combien de temps vous seriez restée à perdre votre pauvre sang dans le chemin creux. Il n'y passe presque personne. Par ainsi, ajouta-t-elle avec un naïf orgueil, il vous a sauvé la vie, mon nourrisson!

— Marthe! me récriai-je en rougissant jusqu'aux oreilles.

Madame Hélène sourit amèrement. Sa physionomie disait : « Votre nourrisson m'a rendu là un triste service. »

Néanmoins, elle parut faire un effort sur elle-même, et, d'une voix languissante, elle murmura :

— Je vous remercie, monsieur...

— Veuillez m'excuser, madame, dis-je à mon tour, de vous avoir confiée provisoirement aux soins de Marthe. Je vais informer mon père de votre accident, et dès que l'on vous aura préparé une chambre, je...

Elle tressaillit.

— Mille grâces!.. interrompit-elle d'un air positivement alarmé. Ne dérangez qui que ce soit. Je me sens mieux, je ne tarderai pas à partir.

Et s'adressant à la mère Tringlot :

— Ma jument est là, n'est-ce pas, ma bonne? Elle m'a suivie?

— Votre jument! elle s'est ensauvée, la gueuse, après vous avoir jetée par terre. A l'heure qu'il est, on l'a pour sûr ramenée aux Taillis, ou bien elle y est rentrée toute seule... Ah! ça, j'y pense : de la voir revenir sans vous, ça va effrayer M. Maugreval. Si je lui dépêchais Tringlot?

— Inutile, merci. M. Maugreval est absent. Nul ne s'occupera de moi. D'ailleurs je serai bientôt en état de marcher, de retourner aux Taillis.

— A pied! Par exemple! Y songez-vous, ma chère petite dame! Non, non. Ni à pied, ni à cheval, ni en voiture. Gilbert a raison : ce qu'il vous faut, c'est une chambre convenable. Une fois déshabillée et couchée dans un bon lit...

— N'insistez pas, je vous en conjure! s'écria madame Maugreval, dont l'agitation redoubla.

— Je suis certain, fis-je en souriant, que ma sœur réussirait mieux que nous à vous convaincre. Permettez-moi de vous l'envoyer. Elle sera si heureuse de vous connaître!

Je m'arrêtai. La figure de madame Hélène reflétait une véritable épouvante.

— Votre sœur!... oh! mon Dieu, c'est vrai... Il y a une jeune fille ici... Je l'avais oublié...

Elle se tordit les mains en silence. Puis se soulevant avec peine :

— Décidément je ne peux pas, je ne veux pas rester une minute de plus!...

Elle essaya de descendre du lit. Une défaillance lui prouva qu'elle avait trop présumé de ses forces ; envahie par une mortelle pâleur, elle s'affaissa en poussant un cri qui ressemblait à un sanglot.

Marthe, déconcertée, lui fit respirer du vinaigre.

— Là, là... vous voyez bien, mon petit ange. A quoi que ça sert de s'ostiner?

Vous avez besoin de repos. Deux ou trois heures de repos, pour le moins.

— Oui, Marthe... oui, ma chère Marthe, soupira la blessée.

Et, enlaçant de ses deux bras le cou de l'excellente femme inclinée vers elle :

— Marthe, reprit-elle avec une douceur infinie, je vous aime déjà de tout mon cœur...

Les prunelles de la mère Tringlot se mouillèrent.

— Et moi aussi, pardié, je vous aime. Qui est-ce qui ne vous aimerait pas?...

— Alors, voulez-vous m'accorder une grâce?

— Seigneur, quelle question !

— Eh bien! ces deux ou trois heures de repos, laissez-moi les passer ici, Marthe, dans cette chambre qui est la vôtre...

— Ah ciel! tant qu'il vous plaira, madame Hélène.

— Et surtout, Marthe, ne souffrez pas qu'on me transporte ailleurs. D'abord, s'écria-t-elle avec égarement, si l'on s'en avise, je m'enfuirai... Oui, dussé-je sortir d'ici en rampant sur mes genoux !

Elle se tut. J'étais abasourdi. Du coin de son tablier bleu, Marthe s'épongea les paupières et marmotta :

— Le brin de délire, chéri !

VII

Marthe se trompait.

Madame Maugreval n'avait nullement le délire, mais elle éprouvait une terreur évidente à la seule pensée de franchir le seuil de notre maison.

D'où lui venait cette répugnance? Pourquoi semblait-elle redouter la présence de ma sœur, qu'elle n'avait jamais vue; de mon père, qu'elle ne connaissait pas?

Etait-ce de sa part sauvagerie, aversion préconçue?

Quel que fût le motif de son antipathie contre les miens, elle l'avait manifestée assez énergiquement pour froisser ma délicatesse.

— Après tout, me dit Marthe à l'oreille, elle sera peut-être mieux soignée par moi que par vous autres. Et puis, ce n'est pas le moment de la contrarier. Je vais toujours lui ôter cette satanée robe de drap qui l'engonce; ensuite, je la coucherai dans mon dodo. Toi, chéri, va embrasser ton monde et manger cinq ou six côtelettes. Pauvre minet, tu dois avoir une faim de loup.

Elle me poussa doucement vers la porte.

— A propos, tu sais qu'ils sont une vingtaine à table, là-bas! Vont-ils jeter de beaux cris quand tu leur tomberas dessus comme une bombe! Allons, file,

chéri. On est au dessert, je parierais. Voilà une bonne heure que j'ai entendu sonner la cloche du déjeuner.

Je regardai madame Hélène. Elle avait fermé les yeux, mais elle ne dormait pas. Des larmes lentes se frayaient un passage entre ses cils abaissés. Avec sa blancheur de cire, son immobilité, sa tristesse, elle me navra le cœur.

J'allais sortir. Soudain elle m'appela; puis, quand je fus auprès de son lit :

— Monsieur, murmura-t-elle sans relever sés paupières, pardonnez-moi mon exaltation de tout à l'heure, et, je vous le demande en grâce, ne me jugez pas ingrate envers vous, et malveillante à l'égard de votre famille.

Je m'inclinai. Elle me prit timidement la main.

— Croyez-le bien, monsieur Gilbert, je vous suis très reconnaissante. Croyez-le aussi, j'ai la plus parfaite estime pour M. de Soriat, le plus profond respect pour mademoiselle votre sœur. Si je me fais un devoir de les éviter, si je désire ardemment ne point attirer leur attention, cela tient, je vous le jure, à des causes qui ne concernent que moi-même, et dont, par conséquent, vous auriez tort de vous blesser...

Elle soupira douloureusement. Une rougeur subite, pareille à une bouffée de flamme, apparut sur sa pâle figure et s'évanouit peu à peu.

— Maintenant, reprit-elle après une pause, M. de Soriat est le maître de cette maison. Lorsqu'un étranger y pénètre, il a le droit de le savoir. Eh bien ! avertissez-le de ma présence ici. Mais dites-lui en même temps que j'y suis entrée à mon insu, dites-lui que ma faiblesse m'y retient malgré moi, dites-lui surtout que je m'éloignerai aussitôt que j'en aurai la force...

Elle parlait d'un accent brisé, humble, suppliant. Combien elle ressemblait peu à l'amazone hautaine et fière que j'avais vue accourir au-devant de la diligence !

Je la quittai très ému de son émotion, très impressionné par ses paroles mystérieuses. Et cependant je n'étais pas au bout de l'avenue, que j'avais oublié madame Maugreval et le restant de l'univers.

J'arrivai au « manoir », j'escaladai le perron, je traversai deux ou trois pièces. Un bruit de voix rieuses, un tintement continu de porcelaines et de cristaux s'échappait de la salle à manger. Dieu merci, l'on était encore à table.

Furtivement, comme un voleur, je grimpai au deuxième étage sans répondre aux exclamations de surprise et de bienvenue des domestiques. Je me précipitai dans ma chambre, et, jetant bas mes ha-

2

bits poudreux, je me livrai à des perquisitions acharnées au fond des placards et des tiroirs.

En une seconde, le lit, les chaises, le divan, tous les meubles furent encombrés de cravates, de chemises et de gilets. Non que j'eusse la folle prétention d'arborer tant d'ornements à la fois; mais enfin je voulais choisir. L'heure était décisive. Il s'agissait d'être beau, de plaire, de vaincre ou demourir.

J'avais déjà plongé ma tête au sein d'une onde pure, lorsque... toc! toc! deux coups discrets... La porte s'ouvre. Un tourbillon soyeux, frais, parfumé, me saisit, m'enveloppe, me mitraille de baisers.

C'est ma sœur, c'est ma jolie petite sœur Fanny, qui, radieuse, hors d'haleine, rose comme un œillet et se dressant sur la pointe de ses bottines, m'embrasse sans souci de ma face ruisselante et de mes cheveux inondés.

Puis, la voilà qui danse autour de moi.

— Devine qui est là ?... Devine à qui je vais te présenter ?... Devine qui sera ma demoiselle d'honneur ?... Voyons, devine ! devine !

— Comment veux-tu...?

— C'est Diane! s'écrie-t-elle, en sautant de joie et en battant des mains.

— Qui ça, Diane ?... dis-je avec flegme.

Complétement avorté, du reste, le flegme en question. Je m'en étais prémuni dans l'espoir de dissimuler mon trouble. Insensé !... Puis-je empêcher ma voix de frémir, mon sang de fouetter mes joues, mon nez d'avoir des tressaillements convulsifs, mon regard de se stupéfier comme celui d'un homme qui vient d'avaler une arête ?

Par bonheur, Fanny, dans son enivrement, fait trop de tapage pour rien voir, pour rien entendre. Elle m'enjoint de la suivre. Je lui objecte ma tenue, qui rappelle vaguement celle d'un garçon boulanger. Elle s'aperçoit qu'en effet je suis en bras de chemise, daigne m'accorder un sursis de dix minutes, se pend à mes deux oreilles, m'embrasse sur le menton et s'envole en chantant.

Quant à moi, mes jambes dégringolent et je suis obligé de m'asseoir.

Mademoiselle Diane Haveril était, — l'instant est venu de le dire, — l'amie intime, l'amie par excellence, ou plutôt l'unique amie de ma sœur.

Notez que si j'emploie ce mot d'amie, c'est que notre langue ne possède pas de terme assez vif pour qualifier l'innocente ardeur d'une pareille tendresse. Elle avait pris naissance au couvent, avait grandi avec les deux jeunes filles et par degrés s'était transformée en une sorte d'idolâtrie réciproque.

Il en résultait que chaque année, aux vacances, Fanny, depuis un temps immémorial, m'infligeait la nomenclature détaillée des perfections de son amie.

A peine étions-nous réunis à Soriat, à peine avions-nous échangé trois phrases, que l'inévitable nom surgissait entre nous. Diane se coiffait comme ceci, Diane s'habillait comme cela; telle chose aurait déplu à Diane, telle autre chose aurait obtenu son approbation.

Puis l'on me communiquait les lettres de Diane; on me sommait d'en admirer le style, l'écriture, l'orthographe, le cachet de cire et la noblesse de pensées.

Cet hommage leur ayant été rendu, on exigeait de ma discrétion les serments les plus solennels, et l'on offrait à mon émerveillement le portrait de Diane, hideuse photographie bien peu faite cependant pour me convaincre des attraits du modèle.

Fanny enfin, glissant tout à coup ses petites mains entre les miennes et levant vers moi ses yeux d'un bleu céleste, ses beaux yeux humides et suppliants, me disait :

— Elle est ma sœur, Gilbert !... Je veux qu'elle soit aimée de toi. Tu la protégeras, dis ?

Naturellement, je promettais de protéger mademoiselle Haveril, sans savoir au juste contre qui et à propos de quoi. Puis, nous recommencions à parler d'elle.

Et six semaines durant, tout le long du jour, malgré mes protestations, mes ricanements et mes plaintes, il n'était question entre nous que de la beauté, des vertus, de l'esprit, de l'élégance, de la distinction de mademoiselle Diane.

Comment voulez-vous qu'un simple lycéen résiste à d'aussi continuels assauts ?

Quand octobre arrivait, lorsque sonnait l'heure du départ, j'avais la tête uniquement remplie de Diane. Et de jour en jour, d'année en année, ma sympathie pour elle se compliqua d'un intérêt plus sérieux.

C'est pourquoi, dès l'âge de puberté, à cette minute ingrate où nous sommes si laids et si romanesques, où notre sang fermente, où notre esprit s'égare en des aspirations folles, — mes fantaisies à moi prirent une consistance, mes désirs une forme, mes langueurs un objet.

Diane Haveril devint la préoccupation de tous mes instants. Son image indécise, telle du moins que j'aimais à me la figurer, ne me quitta plus. Le jour, elle se pencha sur mon épaule; la nuit, dans le silence du dortoir, elle s'accouda sur mon oreiller.

Si, durant l'étude, on me surprenait les

yeux fixes entre une version grecque et un problème d'algèbre, c'est que ma pensée errait à la recherche de Diane dans le bleu. Si, pendant l'une de mes rares sorties, je remarquais quelque délicieuse figure féminine, je me disais : « Diane doit lui ressembler. »

Enfin, lorsque, dévorant à la dérobée les merveilleux fabliaux de Walter Scott et de George Sand, je voyais surgir devant moi ces suaves héroïnes que l'on regrette tant de savoir imaginaires :

— Elles vivent !... m'écriais-je avec conviction. Oui, Amy Robsart et la petite Fadette, Lucie de Lammermoor et Edmée de Mauprat existent... Je les connais. C'est Diane.

De confident, je n'en eus point. J'eusse rougi d'avouer que je chérissais un fantôme. Fanny elle-même ignora mon secret.

Quant à mes camarades du lycée, charmants galopins très spirituels, très sceptiques et très pratiques, par quels sarcasmes n'eussent-ils point salué la découverte de ma folie ! Etre épris d'une inconnue, d'une fille pauvre ! l'aimer à distance et l'aimer chastement ! allons donc ! Ces gandins en herbe reflétaient trop fidèlement les idées de leur époque pour admettre une semblable énormité.

Aussi, me fussé-je coupé la gorge plutôt que d'exposer mon idéal à être sali par leurs commentaires. Je le renfermai en moi-même, je le préservai de tous les contacts et je vécus prosterné devant lui.

Etait-ce là de l'amour ? Je l'ignore. Toujours est-il que cette passion bizarre, en accaparant mon imagination, la garantit de bien des souillures. Son résultat immédiat fut de m'inspirer du dégoût pour certaines conversations de mes condisciples, dont les propos eussent scandalisé un zouave, et qui, les mauvais livres aidant, se corrompaient l'âme en commun. Je n'étais pas un saint, mais je voulais rester digne de Diane. A force de songer à elle, j'avais fini par me persuader qu'elle songeait à moi. Et pourquoi non ? Ma sœur ne l'entretenait-elle pas sans cesse de ma personne ? Mes paroles et mes actions ne lui étaient-elles pas minutieusement rapportées ?

Peut-être de son côté m'aimait-elle. En tout cas, elle avait de moi l'opinion la plus flatteuse. Je le savais ; j'en étais sûr. Cette conviction me maintenait dans le droit chemin.

Oui, si par impossible j'eusse été tenté de commettre un acte répréhensible ou honteux, le souvenir de Diane m'eût arrêté. Je la considérais comme la perfection même. Afin de me rapprocher d'elle,

je m'efforçais de devenir meilleur et de ne point faillir.

Ainsi, ridicule ou non, ma chimère exerça une influence bienfaisante sur cette époque de ma vie. Et aujourd'hui que, plus avancé dans l'existence, j'essaye de raconter ce rêve d'écolier sentimental, j'éprouve une sorte de gratitude attendrie en me remémorant l'ombre gracieuse et voilée qui fut l'ange gardien de ma jeunesse.

On peut se représenter à présent les transes dont je fus assailli lorsque, ma cravate mise et mes cheveux lissés désespérément, il me fallut descendre pour être présenté à mademoiselle Haveril.

J'avais souvent entendu dire que les femmes jugent un homme au premier coup d'œil et reviennent rarement sur cette impression bonne ou mauvaise. Quelle allait être l'impression de Diane ?

La glace, que j'interrogeai d'un air farouche, me répondit insolemment :

— Trop grand, trop blond, trop mince et trop gauche.

Je lui montrai le poing, et, du pas d'un condamné à mort, je sortis.

VIII

Me voici au jardin.

On a servi le café sous une immense charmille taillée en berceau. La compagnie est nombreuse, mais le brouillard qui danse devant mes prunelles m'empêche de reconnaître personne.

Impossible de distinguer une figure, impossible même de constater la différence qui existe entre une robe et un pantalon. L'émotion m'anéantit.

Blême à faire peur, les jambes flageolantes, le dos humide et le palais aussi raboteux qu'une feuille morte, je m'avance. Un sourire niais est cloué sur mes lèvres sèches.

Acclamation et remue-ménage. On se lève, on m'entoure. Je sens confusément qu'on me presse les doigts par ci, qu'on me tapote l'épaule par là, et que des bouches variées, exhalant les unes le parfum du rhum, les autres la senteur du moka, se collent à tour de rôle sur mes favoris naissants.

Quant à moi, je parle et j'agis comme un somnambule. Intérieurement, je suis rongé par une atroce douleur morale. Je me répète sans trêve :

— Diane me regarde... et j'ai l'air d'un sot !

Où est-elle ? Lui ai-je été présenté ? M'a-t-elle adressé la parole ? Lui ai-je répondu ?

Problème ! affreux problème !

Le brouillard va s'épaississant. Par intervalles, une idée burlesque sillonne cette brume et redouble mon désespoir. Je me dis :

— C'est la faim qui me rend bête. J'aurais dû suivre le conseil de Marthe. Cinq ou six côtelettes m'eussent donné de l'aplomb.

Regret tardif ! Tout est perdu maintenant. J'ai manqué mon entrée, et la première impression de Diane doit être accablante pour mon amour-propre.

A quel genre de suicide vais-je accorder la préférence ? Question à creuser. En attendant, l'on continue à m'étreindre. Je circule de bras en bras, comme le furet du bois, mesdames. Enfin la circulation cesse et je m'aperçois que l'on m'a déposé sur un vaste gilet blanc.

Le gilet de cérémonie de mon père.

— Ah ça ! me dit cet agronome, tu arrives sans prévenir, toi !... C'est très-joli, mais ton examen ?

— Je suis reçu.

— Bachelier ?

— Oui.

— A la bonne heure ! Va saluer ces demoiselles.

Et, continuant une conversation commencée :

— J'avais donc l'honneur de vous dire, cher monsieur, que la race porcine...

Tel est l'accueil que M. de Soriat, surnommé dans le pays le « meilleur des pères,» fait à son héritier présomptif après dix mois de séparation. Du reste, après dix ans, ce serait exactement la même chose.

J'ai toujours pensé que l'indifférence du meilleur des pères à notre égard provient de son excès de santé. Haut en couleur, robuste, musculeux, ne respirant bien qu'en plein air, mangeant ferme et buvant sec, ayant le rire rabelaisien et la voix tonnante, M. de Soriat méprise nécessairement les mièvreries.

Sa nature vigoureuse ignore la douceur. Il s'en fait gloire. Il prétend même que les grandes démonstrations de tendresse sont l'indice d'un système nerveux débilité.

A ce compte, mon système nerveux doit être déplorablement affaibli : car je suis loin de partager la froideur organique du meilleur des pères. En ce moment surtout où j'aurais tant besoin d'être remonté, la moindre phrase amicale produirait sur moi l'effet d'un tonique.

Au lieu de cela, quatre mots terrifiants :

— Va saluer ces demoiselles.

Ah ! vraiment !... Ah ! vous croyez la chose facile, vous ! On voit bien que la race porcine vous intéresse uniquement...

Saluer ces demoiselles !... Et d'abord je ne les aperçois pas...

— Elles se promènent dans le parc, — soupire derrière moi une voix mélancolique.

. Dans le parc !... O joie ! ô épanouissement ! Voix mélancolique, sois bénie !... Si elles se promènent dans le parc, Diane ne m'a pas vu pâlir, rougir, transpirer, balbutier, me heurter aux chaises, écraser les cors de l'assistance et accrocher mes jambes l'une avec l'autre.

Je respire, mon dos se sèche, mes genoux se raffermissent, ma langue s'humecte, et, le brouillard que vous savez ne voilant plus mes yeux, j'examine avec reconnaissance les traits de mon bienfaiteur, l'homme à la voix mélancolique.

C'est Edgar Boibeau -monurfu el, v o frère.

Un charmant garçon. Vingt-quatre ans, caractère gai, physique agréable, figure pleine de bonhomie. Ses parents sont nos amis depuis un quart de siècle ; lui-même est né près de Soriat ; son enfance s'est écoulée en compagnie de la nôtre, et Fanny était encore au maillot qu'il avait déjà résolu d'en faire sa femme.

Dès qu'elle a su parler, Fanny a donné son approbation à ce projet. Ils s'aiment solidement, mais leur amour n'a rien de corrosif. Considérant le mariage à son véritable point de vue, ils associent leurs destins en honnêtes gens qui veulent se créer une existence plantureuse, une affection durable et beaucoup de bébés.

Pourquoi le joyeux Edgar a-t-il cette physionomie funèbre ? Debout auprès de moi, tournant une petite cuiller dans sa tasse, il a plutôt la mine de s'administrer du poison que du café.

Je l'interroge. Il me confie que sa fiancée le néglige. Depuis l'arrivée de Mlle Haveril, on le relègue au second rang. Diane accapare Fanny, laquelle accapare Diane. A toute minute ces demoiselles ont, paraît-il, un secret d'importance à se communiquer ; elles s'isolent, elles font bande à part, elles chuchotent, au suprême scandale des autres jeunes personnes, qui, par discrétion, les suivent à une distance de vingt pas, en glosant sur le manque d'éducation de la mariée.

Quant à Edgar, on le supplie de s'éloigner aussitôt qu'il s'approche.

— Et si je me plains, s'écrie-t-il indigné, sais-tu ce que ta sœur me répond ? « Vous allez avoir ma vie entière : laissez-moi consacrer à mon amie mes trois derniers jours de jeune fille ! »

— Alors, la bénédiction nuptiale aura lieu dans trois jours ?...

— Heureusement, car je n'y tiens plus. Mademoiselle Haveril m'agace.

Ai-je bien entendu ? Diane l'agace !...
O blasphème... A quoi sert la foudre, si
elle ne se dérange pas ?

— Et il est convenu, poursuit Edgar,
qu'une heure après la cérémonie, j'enlève
ma femme. C'est une mode anglaise qui a
du bon.

— Où l'emmènes-tu ?

— Chez moi, parbleu. Ou plutôt chez
elle. Chez nous, enfin.

— Quoi ! si vite ?

— Mon cher, il faut absolument que
j'arrive là-bas pour surveiller la vendange.
Si tu étais comme moi propriétaire de vi-
gnobles dans le Bordelais, tu compren-
drais mes motifs.

— Je comprends surtout que tu t'en-
nuies. Et je me trompe fort, ou la plupart
des personnes ici présentes ne se divertis-
sent guère plus que toi.

Le fait est que j'ai surpris çà et là des
bâillements furtifs. Quelques vieux som-
meillent à la dérobée. On s'est divisé en
petits groupes jaseurs, et le murmure des
conversations envahit la charmille.

Maintenant que ma vue est parfaitement
nette, je reconnais ces visages fleuris qui
m'ont si énergiquement accolé tout à
l'heure. Beaucoup d'intimes : proches parents et amis anciens. Une demi-douzaine
d'invités des deux sexes, venus de Paris
pour la circonstance. Puis le maire, l'ad-
joint, le notaire, le juge de paix et le percepteur du village de Soriat, renforcés de
« leurs dames. »

Le meilleur des pères, rouge comme
une pivoine, se démène de son mieux pour
secouer l'engourdissement général. Au
fond, il est excédé. Il lui tarde de revenir
à ses habitudes et de troquer ses vêtements
de gala contre son éternelle veste de chasse
en velours à côtes.

Les gens de Paris font bonne mine à
mauvais jeu. Les autres ont une contenance désœuvrée, allanguie, endimanchée. Ils trouvent le temps long.

— Où diable mon père a-t-il pu loger
tout cela ?

— Dame ! me répond Edgar, nous ne
sommes pas couchés sur des roses. On s'é-
touffe réciproquement. Les derniers retardataires ont débarqué hier soir ; il n'y
avait plus de place, même pour leurs sacs
de nuit. On en a fourré quatre sous
les combles et sept à l'auberge des Trois-
Piliers. La nuit prochaine, nous dormi-
rons neuf dans ta chambre.

— Horrible ! horrible !

— Ce qui est horrible, c'est de ne plus
savoir comment distraire nos hôtes. Si
l'on pouvait rester toute la journée à table, on s'en tirerait encore ; mais l'estomac a des limites. Que faire ? Nous avons
épuisé les parties de pêche et les excur-

sions en voiture. Nous en sommes au
whist en plein jour et à la bouillotte à jet
continu. Quand tu te marieras, Gilbert,
évite de te marier à la campagne.

Cette allusion à un mariage possible de
ma part envoie une bouffée de chaleur à
mon front. Je me détourne et je feins
d'examiner à nouveau nos conviés. Une
dame d'un âge incertain et deux ou trois
messieurs alourdis me sont inconnus. Les
messieurs alourdis sont des Parisiens, des
camarades d'Edgar. Sur ma demande, il
me présente à eux.

La dame, assise à l'écart, fait sauter fé-
brilement les bandes d'une foule de journaux.

A travers un binocle en or attaché à son
cou par une chaîne d'or, son regard se
précipite sur le cours de la Bourse et sur
le Bulletin financier.

L'or me semble être son métal de prédi-
lection. Elle a des bagues en or, des bro-
ches en or, des boucles d'oreilles en or et
des bracelets en or. Un collier d'or scintille autour de son cou décharné. Toute
cette bijouterie cliquette à son moindre
mouvement ; et, lorsque la dame tousse, on
entend un bruit de grelots.

Bien que mise comme une très jeune
femme, elle frise évidemment la cinquan-
taine. Mais elle est de celles qui, sous aucun prétexte, ne consentent à vieillir. Ses
cheveux sont d'un noir trop dur, trop crû,
pour ne point devoir leur éclat à des procédés chimiques, et il est incontestable
qu'elle a payé ses dents fort cher.

Chers, très chers aussi à entretenir l'é-
bène de ses sourcils, le vermillon de ses
joues, le carmin de ses lèvres, les petites
veines bleues de ses tempes.

— Cette dame est riche, n'est-ce pas ?..
dis-je en riant à mon beau-frère. La parfumerie qu'elle emploie suppose à elle
seule une jolie fortune ?

— Elle a deux mille francs de rentes, et
douze cents francs de pension comme
veuve d'un chef de bureau dans une
grande administration publique. Total :
trois mille deux cents livres...

— Avec quoi donc achète-t-elle l'orfèvrerie qui la couvre ?

— Avec son argent. Mais rassure-toi...
C'est de l'orfèvrerie dans les prix doux.
Tu sais le proverbe : Tout ce qui reluit...

— Bah ! vraiment ?

— Parole d'honneur. A propos, veux-tu
que je te présente ?

— Qui est-ce ?

— Madame Haveril.

Puissances du ciel ! la mère de Diane !...
Et j'allais me moquer d'elle !

Edgar me conduit auprès de madame
Haveril. Elle tressaille gracieusement ; ses
bibelots s'entre-choquent en façon de cas-

tagnettes. Je me courbe avec un respect mitigé d'élégance. Là aussi, il y a une première impression à soigner.

Sourires gênés de part et d'autre. Echange de compliments aussi faux que la quincaillerie étalée sous mes yeux. D'une voix affaiblie, avec des attitudes mourantes, madame Haveril se plaint de ses nerfs, de ses poumons et de son foie.

Soudain elle se ranime et m'adjure de lui exposer, franchement et sans détours, ce que je pense de la Compagnie transatlantique.

La question m'abat complétement. Jamais je n'ai entendu parler de cette sorte de chose.

— Donnera-t-elle un dividende ? ajoute madame Haveril d'un ton rêveur.

Je me croise les bras, je me saisis le menton et je lève les yeux au ciel, afin de simuler une méditation ardue. A dire le vrai, je suis tout à fait attéré.

IX

Tandis que je cherche à reprendre mes sens, quelqu'un tire le pan de mon habit. Je fais volte-face. Ma sœur est là, toute frétillante de malice.

Maudit brouillard ! Le voilà qui me submerge encore.

Fanny me prend par le petit doigt, me contraint à marcher trois pas avec une solennité risible, me place vis-à-vis de Diane, dessine une révérence de cour et articule ces paroles officielles :

— Monsieur Gilbert de Soriat, mon frère !

Le brouillard ne se contente plus de m'aveugler ; il me suffoque. Je veux fuir. Dérision ! Fanny s'est déjà redressée, elle a pris le petit doigt de Diane, et, m'adressant une révérence plus profonde encore que la première :

— Mademoiselle Diane Haveril, mon amie !

— Et la vôtre, monsieur Gilbert : car je vous connais depuis bien des années.

En parlant ainsi, Diane, par un geste adorable de franchise et de confiance, m'a tendu vivement sa blanche main.

Mille fois je m'étais représenté en imagination cette première entrevue ; mille fois j'en avais tracé le programme, et mille fois je m'étais avoué qu'il me serait impossible d'aborder Diane sans mettre un genou en terre et sans lui débiter un discours pathétique, ainsi que cela se pratiquait au théâtre, dans les pièces de l'ancien répertoire.

Eh bien ! pas du tout.

A peine eus-je effleuré ses jolis doigts, qu'un souffle rafraîchissant détendit mon être, apaisa mon agitation, dispersa le brouillard malencontreux, chassa de mon esprit les terreurs ridicules, les visions saugrenues et les tirades déclamatoires.

Il me sembla que ce contact passager de nos mains confondait nos âmes tout à coup. Je me sentis aussi à l'aise en sa présence que si j'eusse passé ma vie à ses côtés ; et ce fut du ton le plus cordial, le plus naturel du monde, que je lui répondis quelques mots de bienvenue, naïfs peut-être, mais, à coup sûr, jaillis de mon cœur.

Ah ! c'est que, ne l'ayant jamais vue, je venais pourtant de la reconnaître. Elle réalisait mon idéal. Je retrouvais en elle le bon génie, la fée consolatrice de mes longues heures songeuses.

Elle m'apparaissait telle que toujours je me l'étais figurée : noble et simple, affectueuse et paisible. Ses grands yeux bruns, calmes et doux, limpides et bons, me regardaient comme ils avaient coutume de me regarder là-bas, au bleu pays de mes rêves.

N'était-ce pas inouï ? Sa ressemblance exacte avait de tout temps étincelé en moi. Je reconnus ses cheveux d'un châtain clair qui ruisselaient en deux longues boucles de chaque côté de ses épaules. Je reconnus l'ovale allongé de sa figure, son teint d'une transparence mate, sa bouche petite, délicatement rosée, frémissante à la moindre émotion. Je reconnus enfin jusqu'aux plus insignifiants détails de ce visage exquis, dont chaque ligne trahissait une nature nerveuse, distinguée, sensitive.

Mais seulement alors je compris pourquoi Fanny si souvent m'avait dit : « Sois son frère et promets-moi de la protéger. »

Il ne fallait pas étudier longtemps Diane pour deviner sous cette forme suave de jeune fille une âme timide, passive, incapable de se raidir dans les grandes luttes contre le sort.

Elevée très sévèrement par sa mère, habituée à la soumission, rompue à l'obéissance, elle avait au plus haut degré le sentiment de sa faiblesse. Son sourire offrait une particularité bizarre : il était à la fois rayonnant et craintif. On y lisait un tel désir de passer inaperçue, une telle peur de déplaire, un tel besoin d'affection et d'appui, qu'il aurait inspiré à l'homme le moins énergique l'ardente résolution de veiller sur elle.

Je fus donc enhardi sur-le-champ. Et, sans me dessaisir de sa main tiède et frissonnante, je m'apprêtais à lui donner une opinion supérieure de mon esprit, lorsqu'une rumeur subite étouffa l'entretien dès son début.

Le folâtre essaim des jeunes personnes envahit la charmille.

Animées par la promenade, elles affectent des allures tapageuses. Leurs mamans les grondent et entourent les chères petites, pour rattacher, soit un ruban qui s'égare, soit un chignon qui s'écroule. Les papas ensommeillés se réveillent. Les célibataires alourdis redressent leur torse et prennent des airs dégagés.

Brouhaha général. Le meilleur des pères, jugeant l'instant venu de galvaniser l'assistance au moyen d'une excellente plaisanterie, abandonne la race porcine et déclare qu'il va embrasser toutes ces demoiselles indistinctement.

Cris aigus, rires pudibonds, fuite précipitée des jeunes personnes. Le meilleur des pères vole à leur poursuite, attrape une retardataire et l'attire sur son gilet blanc. C'est la fille du percepteur des contributions. Elle a trente-neuf ans et un pied-bot. N'importe, elle est embrassée tout de même.

Explosion d'hilarité. Les naïfs se pâment. Les malins profitent de la circonstance pour s'esquiver.

Lentement la charmille se vide. Il n'y reste plus que les messieurs de Paris, qui, peu enclins aux gaietés champêtres, s'abattent sur les boîtes à cigares. Le notaire de Soriat leur tient tête.

Et seule, à vingt pas d'eux, auprès d'une table encombrée de journaux multicolores, madame veuve Haveril continue à dévorer la cote des valeurs mobilières et agite de temps en temps ses grelots, qui n'ont, hélas! rien de commun avec ceux de la Folie.

Nous nous sommes assis, Fanny, Diane et moi, dans une encoignure ombreuse, sorte de cabinet de verdure pratiqué dans la charmille même, et dont un réseau de plantes grimpantes masque l'entrée.

A demi-cachés par le feuillage, voyant sans être vus, ravis de cette apparence de mystère, nous babillons à voix basse, espérant qu'on nous oubliera. Si quelqu'un se préoccupait de nous, les grands parents nous rappelleraient immédiatement à l'ordre et à ces fonctions assommantes qu'ils intitulent : nos devoirs envers la société.

Soit réserve naturelle, soit défiance d'elle-même, Diane parle peu. Son attitude est recueillie, son regard songeur; parfois un léger sourire illumine ses traits d'un éclat charmant et vif.

Elle semble heureuse. A quoi pense-t-elle?... Et à qui, justes cieux !...

Je ne suis pas un fat ; je n'ose me bercer d'illusions. Mais enfin... si par hasard...

Mon Dieu ! l'on a souvent constaté des phénomènes encore plus étranges ! Si, par hasard, moi, de mon côté, j'avais réalisé son idéal?

Malédiction !... le souvenir de ce que le miroir m'a répondu tout à l'heure se cramponne à ma gorge...

Trop grand, trop blond, trop mince et trop gauche. Ça, un idéal !... Jamais !

Néanmoins, je suis heureux, moi aussi. Ma sœur, assise entre nous deux, a posé l'un de ses bras sur mon épaule. Son autre bras enlace la taille de Diane. Elle nous unit de la sorte, dans un triple embrassement.

Survient Edgar. Il s'est évadé, le lâche, tandis que je me débattais contre la Compagnie transatlantique. A présent, il lui faut une part de mes joies. N'ayant pas été à la peine, il veut être au plaisir.

Gravement, sans s'arrêter aux clameurs de Fanny, il soulève le bras qu'elle a jeté autour de mon cou, et il le passe autour du sien, prétendant que le mari a la priorité sur le frère.

Fanny riposte que le mariage n'est pas accompli. Edgar insiste. Elle se fâche, et elle le pince. Un combat s'engage... et nous voilà riant et nous tordant sans bruit, comme des marmots à l'école. Nous n'avons pourtant pas loin de quatre-vingts ans.... à nous quatre !

Soudain je m'aperçois que Diane est debout.

Ecartant du doigt l'espèce de rideau formé par les feuilles, elle regarde avec une attention étrange, obstinée, soutenue. Sa poitrine palpite, ses joues brûlent...

Je l'interroge doucement. Elle me saisit le poignet et le serre sans avoir conscience de ce qu'elle fait.

Qu'y a-t-il donc ?.. Qui regarde-t-elle?

Elle regarde un de ces messieurs de Paris, un affreux jeune homme épuisé, presque bossu, aux trois quarts chauve, dont le corps grêle, noyé dans des vêtements trop larges, me paraît flasque comme un citron veuf de son jus.

Il est très vilain, ce quidam. Que dis-je? il est épouvantable à voir. Néanmoins la jalousie m'a mordu aux entrailles.

Serait-ce un rival? Je le tuerai. Je verserai son sang jusqu'à la dernière goutte : — opération qui, à en juger d'après les apparences, ne me prendra pas un temps infini.

Les pouces dans ses goussets, roulant un londrès entre ses dents dépareillées, il se balance sur son siège en conversant avec le notaire. Un carré de cristal incrusté dans son orbite gauche le force à fermer l'œil droit et à contracter convulsivement les muscles de son horrible face...

Encore une fois, il est odieux, visqueux, repoussant !... Et Diane ne le perd pas de vue !...

J'attire à moi mon beau-frère, je lui montre le gnôme et je lui dis d'une voix sifflante :

— Quel est cet individu jaunâtre? Qui est-ce qui a introduit ça ici?

— Moi, parbleu ! C'est mon cousin. Très bon enfant, je t'assure. Un peu idiot, mais bon enfant. Je t'ai présenté à lui quand tu es arrivé.

— Son nom?

— Comment ! tu ne t'en souviens déjà plus?... Le vicomte Clocheton du Rempart.

— Allons donc!

— Plaît-il?

— On ne s'appelle pas Clocheton du Rempart.

— Je te demande un millier de pardons. L'on s'appelle de ce vocable illustre. Ancienne famille, mon cher. Famille à laquelle je m'honore d'être allié. Il y avait des Clocheton au siége d'Antioche.

— Et des remparts au siége de Troie. Pourquoi est-il aussi desséché, ton Clocheton?

— Il paraît qu'il a beaucoup vécu.

— C'est-à-dire?

— C'est-à-dire... dame! qu'il a mangé, en assez mauvaise compagnie, son pauvre argent...

— Et celui de sa famille?...

— Naturellement,

— Et celui de ses amis?

— J'en ai peur.

— Et celui de ses créanciers?

— Le bruit en court.

— Et que fait-il, à présent?

— Il a mal à l'estomac.

— Jolie spécialité ! Mais tu ne m'as point compris. A quoi s'occupe-t-il?

— A boire de l'eau de Vichy, source de l'Hôpital, — et à guetter une héritière.

Je respire. Diane n'est pas une héritière, il s'en faut. Du Rempart ne l'épousera pas. Mais alors à quel propos contemple-t-elle ce Clocheton ruiné?

Je me penche vers l'oreille de Diane, et, de mon timbre le plus insinuant :

— Vous connaissez ce monsieur, mademoiselle?

— Ce monsieur!... Moi!... Oh! Dieu! non!

Je respire définitivement. « Oh! Dieu! non. » Elle a bien dit cela; du même ton que si elle se fût écriée : — Moi! connaître ça! Pour qui me prenez-vous? J'en serais bien fâchée.

Pauvre Rempart du Clocheton !

Eh bien! vous me croirez si vous voulez : il ne me déplaît plus autant, ce malheureux jeune homme. Il m'intéresse même. Il a quelque chose de navrant, d'af-

faissé... dans les narines surtout, qui me va droit à l'âme. Je lui prêterais de l'argent, si j'en avais. Mais je n'en ai jamais eu.

Diane le regarde, c'est positif. Seulement, elle le regarde sans le voir, comme vous regarderiez un tronc d'arbre ou le manche de votre parapluie lorsqu'une idée impérieuse vous absorbe.

En revanche, elle l'écoute pour tout de bon.

Elle l'écoute avec une curiosité fièvreuse tandis que paisiblement il entretient maitre Lampon, le notaire.

X

Ce notaire est un gros papa, tout petit, avec une énorme tête chevelue, barbue, bonasse et paterne. Le vicomte Clocheton du Rempart lui inspire la considération la plus distinguée, et il l'écoute, lui aussi, d'un air attentif.

J'écoute à mon tour. Je n'entends rien d'extraordinaire, excepté toutefois l'organe du vicomte.

Il me rappelle ces serinettes enrhumées sur lesquelles certains aveugles s'efforcent de moudre un boléro. Cela débute assez bien; mais, dès la troisième mesure, la serinette est frappée de paralysie. En vain son possesseur tourne rageusement la manivelle, aucun son ne se hasarde au dehors. Puis, tout d'un coup, l'instrument se ravise, et vous lâche une bordée inattendue de notes acides et lamentables.

Ainsi de la voix du vicomte. Il y a des instants où elle s'éteint de fond en comble. Alors, remuant ses lèvres avec désespoir, Clocheton se livre à une gymnastique effrénée pour extraire de son pharynx un bruit quelconque. Puis, à peine a-t-il perdu courage, qu'à son grand étonnement la voix ressuscite et s'affirme par des accents criards.

Quand on n'y est pas habitué, cela est extrêmement douloureux à subir.

Si douloureux qu'après avoir tenu bon fort longtemps, les messieurs de Paris, incommodés par le voisinage de Clocheton, se lèvent comme un seul homme et disparaissent en emportant les boîtes à cigares.

Le notaire persiste. Je le conçois. Il a une fille majeure à établir, ce notaire, et il ignore le délabrement pécunier du vicomte. Chaque fois que l'organe de Clocheton lui hérisse les nerfs, maître Lampon grince des dents à l'ombre de sa barbe, mais il persiste.

—Nous ne nous accordons plus, mon cher maître, râle en ce moment l'exténué du Rempart ; ça n'est pas ça, mais pas ça du tout !

— Permettez, monsieur le vicomte, permettez...

— Non, non. Le Maugreval dont vous parlez ne peut pas être celui que j'ai connu à Paris. C'est un parent, un collatéral, tout ce que vous voudrez. Ce n'est pas mon Maugreval à moi.

Maugreval !... A ce nom, le ruolz de madame Haveril a tinté. La dame tressaille, lève les yeux, délaisse le cours des fonds publics et prête l'oreille.

Diane est toujours debout, immobile auprès de moi. Derrière nous, blottis au fond du berceau, Edgar et Fanny, qui ont signé leur traité de paix, chuchotent, les mains dans les mains, les yeux dans les yeux, et ne se souviennent plus que nous existons.

L'immense charmille est à peu près déserte. Sauf les deux causeurs et la mère de Diane, tout le monde s'est dispersé. La chaleur monte. Le soleil de midi se faufile comme un sournois de branche en branche, papillote parmi les tasses, attache des étincelles aux ventres des cafetières et dessine sur le sol une multitude de petits ronds lumineux. On dirait que le sable est parsemé de pièces d'or toutes neuves.

Maugreval ! serait-ce ce nom qui a éveillé l'attention de Diane et qui la retient là, curieuse, muette, haletante ?

Pourquoi madame Haveril a-t-elle tressailli ? Qu'est-ce que ces deux honnêtes femmes ont à démêler avec cet homme, avec ce débauché, ce libertin, ce mauvais époux ?

Je n'en sais rien. Ce que je sais, par exemple, c'est qu'un crêpe gris descend peu à peu sur mes idées. Je songe à la petite dame qui est chez Marthe, et sans me rendre compte de ce désir singulier, je souhaite ardemment qu'elle vienne, qu'elle apparaisse...

Cependant, le vicomte Clocheton du Rempart, renversé sur sa chaise et lui imprimant un balancement téméraire, profite de la présence inopinée de sa voix pour lui donner de l'exercice.

— Mon Maugreval, à moi, voyez-vous, cher tabellion... Ça ne vous gêne pas, que je vous appelle tabellion ? Il y a toujours un tabellion dans les opéras-comiques ; et, depuis que je suis en province, je me figure à toute minute, malgré moi, que je suis en train de jouer une de ces pièces mêlées de chant. Je me sens si dépaysé ! Le boulevard, tabellion, voilà mon élément. C'était aussi l'élément de Maugreval ; de celui que j'ai connu, pas du vôtre. Ah ! ce n'est pas lui qui serait venu s'enterrer à la campagne. Il l'avait en horreur.

— Permettez, monsieur le vicomte. La campagne, pour les âmes simples...

— Laissez donc ! Elle est peuplée de bêtes insupportables. Le jour, on y est attristé par toutes sortes de gloussements, de bêlements et de mugissements. La nuit, ce sont les dogues qui geignent, les grenouilles qui coassent, les chouettes qui gé...

Ici, la voix de Clocheton, ayant probablement une course pressée à faire, s'absente impoliment.

Le notaire abuse de cette lacune pour articuler sept mots :

— Permettez !... l'air y est si pur !

Lutte acharnée de Clocheton avec sa voix qu'il a rattrapée au vol. Elle s'obstine à ne point rentrer au logis, mais Clocheton l'y ramène d'autorité.

— Pur !... ricane-t-il exalté par sa victoire. Pur, dites-vous ? l'air de la campagne !... Préjugé ! Pour peu qu'on le respire avec force, on avale une collection d'insectes assortis.

— Cependant, monsieur le vicomte, il est avéré que les grands arbres...

— Vous secouent sur le dos des grappes de chenilles et de hannetons.

— Mais la promenade, cher monsieur ? les excursions pittoresques d'où l'on rapporte...

— Des piqûres de cousins et de guêpes...

— Permettez !... on trouve à la campagne...

— On y trouve des fourmis dans son assiette, des araignées dans ses bottes, des charançons dans son lit, des cloportes dans ses tiroirs, des mouches et des villageois dans...

Paf !... Une trappe invisible a englouti la voix de Clocheton.

— Etrange coïncidence ! s'écrie le notaire. Mon Euphrasie partage votre aversion pour la vie rurale. Euphrasie, c'est ma fillette. Ce matin, elle me disait en s'asseyant sur mes genoux...

— Sur vos genoux !... balbutie du Rempart, qui a retiré à demi sa voix du gouffre. Sur vos genoux !...

Et il est sur le point d'ajouter :

— Mais vous n'en avez pas, tabellion !

La bienséance lui ferme la bouche. Le fait est que Mᵉ Lampon possède autant de genoux que n'importe quel notaire honoraire. Seulement, on ne les voit pas : l'abdomen de Mᵉ Lampon les recouvre.

— Au surplus, reprend Clocheton, je me plairais peut-être aux champs, si j'en avais à moi. Connaîtriez-vous parmi vos clientes, une dot, placée en terres, dans les prix de trois cent mille ?

Maître Lampon saute en l'air. Puis il éternue. Ce chiffre l'a refroidi.

— Permettez ! permettez ! permettez !

— Non, n'est-ce pas ? Alors n'en parlons plus et revenons à Maugreval ; au mien, nécessairement : car le vôtre et le mien font deux, soyez-en sûr.

— J'ai lieu de supposer cependant...

— Nous allons bien voir. Le mien florissait à Paris, il y a trois ans environ. Gaillard superbe. Chic épatant. Tirant l'épée comme feu saint Georges. Conduisant à quatre. Patinant comme un archange, avec des pelisses de renard bleu et des bonnets fourrés de cent louis. Valsant huit heures de suite sans manger ni boire. Et beau joueur... Ah ! quel beau joueur ! Mes prunelles s'humectent quand j'y pense. Jouez-vous quelquefois, tabellion ?

— Hé ! hé !... je confesse, monsieur le vicomte, qu'un cent de piquet, à l'occasion, ne me...

— Chut ! Ne rougissez pas. J'ai vu au Cercle, un certain soir, Maugreval perdre sans sourciller cent vingt-trois mille sept cents francs.

— Et combien de centimes ? fait le notaire, incrédule.

— Vous gouaillez, tabellion !... Dans votre province reculée, un jeune homme se brûle la cervelle dès qu'il a perdu au loto quatre francs soixante. A Paris... Mais ne nous éloignons pas de Maugreval. Voyons, le zoophyte que vous nommez ainsi, et qui végète dans ces parages, offre-t-il la moindre analogie avec le viveur éminent dont je viens de vous esquiss...

Pouf !... la voix de Clocheton disparaît au fond d'un puits mystérieux. Le vicomte procède immédiatement à son sauvetage.

Pendant ce temps, Me Lampon se hâte de répondre :

— Il serait diffficile d'en juger, monsieur le vicomte, les milieux n'étant point les mêmes. Je sais que M. Maugreval a longtemps habité Paris. Quant à y avoir mené l'existence scandaleuse que vous me faites l'honneur...

— Attendez ! interrompt la voix — retour du puits, — mon Maugreval, à moi, était l'idole de ce sexe à qui vous devez mademoiselle votre fille.

— Ah ! permettez !.. Voilà où l'analogie commence. Le mien, je veux dire M. Maugreval des Taillis, excite, par son dérèglement de mœurs, le blâme de ses concitoyens.

— Oui, oui, je vois ça d'ici. Le malheureux aura détourné de ses devoirs quelque marchande de tabac quadragénaire. Il n'en faut pas davantage pour passer à l'état de lovelace départemental. Mon Mau-

greval, à moi, — qui est peut-être le cousin du vôtre, — a été le héros d'aventures inouïes, renversantes, inénarrables...

— Grand bien lui fasse ! Vous m'obligerez infiniment, monsieur le vicomte, en ne me le narrant point. Mes principes...

— Je les respecte. Apprenez simplement que les créatures les plus suaves se sont arraché Maugreval. Deux vicomtesses se sont battues, au revolver, à propos de lui, dans le bois de Meudon. Une mercière du passage Véro-Dodat s'est poignardée avec des ciseaux sous sa porte-cochère. La princesse Pietrofascone, un soir, masquée jusqu'aux dents... Approchez-vous, tabellion : ceci doit être modulé à l'oreille.

— Pourquoi donc, monsieur le vicomte ?

— Parce que c'est tout à fait obscène.

— Monsieur !... exclame le notaire indigné.

— Ah ! pardon... J'oubliais vos principes... Enfin, vous n'êtes pas sans avoir ouï parler de Fanfreluche ?

— Fanfreluche !... Permettez... Une chienne ?

— Fi donc ! Une cantatrice de café-concert, la diva Césarine Vercassol, chanteuse légère, surnommée Fanfreluche à cause de ses toilettes excentriques.

— De ma vie, monsieur le vicomte, — et je le proclame avec orgueil, — je n'ai...

— Si, si. Vous êtes allé à Paris, tabellion. Il est impossible que vous n'ayez pas entendu Fanfreluche soupirer sa fameuse chansonnette : *C'est pas dans l'dos qu'ça m'démange*... une perle, cela, voyez-vous. Des souverains étrangers sont ven...

Eclipse totale de la voix.

Clocheton ignore cette fois où elle se cache et la cherche éperduement dans tous les coins de son gosier. Le notaire que cette conversation scabreuse met au supplice, baisse les yeux, secoue la tête et semble renoncer tout à coup à transformer son Euphrasie en vicomtesse Clocheton du Rempart.

Je regarde madame Haveril. Elle a repris en apparence la lecture de ses journaux financiers ; en réalité elle ne perd pas une syllabe du dialogue. Quelquefois un haussement d'épaules lui échappe et ses fausses dents mordent ses lèvres peintes.

Quant à Diane, qu'en dirai-je ? les odieuses choses qu'elle écoute glissent inoffensives sur sa chaste ignorance. Elle ne les comprend qu'à demi. Un vague étonnement, une fugitive expression de dépit, un sourire aussitôt réprimé, voilà ce que je surprends par intervalles sur sa physionomie sereine.

Combien son attitude me fait souffrir ! Quelle sourde colère j'éprouve et que de honte ! Si j'étais son frère, je la saisirais par la main et je l'entraînerais loin de là.

Mais que suis-je pour elle? Rien, pas même un ami.

Je la touche. Ses vêtements m'effleurent. A quoi bon? Depuis qu'elle a entendu prononcer ce nom de Maugreval, je devine qu'elle est à des millions de lieues de moi par la pensée, qu'elle ne m'aimera jamais et que des abîmes infranchissables sont creusés entre nos deux cœurs.

XI

Le vicomte du Rempart a repêché sa voix. Bien qu'elle regimbe et qu'elle proteste à sa manière en grinçant comme un essieu mal graissé, l'impitoyable Clocheton la contraint à travailler de rechef.

— Ainsi, reprend-il, vous ne connaissez ni Fanfreluche ni sa chansonnette! Un succès européen!... Ah! tabellion!... Et vous osez en convenir!

— Permettez, monsieur le vicomte. En ma qualité de père de famille et d'officier public, une excessive réserve m'est...

— Eh bien! tabellion, il me l'a soufflée.

— Soufflée?... qui?

— Maugreval. Il m'a soufflé Fanfreluche. Cet ange m'adorait. Le mot est faible, mais, comme il ne s'en présente pas d'autre, je l'adopte. Elle m'adorait. Que de fois, plongeant ses doigts effilés dans les boucles de mes cheveux...

— De vos cheveux!... à vous?... exclame le notaire stupéfait.

Il est certain que le vicomte a moins de cheveux que Me Lampon n'a de genoux. Le notaire triomphe.

Alors, du Rempart promenant une main mélancolique sur son occiput dégarni :

— J'en avais un stock considérable à cette époque, soupire-t-il. Une forêt, tabellion. Mais le vent d'orage...

Distinguée ou non, la considération du notaire diminue à vue d'œil.

— Oui, oui, ricane-t-il. A force de secouer le poirier, on fait tomber les poires!... Toujours est-il que mademoiselle Fanfreluche, tout en vous adorant, vous a planté là.

— Que voulez-vous? Cet homme était un charmeur. Il possédait une incroyable puissance d'attraction amoureuse. Fanfreluche, hélas! m'a trahi malgré elle, sans cesser de me chérir. Elle me l'a souvent juré depuis. — Moi, cesser de te chérir, gros loup! me répétait-elle. Ça ne serait pas à faire, surtout après t'avoir aussi complétement ratiboisé.

— Rasti... permettez!

— Ratiboisé, tabellion. Un terme artistique signifiant ruiné à plate couture.

— Ah! elle vous a rui... Ah! très bien! De sorte que maintenant vous êtes rui... Bon! bon!

Le notaire se mouche. Un son bref, unique, éclatant comme un appel de clairon, annonce aux échos qu'Euphrasie l'a échappée belle.

— Du reste, poursuit Clocheton, Fanfreluche elle-même a été l'instrument de la vengeance divine. Elle a ruiné aussi ou du moins achevé de ruiner le beau Roland.

— Le beau.... Permettez. Vous avez dit ?

— Le beau Roland. C'est ainsi que dans le monde parisien, les femmes, ces êtres fragiles et indispensables, avaient coutume d'intituler mon ex-ami.

— Alors, plus de doute! Mon Maugreval est le vôtre : car M. Maugreval des Taillis s'appelle Roland, et saperlipopette!... il est bâti en Apollon.

— Notaire, vous me confondez. Est-ce un grand brun?

— Oui.

— Des yeux noirs longs comme ça, teint pâle, moustache fine et retroussée, air railleur?

— Le signalement est exact.

— Signe particulier : une mince cicatrice blanche au sommet du front? Le coup de sabre d'un mari aussi nerveux que capitaine de cuirassiers?

— Effectivement. J'ai remarqué cette cicatrice.

— Notaire, c'est lui. Tabellion, ce Maugreval est le mien...

— Voilà une heure que je me tue à vous le dire.

— Roland, ici! Lui qu'on croyait mort, lui qui avait disparu comme une étoile filante! Ah! bon Dieu! mais la rencontre est fantastique. Et que diable peut-il faire dans son trou de campagne!

— Son trou, son trou!... permettez, le domaine des Taillis est un de ces trous comme je vous en souhaiterais un, monsieur le vicomte. Savez-vous qu'il représente une valeur de deux cent cinquante mille francs!

— Que Maugreval doit?

— Qu'il a payés.

— Avec quoi, tabellion?

— Avec deux cent cinquante excellents billets de la Banque de France.

— Vous les avez vus?

— Je les ai tenus dans ma caisse. La vente a été effectuée par mon intermédiaire, en mon étude.

— Prodigieux! inouï! renversant! pétrifiant! extraordinaire!

— Vicomte, permettez...

Vicomte tout court. Elle baisse, elle baisse, la considération du notaire !

— Permettez vous-même, cher tabellion. Lorsque Maugreval, après avoir becqueté les dernières miettes de son saint frusquin, fut obligé de fuir Paris, où il comptait autant de créanciers que votre barbe compte de poils, — devinez un peu quelle somme il avait en poche ?

— J'ai passé l'âge des devinettes, monsieur Clocheton.

— Du Rempart, s'il vous plaît. Clocheton tout seul m'incommode. Eh bien ! Maugreval avait en poche vingt-cinq louis. De la fort jolie fortune que lui avait léguée son père, il ne lui restait que ce détritus.

— En vérité !

— Un beau soir, il vint nous rejoindre au Cercle, nous exhiba le maigre contenu de son porte-monnaie, nous fit part du dessein qu'il avait formé d'aller tenter la veine en Australie et nous pria de l'y aider.

— Vous vous cotisâtes ?

— Point. Il était à ce moment-là minuit. Sur-le-champ nous avons organisé un baccarat ponctué d'une cagnotte. A sept heures du matin, la cagnotte était riche de trois mille francs. Nous remîmes cette offrande à Maugreval, et, deux heures plus tard, son plongeon était une affaire accomplie.

— Mon Dieu ! vicomte, quoique j'ignore d'une manière absolue ce que peut être une cagnotte...

— Je vais vous l'expliquer, tabellion.

— C'est inutile, du Rempart.

— Tiens ! vous me tutoyez ?

— Pas encore, mais cela ne tardera guère, si vous persistez à me donner du tabellion.

— Là ! là !... Que diantre ! vous voilà tout à coup d'un raide, moncher maître...

— Dites : monsieur, ou sinon je vous appelle Ernest.

— Ça me désobligerait, tabel... Au surplus, j'obéis, car vous finiriez par m'appeler Chose. Monsieur donc, puisque monsieur il y a, monsieur m'autorise-t-il à lui poser deux ou trois questions ?

— Posez, jeune homme.

Jeune homme ! c'est fini. Plus de considération du tout.

— Quel genre de train mène ici le beau Roland ?

— Le train d'un homme qui a de quarante à cinquante mille francs de revenus.

— Ce qui suppose un million de capital ?

— Au denier cinq, oui, mon cher.

— Et depuis combien d'années s'est-il fixé dans ce pays ?

— Depuis deux ans.

— Bien. A présent, suivez mon raisonnement, tabel..., monsieur. Il y a deux ans et demi que Maugreval a emporté notre cagnotte. Qui de deux ans et demi paye deux ans, reste six mois. Croyez-vous, tabel..., croyez-vous, dis-je, qu'en six mois, un homme, — si fortement constitué qu'il soit, d'ailleurs, — ait le temps d'aller en Australie, d'y gagner un million et de revenir ?

— Cela me paraît improbable.

— En ce cas, d'où lui est tombé son million ? Faites-moi l'amitié de me l'apprendre.

L'amitié !... A-t-on jamais vu ? Est-ce qu'un vicomte aussi... ratiboisé que Clocheton devrait se familiariser de la sorte ? Ainsi pense Me Lampon, et il se tait.

— Le beau Roland a-t-il hérité ? poursuit du Rempart. A-t-il gagné un gros lot à la loterie de Francfort ? On le saurait, que diantre, on en aurait eu vent. Enfin, vous qui êtes son notaire, pourriez-vous indiquer la source de cette opulence subite ?

— Non.

— Alors, la situation actuelle du beau Roland vous paraît, comme à moi, mystérieuse, louche, vague et indéterminée ?

— Non. Elle me paraît au contraire très limpide.

— Ah ! si vous êtes renseigné...

— Non. Mais je suis intelligent, moi, et je conjecture...

— Que conjecturez-vous ?

— Une chose très simple, à savoir que, probablement, la fortune de M. Maugreval lui a été apportée en dot par sa femme.

— Sa femme !... s'écrie Clocheton, qui sursaute. Roland est donc marié ?

— Marié, lui ! exclame madame Haveril.

Elle s'est dressée tout debout. Elle a blêmi sous son rouge, et sa quincaillerie sonne le tocsin.

D'un bond, elle saute auprès des deux causeurs stupéfiés ; d'un geste, elle empoigne Me Lampon par sa cravate.

— Il est marié, dites-vous ?... Est-ce vrai ? est-ce un mensonge ?... une plaisanterie ? Voyons, la vérité, monsieur ! Si vous êtes un homme d'honneur, la vérité !...

Pour le coup, du Rempart, qui se balançait imprudemment sur sa chaise, perd non-seulement la voix, mais encore l'équilibre. Il tombe lourdement sur le dos et le soleil dore la semelle de ses bottes.

— Permettez, madame, permettez ! bégaie maître Lampon. Le fait est notoire... Informez-vous... Tout le monde vous dira...

— Marié !... répète sourdement madame Haveril.

Elle frappe ses mains l'une contre l'autre et murmure :

— Ah ! le misérable !

Dans l'ombre du berceau, Diane, blanche et droite comme une statue, vient de se tourner vers moi.

Elle me regarde, et elle tremble et elle sourit cependant.

— Cela est faux, n'est-ce pas, monsieur Gilbert? cela est une indigne calomnie ?

Je lui réponds par un ricanement sauvage. Des torrents de sueur glacée trempent mon front.

Oh! comme je les exècre, elle et lui !... elle, surtout !

Frénétiquement, je lui saisis les mains. Je les lui secoue avec une fureur aveugle.

Et je lui hurle ces mots en plein visage :

— C'est si peu une calomnie que sa femme, — entendez-vous bien, — la femme de votre beau Roland est ici, à quelques pas de vous, dans cette maison même. Voulez-vous la voir ? Venez...

Et je l'entraîne...

Mais son corps fléchit sous mon étreinte. Elle roule inanimée entre les bras d'Edgar et de ma sœur qui sont accourus en la voyant défaillir.

XII

Ce qui se passe ensuite autour de moi, m'apparaît comme au travers d'une fumée rougeâtre. Des sifflements emplissent mes oreilles; l'air manque à mes poumons, et, de la nuque à la plante des pieds, je frissonne comme un fiévreux.

Je vois des silhouettes qui s'agitent, des gens qui accourent, des bras en l'air, des flacons de sels qui circulent. Je vois madame Haveril serrer Diane sur sa poitrine et je l'entends murmurer : — Ma pauvre enfant !.. ma pauvre enfant !..

Je vois que la dite dame aime tendrement sa fille; je vois que tout un côté de sa figure a déteint et que l'autre côté est en train de déteindre.

Je vois ma petite sœur qui sanglote; je vois de grosses larmes s'éparpiller sur le duvet de ses joues rondes; je vois Edgar qui l'embrasse sans se presser; je vois le meilleur des pères fourrer ses mains dans ses poches de l'air furieux d'un agronome qui se dit :

— Allez tous au diable ! Je me donne un mal de chien pour vous égayer, et vous passez votre temps à vous évanouir !

Je vois enfin tourner la charmille, tourner le berceau, tourner les tables, tourner le notaire et son ventre, tourner le vicomte Clocheton du Rempart et son dos tout constellé de sable et de cailloux.

Après quoi, je ne vois plus rien.

Après quoi, je sens que je suis assis quelque part, sur quelque chose, en face de quelqu'un, et que ce quelqu'un m'introduit de force entre les dents le goulot d'un carafon de rhum.

Je sens que cette liqueur me ranime.

Je sens aussi qu'elle me brûle ; et, machinalement, j'écarte le carafon.

Je sens que j'ai la tête lourde, le cœur gros, la conscience bourrelée de remords et une très grande envie de pleurer. Je sens que je me suis mal conduit, que ma colère contre Diane a été aussi absurde que lâche, que je n'ai aucun droit sur elle et qu'elle a le droit d'aimer qui lui convient, sans consulter mon bon plaisir.

Je sens qu'au lieu d'envenimer sa douleur, ainsi que j'ai eu la cruauté de le faire, j'aurais dû la consoler et la plaindre. Je sens qu'elle est mille fois plus malheureuse que moi, sa déception ayant été mille fois plus dure et plus terrible que la mienne.

Je sens que je pleure en songeant à son chagrin et que je souris en me raccrochant à l'espérance...

Car, entre elle et cet homme, tout est rompu pour jamais. Elle l'a aimé le croyant libre; maintenant, elle ne l'aimera plus.

— Ça va mieux, hein ? me dit quelqu'un.

Cela va certainement beaucoup mieux. La charmille a cessé de tourner; les tables chargées de tasses vides et de cafetières en désarroi se tiennent désormais tranquilles.

— Encore un petit coup de ce cordial, hein ? reprend quelqu'un.

Le carafon essaye de s'insinuer entre mes lèvres. Je le repousse. Mes yeux gonflés cherchent Diane...

Elle a disparu.

Edgar et Fanny, madame Haveril et le meilleur des pères ont disparu de même. Maître Lampon également. Et aussi le sympathique du Rempart.

Je suis seul. C'est-à-dire, non. Je suis en tête-à-tête avec quelqu'un.

Quelqu'un est un monsieur à moi inconnu. Un monsieur vêtu d'habits tellement neufs qu'ils miroitent. Son léger pardessus gris perle est d'un luisant inimaginable. Son chapeau scintille, sa cravate irradie, ses bottes étincellent, ses gants éblouissent d'autant mieux qu'ils sont gigantesques. Evidemment ce monsieur gante neuf trois quarts.

Mais ce qui brille par-dessus tout, ce sont ses cheveux et sa barbe.

Cheveux plats et longs, — barbe descendant jusqu'au creux de l'estomac.

Quelle barbe !... Non point une barbe ébouriffée, hirsute, broussailleuse, comme celle de maître Lampon ; — mais une barbe lisse, au poil doux et moëlleux, d'un noir à reflets fauves. Barbe embaumée, peignée, soignée, que son propriétaire, j'en suis sûr, enferme dans un sachet quand il se couche. Barbe si belle qu'on la croirait postiche.

Elle ne l'est pas. C'est une vraie barbe. Heureusement pour l'homme, car sans cette barbe il serait laid.

Il a le teint brouillé, des taches de rousseur innombrables, le nez épaté, les sourcils en accents circonflexes et deux yeux de souris, deux petits yeux vifs, perçants, remuants, fureteurs et complimenteurs.

Tout, du reste, dans la personne de cet inconnu, n'est que compliment et flatterie. Sa voix vous encense, son regard vous congratule, son perpétuel sourire peint l'admiration que vous lui inspirez, et, s'il fait un geste, il a l'air de vous offrir un bouquet.

Malgré cela, je n'aimerais point à le rencontrer la nuit au coin d'un bois.

Je suis peut-être mal disposé, mais je ressens à son aspect une commotion répulsive. Son écorce trop vernie me fait penser à la peau du serpent. Un instinct bizarre m'avertit confusément que j'ai devant moi un être sinistre, dangereux et féroce.

D'où sort-il ? Qui est-il ? Comment se trouve-t-il là ?

Incliné à demi, dans l'attitude d'un gentleman qui salue des dames, le chapeau d'une main, le carafon de rhum dans l'autre, il me regarde en clignant les yeux et m'adresse avec sa tête une multitude de petits signes d'amitié.

— Une défaillance , hein ?... Quelque émotion forte ? Peine de cœur ? Souci d'amour ?

Ce hein !... qu'il expectore à toute seconde, est lui-même rempli de caresses. Il le commence dans les notes graves, le traîne avec une lenteur mielleuse et l'achève dans les notes aiguës. On dirait qu'il vous passe, moralement, la main sur le dos.

— Comment sait-il que j'ai des peines de cœur ? Est-ce que cela se lit sur ma figure ?

A cette question muette, le voilà qui me répond comme si j'eusse parlé tout haut.

— L'amour est de votre âge. Que supposer lorsqu'on aperçoit un bel adolescent évanoui, hein ? Mais, pardon, pardon, de grâce ! Ai-je le bonheur de contempler en ce moment M. de Soriat, le fils ?

A tout hasard, je salue.

— Oui, hein ? Je l'avais pressenti. Physionomie charmante. Un joli garçon qui fera bien des malheureuses. Parfait ! parfait ! Gare aux belles ! Ah ! que de victimes, hein ? -

Il réunit ses doigts en un faisceau et leur confie un baiser qu'il émiette au vent.

Je rougis de colère. Persuadé qu'il se moque de moi, je me lève et je m'écrie :

— Ah ça ! monsieur...

Mais une voix sonore et bronzée, la voix du meilleur des pères, a retenti dans le jardin. Elle m'appelle. Sans la moindre cérémonie, je tourne le dos à mon inconnu, je m'élance hors de la charmille, je cours au-devant de M. de Soriat.

— Et Diane ? et mademoiselle Haveril ? comment va-t-elle, mon père ?

— Sacrrr... Prends donc garde, étourneau ! Tu vas casser ma pipe...

M. de Soriat fume en effet sa pipe des grands jours, une colossale pipe d'écume de mer représentant le dieu de l'agriculture et de la charrue. D'un pas allègre, il arpente les allées en soufflant devant lui avec délices de longues spirales blanches.

— Tu conçois. Quand j'ai vu ces dames en ébullition et ces demoiselles en pleurs, je me suis dit : Bon ! les voilà occupées pour une heure au moins ; c'est le moment d'allumer Triptolème. D'autant plus que l'odeur de l'éther infecte la maison. Pouah !

— Et mademoiselle Diane, mon père ?

— Quant à ces messieurs, les uns font la sieste, les autres jouent au billard et à la bouillotte. On respire, enfin, on respire.

— Mais, mon père, mademoiselle Diane ?

— On respire... Eh bien ! quoi, mademoiselle Diane ? Elle se porte comme le Pont-Neuf, mademoiselle Diane. En voilà une, par parenthèse, qui est mal élevée ! Si elle était ma fille, comme je te la secouerais, elle et ses grimaces !

— Comment, mon père, des grimaces !

— Est-ce que tu as cru à la pamoison, toi, nigaud ? Est-ce que l'on se pâme devant le monde, comme ça, de but [en blanc, sans rime ni raison ? Est-ce que tu as jamais vu quelqu'un se pâmer pour de bon, ailleurs que dans les romans et les pièces de comédie ? Est-ce que je me pâme, moi ? Voyons, parle franchement : est-ce que j'ai l'habitude de me pâmer pour oui et pour non ?

— Mais, mon père...

— Grimaces , je le répète. Et comme c'est amusant pour les autres ! On est là bien tranquille, on commence à se divertir... grâce à quelques plaisanteries sans prétention que je suis obligé de trouver tout seul : car, reproche à part, personne ici ne me seconde, ne me supplée... On commence donc à se distraire, on s'imagine que ça va durer.. Ah bien ! oui... Mademoiselle éprouve le besoin de se rendre intéressante, et elle se pâme...

— Mais, mon père, mademoiselle Diane paraît avoir une santé délicate.

— Tais-toi donc. Est-ce que j'ai une santé délicate, moi? Si sa mère la forçait tous les jours à se lever à trois heures du matin et à faire sept ou huit lieues dans les terres labourées, elle ne se pâmerait plus.

Depuis ma plus tendre enfance, j'ai toujours entendu le meilleur des pères proposer cette recette comme infaillible aux gens malades. Que l'on soit atteint de la variole, de la phthisie pulmonaire ou de la fièvre typhoïde, le traitement à suivre est celui-ci : Se lever à trois heures du matin et faire sept ou huit lieues dans les terres labourées.

Après cela, faut-il absolument qu'elles soient labourées?... Et si elles ne l'étaient pas, le malade n'aurait-il plus aucune chance de salut? Voilà ce que je n'ai jamais pu approfondir.

Du reste, dans l'opinion du meilleur des pères, tout individu malade est un maniaque, un grimacier qui veut se rendre intéressant. Quant à ceux qui meurent, ce sont des originaux, des excentriques tout à fait indignes de fixer l'attention d'un homme sérieux.

— Est-ce que je meurs, moi?... Est-ce que je souffre?... Est-ce que je suis malade?... Non. Vous voyez donc bien que je suis dans le vrai et vous dans le faux!

Ainsi argumente M. de Soriat. Et il a raison, puisque cet argument a sans cesse terrassé ses adversaires.

— Maintenant, maître Gilbert, à nous deux. Je vous cherche partout, monsieur, pour vous laver la tête : car, enfin, c'est incroyable ; à peine arrivé, monsieur se dissimule dans des coins noirs, quand il devrait être le boute-en-train de mes invités. T'imagines-tu que cela puisse continuer ainsi? Moi, d'abord, je suis accablé, débordé... Je veux qu'on m'aide. Où te cachais-tu, animal?

— J'étais là, mon père...

— Où, là? Dans la charmille? Qu'y faisais-tu, dans la charmille? Tu me buvais mon curaçao sec, je parie. Aurais-tu contracté à Paris le goût des liqueurs fortes? Ce serait, parbleu, coquet. Mon cher garçon, tu vas me faire le plaisir d'être immédiatement gai comme une alouette et de courtiser les dames, les vieilles surtout. Plus elles sont vieilles, plus elles aiment ça. Et puis, je me réserve les jeunes...

— Mon père, il y a ici un monsieur qui...

— Allons, bon!... Va te promener Triptolème! Mais, mon dieu, on ne me laissera donc pas un instant de repos! Qu'est-ce que c'est que ce monsieur? Encore un parent d'Edgar? A-t-il un sac de nuit? S'il a un sac de nuit, c'est inutile : je n'ai plus de place pour le loger. Pourquoi ne l'a-t-on pas fait entrer au salon? Comment s'appelle-t-il?

— Je n'en sais rien. Mais ne parlez pas si haut ; il vous entend...

— Il m'entend!... il m'entend!... Et tu ne me préviens pas!

Mon père débourre à regret Triptolème, l'ensevelit dans sa redingote avec tous les égards dus à son rang, puis pénètre sous la charmille, et, subitement, est ravi en extase devant la magnifique barbe de l'étranger, dont le corps, arrondi par un salut profond, dessine une demi-ciconférence parfaite.

XIII

Mon père, déjà charmé, essaye de se courber aussi moelleusement que son hôte inconnu. Le gilet blanc s'y oppose. Ce gilet blanc a des caprices. Avant déjeuner, il est plein de souplesse ; après déjeuner, il forme cuirasse et refuse de s'infléchir.

Sur ce, l'étranger prend la parole. Sa voix est si mellifue que l'on croirait ouïr un solo de hautbois.

— C'est sans doute au fils aîné de M. de Soriat que j'ai l'insigne avantage, hein?... d'offrir mes respectueux compliments?

Il penche un peu la tête de côté. Son sourire étale toute une cargaison de bienveillance. Son regard adulateur distille à flots la sympathie.

— Mais, monsieur, répond gaiement mon père, M. de Soriat n'a qu'un fils, que voici. Et je suis M. de Soriat.

— Vous, monsieur, vous!

L'inconnu ouvre une bouche démesurée, roule des yeux infiniment petits, lève au ciel ses neuf trois-quarts.

Puis, reprise du hautbois :

— Est-il possible? Oh! cela est merveilleux, cela est miraculeux, cela tient du sortilège. Eh quoi! monsieur, eh quoi! vous vous êtes donc marié bien jeune, hein? Car, in-con-tes-ta-ble-ment, vous n'avez pas plus de... trente-quatre ans, hein? Et encore, et encore!

Une risette involontaire creuse deux trous joyeux dans la figure épanouie de M. de Soriat. Il se caresse le menton, me jette un coup-d'œil de reproche, comme s'il murmurait : « Ah ça! il est très bien, ce monsieur. Qu'est-ce que tu m'as donc chanté, toi? » — bien que je ne lui aie rien chanté du tout.

Et, présentant un siége à son interlocuteur :

— Hélas ! monsieur , les apparences sont parfois trompeuses. J'ai quarante-huit ans sonnés, monsieur.

Cette révélation foudroie l'inconnu. Il s'abat sur la chaise et témoigne, par une pantomime vive et animée que l'étonnement lui coupe la parole et que, d'ici à quelque temps, il n'aura pas la force d'articuler un mot.

Mon père, radieux, se frotte les mains.

— Eh ! mon Dieu, oui, monsieur, quarante-huit ans! Il est vrai qu'une vie saine, le grand air et les longues marches, au matin, dans les terres lab... Mais, pardon, à qui ai-je l'honneur, j'oserai même dire l'extrême satisfaction...?

L'étranger se relève d'un bond, s'incline en arc de cercle, et, d'un timbre aussi modeste que mélodieux :

— Comte Ladimir Obrinski de Sarkatow.

Obrinski!... Ce nom a déjà été prononcé devant moi. Où et par qui? Je ne puis me le rappeler.

Mais je tressaille de surprise en apprenant que ce personnage aux épaules de portefaix et aux pattes de blanchisseur est, paraît-il, un gentilhomme.

En effet, malgré ses gants glacés, ses bottes vernies, sa barbe opulente et ses habits superfins ; malgré sa politesse obséquieuse et malgré sa plate courtoisie, on le prendrait plutôt pour un ancien ramasseur de bouts de cigares retiré des affaires.

Il y a en lui quelque chose de vaguement populacier : il y a dans son accent traînard, dans sa voix grasse, dans certains gestes qui lui échappent lorsqu'il s'observe moins, quelque chose qui sent la barrière, le chahut, le comptoir de zinc, le vin à quatre sous et le cornet de pommes de terre frites.

Il se pourrait au surplus que le mécontentement dont j'ai l'âme inondée me rendît injuste: car mon père est loin d'envisager cet homme au même point de vue que moi.

— Je suis vraiment confus de vous recevoir ici, monsieur le comte, lui dit-il, et je ne m'explique pas pourquoi mes domestiques...

— Oh! de grâce, oh! cher monsieur, veuillez excuser ces excellents serviteurs. Ils ne m'ont point vu. Je serais si désolé!... Voici du reste l'incident : lorsque mon coupé — je veux dire le coupé de mon ami — s'est arrêté devant la grille de votre délicieuse villa, il n'y avait probablement personne chez votre concierge, ou du moins...

— Comment!... Mme Tringlot se permet...

— Oh ! de grâce, oh !... une absence exceptionnelle, forcée, hein ? Evidemment, évidemment. Le fait est que la porte de son pittoresque pavillon était fermée. J'ai alors prié mon cocher, — ou plutôt celui de mon ami...,

— M. Maugreval, n'est-ce pas ?

Je pâlis et je ferme les poings. Nom maudit !... il me poursuivra donc toujours ?

Le comte Ladimir secoue affirmativement la tête une douzaine de fois, cligne ses yeux de souris et fait avec ses deux mains monstrueuses le geste d'applaudir, comme si M. de Soriat venait de déployer une perspicacité extraordinaire.

— J'ai donc supplié le cocher de passer outre. Il descend votre ravissante avenue; je mets pied à terre, je gravis le perron, j'entre. Personne. Mais, à travers les portes, des exclamations, des pas précipités... Bref, j'ai supposé qu'un accident, hein?... un événement peut-être, hein?... accaparait tous vos gens...

— En effet, monsieur le comte. Oh! rien de sérieux. La ridicule pâmoison d'une petite fille a causé quelque émoi parmi ces dames. A présent, c'est fini.

Ridicule ! ô ma pauvre Diane !

Le hautbois continue :

— Rien de sérieux, hein ? Parfait. Néanmoins, ignorant ce détail et craignant d'être importun, j'ose pénétrer dans votre adorable jardin en attendant une occasion plus propice. Le hasard... non, non, la Providence, hein?... guide mes pas jusqu'à la suave charmille où nous sommes. Et là... renversé sur un banc... j'aperçois, pâle, défait, respirant à peine... j'aperçois, qui?... monsieur votre fils, hein ?

Brusquement, le meilleur des pères se retourna de mon côté.

— Votre propre fils, monsieur... Et je prodigue à cet élégant jeune homme les secours que réclame son état.

Mon père s'est croisé les bras. Sous son regard scrutateur et sévère, je rougis.

— Pâmé !... vous, Gilbert !... vous aussi? Est-ce une gageure ? Pâmé, vous, chez moi, dans ma maison ! Quoi ! à peine bachelier ès-lettres, vous vous livrez à ces pantalonnades ?

— La fatigue, mon père... une faiblesse soudaine...

— Eh ! monsieur, est-ce que j'ai des faiblesses, moi? Si vous vous leviez à trois heures du matin et si...

— Mais, mon père, je ne me suis pas couché du tout. J'ai voyagé de...

— Silence ! et que de pareilles singeries ne se renouvellent plus. Je ne suis pas homme à les tolérer, monsieur. Je n'aime ni les puérilités ni les paradoxes.

Je me mords les lèvres pour ne point

rugir. Le hautbois intercède en ma faveur.

— Oh! de grâce, hein?... Oh! si j'avais su!... Un si charmant jeune homme, espoir de sa famille! et si intelligent! Mais revenons au motif qui m'amène, hein?

— Me voici tout à vos ordres, monsieur le comte.

Et, me lançant un dernier regard brillant de courroux :

— Pâmé!... gronde le meilleur des pères.

M. Ladimir Obrinski, d'un air compatissant, dépose un baiser sur son neuf trois-quarts de droite, m'expédie ce baiser à travers l'espace en manière de consolation, se renverse avec nonchaloir sur le dossier de sa chaise et gazouille :

— Il y a une heure environ, j'étais dans la cour des Taillis, occupé à examiner un vieux poney dont je désire me défaire, c'est-à-dire dont mon ami veut se défaire. Mais lui ou moi, c'est la même chose. Nous n'avons à nous deux qu'une âme et qu'une volonté. Vous connaissez Roland, cher monsieur, hein? Je sais qu'il vous a parlé de son Ladimir.

— J'ai en effet l'honneur de connaître un peu M. Maugreval, répond mon père. Nous sommes chasseurs l'un et l'autre, et il nous est arrivé maintes fois de nous rencontrer par les clairières. De là, quelques conversations rapides.

— Gageons qu'il a fait votre conquête, hein? Quelle verve! quelle originalité! quel esprit! quel savoir!

— Oui, certes, monsieur le comte. Un savoir fort étendu. Un esprit fin, mordant, incisif...

— Presque du génie!... exclame l'enthousiaste Ladimir, dont le hautbois, pour cette fois seulement, se transforme en trombone.

— Ah! dis-je en ricanant malgré moi, du génie! dans quel genre?

Le comte Obrinski, tout en caressant avec précaution sa barbe fastueuse, coule vers moi ses yeux microscopiques. Ils brillent comme deux boutons de jais, ces yeux-là. Ils me gênent et ils m'irritent. Il me semble les sentir se faufiler en moi, fureter parmi mes secrets, soulever le couvercle de mes pensées, et entr'ouvrir curieusement l'écrin de mes rêves.

— Mais, — roucoule Ladimir, — quand ce ne serait que le génie de la séduction, hein?...

Tout mon sang a reflué vers mon cœur. Est-ce une allusion à Diane? Cet homme oserait-il prétendre?... Ah! qu'il y prenne garde! A la première insinuation offensante pour elle, rien au monde ne m'empêchera de le broyer sous mes pieds!

Bast! je suis fou. Il ne songe pas à Diane. Sait-il seulement qu'elle existe?

Flûtant de nouveau sa voix et sucrant à outrance la crème de son sourire :

— Puisque vous appréciez si bien les mérites de mon ami Roland, dit-il à mon père, d'où vient... vous allez me traiter d'indiscret, hein?... d'où vient que je n'ai pas encore eu le bonheur de vous apercevoir aux Taillis?

La question paraît embarrasser M. de Soriat.

— Mon Dieu, murmure-t-il, j'aurais un extrême plaisir à me lier avec M. Maugreval, à le recevoir, à le visiter. Il y a de remarquables affinités entre lui et moi, malgré la différence de nos âges; et, si j'étais garçon...

— Comment cela, hein?

— J'entends par là : libre de toute responsabilité paternelle. J'ai une fille, monsieur le comte...

— Oui; mais elle se marie, hein?

— Elle me quitte, il est vrai. Mon fils, de son côté, va s'installer pour trois ans au moins à Paris, où je désire qu'il étudie le droit, en sorte que bientôt il me sera loisible, Dieu merci, de vivre à ma fantaisie. Jusque là, je me vois contraint de ménager certaines susceptibilités. M. Maugreval a, malheureusement, une réputation... comment dirai-je?

— Disons : exécrable, hein?

— Pas précisément. Mais son dédain pour les préjugés reçus, son peu de souci de l'opinion et son goût immodéré pour le.... pour les....

— Pour le jupon, hein?

— Lui ont suscité beaucoup d'ennemis. On l'évite, on le tient à distance. Le vide s'est élargi autour de sa personne. Ah! dame! la province est prude, et lorsqu'on l'habite, on ne saurait lui faire trop de concessions. Par ces motifs, j'ai dû, à mon grand regret, couper court à des relations qui m'étaient agréables et m'abstenir de convier M. Maugreval à la cérémonie qui se prépare. Du reste, je lui ai soumis mes scrupules, et il a bien voulu les admettre et les excuser.

XIV

Durant ce discours de mon père, le comte Obrinski, les yeux à demi-clos et dodelinant la tête comme un dilettante qui savoure du Rossini, n'a cessé de donner des marques de ravissement. Presque entre chaque mot, il s'est écrié à la sourdine :

— Puissamment raisonné. Tact étonnant. Prudence admirable. Sagesse supérieure. Profonde connaissance du cœur humain. Parfait! Parfait!

Et, quoiqu'il se les soit adressées à lui-même, ses exclamations n'ont point été perdues; M. de Soriat ronronne et se pourlèche. Obrinski n'a pas l'air de s'en douter.

Je ne sais pourquoi ce Polonais luisant, chatoyant, scintillant, me produit l'effet d'un de ces miroirs à pivot dont les chasseurs se servent pour attirer les alouettes.

— Vous voyez que je suis franc avec vous, monsieur le comte, achève mon père. J'ajouterai que, quant à vous personnellement, je serais mille fois heureux si vous consentiez à honorer de votre présence notre dîner d'après-demain et le bal qui le suivra. La proposition n'a rien de séduisant, je l'avoue. Nous sommes des campagnards, des braves gens sans façon; mais enfin, à la guerre comme à la guerre !

Il n'a pas fermé la bouche, que Ladimir, touché aux larmes, s'est rué sur lui et lui a serré les mains d'abord, puis les poignets, puis les coudes, puis le haut des bras.

— Ah ! monsieur !... ah ! cher monsieur !... ce témoignage d'estime, hein ? cette preuve de sympathie... Là, vrai, je suis ému... Et je n'oublierai... jamais... jamais, hein ?

Il est si ému que son hautbois se change en clarinette. Le dépit me transporte. Je suis furieux contre mon père ; je me lève pour m'éloigner, lorsqu'à mon excessive surprise, j'entends Ladimir, au milieu d'une avalanche de civilités, de clignements d'yeux et de hochements de barbe, s'excuser, refuser l'invitation.

Ce refus contrarie visiblement M. de Soriat.

Le comte Obrinski lui plaît fort. Il ne serait pas fâché de produire à sa table un gentilhomme qui le comprend, qui le trouve remarquable, qui s'extasie à son moindre mot et qui est devant lui comme un perpétuel point d'admiration.

Il insiste donc de son mieux ; mais le cruel Ladimir demeure inexorable.

Son temps, dit-il, ne lui appartient pas. Il ne peut disposer même d'une demi-journée. Un immense travail l'absorbe. Depuis plusieurs années déjà il poursuit l'achèvement d'un grand ouvrage historico-philosophique sur les révolutions de son pays.

Ledit ouvrage touche à sa fin ; les éditeurs le réclament ; le public s'impatiente... Ladimir n'a pas le droit de s'amuser.

— Je vous étonne, hein, cher monsieur ? Vous êtes surpris de ce qu'un homme jeune — j'ai vingt-neuf ans, — doué d'un beau nom, de quelques avantages physiques et d'une fortune indépendante, — car j'ai une fortune extraordinairement indépendante, hein ?

Mon père salue, quoiqu'il ne possède aucun renseignement sur la fortune du Polonais.

— Consacre ses loisirs à d'aussi accablants travaux. Que voulez-vous ! Triste exilé sur la terre étrangère, ah ! que de fois, cher monsieur, que de fois je me suis ennuyé ! Il fallait un but à ma vie, hein ? Je lui ai donné celui-là.

— But sacré, but noble, s'il en fut, monsieur le comte, s'écrie mon père, dont l'estime pour Ladimir se surcharge de respect. Je m'explique à présent vos habitudes sédentaires, vos rares excursions au dehors. Je m'explique également vos longs séjours chez M. Maugreval. Le calme des champs, la méditation, la retraite, voilà ce qui est absolument nécessaire à l'édification de votre œuvre...

Le comte Obrinski semble ébloui par la pénétration de M. de Soriat. Il cligne des yeux, bat des mains sans bruit et effeuille un baiser dans les airs.

M. de Soriat l'examine avec une curiosité très vive. Écrire une lettre à son sellier étant, pour lui, une opération qui exige quatre heures de temps et sept ou huit brouillons, il considère tout homme qui fait des livres comme un être phénoménal, une bizarrerie de la nature, quelque chose tenant le milieu entre le mouton à cinq pattes et le veau à deux têtes.

— Me permettrez-vous, murmure-t-il timidement, de m'enquérir du titre de l'ouvrage ?

— *Les Convulsions de la Pologne*, cher monsieur.

— Superbe ! oh ! superbe !

— Et, continue Ladimir, quant au sens dans lequel il est écrit... je... hein ?

C'est moi qui viens d'interrompre le comte pour lui demander, non sans malice :

— Est-il écrit en polonais ?

Cette fois Obrinski me regarde fixement entre les deux yeux, et son regard n'a rien de doux ni de complimenteur. J'y lis une ironie presque féroce. Un frisson me glace le dos.

— En Polonais, oui, mon jeune ami, répond Ladimir. C'est pourquoi beaucoup de gens n'y verront que du feu. Savez-vous le polonais, hein ?

— Non, monsieur.

— Eh bien ! un de ces jours, je me chargerai de vous l'apprendre...

— Que de bontés ! se récrie mon père. Voyons, mon ami, remercie donc monsieur le comte.

— Inutile ! oh ! de grâce, inutile ! proteste ce dernier.

Et il balance agréablement sa barbe de patriarche, tandis que d'un geste cordial il me présente, en s'inclinant, un bouquet invisible.

— Ah ça ! reprend-il, causons un peu de ma petite dame, hein ?... ou plutôt de celle de mon ami.

La petite dame !... Son souvenir, complétement effacé par tant d'émotions diverses, renaît alors en moi.

— Je viens la chercher, chantonne Ladimir.

— La chercher ?... répète mon père, qui ouvre de grands yeux.

— Et vous offrir en même temps, cher monsieur, l'expression de ma reconnaissance... ou plutôt de celle de mon ami, hein ?

— J'ai mérité, moi, votre reconnaissance, monsieur le comte ?

— Eh ! sans doute. Ne l'avez-vous pas recueillie, entourée de soins paternels ?

— Hum !... mille pardons ! Vous me parlez de... ?

— D'Hélène. Comment va-t-elle, hein ? Est-elle en état de supporter la voiture ? J'ai choisi la plus douce et la mieux suspendue. Mon coupé bleu enfin.. Le coupé bleu de Roland, veux-je dire. Singulière habitude que j'ai là, hein ? Je confonds toujours, voyez-vous, parce que Roland et moi, nous sommes deux amis tellement...

Il s'interrompt, réfléchit une seconde et vocifère avec éclat.

— Deux amis ?... Non, Deux frères... Deux !...

Et, afin de rendre sa pensée plus palpable, il lève en l'air son index et son médium gantés de jaune.

Je ricane assez haut. Ce gentilhomme et son ami m'inspirent un mépris radical. Je voudrais pouvoir crier dans les oreilles de Ladimir : « Qui se ressemble s'assemble », et : « Dis-moi qui tu hantes, je te dirai qui tu es. »

Néanmoins je me refuse cette jouissance ; et, remarquant que mon père tombe littéralement des nues, je m'empresse de lui raconter mon aventure avec la petite dame.

Il l'écoute d'un air mécontent. Lorsque j'ai fini mon histoire, il se promène de long en large, soucieux et muet.

— La blessure est légère, dis-je pour le rassurer. A l'heure qu'il est, madame Maugreval ne court aucun danger. Elle repose. Voilà probablement pourquoi monsieur a trouvé fermée la porte du pavillon de Marthe. Si monsieur avait pris la peine de frapper...

— Gilbert !... s'écrie sévèrement M. de Soriat.

— Eh bien, mon père ?

— Qu'est-ce que c'est que ces façons-là ?

— Quelles façons ?

— Ne sauriez-vous donner son titre à monsieur le comte ? Comment vous a-t-on élevé à Paris ?

— Oh ! de grâce, oh !... intercède encore le généreux Ladimir. Ne l'effarouchez pas. Un si gentil enfant ! Démocrate, hein, jeune ami ? Evidemment, évidemment. Sainte horreur des distinctions sociales, hein ? Parfait, parfait ! Profond dédain pour les titres, particules et autres plaisanteries ? Adorable ! adorable !

Je suis blanc de fureur. Toutefois, dévornt ma rage, je répète froidement :

— Pourquoi donnerais-je un titre quelconque à monsieur, puisque, pour désigner une dame qui n'est ni sa parente, ni sa femme, ni son amie, il se permet de l'appeler Hélène ?

— Insolent !... exclame mon père. Vous allez...

— Oh ! de grâce, oh !... ne le grondez pas, hein ? ce petit. Ne le mettez pas au pain sec, cher monsieur.... Très-drôle. Plein d'à-propos, hein ?... Enfant terrible, hein ?... Pétillant d'espièglerie. Aura beaucoup d'esprit dans une vingtaine d'années. Parfait ! délicieux !

Et il rit, le misérable ! et il cligne de l'œil, et il me lutine de loin avec son énorme doigt beurre frais, comme on lutine un bébé dans les bras de sa bonne. O furie ! Je ne sais ce qui me tient de l'empoigner par sa barbe et de le souffleter pendant vingt minutes sans interruption.

Mais le voilà qui recommence.

— Cela vous offusque donc bien, jeune ami, que je l'appelle Hélène, hein ?... Bravo ! Indignation qui promet. Germe de chevalerie. Racine de respect aux dames. Graine d'amour naissant peut-être, hein, mon joli page ? On n'a pas impunément porté la châtelaine dans ses bras, hein ? Le petit cœur fait tic-tac. Délicieux, aérien, romantique, élégiaque en diable !

Et il rit encore. Je me lève avec emportement, je vais m'élancer hors de la charmille. Mon père me retient.

— Restez, Gilbert, je vous l'ordonne. Et nous allons avoir ensemble...

— Oh ! de grâce, cher monsieur, ne le mettez pas en pénitence. Laissez-moi lui expliquer... Je l'appelle Hélène, jeune ami, parce que Roland l'appelle de la sorte. Or je suis le frère de Roland, hein ?... son hôte, son commensal, son bras droit, son régisseur, son représentant. Hélène et moi, jeune ami, nous sommes des intimes.

— C'est donc pour cela, — articulai-je entre mes dents contractées — que ce matin, dans la serre de M. Maugreval, madame Hélène vous a dit : « Vous serez châtié de votre impudence et je vous ferai chasser d'ici comme un laquais ?

Malgré son aplomb, le comte Ladimir Obrinski sursaute, et la peau de son visage prend une teinte terreuse.

Mon père, stupéfait de mon audace, demeure pétrifié.

— Ah!... elle vous a confié cela, jeune ami? balbutie Ladimir. Les femmes brodent, voyez-vous. Ne les croire qu'à moitié, hein? Et encore, et encore!

— Elle ne m'a rien confié, monsieur. Elle n'a même pas prononcé votre nom. Elle vous...

— Silence! interrompt mon père. Vous allez vous rendre immédiatement dans votre chambre, monsieur, et y attendre mes décisions.

Je m'incline. Ladimir tamponne son front humide avec son mouchoir. Il est très pâle, très pensif, très silencieux maintenant. Il rit toujours, mais ses lèvres sont blanches et ses petits yeux s'injectent de rouge.

— Avant tout, reprend M. de Soriat, expliquez-moi pour quelle raison, après avoir introduit chez moi cette dame, vous n'avez pas daigné me prévenir.

— Vous avez été constamment si entouré, mon père, que je n'ai pu m'approcher de vous.

— Mensonge! Manque d'égards et rien de plus.

Ne jugeant point à propos de réfuter cette accusation injuste, je poursuis :

— D'ailleurs, il n'y avait pas lieu de vous avertir avec tant de hâte. J'ai offert à madame Maugreval de lui faire préparer un lit...

— Morbleu! de quoi vous mêliez-vous?

— Alors, elle m'a déclaré qu'elle se trouvait fort bien chez Marthe et qu'elle ne souffrirait pas qu'on la transportât ici. Voici du reste ses propres paroles : Annoncez à M. de Soriat que je suis entrée chez lui, mais dites-lui bien que j'y suis entrée à mon insu.

— A son insu!... fit mon père en haussant les épaules.

— Elle était évanouie, murmurai-je.

— Ah! oui, nécessairement. Pâmée, n'est-ce pas? Encore une! Et de trois. Enfin!... Elle est entrée chez moi à son insu, soit. Après?...

— Dites lui surtout, a-t-elle ajouté, que si mon état de faiblesse me retient malgré moi dans sa maison, je m'en éloignerai du moins aussitôt que j'en aurai la force.

XV

M. de Soriat, qui arpente à grands pas la charmille, fait halte, me regarde fixement, paraît touché.

— Elle a dit cela?

— Mot pour mot, mon père.

— Eh bien! ventrebleu, elle est ce qu'elle est, cette fille-là; mais elle a du cœur... et elle sait se tenir à sa place.

Foudroyé par l'étonnement, je reste bouche béante.

— Ah! ah! dit le comte Obrinski, dont le visage s'est peu à peu rasséréné, vous êtes au courant de la situation, cher monsieur, hein?... Roland vous a avoué...

— Il y a été amené par la force des choses, monsieur le comte. Cette jeune femme m'avait intéressé. Elle jouit de la meilleure réputation dans le pays, et il ne m'aurait point déplu qu'elle se liât avec ma fille. J'en parlai à M. Maugreval, qui fut alors contraint de me confesser la vérité.

— Sous le sceau du secret, hein?

— Non : il ne m'a nullement recommandé le silence. Je me suis tu néanmoins, ne voulant pas perdre cette malheureuse fille dans l'esprit des gens du canton. Ils l'aiment et ils l'estiment. Elle ne fait de mal à personne ; au contraire, elle est très charitable et elle soutient plusieurs familles. En somme, elle se conduit aussi bien qu'on peut se conduire dans sa position ; et, ma foi!... ce n'est pas votre serviteur qui lui jettera la première pierre.

Le tendre Obrinski décoche un baiser aux oiseaux vraisemblablement cachés sous les feuilles ; puis il joint ses mains considérables et murmure :

— Bonté. Grandeur d'âme. Élévation de sentiments, hein?... Tolérance chrétienne. Parfait! parfait!...

— Mais, s'écrie mon père, jugez un peu de mon embarras si maître Gilbert, qui ne doute de rien, avait apporté ici sa trouvaille! Vous représentez-vous ces dames et ces demoiselles entourant de caresses, d'attentions et de prévenances... qui? La maîtresse du beau Roland!

La maîtresse du beau Roland!... Pauvre Hélène! pauvre égarée!

Voilà donc pourquoi elle a rougi de honte et d'épouvante quand j'ai parlé de lui envoyer ma sœur! voilà donc pourquoi elle a pleuré, tremblé, essayé de fuir quand j'ai voulu l'amener ici, au milieu d'honnêtes femmes et de jeunes filles pures.

— Hospitalité compromettante, hein?... soupire le Polonais. Évidemment, évidemment. Je vais vous débarrasser de la donzelle, cher monsieur, l'arracher à votre fidèle Marthe, l'enlever presto, subito, sans tapage, en tapinois. Et si l'aventure s'ébruite, cher monsieur, eh bien! vous serez censé n'avoir rien su, rien vu, rien connu, hein?...

— Vous me comblez, monsieur le comte. Mais vous-même, par qui avez-vous été informé de sa présence chez moi?

— Voici, cher monsieur : Il y a une heure, j'étais dans la cour des Taillis, lorsqu'un paysan y entra, tenant en bride la jument d'Hélène. A propos, jeune ami, m'excusez-vous à présent de l'appeler Hélène, hein?... Pas de cérémonies avec ce genre de créatures, hein?... Vous permettez? Parfait! parfait!...

Il cligne des yeux, fouille dans son gilet, fait semblant d'y prendre son cœur, me le lance à la volée et poursuit :

— Jument fourbue, genoux à vif, trois cents louis à tous les diables. Charmant, délicieux. J'interroge le paysan. Ne peut rien me dire. A rencontré la bête en plein champ de betteraves, l'a reconnue, ramenée... Parfait! Cinq francs au paysan. Ma tête dans mes mains, méditation douloureuse, accident à craindre, sueur froide, cheveux hérissés. Je réunis mes gens, je me dispose à les expédier à la découverte. Tout à coup...

Ladimir a prononcé ce « tout à coup » avec une telle chaleur et d'une voix si aiguë, que mon père effrayé a bondi.

— Tout à coup apparaît un homme, un de vos domestiques, cher monsieur.

— Un de mes domestiques?

— Il le prétend du moins. Figure honnête, cheveux blancs, nez tuberculeux, odeur vineuse, ivresse prononcée.

— C'est ce misérable Tringlot! dit mon père. Un ivrogne. Mon jardinier, monsieur le comte.

— Et, dis-je à mon tour, c'est sa femme qui l'aura envoyé aux Taillis. Madame Hélène l'avait pourtant suppliée de n'en rien faire.

— Tringlot, hein?... Mari de la respectable Marthe, hein?... Charmant, charmant. Annonce en titubant que la petite dame a fait une chute. Recommande qu'on ne s'inquiète pas. Dit qu'elle est bien soignée par M. de Soriat, chez M. de Soriat, au manoir de Soriat. Demande un verre de vin, avale la bouteille entière, s'étend, s'endort. Je fais atteler le coupé bleu, j'arrive céans, où j'ai bien l'honneur de vous saluer.

Cette narration à toute vapeur a été débitée par Ladimir avec un sérieux de croque-mort. Quant à ses prodigieux effets de barbe, de voix, de pattes et de prunelles, il faut renoncer à les dépeindre.

En dépit de mes angoisses renaissantes, en dépit de la rage que j'éprouve d'avoir été traité comme un oeuit garçon par cet homme et par mon père, j'ai peine à réprimer le fou rire qui m'envahit, et c'est d'un accent étranglé que je dis à M. de Soriat :

— Puis-je me retirer, maintenant?

— Non! vocifère Ladimir. Oubli et pardon. L'affaire est arrangée, hein? Hélène, étant la maîtresse de Roland, inutile de l'appeler madame, hein? D'ailleurs, fille de très basse condition. Petite ouvrière de Paris. Parents pauvres, mais honteux.

Enlevée par Roland dans une citadine. Rien du tout, par conséquent, hein? Jeûne ami, la paix. Voici ma main cordiale.

— Monsieur le comte est trop bon, grogne le meilleur des pères. J'exige, quant à moi...

— Oh ! de grâce, hein ?... Plus un mot. Sujet épuisé. Tous les torts du côté de Ladimir. A énervé son jeune ami par des railleries bizarres. Union et concorde, hein ?

— Il me serait pénible, monsieur le comte...

— Ah ! parfait ! charmant ! délicieux ! N'en parlons plus. Et que mon jeune ami, maintenant, soit bien convaincu d'une chose, hein ?... A savoir : que si quelqu'un très prochainement est chassé des Taillis comme un laquais, — ou comme une servante, — ce quelqu'un-là ne sera point le comte La dimir...

— Est-ce que M. Maugreval songerait à une rupture ?... demande mon père.

— Evidemment, évidemment. Faible, beaucoup trop faible avec les femmes, mon pauvre Roland. Les aime, les séduit, les enlève, vit maritalement, croit que ça va toujours durer, s'en lasse au bout de six semaines et ne sait plus comment s'en dépêtrer ! Ravissante, mais atroce, une telle vie, hein ? Hélène est condamnée, cher monsieur de Soriat.

— Comment, condamnée ?

— Oui, cher monsieur, à déguerpir. Petite femme très encombrante pour l'avenir d'un homme. Lourde chaîne. Ce que, dans le monde des arts, on appelle un « crampon ». La rupture est urgente. Il y a trois mois que Roland a écrit la lettre d'adieu...

— Et il hésite à s'en dessaisir, je gage ?

— Délicieux !.. admirablement pressenti. Oui, Roland a reculé tant qu'il a pu. Renonçant aujourd'hui à donner la lettre à Hélène, il me charge de cette mission. M'a fait remettre le billet fatal, ce matin, par Désiré, son valet de chambre, avec prière d'en finir. Une triste tâche qui m'incombe, hein ?.. cher monsieur, une tâche d'exécuteur des hautes œuvres. Navrant ! navrant !

Et Ladimir se voile la face avec ses incommensurables gants jaunes. Peut-être a-t-il remarqué dans mes yeux de la compassion, et peut-être veut-il me dissimuler la joie sauvage qui brille dans les siens.

Puis il continue :

— Fille infortunée! Mieux aurait valu pour elle que tout à l'heure elle se fût tuée net. Adore Roland. Ne s'attend guère à la tuile incluse dans mon portefeuille. Fera pour sûr une maladie. Ou bien se jettera dans la rivière, sera repêchée, prendra un autre amant et deviendra très grasse. Ainsi a toujours été le monde. Il n'y a de rude que le premier coup, hein?

— Mais, balbutie mon père tout surpris de se sentir ému de pitié, quelques semaines de retard ne...

— Impossible, cher monsieur. Nous devons nettoyer la place, hein?... Roland se marie.

— Il se marie !

En articulant ces mots d'une voix déchirante, je me suis assis, ou plutôt écroulé sur ma chaise.

— Oui, jeune ami, Roland se marie, et pour de bon, l'imbécile! Pardon, hein? Le chagrin me désagrége. Voyons, pas de gros mots. Il épouse une jeune personne très honorable. L'a rencontrée à Paris, dans la rue, escortée de sa mère. En est tombé amoureux fou, épileptique, forcené, selon son habitude. L'a suivie, a mis tout en œuvre pour la séduire, a échoué, a proposé un enlèvement. L'enlèvement, chez lui, est une maladie chronique. A encore échoué. Délicieux, hein? Était aimé cependant. Je ne connais pas de femme qui ait pu s'empêcher d'aimer Roland, hein? En désespoir de cause, a offert son nom et sa fortune. Parfait! parfait !

— Et ensuite? dis-je, haletant.

— Ensuite, jeune ami, le beau Roland a été agréé, séance tenante. Les bans sont affichés. Incessamment, j'assisterai à la plus violente absurdité des temps modernes : le mariage de Roland Maugreval avec une fille sans dot.

— Et cette fille se nomme?..

— Diane Haveril, jeune ami.

— Vous m'étonnez, dit mon père. Cette demoiselle est actuellement chez moi. C'est elle qui s'est pâmée. Et quoique j'aie attribué tout d'abord sa pâmoison au manque d'exercice... Eh bien ! Gilbert, qu'est-ce qu'il vous prend, monsieur? Où allez-vous ainsi sans avoir présenté vos hommages à monsieur le comte? Gilbert! Gilbert !

Ah! comme je suis déjà loin !

Pleurant, criant, me déchiquetant la poitrine avec mes ongles, je cours, je bondis, je m'élance droit devant moi...

Je traverse la maison sans m'y arrêter, je remonte l'avenue comme une flèche, j'enfonce d'un coup de pied la porte du pavillon, et saisissant à bras-le-corps Marthe épouvantée, je lui crie :

— Madame Hélène ! où est madame Hélène?..

XVI

La mère Tringlot me regarde, pâlit, pose vivement ses deux mains sur mes épaules :

— Qu'est-ce que tu as, chéri ? Tes yeux sont tout drôles. Tes joues brûlent. As-tu la fièvre? Es-tu malade, mon Gilbert?

Je la repousse, je me précipite dans la seconde pièce; je vois le lit défait, la chambre vide.

— Mais elle est partie, me dit Marthe, qui, effarée, m'a suivi pas à pas.

Je frappe du pied avec colère.

— Partie !... Où ? Comment ?

— A pied. Toute seule. Nu-tête et avec sa robe à queue. Je n'ai pas pu l'en empêcher, mon chéri. Faut te dire qu'elle dormait quand la voiture s'est arrêtée à la grille. Le bruit l'a réveillée. Sans bouger de son lit et à travers la fenêtre, elle a reconnu le coupé bleu... et puis, dedans, l'ami de M. Maugreval, ce monsieur à grande barbe qui...

— Après ? après ?...

— Alors ses dents se sont mises à claquer. Elle s'est jetée en bas du lit et elle m'a conjuré de fermer la porte et de ne pas ouvrir si on frappait. Elle était plus blanche que les draps. Ça m'a fait peur. J'ai fermé la porte. On n'a pas frappé. La voiture a descendu l'avenue, même que tu as dû la voir en venant, chéri, puisqu'elle est à cette heure devant le perron et que tu as passé à côté d'elle.

— Après, nourrice, après?

— Eh ben! après, la voilà qui s'habille au galop, qui enlève ses compresses, qui arrange ses cheveux tant bien que mal. Et puis la voilà qui me prend par le cou, qui m'embrasse cinq ou six fois d'affilée et qui me dit : — Marthe, qu'elle me dit comme ça, vous êtes une excellente femme. Si vous appreniez un de ces jours...

Ici, les paupières de Marthe se gonflent et rougissent, sa voix s'éteint. Elle se frotte rudement les yeux avec son mouchoir à carreaux, et reprend :

« Si vous appreniez un de ces jours que je suis morte, — qu'elle me dit, le pauvre cher ange du bon Dieu, — il faudrait prier pour moi, ma bonne Marthe!... »

Qu'est-ce que tu veux, chéri! Moi, ça m'a cassé bras et jambes. Je me mets à pleurer pire qu'une Madeleine, et je lui réponds : C'est des bêtises, ma chère petite dame. On ne trépasse pas à l'âge que vous avez. Dont n'y en a pas d'exemple. A preuve... Mais bah!... plus personne. Elle était déjà partie.

— C'est ta faute, Marthe.

— Jésus Seigneur! c'est ma faute si elle est partie ?

— Oui. Pourquoi as-tu envoyé Tringlot aux Taillis? Elle te l'avait défendu. Ne comprends-tu pas qu'elle déteste ce Polonais, et qu'elle a mieux aimé se sauver que de revenir chez elle avec lui dans cette voiture? Voyons, après? Quand tu me regarderas de ton air ébaubi? Si ce Polonais est venu la chercher, c'est grâce à toi!

— Mon bon chéri, est-ce que je savais, mon Dieu!... est-ce que je me doutais?... J'ai cru bien faire... J'ai craint qu'on ne soye inquiet là-bas...

— Enfin! Depuis combien de temps t'a-t-elle quittée?

— Depuis un quart-d'heure.

— Bon. Je la rattraperai...

— Attends, chéri. Si tu la rattrapes, rends-lui ça.

Marthe me tend une petite bourse de soie rouge, travaillée au crochet et marquée en noir des deux initiales : H. G.

La bourse est lourde. Elle paraît contenir de l'or.

— J'ai découvert ça, après son départ, dans un bas que je suis en train de tricoter pour ce vieux pochard de Tringlot. Un sac-à-vin qui mériterait plutôt que je lui file une corde pour le pendre... Tu conçois, elle avait caché la chose sous mes écheveaux. Mais pas de ça, Lisette... Dis-lui que je ne lui en veux pas, quoiqu'elle m'ait fait de la peine.

Je glisse la bourse dans ma poche et je saute dehors.

— Elle a sûrement pris par les bois, me crie Marthe : histoire de ne rencontrer personne. Ah ça! qu'as-tu donc de si pressé à lui...?

Sa voix s'évanouit dans le vent. Je cours à perdre haleine. A ma droite et à ma gauche, les champs se déroulent : ceux-ci nuancés de couleurs vives; ceux-là tondus de près, lisses, verts, unis à l'œil comme des tapis de billard. Tous semblent venir au-devant de moi.

Mes pieds frappent la terre sans relâche. A ce bruit, d'innombrables volées d'oiseaux, — pies, corneilles, alouettes, mésanges, qui picorent dans les sillons, — s'effarouchent et s'enlèvent. Bientôt l'espace s'élargit, mon regard plonge aux plus lointaines limites de l'horizon, et enfin, au-dessous de moi, au bas d'une pente rapide, j'aperçois les cimes déjà chauves et les feuillages rouillés du petit bois des Taillis.

Avec une vitesse insensée, je descends. Mon cœur m'étouffe. La sueur m'aveugle.

C'est une tiède après-midi de septembre, voilée souvent par de grands nuages, puis égayée par de larges éclaircies de lumière. Une gaze de brume couleur d'ardoise flotte à la lisière du bois...

Où vais-je?... Quel est mon but?... Qu'est-ce que je désire?... Je ne sais plus. Je vais machinalement, stupidement.

Stupidement je contemple les frondées jaunies qui, au soleil, rougissent et chatoient, mais qui revêtent des teintes d'encre lorsque la nuée a envahi le ciel. Durant ces éclipses fugitives, mon âme aussi se tend de noir et l'air qui soulève mes cheveux s'imprègne d'une froideur sépulcrale. Puis la nuée passe, le soleil sourit et quelque chose d'inconnu se ranime en moi.

J'arrive enfin sous les arbres. Une mousse épaisse assourdit le son de mes pas qui écrasent en se hâtant les pommes de pin tombées. Les vieux troncs se succèdent comme une colonnade. Un silence mystérieux et doux m'enveloppe, me rafraîchit, m'apaise; et, pareille à un baume qui fortifie, la pénétrante odeur des chênes me ressuscite pour un instant.

Je me souviens. J'appelle Hélène.

Hélène!... a répondu l'écho sonore et long. Et les feuilles chuchotent. Et les branchettes craquent. J'entends des battements d'ailes, des frôlements furtifs. Puis plus rien. Le silence!

Je suis pourtant sur le sentier qui mène aux Taillis. Serait-elle arrivée déjà? ou bien a-t-elle pris une autre route?

Me voici tout au bout du sentier. Devant moi, un vaste espace découvert, une nappe violette parsemée de marguerites et enchâssée dans un fouillis d'arbustes et de buissons.

Point d'Hélène!

Tout d'un coup le désespoir noie ma raison, tord mes muscles, m'abat contre terre, les poings crispés, la face ensevelie dans l'herbe.

Je pleure et je me lamente. C'est une crise nerveuse. Quoi d'étonnant? Je suis à jeun depuis la veille; la fatigue du voyage, le rhum que Ladimir m'a fait avaler malgré moi, enfin les commotions morales qui m'ont assailli sans trève depuis mon retour, ont brisé mon corps et embrâsé mon cerveau.

Je mouille le gazon de mes larmes. Elles coulent comme les gouttes chaudes d'une pluie d'orage. Et par intervalles, avec un frissonnement convulsif, je m'écrie d'une voix d'enfant blessé :

— Madame Hélène!... Oh!... madame Hélène!...

— Qui m'appelle? a dit quelqu'un soudain.

D'un bond, je me dresse sur mes genoux et je vois s'écarter les branchages d'un massif.

Hélène m'apparaît, pâle, immobile, prête à s'enfuir, les cheveux en désordre, le pied tendu en avant, ses yeux noirs fixés sur moi comme le seraient ceux d'une biche sauvage.

Je tends mes bras vers elle, et, lentement, elle s'approche.

Quand elle est tout près de moi, elle se penche un peu, pose sa main fraîche sur mon front moite et brûlant qu'elle renverse légèrement en arrière; puis, attachant sur le mien son regard sérieux, mais rempli de douceur :

— Qu'avez-vous, mon enfant?... me dit-elle. Et que voulez-vous de moi ?

Son enfant! Ah! certes, je ne suis qu'un enfant bien faible, bien débile, bien méprisable!... Quoique plus jeune que moi, de combien ne me surpasse-t-elle pas en fermeté, en calme, en énergie!...

Les larmes continuent à ruisseler sur mes joues. Elle attend et elle se tait. Enfin, me prosternant devant elle et baisant le bas de sa robe :

— Il veut vous chasser pour épouser Diane!... Sauvez-la, madame, si vous le pouvez, sauvez-la!..

Voilà ce que je crie à madame Hélène : car, Dieu m'en est témoin, l'exaltation qui me fait agir et parler en ce moment n'a pour mobile aucune préoccupation personnelle.

C'est à Diane seule que j'ai songé ; à Diane qui, je le pressens, ne saura pas échapper à la fascination de cet homme ; à Diane dont tout l'avenir est en jeu et que je voudrais, au prix de mon sang, repousser loin de l'abîme.

Hélène n'a même pas tressailli. Une pâleur plus intense se répand sur sa figure mate; mais aucun autre signe extérieur ne trahit l'atroce blessure que je viens de lui faire.

Hélas! j'ai songé à Diane et n'ai point songé à celle-ci. Même à cette minute, — même en sentant sa main froidir, et se refroidir encore, et se changer en un morceau de glace sur mon front, je ne devine pas, je ne sais pas ce qu'elle souffre, — ou plutôt je ne veux pas le savoir !

Longtemps elle demeure ainsi, muette, les yeux rivés sur mon visage. A la fin elle les détourne, les abaisse vers la terre, se croise les bras et, d'un ton bref :

— Qui est cette Diane?

Aussitôt, comme si sa question avait subitement ouvert les écluses de ma pensée, mes lèvres s'entr'ouvrent, laissant déborder un flot torrentueux de paroles ardentes.

Je lui raconte tout, mes chimères de lycéen, mon adoration romanesque pour une inconnue, ma rentrée au logis paternel et les bondissements de joie que, ce matin même, l'attente imprimait à ma poitrine.

Je lui raconte ma première entrevue avec Diane, mon rêve ancien se transformant dès cette heure en un amour profond, mes radieuses espérances si vite allumées et presque immédiatement éteintes par les révélations du comte Obrinski.

Je lui raconte tout cela. Elle m'écoute impassible: son étrange sang-froid ne s'est pas démenti.

Mais lorsque je parle du mariage prochain de Diane avec Roland, elle relève la tête; ses prunelles luisent d'un sinistre éclat.

Et alors, ses narines qui se dilatent, les coins de sa bouche qui se retroussent, restituent à sa physionomie l'expression de fierté indomptable et d'orgueilleux dédain qui est le trait saillant de sa beauté hautaine.

XVII

— Elle est donc bien séduisante, votre Diane? me demande Hélène amèrement.

— Madame, elle est belle comme un ange.

— Et vous supposez qu'elle aime M. Maugreval?

— Hélas! je n'en suis que trop sûr.

— Allons donc! ricane Hélène, si elle l'aimait, est-ce qu'elle lui aurait résisté?

En s'exprimant de la sorte, elle arrache ses gants, elle les déchire, elle les lacère.

— Oh! la vertueuse personne! reprend-elle d'un accent sardonique... Oh! l'ingénue et naïve demoiselle, qui compte avec la passion, calcule avec son cœur et manœuvre avant tout de manière à se faire épouser!

Hélène hausse les épaules, marche çà et là par saccades. Puis, brusquement, elle revient à moi la main tendue.

— Je vous afflige. Pardon ! J'ai tort. Mais pourquoi, dans votre détresse, vous adressez-vous à moi ? Comment se fait-il que, me sachant à la veille d'être expulsée des Taillis, c'est de moi cependant que vous réclamez aide et secours ?

A cette interrogation imprévue, je me trouble et je balbutie. J'ai peur de m'engager sur un terrain dangereux; j'ai peur de froisser Hélène, d'exciter sa défiance...

Pourtant il faut répondre... car c'est d'elle seule que j'attends le salut de Diane et le mien.

Très étonnée de mon silence, Hélène m'examine avec attention.

Je suis toujours à ses pieds. Mes genoux sont enfouis dans l'herbe haute; la sueur colle mes cheveux sur mon front, et les derniers halètements de ma course effrénée soulèvent ma poitrine.

— Voyons! reprend-elle, qu'espérez-vous de moi ? Vous me suppliez de sauver votre Diane. Par quels moyens entendez-vous que je la sauve?

— En empêchant ce mariage.

— Le puis-je ?

— Vous le pouvez.

— Me jugez-vous capable de préparer un éclat, de provoquer un scandale public?... Est-ce là ce que vous me conseillez de faire ?

— Non, oh ! non, madame Hélène.

— Eh bien, alors ?...

Elle est debout devant moi. C'est par simple curiosité qu'elle m'interroge : car il me suffit d'un coup d'œil jeté sur elle pour deviner que son parti est pris.

Quel est-il ? Obéira-t-elle à Roland ? La maîtresse cédera-t-elle le pas à l'épouse?... Ou bien luttera-t-elle désespérément jusqu'à l'heure où elle sera brisée ?

Je l'ignore. Mais je suis convaincu, mais je sais, mais je sens que l'âme de cette petite femme brune et frêle est inflexible comme une barre d'acier. Ce qu'elle a résolu de faire, elle l'accomplira; et toutes mes prières, toutes mes supplications, ne changeront rien à la ligne qu'elle s'est tracée.

A quoi bon ma démarche, alors?

La tristesse me pénètre. Mes yeux éperdus plongent dans l'azur mat du ciel, redescendent sur l'écorce moussue des chênes, s'égarent sous l'ombre veloutée des vieux troncs et demandent vainement un conseil à cette nature robuste, gracieuse et mélancolique qui nous entoure.

— Regardez-moi, ordonne Hélène. Et soyez franc.

Elle l'exige. Soit ! je le serai.

— Eh bien ! madame, je suis venu solliciter votre protection, parce que, dans ma pensée, M. Maugreval n'osera ni se séparer de vous ni conclure ce mariage sans votre consentement formel.

— N'osera, dites-vous ?

— Madame, on prétend que vous exercez sur lui une influence étrange, extraordinaire, irrésistible...

— Moi !

— On prétend que si jamais vous ne le dominiez plus par l'amour, vous le domineriez encore par la crainte...

Elle recule d'un pas.

— On prétend enfin... que vous possédez un secret à lui... un secret grave...

— Qui donc prétend cela?... exclame Hélène, terrifiée.

— Des gens qui vous ont entendue, un jour, au milieu d'une discussion, adresser à M. Maugreval des menaces mystérieuses, — des menaces sous lesquelles il a tremblé...

Un nuage rouge monte au front d'Hé-

lène. Elle se cache la figure entre ses mains. Et moi, saisi d'angoisse, je m'écrie :

— Au nom du ciel ! ne m'en veuillez pas. Ce secret, je ne le connais nullement. Personne ne le connaît, je vous le jure!

— Ah !.. fait-elle avec un rire convulsif, — inutile de le jurer. Je vous crois.

Puis, se redressant, sombre et altière :

— On vous a menti, monsieur. Je ne possède aucun secret compromettant pour M. Maugreval. Mais vous eût-on dit vrai, eussé-je effectivement à ma disposition une arme de cette nature, je n'en ferais point usage contre lui.

Elle s'arrête un instant, serre ses bras sur sa poitrine avec une sorte d'anxiété farouche et continue :

— J'aime Roland. Et ces trois mots-là, dans ma bouche, ont une portée que vous ne sauriez concevoir. Je l'aime tel qu'il est, avec ses défauts et avec ses vices. Je l'aime malgré ses infidélités, malgré sa corruption, malgré les outrages dont il m'abreuve. Du premier jour où je l'ai vu, je me suis donnée à lui tout entière. Mon âme n'est plus à moi, elle est à lui. Pour lui, j'ai quitté tout ce que j'avais de cher en ce monde, deux êtres vénérés dont j'étais l'unique joie, le continuel souci. Pour lui, j'ai accepté ce déshonneur qui m'écrase, dont la pensée me torture, dont l'empreinte me brûle le front, et que souvent, pauvre folle, je m'imagine dissimuler derrière un masque d'arrogance. J'aime Roland. Pour lui, je me suis perdue; pour lui, je me perdrais encore. Il serait un bandit, un assassin, un faussaire, un parricide; il serait au seuil du bagne, il serait au pied de l'échafaud, que je ne cesserais pas de l'aimer...

Elle rejette ses cheveux en arrière par un mouvement superbe. Tout son être frémit comme vibrerait la corde d'une harpe irritée.

— Moi, nuire à Roland ! A quel propos ? Pourquoi ? Par jalousie peut-être ?... Est-ce que je suis jalouse ? Que m'importent ces femmes auxquelles il fait l'aumône d'un caprice et qu'il méprise en leur prodiguant ses caresses ? A moi seule son cœur appartient. Vainement il se figure parfois que je lui pèse ; c'est à moi que toujours il revient, comme à un foyer d'amour inextinguible. Nous sommes enchaînés l'un à l'autre dans le présent et dans l'avenir, pour la vie et pour l'éternité !...

Sourde et grave jusqu'alors, la voix d'Hélène devient tout à coup ironique et mordante.

— Quant à cette Diane pour laquelle il ressent, je suppose, une fantaisie un peu plus marquée qu'il n'a coutume d'en ressentir, croyez-vous que je la redoute ?

Qu'il l'épouse, la pauvre fille ! Et sur un mot de moi, sur un signe, sur un clin d'œil, il l'abandonnera comme il en a délaissé tant d'autres... Et je le verrai accourir à moi les yeux baignés de larmes, les lèvres en feu, le cœur ivre.

Elle se tait. Son sein bondit. Ses traits resplendissent de fierté.

Debout maintenant, je la contemple avec désespoir. Au milieu de l'effarement où m'a plongé son éclat de passion sauvage, je ne distingue nettement qu'une chose : — c'est que Diane est perdue.

Mais elle, souriant alors d'un sourire dédaigneux :

— Rassurez-vous toutefois, monsieur Gilbert. Il n'entre pas dans mes projets que Roland se marie. Moi vivante, ce mariage n'aura pas lieu.

Je pousse un cri de joie, je lui saisis la main, je la couvre de baisers. Hélène continue à sourire, et, posant un doigt sur ses lèvres :

— J'ai dit : Moi vivante ! murmure-t-elle. Ne vous hâtez pas trop de vous réjouir. On m'a prédit, lorsque j'étais enfant, que je mourrais jeune... et d'une horrible mort.

Ces mots, frivoles en apparence, me font frissonner malgré moi. Y a-t-elle attaché un sens sérieux ? Est-elle réellement sous le coup d'un péril ?

— A présent, — dit-elle d'un ton gai, — songeons à vous conserver mademoiselle Diane. Et d'abord, il faut que je voie Roland. Son valet de chambre assure qu'il sera ici dans quarante-huit heures ; mais j'en doute. Ordinairement, lorsqu'il a risqué une de ces tentatives de rupture, il laisse s'écouler huit ou dix jours entre l'envoi de sa lettre d'adieux et sa rentrée au logis.

— Quoi ! madame, le billet dont s'est chargé pour vous le comte Obrinski n'est donc pas le premier de ce genre ?...

— C'est peut-être le dixième. Mais réfléchissons. Il n'y a pas de temps à perdre cette fois-ci. Où est Roland ? A Paris, affirme Désiré. Je voudrais en être sûre, car je me méfie de cet homme.

— Et vous avez raison, madame : M. Maugreval n'est point à Paris.

— Ah !... dit Hélène, qui me regarde fixement. Vous savez où il est ?

Je m'incline sans répondre. Elle démêle sur ma figure de l'hésitation, de l'embarras ; et, d'un accent très sec :

— Si vous voulez que j'agisse au mieux de vos intérêts, commencez par m'y aider autant que possible. Je vous le répète : il faut absolument que je voie Roland, — ou tout au moins que je lui écrive. Bien plus, il faut que ma lettre lui soit remise en propres mains par quelqu'un en qui je puisse me fier.

— Ecrivez, madame. Je lui porterai la lettre moi-même.

— Alors, il n'est pas loin d'ici ?

— A cinq ou six lieues.

— Où cela ? Et comment êtes-vous aussi exactement renseigné ? Mais parlez donc ! s'écrie-t-elle en frappant du pied avec impatience. Que signifie cette réserve hors de saison ? Qu'essayez-vous de me cacher ? Est-il auprès d'une femme ?

— Ah ! par ma foi ! pensai-je, au diable le beau Roland ! Je n'ai aucune raison de le ménager, en somme.

Et je raconte à madame Hélène comme quoi, du haut de la diligence de Ménard, j'ai vu M. Maugreval s'arrêter à Sainte-Croix pour y chasser.

— Sainte-Croix !... murmure-t-elle. Ah ! bien... j'y suis. Eglantine, n'est-ce pas ?

Elle s'efforce de rire. Puis elle baisse la tête. Elle n'est pas jalouse, elle l'a proclamé. Qu'est-ce donc que j'aperçois sur son visage ? N'est-ce que de l'humiliation et de la honte ?

Après un long silence, elle relève soudain les yeux, et me lançant un regard triomphant :

— Eh bien ! dit-elle, vous voyez à quel point il aime mademoiselle Diane, et combien il la respecte...

Là-dessus Hélène me tourne brusquement le dos, se met en marche d'un pas rapide et ajoute :

— Venez avec moi, monsieur Gilbert.

Je la suis.

Nous traversons la clairière, nous gagnons un étroit sentier, nous nous avançons à travers bois sans échanger un mot ; et au bout de dix minutes, nous nous arrêtons devant une petite porte verte pratiquée dans un mur de clôture.

XVIII

Madame Hélène tire une clef de la poche de son amazone. Elle ouvre la porte basse, m'introduit et la referme.

Nous sommes aux Taillis, dans la partie la plus solitaire, la plus agreste, la plus reculée du parc.

En face de nous s'élève une jolie construction en bois rustique, — une sorte de cottage anglais, élégant et verni, aux fenêtres tapissées de lierre et de clématite, aux vitres de couleur toutes scintillantes dans leurs losanges de plomb.

Rien de silencieux, de mystérieux, de paisible à l'œil, comme cette retraite enfouie sous l'ombrage d'une futaie séculaire.

Mais rien aussi de moins rassurant que

sa situation isolée. Elle n'est séparée du bois que par le mur d'enceinte. Nulle habitation aux alentours. Le château lui-même est fort loin, à l'autre extrémité du parc.

On pourrait être égorgé en cet endroit sans que personne entendît vos cris. Telle est l'idée lugubre qui me frappe tout d'abord ; et certainement elle ne me serait pas venue si je n'étais encore sous l'impression de ces paroles, prononcées en riant par Hélène :

— On m'a prédit que je mourrais jeune, et d'une mort horrible.

Aussitôt que née, du reste, cette idée s'efface. Il fait si tiède en ce lieu, l'air y sent si bon, l'ombre y est si caressante, les pinsons, les merles et les loriots y sifflent des refrains si gais, que l'on ne saurait s'y nourrir longtemps de pensées noires.

— Ceci est mon « buen-retiro », — me dit la petite dame. Je me suis réservé ce coin. Lorsque je ne galope pas sur les routes, c'est ici que je passe mes journées. Ici je suis libre de rêver et de pleurer à mon aise.

— Vous n'y avez jamais peur ?

— Peur… de quoi ?

— Le mur du parc n'a pas beaucoup d'élévation, et les malfaiteurs sont agiles…

— Bah ! les gens que je crains ne m'arriveront pas du dehors, — prononce Hélène d'une voix songeuse. Et puis d'ailleurs, ajoute-t-elle fièrement, je suis armée… Entrons. Je vais écrire la lettre que demain vous porterez à M. Maugreval.

— Pourquoi pas ce soir ?

— Parce que vous êtes brisé de fatigue, enfant ; parce que vos yeux se ferment malgré vous ; parce que la journée s'avance, et que l'on s'étonnerait, à Soriat, en ne vous voyant point au dîner.

— Mais, madame Hélène, ce retard…

— Est sans importance. Fiez-vous à moi, Gilbert, et ne vous tourmentez plus. Que Roland ait la lettre demain, voilà l'essentiel.

Étrange petite femme ! son calme, sa décision, l'amicale familiarité avec laquelle déjà elle me traite, me rassurent, me réconfortent, me rendent le cœur léger. Il me semble être avec un ami plus âgé que moi, avec un de ces amis vaillants dont la moindre parole vous relève et vous encourage.

Le pavillon rustique n'a que deux pièces. L'une, la première où nous pénétrons, est à la fois une bibliothèque, une salle d'armes, un atelier et un fumoir : on se croirait chez un garçon.

Sur le parquet, de fines nattes des Indes. Autour de la chambre, un large divan de cuir fauve. Un chevalet, dans un coin, supporte l'ébauche d'un paysage, lequel paysage est brossé, ma foi ! d'une main assez experte. Au long des murs, tendus de perse drapée comme la toile d'une tente, j'aperçois, accrochés çà et là, entre plusieurs étagères chargées de livres, des cravaches, des mors, de légers pistolets et des fusils de chasse appropriés à l'usage d'une femme.

Enfin, juste au-dessous de l'unique fenêtre aux vitraux coloriés, une large table d'ébène, carrée, dont un tapis turc cache à demi les pieds contournés en colonnes torses, soutient quelques volumes épars, un vase en faïence bleue rempli de fleurs et une coupe de bronze pleine de tabac du Levant.

A peine entrée, Hélène court se placer devant un étroit miroir de Venise, rajuste les torsades pesantes de son chignon, s'assure que ses cheveux dissimulent suffisamment la plaie encore humide, se roule une cigarette, l'allume et m'entraîne dans la seconde pièce.

Celle-là est un boudoir.

Un boudoir à peu près semblable à toutes les bonbonnières de ce genre, lorsqu'elles sont d'une élégance parfaite et d'un goût épuré. Seulement, le boudoir d'Hélène contient, — outre un fort beau piano droit, — un autre instrument de musique, un instrument tellement suranné, tellement passé de mode, tellement tombé en désuétude depuis l'an de grâce 1825 ou environ, que sa vue me plonge dans une véritable surprise.

C'est une guitare.

Elle est posée avec soin sur un meuble. Elle est vieille comme les rues. Son manche incrusté de nacre est noirci, usé : il atteste de longs et nombreux services.

— Est-ce que vous… pincez de cela, madame Hélène ?

Elle regarde. Puis elle détourne la tête vivement, et, d'une voix étouffée :

— Non, mon ami. C'est… c'est un souvenir.

Évidemment ma question l'a peinée. Je me mords la langue ; et, tandis qu'Hélène furète çà et là, préparant sa plume et son papier, je passe à l'inspection des murailles.

Elle est vite faite. Pas un tableau, pas une gravure, pas un médaillon. Rien que deux portraits au fusain ; encore ne sont-ils même pas encadrés.

L'un représente une tête de vieillard, à la physionomie noble et fine, mais empreinte d'une mélancolie poignante.

L'autre, un adorable visage de petite fille. Elle a de treize à quatorze ans, l'air mutin, les yeux émerveillés, les joues d'un chérubin et le sourire d'un ange.

Les deux figures sont dessinées avec un rare talent d'exécution. Elles saisissent, tant elles sont expressives. Je ne puis me retenir de m'écrier :

— Mon Dieu ! madame Hélène, est-ce vous qui avez fait cela ?

Elle s'approche et me répond :

— Oui, Gilbert.

— D'après nature ?

— Non, de mémoire.

Et elle reste là, pensive, silencieuse, n'entendant plus un mot de ce que je lui dis. Quelque chose de doux, de triste et de douloureusement tendre émane de ses grands yeux tandis qu'ils examinent les portraits. Puis deux gouttes brillantes se forment sous ses paupières, s'amassent, grossissent, se détachent et roulent sur le tapis.

Ah ! triple sot que je suis ! Voilà que je la fais pleurer maintenant !

Au surplus, ce sont de bonnes larmes. Elles paraissent la soulager, lui dégager le cœur. Deux gouttes encore ; elle les essuie du revers de sa main. C'est fini.

Assez mécontent de moi-même, je pivote sur mes talons et je demeure ébahi devant un objet que je n'avais pas remarqué. Il y a là une petite table couverte d'une nappe blanche et ornée de la plus appétissante collation.

Hélène a suivi la direction de mes prunelles.

— Tiens ! c'est vrai, murmure-t-elle. Je n'ai pas déjeuné.

— Tiens !... ni moi non plus, dis-je tout bas d'un ton piteux.

— Vraiment?... Pauvre garçon !... Je ne m'étonne plus si vous avez la mine si longue. Asseyez-vous là.

— Mais...

— Pas d'observations. Asseyez-vous là et mangez.

Je fais des façons ; elle m'assied de force, me noue la serviette autour du cou comme si j'avais cinq ans, pose sur mon assiette la moitié d'un perdreau, remplit mon verre, casse mon pain...

— Et vous, madame Hélène ? — dis-je entre deux bouchées.

— Moi ! manger... oh ! ciel !... Est-ce que je le pourrais ! Et puis j'ai la lettre à écrire.

Elle l'écrit déjà. Elle est là, vis-à-vis de moi, la tête penchée. Je ne vois plus que ses magnifiques cheveux luisants, et, par intervalles, la fumée bleue de sa cigarette. La plume grince sur le papier. Elle vole et les lignes s'accumulent, et Hélène, à cette heure, ne songe pas plus à moi que si jamais je n'avais existé.

Ma moitié de perdreau est dépêchée. J'entame l'autre. L'appétit me vient en mangeant, et en même temps que l'appé-tit, la gaieté, l'espoir, la confiance. Il me vient surtout une foule d'idées à propos de madame Hélène : elle m'intrigue, elle m'intéresse, elle m'inspire une affection presque respectueuse et tout à fait fraternelle.

Par quelle fatalité cette aimable femme est-elle tombée sous la fascination du beau Roland? où l'a-t-elle connu? quelle est sa famille, son origine?

Il est certain que Ladimir a menti en nous la désignant comme une petite ouvrière parisienne, enlevée sans coup férir par son trop séduisant ami. Le langage d'Hélène, ses manières, les choses dont elle aime à s'entourer, dénotent une éducation, des penchants, des habitudes qui n'appartiennent pas aux ouvrières. Elle lit, elle peint, elle est musicienne, elle monte admirablement à cheval... Je voudrais bien savoir le nom de l'industrie qui utilise des ouvrières de cette espèce-là.

Tout-à-coup elle a levé les yeux.

— A qui pensez-vous ?... à Diane ?

— Non, Madame Hélène, à vous.

— Ah ! Dans quel sens ?

— Dans le meilleur.

— Mais encore ?

— Eh bien ! je me demande...

— Quoi ?

Je rougis, je bégaie, je m'étrangle un peu avec l'aileron de mon perdreau. Et définitivement, je n'ose m'expliquer davantage.

— Vous vous demandez ?... reprend-elle.

— Je me demande... si... si vous avez coutume de prendre vos repas ici... dans ce pavillon.

Elle se met à rire.

— Quoi ! c'est cela qui vous agite à ce point?... Eh bien ! oui, je me fais servir ici deux fois par jour.

— En sorte que le comte Ladimir est forcé de dîner et de déjeuner tout seul ?

— Seul ou en compagnie, comme bon lui semble.

— C'est afin de l'éviter, n'est-ce pas, que vous agissez de la sorte ?

— Oui.

— Vous le détestez?

— Il m'est odieux.

— Et depuis quand le tenez-vous ainsi à distance ?

— Depuis que Roland est parti.

— C'est-à-dire ?

— C'est-à-dire depuis six semaines. Mais laissez-moi finir ma lettre...

Et la jolie tête brune s'incline de nouveau, et la plume recommence à courir.

Six semaines !... Ainsi Roland l'oublie pendant des semaines, pendant des mois ! — car je soupçonne que cette dernière absence a été précédée de beaucoup d'autres.

Il l'abandonne seule, sans protecteurs, sans amis, dans une immense maison isolée, face à face avec un individu qu'elle a en horreur, qu'elle méprise, qu'elle redoute.

Et lui, que fait-il, tandis qu'elle se consume dans l'attente?... Insoucieusement il poursuit le cours de ses succès galants. Il va où sa fantaisie le mène, il voyage, il s'amuse.

Puis, un jour, il s'éprend d'une jeune fille chaste, il se fait aimer d'elle, lui offre son nom, expédie un congé en bonne forme à la délaissée, revient paisiblement chez lui où il compte trouver place nette, rencontre chemin faisant une ancienne servante de sa maîtresse et s'arrête pour la débaucher, sans souci de ces deux femmes, dont l'une lui a sacrifié son honneur, dont l'autre est prête à lui confier sa destinée!

Qu'est-ce donc que cet homme?... de quel limon a-t-il le cœur pétri?

Et Hélène prétend que le billet d'adieu ne signifie rien, que le mariage projeté est une chimère, et que, sur un mot signé d'elle, Roland quittera tout pour accourir.

Si elle dit vrai, c'est un bizarre et incompréhensible amour que celui de ces deux êtres!

Mais, si elle s'abuse!...

Si elle s'abuse, quel réveil! Qu'adviendra-t-il de la pauvre créature?... qu'adviendra-t-il de Diane et de moi?...

XIX

La lettre destinée à Roland Maugreval est écrite. Hélène a déposé sa plume, et, le menton dans la main, le sourcil froncé, un sourire douloureux sur les lèvres, elle se relit.

Qu'y a-t-il dans ce billet? des supplications ou des menaces?

Car elle a beau s'en défendre, elle est en mesure de le menacer. J'en ferais le serment. Elle possède un secret à lui, un secret d'importance. A cet égard, ma conviction est demeurée entière.

Plus j'y songe d'ailleurs, et moins l'existence actuelle du beau Roland me paraît nette.

Si je m'en rapporte aux bavardages du vicomte Clocheton — et pourquoi ce gentilhomme à voix de serinette n'aurait-il pas raconté sincèrement les choses? — Maugreval, en quittant Paris, était ruiné de la façon la plus absolue, ruiné à ce point que, pour fuir, il a été contraint d'accepter de ses amis une humiliante et mesquine aumône.

Or, six mois après, il achète les Taillis, les paye comptant, s'y installe avec luxe et y vit en grand seigneur.

Où a-t-il pris l'argent nécessaire?

Je ne puis admettre, moi, comme l'a fait maître Lampon et comme le feront, après lui, tous les propriétaires du voisinage, que la fortune de Roland lui a été apportée en dot par sa femme. Je sais que Roland n'est pas marié. Nous sommes même deux à le savoir, mon père et moi, grâce à l'indiscrétion du comte Obrinski.

Donc il y a là un mystère. Donc le secret que je pressens est là.

Maugreval, en arrivant dans le pays, n'aurait-il autorisé Hélène à porter son nom que pour donner précisément un prétexte à cette opulence trop subite? A-t-il voulu faire croire ce que le notaire croit déjà, — c'est-à-dire que sa femme présumée l'a enrichi?

Cela me paraît évident.

Oui, mais d'autre part, Roland s'apprête à jeter le masque. Il recherche Diane en mariage. Avant peu, la nouvelle s'en répandra.

Et puisque le démonstratif Ladimir, qui, de son côté, me produit l'effet d'être un ami passablement mystérieux, — pour ne pas dire un complice, — commence à éclairer de son véritable jour la fausse situation d'Hélène, il faut bien que Roland, n'ayant plus besoin d'elle, ne s'inquiète plus de la ménager.

Il faut bien que, dans un délai très proche, le fameux secret n'ait plus sa raison d'être, — ou tout au moins qu'il ait cessé d'être dangereux.

Auquel cas, nos intérêts de cœur, à la petite dame et à moi, seraient singulièrement compromis.

Voilà ce que je rumine à part moi tout en dégustant un pot de crème; voilà ce que je continue à ruminer tout en butinant parmi les abricots à teintes d'or, parmi les prunes rebondies, parmi les fraises éparpillées dans leur écrin de feuilles de vigne.

— Allons!... s'écrie madame Hélène.

Elle soupire profondément, se lève, allume une bougie, glisse la lettre sous une enveloppe qu'elle scelle avec soin et applique sur la cire bouillante un mignon cachet de cristal.

Puis, d'une main qui tremble en dépit de ses efforts, elle me présente le billet.

Je saisis à la fois le billet et la main. Pauvre petite main frissonnante, éperdue, effarée comme l'oiseau qui sent venir l'orage! Ma bouche l'effleure. Je n'ose pas la remercier autrement. Si j'essayais d'articuler un mot, mes larmes jailliraient.

Elle le voit bien. Elle s'abstient de me regarder, fait deux tours à travers la chambre, s'assied devant le piano, plaque cinq ou six accords, se relève, allume une autre cigarette et s'environne d'un nuage. On n'aperçoit plus que ses yeux brillants.

Dieu merci! ma gorge s'est desserrée. L'averse n'aura pas lieu. Un grand verre de bordeaux me consolide, et je me hasarde enfin à émettre des sons.

— Rien à lui dire de vive voix, madame Hélène?

— Non, Gilbert. Rien.

— Alors, quand il aura lu ceci...

— Il reviendra sur-le-champ.

— Et ensuite?...

— Ensuite, il prendra une belle feuille de papier, trempera la plume que voici dans l'encre que voilà, et, à son tour, il écrira une lettre de quinze lignes.

— A qui?

— A la mère de mademoiselle Diane.

— Pour se désister?

— Oui, mon enfant, pour se désister.

— Vous êtes sûre, madame Hélène, oh! mais là, bien sûre?... dis-je en hochant la tête.

— Aussi sûre que vous l'êtes d'aimer Diane.

Je saute sur mes pieds, et, dans ma joie folle, c'est le bienheureux billet que j'embrasse à présent. Tout d'un coup je m'arrête. Le cachet porte en relief les deux initiales H. G. Cela me rappelle la commission de Marthe.

Je tire de ma poche la bourse de soie rouge et je la montre à Hélène. Elle sourit légèrement.

— C'est Marthe qui vous a prié de me rendre cela?

— Oui, madame Hélène. Il paraît que vous avez oublié cette bourse dans son tricot.

— Et Marthe me garde rancune?

— Non. Vous l'avez un peu blessée; mais elle ne vous en veut pas.

— Brave femme! elle serait en droit de m'en vouloir. Ce n'est pas ainsi que j'aurais dû lui marquer ma reconnaissance. J'y ai pensé après; il n'était plus temps.

Et Hélène jette la bourse sur la table.

— Est-ce vous qui l'avez faite? dis-je en l'examinant.

— Oui, c'est moi. Il y a bien des années. J'étais presque encore une petite fille...

— Seriez-vous disposée... à me faire un plaisir infini?

— Oui, certes.

— Eh bien! donnez-la-moi.

D'un geste vif, après avoir débarrassé la bourse de son contenu, elle me la place dans la main.

— Tenez, dit-elle, ami. En souvenir d'Hélène.

— Un souvenir dont je ne me dessaisirai jamais. Et plus tard, dans bien longtemps,

lorsque... lorsque je serai marié avec Diane... je lui raconterai...

— Chut! interrompt la petite dame en prêtant l'oreille.

Au dehors, sur le sable du parc, on entend un bruit de pas rapides.

Hélène s'élance dans la chambre d'entrée et pousse le verrou. Presque aussitôt, on frappe.

— Hélène, êtes-vous là, hein?... articule la voix mielleuse du comte Ladimir Obrinski.

Elle se tourne vers moi, me fait signe de garder le silence et répond :

— Je suis là.

— Ouvrez alors, hein?

— Non.

— Pourquoi, hein?

— Je vous ai signifié une fois pour toutes que vous ne mettriez plus les pieds dans ce pavillon. Vous avez le vôtre, vous avez toute la maison. Restez-y.

— Parfait!.. parfait! Il faut pourtant que je vous parle. Document sérieux à vous communiquer. Lettre de Roland. Pressante. Personnelle. Particulière. En mains.

Nous échangeons, Hélène et moi, un regard attristé. Puis elle reprend :

— Allez au château et attendez-moi dans le salon. J'y serai avant dix minutes.

— Pas plus tard, hein? Temps de Ladimir très précieux. Travail écrasant. Les « Convulsions de la Pologne » sont sur le gril. Charmant, charmant. Dernières pages à terminer. Libre comme l'air ensuite. Voyage délicieux avec Hélène, hein?.. Adorable, adorable!...

Il éclate d'un rire strident et s'éloigne.

Hélène est verte à force d'être livide. Les paroles d'Obrinski semblent lui avoir figé le sang dans les veines. Elle demeure immobile, tremble de la tête aux pieds; puis, passant ses deux mains sur son front, elle se calme peu à peu.

— Adieu, Gilbert, me dit-elle. Je ne sais pas si nous nous reverrons. Donnez-moi une bonne poignée de main, mon ami, et partez...

— Ne me permettez-vous pas de revenir, madame Hélène?

— Non... D'ailleurs il est probable que Roland et moi, nous quitterons bientôt les Taillis... Mais, s'interrompt-elle soudain, silence!... J'entends le Ladimir... Il revient sur ses pas... Toute réflexion faite, ne sortez pas avant un quart d'heure... Peut-être se doute-il qu'il y a quelqu'un ici avec moi... Si la fantaisie lui prenait d'espionner... Enfin, pas avant un quart d'heure, n'est-ce pas?

— Mais vous? dis-je, péniblement impressionné par son air de sombre résolution.

— Moi?... je vais le rejoindre. Il n'aime pas qu'on le fasse attendre.

Là-dessus, elle décroche du mur un revolver, l'examine, s'assure qu'il est chargé et le glisse dans la poche de sa robe.

Une exclamation effrayée m'échappe.

— Mon Dieu!... que signifie?...

— Rien, réplique-t-elle froidement. Une simple mesure de prudence.

— Contre Obrinski?

— Oui. Quand un dompteur se prépare à converser avec un tigre, il se précautionne contre les morsures.

— Vous vous défiez de ce Polonais?

— Beaucoup.

Elle dirige du côté de la porte son regard où déborde un mépris incroyable, inouï, écrasant.

— Ce Polonais me trouve belle. Je lui plais. Il m'a proposé de fuir avec lui. Ce matin même, il a osé plus encore....

Elle ferme à demi les yeux. Sa respiration oppressée témoigne de la colère qu'elle refoule.

Je lui ai promis, — continua-t-elle à voix basse et avec une lenteur sinistre, — je lui ai promis qu'à sa première insulte, je lui brûlerais la cervelle. Chose promise, chose due.

Elle souligne ces paroles par un fier mouvement d'épaules. Puis de nouveau elle prête l'oreille.

— Le sable ne craque plus, murmure-t-elle. Espérons qu'il s'est décidé à s'éloigner réellement. Vous, Gilbert, je vous le recommande pour la troisième fois, ne bougez pas d'ici avant un quart d'heure et ne sortez que si vous ne percevez aucun bruit. Il y va de votre sûreté personnelle.

— Qu'appréhendez-vous pour moi?... dis-je stupéfait. N'êtes-vous pas libre de recevoir qui vous convient?

— En général, on ne reçoit personne aux Taillis, mon enfant. Mais, dans cette partie du parc surtout, la présence d'un étranger... Enfin, jurez-moi de m'obéir.

— Je vous le jure. Cependant...

— Ah! j'oubliais. Tenez, voici la clef de la petite porte qui donne sur les bois. Refermez-la soigneusement à double tour quand vous vous en irez.

— Et la clef? Qu'en dois-je faire ensuite?

— Emportez-la. Vous la déposerez chez Marthe et j'irai l'y prendre demain. Pourquoi cet air triste?

— Il m'en coûte de vous quitter en ce moment, madame Hélène. Je ne suis pas tranquille à votre sujet. Je crains...

— Quoi?

— Mon Dieu! je ne sais pas... Mais si je pouvais vous être utile... si vous aviez besoin d'un ami, d'un bras... faible, il est vrai, mais si dévoué!... oh! oui, bien dévoué, madame Hélène!

— Merci, mon bon Gilbert. Aucun danger ne me menace, je vous assure. Et puis, soyez certain qu'en tout cas je suis femme à me défendre.

— Laissez-moi du moins rester ici jusqu'à votre retour.

— Je ne reviendrai pas aujourd'hui dans ce pavillon : je n'y passe jamais la nuit; et, comme il se fait tard, comme mon entretien avec le comte peut se prolonger...

— Ainsi, vous couchez tous les soirs au château?

— Sans doute.

— Oh! tant mieux. Voilà qui me rassure. Là-bas il y a vos femmes, vos domestiques, du monde enfin autour de vous.

— Eh! certainement. Je suis très bien gardée. Allons, mon ami,.. adieu.. adieu!...

Tandis que je m'incline sur ses mains mignonnes, son souffle fait voltiger mes cheveux et je sens sur mon front un contact léger comme le frôlement d'ailes d'un oiseau-mouche.

Je me redresse... Elle est partie.

XX

Elle est partie... Et longtemps encore je reste à demi-incliné, l'oreille tendue, l'âme inquiète.

Je me figure à chaque instant que je vais entendre la détonation d'une arme à feu.

Mais non. Pas d'autre bruit que le froissement des feuilles qui jouent avec le vent.

Je rentre dans le boudoir, je m'assieds sur une causeuse et je consulte la pendule.

Il est trois heures et demie.

Il y a juste cinq heures que j'ai relevé madame Hélène étendue presque sans vie dans le chemin creux. Je ne l'avais jamais vue. A présent, il me semble que je la connais depuis des années.

Elle m'appelle son ami. Je donnerais ma part d'héritage à venir pour la savoir heureuse. Elle m'a tout de suite accueilli avec une bonté si franche, avec un si fraternel intérêt!

Comment lui ai-je inspiré cette sympathie soudaine? Est-ce parce que je suis un enfant timide, gauche, embarrassé? Oui, c'est précisément à cause de cela.

Ma naïveté l'a mise à l'aise. Elle a été attirée par moi comme elle l'a été par ma vieille Marthe, comme elle l'est, dit-on, par les pauvres et par les souffrants, comme elle le sera toujours par les petits, par les humbles, par les simples de cœur.

Pauvre femme déclassée!... Son instinct lui indique sans doute que ceux-là ne lui jetteront pas sa honte à la face, ne rougiront pas de lui parler, ne se détourneront pas de son passage.

Et devant ceux-là aussi, elle laisse tomber ce masque d'arrogant dédain dont elle se sert pour combattre le dédain et l'arrogance d'une société qui la répudie !

Oh ! je ne la répudierai jamais, moi, je le jure. Qu'elle réussisse ou non à rompre ce mariage odieux, jamais je n'oublierai l'instant où nos âmes se sont alliées dans de communes angoisses. Oui, quoi qu'il arrive, en quelque lieu et en quelque circonstance que ce puisse être, chaque fois que je rencontrerai madame Hélène, je marcherai droit à elle, la tête haute, le regard franc, la main ouverte...

Elle m'a recommandé d'attendre un quart d'heure avant de sortir d'ici. Le quart d'heure est à peu près écoulé. N'importe, j'attendrai encore vingt minutes. Peut-être que, d'ici là, elle aura besoin de moi ?

Que pense-t-on, à Soriat, de mon absence? Quels rugissements doit exhaler le meilleur des pères! quel châtiment me réserve-t-il?

Et Diane, que fait-elle?

Mais je ne veux pas songer à Diane en ce moment. Ma déception récente a été trop vive; mon cœur n'a pas fini de saigner, et, quoiqu'elle ne se doute même pas que je l'aime, son souvenir excite en moi ces transports amers que l'on ressent contre une femme qui vous a trahi.

N'y pensons plus.

Et tâchons surtout de ne pas nous endormir. Depuis que j'ai commis l'imprudence de manger, je m'aperçois terriblement de ma lassitude. Mes membres fléchissent, et j'ai du plomb sur les paupières.

Mais aussi quelle journée ! Que d'impressions et d'émotions en si peu d'heures!... Combien vite cet amour qui sommeillait en moi s'est développé, combien vite il m'a emporté sur ses ailes d'hippogriffe à travers toutes les fournaises de la passion, depuis l'espérance qui vivifie, jusqu'à la jalousie qui dévore, jusqu'au désespoir qui abat. O Diane, ô ma Diane bien-aimée!...

Non, je ne penserai pas à Diane. J'ai renoncé à elle. Je ne lui demande plus rien. Rien, que de ne pas épouser Roland.

C'est singulier comme je me sens lourd! Du reste, il fait étrangement sombre, ici. Ces vitraux de couleur atténuent la lumière en la revêtant de teintes bizarres. Présentement ils filtrent une lueur d'un bleu céleste; en sorte que les deux portraits au fusain ont l'air de nager dans l'azur.

Qu'est-ce que c'est que ces deux portraits?...

Ils doivent avoir eu des rapports intimes avec la guitare qui gît paresseusement au-dessous d'eux sur un fauteuil.Cette guitare âgée a connu dans sa jeunesse ce noble et mélancolique veillard aux longs cheveux de neige. Ils ont peut-être vécu ensemble.

Et cette rieuse enfant à mine de lutin a peut-être aussi taquiné tes vieilles cordes, ô guitare décrépite !

A propos, si le portrait d'enfant était celui d'Hélène à quatorze ans? Non : il ne lui ressemble pas. Hélène n'a aucun des traits de cette figure épanouie et angélique. Lorsque l'ombre des branches que la brise agite au dehors se reflète et danse sur les vitraux, on dirait que le lutin rit aux éclats, secoue ses boucles brunes et fait des signes d'intelligence au vieillard, qui les lui renvoie.

Quelle heure est-il ? Ma foi ! je n'ai pas le courage d'y regarder.

Il règne un tel silence que l'engourdissement me gagne... Silence gros de mystères!... Il doit se passer d'atroces choses dans cette maison.

Allons!... en route! A Soriat... mon père... Diane...

. . . .

Le fait est que je me suis endormi.

La pendule, en sonnant, me réveille. Cinq coups. Bravo! je n'ai sommeillé qu'une heure, en fin de compte. Me voilà rafraîchi, regaillardi. Partons ! En faisant des enjambées doubles, j'arriverai à Soriat une demi-heure avant le dîner.

Je sors du pavillon.

Le jour commence à baisser. Le ciel clair, d'un bleu laiteux, a déjà cet aspect de douceur rêveuse qui précède en automne le coucher du soleil. L'air, d'une suavité apaisante, est délicieux à respirer...

Clef en main, je me dirige vers la petite porte du parc. Je la vois, je vais l'atteindre... lorsque, à vingt pas derrière moi, j'entends parler et marcher.

Hélène ne veut pas que ma visite aux Taillis soit connue. Si je m'arrête, si j'ouvre la porte, les personnes qui viennent m'apercevront certainement.

Je passe outre.

Courant sur la pointe des pieds, je m'enfonce sous la hêtrée. Puis je fais halte à l'abri d'un gros tronc d'arbre et je guette.

Toujours le même bruit de voix ! Les causeurs suivent la même direction que la mienne. Ils approchent.

Je ne puis rétrograder sans être vu. Je m'élance plus loin en me dissimulant de mon mieux d'arbre en arbre.

Ce manège, renouvelé à différentes reprises, m'amène à la lisière d'une sorte de rond-point au milieu duquel s'élève un pavillon absolument semblable à celui que je viens de quitter.

Je traverse le rond-point en trois sauts, je me blottis derrière un chêne énorme,et, curieusement, avec précaution, je tends le cou.

Quelle n'est pas ma surprise en constatant que les prétendus causeurs ne sont qu'un!

De l'épaisseur de l'ombre se détache un homme gesticulant, ricanant et parlant tout seul.

Il a le chapeau sur le nez, des bottes qui étincellent, une barbe de deux pieds et demi, des gants pointés neuf trois quarts.

C'est Ladimir Obrinski en personne.

Heureusement il ne regarde ni à droite, ni à gauche, ni en face de lui. Ses petits yeux de rat sont fixés sur la terre.

Et il s'avance en droite ligne vers le pavillon, — son pavillon à lui, — car il paraît qu'aux Taillis chacun possède le sien.

Quand je dis en droite ligne, je me trompe.

Ladimir décrit en marchant des festons, des zig-zags,des huit,des quarts de circonférence.

Il est complétement ivre.

Néanmoins il parvient, sans trop d'efforts, à introduire une clef dans la serrure, et il pénètre dans son cottage, dont il laisse la porte ouverte toute grande.

Cela me contrarie fort. En effet, au moindre déplacement que je risquerai, Obrinski me découvrira.

Il s'agit de patienter. L'ivresse détermine habituellement le sommeil, et j'ai lieu d'espérer que Ladimir dormira bientôt de tout son cœur.

En attendant, il chante.

Je ne distingue pas nettement les paroles; mais je reconnais l'air qu'il braille à plein poumons.

C'est un de ces ignobles et stupides refrains dont s'enorgueillissent certains cafés chantants, un de ces refrains demi-insensés, demi-obscènes qui, après avoir circulé dans les cabarets et dans les mansardes, terminent leur sale existence dans les repaires et dans les bas-fonds de Paris.

Ladimir le chante avec des intonations tout à fait grasseyantes et crapuleuses. On se croirait, à l'entendre, transporté par enchantement dans quelque impasse de Belleville ou dans un cul-de-sac de la Villette.

Tout en filant des sons, Ladimir va et vient à l'intérieur de la chambre. Ses bottes mal d'aplomb sonnent sur le parquet. Il trébuche et il ricane; il se cogne et il

blasphème. Il accroche les meubles, il renverse les chaises, il tombe à plat ventre, il se relève et il crie : — Parfait! charmant! délicieux!

Dix minutes s'envolent. Le tintamarre, au lieu de diminuer, s'accentue. L'impatience me ronge. Il faut pourtant que je retourne à Soriat. L'on y dîne à six heures précises, et si je manquais de paraître à table, Dieu sait à quelles extrémités me réduirait la furie du meilleur des pères !

Essayons de fuir incognito...

Baste !... au moment où je me dispose à quitter mon arbre, Ladimir sort de chez lui, transformé des pieds à la tête.

Il a dépouillé ses vêtements pleins de lustre, ôté ses bottes miroitantes, déposé son chapeau radieux, enlevé ses gants incomparables.

Il est en négligé. Son costume, excessivement commode d'ailleurs, se compose d'une chemise et d'un pantalon. Pour coiffure, un béret; pour chaussures, des sandales.

Rien de plus. Seulement le béret est de soie rouge, la chemise de flanelle rouge, le pantalon de cachemire rouge et les sandales de moroquin rouge. Tel quel, Ladimir ressemble à un bourreau du moyen âge.

La chemise, largement ouverte sur la poitrine, dévoile un thorax velu, dont la toison noire se marie agréablement aux poils de la barbe qui la caresse.

Les manches, roulées et retroussées jusqu'aux épaules, laissent à nu deux bras nerveux, musclés de fer, tatoués d'images emblématiques.

Sur l'un,s'étalent deux cœurs percés de la même flèche, avec cette légende au bas : « Amour à la Blonde ! » Sur l'autre, deux sergents de ville enfilés par la même broche à rôtir, avec cette souscription : « Mort à la Rousse ! »

Je ne suis qu'à dix pas du Polonais et je distingue nettement tous ces détails,qui suscitent en moi des réflexions sérieuses.

XXI

Le comte Ladimir Obrinski a planté une chaise devant la porte de ce mystérieux pavillon où il est censé travailler, loin du monde et du bruit, à son grand ouvrage sur les convulsions de la Pologne.

Il a vissé entre ses dents une pipe d'un sou et posé à terre, entre ses jambes, un immense verre rempli d'absinthe, dont, malgré son ébriété, il a eu le talent de ne pas répandre une goutte.

Quand il s'est assis, quand il se sent bien installé, quand il a le dos appuyé au mur, lorsque son brûle-gueule flambe et que la liqueur verte embaume ses narines, alors il se frotte les mains, puis il se tape les cuisses, puis il fait claquer sa langue de manière à imiter le bruit d'un bouchon qui saute...

Puis, je tressaille de stupeur en l'entendant proférer ces mots, — assez déplacés dans une bouche aristocratique et fort peu usités, je crois, dans les salons de la Pologne :

— Parfait!... parfait!... A Chaillot, les gêneurs, hein ?... Zut au berger! En avant la rigolade!

Après quoi, Ladimir commence immédiatement à « rigoler ». Il boit, il fume, il ricane, il lance des baisers dévorants aux nuages, il cligne des yeux aux troncs d'arbres, il envoie des signes d'intelligence aux cailloux, il secoue sa barbe aux quatre points cardinaux.

Rigolade innocente, mais bizarre!... Afin de la varier un peu, Ladimir dessine dans le vide, avec le bout de son doigt, des rangées de chiffres extraordinairement longues. Il additionne, il soustrait, il multiplie. Jamais il ne divise. Enfin, il termine ces diverses opérations par un éclat de rire qui le fait à la fois tousser, pleurer, geindre et s'étrangler.

Pour le coup, je n'y tiens plus. Une hilarité folle, bruyante, convulsive, immodérée, me chasse hors de ma cachette. Je m'étreins les côtes, je me roule, je me tords...

Mais soudain mon rire s'est glacé.

En reprenant haleine, j'ai vu, debout en face de moi, Ladimir blême comme un cadavre, le sang aux yeux, l'écume aux lèvres.

Il est effroyable de rage. Sa physionomie suinte le meurtre, ses bras croisés frémissent.

D'une voix qui n'a rien d'humain, il balbutie :

— Qu'est-ce que tu f...ais-là, toi, crapaud?...

Je ne sais pas si je suis courageux ; je ne sais pas si je suis lâche : jamais, jusqu'à présent, je n'ai eu l'occasion d'en faire l'expérience...

Mais je sais bien qu'à l'heure qu'il est, une épouvantable terreur me coupe la respiration.

En ce moment, du reste, je défierais l'homme le moins pusillanime de ne pas trembler à l'aspect d'Obrinski.

Ce n'est plus le grotesque pantin de tout à l'heure, ce n'est plus le Polonais obséquieux et doux de ce matin;—c'est une bête fauve de la pire espèce.

Lugubre dans ses vêtements rouges, les dents découvertes par un rictus féroce, ses cheveux plats répandus sur sa face convulsée, la barbe en désordre et en-

gluée çà et là par d'immondes filaments de salive, il ressemble à un buffle, à un bison, à n'importe quelle brute sauvage, déchaînée, sourde, aveugle, inexorable!

Il ressemble à ce qu'il est réellement; à ce que, dès notre première entrevue, j'ai pressenti qu'il était... il ressemble à cet être hybride, bâtard, nourri de haine, abreuvé d'alcool, jauni par la convoitise, corrodé par la paresse, amaigri par d'infâmes débauches; il ressemble à ce pilier de tapis-francs, à ce lovelace de lupanars, à ce gibier d'échafaud, à cette chose abjecte, errante et dégoûtante, sans feu ni lieu, sans foi ni loi, sans Dieu, sans conscience et sans pitié, qu'on nomme le voyou de Paris.

— Répondras-tu, blanc-bec ? Qu'est-ce que tu f... aisais là, caché derrière cet arbre ?

Il n'a pas dit « faisais », bien entendu. Mais le *Père Duchêne* seul aurait l'aplomb de reproduire le verbe dont il s'est servi.

Mis en demeure d'articuler quelque chose, je bégaye assez bêtement :

— Je ne faisais rien, monsieur.

— Ah! charmant!... Rien du tout, hein ?... Tu ne mouchardais pas Ladimir ?

— Non, certes.

— Non, hein? Evidemment, évidemment. Simple flânerie. Caprice du hasard. Entré par où?

— Par la porte.

— Par celle du parc ?

— Oui.

— Qui te l'a ouverte ?

Je me tais. Plutôt que de dénoncer la petite dame, plutôt que de l'exposer au moindre péril, je souffrirais mille morts.

— C'est Hélène, hein?

— Non, monsieur.

— Tu mens! Elle seule a la clef de cette porte. Elle t'a introduit pour...

— Ce n'est pas elle, dis-je vivement. Je ne l'ai pas vue... D'ailleurs, je ne la connais pas.

— Qui alors?

— Personne.

Ladimir renifle longuement. Il se contient encore, mais non sans peine. J'observe qu'il enfonce ses griffes dans ses bras nus et tatoués, comme pour les contraindre à se tenir tranquilles.

D'un timbre que la colère enroue et que l'ivresse empâte, il grommelle sourdement:

— Prends garde à toi, moutard! Ladimir peu patient. Ladimir pose des questions claires et veut des réponses nettes. Comment es-tu entré ici, hein?.. La vérité. Ou sinon je t'aplatis comme une punaise.

La sueur inonde mon front. Il est certain que si ses énormes pattes s'abattaient sur moi, elles m'aplatiraient aussi facilement que les miennes pourraient étouffer un moineau.

Néanmoins, je réplique avec héroïsme :

— Personne ne m'a ouvert... je.... je suis entré par... par-dessus le mur.

—Délicieux. Par-dessus le mur, hein ?... Très naturel. Un homme du monde se promène dans la campagne, rencontre le mur d'une propriété particulière, se dit : — Tiens ! si je sautais par-dessus ? Et il saute. Adorable. Jamais ça ne se passe autrement parmi les gens de la haute !...

Il rit. Et, secouées par ce rire d'ivrogne, ses lèvres blanches expulsent malgré elles un jet de bave qui m'éclabousse.

Ladimir alors essuie à deux mains sa barbe souillée, fourre lesdites mains dans ses poches, cligne de l'œil, et d'un ton plus bas et plus sinistre :

— Ah ça !... mon pauvre gosse, qui est-ce qui t'a joué le mauvais tour de t'envoyer chez nous ?

— Mais, monsieur, on ne m'a pas envoyé...

— Non, hein ?... Aucun de ces ramollis qui se gobergent à Soriat ?... Aucune de ces vieilles pies borgnes que la curiosité chatouille ?... Pas même ton excellent dindon de père, hein ?

Et Ladimir agite sa barbe de manière à se désarticuler le cou. A ce qu'il me semble, ce n'est pas seulement la colère qui le rend si pâle ; — c'est la peur aussi, une peur intense.

— Non, hein ?... Ils ne t'ont pas marmotté dans l'oreille : — Dis donc, petit, toi qui es audacieux et fluet, essaye donc de te faufiler aux Taillis... et tâche donc de découvrir ce qu'ils fricassent dans leur sacrée turne ?

L'indignation me suffoque et je m'écrie :

— Je ne suis pas un espion, sachez-le !

— Evidemment, évidemment. C'est l'arbre qui s'est posté devant toi, hein, moucheron ?... Ce n'est pas toi qui t'es posté derrière l'arbre pour moucharder Ladimir ?

Que lui répondre ? Mes idées tournoient, mon intelligence est paralysée, mon cerveau est vide...

— Et avant l'arrivée de Ladimir, tu n'as pas glissé ton rayon visuel à l'intérieur du pavillon ?

— Moi !...

— Incapable, hein ?... Pas monté sur le toit, hein ?... Pas regardé à travers le vitrage, hein ?... Jamais ! Plus souvent ! Homme d'honneur avant tout. Discrétion et célérité. Principes sévères et faciles à suivre, même en voyage. Parfait, parfait !

Que veut-il dire ?

Je jette un coup d'œil sur le pavillon et, pour la première fois, je remarque que toutes ses fenêtres sont murées. La lumière n'y pénètre qu'à travers un vitrage pratiqué dans le toit.

Si le misérable Obrinski n'était positivement affolé par l'ivresse, par la rage et par la peur, il s'apercevrait qu'il manque de prudence, qu'il se trahit lui-même, que ses questions sont autant d'aveux grâce auxquels il se reconnaît coupable d'une action illicite, criminelle ou honteuse.

— As-tu dressé ton procès-verbal, hein, mouchard fils ? As-tu préparé ton rapport à seule fin d'égayer le papa et cette purée aux croûtons qu'il appelle sa compagnie ?

Ce disant, Ladimir marche lentement sur moi ; et, pour un pas qu'il fait en avant, j'en fais cinq en arrière.

— Monsieur, lui dis-je en grelottant, quoique je m'efforce de m'en empêcher, monsieur, je n'ai rien vu, je ne sais rien, je ne vous ai point épié, nul n'aurait osé me charger d'une mission aussi odieuse ! Ecoutez-moi, monsieur. Mon père ignore que je suis ici... S'il savait comment j'y suis entré, il me blâmerait sévèrement... Mais il l'ignore, monsieur, tout le monde l'ignore...

Obrinski s'arrête court et me considère attentivement entre les mèches de ses cheveux éparpillés.

— Ah ! charmant !... Ah ! tout le monde l'ignore, hein ?

— Oui, monsieur. Je vous le jure.

— Sur l'honneur, hein, petit ?

— Sur l'honneur.

— Parfait. Je te crois. Mais en me confiant ce détail, tu n'as été, jeune crapoussin, qu'une pure et simple fichue bête.

— Pourquoi, monsieur ?

— Pourquoi ? s'écrie-t-il avec un rire frénétique, — parce que, — personne ne te sachant ici, — on ne viendra pas t'y réclamer quand tu auras disparu. Car tu vas disparaître, infortuné jeune homme... Ah ! tu es curieux, toi !... Ah !... tu mouchardes pour ton propre compte !... Ah ! tu veux voir... ce qui demande à n'être pas vu !... Délicieux !... On va te coller une embrassade pour ta peine !...

C'est en courant après moi que Ladimir a prononcé les dernières phrases de sa tirade. Je fuis de toute la vitesse de mes jambes. Il me poursuit, les bras étendus et prêts à m'étouffer...

Cet homme est fort. Il a dominé son ivresse. Il ne chancelle plus. M'atteindra-t-il ? J'en ai peur.

Aucun secours à espérer. Partout la solitude, le silence... A quoi bon des cris ? On ne les entendrait pas. Si j'avais une arme... ne fût-ce qu'un bâton, je lui vendrais chèrement ma vie. Mais rien... rien !

Ses pas retentissent plus distinctement derrière moi. Il gagne du terrain. Je distingue son ricanement diabolique, je sens presque son souffle aviné... Je suis perdu ! Oh ! une arme, une arme !... Mourir ainsi, mourir déjà !... Disparaître sans que nul puisse dire où mon corps repose !...

Je cours, je vole, je bondis. J'entrevois, comme au milieu d'un tourbillon, les figures bien-aimées de Diane et de ma petite sœur. Une seule me pleurera. Que suis-je pour l'autre ?

Je précipite ma course, je bondis plus énergiquement ; mais mes pieds heurtent un obstacle... Je tombe... Je me relève...

Et je me relève armé !

XXII

L'objet qui a causé ma chute est une bêche, une lourde bêche de jardinier. Je m'en empare, je la brandis et je fais face à Ladimir, qui recule.

Nous sommes sous un couvert de chênes. L'épaisse feuillée intercepte les derniers rayons du soleil couchant. Il fait nuit complète autour de nous.

— Ah ! délicieux !... grince la voix ironique d'Obrinski. Tu te rebiffes, gamin ? J'aime mieux ça. Parfait, parfait ! De te tordre le cou comme à un canard, ça me déplaisait un brin. Méfie-toi. On va te saigner, bibi !

Il a tiré de son pantalon un couteau à large lame, et, dansant pour éviter ma bêche, il guette l'instant de se ruer sur moi.

— Tu vas être joliment bien, ici, pour dormir, hein, petit ? Ta bêche me servira. Je te creuserai une belle fosse au pied d'un chêne, et, ni vu ni connu, je t'embrouille. Tiens, mon fils, attrape ça !

Il a visé droit au cœur. Un saut en arrière et je me suis garé. Quelques lignes de plus, j'étais mort.

— Adorable, adorable !... ricane Ladimir. Tu sautes comme un cabri, mouchard fils. Recommençons ça et un peu plus de tenue...

L'acier qui luit entre ses doigts lance un nouvel éclair. Mon arme, à moi, s'abat pour détourner le coup et frappe rudement la main d'Obrinski. Le couteau lui échappe.

Prompt comme un chat sauvage, il se baisse et il le ramasse. Mais avant qu'il ne se soit tout à fait redressé, ma bêche descend sur sa tête avec la rapidité de la foudre, lui fend le crâne, l'étend inanimé sur le sol, les bras en croix, la bouche ouverte, vomissant à la fois des flots de sang et de vin...

Est-il mort ?... l'ai-je tué ?...

J'essuie mon front avec ma manche et je regarde l'homme. Il ne bouge plus. L'indécise lueur que tamisent les branches me le montre immobile, couché tout de son long sur les feuilles de l'an passé.

Il y a par terre une grande tache sombre...

Je jette loin de moi la bêche avec horreur. Je fuis. Je m'élance hors de ce fourré sanglant et solitaire.

Par quel miracle suis-je parvenu à retrouver la petite porte du parc, c'est ce qu'aujourd'hui encore je ne m'explique pas. Je l'ouvre, je passe et je la referme à double tour. Malgré le désordre affreux de mes idées, je n'ai point oublié la recommandation d'Hélène... Et puis, il me semble que cette porte, solidement close, sera une barrière rassurante entre l'homme et moi...

Car — ce que je vais avouer est puéril, extravagant, absurde, — car, depuis qu'il est mort, l'homme m'inspire bien plus de frayeur que de son vivant.

Il me faut maintenant traverser le bois des Taillis. Le soleil achève de disparaître. Une dernière traînée d'or illumine les mousses, les tiges, les ramées, les petites fleurs sauvages. Puis doucement elle s'évanouit, cédant la place au crépuscule. Le soir tombe.

Je marche à pas pressés dans le sentier qui serpente à travers un pêle-mêle mystérieux de verdure. Pourquoi n'osé-je arrêter ma vue ni sur les troncs noueux ni sur leurs branches bizarrement tortillées ? pourquoi les souches renversées dans l'herbe et dépouillées de leur écorce me font-elles ainsi frémir ?

Pour rien au monde je ne retournerais la tête. Et si quelque buisson inattendu m'apparaît penché sur le chemin, si mes vêtements accrochent et font craquer quelque brindille, ma langue se sèche, mes cheveux se hérissent, mes prunelles se dilatent démesurément.

Enfin !... enfin, je suis hors du bois. La route sous mes pieds se déroule, grise et sonore. Les champs sont déserts, les troupeaux sont rentrés. Quel calme ! quel silence !

Là-bas, à droite, des fumées bleuâtres se dégagent de terre, rampent, ondulent, flottent par flocons ouateux à fleur de sol. C'est dans cette direction, c'est là-bas, vers la droite, qu'il gît déjà glacé, lui, l'homme mort... Il a la face tournée vers le ciel et sa bouche ouverte crie vengeance !

Je ne l'ai point assassiné. J'étais dans mon droit. J'étais en état de légitime défense... Mais pourrai-je le prouver ?

Avançons. Bah ! qui donc songera seulement à me soupçonner coupable. On ne m'a vu ni entrer aux Taillis ni en sortir.

Avançons. Il fait froid. De vastes nuées noires s'élèvent derrière moi dans le ciel et semblent vouloir me gagner de vitesse. Entre leurs déchirures, la lune hasarde son pâle visage. Elle monte à l'orient, quoique l'occident resplendisse encore.

En face de moi, l'horizon, d'un orange éclatant, lutte contre le voile de crêpe qui menace de l'envahir et qui déjà forme au-dessus de lui une sorte d'arche de pont colossale. Sur la partie du ciel où la lumière persiste, les arbres se détachent avec une précision si merveilleuse, leurs plus délicats rameaux ressortent si nettement, qu'on les croirait peints, d'un pinceau léger, à l'encre de chine, puis découpés à l'emporte-pièce. L'ensemble du paysage ressemble à une dentelle noire placée devant un feu brillant.

Tout s'éteint. La nuit. De vastes ombres mélancoliques submergent la campagne. Au loin, lentement, par saccades pareilles à des sanglots, la cloche de Soriat tinte l'*Angelus*.

Je ne marche plus, — je cours...

Je cours aussi vite, aussi éperdùment que tout à l'heure, dans le parc des Taillis, lorsque l'homme, vivant, me poursuivait.

Est-ce une illusion de mes oreilles ? sont-ce les battements de mon cœur ? Il me semble que j'entends encore ses pas sourds, retentissant comme un écho des miens...

Je ne me trompe pas. Quelqu'un me poursuit, et articule mon nom, et se hâte, et ricane... Une voix de spectre, une voix infernale et railleuse a crié dans le vent :

— Arrête!... attends-moi, Gilbert, attends-moi!...

Un souffle de démence me soulève. Une terreur superstitieuse me saisit à la gorge et m'emporte dans un galop vertigineux, effréné.

Si c'était lui! s'il était là, sur mes talons, avec ses biceps tatoués, ses cheveux sanglants, sa tête fendue, sa barbe couverte de bave!...

— Attends-moi donc !... attends-moi donc !... répète la voix.

Et une main se crispe sur mon épaule. C'en est trop. Mes genoux fléchissent, je chancelle et je roule entre les bras... d'Edgar... de mon beau-frère...

— Ah çà ! est-ce que tu as le diable au corps, toi, disdonc ? Deviens-tu fou ? T'ai-je fait peur ? Ou bien te moques-tu tout simplement du monde ? Qu'as-tu à te sauver comme ça quand on t'appelle ?

Je me suis assis au revers d'un talus et je comprime à deux mains ma poitrine haletante. Peu à peu je me sens renaître. Le bonheur d'entendre une voix humaine, de contempler un être bien réel, attire sur mes lèvres un faible sourire.

— Monsieur est content de lui? reprend Edgar ironiquement. Monsieur est satisfait de la façon dont il a employé ses loisirs ? Peut-on, sans trop d'indiscrétion, s'informer d'où arrive monsieur ?

— Ne me le demande pas, dis-je en courbant le front : car les paroles d'Edgar m'ont à la fois surpris et effrayé.

Edgar ôte son panama, se plante au milieu du chemin dans une pose tragique et déclame :

— Ne le demande pas, ce secret plein d'horreur! Il est joli, le secret de monsieur! Et monsieur lui-même est dans un joli état pour se présenter devant des dames et des demoiselles! Malheureux!... dépêche-toi d'essuyer ce restant de tendresse que tu as dans les prunelles et ce restant de baisers qui frétille dans les coins de ta bouche!... Fi!... quelle mine! Et comme on s'aperçoit d'où tu sors!

— Si je te comprends, je veux bien...

— Oui, c'est cela, nie. Oh! mais il le niera, vous allez voir. Nie-le donc, Faublas!.. nie-le donc, Richelieu!

— Que je le nie!.. quoi ?

— Que tu sors d'un rendez-vous.

— Moi !

— D'amour.

— Par exemple !

— Avec la petite dame...

— C'est faux !

— Des Taillis. Inutile de protester du contraire, Lauzun. J'ai interrogé la fidèle Marthe...

— Et elle t'a dit...

— Elle m'a dit, à moi seul, rassure-toi, et sous le sceau du secret, que son trop bouillant nourrisson était parti comme un pétard à la recherche de madame Hélène. Ce nom frappait mon tympan pour la première fois : j'ai sollicité des détails; on m'en a donné, don Juan. J'ai su l'histoire de la chute de cheval, et, avec la rare intelligence qui me caractérise, j'ai facilement deviné ce qui s'en est suivi...

— Il ne s'en est rien suivi du tout.

— Ton rôle est de le proclamer ; le mien est de rester incrédule. Loin de moi, au surplus, l'intention de te morigéner. Je ne suis pas Géronte, et tu n'es pas Léandre. Tu as vingt ans, tu n'as pas fait vœu de continence...

— Que diantre me chantes-tu là ?

— Enfin, tu es libre et elle va l'être, puisque Maugreval, ton prédécesseur, épouse la sempiternelle mademoiselle Haveril, qui, une fois mariée, cessera, espérons-le, d'accaparer Fanny... En conséquence...

— Comment as-tu appris cela ?

— Quoi ?

— Que Diane... que mademoiselle Haveril est fiancée à M. Maugreval?

— Je l'ai appris, comme tout le monde à Soriat, ce matin, de la bouche même de ta paternité. Tu n'ignores pasà quel point le meilleur des pères abhorre les pâmoisons ?... Eh bien ! ayant été averti que la pâmoison de mademoiselle Diane provenait d'un malentendu, et craignant, si le malentendu se prolongeait, que tous ses invités ne se pâmassent les uns après les autres, il nous a réunis en bloc et nous a renseignés confidentiellement sur la situation illégitime du beau Roland et de la petite dame.

— Madame Haveril était présente ?

— En personne et en grelots.

— Comment a-t-elle accueilli la nouvelle ?

— La nouvelle lui était déjà connue : ton père la lui avait communiquée préalablement ; et c'est avec l'autorisation de ladite Haveril, sans aucun doute, qu'il a prononcé son speech confidentiel.

— Pourquoi dis-tu : Sans aucun doute ?

— Parce que, immédiatement après les effusions du meilleur des pères, madame Haveril s'est épanchée à son tour et nous a annoncé, au son de toutes ses cloches en similor, le prochain mariage de sa fille avec le seigneur des Taillis.

— Diane était là ?

— Mademoiselle Diane était nécessairement ailleurs, en conférence avec ma pauvre Fanny, qu'elle avait séquestrée, selon son habitude, soit au grenier, soit à la cave, soit dans une encoignure quelconque, afin de lui confier le nom de sa modiste ou l'adresse de son pédicure.

Je me lève brusquement :

— Ainsi, — dis-je avec désespoir — elle persiste !

— Si elle persiste à séquestrer Fanny dans des encoignures ? Plus que jamais, mon ami. C'est une monomanie...

— Eh ! je ne te parle pas de Diane... Tu es toujours à lui lancer des épigrammes. Tu la détestes donc bien ?

— Moi ! je ne la déteste pas. Elle me crispe, voilà tout. Après cela, tu me demandes si elle persiste ; je...

— C'est de sa mère que je parlais.

— Ah ! bon. Ainsi, — voulais-tu dire probablement, — elle persiste à marier sa fille à M. Maugreval ?

— Oui.

— Mon cher garçon, une mère qui n'a pas vingt-cinq centimes de dot à donner à sa demoiselle. persistera jusqu'à la mort à lui faire épouser un monsieur riche de cinquante mille francs de rente.

— Même si les rentes de ce monsieur n'ont pas une source bien claire ?

— Qui diable s'avise jamais de remonter aux sources ? Les fleuves eux-mêmes n'y songent pas.

— Même si ce monsieur est un homme sans mœurs, un débauché, un libertin ?...

— Tu m'amuses. Un homme est-il un libertin parce qu'il a chez lui une dame de compagnie ?

— Qui porte son nom.

— Et qui s'en dépouille dès qu'on le lui ordonne. Mais pardon, si tu le permets, nous continuerons, chemin faisant, cet entretien éminemment philosophique. On se mettait à table quand Fanny m'a détaché à ta découverte, et je m'abuse fort, ou l'on en est au second service.

Edgar exhale un gros soupir, me saisit le bras et bon gré mal gré m'entraîne au pas de course.

XXIII

Mes nerfs commencent à se détendre. L'insouciante gaîté d'Edgar a produit sur moi l'effet d'un calmant; et, quoiqu'un formidable orage continue à gronder au fond de ma conscience, quoique les mots: — « J'ai tué un homme ! » retentissent en elle sans trêve, sans intervalles, pareils aux éclats d'un tonnerre furieux, — cependant, par degrés, mon front s'apaise, ma voix s'assure, et, extérieurement du moins, je reconquiers quelque sérénité.

L'idée me vient alors de tout avouer à mon beau-frère. C'est un garçon sérieux malgré son extrême jeunesse, un cœur droit, un esprit juste et de bon conseil...

Et puis, mon devoir est de le détromper. Il croit fermement que j'aime la petite dame, que je suis aimé d'elle. Il m'a fait presque défaillir tout à l'heure en affirmant que je revenais d'un rendez-vous.

Quel rendez-vous, grand Dieu !...

Si je lui racontais ce meurtre involontaire ? si je lui demandais avis sur la façon dont je dois me conduire à présent ? faut-il aller au-devant des soupçons et me déclarer l'auteur de cet homicide ? Faut-il me taire et laisser les conjectures s'égarer ?

Tandis que j'hésite à m'ouvrir à mon beau-frère,—je puis bien lui donner ce titre, puisqu'il lui appartiendra dans vingt-quatre heures,— les deux tourelles de notre maison émergent en face de nous, noires et majestueuses, au sein de l'obscurité croissante.

Avant cinq minutes, nous serons à Soriat. Il n'est plus temps de parler.

— A propos, me dit Edgar, il s'agit de nous entendre et de ne pas nous couper. J'ai fait un conte au meilleur des pères.

— Un conte à mon sujet ?

— Oui. Quand il s'est aperçu de ton absence, et quand, après t'avoir cherché jusque dans les placards, il a été convaincu que tu étais sorti sans permission, dame ! il a poussé des cris de mélusine...

— Je m'en doute.

— Si Gilbert n'est pas rentré ici à l'heure du dîner,— a-t-il vociféré à pleine gorge,— il payera cher son manque de respect pour moi et pour mes hôtes. Je le chasserai, sacrebleu !... Et il ira ensuite où il voudra. Je suis fatigué de son indiscipline...

— Diable !... mais alors... l'heure du dîner étant passée...

— Attends donc ! Je l'ai laissé s'égosiller pendant une demi-heure. Tu sais que les cris lui font du bien. Après quoi, je lui ai dit tranquillement : — Gilbert m'a chargé de vous présenter ses excuses : il était souffrant, très souffrant, ce matin...

— Tu lui as dit cela, maladroit ?

— Attends donc ! Naturellement ça l'a exaspéré, puisque, ayant, de son autorité privée, supprimé la souffrance de la surface du globe, il considère tout individu qui souffre comme son ennemi personnel. Souffrant !... s'est-il écrié... Est-ce que l'on souffre ? est-ce que je souffre jamais, moi ? — Oh ! mais vous, ai-je répondu, vous faites de l'exercice. — Eh ! qui l'empêche d'en faire ? — Eh bien ! il en fait. — Maintenant ? — Oui. — C'est pour cela qu'il est sorti ? — Pas pour autre chose ? Dès qu'il aura sept ou huit lieues dans les jambes, il rentrera.

— Je comprends. Ça l'a radouci ?

— Ça l'a radouci. J'ai ajouté négligemment : — Gilbert comptait marcher de préférence dans les terres labourées.

— Très bien ! Ça l'a calmé tout à fait ?

— Ça l'a calmé tout à fait. Mais ça n'a pas calmé du tout la petite sœur.

— Comment ! Est-ce que Fanny... ?

— Très inquiète de toi, Fanny. Comme tu n'avais pas reparu lorsqu'on a sonné la cloche, elle m'a demandé si décidément j'étais un être sans aucune espèce de sentiment. La question m'a ébahi. Justement j'étais en train de déplier ma serviette, et je t'avoue que je me préoccupais beaucoup plus de voir arriver mon potage que de te voir arriver toi-même.

— Merci !

— Il n'y a pas de quoi. Ne devinant guère où elle allait en venir, j'ai balbutié que, pour le quart d'heure, en fait de sentiment, je me sentais un appétit vorace. Là-dessus, Fanny fond sur moi, m'empoigne à la cravate, m'extrait de la salle à manger, me plante ce panama inconnu sur la tête, me pousse dehors par les épaules et m'ordonne de t'aller chercher.

— Pauvre ami !

— Certainement, pauvre ami : car enfin, t'aller chercher... où ça ? Heureusement, je rencontre ta nourrice au bout de l'a-

venue, nous échangeons nos lamentations, l'histoire de la petite dame filtre à la lumière, un éclair de génie m'illumine, je tape dans mes mains... tiens, comme ça, et je m'écrie : — Rien de plus certain. Mon polisson est aux Taillis, où il file le parfait amour.

— Oui, joliment !

— Joliment ou bêtement, tu le filais.

— Non.

— Si. Bref, je file à mon tour, train-poste, vers les Taillis en question, j'arrive, je sonne à la grille...

— Comment ! tu sonnes ?

— Le concierge apparaît, je l'invite à prévenir M. Gilbert de Soriat que son très affamé beau-frère...

— Malheureux ! tu m'as demandé ?

— Parfaitement. T'imagines-tu que j'étais d'humeur à me promener indéfiniment devant la grille ou bien le long des murs, en risquant de loin en loin un léger : Psitt !... pour t'avertir ?

— Mais, mon cher Edgar, je n'y étais pas, aux Taillis !

— C'est ce que le concierge m'a répondu.

— Tu vois bien. Cela te prouve...

— Cela me prouve qu'au lieu d'y être entré par la grande porte, tu t'y es faufilé par quelque porte de derrière.

— Mais c'est absurde !...

— Positivement. Je suis bien aise que tu en conviennes. Enfin, ayant accompli ma mission, je te recommande tout bas à la Providence, — ou, pour parler franc, — je t'envoie à tous les diables ; puis, je tourne bride et je reprends la direction de Soriat en songeant avec amertume que, pendant que je me dévoue ainsi, — maître Lampon et sa famille dévorent ma part du gigot de chevreuil. Puis, au moment où j'atteins l'embranchement du chemin vicinal et du sentier de traverse...

— Tu m'aperçois ?

— Sortant du petit bois des Taillis, mon gaillard, et galopant à perdre haleine.

— J'étais en retard. Je me hâtais.

— Dis plutôt que tu espérais m'échapper. Pourquoi faisais-tu la sourde oreille, en réponse à mes appels réitérés ?...

— Je n'étais pas sûr de t'avoir entendu.

— Tu redoutais un interrogatoire ?

— Mais non.

— Mais si. N'importe. Ensevelissons ton escapade amoureuse dans les profondeurs momentanées de l'oubli. Silence et mystère ! Nous sommes arrivés.

En effet, tout en nous expliquant de la sorte, nous avons descendu l'avenue de tilleuls et pénétré dans la maison.

Edgar ouvre la porte de la salle à manger et s'écrie :

— Le voici, messieurs ! le voilà, mesdames, le retardataire ! Neuf lieues, monsieur de Soriat ! Le croiriez-vous ? il a fait neuf lieues sans désemparer !

— Pas possible ! exclame mon père.

— Si fait. Trente-six kilomètres. Et tout le temps dans les terres labourées !

— Alors, tu es guéri ?.. goguenarde M. de Soriat.

— Complétement, mon père. Votre recette est excellente. J'en userai à l'occasion.

— A la bonne heure! Mais c'est le matin au petit jour qu'il faut en user. Je te réveillerai demain à trois heures et je t'emmènerai avec moi. Tu verras ce que c'est que marcher.

Demain!.. Et moi qui comptais partir à l'aube pour Sainte-Croix!.. Comment esquiver la partie de plaisir que me prépare le meilleur des pères ?

Je fais le tour de la table en répondant de mon mieux aux paroles de sympathie que chacun m'adresse à propos de mon indisposition, et je gagne la place qui m'a été réservée entre madame Haveril et la eune personne du percepteur.

Edgar est déjà installé à côté de Fanny. On ne les voit en entier ni l'un ni l'autre. Fanny a laissé tomber sa serviette, Edgar a laissé choir son couteau. Tous les deux se sont baissés en même temps. Je soupçonne fort que ma sœur manque à toutes les convenances en déposant, dans l'ombre, sur la joue de son prétendu, le prix d'un dévouement qu'il exagère.

— Dominique, servez donc ces messieurs ! dit mon père, que la réussite de sa recette médicale a mis en belle humeur.

Et l'on nous apporte notre potage. Le dîner touche à sa fin. Les dames ont un air très animé, les convives mâles sont extrêmement rouges. Le vin de Champagne commence seulement à circuler.

A peine me suis-je assis, à peine ai-je promené mes yeux autour de cette salle tiède, vivement éclairée, embaumée du parfum des fleurs, égayée par des rires de jeunes femmes et par les doux visages des jeunes filles, que mon regard, devenu vitreux, se fixe sur la nappe blanche et qu'une horrible vision l'y cloue immobile....

Je vois, sous un épais couvert de chênes, l'homme mort, les bras en croix, la bouche béante, abandonné tout seul dans le froid et dans la nuit.

Puis la vision s'efface... Mais je sens qu'elle reviendra, qu'elle reviendra souvent, qu'elle reviendra toujours ! .

Où est Diane ?

Elle est à l'autre bout de l'immense table. Elle cause et elle sourit. Son teint a recouvré les nuances délicatement rosées qui lui sont habituelles. On dirait que rien de fâcheux, rien d'anormal n'a jamais troublé son cœur.

Ainsi donc, la voilà rassérénée! Ce qu'on lui a raconté de Maugreval l'a pleinement satisfaite. Elle lui a rendu son estime, sa confiance, sa tendresse. Le beau Roland est plus que jamais son héros.

Il y a quelque part, il est vrai, une femme qui porte son nom ; mais elle n'en a pas le droit. Qu'on la chasse, tout sera dit... Et Diane épousera Roland...

— Tu ne l'épouseras pas, ton Roland ! non, je ne lui laisserai pas flétrir ta vie !... non, je ne lui permettrai pas de fouler aux pieds ton radieux avenir ! Nous sommes deux qui te sauverons malgré lui, malgré toi...

Et quand bien même la lettre que j'ai là, sur ma poitrine, ne produirait pas le résultat que j'en attends, tu serais sauvée encore, entends-tu ? sauvée par moi... dussé-je poignarder ton beau Roland au pied de l'autel !

Voilà ce à quoi je songe, tandis que les conversations rieuses s'égrainent autour de moi. Le sourire de Diane, sa tranquillité, sa liberté d'esprit, l'évidente joie qu'elle éprouve intérieurement, tout en elle m'exaspère, me surexcite. J'ignore vraiment à cette heure si je l'aime ou si je la hais...

Ma voisine de gauche, la jeune personne du percepteur, — trente neuf ans et un pied-bot, pauvre fille ! — m'adresse une question. Que m'a-t-elle dit ? Je ne sais. Il me semble pourtant qu'elle me demande si j'ai lu les Sermons choisis de l'abbé Ragot.

Ce que je lui ai riposté doit être bien incohérent, bien stupide: car elle me contemple d'un air stupéfait, défiant, à demi effrayé, comme on contemplerait un fou.

Le fait est que j'écoute attentivement ma voisine de droite.

Peinte de frais, très décolletée, ses maigres épaules enduites de poudre de riz, la mère de Diane cause d'une voix contenue avec M. de Soriat, à la gauche duquel elle est assise.

Des paroles de mon père, je ne puis saisir une syllabe; mais j'intercepte au vol quelques phrases articulées par madame Haveril et scandées par le cliquetis des chaînettes, du binocle, des médaillons, des petites croix, etc.

— Un si beau parti, cher monsieur !...

— Et puis quel est homme qui n'a pas à se reprocher quelque peccadille de ce genre ?

— Les anciens viveurs sont les meilleurs maris...

— Son seul tort est d'avoir permis à cette drôlesse de galvauder son nom...

— Il en sera quitte pour vendre les Taillis. Nous ne tenons pas du tout à vivre en province...

— Tout ce que vous voudrez, cher monsieur ! Mais enfin, ma fille l'aime...

Ici l'entretien est rompu. On se lève de table.

Sa fille l'aime !

Oh !... la lettre d'Hélène !... Oh ! que je voudrais être à demain !

XXIV

Demain est arrivé.

Elle luit enfin, l'aube de cette journée qui, pour moi, va être décisive. Entre les lames des persiennes, son premier rayon se glisse dans ma chambre, éclairant sept ou huit têtes coiffées de foulards, autant de figures boursouflées et non moins de bouches ronflantes.

Le château regorge. On nous a entassés ici pêle-mêle, nous autres petits jeunes gens, et nous avons dormi çà et là, comme d'innocents moutons à l'étable.

Pour ma part, je n'ai fait qu'un somme : le spectre du Polonais m'a laissé en repos. Comme on se blase vite sur le remords, juste ciel !

Je me lève sans bruit, je m'habille tout doucement, je descends l'escalier sur la pointe des pieds. Il est cinq heures à peine. A huit heures, je serai à Sainte-Croix, face à face avec le beau Roland...

Pourvu que je ne lui saute pas à la gorge ! pourvu que j'aie le sang-froid de me contenir pendant qu'il lira la lettre d'Hélène !...

Partons. Je m'arrête une minute chez Marthe, qui est déjà debout ; je lui remets la clef du parc des Taillis, en l'avertissant que la petite dame viendra lui demander cette clef tout à l'heure ; puis je m'élance dehors.

Mais je n'ai pas franchi la grille, que je me trouve nez à nez...

Sapristi !... j'avais oublié le meilleur des pères et sa partie de plaisir.

— Ah ! ah ! te voilà, toi, paresseux ! J'allais justement te chercher, et je me préparais à te secouer d'importance. Tu ne te plaindras pas, j'espère. Je t'ai laissé dormir la grasse matinée. Est-ce que tu venais au-devant de moi ?

— Oui, mon père.

— Très bien ! On va donner du jeu à tes compas. Détalons !...

Et je détale à côté de lui. Pas moyen de lui échapper, à ce diablo d'homme ! Si je simulais une entorse ?... Bah ! il faudrait me mettre au lit : je n'y gagnerais rien.

Nous marchons au pas gymnastique. M. de Soriat rayonne. Il a sa casquette de chasse, sa veste de velours à côtes, ses grandes bottes artistement graissées. Il a les oreilles violettes, le nez bleu, les joues cramoisies, l'œil humide et Triptolème entre les dents. Ayant déjà, en manière de hors-d'œuvre, absorbé quatre ou cinq lieues, il sent le foin, l'herbe fraîche, le tabac, le vin blanc, le serpolet et la terre labourée...

Pendant quatre mortelles heures, nous arpentons la campagne. Ravi de tenir en laisse un auditeur forcément résigné, le meilleur des pères me sature d'agronomie.

Il ne me fait grâce d'aucun détail. Petits sentiers à réparer, pentes à pratiquer pour l'écoulement des eaux, travaux de drainage en voie d'exécution, nouveaux procédés de culture, instruments aratoires perfectionnés ou inventés par M. de Soriat lui-même : il me faut tout examiner, tout approuver, tout admirer.

Je me ronge les doigts, il se frotte les mains. Pour moi, le temps se traîne ; pour lui, le temps s'envole. Enfin, il daigne consulter sa montre, et, — merci, mon Dieu ! — nous reprenons la route de Soriat.

J'y rentre exténué de fatigue et mourant de faim ; le meilleur des pères est frais comme une rose.

— Neuf heures et demie, Gilbert !... On déjeune dans une demi-heure. Nous n'avons que le temps de nous habiller, mon garçon !...

Et M. de Soriat s'éclipse en soupirant, pour aller revêtir ce fameux gilet blanc qui est sa bête noire.

Éreinté comme je le suis, je ne saurais partir à jeun pour Sainte-Croix : je me trouverais mal à moitié chemin. Après déjeuner, je saisirai la première occasion de m'enfuir.

Je change de vêtements à la hâte et je cours chez Marthe.

— Eh bien ! as-tu vu la petite dame ?

— Non, chéri, et j'ai bien peur qu'elle ne vienne pas réclamer sa clef de sitôt...

— Pourquoi ?

— Tringlot a rencontré ce matin M. Baptiste, le valet de pied de M. Maugreval.

— Eh bien ?

— Eh bien, M. Baptiste se rendait au grandissime galop chez le docteur Bruloy. Paraît qu'il est arrivé un malheur aux Taillis... C'est la troisième fois, depuis hier minuit, qu'on fait appeler le docteur... Oh ! il ira bien trente fois, si on veut, le docteur ! A dix francs seulement par visite, ça lui...

— De quel... malheur parle-t-on ?... dis-je d'une voix altérée.

Et je m'adosse au mur, car je me sens faiblir.

— Paraît que le Polonais, ce pauvre M. Goblinski, en se promenant hier dans le parc, a fait un faux pas et s'est ouvert la tête contre un arbre.

— Ah! contre un arbre... Et comment sait-on que c'est contre un arbre?

— Dame! il l'a raconté lui-même... en quatre mots, pas plus... Tu penses, chéri, qu'il n'est pas dans un état à jacasser beaucoup.

— Il n'est donc pas mort?

— Il n'en vaut guère mieux. Paraît qu'après la chute, il est resté évanoui dans son sang l'espace de trois bonnes heures. Quand il est revenu à lui, vers les neuf heures du soir, a-t-il pas eu le courage de ramper, — pauvre cher homme! — jusqu'au château, à plus d'un kilomètre de là? Et en y arrivant, a-t-il pas eu la présence d'esprit, ne pouvant crier, de casser d'un coup de poing les vitres d'une porte-fenêtre... à seule fin d'attirer l'attention?

— Et l'on est accouru?... dis-je, haletant et respirant à peine.

— Oui. Et on l'a ramassé, et on l'a couché, et l'on a expédié un homme à cheval à ce finaud de docteur Bruloy...

— Qu'a-t-il dit de la blessure?

— Il a dit, — preuve que tous les médecins sont des charlatans, — il a dit que la blessure avait été faite par une main... malin... malétin...

— Malintentionnée?

— Oui. A l'aide d'un instrument tranchant. Sur quoi, tout à coup, ce pauvre M. Goblinski a rouvert l'œil et a dit : — « Non. Tombé. Un faux pas. Heurté contre un arbre. Parfait, parf... » Et il a roulé sur l'oreiller sans connaissance.

— Est-il hors de danger?

— On ne sait pas, chéri. Le docteur assure que la cervelle n'a pas été entamée, mais du reste il ne répond de rien. Et il a raison. Hé! hé! c'est le bon moyen de ne pas se compromettre. Moi, tu connais mon opinion, chéri. Les plaies à la tête, ça vous tue d'emblée ou ça se guérit tout de suite. Pas moins vrai que, là-bas, ils s'attendent à voir passer le Polonais d'un moment à l'autre.

En écoutant ces paroles de Marthe, j'appuie ma main sur mon cœur dont les battements m'assourdissent. Puis je balbutie :

— Il est donc bien mal?

— Il a un délire d'enfer, chéri... Le plus drôle, c'est qu'au milieu de ses transports furieux, il ne veut pas être soigné par une autre que madame Hélène... Sitôt qu'elle s'éloigne, il se jette en bas du lit et il pousse des rugissements de lion... N'y

aurait pas assez de quatre hommes pour le contenir. Sitôt qu'elle se rapproche, il devient doux comme un agneau et il se laisse tourner, virer, ni plus ni moins qu'un petit enfant... Ça fait qu'elle a pris le parti de s'installer à son chevet... et de n'en plus bouger.

— Bonne Hélène!

— Pardié, oui, qu'elle est bonne. Tu peux bien le dire. Comme quoi n'y a pas d'apparence qu'elle revienne chercher sa clef. Veux-tu que je la lui fasse reporter par Tringlot?

— Non, non, garde-la. Je verrai.... Je la lui reporterai peut-être moi-même.

— C'est pas l'embarras, — murmure Marthe malicieusement, — vous avez l'air d'être joliment bien ensemble, hein, chéri? Une paire d'amis, pas vrai?

Je quitte Marthe sans lui répondre, et, tout rêveur, je me dirige vers la maison, où retentit la cloche du déjeuner.

Dieu veuille que cet homme ne meure pas! Quel terrible poids de moins j'aurai sur la conscience!

Mais pourquoi ne m'a-t-il pas dénoncé comme étant l'auteur de sa blessure? Ce ne peut être par générosité. C'est donc évidemment parce qu'il me craint.

Oui, c'est cela. Il continue à supposer que j'ai surpris son secret et celui de Maugreval...

Eh bien! ce secret, quel qu'il soit, je le connaîtrai. Si Roland résiste aux supplications d'Hélène, il ne résistera point à mes menaces, une fois que je serai en mesure de le perdre!

J'ai la clef du parc; je m'y introduirai une seconde fois, et Ladimir m'a instruit de la façon dont je devrai m'y prendre pour découvrir ce qu'il tient si fort à cacher.

Telle est la résolution que j'arrête. Elle est irrévocable. Elle communique à mon regard de la décision, à ma démarche de la fierté. J'entre, je salue mes hôtes le sourire sur les lèvres, et c'est sans timidité aucune que je tends la main à Diane, resplendissante pourtant de joie intime, de grâce et d'amour contenu.

Elle me prend son bras autour du mien, et, m'entraînant vers la table :

— Asseyez-vous auprès de moi, monsieur Gilbert. Je veux vous gronder.

— Moi, mademoiselle?

— Certainement. Depuis hier matin, vous avez l'air de me fuir, de me bouder. Que vous ai-je fait? Ne serait-ce pas plutôt à moi de vous en vouloir?... car enfin vous êtes cause que j'ai été ridicule... C'est grâce à vous que je me suis évanouie si sottement...

— Vous me faites souvenir, mademoiselle, qu'en effet je vous dois des excuses. Mais j'ignorais alors que vous fussiez... promise à M. Maugreval...

— Et vous ignoriez aussi que la... personne recueillie par vous et que vous me proposiez... charitablement de venir voir, n'était pas sa femme?

— Je l'ignorais, je vous le jure.

Diane se met à rire de tout son cœur.

— En sorte, reprend-elle, que vous m'avez crue éprise d'un homme marié? J'ai tort de rire, du reste. Moi aussi, j'ai failli le croire... Pauvre Roland!

Ce «pauvre Roland!» articulé d'une voix émue et tendre, accumule immédiatement en moi tous les tisons de la rage.

— On vous a sans doute appris, mademoiselle, dis-je en ricanant, quel rôle joue chez M. Maugreval la jeune dame qu'il avait affublée de son nom?

— Eh! sans doute, — me répond Diane tranquillement. Elle était sa maîtresse.

Je bondis sur ma chaise. Ce gros mot, dans la bouche d'une jeune fille, me semble si monstrueux, si bizarre et si révoltant, qu'il m'est impossible de dissimuler mon émoi:

— Eh bien! continue Diane étonnée de mon étonnement, qu'avez-vous? Qu'y a-t-il là d'étrange? Est-ce que tous les hommes riches n'ont pas une maîtresse? Est-ce qu'il ne fallait pas une femme pour tenir une maison aussi considérable que doit l'être celle de M. Maugreval?

Je la regarde fixement. Elle soutient mon regard avec candeur. Il est clair pour moi qu'elle est à mille lieues de soupçonner la signification réelle du mot qui m'a fait bondir.

Une maîtresse, suivant elle, ou plutôt suivant ce qu'on lui a persuadé, c'est une sorte de gouvernante, une digne et respectable personne qui, moyennant un salaire quelconque, régit le ménage d'un garçon et fait au besoin les honneurs de chez lui.

Diane a dit en parlant d'Hélène: — Elle était sa maîtresse, — comme elle aurait dit en parlant d'un homme: — Il était son maître d'hôtel.

Si invraisemblable que puisse paraître une pareille naïveté chez une grande demoiselle de dix-sept ans, élevée dans un couvent de Paris, — je n'hésite point à en reproduire ici l'expression exacte et textuelle.

Je n'invente pas; je me souviens.

XXV

En présence de tant d'ingénuité, vis-à-vis de ce cher visage innocent comme celui d'un ange, en face de ce limpide regard,

lumineux de confiance et de franchise, — ma colère se fond, ma jalousie s'éteint... Je ne sens plus en moi qu'un respect attendri.

Et c'est cette adorable enfant, c'est cette créature immaculée qui, librement, avec bonheur, avec ivresse, va placer sa main sans tache dans la main souillée du beau Roland!

En vertu de quelle loi mystérieuse les êtres les plus purs sont-ils donc toujours attirés fatalement par les êtres les plus corrompus?

Autour de nous, l'on rit et l'on mange. Le vicomte Clocheton boit de l'eau de Vichy et s'efforce de maintenir son lorgnon dans son arcade sourcilière; mais, comme le va-et-vient de ses mâchoires dérange la contraction de muscles qu'il s'impose, le lorgnon tombe à toute minute dans l'assiette de du Rempart avec un bruit argentin qui fait sursauter la jeune personne au pied-bot.

Madame Haveril a une toilette fleur-de-pêcher et des groseilles à maquereau dans sa coiffure. Ces groseilles cliquètent nécessairement. Chaque fois que la dame se penche vers son voisin pour lui extirper des renseignements sur les obligations de l'isthme de Suez, tous ses bibelots exaspérés tintent comme les sonnettes d'un chapeau-chinois.

Edgar et Fanny se chamaillent. L'essaim des jeunes personnes s'entretient du dernier bal de la sous-préfecture. Les mamans sont loin d'être d'accord sur la meilleure façon de préparer la gelée d'abricots. Les petits jeunes gens se repaissent avec frénésie, les hommes mûrs fustigent le gouvernement, et M. de Soriat vante ses poulains d'élevage.

De quoi causerai-je avec Diane? Un seul sujet l'intéresse. Et quoique ce sujet me soit odieux, quoiqu'il me donne la fièvre, rien que pour le plaisir de voir son teint s'animer et ses grands yeux bruns resplendir, je continue à lui parler de cet homme.

Je lui demande comment et depuis quand elle l'a connu. Ma question ne l'étonne point. Elle ne semble pas la trouver indiscrète. Sincèrement, sans détours, sans embarras, elle me répond comme elle répondrait à un frère.

C'est à Paris qu'elle a connu M. Maugreval. Il y a six mois environ que, pour la première fois, elle a remarqué qu'un jeune homme la suivait. A la promenade, à l'église, au théâtre, partout où la conduisait sa mère, elle était sûre de rencontrer Roland, les yeux attachés sur elle avec une expression qui la bouleversait jusque dans les plus intimes profondeurs de son âme.

Puis, il n'a pas tardé à lui écrire. Elle a reçu de lui dix billets, vingt billets peut-être. Elle n'en a lu aucun. Sa mère les ouvrait tous et les jetait au feu d'un air mécontent.

Un jour enfin, Roland s'est présenté chez madame Haveril et a sollicité d'elle la faveur d'un entretien particulier. L'entrevue a été longue et confidentielle. A la suite de ce tête-à-tête, l'opinion de madame Haveril a paru se transformer du tout au tout à l'égard du beau Roland.

Elle a demandé à sa fille si M. Maugreval lui plaisait, si elle serait heureuse de devenir sa femme. Diane n'ayant point dissimulé sa joie, madame Haveril s'est mise en quête d'informations sur la personne et sur la fortune de son futur gendre. Après quoi, suffisamment édifiée sans doute, elle a autorisé ce dernier à faire sa cour.

Dès lors, il n'a pas été difficile au beau Roland d'enivrer tout à fait un cœur qui déjà ne battait plus que pour lui. Néanmoins ses visites ont été assez rares. Très souvent, presque chaque semaine, il a été obligé de faire un rapide voyage, soit en France, soit à l'étranger.

Durant ces courtes absences, il écrivait. Et ses lettres — lettres charmantes que Diane avait maintenant permission de lire — étaient datées d'Angers parfois, mais le plus ordinairement de quelque grande métropole de l'Europe, comme Saint-Pétersbourg, Berlin, Vienne, Rome ou Londres.

Un procès très compliqué, très incompréhensible ; un procès de l'issue duquel dépendra ou la ruine ou l'opulence de Maugreval, le contraignait alors, disait-il, à ces continuels pèlerinages.

Bref, le fameux procès ayant pris dans ces derniers temps une tournure favorable aux intérêts de Roland, ses voyages désormais n'ont plus de raison d'être, et le mariage a été définitivement fixé à la seconde quinzaine du mois prochain.

— Mais, dis-je à Diane, lorsque vous avez quitté Paris la semaine dernière, avez-vous averti M. Maugreval que vous veniez passer huit jours à Soriat?

— Certainement.

— Saviez-vous que sa propriété des Taillis est voisine de la nôtre?

— Il s'est empressé de nous l'apprendre. Toutefois, il nous a prévenues qu'étant fort peu lié, pour ne pas dire en froid, avec M. de Soriat, il s'abstiendrait de nous visiter et même de nous écrire pendant notre séjour ici.

— Et... il ne vous a point parlé de.... cette dame?

— De quelle dame?..

— De sa... de celle dont nous causions tout à l'heure.

— A quel propos nous en eût-il parlé? Est-ce qu'il y a songé, seulement?

Et Diane sourit de l'importance que je semble attribuer à un fait aussi minime.

Ainsi donc, l'insouciance de Maugreval, ou plutôt son cynisme, et jusqu'au peu de soin qu'il prend de cacher ses écarts, tout conspire en sa faveur !

J'ai la mort dans l'âme.

Heureusement pour moi, le déjeuner se termine, et avec lui cette conversation navrante.

On passe au salon : car le temps s'assombrit, le vent souffle. Il faut renoncer au jardin pour aujourd'hui. Edgar s'assied au piano et joue une valse.

En un clin d'œil, dix couples tourbillonnent. Le meilleur des pères, qui n'aime ni les puérilités ni les paradoxes, entraîne au fumoir ses convives masculins. C'est le moment de m'esquiver.

Je gagne sournoisement la porte. Fanny me happe au passage.

— Petit frère, un tour de valse !

— Ma mignonne, il faut que je m'absente.

— Pour longtemps ?

— Pour quelques heures.

— Encore !

— Oui, encore. Et si je n'étais pas revenu pour le dîner, je t'en prie, ma Ninette, ne te tourmente pas, n'envoie pas ce malheureux Edgar à ma recherche.

— Mais où vas-tu ? Mais qu'est-ce que cela signifie? Comment! tu es arrivé hier, je me marie demain, je pars une heure après, nous n'avons qu'une journée à rester ensemble. et tu t'en vas!

— Il le faut, ma sœur, il le faut, dans l'intérêt de quelqu'un... de quelqu'un qui t'est cher !

Mon regard cherche Diane, dont j'entends les frais éclats de rire. Elle valse avec cet excellent du Rempart. Le vicomte daigne la faire danser, quoiqu'elle ne soit pas une demoiselle « dans les prix de trois cent mille, » et lui laisse fréquemment tomber son lorgnon sur la tête.

Fanny m'examine avec effroi. Elle commence à deviner que je suis sous le coup d'une préoccupation grave.

Je lui saisis les mains et je l'emmène à l'écart.

— Ecoute, ma Nini. Puis-je compter sur ta discrétion ?

— Oui, Gilbert.

— Tu sais que ton amie se marie dans quinze ou vingt jours ?

— Hélas! oui.

— Pourquoi cet hélas ?

— Parce que j'avais rêvé pour elle un autre mariage.

Elle baisse son front enfantin, rougissant, un peu confus, et murmure en jouant avec un bouton de mon habit :

— Un mariage avec quelqu'un qui m'est bien cher aussi.

Ma gorge se sangle ; j'attire à moi ma petite sœur, et je l'embrasse passionnément.

— N'y pensons plus, mignonne. Ce quelqu'un-là n'aurait jamais su lui plaire. Jamais elle n'aurait consenti à l'épouser... Mais, ma chérie, apprends une chose terrible... Si elle épouse celui qui lui plaît..., elle est perdue !

— Perdue !... Diane !

— Oui.

— Si elle épouse M. Maugreval ?

— Ce Maugreval a dans sa vie quelque chose d'obscur, d'inavouable, d'effrayant. Ce Maugreval a pour ami intime, pour associé, pour complice peut-être, un homme...

— Le comte Ladimir ?

— Oui, le comte Ladimir, qui n'est ni comte, ni Ladimir, ni Polonais.

— Qu'est-il donc ?

— Que sais-je ?... un malfaiteur, à coup sûr, un bandit, peut-être un forçat en rupture de ban.

— Mon Dieu !...

— Chut !... tais-toi... Tu m'as promis d'être discrète !

— Je le serai, mon Gilbert. Mais... dis-moi...

— Comprends-tu à présent qu'elle ne doit pas épouser ce Maugreval, comprends-tu au bord de quel gouffre elle a mis le pied ? comprends-tu que mon devoir est de la sauver à tout prix ?

— Ton devoir !...

— Oui, mon devoir. Et si je ne parviens pas à l'accomplir, si ce mariage a lieu, si je ne tue pas ce Roland comme un chien :

— aussi vrai qu'il fait jour en ce moment, je me ferai sauter la cervelle.

Fanny est blanche comme un lis. Ses deux petites mains tremblantes se cramponnent à mes deux épaules. Ses yeux bleus plongent dans les miens.

— Gilbert ! mon bien-aimé Gilbert ! mon frère chéri !... est-ce que je me trompe ?... est-ce que... ?

— Non, chère enfant, tu ne te trompes pas. Tu m'as compris.

— Pauvre Gilbert !... Tu l'aimes ?

— Je l'adore. Je l'ai toujours adorée. Je voudrais mourir pour elle. Ne le lui dis pas... ne le lui dis jamais.

Fanny chancelle ; je la serre dans mes bras, je l'embrasse encore, je la pose sur un divan et je m'enfuis.

En trois secondes j'arrive aux écuries ; je selle le vieux et vigoureux cheval de mon père, je lui saute sur le dos, je remonte l'avenue comme un ouragan, je passe comme un éclair sous les yeux de Marthe épouvantée, je rejoins la grande route, et me voilà galopant ventre à terre, dans la direction du village de Sainte Croix.

XXVI

En moins d'une heure, j'ai franchi mes vingt-quatre kilomètres. Je suis arrivé. En face de moi, au sommet d'une montée très rude, s'éparpille un fouillis de toits recouverts en tuiles grisâtres. C'est le bourg.

Mon cheval renâcle obstinément. Né dans les prairies de M. de Soriat, qui l'a beaucoup gâté, jamais on ne l'a fait courir d'un pareil train. Il me témoigne sa mauvaise humeur. Je le laisse souffler, et, pendant qu'il gravit au pas la côte, je me raisonne, j'essaye de me calmer et je m'assure que je n'ai point égaré la lettre d'Hélène.

J'entre enfin dans l'unique et tortueuse rue de Sainte-Croix. Quel aspect rustique ! quelle apparence misérable ! Les maisons n'ont pas dix mètres de hauteur. Elles sont grossièrement bâties en pierres communes, jointes ensemble par de la terre battue. Il semble qu'en appuyant un peu fort du plat de la main sur ces constructions branlantes, on pourrait les jeter bas.

Un détail pittoresque atténue cependant la tristesse générale du coup d'œil : au long de chaque masure, une vigne vierge grimpe, colle son tronc noir contre la muraille, étend çà et là ses rameaux et ses vrilles, puis s'épanouit en larges feuilles dont la verdure masque ces ruines, égaie ce délabrement.

Je m'avance entre deux rangées de chaumières sombres et tapissées de pampres. Quelques poules effarées, quelques canards ahuris piaillent, se bousculent, s'enfuient devant les pas de mon cheval. Dans l'encadrement des portes, surgissent des figures stupéfaites. Le maréchal-ferrant arrête le soufflet de sa forge ; le charron oublie de laisser retomber son marteau.

Cinq ou six enfants déguenillés, aux yeux arrondis, à la bouche béante, me regardent venir, comme si j'étais une apparition de l'autre monde. J'avise parmi eux un petit blondin de six ans, dont la culotte, fendue par derrière, livre passage à un lambeau de linge d'une couleur inappréciable, et je lui demande où est l'auberge.

Le blondin, pour me la faire voir, retire obligeamment ses doigts de son nez. L'auberge est à dix pas. Sa façade blanchie à la chaux la distingue des autres habitations du village. Il y a d'ailleurs, au-dessus de la grande porte, une enseigne de tôle, légèrement déteinte par les pluies.

Ladite enseigne représente un âne jaune courant à fond de train dans un pâturage bleu de ciel. Immédiatement sous les pieds de l'âne, on lit ces mots, badigeonnés par un pinceau naïf :

HÔTEL DU CERF ROUGE

Madame veuve Cornu, loge à pied et à cheval.

Il paraît que l'âne est un cerf et que sa robe jaune a été rouge. Quant à la veuve Cornu, elle a déjà flairé un client. Je l'aperçois au seuil de son « hôtel », prête à fondre sur moi, comme l'araignée sur la mouche imprudente.

A-t-elle trente ans? en a-t-elle soixante-dix? Impossible de le deviner au juste. Des coiffes sales emboîtent son front teinté de bistre et ses joues ridées profondément. Elle a de gros membres, des os énormes, une mâchoire épaisse, des dents effrayantes de blancheur et de solidité, la voix rauque, les yeux rudes, les allures masculines. Un fichu mal attaché dévoile les flasques trésors de sa poitrine rougeâtre, brûlée par le soleil et tannée par le vent.

A peine ai-je fait halte vis-à-vis d'elle, à peine a-t-elle dessiné une révérence hâtive, que, saisissant mon cheval par la bride, elle se prépare à le conduire à l'écurie, sans attendre que j'aie mis pied à terre.

— Pardon, madame! lui dis-je en m'opposant à cet excès de zèle. Vous êtes la maîtresse de cette maison, je suppose?

— Oui, mon cher monsieur, oui... Mais descendez donc.

— Il n'y a pas d'autre auberge que la vôtre à Sainte-Croix?

— Pas d'autre, mon cher monsieur. Mais entrez donc !

— Alors, c'est bien ici que loge, depuis hier matin, M. Maugreval?

— C'est bien ici... Mais reposez-vous donc !...

— Il est toujours chez vous?

— Toujours. Mais rafraîchissez-vous donc...

— On peut lui parler?

— Certainement... Ohé !... Madelon !...

Une grosse servante, encore plus malpropre que sa maîtresse, accourt en essuyant à ses cheveux ses doigts luisants de graisse ou d'huile. Elle s'empare de mon cheval, la veuve Cornu s'empare de moi. Poussé par elle, j'entre dans une vaste salle enfumée, extrêmement sombre, au plafond rayé de poutres transversales, fendillées, noires de suie.

— Qu'est-ce que je vas vous servir, mon cher monsieur? reprend l'hôtesse : une omelette au lard? des pruneaux? un joli morceau de veau froid? du lapin sauté?

— Je vous remercie, madame, je n'ai pas faim...

— Vous croyez ça?... murmure la veuve, dont la figure s'allonge. A votre âge, on se fait souvent des idées. M'est avis qu'une mignonne vinaigrette de bœuf...

— Rien, merci. Je désire voir M. Maugreval à l'instant même. Veuillez, je vous prie, l'avertir que quelqu'un le demande.

— A l'instant même, ça serait difficile, mon cher monsieur.

— Pour quelle raison?

— Par la raison que M. Maugreval est parti en chasse depuis ce matin, six heures.

— Comment?... vous venez de m'affirmer, il n'y a qu'une minute...

— Affirmer, moi! Vous confondez, mon cher monsieur. Vous m'avez dit : Peut-on lui parler?... Je vous ai répondu : Certainement. Ça voulait dire : quand il y est. Mais il n'y est pas; voilà le chiendent.

— Tardera-t-il à rentrer?

— Oh! pour tarder, il ne peut pas tarder. Il n'a rien pris depuis ce matin, et nous voilà sur les quatre heures. Faut bien qu'il rentre pour qu'il déjeune ou pour qu'il dîne, pas vrai?

— En ce cas, je vais l'attendre, si vous le permettez.

— L'honneur est pour moi, mon cher monsieur. Faites comme chez vous. Mais asseyez-vous donc!

Et la veuve Cornu m'installe sur un banc, devant une table poisseuse, qu'elle fait semblant d'épousseter. Il n'en est pas moins vrai qu'ayant commis la faute d'y poser mes coudes, je ne réussis à les en décoller qu'avec beaucoup de peine.

— Qu'est-ce que je vas vous servir en attendant, mon cher monsieur?... insiste la veuve en me montrant son inquiétante dentition.

— Ce qu'il vous plaira, madame.

— Une bouteille de vin cacheté?

— Soit.

— Et des biscuits bien frais?

— Si cela peut vous être agréable.

La veuve disparaît. Un quart d'heure s'écoule. Mes yeux se sont habitués aux ténèbres de la salle. Grâce au peu de jour qui pénètre à travers les vitres encrassées, je commence à me rendre compte des objets qui m'entourent.

Partout de la poussière, des souillures, des toiles d'araignées. Deux paysans, dans un coin, jouent aux cartes et se disputent.

Ils sont ivres aux trois-quarts. A l'autre bout de ma table, un chat ronfle, couché en cercle sur une pile de pains ronds.

Il règne ici une odeur indéfinissable : cela sent le fond de tonneau, la crotte de poule, le lait caillé, la souris, le beurre rance et la punaise...

Un singulier logis qu'a provisoirement choisi là le beau Roland !... J'aimerais mieux, quant à moi, coucher en plein air que dans ce bouge. Et puisqu'il surmonte, en y séjournant, les répugnances les plus légitimes, — c'est que son caprice pour la « Renote » est d'une intensité prodigieuse.

La veuve Cornu reparaît toute guillerette. Elle place devant moi une assiettée de biscuits verdâtres, une bouteille à cachet rouge et un verre au fond duquel je remarque un cloporte évanoui.

Je remplis le verre néanmoins, mais je m'abstiens d'y toucher. Quant aux biscuits, durs et sonores comme des planchettes de sapin, ils ont de la barbe, et leur surface a été si peu respectée par les mouches, qu'on les croirait attaqués de la variole.

Une heure s'écoule encore. Point de Roland !

Sans l'inébranlable résolution que j'ai formée de le voir aujourd'hui même, cent fois déjà j'aurais repris le chemin de Soriat. Mais ma volonté est formelle. Nul ennui, nul dégoût, nulle impatience ne me fera partir d'ici avant que j'aie remis moi-même la lettre d'Hélène entre les mains de Maugreval.

Vers six heures, un homme entre dans l'auberge. Il a un chapeau de paille, une blouse bleue, de gigantesques souliers à clous, et, sur le dos, un fusil de chasse et une carnassière pleine de gibier.

Dès le seuil, je l'ai reconnu.

Ce menton rasé, cette tête tondue, ces oreilles écartées du crâne, cette longue bouche serrée et fendue comme par un coup de sabre, ces yeux fuyants, toute cette physionomie sombre, en un mot, m'est restée dans la mémoire.

Cet homme est le mari de la belle Eglantine : c'est Jean Renot.

Il paraît très gai. Seulement sa gaîté n'a rien de précisément communicatif. Elle produit sur moi un effet réfrigérant, pénible, inexplicable.

Il s'est assis presque en face de moi et, des deux mains, il tape sur la table en demandant du cognac.

— Un petit verre ?.. s'informe l'hôtesse.

— Un litre.

— A emporter, alors ?

— A emporter ou à boire, c'est mon affaire ; la vôtre est de recevoir mon argent.

Ce disant, il jette devant lui une pièce de cent sous.

La veuve cueille délicatement l'écu, puis apporte le litre et rend à Renot sa monnaie.

Mais, d'un revers de bras, il repousse le billon et les pièces blanches.

— Gardez-ça, la mère ! dit-il froidement.

— Que je garde çà ? répète l'hôtesse, pétrifiée. Pourquoi faire ?

— Si vous n'en voulez pas, dit Renot en avalant d'un trait un plein verre d'eau-de-vie, donnez-le à votre servante.

Madame Cornu, sans interroger davantage, s'empresse d'engloutir la monnaie dans son cotillon. Puis elle examine le villageois, qui boit coup sur coup.

— Vous n'allez pas « licher » tout ça, Jean ?... balbutie-t-elle effrayée.

— Qui sait ! répond celui-ci.

— Vous vous ferez du mal !

— Faudra voir.

— Ah çà ! qu'est-ce que vous avez donc, ce soir ? Vous êtes tout chose...

— J'ai..., j'ai que je suis content.

— Vous avez fait bonne chasse ?

— Oui.

— Combien de lièvres ?

— Deux. Les voulez-vous ?... Tenez, la mère !

Et, plongeant la main dans son carnier, il en retire des lièvres, des lapins et des perdreaux, qu'il entasse au bord de la table.

— Emportez tout ça, mame Cornu, emportez...

— Comment ! comment !.. Vous me donnez votre chasse, à présent ?

— Si vous n'en voulez pas, flanquez-là par la fenêtre.

Immédiatement la veuve se précipite sur le gibier comme pour le défendre...

— Eh ben ! dit-elle, merci, Jean ! Vous êtes généreux tout de même. Mais votre femme, qu'est-ce qu'elle dira ?

— Elle ne dira rien.

— Portez-lui au moins un couple de perdreaux pour son souper.

— Elle ne soupera pas ce soir.

— Tiens ! pourquoi donc ça ?

— Parce qu'elle n'aura pas faim.

— Est-il drôle, ce Jean ! Comme s'il pouvait deviner si sa femme aura faim ou non !

Jean sourit, hoche la tête, avale un dixième petit verre de cognac et murmure :

— D'ailleurs, je vas y retourner.

— Où donc ? demande la veuve.

— En chasse.

— A l'heure qu'il est ?

— Oui.

— Mais voilà le jour qui baisse.

— Tant mieux !

— Et vous espérez tuer quelque chose ?

Jean Renot saisit le litre dont il a vidé plus de la moitié, le brise par terre, se lève brusquement, s'essuie les lèvres et dit à demi-voix en riant :

— Faudra voir !... faudra voir !...

XXVII

Malgré l'énorme quantité d'alcool qu'il a bue, Jean Renot est ferme sur ses jambes. Il a toujours son regard faux, sa mine sournoisement calme ; et, — n'était la bouteille qu'il vient de casser au milieu d'un élan de gaieté sinistre, — on le supposerait parfaitement de sang-froid.

Madame Cornu s'est mise à quatre pattes. Au moyen d'une éponge très sale, elle recueille l'eau-de-vie répandue sur le parquet; puis elle l'exprime dans un vase de terre. Il ne faut rien perdre. Cette eau-de-vie, mélangée avec d'autre, sera servie à des clients qui ne se plaindront pas s'ils la trouvent trop chargée en couleur.

— A propos, Jean, dit-elle sans interrompre son occupation d'excellente ménagère, vous n'auriez pas, des fois, aperçu M. Maugreval par les endroits où vous avez chassé ?

Jean Renot, qui se disposait à sortir, revient lentement sur ses pas, pose sa main sur l'épaule de la Cornu, lui fait faire demi-tour et l'examine dans le blanc des yeux.

— Pourquoi me demandez-vous ça ? articule-t-il d'un ton bref.

La veuve, troublée par cet œil fixe, se relève et murmure, en tordant son éponge:

— Eh ben ! quoi ?... Quelle mouche vous pique ?... Dirait-on pas que je vous ai posé une question indécente !

— Pourquoi me demandez-vous ça ? répète Jean.

— Je vous demande ça, pardi !... parce que voici un jeune monsieur qui attend après M. Maugreval depuis plus de deux heures et qui ne serait pas fâché de savoir s'il a encore longtemps à droguer...

Jean se tourne vers moi, soulève son chapeau et me considère avec attention.

— Est-ce que monsieur n'a pas voyagé, hier matin, dans la voiture à Ménard ?

— Oui, j'étais sur l'impériale... auprès de vous.

— Il m'a semblé, quand tout le monde a descendu de la diligence, ici au relai, que monsieur n'a pas adressé une seule parole à M. Maugreval.

— Je ne le connais pas, dis-je vivement. Je ne l'avais jamais vu... Je ne lui ai jamais parlé.

— Ah !...

— Mais aujourd'hui, je suis chargé pour lui d'une commission très importante, très pressée.

— Alors... monsieur n'est point son ami ?...

— Non, grâce à Dieu !

Cette exclamation m'a échappé. Puis je me détourne, car je sens qu'une vapeur de haine embrase mon visage.

Mais j'ai beau me détourner, les yeux de Jean Renot lisent couramment ce qui se passe en moi.

Et après une minute de silence, il reprend :

— Faudra voir, en admettant que j'aie aperçu M. Maugreval, en quoi cela serait utile à monsieur.

— Apprenez-moi dans quelle direction il chasse..., indiquez-moi le chemin par lequel il sera forcé de revenir... et alors, j'irai à sa rencontre...

— Eh bien !.. commence Jean Renot.

Il s'interrompt, réfléchit, marche vers la porte, qu'il ouvre.

— Eh bien ! achève-t-il, promenez-vous d'ici à une demi-heure aux environs de Mouillepré... vous aurez sûrement de ses nouvelles.

Et Jean Renot, après m'avoir fourni ce renseignement comme à regret, sort aussitôt de l'auberge.

— Y a qué'que chose qui lui trotte dans le cerveau, murmure la veuve Cornu en allumant une chandelle, car la nuit est venue. — Pour qu'il m'ait fait cadeau de son gibier et de sa monnaie, lui qui est si serré, si regardant... pour qu'il ait bu tant de cognac, lui qui n'en boit qu'une goutte tous les dimanches, faut donc qu'il ait la tête à l'envers !

Ce qui trotte dans le cerveau de ce malheureux homme, j'ai bien peur de le deviner, et c'est avec une sorte d'angoisse que j'écoute le bruit de ses pas lourds qui s'éloignent.

— Qu'est-ce que c'est que Mouillepré ?... dis-je à l'aubergiste. Un village ? un hameau ?

— Non, mon cher monsieur : c'est un champ qu'on appelle comme ça; un champ très étendu, très conséquent, dont la plus grande partie appartient à Jean Renot... parce qu'il est puissamment riche, tel que vous le voyez, Jean : il a bien, ma foi ! dans les vingt-cinq à trente mille francs de fortune... Si sa femme ne lui coûtait pas si cher, avec sa coquetterie, ses belles robes et tout, il serait dans le cas d'acheter...

— Est-ce loin d'ici, Mouillepré ?

— Oh ! mon Dieu, non. A un kilomètre au plus. Vous auriez envie d'aller au-devant de M. Maugreval ? je vois ça.

— Précisément.

— Pour lors, je vais vous indiquer le

plus court. Faites attention de ne pas vous tromper, mon cher monsieur. Y a un tas de petits sentiers de traverse... Mais venez dehors, vous comprendrez mieux...

La veuve m'emmène sur le pas de sa porte. Il ne fait plus très clair. L'ombre descend, le ciel se couvre, le vent soulève de longues traînées de poussière.

— Tenez, me dit l'hôtesse, vous voyez bien cette ruelle dont Jean Renot tourne le coin maintenant?

— Oui.

— Vous n'avez qu'à la suivre jusqu'à la sortie du bourg. Une fois là...

J'interromps brusquement madame Cornu.

— Parbleu! ma chère dame, je vais prier Jean Renot lui-même de me mettre dans la bonne route, puisqu'il a l'air d'aller justement de ce côté-là.

— Dame! c'est bien possible...

— Ayez soin de mon cheval, n'est-ce pas!

— Soyez tranquille. Il mange son avoine.

— Bon! Au revoir, madame! à tout à l'heure!

Je m'élance à la poursuite de Jean Renot et je ne tarde pas à le rejoindre. Il chemine sans se presser, les bras ballants, le chapeau en arrière, le dos voûté comme sous le poids d'un fardeau considérable, quoiqu'il n'ait à porter que sa carabine de chasse et sa carnassière vide.

— Mille pardons! lui dis-je en l'accostant. Seriez-vous assez bon pour...

Il tressaille violemment au son de ma voix. Puis, m'ayant reconnu, il s'écrie:

— Ah! c'est vous, monsieur! Vous allez à Mouillepré?

— Oui. Et comme je suis étranger au pays, je venais vous demander...

— Accompagnez-moi, ça sera plus simple. J'y vais aussi.

Je remercie cordialement Jean Renot, et nous nous avançons côte à côte.

— Parce que, voyez-vous, continue-t-il, j'ai une grange à Mouillepré; une belle grange que j'ai fait construire en plein milieu d'un lopin de terre à moi. Ça m'épargne de la peine. Quand la récolte est finie, je n'ai pas besoin de la charroyer à Sainte-Croix. Je la serre dans ma grange.

— Qu'est-ce donc qui vous y appelle ce soir, si tard?

— Ah! c'est que j'ai oublié ce matin la clef après la porte. Faut que j'aille l'ôter. Y a pas mal de fourrage dans mes greniers. Vous concevez, des malfaiteurs n'auraient qu'à s'y introduire.

Il ricane sourdement et se tait. Je ne puis plus distinguer les traits de sa figure. Cela me contrarie: son accent, le timbre bizarre de sa voix surexcitent mon inquiétude et ma curiosité.

Nous marchons vite, en silence. Le bourg est déjà loin derrière nous. Deux ou trois fois nous avons changé de sentier. Celui que nous arpentons à cette heure court en droite ligne et plonge à perte de vue dans la nuit.

— Pensez-vous, dis-je à mon compagnon, qui de nouveau tressaille nerveusement, — pensez-vous que je rencontrerai M. Maugreval sur ce chemin-ci?

Jean Renot lève les épaules et marmotte entre ses dents une phrase qui me produit l'effet d'être un effroyable juron.

— Si vous ne le rencontrez pas sur ce chemin-ci, me répond-il, — vous ne le rencontrerez jamais.

Le ton dont il me dit cela est tellement lugubre, qu'un frisson me parcourt les membres. Je jette les yeux autour de moi. La campagne, noire, muette, solitaire, est sinistre à contempler avec ces buissons immobiles et ces peupliers qui se balancent majestueusement dans la bise.

Tout à coup, un vaste carré blanc se dessine à notre gauche, au milieu des ténèbres.

— Voici ma grange, dit Jean Renot.

Il ouvre la porte, et, m'attirant à lui doucement:

— S'il faisait jour, je vous montrerais comme elle est commode et bien aménagée... Il y a un étage au dessus, s'il vous plaît, et planchéié. On pourrait y danser un soir de noce. Dommage que pour le quart d'heure il y fasse plus noir que dans un four. Après ça, si vous voulez, je vas allumer un falot.

— Non, non, inutile. Je me figure de reste ce qu'est une grange.

— Oh! pas comme celle-là! Du reste, vous avez raison. Mieux vaut ne pas allumer, rapport au feu.

Et Jean Renot rit encore à petit bruit. Mais je lui étreins le bras et je lui dis à l'oreille:

— Chut!... écoutez... il y a quelqu'un là-haut.

— Bah! bah! vos oreilles tintent.

— Je vous assure qu'on a marché.

— Laissez donc! Je sais ce que c'est.

— Ah! vraiment?

— Oui, un gros matou que j'ai installé au grenier, à cause des rats qui me dévorent tout mon grain. Ah çà! je vas fermer la porte... Marchez devant, monsieur; je vous rattraperai dans une seconde. Faut que je cherche une faucille dont j'ai besoin, et que j'ai posée là-bas, sur une botte de paille...

Je sors de la grange et je fais quelques pas sur la route. Le vent redouble et m'envoie à foison du sable dans les yeux. Je prête l'oreille, espérant entendre au loin le pas leste du beau Roland; mais c'est en vain.

Au bout de cinq minutes, et non pas d'une seconde, Jean Renot reparaît, ferme à triple tour la porte de sa grange, puis vient à moi avec l'allure lente qu'il affectionne.

— Vous avez votre faucille ?

— Non, ma foi!... impossible de la découvrir. Dame! dans cette obscurité du diable !... Le falot, voyez-vous, c'est trop dangereux ?

— Cependant, vous auriez bien pu l'allumer, puisque vous avez allumé votre pipe.

— Tiens! c'est vrai...L'habitude!...Voilà que j'allume ma pipe sans m'en apercevoir. Est-ce drôle, hein, monsieur?

Et Jean Renot tire, coup sur coup, de son brûle-gueule, d'épaisses et nombreuses bouffées.

— Si ça ne vous fait rien, reprend-il, nous allons nous asseoir un petit moment au bord du chemin. J'ai beaucoup fatigué aujourd'hui et je sens mes jambes...

— J'y consens. Vous êtes sûr que M. Maugreval n'a pas d'autre route à suivre que celle-ci pour retourner à Sainte-Croix ?

— Pas d'autre, non.

— Eh bien! asseyons-nous. Peut-être va-t-il bientôt arriver.

— Faudra voir !

Nous nous étendons sur l'herbe. La grange est en face de nous, et Jean Renot semble la contempler de cet œil amoureux qui est particulier aux propriétaires.

— Comme ça, dit-il en riant, vous avez cru entendre marcher là haut?

— J'en aurais fait le serment.

— Eh bien! quand j'y réfléchis, ça ne me surprendrait pas qu'il y ait quelqu'un dans mon grenier.

— Comment? quelqu'un !... qui ?

— Des voleurs, naturellement. Faudra voir !

— Vous plaisantez. Si vous ajoutiez foi à ce que vous dites , vous ne seriez pas aussi calme.

— Pardon ! excuse! A supposer qu'il y ait des voleurs là-dedans, je serais très calme, — vu qu'ils seraient pincés comme dans une souricière. La porte est fermée solidement. Il n'y a qu'une fenêtre; elle est au premier, et j'ai pris soin, aujourd'hui même , d'enclouer les volets. Pas moyen de les ouvrir du dedans, pas moyen non plus de se sauver. Tant pire pour les voleurs!

Et Jean Renot s'étale tout de son long dans l'herbe humide de rosée.

Quant à moi, un pressentiment terrible me glace le cœur. Je soupçonne que Jean Renot joue un rôle, qu'il a préparé un guet-apens à Maugreval, et que ce dernier est en danger de mort.

Soudain je bondis sur mes pieds et je m'écrie d'une voix formidable:

— Le feu !... Debout, Jean Renot !.. le feu est à votre grange !

XXVIII

Depuis une minute, en effet, par la fente inférieure de la porte, entre ses ais mal joints et de toutes ses fissures, s'échappent de minces filets de fumée grise, en même temps que l'odeur de la paille qui brûle.

De seconde en seconde, cette fumée devient plus âcre, plus sombre, plus épaisse.

Au cri poussé par moi, Jean Renot s'est soulevé sur un coude.

— Ah! ah!... fait-il tranquillement, le feu !... Oui, ma foi! Imprudence de fumeur... J'aurai laissé tomber mon allumette sur du fourrage trop sec...

Et il se recouche.

Je le saisis au collet, je le secoue avec rudesse.

— Jean, lui dis-je, la clef !... donnez-moi la clef sur-le-champ !...

— Pourquoi faire ?

— L'incendie se déclare à peine... Il y a espoir de l'étouffer...

— Des bêtises !... Etouffer un feu qui s'est mis dans du vieux foin et de l'ancienne paille !... Jamais de la vie! Tout va flamber comme un château de cartes.

— La clef, vous dis-je !... Jetons dehors les bottes enflammées, et nous sauverons les bâtiments !...

Jean ne s'émeut pas. Il glisse nonchalamment ses bras sous sa tête, exhale une longue bouffée de tabac et ricane :

— Les bâtiments ! je m'en moque un peu, des bâtiments! ils sont assurés.

Plus de doute! L'abominable plan qu'a formé ce malheureux m'apparaît dans toute son horreur.

Enervé par l'épouvante, je me précipite sur Jean Renot, je le relève de force, je le contrains à se tenir debout et je lui crie :

— Misérable! c'est volontairement que vous avez mis le feu à votre grange !

— Et puis après? dit-il d'un ton paisible. Elle est à moi. Je l'ai fait bâtir de mes deniers. J'ai le droit de la détruire, si ça me convient.

— Non, vous n'avez point ce droit. La loi vous condamne. La justice vous poursuivra.

— Faudra voir !

— Pour la dernière fois, cette clef... ou je vous l'arrache !

— Essayez donc, jeune homme !

— Ah ! scélérat, je vous ai deviné... M. Maugreval est là !

— Oui.

— Vous l'y avez attiré lâchement.

— Il y est parbleu venu de lui-même. Et il a eu tort. Il n'en sortira plus.

J'enlace éperdument Jean Renot, je m'épuise en vaines tentatives pour m'emparer de la clef qu'il serre dans sa main rude. Nous sommes face à face ; nos haleines se confondent et maintenant je distingue nettement sa figure.

Elle est affreuse à regarder. Ses yeux hagards, retournés dans leur orbite, semblent lui sortir de la tête. Un tremblement nerveux agite tous ses traits.

— Vous m'embêtez, à la fin. Allez au diable !... gronde-t-il.

Et d'un coup de poing il m'envoie rouler à trois pas.

En ce moment, au travers des trous de la porte, je vois luire une clarté rouge et intermittente. Le sourd mugissement des flammes commence à s'élever.

Je me traîne sur mes genoux, le cœur battant, les mains jointes.

— Au nom de Dieu, Jean, ouvrez-lui !... Le feu gagne !

— Eh bien ! éteignez-le, répond Jean, qui éclate d'un rire farouche. L'eau ne manque pas ici...

Ce disant, il s'approche d'un puits d'arrosage creusé à cinq ou six mètres de la grange, et il s'asseoit sur la margelle.

Cette ironie atroce a réveillé ma fureur. Je me redresse, et, d'un accent résolu :

— Quand vous devriez me tuer sur place, j'aurai cette clef, je le jure...

— Tenez, dit Jean, courez après !

Et il la lance au fond du puits.

Affolé par le désespoir, je bondis contre la porte déjà brûlante ; j'y meurtris vainement mes épaules, mes mains, mes poignets. Pareil à un insensé, je vais, je viens, à droite, à gauche, tordant mes bras impuissants, hurlant à pleins poumons :

— Au feu ! à l'aide ! au secours ! au feu ! au feu !

Dieu soit loué ! mes clameurs ont été entendues.

Deux enfants attardés qui passent, ramenant un cheval de la prairie où il était au vert, s'approchent, s'informent, sautent l'un après l'autre sur la monture, et, l'éperonnant avec leurs talons, se dirigent au grand galop vers le village.

— N'importe ! grommelle Jean Renot : le secours arrivera trop tard !

— Vous êtes un assassin ! lui dis-je avec explosion.

— Qu'est-ce que ça peut vous faire, à vous ? me répond-il en tiraillant sa lèvre inférieure couverte d'une écume blanchâtre. Est-ce que vous l'aimez, ce Maugreval ? Est-ce que je n'ai pas lu dans vos yeux que vous l'exécrez ?...

— Taisez-vous, bourreau !.... Oui, je le hais, cet homme ; oui, je l'exècre ; oui, j'aurais donné vingt ans de ma vie pour le tenir en face de moi, bien défendu, bien armé, sur un terrain loyal ; oui, mon rêve eût été de risquer mon existence contre la sienne !... Mais assister froidement à son agonie ! mais rester impassible tandis qu'il se débattra dans des tortures sans nom ! cela n'est point d'une créature humaine : cela est d'un tigre ou d'un loup ; cela est un crime ignoble, abject, bas, odieux, hors nature !...

— Un crime, soit ! dit Renot. Je le prends à mon compte. Crime ou non, ce qui me console, c'est qu'ils sont perdus tous les deux.

— Tous les deux !... De qui parlez-vous ?

Jean Renot, épouvantablement livide, étend son doigt vers l'unique fenêtre de la grange. Derrière cette fenêtre aux volets clos, des coups pressés retentissent. Les malheureux se sont enfin aperçus du péril qui les menace et ils s'efforcent d'ouvrir ou d'enfoncer les volets.

— Oui, oui, cognez, poussez ferme ! ricane Jean. C'est moi qui les ai assujettis avec des clous et avec des vis. Si vous les entre-bâillez seulement... faudra voir !

Comme pour répondre à cet effrayant défi, des clameurs de femme terrifiée éclatent à l'étage supérieur. Eglantine est là, elle aussi !

Et je n'ai pas une arme, pas un outil, pas un bout de corde ! Je me mords les poings, je me laboure le visage. Que faire ? que faire ? Je ne puis cependant grimper au long du mur, ni déraciner avec mes ongles les clous qui retiennent ces volets.

La cloche de Sainte-Croix tinte à toutes volées. Un tumulte de voix lointaines monte dans l'air. On vient ; mais arrivera-t-on à temps ?

Déjà la porte, si solide tout à l'heure, s'enflamme et se carbonise. De larges trouées écarlates livrent passage à d'immenses langues de feu, qui lèchent les murailles et les noircissent. Autour de nous, la nuit s'éclaire. Il y a là-bas un bouquet d'arbre qui a l'air d'être noyé dans du sang...

La chaleur devient insupportable. Elle me force à reculer. Jean Renot, un rire hideux à la bouche, me suit pas à pas. Il déchire sa blouse, il en foule aux pieds les lambeaux ; il déchiquette sa chemise, arrache sa cravate, met sa poitrine à nu.

Puis il prête l'oreille. L'incendie a des

rugissements de fauve. Les murs craquent, les poutres se détachent, et leur chute fait jaillir des milliards d'étincelles, qui se ruent en tourbillons vers le ciel rougi... Au milieu de ce bruit de tempête, Jean n'écoute que les lamentations éperdues d'Eglantine.

Il rit, essaye de cracher, ne peut y réussir, porte ses deux mains à sa gorge et sanglotte :

— Il y a vingt-quatre heures que je les épie. Aujourd'hui, je les ai guettés tout le jour. Je savais qu'elle lui avait donné rendez-vous ici. Je savais qu'il était un lâche et je savais qu'elle était une gueuse. Je suis venu dans ce champ... je me suis blotti dans un fossé... Je l'ai vue entrer, elle, d'abord, avec son air de Sainte-Vierge et de jeune fille pure... Lui ensuite, dix minutes après, avec son sourire moqueur et sa tournure de muscadin !... Et alors...

Jean s'arrête, aspire l'air fortement, plonge ses deux mains dans ses cheveux et poursuit :

— Alors j'ai voulu les tuer tout de suite. Je n'ai pas pu. J'ai senti qu'auparavant il me fallait avaler de l'eau-de-vie. Je suis allé en boire. Je suis revenu. J'ai fait le coup. Un homme a toujours le droit de se venger.

Il essuie la sueur qui lui coule dans les yeux, et, me tapant sur l'épaule :

— Vous, c'est un duel qu'il vous aurait fallu. Merci ! Non, j'en use pas. Me faire trouer la paillasse par ce beau musqué, pour qu'après il se gausse de moi avec elle, pas si bête ! C'est leur peau que je veux, à lui comme à elle. D'ailleurs , est-ce qu'il aurait consenti à s'aligner, le mirliflor ?... Je ne suis qu'un paysan, fi donc !... Oui, mais le paysan va te rôtir à petit feu, canaille! Tout à l'heure, tu seras chic. Faudra voir !...

Son éclat de rire part de nouveau et le secoue comme s'il était en proie à des convulsions nerveuses. Tendant son poing du côté de la flamme :

— Et j'en aurais pas le droit ! Je le prends. Ah ! vingt millions de bons Dieux ! j'avais une honnête femme ; elle m'aimait; j'étais fou d'elle, j'étais heureux, quoi !... Et il arrive, celui-là, et en un tour de main, de mon honnête femme il fait une traînée, et il la jette, la tête la première, dans la boue du vice et de la débauche ! Et il me vole mon bonheur, mon repos, ma joie de toute ma vie ! Et j'aurais pas le droit de le flamber comme un pourceau !... Sacré tonnerre !... Allez, crevez donc, l'un et l'autre ! A mort, le brigand !... à mort, la vermine !... à mort ! à mort !...

Et Jean, exalté jusqu'à la folie furieuse, grince des dents, écume, piétine, tourne sur lui-même; puis, avec un grand cri,

tout à coup il s'abat la face contre terre et il gratte le sol des deux mains, comme s'il voulait s'y engloutir.

A l'intérieur de la grange, les coups ont cessé de retentir contre l'inébranlable bois du volet; mais ils sonnent sourdement sur une surface moins sonore. On les entend se succéder à intervalles égaux; on entend se détacher sous leur choc des monceaux de corps pesants. Eglantine ne crie plus; elle est sans doute évanouie.

Le parquet va bientôt s'enfoncer sous leur poids; je le pressens, je le redoute. Comment peuvent-ils même supporter l'atmosphère de flammes qui les environne ? A quelle œuvre de délivrance travaille donc Maugreval ? Qu'espère-t-il ?

Je l'ignore. Mais ces coups vigoureux dont le son m'arrive, c'est une preuve qu'il vit, qu'il compte encore sur le salut.

Ces coups étranges, Renot les a distingués aussi, du fond de sa prostration.

Lentement il se relève sur ses genoux... Il fronce le sourcil, un nouveau ferment de colère tord ses lèvres :

— La toiture ! bégaye-t-il. C'est la toiture qu'il attaque ! Le grenier n'est point plafonné... Rien que des tuiles. Il aura vite fait un trou assez large pour deux personnes. Oui, mais... la grange flambe... et personne ne vient. Parbleu! montre-toi donc, beau Roland ! Faudra voir comment tu sais mourir !

Tandis que Renot mâche ces paroles saccadées, le tocsin de Sainte-Croix redouble d'insistance. Et tout d'un coup, au détour du sentier illuminé de rouge comme par le soleil de l'enfer, débouche pêle-mêle, en désordre, une foule effarée, bruyante, de femmes et d'hommes munis d'échelles, de seaux, de cordages, de pics et de pioches.

A la même minute, un horrible fracas éclate dans le grenier de la grange. On dirait que le toit tout entier s'est effondré. Il n'en est rien. Maugreval a simplement pratiqué parmi les tuiles une étroite ouverture.

Et peu à peu, avec lenteur, au-dessus du foyer rugissant de l'incendie, à travers des banderolles de flammes blanches et pourpres, je vois émerger la tête fine et pâle du beau Roland.

XXIX

Au craquement du toit qui s'affaisse, la multitude, comme un seul homme, a levé les yeux vers le faîte de la grange.

Personne, jusqu'ici, n'a supposé que ces murs en combustion pouvaient renfermer un être vivant...

Et la foule exhale une exclamation de

stupeur en apercevant Maugreval, dont on ne voit que la figure : — car il n'a pas encore dégagé ses membres de l'étroite crevasse qu'il vient d'ouvrir.

Malgré son courageux effort, le malheureux semble irrévocablement perdu. Un ouragan de feu gronde sous ses pieds. Le rez-de-chaussée du bâtiment n'est plus qu'une masse de braise ardente. Les quatre murs noircis, fendillés par la chaleur, oscillent et chancellent...

Eteindre l'incendie est maintenant impossible. Quant à Roland, il y a si peu de chances de l'arracher à la mort, que les femmes se couvrent la tête de leur tablier, se bouchent les oreilles, fuient avec des gémissements plaintifs...

Les hommes, muets et graves, serrent les poings. Leurs faces énergiques, vivement colorées par les reflets du foyer lugubre, expriment l'effroi, le découragement, la pitié.

Ils savent qu'aucune puissance humaine ne fera reculer le fléau. Néanmoins, ils se hâtent, ils se pressent et se disposent à le combattre.

Tout le village de Sainte-Croix est là, son brave curé en tête.

Il a bien soixante-quinze ans, ce curé ; mais il déploie l'activité d'un jeune homme. Il a retroussé sa soutane, dont il a noué les pans dans sa ceinture. Tout en organisant son monde, il va, il vient, il encourage celui-ci, ranime celui-là, écarte cet autre ; — il appelle, il commande, il supplie, il fait la chaîne, il dirige la pompe, il est partout... Et le vent furieux qui souffle à travers les flammes tord derrière lui ses longs cheveux blancs, fins et légers comme des fils de soie.

Jean Renot est debout, sur un tertre, à l'écart. Il a les bras croisés. Ses mâchoires, luisantes et bleues, sont contractées à ce point qu'elles forment saillie sous sa figure creuse.

Il ne s'inquiète de rien, il ne s'occupe de personne, — excepté de son ennemi. Ses regards le couvent, épient chacun de ses gestes, dévorent le moindre de ses mouvements.

Et, par intervalles, avec une expression de joie horrible, il articule ces mots :

— Brûlé vif !... brûlé vif !... Faudra voir !...

Enfin, Maugreval est parvenu à se réfugier sur le toit. L'ouverture par laquelle il s'est échappé vomit des torrents de fumée noire, qui l'enveloppent et nous le cachent durant quelques minutes.

Mais lorsque ce brouillard se dissipe, nous comprenons aussitôt pourquoi Roland a eu tant de peine à sortir de sa prison brûlante.

Il tient Eglantine entre ses bras...

Elle a perdu connaissance. Sa luxuriante chevelure blonde couvre en partie les épaules de Maugreval ; le reste traîne sur les tuiles que celui-ci écrase en marchant.

Au surplus, dès son premier pas, Roland est contraint de s'arrêter. Le souffle lui manque. L'air qu'il respire est fétide et chaud comme les bouffées malsaines qui jaillissent d'un four.

Après une halte de huit ou dix secondes, il continue à s'avancer avec prudence vers la portion de la toiture qu'il juge moins exposée que les autres à une conflagration immédiate.

Il y arrive sans encombre ; il y dépose Eglantine ; puis il se redresse, et, d'un œil pensif, il mesure, il sonde l'océan de feu qui l'entoure.

Tel il m'est apparu hier matin pour la première fois, sous les rougeurs du soleil levant ; — tel il m'apparaît encore.

Comme hier, son noble profil se découpe sur un rideau de flammes, sa prunelle reflète un embrasement, sa face est éclairée par des lueurs de fournaise.

Comme hier, ses traits, plus fermes et plus fins que s'ils avaient été ciselés dans le marbre, ont pour caractère dominant une ironie courtoise et doucereuse.

Comme hier, il est élégant ; comme hier, il est calme... du moins en apparence.

La mort est là cependant, devant lui, sous lui, autour de lui... une mort épouvantable, affreuse...

Il ne l'ignore pas. Il vient de s'en convaincre. Un sourire nerveux découvre ses dents blanches, qui, machinalement, étreignent un cigare éteint.

Puis il met ses mains dans ses poches, et lentement il fait le tour du toit, examinant les murs de la grange sur leurs quatre faces.

Que cet homme-là soit le dernier des misérables, je ne suis plus à en douter ; mais qu'il soit un lâche, je le nie.

A cette minute suprême, à ce moment fatal où il va disparaître englouti dans un gouffre de feu, son attitude, affectée ou non, est merveilleuse d'héroïsme. Et plus que jamais, à cette heure, il a le droit d'être appelé le beau Roland.

Mais, quelle que soit sa bravoure, elle ne me semble nullement enthousiasmer les villageois qui contemplent Maugreval. Ils me paraissent, au contraire, s'être considérablement refroidis à son égard. Depuis qu'ils ont vu Eglantine entre ses bras, depuis qu'ils ont deviné à demi les motifs de cet effroyable drame, ils ne cachent ni leur mécontement ni leur peu de sympathie pour les deux coupables, qui bientôt seront deux victimes.

Maugreval cependant s'est arrêté à l'angle du toit qui me fait face. Il enlève distraitement de sa boutonnière une rose blanche, la respire en réfléchissant, puis, d'une voix claire et polie :

— Monsieur le curé !... mille pardons si je vous dérange... ne vous semble-t-il pas, ainsi qu'à moi, que ce pan de muraille a encore une solidité relative ?

— Oui, monsieur ; mais comment faire pour arriver jusqu'à vous ? répond le digne prêtre d'un accent désolé.

— La chose est impossible, en effet ; et, d'ailleurs, c'est plutôt à moi d'essayer d'arriver jusqu'à vous, répond Maugreval en souriant.

— Et par quel moyen, mon Dieu ? Dites, mon cher monsieur, si vous en connaissez un, dites-le vite.

— Mais... au moyen d'une échelle, naturellement.

— Une échelle !.. exclame le curé confondu.

Le fait est que ce dialogue s'échange au travers d'une nappe de flammes, et qu'une échelle, à supposer qu'on la pût approcher du mur, serait consumée en un clin d'œil.

— Je ne prétends pas que je descendrai sain et sauf, — continue Roland ; — je demande à essayer, voilà tout. Voudriez-vous être assez bon pour faire diriger longtemps et obstinément le jet de votre pompe sur ce côté du mur ? Nous obtiendrons peut-être une éclaircie, et je ferai de mon mieux pour en profiter.

Ces instructions, qu'il lance d'un ton tranquille par-dessus les rugissements de l'incendie, sont immédiatement exécutées de point en point. La pompe inonde le mur, qui siffle et dégage d'énormes vapeurs embrasées. Ainsi que l'a prévu Roland, une éclaircie se fait dans la flamme, et les pierres — noires maintenant comme de l'encre — paraissent encore assez d'aplomb pour supporter le poids d'un homme.

Personne n'apportant l'échelle demandée, c'est moi qui m'empresse de la choisir et de l'appliquer contre la muraille, tandis que le curé avec sa pompe et une douzaine d'hommes vigoureux avec leurs seaux d'eau, s'efforcent de chasser les langues de flamme qui, sans cesse, viennent lécher les barreaux de l'échelle.

— Mille grâces, monsieur ! me crie Maugreval en m'adressant un léger salut.

Il a dépouillé sa veste de chasse ; il la jette au loin, relève Eglantine qu'il charge sur son épaule, et se met en devoir de descendre...

C'est le moment solennel, décisif. Tous les cœurs restent suspendus... De grands tourbillons de feu, jaillissant à l'improviste d'entre les crevasses du mur, puis disparaissant sous l'eau qui les repousse, caressent parfois Maugreval, qui tâte du pied les échelons...

Il en a descendu trois. Tout à coup un cri sauvage sillonne l'espace. Puis un coup de feu.

Maugreval a chancelé. La manche de sa chemise, au bras gauche, se teinte de rouge. Cependant il se raffermit, se cramponne aux montants de l'échelle, et, regardant Jean Renot, qui, debout à la même place, tient encore sa carabine épaulée :

— Ah ! c'est toi, mon garçon ! dit-il en souriant. Que diable !... avant de me « descendre », attends donc que j'aie descendu ta femme.

Et il tente de continuer son terrible voyage.

Mais un second coup de feu part. Cette fois, Roland, atteint en pleine poitrine, manque un échelon, trébuche ; l'échelle se brise... et Maugreval, précipité de dix mètres de haut, roule avec Eglantine sur un amas de décombres enflammés, d'où s'élève une tempête de poussière rougie et d'étincelles.

— Jean a bien fait ! grondent vingt voix agressives.

Je m'élance vers Renot en criant :

— Arrêtez le meurtrier ! arrêtez l'assassin !

— Arrière !... dit Jean Renot. Le premier qui me touche est mort !... J'ai fait justice !

Il a tiré de sa poche un pistolet dont il menace les assistants. J'essaye de fendre la foule, d'arriver jusqu'à lui. On me contient, on m'immobilise.

Soudain le malheureux insensé tourne son arme contre lui-même, en appuie le canon sur sa poitrine, presse la détente et tombe.

La balle lui a traversé le cœur.

L'instant d'après, il gît le front dans l'herbe, que son sang arrose. Le respectable prêtre accourt, s'agenouille auprès de lui, et, lui soulevant la tête :

— Jean, mon pauvre enfant, songe au salut de ton âme. Humilie-toi devant Dieu... Repens-toi, Jean, je t'en supplie !

Jean Renot ouvre à demi ses yeux vitreux et balbutie :

— Sont-ils morts ?.... morts tous les deux ?... S'ils sont morts, je me repens.... sinon... non !...

— Jean, reprend le vieux curé qui pleure, tu as commis un grand crime.... Repens-toi. Dieu est bon. Sa miséricorde est infinie !...

Jean se dresse sur ses deux poings. Une sueur d'agonie ruisselle sur sa figure violette.

— Sont-ils morts ? articule-t-il avec une expression de rage aveugle, farouche, animale. — Et... s'ils sont... morts, Dieu me pardonnera-t-il... tout de même ?...

Son regard effaré circule çà et là, puis ses bras et ses jambes se raidissent. Soudain il se renverse en arrière :

— Faudra voir !... murmure-t-il.

Et il expire.

XXX

A peine ce corps, naguère si bouillonnant de vie, a-t-il rendu son dernier tressaillement, que des hommes silencieux et sombres viennent déposer à côté de lui les corps de Roland et d'Eglantine.

Roland est dans un état affreux. La première balle lui a troué le bras gauche de part en part ; la seconde s'est logée dans son sein droit. Il s'est fracassé l'épaule en tombant du haut de l'échelle. Ses mains et ses genoux, rudement mordus par le feu, ne sont plus que des plaies. Il ne donne aucun signe d'existence.

Eglantine, au contraire, est saine et sauve. Ses magnifiques cheveux blonds ont été, il est vrai, à demi consumés ; mais, excepté quelques brûlures dont la cuisson douloureuse l'arrache à son anéantissement, elle a peu souffert.

Par degrés, elle reprend connaissance. Elle se lève par un mouvement machinal. Son regard, encore noyé d'ombres vagues, rencontre le visage défiguré du beau Roland. Elle tressaille, se détourne et se trouve en présence du cadavre de Jean Renot, près duquel le vénérable prêtre murmure des prières.

Elle se recule avec horreur, se voit au milieu d'un cercle de visages farouches, se sent environnée de haine, de réprobation et de mépris.

Elle demeure longtemps stupéfiée, le front bas, la bouche entr'ouverte.

Et tout d'un coup, laissant éclater une clameur déchirante, elle bondit, s'ouvre un passage à travers cette foule qui l'accable de malédictions, gagne la plaine et disparaît dans la nuit.

Presque aussitôt l'on entend un effroyable fracas. Une immense lueur embrase le ciel et la campagne. Des torrents de flammèches incandescentes montent dans les airs, puis redescendent comme une pluie écarlate.

C'est la grange qui s'écroule.

. . . .

. . . .

Une heure après ces événements, je suis seul sur la grande route, je respire avec délices les apaisantes senteurs du soir, et mon cheval galope à bride abattue.

Il est dix heures. A onze, je dois être aux Taillis. Il faut prévenir Hélène...

Son nom, il y a dix minutes à peine, a jailli d'entre les lèvres expirantes de Maugreval. Il désire la voir. Qui sait si je n'accomplis pas en ce moment le dernier vœu d'un moribond ? Qui sait si cet homme jeune, beau, richement doué, constitué de manière à vivre cent ans, ne touche point, par sa propre faute, au terme d'une carrière qui, — s'il eût imposé silence à ses instincts mauvais, — aurait pu être aussi splendide qu'honorée ?

Je viens de quitter son chevet. On l'a transporté dans cette misérable hôtellerie du Cerf-Rouge où tout lui manquera, où il sera privé des soins les plus simples, des secours les plus nécessaires. Il occupe la meilleure chambre de l'auberge, — et quelle chambre !.. un taudis infect.

Pour comble de malheur, il n'y a pas de médecin à Sainte-Croix. Dix personnes sont parties et en cherchent un dans les communes d'alentour. En attendant, le blessé se meurt...

Hâtons-nous !... hâtons-nous !

Jean Renot, lui, ne souffre plus. Il voyage, libre et léger, dans le pays invisible où l'on ne connaît ni agitations ni jalousies. Sa dépouille inerte, ce haillon qu'il appelait son corps, cette guenille dont à présent il ne se souvient même pas, repose, entourée de cierges et de vieilles femmes, sur le lit nuptial, dans cette chambre où, six mois avant ce jour, Jean Renot a, pour la première fois, introduit sa rougissante épousée...

Et l'épousée, où est-elle ?

Ceux qui ont rapporté le cadavre prétendent avoir vu, — comme ils allaient entrer dans la maison, — en sortir une ombre muette, humble, courbée ; laquelle ombre, rasant les murs avec vitesse, s'est bientôt engloutie dans l'obscurité des ruelles...

Une fille de précaution, cette Eglantine. Elle est revenue prendre son argent et ses belles robes. Après quoi elle s'est exilée, sans attendre qu'on la chasse. On ne la rencontrera plus jamais à Sainte-Croix. Si on l'y rencontrait, elle serait lapidée...

Hâtons-nous. Sous les pas de mon cheval, la route se dévide comme un long ruban gris perle ; à droite et à gauche, les arbres noirs fuient en se tordant les bras. Voici les champs de blé du meilleur des pères, voici nos vignes ; voici, à ma gauche, le petit bois des Taillis, où, dans la soirée d'hier, je me suis cru suivi par le prétendu spectre du prétendu Polonais, prétendu mort...

Voici enfin le château des Taillis, avec sa haute grille dorée et sa façade sombre, qu'étoilent çà et là de rares lumières.

Je sonne.

Aboiements furieux des chiens au chenil. Le concierge arrive, muni d'une lanterne. Il veut parlementer. Je décline à la hâte mon nom et l'objet de ma visite. Il crie :—Ah! mon Dieu!—laisse choir sa lanterne, la ramasse, ouvre la grille, appelle un valet d'écurie, lui confie mon cheval et me précède dans une petite pièce du rez-de-chaussée, où il m'abouche avec M. Désiré, le valet de chambre.

M. Désiré est installé dans une ganache, au coin d'un feu brillant. Il feuillette la *Revue des Deux-Mondes*, en promenant un joli peigne en écaille parmi les buissons de ses luxueux favoris. Je n'ai point à me plaindre de son accueil. Il est froid, mais cérémonieux.

Toutefois, quand je lui annonce que son maître est au plus mal, M. Désiré devient vert, et, à ma profonde surprise, ses lèvres si formalistes articulent la moitié d'un juron de charretier.

La moitié seulement. M. Désiré reconquiert aussitôt son sang-froid, expulse le charretier, se retransforme en gentleman, me salue avec dignité, prend un candélabre et m'invite à le suivre.

Nous parcourons une enfilade de salons superbes. Puis une forte odeur d'éther et de drogues pharmaceutiques me gratte la gorge. Puis une portière en tapisserie se soulève, et Hélène, que le bruit de nos pas vient d'attirer, penche vers moi sa jolie tête inquiète.

En me reconnaissant, elle pâlit. Ma présence chez elle aussi tard l'avertit vaguement que je suis le messager d'une catastrophe. Elle accourt, elle me saisit les deux mains, elle me regarda fixement, et, d'une voix altérée, balbutie :

— Qu'y a-t-il ?

Ce qu'il y a, je le lui apprends tout d'une haleine. Le temps est précieux. Je n'ai le loisir ni de feindre une tranquillité que je n'ai pas, ni de ménager la pauvre femme. Je lui dis tout en quatre phrases et je lui restitue la lettre, désormais inutile, qu'elle m'avait chargé de remettre à Maugreval.

Elle la prend sans mot dire, s'approche du candélabre que tient Désiré, réduit le billet en cendres; puis blanche comme une statue d'albâtre, n'ayant d'animé dans la physionomie que ses yeux de diamant noir, elle marche vers une table et fait retentir un timbre.

Une camériste entre. Hélène, alors, d'un ton posé, bref et lucide, la charge de transmettre ses injonctions aux valets. Atteler les chevaux à la berline, entasser dans cette voiture les mille objets indispensables à un malade, à un blessé; enjoindre à la femme de chambre et à un domestique de se préparer à partir immédiatement avec madame; bref, vingt ordres successifs, qui me prouvent à quel point, malgré son désespoir, elle est restée maîtresse d'elle-même.

La camériste sort, Hélène appelle le docteur Bruloy, qui, à ce qu'il paraît, se trouve actuellement auprès de Ladimir. Le docteur se présente. Elle le met au courant de la situation, lui prend le bras, l'entraîne vers la porte.

— A Sainte-Croix, vite, vite!... s'écrie-t-elle...

— Mais, objecte le médecin, qui donc restera auprès de M. le comte Obrinski ?

— Ah!... fait-elle en frappant du pied, je me soucie bien de cet homme. Venez, docteur, venez!...

— Cependant, insiste M. Bruloy, on ne peut l'abandonner à lui-même dans la situation où il est. La fièvre chaude a cessé; néanmoins il faut absolument que quelqu'un...

— Si madame y consent, dit respectueusement M. Désiré qui salue, j'aurai l'honneur de veiller M. le comte.

— Ah! oui, à propos, — dit Hélène en toisant le domestique avec un sourire amer, — je n'y songeais pas. Vos soins lui seront plus agréables que ceux de tout autre.

— M. le comte est effectivement habitué à mon service, riposte le valet de chambre, et c'est pour cela que j'ose me permettre...

— Oui, oui, faites! Allons, docteur! Merci, monsieur Gilbert, et adieu!...

Elle me serre la main, s'enveloppe rapidement d'une pelisse qu'on vient de jeter sur son peignoir de cachemire blanc, montre d'un geste hautain à Désiré la porte qui conduit dans la chambre du malade, et disparaît.

Onze heures sonnent à la pendule. Il est grandement temps pour moi de réintégrer la maison paternelle.

Je m'engage à tâtons parmi l'enfilade de pièces que j'ai traversées en arrivant. Je dis : à tâtons, parce que M. Désiré, qui *me suppose parti*, en emportant le candélabre, vient d'entrer chez le comte.

Tout à coup, au souvenir des quelques paroles échangées entre Hélène et le valet de chambre, — paroles qui pourtant n'ont rien de mystérieux, — je ne sais quelle curiosité m'envahit, et je reviens sur mes pas.

A travers la portière en tapisserie, un murmure de voix transpire. J'écoute, et voici ce que j'entends :

— Mort ou peu s'en faut, — dit M. Désiré, qui achève un récit. Ça ne pouvait pas finir autrement. Quand on a un tempérament pareil, on ne se fourre pas dans le commerce...

L'organe de Ladimir, très faible, très vacillant et à peine perceptible, s'élève après un moment de silence :

— Ça ne fait rien. Plus besoin de Roland. Peut claquer si ça l'amuse. Le tour est joué. Charmant ! délicieux ! Dernières pages du volume terminées et en lieu sûr, hein ?

— Ah ça ! reprend Désiré, — où les as-tu cachées, fiston ? ça m'intrigue...

— Evidemment, évidemment. Reste intrigué, mon bonhomme. Très bon pour la santé, l'intrigue, hein ?... Parfait ! parfait !...

— Alors, tu refuses de m'indiquer où est la cachette ?

— Je refuse.

— Alors, t'as pas confiance ?

— Pas pour un centime.

— Et si je te tordais le cou ?

— Ah ! délicieux ! Ladimir enterré, Roland escofflé, qu'est-ce que tu deviendrais, hein ? Ruiné du coup, cet excellent Désiré. Ah ! ah ! ton intérêt, bijou, c'est que Ladimir guérisse...

— Alors tais-toi ! grommelle M. Désiré avec une mauvaise humeur très apparente. A force de t'agiter, de jacasser, tu te flanqueras encore le délire et tu diras des bêtises pommées devant les autres, comme hier et ce matin...

Ladimir module un ricanement et s'apprête à répondre. Mais je n'en écoute pas davantage. J'en sais assez. Il est désormais palpable pour moi que Roland, Ladimir et Désiré sont trois malfaiteurs et que le château des Taillis est une caverne.

Je m'éloigne sur la pointe des pieds, je retrouve mon chemin dans les ténèbres, je gagne la cour, je saute sur mon cheval et je retourne à Soriat.

Il est plus de minuit, lorsque, frappant aux carreaux de Marthe, je la force à sortir du lit pour m'ouvrir la grille. Tout le monde est couché.

Avant que j'aie pansé le vieux cheval de mon père, il sera une heure du matin.

Quelle excuse offrirai-je à M. de Soriat quand il me demandera compte de cette nouvelle et incompréhensible fugue ? Je n'ose y songer. Un châtiment terrible est suspendu sur ma tête innocente...

Et c'est demain que ma sœur se marie !

———

XXXI

La nuit s'est écoulée. Le jour naît. Un tintamarre de portes qui s'ouvrent, de voix qui s'impatientent, de pas qui grimpent les escaliers, de bottines qui les dégringolent, a rempli la maison.

Dans notre dortoir, nous sommes huit, y compris le marié, qui avons bien du mal à terminer notre toilette. Trop de matelas par terre et pas assez de chaises. Des malles partout. Nul coin qui ne soit encombré d'habits noirs et de chaussures neuves.

Un jeune homme ingénieux fait ses ablutions en plein air, sur l'allége d'une fenêtre. Un autre s'est fourré à demi dans la cheminée. Voltigeant comme des sylphes, trois garçons coiffeurs, venus d'Angers en droite ligne, barbifient dans le corridor ceux d'entre nous qui ont de la barbe. Je ne suis point de ceux-là.

Rapidement je m'habille au fond d'une armoire, puis je descends et je croise en route dix figures affairées. Personne n'a le temps de prononcer une phrase entière. On se parle à mots entrecoupés, on échange des sourires convulsifs, on s'élance par ci, on se précipite par là, on se heurte et l'on se cogne...

— Eh bien, cher monsieur, eh bien !... Nous y voilà enfin !

— Mon Dieu, oui, nous y sommes.

— Le grand jour, le jour fatal !...

— Le plus beau jour de la vie !

— Amour, amour, quand tu nous tiens !

— Il faut des époux assortis.

— Ces demoiselles n'ont pas fermé l'œil !

— Elles sont déjà sous les armes.

— Mais pardon ! vous permettez ?

— Comment donc, cher monsieur...

Et l'on se sépare à la hâte. Et l'on se heurte de nouveau contre les domestiques des deux sexes qui, les mains chargées de bouilloires, de fers à papillotes et de fers à repasser, courent dans toutes les directions d'un air éperdu.

Les femmes de chambre ont des bonnets à rubans effrénés ; elles embaument la pommade et l'eau de Cologne. Les laquais ont déjà la langue épaisse. Le bruit se répand que tout à l'heure, dans le jardin potager, l'on a découvert Tringlot, le mari de Marthe, étendu ivre-mort entre deux potirons, sur une litière de tomates et de concombres.

L'accès de la salle à manger est interdit au vulgaire. Il y a là un maître d'hôtel, venu d'Angers par le même train que les trois garçons coiffeurs et leurs trois patrons, providences des dames. Ce maître d'hôtel, entouré de pâtissiers en bas âge, de pièces montées et de paniers couverts, se livre à des opérations mystérieuses, que, jusqu'à nouvel ordre, les profanes doivent ignorer.

J'entre au salon, que je suppose encore vide. Fatalité !... Le meilleur des pères, raide comme un piquet dans ses vêtements de cérémonie, est debout devant la cheminée. Il a le plus empesé de ses gilets blancs, sa cravate blanche la plus inflexible. Il se chauffe les mollets avec rigueur.

— Restez, monsieur. N'essayez point de vous dérober à mon légitime courroux, et ne redoutez point d'inutiles reproches. La mesure était comble; elle a débordé. Asseyez-vous et veuillez me prêter une oreille attentive.

Ainsi débute M. de Soriat. Je m'incline et lui obéis en silence.

— Monsieur, reprend-il sévèrement, — je ne vous demanderai pas où vous avez passé la journée d'hier, au mépris de la plus simple civilité, au mépris de mes hôtes et de moi-même. Je ne veux pas le savoir. Je renonce à scruter les honteux secrets d'une existence aussi dégingandée que libidineuse. Je renonce...

— Pardon ! mon père, si vous me permettiez...

— Non, monsieur, non. Trêve aux mensonges, trêve aux puérilités et aux paradoxes! Voici mon ultimatum : aujourd'hui, monsieur, en considération de la solennité qui s'apprête et eu égard aux instances de votre sœur, je tolérerai encore votre présence parmi nous. Passé ce délai, vous partirez.

— Pour Paris, mon père ?

— Oui, monsieur, pour Paris. Hier, pendant votre inqualifiable disparition, vos malles sont arrivées. Il serait oiseux de les défaire. Vous partirez demain.

Demain !... ô bonheur ! C'est demain aussi que partent Diane et sa mère! Je voyagerai avec elles... Et M. de Soriat qui croit me punir !...

— Aussitôt à Paris, continue-t-il, vous prendrez vos inscriptions. Chaque mois vous pourrez toucher à la caisse de M. de Jourdy, mon banquier, une somme de deux cent cinquante francs. Faites en sorte qu'elle vous suffise : car je ne suis pas homme à favoriser vos écarts, et sous aucun prétexte vous n'obtiendrez de moi un centime en plus de cette pension.

Je m'empresse de remercier le meilleur des pères ; puis je tente de me réconcilier avec lui, mais il me repousse.

— Non, monsieur, non. Vous m'avez mortellement aigri. Laissons au temps le soin de cicatriser ma blessure. Plus tard, dans quelques années, lorsque vous aurez été reçu avocat, lorsque, par la dignité de vos mœurs, vous aurez reconquis mon estime, alors je consentirai peut-être à vous pardonner. D'ici là, demeurons, je vous prie, éloignés l'un de l'autre.

Quelques années !... Diable ! comme il y va, le meilleur des pères ! Il paraît que ma présence le gêne et qu'il tient à se débarser de moi pour longtemps.

L'entrée successive de nos hôtes met un terme à cet entretien. Le jeune vicomte Clocheton du Rempart, tiré à quatre épingles et le lorgnon profondément vissé dans l'orbite, s'empare des deux mains de M. de Soriat, commence un discours ému, perd immédiatement sa voix, la cherche, se fouille, ne la retrouve plus et s'affaisse exténué sur une chaise. D'autres invités le remplacent. On entoure, on félicite, on plaint le maître du logis, qui pourtant n'a point l'air affecté outre mesure.

Madame Haveril erre à travers la foule et tinte comme la sonnette d'un marchand de coco. Les jeunes personnes se font attendre. Elles apparaissent enfin, amenant la mariée. Edgar consulte sa montre et calcule le nombre d'heures qui le séparent du moment où Diane lui permettra de causer avec Fanny.

Le fait est que les deux amies s'accaparent plus que jamais. Ma petite sœur est jolie comme une fée dans sa toilette virginale. Diane est si belle que je ne comprends pas qu'on lui parle autrement qu'à genoux.

Une longue file de voitures stationne vis-à-vis du perron. Tous les voisins ont prêté les leurs pour la circonstance. Les cochers ont des bouquets blancs à la boutonnière, les chevaux ont des bouquets blancs aux oreilles, les demoiselles d'honneur ont des bouquets blancs à la main.

On part. Au bout de dix minutes, on est à Soriat. La population rurale se juche sur ses sabots pour voir la mariée quand elle entre à la mairie, quand elle en sort, et aussi quand elle pénètre dans l'église. Elle est magnifique, ce matin, la vieille église : il y a sur les dalles un superbe tapis, des fleurs de tous côtés, du soleil au travers de tous les vitraux.

L'orgue joue, l'encens fume, le prêtre parle, les dames versent les torrents de larmes de rigueur, les demoiselles trempent plusieurs mouchoirs. Edgar et Fanny sont un peu pâles, mais souriants et surtout parfaitement rassurés.

Ils savent bien ce qu'ils font, où ils vont et ce qu'ils veulent. Ils savent qu'ils seront heureux l'un par l'autre. Ils savent qu'ils se sont toujours aimés et qu'ils s'aimeront loyalement, paisiblement, jusqu'à la fin.

Et lorsque ma petite sœur, s'agenouillant, se met à sangloter tout d'un coup, je sais bien, moi, qu'il n'y a en elle ni regret du passé, ni inquiétude de l'avenir. Je sais bien sur qui elle pleure et pour qui elle prie. Je sais bien qui elle recommande à Dieu en cette minute à jamais sacrée.

Je le sais, et je la bénis du plus profond de mon cœur : et, cachant mon front dans l'ombre d'un pilier, je ferme les yeux sans pouvoir cependant retenir mes larmes.

Nous voici de retour au manoir. L'immense salle à manger resplendit. La vieille argenterie de famille étincelle. Les vieux vins font fête aux vieux amis. Les mets se succèdent sans interruption, et tout le monde mange de tout : car le mystérieux maître d'hôtel a enfanté des merveilles.

On appelle ça un déjeuner! A neuf heures du soir, nous sommes encore à table. Clocheton propose des toasts enthousiastes. Maître Lampon sollicite la permission de chanter trois petits couplets. Il les chante. Triple salve d'applaudissements. Le maire, alors, en rougissant à demi, demande à trinquer avec les nouveaux époux, quoique ça ne se fasse plus, ajoute-t-il, même à la campagne.

Sur ces entrefaites, arrive le docteur Bruloy, qui, à son grand dépit, n'a pu assister ni à la messe de mariage ni au déjeuner homérique. Il avale trois coupes de vin de champagne, afin de se rattraper ; puis, tranquillement, en homme qui s'imagine causer de choses que chacun sait déjà, il raconte par le menu l'horrible histoire de la veille : le suicide de Jean Renot, la fuite d'Eglantine, l'incendie de la grange et l'état presque désespéré de Maugreval.

Un coup de tonnerre éclatant à l'improviste sur la tête des convives ne les aurait pas aussi promptement, aussi complétement réduits au silence que ne l'a fait l'indiscrétion du docteur.

Excepté ce malheureux homme, il n'est personne ici qui ne connaisse les projets de madame Haveril. Elle-même, hier, a officiellement annoncé le prochain mariage de sa fille avec Roland.

Tous les yeux s'attachent sur elle et sur Diane.

Diane est très pâle. Ses prunelles brillent d'un éclat bizarre. Elle se tait et elle regarde le docteur.

Madame Haveril sourit. Mais ses mains, nerveusement crispées, viennent de briser son éventail.

— Ah çà !... reprend le docteur étonné du mutisme soudain des convives, — est-ce que vous ignoriez l'aventure ? Elle court déjà tout le département. C'est un scandale inouï. M. Maugreval sera certainement obligé de quitter l'Anjou, si je

parviens à le tirer d'affaire. Le pis, c'est que les paysans de Sainte-Croix ne parlent de rien moins que de l'écharper. Et comme son extrême faiblesse ne nous permettra pas de le transporter avant plusieurs jours aux Taillis, je ne sais vraiment pas...

Ici, la voix du docteur Bruloy expire. La consternation, l'embarras général ont fini par le frapper. Il promène à la ronde des regards stupéfaits.

— Franchement, docteur, balbutie madame Haveril, pensez-vous que M. Maugreval puisse survivre à ses blessures ?

— Je l'espère, madame. Quant à l'affirmer, je n'oserais. M. Maugreval est dans une situation telle, que je me reproche presque de l'avoir quitté pour deux heures. Mais, ajoute le médecin, en adressant à Fanny un sourire affectueux, — je tenais absolument à embrasser, avant son départ, la chère enfant que j'ai vue naître.

— Vous avez, du moins, confié votre malade à des personnes sûres ?...

— Madame Maugreval est auprès de lui, répond naïvement le malencontreux docteur. Elle l'entoure des soins les plus dévoués. C'est une noble créature, qui mérite la tendresse que M. Roland lui témoigne...

Au milieu d'un silence de mort, Diane s'est levée. Droite et fière, la jeune fille habituellement si timide promène sur l'assistance des yeux étincelants de fierté.

— Vous repartez pour Sainte-Croix, monsieur ?... demande-t-elle au médecin.

— Dans vingt minutes, mademoiselle.

— Eh bien! veuillez dire à monsieur Maugreval que moi, Diane Haveril, je lui rends sa parole, et que jamais je ne serai sa femme...

— Diane !... s'écrie sévèrement madame Haveril.

— Jamais! ma mère. Je le hais et je le méprise.

Puis, Diane sort de la salle, entraînant avec elle ma sœur, qui, frémissante, vient de lui saisir la main.

. . . .

————

Ici s'interrompt le manuscrit de Gilbert.

Ce compte rendu minutieux des deux journées les plus remplies, sinon les plus tragiques, de son existence, n'a pas été achevé par lui.

Nous l'avons néanmoins placé en tête du présent ouvrage, parce qu'il est à la fois l'exposition et le prologue du drame que nous allons raconter.

FIN DE LA PREMIÈRE PARTIE

————

DEUXIÈME PARTIE

LE CLUB DES PENDUS

I

C'est maintenant à Paris que nous demandons au lecteur la permission de le conduire.

Trois ans et demi se sont écoulés depuis les scènes qui précèdent.

On est au Mardi gras.

Février touche à sa fin. La nuit tombe. Un brouillard humide, en se fondant avec le crépuscule, détrempe la boue jaune du macadam, — tandis qu'une dernière traînée de jour argente les ardoises et le zinc reluisant des toits.

Il y a foule sur cette double et immense ligne d'asphalte qui va de l'embarcadère de Strasbourg au sommet du boulevard Saint-Michel.

Foule rieuse, endimanchée, babillarde, foule énorme surtout.

On s'étouffe, on se broie les orteils, on s'enfonce réciproquement les coudes entre les côtes. En maint endroit, l'homme le plus robuste perd plante, et, — soulevé malgré lui,—chemine sans effleurer le sol.

Çà et là pétillent des disputes. Parfois, sillonnant l'ensemble des clameurs, éclate un cri aigu, poussé tantôt par une matrone qui trébuche sur le trottoir gras, tantôt par une fillette dont quelque insolent a pincé la taille, tantôt par un flâneur qui ne retrouve plus son porte-monnaie.

Et les voisins de rire. Et les badauds entassés continuent leur procession lente.

Tous ces gens-là sont sortis de chez eux pour « voir les masques. » Quels masques? On n'en aperçoit nulle part. N'importe. Il est de tradition à Paris que le Mardi gras fait éclore des masques à foison ; et cette naïve croyance, bien que toujours déçue, a de rechef attiré cinq ou six cent mille curieux hors de leurs logis.

Par intervalles, il est vrai, quelque

ignoble polisson, harnaché de jupes crasseuses, la croupe surchargée de falbalas, un chapeau de femme planté sur sa face poilue, détale à grotesques enjambées, suivi de près par une meute de galopins braillards.

Ou bien, deux à deux, caquetant et fumant des cigarettes, se dandinent de petites malheureuses travesties en adolescents. Le feutre incliné sur l'oreille, les paupières maquillées, le lorgnon à l'œil, la badine à la main, elles se livrent à de fantastiques effets de hanches. Et l'habit masculin colle si effrontément sur leur personne, que les pères de famille se détournent pourpres et scandalisés.

Mais ce n'est point pour assister à de pareilles exhibitions que des milliers de visages se penchent aux fenêtres, encombrent les balcons, les terrasses et les lucarnes.

On attend les masques proprement dits.

Où se cachent-ils ? En cherchant bien, l'on finirait peut-être par en découvrir un, sur le boulevard Sébastopol.

Un seul !

Encore ce masque unique, enseveli au plus épais de la mêlée, circule-t-il inaperçu.

C'est un Pierrot. Un sale, humble et vulgaire Pierrot de barrière, habillé du calicot le plus commun, ayant la collerette de gros tulle, et,—par-dessus le serre-tête noir de rigueur, — un sordide chapeau pointu, que l'on a vainement tenté de rafraîchir avec du blanc d'Espagne.

Malgré le froid, ce Pierrot ne porte aucun vêtement sous son costume, hélas ! infiniment léger. Ce détail saute aux yeux chaque fois qu'une rafale de vent lui plaque son vaste pantalon contre les jambes. On se sent alors consterné de sa maigreur.

Est-il jeune ou vieux, beau ou laid ? Problème. En tout cas, il tient essentiellement à n'être point reconnu : car de grosses lignes tracées au charbon rayent bizarrement son visage, défiguré déjà par une triple couche de plâtre.

Vu d'en haut, ce personnage blanc, qui se noie dans un sombre océan de paletots et de parapluies, ressemble à une goutte de lait secouée sur une mer d'encre.

Une vague le précipite en avant, une autre le refoule en arrière, une troisième l'aplatit contre la devanture d'un magasin, une quatrième l'enveloppe et le replonge dans le tourbillon.

Il ne se débat pas plus que ne se débattrait un mannequin. Nul effort de sa part, nulle résistance. Son corps flasque et mou obéit à toutes les impulsions, ploie sous les bourrades, fléchit sous les coups de coude.

Ni les quolibets des farceurs, ni les injures des gens grincheux ne l'émoustillent. Morne, insensible, inerte, il va, il flotte, balloté, cahotté, culbuté...

Soudain, d'un bout à l'autre du boulevard, une rumeur joyeuse a couru...

Elle signale l'approche d'une de ces voitures-réclames que lâchent à travers Paris, en temps de carnaval, certains marchands de nouveautés, fabricants de chocolat ou inventeurs de poudre insectivore.

— Des masques !... s'écrie-t-on. Ah ! pour le coup, voici des masques !!!...

Et pêle-mêle, afin de contempler ce prodige, on s'accumule au bord de la chaussée. Les maris exhaussent leurs femmes, qui soulèvent à bras tendus leurs bébés, qui à leur tour allongent le cou.

Le Pierrot n'allonge rien et ne soulève personne. Immobilisé forcément, incrusté pour ainsi dire dans les omoplates de ses voisins, il ferme les yeux avec lassitude. Peu lui importe le spectacle attendu.

Devant lui, et moins indifférent que lui, un monsieur quelconque se dresse et pose à califourchon sur son épaule un bambin de quatre ou cinq ans.

La petite main du marmot pend sur le vaste dos du papa. Elle étreint une brioche entamée, cette menotte, et le hasard fait que le visage pétrifié du pierrot se trouve à quelques lignes de ladite pâtisserie.

L'odeur lui en monte au nez. Il se ranime ; ses narines se gonflent... ses gros yeux, d'un bleu de faïence, se rouvrent, se fixent ardents sur le gâteau...

Evidemment ce Pierrot a grand'faim.

Mais, attention !... Voici que le char si impatiemment guetté, dessine dans les airs son dôme multicolore. Il arrive, il arrive !

Juchés sur des chevaux d'omnibus, qui leur donnent étonnamment de fil à re-tordre, bon nombre de mousquetaires, de troubadours, de Chinois et de torréros commencent à défiler en manière d'avant-garde.

Tous ces gentilshommes sont frisés avec véhémence ; tous ont la moustache cirée à l'œuf, les mains violettes, la goutte au nez, le cigare de cinq centimes aux gencives.

Les uns, se jugeant irrésistibles, caracolent le poing sur la hanche et décochent au sexe faible des œillades injectées de cognac.

Les autres — moins bons cavaliers — s'efforcent en vain de ne pas heurter leur poitrine avec leur menton, et, le dos en arc, les jambes en paire de pincettes, les dents secouées dans leurs alvéoles, trottent cahin-caha entre deux haies d'admirateurs...

Le Pierrot, lui, pendant ce temps, n'admire absolument que la brioche. Elle le fascine, elle l'attire...

Quant au mignon propriétaire du gâteau, il est à mille lieues de soupçonner que des regards indélicats convoitent sa friandise. Le char l'accapare tout entier. Le char pavoisé s'avance !

Le voilà !... il apparaît enfin !

Lent, lourd, majestueux parmi les huées et les hourrahs, au son rauque des trompes, à la lueur fumeuse des torches, il roule, il cahote, il tremblotte avec un grand bruit de ferraille.

On dirait une gigantesque étagère.

De la base à la cime du monument, s'échelonnent, celles-ci debout, celles-là couchées dans des attitudes qu'elles supposent voluptueuses, une vingtaine de demoiselles aux maillots couleur de chair, aux cheveux poudrés, aux jupes écourtées, aux joues constellées de mouches et balafrées par le froid.

Car elles grelottent, ces pauvres nymphes! Sans compter qu'elles ont peine à se tenir d'aplomb sur leur tremplin branlant. Mais ça ne fait rien. Que ne supporterait-on pas pour la gloire d'exhiber ses mollets en public? Ces demoiselles sont positivemen travies. Et, tout en éternuant avec rage, elles distribuent au peuple des sourires aussi enchifrenés qu'incendiaires.

Le char passe. Tout passe en ce bas monde. Une longue file de sauvages à faux cols et à massues termine le cortège. Mais l'affamé Pierrot est incapable de se contenir plus longtemps.

Abusant de l'inattention générale, il arrache au bambin sa brioche et l'avale.

L'enfant se retourne stupéfait. Avant qu'il ait jeté un cri, la masse des curieux s'ébranle ; le coupable est loin. Le flot qui l'apporta le remporte.

— Triste festin !.. murmure-t-il en recueillant avec sa langue les miettes éparses autour de ses lèvres. Où est le temps où je dépensais dix louis pour souper avec une demoiselle à chignon jaune !...

Il soupire. Le flot l'entraîne, lui, ses souvenirs et ses regrets. Il fait nuit. Le brouillard se résout en eau. Les fenêtres se ferment. Quelques lampes étoilent l'obscurité des appartements et l'infecte émanation du gaz rampe au seuil des boutiques.

Puis, de brusques jets de flammes font reluire, à l'intérieur des cafés, la dorure des plafonds, où montent comme un encens la senteur anisée de l'absinthe et l'âcre parfum des cigares.

C'est l'heure où l'on dîne. Chacun tire de son côté. Mille courants contraires se combattent. Bousculade universelle. Une dernière, une plus violente poussée lance et colle le malheureux Pierrot contre la balustrade du square des Arts-et-Métiers.

La cohue, en se retirant, l'oublie à cet endroit, comme le reflux, à marée basse, oublie un crabe sur les galets.

Et durant une heure, il reste là, stupide, abruti, suivant d'un œil atone la multitude qui s'écoule, regardant fuir les lanternes rouges des omnibus et s'allumer les annonces peintes sur les vitres dépolies des kiosques.

— J'ai eu tort de manger ce gâteau, — dit-il enfin. Il m'a creusé... O perfide Zélie !...

Et il se remet en marche. Le boulevard est éblouissant. Pâtissiers, charcutiers, rôtisseurs, marchands de comestibles, étalent à l'envi, sous un éclairage inusité, des victuailles extraordinaires.

Les magasins flamboient. D'étincelants cordons de feu rayent les façades des théâtres. Et ces lueurs sans nombre se reflètent sur les trottoirs humides, que les passants, d'un pied leste, arpentent en fredonnant.

On se prépare pour le bal masqué : car il y aura bal en cent lieux divers, y compris les Alhambras de quatrième catégorie et les Eldorados de cinquième classe.

Aussi lit-on derrière une quantité de vitrines : *Le restaurant sera ouvert toute la nuit.*

— Ça me fait une belle jambe ! se dit le Pierrot.

Néanmoins, il s'arrête malgré lui à l'entrée d'un de ces établissements culinaires. Chaque fois que s'entre-bâille la porte, il aspire avidement une bouffée d'air chaud, saturé de la vapeur des viandes, des coulis et des sauces.

Courbé en deux, le sourcil attaché à la vitre, il entrevoit à travers les légers rideaux de mousseline une foule de choses qui surexcitent sa fringale. Son œil émerveillé caresse les nappes blanches, les petits pains aux reflets d'or, les garçons imposants qui, chargés d'une pyramide de plats, émergent du sous-sol, ou bien, pareils à des écureuils, grimpent les escaliers tournants.

L'eau lui vient à la bouche en écoutant les ordres bizarres qui retentissent dans de mystérieux porte-voix.

— Un perdreau truffé ! un !..
— Sommelier, une Léoville !
— Trois douzaines d'Ostende au neuf !
— Deux soles Colbert au douze !

Et c'est avec un sentiment d'envie qu'au milieu du brouhaha, du tintement des assiettes, du cliquetis des couverts, il contemple les dîneurs et les dîneuses, qui, paisiblement, boivent, mangent, causent, les yeux gais, le teint frais, la mine béate...

Cruel point de vue !..

— Allons-nous-en !... allons-nous-en ! balbutie le Pierrot en frictionnant son estomac vide.

Mais, comme il se dispose à s'éloigner, il aperçoit soudain, dans le restaurant, une figure qui lui arrache une exclamation ravie :

— Ah ! mon Dieu !... c'est lui !... c'est le beau Roland !... Je suis sauvé !... Lui, à Paris !... quelle chance !... Un ancien ami !... un vieux camarade !... Il ne refusera pas de me tirer de peine !

.

II

Ainsi parle tout seul, au milieu de sa joie, le Pierrot déjà ragaillardi. Et, cloué devant la vitrine, il plonge à l'intérieur du restaurant un regard tendre qui ne se détache plus de Maugreval.

Celui-ci est toujours beau, toujours élégant. Sa santé semble parfaite. Il a même acquis un léger embonpoint. Sa figure mate est un peu plus pleine qu'autrefois, et cela lui sied fort.

Il vient de régler son addition. Quand il a boutonné ses gants, il enfile son pardessus qu'un garçon lui présente, prend son chapeau et se dirige vers la porte.

Peut-être supposez-vous que le Pierrot s'apprête à lui sauter au cou, à se nommer, à se faire reconnaître?

Point. En voyant venir à lui Maugreval, le malheureux a senti son assurance l'abandonner. Sa langue se glace. Il laisse passer Roland sans lui dire un mot. Il n'ose plus. Il a peur... il a honte...

Honte de sa misère, de ses mains sales, de sa face enfarinée, de son costume dégoûtant.

Peur du geste de répulsion ou du rire de dédain par lequel son ancien ami accueillera sa première parole.

Toutes les timidités, toutes les défaillances de l'orgueil aux prises avec le besoin lui montent à la gorge, lui mouillent le front, lui figent le sang.

Et il se tait.

Il se tait, tout en se répétant mille fois à part lui qu'il a tort de se taire, que Maugreval est son dernier espoir, et que, Maugreval disparu, il ne saura plus où le retrouver.

Vis-à-vis du restaurant stationne une ravissante voiture de maître. A pas lents, — car il est en train de fouiller dans son étui à cigares,—Roland marche vers cette voiture...

Il est encore temps !... Le Pierrot rassemble son courage, rejoint Maugreval au moment où celui-ci pose sa botte sur le marche-pied ; puis, timidement, étend les bras...

Mais un homme l'a prévenu : c'est un de ces industriels en blouse qui, à la sortie des théâtres et des autres lieux de plaisir, guettent patiemment une occasion de récolter quelques sous sans fatigue et sans travail.

— Du feu ! mon prince, s'écrie-t-il. Voulez-vous du feu ? Voilà, voilà !

Et, frottant une allumette sur sa cuisse, il l'offre enflammée à Maugreval, qui l'accepte.

Ni l'un ni l'autre n'a remarqué le Pierrot. Indécis, palpitant, il est derrière eux. Il les touche presque ; et c'est pourquoi, involontairement, à sa stupéfaction suprême, il entend le voyou dire vite et bas à Roland :

— Ce soir. Passage de l'Opéra. Onze heures et demie.

Maugreval incline affirmativement la tête, allume son cigare, monte dans la voiture, saisit les guides et le fouet que lui tend son domestique, puis jette une pièce blanche au blousier, qui s'éloigne en sifflant.

Pour le Pierrot, c'est le moment ou jamais de se décider. Il le sent bien ; mais la présence du laquais le gêne. Enfin, d'un doigt craintif, il effleure la manche de son ami, lui fait signe de descendre et tâche de lui exprimer, par gestes, le désir qu'il éprouve de l'entretenir en particulier.

A l'aspect de cette figure hétéroclite, Roland s'imagine avoir affaire à quelque masque ivrogne et facétieux.

— Arrière, drôle !... crie-t-il d'un ton courroucé.

Il a levé son fouet ; le cheval part, la voiture fuit, et le Pierrot reste seul, décontenancé, sur le bord du trottoir.

— C'est bien fait !... gronde-t-il en frappant du pied avec colère. Cours après lui, maintenant, imbécile !... idiot !... crétin !... Est-ce que tu aurais dû hésiter ? Est-ce que l'on a de ces sottes pudeurs quand on patauge dans une situation pareille à la tienne ?... Comment ! un hasard miraculeux place dans ta main une branche de salut, et tu la laisses s'échapper !... Ah ! tu mérites le sort qui t'attend, va !...

Et tristement, son chapeau pointu sur les yeux, le menton dans sa collerette, le Pierrot recommence à cheminer à l'aventure, atteint la place du Châtelet, traverse la Seine, sans savoir ni où il est ni où ses jambes le portent.

— Ce soir, passage de l'Opéra, onze heures et demie !... reprend-il après une longue pause. Si j'y allais !... Bast !... C'est un rendez-vous d'amour, cela... quoique la dame ait singulièrement choisi son messager. Si j'y vais, je trouverai Roland avec une femme : je n'oserai rien lui dire... Et d'ailleurs, il serait seul, est-ce que j'oserais davantage ?... Mendier !... quand on n'en a pas l'habitude... c'est roide. Allons, allons, je suis déshonoré, perdu...

Comme il achève ces mots, une horloge au timbre grave sonne huit heures au-dessus de sa tête.

Le Pierrot tressaille et s'aperçoit qu'il longe un édifice majestueux, dont l'abord est défendu par une grille.

— Le Palais de justice !... murmure-t-il à voix basse.

Alors, soit que ce nom ait enfanté en lui quelque idée lugubre, soit que le jeûne ait affaibli son cerveau, il frissonne, ses dents s'entre-choquent, il se sauve, il court ainsi qu'un insensé.

Où court-il ?

Lui-même il n'en sait rien. Son élan d'ailleurs se ralentit bien vite. La fatigue l'accable et ses genoux se dérobent.

Péniblement il essaye d'avancer quand même. C'est en vain. Ses muscles refusent de lui obéir. Il fait halte. Il est sur le pont Saint-Michel.

Epuisé, harassé, il se traîne vers le parapet de gauche.

—Que faire ?...où aller ?...que devenir !...

Son regard interroge le ciel, noir comme une coupole de bronze ; puis redescend éperdu et embrasse les deux rives de la Seine, toutes scintillantes de points lumineux.

Sans doute aucune réponse satisfaisante n'a résulté pour lui de ce double examen : — car, tordant avec désespoir ses deux bras emprisonnés dans leurs longues manches pendantes :

— Ingrate Zélie !... soupire-t-il.

Puis, écrasé de douleur, il s'étend tout de son long sur le parapet mouillé.

La pluie tombe, fine comme une poussière. Des haleines glaciales jaillissent de la surface de l'eau, et l'on entend clapoter le courant contre les arches.

Au loin, le roulement des voitures, les fanfares des cornets à bouquin, les exclamations de la populace, vont s'affaiblissant.

Toutes ces rumeurs, jointes à la continuelle lamentation du fleuve, se transforment pour le pauvre masque en un brutal concert, plein de ricanements sauvages.

Concert diabolique au milieu duquel, par intervalles, son oreille croit saisir l'écho narquois d'une chanson.

Se trompe-t-il ? Est-ce une erreur ?

Il soulève son front. Ses yeux s'efforcent de se fixer sur autre chose que sur des rêves.

Non, il ne s'est pas trompé.

A cent pas de lui, sur le quai, un petit chanteur ambulant stationne devant les tables vertes d'une brasserie, et, de sa voix d'enfant de chœur, claire, mordante, cristalline, gazouille un refrain des rues en s'accompagnant sur la guitare.

L'air est joyeux, quoique trivial. Mais, atténué par le vent, il s'imprègne d'une ironie cruelle. Notre affligé, du moins, en juge ainsi...

A travers la brume et l'ombre, cette voix fringante semble narguer sa tristesse, et la vibration des cordes le fait frémir comme si on lui pinçait le cœur.

L'artiste, cependant, poursuit à plein gosier.

Eclairé qu'il est par l'illumination extérieure de la brasserie, on distingue parfaitement, malgré la distance, son feutre râpé, sa cravate rouge, sa courte vareuse à boutons de cuivre.

Il a de seize à dix-sept ans.

La tête renversée en arrière, les paupières à demi-closes, il sourit en roucoulant sa chansonnette. Une courroie lui creuse l'épaule et soutient devant lui sa guitare.

En voilà un, — se dit le Pierrot, — qui n'a rien de lourd sur la conscience ! Pas de soucis, pas de remords, pas de Zélie !...

Et le Pierrot soupire. Et involontairement il envie l'existence nomade de ce gamin. Il se le représente vivant au jour le jour, fier, alerte, indépendant, toujours le rire aux lèvres, toujours errant au gré de son caprice, et toujours, comme un oiseau des bois, égrainant çà et là ses fredons...

Puis une amertume profonde le suffoque. Il a comparé son propre destin à celui de cet enfant de bohème. Deux larmes sillonnent le plâtre de ses joues.

Le musicien, lui, vient d'achever sa romance.

Il abrite sa guitare sous un lambeau de sparterie, repousse l'instrument sur sa hanche et promène à la ronde une sébille d'étain.

Les gros sous y ruissellent par douzaines.

— Chançard de petit bonhomme ! gémit le Pierrot.

Les coudes appuyés au parapet, le menton entre les poings, il marmotte jalousement :

— Sa journée est finie. Le voilà libre de regagner sa mansarde et de dormir jusqu'à demain tout d'un somme !... Où coucherai-je, moi, cette nuit ?

Tout d'un coup, il se redresse, et, le front en sueur, il examine les alentours.

Le pont est désert. Les ténèbres, le froid, la pluie, ont écarté les passants.

Sur l'étendue noire du fleuve, moiré par places de zébrures brillantes, rien ne bouge. Les candélabres qui bordent les quais réfléchissent paisiblement leurs flammes dans les profondeurs de l'onde : on jurerait que des portiques de feu s'y prolongent à l'infini.

Le désespéré s'est penché sur la pierre humide. Il mesure la distance qui le sépare de l'eau.

Puis il se recule... Et il tremble.

— Eh bien ! quoi ?... balbutie-t-il en s'épongeant les tempes. Trois minutes d'angoisse... et tout sera dit.

Lentement il enjambe le parapet.

Lorsqu'il s'est assis dessus, lorsque ses pieds se balancent et pendent sur l'abîme :

— Et je n'ai pas trente ans !... murmure-t-il. Quelle déveine !

Hélas ! il tremble de plus en plus. C'est la chair qui défaille. L'esprit, au contraire, s'assure et s'affermit.

L'homme a fait le signe de la croix; ses lèvres remuent; il cherche au fond de sa mémoire quelque fragment de prière oubliée...

— J'en savais une autrefois, que ma mère m'avait apprise. J'étais un tout petit enfant, et comme elle m'aimait ! Pauvre femme ! elle a bien fait de s'en aller la première... Qu'est-ce qu'elle doit penser de moi là-haut ?...

La pluie redouble. Il fait froid : le Pierrot grelotte.

— Après tout, dit-il encore, c'est la faute à Zélie !

Il ferme les yeux, se soulève sur ses poings, se laisse glisser.

Mais il ne glisse pas.

Deux bras l'ont retenu, étreint, entouré, tiré violemment en arrière. Deux bras d'enfant, deux bras frêles et nerveux.

— Holà, mon brave ! lui crie une voix gaie. Où alliez-vous donc comme ça ? Nous sommes en hiver : les bains froids sont interdits...

Le malheureux n'a plus assez de force pour se débattre. L'émotion l'a paralysé.

Haletant, les jambes vacillantes, le cœur en désarroi, il sent qu'on l'assied rudement sur le trottoir, le dos appuyé au parapet.

III

Dès que le Pierrot, moins faible et moins énervé, a repris la possession de lui-même, il examine avec une mauvaise humeur évidente celui qui vient de faire avorter sa tentative de suicide.

Et il reconnaît, non sans étonnement, le ténor en herbe qui, tout à l'heure, chantait devant la brasserie.

Ce guitariste imberbe se dandine maintenant en face de lui, les poings campés sur ses hanches.

Mince et de taille exiguë, il a le teint oriental, un nez délicatement aquilin, des lèvres charnues et rouges, de magnifiques yeux noirs d'un éclat incomparable.

Sous son léger chapeau, bas de forme, boucle une épaisse chevelure brune, qui, rejetée derrière les oreilles, dégage la ferme rondeur de ses joues bistrées.

Il est beau comme un marbre antique. Il serait même trop beau pour un homme, sans la fière expression de sa figure pétulante et déterminée, railleuse et intrépide.

Tandis qu'il considère le Pierrot, un sourire mélangé de compassion, de dégoût et de curiosité découvre ses dents, qui sont de véritables merveilles.

— Sans reproche, — prononce-t-il enfin, — la graisse ne vous étouffe pas, mon bonhomme. On vous sent les côtes. Et c'est heureux pour moi : car, si vous aviez été plus lourd, vous m'entraîniez avec vous dans la rivière.

Le masque infortuné se croise les bras. Puis il réplique d'un ton bourru :

— Je ne vous remercie pas, vous savez !

— Je le vois bien, riposte l'autre.

Et il éclate de rire.

Le fait est que son obligé a une mine singulièrement grotesque avec ses yeux qagards, sa bouche piteuse, le serre-tête hui déteint en noir sur son front et le blanc qui lui descend par rigoles au long des tempes.

Mais, soit réaction nerveuse, soit que ce rire moqueur ait envenimé en lui le sentiment de son abjection, le Pierrot cache entre ses mains son visage enfariné.

— Là !... là !... fait le rieur. Ne vous désolez donc pas. Vous êtes un peu malade, voilà tout. Il y en a comme ça que la boisson porte aux idées noires.

— La boisson ! se récrie le Pierrot.

— Ça ne sera rien. Rentrez chez vous, avalez-moi une bonne carafée d'eau pure et fourrez-vous dans vos toiles. Demain, vous vous réveillerez frais comme le merlan qui vient de naître.

— La boisson ! !... répète le Pierrot indigné.

Et ses regards furibonds foudroient l'adolescent, dont le rire recommence de plus belle et qui s'écrie, avec ces intonations grasseyantes, particulières aux gamins de Paris :

— Qu'est-ce que c'est ?... qu'est-ce que c'est ?... Plus que ça de lanternes à gaz !... On veut dévorer son bienfaiteur ?

— Allez-vous-en !... gronde le masque. Je vous hais.

— Tiens !... elle est encore bien bonne, celle-là. Pourquoi que vous me haïssez, homme rageur ?

— Parce que, sans vous, tout serait fini ; parce que je suis las de moi-même et des autres, parce que je suis un misérable, un gredin...

— Allons, bon ! des fadeurs, à présent, des inconséquences. On n'est pas un gredin pour avoir un peu levé le coude... Un mardi gras, pardine, c'est d'ordonnance...

— Allez au diable !...

— Merci, mon vieux ! Vous êtes gentil comme tout. Et poli, oh ! là, là !... Et reconnaissant, je t'en fiche !...

— Mes moyens ne me permettent pas la reconnaissance, grogne le triste hère, qui exhibe la doublure de ses poches.

— Dites donc, vous, est-ce qu'on vous a demandé quelque chose, grand malhonnête ?

— C'est bon. Filez.

— Oui. Et si je file, vous recommencerez vos cascades ?

— Moi !... Oh ! ne craignez rien. Je n'en ai nulle envie.

Le chanteur hésite, se gratte l'oreille, — puis hausse les épaules et s'éloigne. Mais, réflexion faite, il revient immédiatement sur ses pas.

— Encore !... vocifère le Pierrot. Mordieu !... comptez-vous m'ennuyer longtemps ainsi ?

— Mon cher, opine le guitariste, je ne veux pas que vous restiez là.

— Vous ne voulez pas ?

— Non.

— Ah ça ! mais vous êtes superbe !

— Vous ne l'êtes pas, vous... Trempé comme un potage, avec un costume qui ne vous préserve ni du froid ni de la pluie... Autant vaudrait être en chemise.

— Mêlez-vous de vos affaires.

— Chut ! Soyez calme et agrafez-vous à mon abatis... Je vas vous reconduire. Où demeurez-vous, bel homme ?

— Nulle part.

— Bravo !... Du moment que vous bati-
folez, c'est que le moral se remonte.

— Est-ce que j'ai l'air de plaisanter ?
tonne le Pierrot à bout de patience.

L'artiste saute en arrière, puis toise de
l'œil son récalcitrant ami.

— Non, dit-il après un mûr examen ;
non, vraiment, vous ne plaisantez pas,
mon camarade... Mais alors...

Il s'arrête, et ses traits expriment une
pitié profonde.

— Mais alors, reprend-il lentement, absence totale de monnaie et de domicile politique, hein ?

— Eh bien ! oui, mugit le Pierrot en
crispant ses poings. S'il ne faut que cet
aveu pour vous chasser, oui, mille fois
oui, je suis sans argent, sans amis, sans
ressource et sans asile.

— Une débine carabinée, quoi ! C'est
pour ça qu'on voulait se périr ?

— Pour ça... et pour autre chose.

— Drôle d'idée tout de même de se déguiser en Pierrot quand on a l'intention
de se noyer !...

— Mes idées sont à moi et ne regardent
personne.

— Gageons qu'il y a une histoire là-
dessous ?

— Je ne suis pas en train de raconter
des histoires. Laissez-moi tranquille et
décampez !

— Jamais de la vie ! Ah ! mon pauvre
garçon !... Et moi qui vous croyais ivre !

— Vous ne vous êtes pas trompé, ricane
le masque sur un ton d'ironie sombre : je
le suis.

— Bah !

— Je suis ivre de rage, de honte, de désespoir !

— Et pas du tout de vin ? Pourquoi
donc que vous flageoliez sur vos quilles ?

— Parce que, depuis avant-hier, je n'ai
ni bu ni mangé...

— Pas possible !... s'écrie l'enfant.

Et il empoigne son interlocuteur à la
collerette.

— Ça ne peut pas continuer comme ça,
entendez-vous !

— Qu'est-ce qu'il vous prend, encore ?

— Venez.

— Où ?

— Venez toujours.

Le Pierrot secoue négativement la tête.

Le musicien se fâche :

— Je vous dis que vous viendrez, que
diable !... exclame-t-il.

— Et moi je vous répète que je ne viendrai pas. A-t-on jamais vu un enragé, un
despote pareil ?

— Écoutez-moi, reprend le guitariste.
Tout à l'heure, lorsque j'ai eu la chance
d'empêcher votre... votre plongeon...

— Après ?

— Je passais... je m'en allais dîner...

— Ah ! vous dînez, vous !

— Mon Dieu, oui ! quelquefois. Seulement, de dîner seul... ça me coupe l'appétit...

— Voyez-vous ça !

— Et si vous vouliez être bien aimable,
vous me rendriez un service...

— Lequel ?

— Vous viendriez m'aider à casser une
croûte...

D'un bond, le Pierrot s'est remis sur
ses pieds. Mais, à ce premier mouvement
succède une prostration plus complète, et,
bien que torturé par son estomac, il répond :

— Merci, jeune homme !

— Merci oui ?

— Merci non : je n'ai pas faim.

— Pas faim !... Ah ! très joli ! Je comprends. Monsieur a peur de se compromettre...

— Plaît-il ?

— Monsieur rougirait de s'attabler avec
un simple chanteur des rues...

— Moi !.. Moi, grand Dieu ! rougir de
quelqu'un !... Moi qui, au contraire...

— Après ça, faudrait pas tant faire le
dégoûté. On a beau n'être qu'un vagabond, — comme ils disent, — on est honnête.

— Ah !... fait le Pierrot attendri. Ah !
vraiment ?.. répète-t-il d'une voix étrange.

— Ça vous étonne ?

— Non.

Et, posant doucement sa main sur la
tête du guitariste :

— Ah ! tu es honnête, toi, petit ? balbutie le masque. Tant mieux ! Tâche de le
rester toujours, parce que l'honnêteté,
vois-tu... l'honnêteté, une fois qu'on l'a
perdue...

Un sanglot lui coupe la parole.

L'enfant demeure interdit.

Puis il fait claquer sa langue et marmotte entre ses dents :

— Une fois qu'on l'a perdue !... Oh ! oh !
Est-ce que nous aurions du vilain à nous
reprocher ?

Mais ses scrupules, s'il en a, ne tardent
point à s'évanouir.

— Bast ! s'écrie-t-il gaiement : A la
guerre comme à la guerre. Debout, ami
Pierrot ! et en avant du pied gauche ! La
soupe refroidit.

On n'est pas de bronze, après tout !

Le Pierrot résiste bien encore un peu,
se fait bien un peu prier pour la forme.
Mais, en fin de compte, il essuie sur sa
manche malpropre ses paupières bar-
bouillées de blanc et de noir, rajuste les
lambeaux de sa collerette et se laisse entraîner.

Bras dessus, bras dessous, les deux

compagnons improvisés traversent la place Saint-Michel, et prennent à gauche de la fontaine.

Au moment où ils s'engagent dans l'étroite rue Saint-André-des-Arts, ils sont croisés par un monsieur très mouillé, qui marche rapidement et dont le regard distrait effleure par hasard, durant l'espace d'une seconde à peine, la jolie figure du guitariste.

Aussitôt ce passant s'arrête court.

C'est un homme de belle taille et de haute mine. La rosette de la Légion d'honneur décore la boutonnière de son ample pardessus trempé d'eau.

— Voilà, pardieu, murmure-t-il, une ressemblance extraordinaire !

Et, pétrifié par l'étonnement, il suit des yeux le petit chanteur.

Celui-ci ne l'a point remarqué. Il continue son chemin, tourné à demi du côté du Pierrot, lui parlant avec animation et dévoilant ainsi son charmant profil.

— Inouï !... prodigieux !... s'écrie en riant l'inconnu. On jurerait que c'est elle !.. Et justement, nous sommes en carnaval, en sorte que tout autre que moi pourrait croire... Mais, voyons, il faut que je l'examine de près, ce galopin qui a l'impertinence de ressembler trait pour trait à ma femme !

Ce disant, il allonge le pas de manière à rejoindre le musicien, dont la silhouette s'efface peu à peu dans les ténèbres.

IV

Or ce personnage sur lequel la vue du guitariste avait produit un si singulier effet de stupéfaction, n'était rien moins que M. le baron de Jourdy, banquier, député au Corps législatif, administrateur de deux grandes lignes de chemins de fer et possesseur d'une fortune évaluée à quinze ou dix-huit millions de francs.

M. de Jourdy avait cinquante-quatre ans ; il en paraissait quarante. Ses cheveux grisonnaient, mais ils étaient à lui. Ses dents ne devaient rien à personne. Sa figure aux traits réguliers n'affectait d'autre coloris que celui d'une santé imperturbable.

Droit, la poitrine large, les épaules un peu hautes, comme les a tout homme issu de race guerrière, il s'était conservé svelte, grâce à son goût constant pour les exercices du sport.

On vantait partout sa conversation spirituellement gaie, son affabilité charmante, son adorable égalité d'humeur.

Mais de quel droit le baron eût-il été maussade ? Tout lui avait réussi. Dès le berceau, il semblait avoir signé un pacte avec la chance. Et ses erreurs, ses fautes, ses folies, toutes les choses en un mot qui, logiquement, auraient dû amener sa perte, avaient constamment tourné à son avantage et contribué à son bonheur.

Qu'on en juge :

Fils unique du général de Jourdy, que l'empereur avait créé baron en 1809, il avait été gâté à outrance, adoré comme un dieu, encensé comme une idole. Esclave de ses caprices et prosternée devant lui, sa famille l'avait exclusivement nourri de bonbons et de caresses, de baisers et de confitures.

D'autres eussent contracté à ce régime un égoïsme féroce et une déplorable faiblesse d'estomac. Le baron, lui, en dépit de son éducation absurde, entra dans la virilité avec un cœur d'or et une constitution de fer.

Puis ses parents moururent. Et, avant même que la barbe lui eût poussé, il se vit à la tête de deux cent mille francs de revenus...

Lorsqu'on est aussi riche à vingt ans, il y a gros à parier que l'on sera pauvre à trente. Paris possède tant de jolies fournaises à fondre les lingots !... — sans compter les flatteurs, les maquignons, les camarades nécessiteux et les chevaliers de la dame de pique...

Eh bien ! le baron ne connut point ces nombreuses variétés de vautours. La chance lui fut encore propice. Il eut des maîtresses désintéressées, des amis vrais, des conseillers prudents, des fournisseurs consciencieux.

De sorte qu'il atteignit ses trente-cinq ans sans avoir perdu un brin de ses illusions ni un centime de sa fortune.

A trente-cinq ans, — rassasié de joies et fatigué de son désœuvrement, il se lança dans de vastes entreprises.

— Bien !... se dirent les envieux. Il n'entend pas un traître mot aux affaires. Cette fois-ci, sa ruine est inévitable.

Point. M. de Jourdy se trouva précisément doué des qualités exceptionnelles qui constituent le financier prévoyant, l'habile administrateur. Loin d'engloutir son avoir en de sottes spéculations, il rendit de réels services à l'industrie et quintupla en quinze ans ses capitaux.

Enfin, à cinquante ans, tout d'un coup, sans avoir pourtant donné jusque là le moindre signe d'aliénation mentale, il commit la plus énorme extravagance que puisse commettre un ancien viveur arrivé à l'automne de l'âge.

Durant un court séjour qu'il fit à l'étranger, le baron épousa par amour une jeune fille de dix-sept ans à peine !

A quel monde appartenait cette jeune personne ? Dans quelles circonstances, dans quelle situation et dans quel milieu M. de Jourdy l'avait-il rencontrée ?

On n'en sut rien. Sur la famille aussi bien que sur les antécédents de sa femme, le financier garda un silence absolu. Tout ce que l'on parvint à découvrir, c'est que la jolie baronne était Française de naissance, Italienne d'origine et que son mari l'avait épousée en Autriche.

Quoi qu'il en fût, quatre ans s'étaient écoulés depuis ce singulier mariage, et, chose miraculeuse ! le baron, au moment où nous le présentons au lecteur, n'avait pas encore eu lieu de regretter son imprudence.

Dans toutes les langues du monde, cela, croyons-nous, peut s'appeler : être né coiffé.

Expliquons maintenant par quel hasard cet homme heureux se morfondait ce soir-là, vers neuf heures et demie, sous une pluie battante, à une aussi fabuleuse distance du faubourg Poissonnière, où il avait son hôtel.

M. de Jourdy arrivait de voyage.

Appelé à Brest quatre jours auparavant, par une affaire qui menaçait de traîner en longueur, il avait annoncé à sa femme en partant que, selon toute probabilité, son absence durerait deux ou trois semaines.

Mais, à son extrême satisfaction, l'affaire ayant eu un dénoûment immédiat, le baron venait de rentrer à Paris, où nul ne l'attendait.

Il en résulta naturellement que, sorti de wagon, M. de Jourdy n'aperçut point son coupé dans la cour de la gare Montparnasse.

Il chercha des yeux un remise. Par ce temps de pluie et surtout le mardi gras, autant eût valu chercher un merle blanc.

Il était alors près de huit heures. Le baron n'avait pas dîné. Si pressé qu'il fût de surprendre agréablement sa femme, il commença par se réconforter dans un restaurant quelconque ; après quoi, les voitures manquant toujours, il se mit en marche ni plus ni moins qu'un simple prolétaire, bien résolu à escalader de gré ou de force le premier flacre vide qui l'éclabousserait.

Soutenu par cet espoir chimérique, il longea la rue de Rennes jusqu'à la rue de Vaugirard. Là il devint perplexe. De même que la plupart des Parisiens riches, il s'orientait mal dans les quartiers éloignés du sien. Fallait-il tourner à gauche ou bien à droite ?

Il se décida pour la gauche, tourna plusieurs angles de rues à l'aventure et arriva ainsi sur la place Saint-Michel, où,

comme nous l'avons vu, il coudoya un pierrot en guenilles, remorqué lui-même par un petit musicien ambulant qui ressemblait beaucoup, paraît-il, à la belle madame de Jourdy.

Ceci posé, nous reprenons le fil de notre histoire.

Autant que le baron a pu en juger à l'incertaine lueur d'un bec de gaz, la ressemblance est frappante.

Si frappante qu'il en est saisi, ému, profondément remué.

Ah ! c'est que, malgré ses cheveux grisonnants, le banquier aime encore en rêveur et en poëte ; c'est qu'il ne vit, c'est qu'il ne respire que pour la chère créature gardienne de son honneur et de son nom.

Ayant trente-trois années de plus qu'elle, il l'a liée à lui sans réfléchir à l'énorme, à l'inquiétante disproportion de leurs âges. Et cependant, depuis lors, il n'a éprouvé ni une déception, ni un mécompte.

Aussi une reconnaissance infinie se mêle-t-elle à sa tendresse ; aussi se sent-il entraîné de cœur vers quiconque, par un mot, par un geste ou même par une vague conformité de traits, lui rappelle la femme aimée.

De là son désir soudain de parler au guitariste.

Ce jeune homme l'intéresse par l'unique raison qu'il est le portrait vivant de Laura. Et tandis que le baron allonge le pas pour le rejoindre, une généreuse pensée s'épanouit déjà sur ses lèvres.

— Toi, mon garçon, — murmure-t-il en souriant, — remercie le bon Dieu de t'avoir donné cette figure-là. Ta fortune est faite.

Et en effet, protéger ce pauvre enfant des rues, changer sa misère en bien-être, jouer dans son existence obscure le rôle d'un bon génie, — tout cela au nom et pour l'amour de Laura, — ne sera-ce point s'affirmer à lui-même, d'une façon noble et délicate, l'idolâtrie, la gratitude qu'elle lui inspire ?

Voilà ce à quoi songe le baron, et il se hâte.

Il a regagné le terrain perdu, il atteint le virtuose, il va lui adresser la parole, lorsque celui-ci, s'arrêtant et montrant au pierrot une boutique de marchand de vin, — boutique de peu d'apparence, à devanture basse, sombre et garnie de barreaux de fer :

— Entrons, dit-il : c'est là.

— La voix aussi !... s'écrie le baron.

Au même instant, le musicien a ouvert la porte du cabaret, et, les lumières de l'intérieur ayant donné en plein sur son visage, M. de Jourdy sursaute, blémit, puis demeure immobile, abasourdi, stupéfié.

—Laura!…bégaye-t-il. Est-ce possible ?

— Entrez donc, lambin ! répète le chanteur au pierrot qui hésite et qu'il pousse sans cérémonie par les épaules.

La porte vitrée se referme sur eux.

— Ah çà ! dit le baron, est-ce un rêve… ou suis-je fou ?…

Et, pareilles à ces rides circulaires qui plissent l'eau quand un caillou y tombe, des milliers de réflexions naissent dans son esprit, se succèdent, se multiplient, s'étendent, s'évanouissent.

En moins d'une demi-minute, il a passé en revue tous les prétextes plus ou moins aptes à justifier la présence de sa femme dans ce bouge, sous un costume d'emprunt, en compagnie d'un masque immonde.

Il n'en a pas trouvé un seul de plausible.

Rapidement alors, il relève le collet de son pardessus, ôte sa décoration qu'il met dans sa poche, enfonce son chapeau sur ses yeux et saisit le bouton de cuivre.

Prêt à le tourner, il hésite.

Un sourire incrédule bride son visage bouleversé. A la répugnance, au dégoût qu'il ressent, lui, un homme, il juge de ce qu'a dû souffrir madame de Jourdy avant de pénétrer dans cette taverne.

Si c'est elle, il faut que le motif qui l'a contrainte à franchir ce seuil soit bien grave, bien impérieux !

— Mais ce n'est pas elle! dit le baron en haussant les épaules. Je me suis trompé. J'ai mal vu. Je vais mieux voir.

Et il entre.

Bien que le cabaret soit plein de monde, personne ne fait attention à lui. Tous les yeux sont tournés vers le pierrot. Le malheureux est si mouillé, si crotté, si sale, si piteux, que l'honorable assistance — composée en grande partie de cochers de fiacre, d'ouvriers et de domestiques — a salué son apparition par des hourrahs et continue à lui décocher force plaisanteries aussi grossières qu'inoffensives.

Quant au triste masque, au lieu de riposter en langage poissard — comme c'est la coutume des pierrots qui se respectent — il détourne les yeux, baisse le nez, courbe le dos…

Il s'enfuirait si son jeune compagnon ne le retenait d'une main, tandis que de l'autre il essaye résolûment d'écarter les buveurs et de se frayer un passage à travers leur masse compacte.

N'y pouvant réussir, il se dresse sur la pointe des pieds.

— Ohé !… madame Girole !… crie-t-il par-dessus les têtes qui se pressent autour de lui.

A cet appel, une grosse femme, qui se démène derrière le comptoir, a penché, sur le zinc chargé de verres et de bouteilles, sa face rouge toute reluisante.

— C'est-y Dieu possible !… exclame-t-elle avec un cri de joie. — M. Isidore !… En voilà un, de miracle! depuis des siècles qu'on ne l'a vu !…

V

Visiblement émue à l'aspect du guitariste, la marchande de vin sort, aussi vite qu'elle le peut, de l'étroite galerie ménagée derrière le comptoir.

C'est une robuste commère de cinquante ans, aux allures viriles, au geste prompt, à la voix brusque et forte. Sa personne rondelette respire la santé, la franchise, la bonne humeur.

A coups de poings, sans façon, elle a bousculé ses pratiques afin d'arriver jusqu'au musicien, à qui elle décerne sa plus gracieuse révérence en même temps que son plus joyeux sourire.

— On revient donc de voyage ?.. lui demande-t-elle ; ou bien si c'est qu'on avait oublié sa vieille amie ?

— Vous oublier, maman Girole !… réplique le chanteur. Si j'en étais susceptible, je serais donc le dernier des derniers !

Puis, peu désireux probablement de continuer cette conversation en public, le jeune homme ajoute :

— Avez-vous un cabinet de libre ?

— Ils le sont tous les deux. Mais ils ne le seraient pas que, pour vous, monsieur Isidore, j'y ferais place nette.

En parlant de la sorte, madame Girole a ouvert, à la droite du comptoir, une porte vitrée dont les carreaux sont masqués par des rideaux de percaline rouge.

— S'agit de souper, pas vrai ? dit-elle en s'effaçant pour laisser passer son Benjamin.

— Oui, femme rare. Et de façon supérieure, encore !

— Ça peut se faire, mignon. Y a du lapin.

— Je ne le méprise pas. Faudra tout de même l'accompagner de pas mal de choses. J'ai de la société. Du reste, envoyez-moi le garçon.

— Par exemple !… C'est moi que je vas avoir l'avantage de vous servir. Alexandre s'occupera de ces messieurs.

Là-dessus, madame Girole plante là ses clients, attache à la hâte un tablier blanc autour de sa taille monstrueuse, et crie sur un timbre suraigu :

— Alexandre !

Un garçon aux bras nus s'empresse

d'accourir. La grosse femme lui confie le soin de la boutique, et, gaiement, précède Isidore dans la pièce voisine, au grand mécontentement des consommateurs, choqués de ce que la patronne entoure de tant de prévenances un simple chanteur des rues.

Pendant le rapide dialogue qui vient de s'échanger au milieu du tapage et à travers la fumée des pipes, — M. de Jourdy n'a pas un seul instant perdu de vue le musicien.

Et l'anxiété, plus que jamais, lui a serré le cœur.

Sous les amples vêtements d'Isidore, il serait impossible, il est vrai, à l'observateur le mieux prévenu, de deviner le corps d'une femme, — et surtout d'une femme élégante, distinguée, gracieuse jusque dans ses moindres mouvements.

Le guitariste, en outre, a les mains hâlées, la figure brune, l'accent faubourien, un langage populacier et des gestes si bien appropriés à ce langage, qu'une femme,— à moins d'être une actrice de premier ordre, — ne saurait les détailler avec autant de naturel, d'aplomb et de justesse.

Mais, d'autre part, le baron n'ignore pas que madame de Jourdy, si elle le jugeait à propos, serait à même de se grimer et de jouer un rôle aussi artistement que n'importe quelle grande comédienne...

En vain d'ailleurs cherche-t-il à se persuader qu'il est la dupe d'une ressemblance extraordinaire; il a, sous la lumière éclatante et crue du gaz, minutieusement étudié les traits du petit chanteur, trop scrupuleusement écouté chaque inflexion de sa voix, pour n'être pas convaincu que cette voix et que ces traits sont ceux de madame de Jourdy.

Cependant, malgré tout, il se refuse à l'évidence; sa raison repousse le témoignage de ses yeux: car enfin, pourquoi ce déguisement? que signifierait une aussi incroyable escapade? qu'est-ce qui aurait pu forcer Laura, — elle à qui l'on obéit comme à une reine et dont tous les caprices sont des lois, — à profiter de l'absence de son mari pour se compromettre d'une manière aussi folle?

Et puis, si c'est réellement Laura qui est connue dans ce cabaret sous le nom d'Isidore, il faut donc admettre qu'elle y vient souvent et depuis longtemps?

Vingt fois M. de Jourdy a été sur le point d'aborder cet être mystérieux; vingt fois il s'est contenu. S'il se trompait, en définitive? Bref, la peur du scandale, la crainte des curiosités grossières, l'appréhension vague de voir rougir, d'humilier, d'épouvanter une femme pour laquelle il a ressenti jusqu'alors autant d'es-time que d'adoration et de respect, ont immobilisé le baron au milieu de sa stupeur.

— Vous a-t-on servi? Avez-vous demandé quelque chose? lui dit en ce moment le garçon.

M. de Jourdy, avec son collet relevé, son chapeau ruisselant et son paletot inondé, n'a en effet nullement l'extérieur d'un homme du monde, d'un millionnaire.

Il s'en applaudit secrètement. Une idée soudaine lui traverse l'esprit, et, s'approchant du comptoir :

— J'ai donné rendez-vous ici à un ami, répondit-il. Nous souperons dès qu'il sera arrivé. Avez-vous un cabinet où je puisse l'attendre ?...

— Certainement, s'écrie le garçon.

Et il se précipite vers le cabinet de gauche, qu'il ouvre à M. de Jourdy.

C'est sur ce cabinet que le baron a compté pour éclaircir ce dont il veut douter encore. Il a remarqué qu'une mince cloison sépare cette petite pièce de celle où sont entrés le guitariste et le Pierrot.

— Mon ami ne peut tarder, reprend-il. Apportez-moi du madère et des cigares.

Puis, demeuré seul, il colle avidement son oreille à la cloison.

Cependant Isidore, entraînant après lui son acolyte, a pénétré sur les pas de la cabaretière dans une modeste chambre carrelée, très propre et succinctement meublée d'une table et de quelques chaises.

A peine entré, le Pierrot s'est affaissé sur un siége, où il reste anéanti.

— Ah ! mon Dieu !... balbutie madame Girole, qui ne l'avait pas encore aperçu... Ce... monsieur est avec vous, monsieur Isidore ?

Le chanteur fait un signe affirmatif.

— C'est ça la société dont vous parliez ?

— Oui.

Confondue de surprise, la digne femme considère l'intrus avec un mélange de défiance et d'horreur, tandis qu'Isidore, leste, vif et fredonnant, accroche à une patère son feutre et sa guitare.

— Allons, dit-il, à vos fourneaux, la bourgeoise ! Je mettrai le couvert. Vous, fricotez-nous n'importe quoi. Pourvu qu'il y en ait beaucoup et que ça soit exquis, on ne vous en demande pas davantage...

— Voyons, en dehors du lapin, si je vous offrais des côtelettes, de la salade, un quart de poulet froid ?...

— Offrez, maman, offrez... Mais d'abord envoyez-nous une serviette, de l'eau et du savon...

— Tiens, monsieur le coquet ! Vous faut-il pas aussi un démêloir et du cirage ?... De l'eau ! du savon ! pourquoi faire? Vous êtes propre comme un sou...

— Chut! chut!... c'est pour mon ami...

— Ah ! il est votre ami, ce pochard-là ? Eh ben ! merci. Vous avez de jolies connaissances, à cette heure. Qui est-ce qui aurait cru ça d'un jeune homme si comme il faut ?

— Plus bas, mère Girole, plus bas !

— Hum ! Vous dites de l'eau, du savon. C'est pas l'embarras, il en a bon besoin, votre oiseau. D'où donc qu'il sort ?

— Allez vite, la mère, allez vite.

Et Isidore pousse doucement madame Girole hors du cabinet.

Puis, frappant sur l'épaule du Pierrot, abîmé dans ses réflexions :

—Pas vrai, l'ami, ça vous soulagera de vous débarbouiller un brin ?

— Me débarbouiller ? — répète le masque avec effarement. A quoi bon ?

— Mais à être plus à l'aise. Ça doit vous tirer la peau, ce blanc et ce noir ?

Le Pierrot ne répond rien. Semblable à un homme qu'on a réveillé en sursaut, il promène autour de lui des yeux irrésolus. Et soudain, se levant après un long silence :

— Que fais-je ici ? se dit-il à voix basse. Mieux vaudrait partir.

— Non, reprend doucement le musicien. Restez. Vous vous défiez de moi, vous avez tort, et je vais vous en donner la preuve. Tout à l'heure, sur le pont, certaines paroles vous ont échappé. Grâce à elles, j'ai compris que vous n'avez pas la conscience absolument nette.

— Moi ! bégaye le masque éperdu.

— Malgré cela, je n'ai pas voulu vous abandonner, vous laisser seul, aux prises de nouveau avec les tristes conseils du désespoir. Je vous ai invité à me suivre, je vous y ai contraint...

— Pourquoi ?

— Parce que ce désespoir lui-même m'a démontré que vous n'êtes point une mauvaise nature. Quoi que vous ayez fait, il y a en vous de la ressource, puisque vos regrets...

— Mes remords !... murmure l'inconnu.

— Soit. Mais peut-être vous exagérez-vous l'importance de vos fautes ; peut-être ne vous faut-il pour sortir d'embarras que l'aide d'une main amie. Cette main, je vous la tends. Si faible, si impuissante qu'elle vous puisse paraître, elle a cependant sa valeur. Réfléchissez. Si je vous inspire confiance, montrez-moi votre visage et causez en toute franchise ; sinon, gardez votre incognito, dînez tranquillement, et soyez assuré qu'une fois hors d'ici je ne me souviendrai plus de vous.

Le Pierrot a écouté, bouche béante, ces dernières phrases. Il est frappé d'étonnement.

Isidore, faisant trève à ses allures excentriques et à son langage trivial, vient de s'exprimer en termes élégants, presque recherchés ; il a parlé, non plus avec l'étourderie d'un enfant qu'il est, mais avec l'autorité d'un homme mûr.

Il y a là pour le pauvre masque un incompréhensible phénomène. Trop peu habitué à penser pour se rendre compte de ce qu'il éprouve, il se sent néanmoins en présence d'un caractère cultivé, supérieur, énergique. En un clin d'œil, le frêle petit être a grandi de cent coudées dans son opinion.

— Eh bien ! oui, j'aurai confiance, — s'écrie-t-il en retenant une grosse larme au bord de ses paupières. Aussi bien je souffre de n'avoir pu demander avis à personne. Quel âge avez-vous, Isidore ?

— Vingt-et-un ans.

— On vous en donnerait, à vous voir, quatre ou cinq de moins, — et à vous entendre, huit ou dix de plus. Oui, mon cher garçon, vous avez deviné juste : je suis plus malheureux que coupable ; mais, hélas ! avec la meilleure volonté du monde, ce n'est pas vous qui me tirerez d'embarras.

— Qui sait ?

— Moi, je le sais, mon ami. N'importe, je vous dirai tout.

— Même votre nom ?

— Je m'appelle Narcisse Augelot, et je...

— On vient !... chuchote Isidore.

C'est madame Girole qui reparaît, munie de l'aiguière et du savon réclamés. Derrière elle une servante apporte la soupière.

Immédiatement, Isidore a repris sa désinvolture de gamin. Il voltige autour des deux femmes, enlace la maîtresse par la taille, lutine la servante, leur débite mille folies et réussit enfin à les congédier.

Pendant ce temps, Narcisse Augelot se lave résolûment la figure.

Et, de l'autre côté de la cloison, dans le cabinet voisin, le baron de Jourdy, toujours aux écoutes, continue à se demander s'il rêve ou s'il devient fou.

VI

Débarrassé de son serre-tête et la face purifiée de ses souillures, le Pierrot est enfin présentable.

Il s'assied vis-à-vis d'Isidore.

Celui-ci sert le potage, et, avec un tact parfait, s'abstient tout d'abord de regarder fixement son convive, dont il remarque la contenance gênée.

Il lui parle de choses indifférentes, il rit, il bavarde, il fait semblant de manger et se contente, en réalité, de tremper ses lèvres de temps à autre dans un verre d'eau pure.

Mais chaque fois qu'Augelot se penche sur son assiette, il l'examine avec attention.

Narcisse a vingt-sept ou vingt-huit ans. Il est blond. Ses yeux bleus sans chaleur, son gros nez, sa bouche aux lèvres épaisses, sa figure pâle, douce, fade, moutonnière, trahissent un tempérament lymphatique et mou. Il est laid, il est commun ; il a l'air simple, naïf, presque sot... Et pourtant l'on s'intéresse malgré soi à sa physionomie honnête et mélancolique.

Comme la cabaretière entre et sort à toute minute, il a remis au dessert le moment des confidences. Il ne s'occupe que de satisfaire sa fringale. Elle est vite assouvie.

Bien avant le dessert, Narcisse repousse son assiette, et, avec un long frisson, se renverse sur le dossier de sa chaise.

— Qu'avez-vous ? lui demande le chanteur.

— Rien. Je pense aux gens qui me cherchent.

— Quelles gens ?

— La police.

— La police vous cherche ?

— Pour m'arrêter, oui.

— De quoi vous accuse-t-on ?

— D'un vol.

Et Narcisse Augelot glisse un regard mal assuré vers le musicien, qu'il s'attend à voir bondir.

Mais le musicien ne sourcille pas et lui verse à boire.

Après avoir avalé un verre de vin pour se donner du courage, Narcisse continue très vite :

— C'est une histoire qui peut se raconter en dix minutes. Elle n'est pas belle. Je sauterai les détails.

— Allez !... riposte Isidore.

« — Je suis le fils d'un petit marchand de meubles du faubourg Saint-Antoine. Mon père a fait faillite en 1848, et, quatre mois après ce malheur, on le portait en terre.

» Ma mère, demeurée sans ressources, m'a élevé comme elle l'a pu du travail de ses mains. Ce qu'elle s'est imposé de fatigues, de tourments et de sacrifices, afin que je reçusse quelque éducation, je ne l'ai compris, senti, apprécié que bien tard... trop tard ! elle était morte.

» Toujours est-il que je fus mis dans une modeste pension où, si j'avais eu un peu de cœur, j'aurais pu faire des études aussi bonnes que dans n'importe quel lycée ; mais j'étais un pitoyable drôle, un être indiscipliné, flâneur, inconstant, ennemi de tout ce qui demandait soit de l'application, soit de la suite dans les idées.

» Vaniteux avec cela. Me donnant à mes camarades pour un fils de famille et faisant orgueilleusement tinter dans mes poches les quelques sous que la pauvre femme, au prix de mille privations, parvenait à économiser pour mes plaisirs.

» Quand je sortis de pension, j'avais dix-neuf ans. J'étais un âne et je me croyais un aigle. Ma mère, de son côté, me considérait comme un prodige. Aucune situation sociale ne lui paraissait inaccessible désormais à mon génie. Elle semblait persuadée que, pour devenir maréchal de France, archevêque ou ministre plénipotentiaire, je n'aurais simplement qu'à y consentir.

» Elle me supplia donc de bien réfléchir avant d'embrasser une carrière. Je le lui promis, et je continuai à vivre à ses crochets.

» Ses affaires, du reste, n'allaient point mal. Elle avait monté un grand atelier de couture, et, en travaillant jour et nuit, elle réalisait d'assez beaux bénéfices.

» Naturellement, je les lui dépensais de la façon la plus intelligente et la plus variée.

» Boire une infinité de bocks, fumer un nombre incalculable de pipes, approfondir les secrets du noble jeu de billard, escorter au bastringue des jeunes personnes suspectes, faire de la politique à l'estaminet, du bruit dans la rue, du tapage au théâtre, de l'orgie un peu partout : — voilà ce que j'appelais réfléchir au choix d'une profession.

» J'y réfléchis de la sorte pendant quatre années ; j'y réfléchirais encore, si une maladie foudroyante n'eût, en deux heures, emporté ma trop faible et trop indulgente mère.

» Son fonds de commerce liquidé, je me vis en possession de quelques centaines de francs. C'était le moment de prendre un parti énergique. Néanmoins je persévérai dans mon existence de pilier de brasseries, sous prétexte que je n'étais pas encore décidé sur la meilleure carrière à choisir.

» Dieu sait — la pénurie aidant — où m'aurait conduit cette sotte vie de paresse, lorsqu'un beau matin heureusement,— ou plutôt malheureusement — je me réveillai à peu près riche.

» Un oncle à moi, un vieux garçon, frère de mon père, qui, de son vivant, ne s'était point préoccupé de nous, était mort en me léguant sa petite fortune.

» Il me laissait cent vingt mille francs.

» Si j'eusse été autre chose qu'un idiot, je me fusse assuré, au moyen de cette somme, tout un avenir de tranquillité. Avec six mille francs de rente, en effet, j'aurais pu prolonger jusqu'à la fin de mes jours les séries de bocks et de carambolages si chers à ma fainéantise.

» Mais je rêvais des distractions plus élevées, des plaisirs plus brillants. A ma subite opulence, il fallait un théâtre plus vaste que les cafés borgnes du faubourg Saint-Antoine.

» J'allai me loger aux environs du boulevard des Italiens. J'eus un appartement splendide, deux voitures, trois chevaux, quatre domestiques et cinq tailleurs. Je me liai avec tout ce que Paris compte de mieux en fait de bohèmes à la mode. Bref, je brillai et je m'amusai à outrance.

» Cela dura deux ans. A soixante mille francs l'un, l'addition est facile à faire. De même que je m'étais réveillé riche un beau matin, — un vilain soir je m'endormis ruiné.

» Adieu les excellents amis, les amantes dévouées et les marchands qui ne voulaient jamais consentir à ce qu'on réglât leurs notes! Les amis, en m'apercevant, s'élancèrent sur le trottoir d'en face; les amantes me fermèrent leurs portes; les marchands m'envoyèrent des huissiers.

» Je fus très étonné de cet abandon général. Au plus haut point de ma splendeur, je m'étais aperçu, il est vrai, que mes bons amis se moquaient de moi, que mes chères amies me traitaient en Jocrisse et que mes fournisseurs ne me faisaient crédit que sous bénéfice d'inventaire. Je connaissais le fameux proverbe : Pas d'argent, pas de suisse. Je savais qu'un homme ruiné inspire à ses contemporains une répulsion d'autant plus vive qu'ils redoutent sans cesse de le voir se transformer en emprunteur.

» Et cependant, je fus surpris. J'avais espéré vaguement qu'en dépit du proverbe, une foule de nobles cœurs se disputeraient le droit de m'assister dans mon désastre.

» Dès que j'eus reconnu mon erreur, une rage folle s'empara de moi. Elle me tint lieu de l'énergie qui me manque : elle m'inspira une détermination vigoureuse et soudaine.

» Car il ne s'agissait plus de réfléchir; il s'agissait de gagner mon pain.

» Pénétré de dégoût pour le monde faux dans lequel ma vanité m'avait fourvoyé, je quittai ce milieu qui n'était pas le mien, je retournai dans mon vieux faubourg Saint-Antoine et je cherchai un emploi.

» On m'offrit une place de teneur de livres, aux appointements de quinze cents francs, chez un marchand de bric-à-brac.

» J'acceptai.

» Cent vingt-cinq francs par mois, au temps où nous vivons, c'est à peine un degré au-dessus de la misère. Eh bien! mon cher Isidore, soit que les déceptions m'eussent rendu philosophe, soit que je sois né pour l'existence humble, régulière et paisible du petit employé, à aucune époque je n'ai été plus heureux que pendant ces trois dernières années, au fond de ce magasin poudreux.

» Non, pas même alors qu'adolescent, je dissipais au café l'argent si péniblement acquis par ma pauvre mère; pas même plus tard, alors que je caracolais au Bois avec la fine fleur des désœuvrés parisiens, je n'ai ressenti un contentement pareil à celui qui m'apaisait les sens tandis que je groupais des chiffres au milieu de l'antique ferraille et des objets de hasard.

» D'où provenait ce calme intérieur? Était-ce l'effet du travail? la conscience du devoir accompli? le sentiment de ma dignité reconquise?

» Je l'ignore. Expliquez cela si vous pouvez; moi, j'y renonce.

» Et j'arrive à l'affreuse aventure qui vient, en me déshonorant, de détruire à jamais mon repos.

» Mais je dois d'abord vous parler de Zélie : car il est certain que sans Zélie... »

Ici, Narcisse est obligé de s'interrompre.

Madame Girole entre, apportant le café.

Depuis qu'elle a vu à découvert la douce et timide figure du Pierrot, la grosse femme semble avoir abdiqué ses préventions contre lui. Elle lui témoigne même une certaine bienveillance.

— Eh bien! a-t-on passablement soupé, les enfants? demande-t-elle.

— Pour ma part, répond Isidore, je me déclare satisfait.

— Et moi, enchérit Narcisse, je ne me souviens pas d'avoir mangé avec plus d'appétit. Vous vous nourrissez bien, monsieur Isidore.

— Oh! répliqua en riant le chanteur, ceci n'est point mon ordinaire, comme bien vous pensez. Mais — ajouta-t-il après avoir tapé sur ses poches pleines de gros sous — la journée a été bonne... elle me permet de fêter un peu le mardi gras.

— Ah ça! s'écrie la cabaretière, auriez-vous par hasard la prétention de payer ce souper-là?

— Comment! si j'en ai la prétention?... Vous savez que je ne prends rien à crédit.

— Oui-dà!... Pas moins vrai qu'avec ou sans votre permission, c'est moi qui régale.

— En voici bien d'une autre!

— Il ne sera pas dit que vous dépenserez un centime de votre monnaie chez la mère Girole.

— Cependant, je ne puis souffrir...

— Ta, ta, ta! Pas un mot de plus, monsieur l'orgueilleux.

— Mais alors, je n'oserai plus revenir ici, que diable !

— Par exemple ! ça serait du propre. Comme si je n'avais pas le droit d'offrir une politesse à un gamin dont je serais deux fois la mère, que je connais depuis des années et que j'ai vu pas plus haut que cette carafe !

— Inutile de vous fâcher, maman Girole, mais...

— Point de mais ! Est-ce que j'ai fait la petite bouche, moi, lorsque vous m'avez rendu service ? Est-ce que tout ici ne vous appartient pas ? Il ferait beau voir que je vous laisse payer, moi qui vous dois tant !..

— Chut ! ne parlez donc pas de ça !

— Et si j'en veux parler, moi !.. Croyez-vous que je rougisse d'être votre obligée ? Tenez, faut que je raconte la chose à votre ami...

— Voyons, mère Girole, pas de bêtises !

— Ah ! des bêtises ? Vous appelez cette action-là des bêtises ! Figurez-vous, monsieur...

— Madame, on vous demande, — dit le garçon qui entr'ouvre la porte.

— Qui ça ?

— Le monsieur du cabinet à côté.

— C'est bon, j'y vais. Mais soyez tranquille, jeune Isidore : je reviendrai pour les raconter, vos bêtises... Et puis, j'ai quelque chose à vous remettre, vous savez ?

Là-dessus, madame Girole sort en se frottant les mains d'un air malicieux.

VII

C'est effectivement M. de Jourdy qui, prêt à sortir du cabaret, a demandé à voir son hôtesse.

Le baron rayonne.

Il ne doute plus maintenant qu'Isidore ne soit réellement Isidore ; il se reproche d'avoir mal pensé de sa femme et il se moque intérieurement de lui-même.

Pour dissiper toutes ses incertitudes, il a suffi de quelques mots prononcés par madame Girole dans le cabinet voisin.

En parlant du jeune chanteur, elle a dit :

— Un gamin que je connais depuis des années et que j'ai vu petit enfant !

Ces mots, le baron les a entendus à travers la cloison. Ils lui ont démontré qu'Isidore et madame de Jourdy sont deux personnalités différentes.

Aussi est-ce d'un air presque joyeux qu'il offre une chaise à madame Girole, lorsque celle-ci, après avoir frappé discrètement, s'est avancée auprès de lui.

— Monsieur désire sans doute commander son souper ? s'informe-t-elle.

— Non, ma chère dame, je ne souperai pas.

— Ah ! parce que l'ami de monsieur lui fait faux-bond ?

— Je n'attends aucun ami. J'ai inventé ce prétexte afin de m'introduire dans ce cabinet, où je désirais rester seul pendant quelques minutes.

— Tiens ! pourquoi faire ?

— Pour écouter ce qui se dirait dans l'autre.

Madame Girole, indignée, ouvre à la fois les yeux, les bras et la bouche. Mais le baron reprend soudain :

— Rassurez-vous. Je n'appartiens pas à la police, et, lorsque j'appuie mon oreille aux murs, c'est dans les meilleures intentions du monde, ainsi que je vais avoir le plaisir de vous en convaincre. Mais, avant tout, veuillez examiner ceci.

Et le baron présente sa carte de visite à la grosse femme, qui la parcourt du regard, puis demeure stupéfaite.

— A présent que vous connaissez mon nom, ma profession et ma qualité, dit en riant M. de Jourdy, voulez-vous m'accorder un instant d'entretien et accepter un verre de madère ?

Madame Girole devient rouge comme un coquelicot. Après force révérences, elle s'assied sur le bord de sa chaise. Les manières cordiales, polies, simples et franches du baron l'ont déjà séduite.

— Baissons la voix, poursuit le banquier. Cette cloison est mince, je le sais par expérience, et il n'est pas nécessaire que le jeune Isidore nous entende : car, si j'ai pris la liberté de vous faire appeler, ma chère dame, c'est que j'aurais certains renseignements à solliciter de vous.

— Sur Isidore, monsieur le baron ?

— Oui, sur Isidore. J'ai eu occasion aujourd'hui d'entrevoir cet enfant ; sa figure m'a frappé, sa physionomie intelligente a excité mon intérêt. Alors le désir m'est venu de le protéger, de lui être utile.

— Est-il possible !

— Seulement j'ai tenu à m'assurer auparavant qu'il est digne de ma bienveillance. Entre nous soit dit, madame Girole, le masque au bras duquel il est entré ici m'avait inspiré à première vue des réflexions très peu flatteuses pour Isidore.

— Et à moi aussi, monsieur le baron.

— Voilà pourquoi je l'ai suivi, pourquoi je me suis installé dans ce cabinet. Eh bien ! ce que j'ai entendu, par fraude, a confirmé la bonne opinion que j'avais de votre petit ami. Ce masque, loin d'être un compagnon de débauche, est un pauvre diable désespéré, ruiné, qu'Isidore ne connaissait pas il y a deux heures, qu'il a rencontré mourant de faim et qu'il a sauvé du suicide.

— Ah ! le cher enfant ! comme je le reconnais là !

— Ainsi, vous m'affirmez qu'il est honnête et qu'on peut s'occuper de lui en toute sûreté de conscience ?

— Je vous affirme, monsieur le baron, que pour le cœur, la probité, les mœurs et tout, n'y en a pas deux pareils sous la calotte des cieux. Quant à s'occuper de lui, dame ! ça... c'est une autre paire de manches.

— Comment ! Que voulez-vous dire ?

— Je veux dire qu'Isidore est fier, qu'il ne doit rien à personne, que jusqu'à présent il a été libre comme un oiseau, qu'il aime son état et que peut-être bien... il ne consentira point à en changer.

— Son état ?

— Son métier, si vous préférez. Guitariste ambulant, ça n'a l'air de rien, mais ça rapporte tout de même. Croiriez-vous qu'il a déjà pas mal d'argent placé, le petit coquin ? C'est vrai qu'il est sage et rangé comme une demoiselle.

— Raison de plus pour l'arracher à sa vie vagabonde. Il serait dommage de laisser cette excellente nature se perdre, se corrompre au contact des gens sans aveu que, volontairement ou non, il est obligé de fréquenter.

— Fréquenter ! lui, Isidore !... Depuis dix ans que je le connais, je ne l'ai jamais vu avec personne, excepté le Pierrot de ce soir.

— Quoi ! il y a dix ans ?...

— Ma foi ! s'il n'y en a pas dix, y en a ben neuf. Voyons, que je compte. Isidore avait douze ans, il en a vingt-et-un... c'est bien ça : neuf ans juste qu'un soir, sur la place de l'Odéon, comme je sortais du spectacle avec mon fils Antoine... parce que, sauf votre respect, monsieur le baron, j'ai un fils ; autant dire : j'avais, puisque je ne sais même pas où il est, soit dans la cimetière, soit ailleurs. Dieu lui fasse paix, s'il est mort ! mais c'était bien la plus grande canaille, la plus franche crapule et le plus épouvantable gredin des quatre parties du monde. Enfin, bon. Où en étais-je ?...

La mère Girole s'est tellement animée au souvenir de son fils, que sa grosse face cramoisie semble près d'éclater. Son corsage monstrueux s'agite à coups pressés, et ses yeux sont humides de larmes.

Elle les renfonce avec son poing et continue :

— Nous sortions donc du théâtre, quand, sur la place de l'Odéon, des cris d'enfants et des rires de grandes personnes nous chatouillent l'oreille. Nous regardons. Y avait un rassemblement au coin de la rue Racine. Devinez un peu de quoi il retournait ?

— Je ne m'en doute pas.

— Eh bien ! ils étaient là trois ou quatre voyous de dix-huit à vingt ans qui s'acharnaient après un pauvre petit joueur de guitare. Les chenapans voulaient lui prendre sa recette de la journée. Le petiot se défendait de son mieux ; mais quoi ! à douze ans, c'était fort comme une puce. Il appelait au secours, et ça faisait rire les spectateurs. Pas un ne bougeait pour l'aider...

— Les misérables !

— Alors, moi : Attends ! que je dis, je vas t'en apporter du secours ! Et je saute sur les voyous, et vli, et vlan, à coups de pieds, à coups de parapluie, je te leur flanque une tripotée. Eux essayent de se rebiffer. Pour lors mon fils Antoine, — il avait déjà mal tourné à l'époque, mais il s'était censément repenti... ah ! oui, drôlement repenti, l'arsouille ! — mon fils Antoine, s'apercevant qu'un d'eux m'avait empoignée par le chignon, lui passe la jambe et l'escarbouille avec son pied dans l'estomac. Celui-là en a eu pour vingt minutes à reprendre sa respiration. Les autres n'ont pas demandé leur reste ; ils se sont ensauvés comme des chiens à qui on jette un seau d'eau.

— Et, dit le baron, qui n'a pu s'empêcher de rire, vous êtes demeurée maîtresse du champ de bataille ?

— Un peu. Et j'ai emmené le pauvre petit Isidore. Il pleurait ; il avait les mains et les joues en sang. Une fois chez nous, je lui ai lavé ses plaies ; je lui ai fait manger un morceau et j'ai voulu le reconduire. Alors il m'a glissé entre les doigts et il s'est échappé pour n'avoir pas à me dire où il demeurait. Ça, c'est une justice à lui rendre : jamais il ne m'a confié son adresse. Une cachotterie que je ne comprends pas, la seule cachotterie qu'il m'ait faite, du reste. Voilà comment nous nous sommes connus, Isidore et moi.

— Et, à la suite de cette aventure, il est revenu vous voir souvent ?

— Souvent d'abord. Puis plus rarement. Puis une fois tous les ans à peu près. Ça se conçoit. Il fait des tournées en province et à l'étranger. Jamais huit jours de suite au même endroit. L'oiseau sur la branche. Comme quoi je vous disais, monsieur le baron, que, malgré vos intentions généreuses, n'y aura guère moyen de lui donner une occupation. Il ne peut pas vivre enfermé !

— A-t-il encore ses parents ?

— Orphelin, le cher petit. Paraît que son vieux bonhomme de père est mort il n'y a pas bien longtemps. Mais impossible de lui en parler ; c'est défendu : ça le rend malade.

— Eh bien ! madame Girole, je songerai

à trouver pour Isidore un emploi selon ses goûts de grand air et de voyages. J'ai justement...

— Oh ! mais, minute, monsieur le baron, je n'ai pas fini ; je ne vous ai pas raconté le plus beau : une histoire qui me concerne...

— Voyons l'histoire.

— Pour lors, il y a trois ans, je sortais de l'hôpital...

— De l'hôpital, vous, madame Girole !

— Où j'avais passé sept mois, mon cher monsieur, entre la vie et la mort. Une maladie arrivée par suite de chagrins trop répétés. Rapport à ce gueux d'Antoine... Trois fois il m'avait volée, dépouillée, vendu mes meubles, mis mon linge au clou pour faire la noce et autres infamies de l'abomination. Mais, tenez, je m'arrête là, parce que rien que son nom m'exaspère.,. N'empêche que, s'il entrait dans ce moment ici, je lui sauterais au cou en pleurant comme une vieille buse. Ça m'est arrivé les trois fois que je vous cite, après l'avoir chassé comme un brigand qu'il est. Les mères, oh ! mon Dieu ! c'est-y bête ! Enfin, où donc que j'en étais ?

— Vous sortiez de l'hôpital.

— Ah ! oui. J'en sortais maigre, pâle, sans force, sans un sou et avec l'idée qu'avant la fin de la semaine on m'y rapporterait sur un brancard. Voilà que tout à coup une petite voix douce me chante derrière le dos : Bonjour, maman Girole. Je me retourne. C'était mon Isidore. Y avait bien cette fois-là deux ans que je ne l'avais aperçu.

Il me demande où je vais et pourquoi je suis si jaune. Je me mets à pleurer ; je lui raconte les horreurs d'Antoine, comme quoi il m'a flanquée sur la paille, comme quoi je n'ai plus le moyen de reprendre mon commerce. Enfin, tout, de fil en aiguille.

— Mère Girole, qu'il me dit, ça tombe joliment bien que je vous aie rencontré aujourd'hui. J'ai retiré mes économies de la Caisse d'épargne. La somme est ronde : j'ai travaillé dix ans pour l'acquérir. Eh bien ! maintenant que je l'ai sur moi, croiriez-vous ça ? elle me gêne. Je lui cherchais un placement : voilà le placement trouvé.

Là-dessus, il me glisse un petit rouleau de papier dans la main.

— Isidore, que je lui dis, si c'est un prêt que vous me faites, je ne suis pas à même d'accepter, vu que je ne sais pas trop quand je pourrai vous rendre.

Il ne me répond rien. Je lève les yeux. Plus d'Isidore. Il s'était envolé, le cher enfant du bon Dieu, prévoyant bien que je ferais des manières...

Alors j'ai ouvert le rouleau. Mon cher monsieur, y avait dedans deux mille trois cents francs en billets de banque. Toute la fortune de ce chéri !...

Quant à lui, je ne l'ai revu que dix-huit mois après. J'avais racheté mon fonds de marchande de vin et je commençais à faire d'excellentes affaires, par la raison que mon fils Antoine n'avait pas reparu.

Vous pensez si j'ai remercié mon Isidore. Je n'étais pas encore en mesure de lui restituer son argent ; je lui ai proposé un billet à ordre ou tout au moins un reçu. Ah ! bien oui !

— Entre honnêtes gens, jamais de reçu, la mère !... Devenez riche, nous compterons après.

Voyons, la main sur la conscience, monsieur le baron, vous qui êtes un homme de la haute banque, est-ce que vous avez souvent rencontré des prêteurs de ce genre-là ?

Et ce disant, madame Girole éclate de rire, quoique de chaudes larmes ruissellent sur ses joues rebondies.

VIII

Le baron est demeuré pensif.

Il songe à la ressemblance inouïe qui l'a trompé ; il se demande si par hasard Isidore ne serait pas un frère illégitime et inconnu de Laura ; il brûle de les mettre en présence, de les comparer l'un à l'autre.

— Il faut absolument que je cause avec ce jeune homme, dit-il enfin à la cabaretière.

— Désirez-vous que je l'appelle ?

— Non. J'ai hâte de rentrer chez moi. Mais, quand je serai parti, veuillez lui remettre ma carte.

— Très volontiers.

— Prévenez-le de mes bonnes dispositions à son égard et tâchez de le décider à venir me voir. Il n'aura pas lieu de se repentir de sa visite.

— A quelle heure monsieur le baron est-il visible ?

— Je l'attendrai demain matin à dix heures.

Sur ces mots, M. de Jourdy prend congé. Enchantée de sa politesse, fière d'avoir reçu un si haut personnage, ravie d'avoir assuré un puissant protecteur à Isidore, madame Girole, malgré une pluie battante, reconduit le baron jusqu'au milieu de la rue.

Pendant cet entretien, Isidore et son nouvel ami n'ont pas bougé de table. Le petit chanteur est à mille lieues de soupçonner qu'il ait été question de lui dans le cabinet contigu.

Le coude posé sur la nappe, sa jolie

main brune plongée dans ses magnifiques cheveux noirs, il a, dès qu'il s'est retrouvé seul avec le Pierrot, invité celui-ci à poursuivre, ou plutôt à commencer sa confession.

Car le pauvre Narcisse a été interrompu juste au moment où il allait entamer son aveu le plus pénible. Il a de la peine à rappeler en lui le courage qu'il avait tout à l'heure et qui maintenant lui fait défaut.

Sous le regard brillant du guitariste, il baisse les yeux, rougit, garde le silence.

On n'entend plus dans la chambre que le sifflement des becs de gaz et le clapotement de l'eau qui fouette les vitres.

— C'est donc bien affreux ? murmure à demi-voix le musicien.

Narcisse Augelot secoue lugubrement la tête, pousse un gros soupir, se tord les mains à se les désarticuler ; puis, pareil à un homme qui se précipite au fond d'un gouffre, il se lance à fond de train dans son histoire.

— Tout ça, voyez-vous, s'écrie-t-il, c'est la faute à Zélie Fredon, une petite parfumeuse de la rue Dauphine, blonde comme les blés, blanche comme un satin. potelée comme une caille, rieuse comme une douzaine de pinsons !

Ah ! l'amour de femme, mon cher Isidore ! J'en ai certainement admiré de toutes les couleurs et de très près, pendant les deux ans où j'ai eu soixante mille francs de rentes. Mais jamais, au grand jamais, il ne m'était tombé sous les yeux, sous la main, sous la dent, un morceau de cette succulence !

Vingt-quatre ans, veuve et sage! De l'esprit jusqu'au bout des ongles. Pas le sou et une réputation inattaquée. Etonnez-vous donc que j'en sois devenu amoureux !

C'est au mois de juin dernier que j'ai eu ce malheur. Je faisais des courses pour mon patron...

— Le marchand de bric-à-brac?

— Oui. En traversant la rue Dauphine, j'aperçois au fond d'une boutique grande comme cette table les opulents cheveux blonds et la bouche rose de Zélie. Du coup j'ai été pincé. Je suis entré pour lui acheter du savon. J'y suis retourné le lendemain pour acheter des gants, le surlendemain pour acheter de la pommade; bref, pendant un mois je me suis ruiné — ce qui n'était pas difficile — en brosses à dents et en paires de bretelles, dont je ne savais que faire, puisque je n'en porte pas.

Il est vrai que, grâce à ces dépenses folles, je m'étais introduit dans la place. Au bout du second mois, Zélie ne me traitait plus en simple client, mais en habitué, presque en ami. Nous plaisantions,

nous marivaudions tous les soirs dans son magasin, que ma maigre personne suffisait à remplir. Et je lui faisais une cour sérieuse.

En tout bien, tout honneur. Je ne visais à rien moins qu'au mariage, sachant que madame veuve Fredon ne tolèrerait point d'autres visées.

Le jour où je lui offris mon nom, mon individu et mes quinze cents francs d'appointements basés sur le bric-à-brac, elle fut prise d'un tel accès de fou rire que j'eus un instant peur de la voir trépasser.

Cependant elle ne me découragea point. Elle ne me répondit ni oui ni non. Elle me fit simplement observer que, son commerce de parfumerie ne lui rapportant pas même les quinze cents francs que je gagnais de mon côté, il serait absurde à nous d'unir nos deux misères.

— Rien ne presse, me dit-elle gaiement. Nous sommes jeunes. Attendons. Le premier de nous deux qui sera riche, enrichira l'autre en l'épousant, si d'ici là l'idée me vient de me remarier.

Ces paroles me transportèrent de joie. Elles faisaient luire à mes yeux un avenir de bonheur, extrêmement lointain, je l'avoue ; — mais elles me prouvaient en même temps que Zélie ne me répugnerait point à devenir ma femme.

Que dis-je!... elles me donnaient à supposer que je ne lui étais pas indifférent !

Je lis de la surprise sur votre figure, mon cher Isidore.

— Comment?... pas du tout !

— Si fait. Vous vous émerveillez de ce qu'une femme telle que je vous ai dépeint la charmante Fredon ait senti son cœur s'attendrir pour un être aussi déplaisant que moi.

Permettez-moi de vous faire remarquer, mon ami, que vous me contemplez actuellement sous mon aspect le plus défavorable.

Je suis couvert de loques immondes, j'ai rasé ma barbe, j'ai les yeux battus, les joues creuses, la mine désespérée. Je suis abominablement laid.

En temps ordinaire, je ne suis pas ce qui s'appelle beau — mais j'ai du chic. On n'a pas eu impunément soixante mille francs de rentes....

— Pendant deux ans !

— Soit. Ne les eussé-je possédé que pendant six mois, il m'en serait resté une certaine élégance d'allures et quelques pantalons bien coupés.

C'est ce qui m'a sauvé auprès de Zélie. Mais passons.

La présente année s'est annoncée à moi sous d'excellents auspices. Au premier janvier, mon marchand de bric-à-brac m'a promis de l'augmentation pour l'année prochaine et Zélie m'a embrassé sur les deux joues en affirmant que j'étais la crème des bons garçons.

Une année commencée ainsi devrait être heureuse d'un bout à l'autre, n'est-ce pas ? Vous allez voir si ce premier de l'an m'a porté bonheur.

Il y a aujourd'hui huit jours, comme je me disposais à saluer Zélie, après avoir causé jusqu'à onze heures du soir avec elle, dans son microscopique magasin :

— A propos, me dit-elle, faites-vous donc faire un costume tout de suite.

Je la regardai d'un air ahuri.

— Un costume de quoi ?... quel costume ?

— Celui que vous voudrez. Un costume de bal masqué enfin. Moi, je suis en train de me confectionner un délicieux domino. Est-ce que je ne vous ai pas dit que je désire voir le bal de l'Opéra ?

— Non.

— Eh bien ! je vous le dis maintenant. Préparez-vous. C'est vous qui m'y conduirez samedi prochain.

— En costume ? Vous y tenez !

— J'y tiens.

— Pourquoi pas en frac ?

— Parce que je veux danser, et ne danser qu'avec vous. Or je ne sais rien de ridicule comme un monsieur qui danse le cancan en habit noir.

Le cancan ! Elle voulait danser le cancan, la malheureuse ! Mieux valait certainement que ce fût avec moi qu'avec un autre. Néanmoins je ne pus m'empêcher de pâlir.

Je restai même si longtemps muet que la blonde parfumeuse me crut ravi en extase. Elle s'imaginait m'avoir comblé de plus de joie qu'il n'est possible à un homme d'en supporter d'un seul coup.

Au fond, je faisais des additions. Je calculais ce qu'allait me coûter cette soirée fatale. Je songeais à l'énorme brèche qui menaçait mes cent vingt-cinq francs du mois courant. Ce qui me bouleversait par dessus tout, c'était la question du costume.

D'une voix tremblante—car je redoutais d'irriter Zélie—je la suppliai de ne point insister sur ce détail.

Comme elle est très fine, elle devina immédiatement mon motif.

— Mais, mon pauvre ami, me répondit-elle en riant, je n'exige pas que vous endossiez un travestissement de mille écus. Habillez-vous en Pierrot ou en Paillasse, cela m'est égal. Pourvu que je sois très bien mise moi-même, il m'importe peu que mon danseur soit affreux. Seulement, il me faut un danseur travesti, qui m'accompagne, me protège et ne me quitte pas

d'une semelle. Si vous refusez de l'être, dites-le. Les remplaçants ne manqueront pas.

Inutile de vous citer ma réponse, n'est-il pas vrai, Isidore? Je me séparai de Zélie, ayant à la fois du bonheur et de la consternation dans l'âme.

Du bonheur, parce que durant toute une nuit, j'allais pouvoir l'enlacer entre mes bras, sous prétexte de valse ou de polka-mazourke.

De la consternation, parce que ma fortune présente consistait en la faible somme de trente-cinq francs.

Payer avec cela mes gants, la voiture, mon entrée au bal, la location d'un costume, des rafraîchissements pour Zélie et le souper qu'elle réclamerait sans aucun doute, me paraissait éminemment difficile.

D'autre part, demander une avance à mon patron, ce serait m'exposer à être congédié sur-le-champ. Ce vieillard quinteux, soupçonneux et féroce, n'a de confiance en moi que parce que je me suis toujours contenté de peu. Si je sollicitais un à-compte de vingt francs, il me croirait adonné à la débauche, et n'oserait plus laisser entre mes mains les sommes souvent importantes qu'il me charge parfois d'encaisser pour lui.

Je ne lui demandai rien. Le fameux samedi arriva. C'était il y a quatre jours. Au moment où je brossais mon chapeau, vers quatre heures du soir, et où je me préparais à quitter mon bureau, le patron me dit :

— Tenez, monsieur Narcisse, voici un effet de douze cents francs à toucher aujourd'hui rue Bonaparte. Comme c'est un peu loin, ne revenez pas ici ce soir. Gardez l'argent chez vous jusqu'à lundi matin.

Dix fois déjà, depuis que j'étais chez ce brave homme, les choses s'étaient passées de la sorte en pareille circonstance.

Je pris l'effet, je saluai mon patron et je sortis.

— Ah !... murmure Isidore, je crois que je devine le reste.

— Et moi, soupire Narcisse, je suis parfaitement sûr que vous ne le devinez pas.

IX

— Une fois sorti de mon bureau, — continue Narcisse en précipitant son débit, car il lui tarde d'en finir avec sa malencontreuse histoire, — je m'en allai tout droit rue Bonaparte et je présentai l'effet, qui me fut payé.

J'aurais dû alors rentrer chez moi ; j'aurais dû déposer les douze cents francs dans mon secrétaire avant de m'occuper d'autre chose.

Malheureusement, la rue Bonaparte est à deux pas de la rue Dauphine.

Le désir me prit de serrer la main à Zélie. J'avais d'ailleurs à recevoir ses dernières instructions dans le cas où ses projets tiendraient toujours pour le soir.

Je courus à son petit magasin. Quelle ne fut pas ma surprise de le trouver à moitié fermé !

Six heures sonnaient à peine, et nous étions au samedi gras, un jour où la vente est forcée pour ainsi dire, où les parfumeuses réalisent leurs plus beaux bénéfices.

Néanmoins, la bonne de Zélie achevait d'attacher les volets devant la vitrine.

J'entrai dans la boutique. Un véritable saisissement m'y attendait.

Pâle, échevelée, en pleurs, sa jolie tête blonde appuyée sur le bois du comptoir, Zélie Fredon semblait en proie à un chagrin extraordinaire.

De fréquents sanglots soulevaient sa roitrine, — une des poitrines les mieux épussies que vous puissiez vous imaginer.

Mon cœur se fendit. Voir sangloter une créature aussi blonde et aussi potelée que ça, était un spectacle au-dessus de mes forces.

Je me jetai à ses genoux ; je la suppliai de me confier la cause de son affliction, afin que je pusse, sinon y rémédier, du moins en réclamer ma part.

Mais elle demeura sourde à mes prières, et, durant près d'une demi-heure que dura son accès de désespoir, je ne tirai rien d'elle, hormis ces trois phrases désobligeantes :

— Allez-vous-en. Laissez-moi tranquille. Vous m'ennuyez.

Toutefois, je ne me rebutai point : je ne cessai de lui offrir mes services ; je la conjurai d'user de moi comme elle l'entendrait, me déclarant prêt à tout pour sécher ses larmes.

Agacée par mes obsessions, elle finit par se lever brusquement :

— User de vous !... vos services !... me dit-elle avec dureté. Ce sont là des mots vides de sens. Dans la situation où vous êtes, à quoi espérez-vous m'être utile ? quel genre de services comptez-vous me rendre ? Tenez, je vous le répète, allez-vous-en, mon cher monsieur Narcisse. Je ne doute pas de votre bonne volonté, je vous en remercie ; mais... vrai !... vous me portez sur les nerfs avec vos protestations qui ne signifient rien.

Elle avait raison. Qu'étais-je, en effet ? Un être faible, obscur, infime, sans crédit, incapable de protéger ou de secourir personne.

Si profondément qu'elle m'eût humilié, cependant j'insistai de nouveau.

— J'ignore ce qui vous tourmente, lui dis-je. Je ne sais comment il faudrait agir afin de dissiper vos peines : mais, si vous consentiez à vous confier à moi, je sais bien que nul effort ne serait au-dessus de mon pouvoir ; je sais bien que, pour l'amour de vous, je ferais des prodiges...

Au milieu de ses larmes, elle éclata d'un rire amer.

— Des prodiges ! s'écria-t-elle. Ah ! vraiment ? Eh bien ! faites-en un tout petit et je vous tiens quitte des autres. Prêtez-moi quinze cents francs, à l'instant même.

Je reculai abasourdi.

— Oui, poursuivit-elle, vous avez bien entendu. Quinze cents francs ! Une année de vos appointements. Voyons, maintenant, exécutez-vous. Je demande à contempler le prodige.

— Quinze cents francs ne sont pas une somme exorbitante, répliquai-je, et je me charge de vous la trouver d'ici à quelques jours.

Zélie haussa les épaules et s'assit en me tournant le dos.

— Est-ce que vous supposez, dit-elle, que j'ai attendu jusqu'à présent pour la chercher ? J'ai multiplié les démarches, j'ai vu dix personnes, j'ai écrit à dix autres. Ces quinze cents francs seront chez moi demain avant midi.

— Eh bien ?

— Eh bien ! reprit-elle en se désolant de rechef, demain il sera trop tard : demain je n'en aurai plus besoin. C'est aujourd'hui, c'est ce soir, c'est dans une heure qu'il me les faut !

— Mais, au nom du ciel, pour quoi faire ?

— Cela ne vous regarde pas.

— Et, — murmurai-je d'une voix mal assurée, — si je parvenais à vous procurer une partie de la somme ?

— Combien ?... fit-elle ironiquement.

— Douze cents francs, par exemple.

Elle sauta en l'air.

— Je serais sauvée ! exclama-t-elle : car j'ai plus de quinze louis dans ma caisse, et en les adjoignant à... Bon ! je suis folle. Douze cents francs ! pauvre garçon, où les prendriez-vous ?

— Ici, dis-je en portant la main à ma poche.

Elle me regarda, incrédule, saisie, refusant d'en croire ses oreilles.

Puis, quand elle eut vu, quand elle eut palpé, compté, recompté les billets, elle jeta un cri éperdu, me sauta au cou, me serra sur son cœur, m'embrassa comme jamais je n'avais été embrassé, comme jamais je ne le serai probablement de ma vie.

— Le prodige : balbutia-t-elle, le voilà ! Il l'avait pourtant annoncé ! Ah ! Narcisse, ah ! mon ami... si vous saviez quel bien, quelle joie vous me faites !

Il ne fallut rien moins que cette assurance pour me réconforter un peu. Je me sentais défaillir, et j'étais pâle comme un mort.

— Je dois vous avertir, madame Zélie, que cet argent ne m'appartient pas.

— Oh ! je le suppose bien.

— Il est à mon patron.

— Qu'importe, puisque je vous le rendrai demain, avant midi ?

— Vous me l'affirmez ?

— Sur l'honneur.

— C'est que, ajoutai-je encore, si lundi matin, à huit heures, je n'étais pas en mesure de le verser à la caisse, il ne me resterait plus qu'à me brûler la cervelle.

— Grand fou ! va !... Soyez donc tranquille.

En parlant ainsi, elle nouait à la hâte les brides de son chapeau mignon au-dessous de ses fossettes.

— Vous sortez ? lui demandai-je.

— Oui.

— Et le bal de cette nuit ?

— Eh bien ! la partie tient toujours.

— Je viendrai vous prendre, alors ?

— Certainement. Avec une voiture. Entre minuit et une heure.

— C'est convenu.

— A propos, se ravisa-t-elle, je vous dois une récompense en retour de votre prodige. Devinez celle que je vous réserve ?

— Vous m'épouserez ?

— Oh ! plus tard, nous verrons... Pour le moment, il s'agit d'une récompense moins coûteuse.

— Laquelle ?

— Nous souperons ensemble au retour de l'Opéra.

— Diable !... pensai-je en me rappelant mes trente-cinq francs, qui n'étaient déjà plus que dix-neuf.

Mais Zélie, immédiatement, m'introduisit un soleil dans le cœur.

— Nous souperons ici, chez moi, tête-à-tête. J'ai donné à Mariette des ordres en conséquence. Vous aurez du vin de champagne. Etes-vous content, Monsieur ?

— Si je le suis !...

— En ce cas, embrassez-moi sans chiffonner mon chapeau, et partez vite.

Nous sortîmes ensemble. Je tournai d'un côté, elle de l'autre. Où courait-elle avec mes quinze cents francs, ou plutôt avec ceux de mon marchand de bric-à-brac ?

J'avoue que cette question ne me préoccupa guère. J'étais convaincu de l'honnêteté de Zélie. Quel que fût l'emploi destiné par elle à cette somme, j'aurais juré qu'elle n'avait point à en rougir.

Une anxiété plus sérieuse me bourrelait. J'étais mécontent de moi. J'avais beau me payer de belles raisons, de prétextes spécieux et de phrases rassurantes ;

une sorte de remords m'étreignait le cœur.

Il n'y avait pas à me le dissimuler : j'avais commis un abus de confiance.

A dîner, je bus beaucoup pour m'étourdir. Je passai la soirée au café, vis-à-vis d'un mazagran. Puis, à onze heures, je rentrai dans ma froide petite chambre et je revêtis le pierrot que voici.

Il était humble, modeste, peu élégant, j'en conviens ; mais, du moins, il était propre à ce moment-là. Tel quel, du reste, il m'avait coûté treize francs de location. Avec mes gants, — car j'étais ganté sous mes longues manches, — j'avais encore l'air assez honorable.

A minuit, je montai dans un remise et je me fis conduire rue Dauphine.

La rue était sombre. Toutes les boutiques fermées. Je frappe aux volets de Zélie. Pas de réponse. Je réitère. Rien. L'inquiétude m'envahit ; je cogne avec acharnement, avec fureur... Enfin, je vois briller de la lumière à l'intérieur du magasin.

— Est-ce vous, madame ? demande la voix de Mariette.

— Non, dis-je stupéfait. C'est moi.

— Qui, vous ?

— Narcisse.

— Et madame, où est-elle ?

— Mais je viens précisément la chercher.

— Comment ! elle n'était donc pas avec vous ? Où peut-elle être ? Elle n'est pas rentrée ici depuis que vous l'avez quittée à six heures.

Pas rentrée ! Qu'est-ce que cela signifie ? Lui serait-il arrivé un accident ? Mille suppositions bizarres tourbillonnent dans ma tête.

— Mariette, ouvrez-moi, dis-je à travers la porte. Votre maîtresse ne peut tarder à revenir. Il est une heure du matin. Je l'attendrai dans la boutique.

— Oh ! mais non, monsieur, répond Mariette d'un ton effarouché. A cette heure-ci, rester seule enfermée avec un jeune homme !... que dirait-on de moi dans le quartier ? Bonsoir, monsieur Narcisse. Tranquillisez-vous, madame n'est pas perdue, elle se retrouvera toujours. Moi, je vais me recoucher.

La lumière s'éteint. Hors de moi, je me promène comme un fou çà et là sur le trottoir. Le cocher me considère d'un œil soupçonneux et s'informe où je veux qu'il me mène.

— Attendons une demi-heure ici.

— Soit.

Je m'enferme dans la voiture, car il fait froid, et je guette le retour de Zélie.

Deux heures s'écoulent. Le cocher, qui s'était endormi sur son siège, se réveille et se fâche. A cette minute, l'idée naît en moi que Zélie est peut-être au bal de l'Opéra, tandis que je me morfonds à sa porte.

Peut-être ai-je mal compris ses recommandations. Peut-être y a-t-il eu malentendu. Peut-être enfin, — et je ne touche à cette hypothèse qu'en frémissant, — peut-être s'est-elle laissé séduire par un cavalier plus élégant que moi.

Je m'élance hors de la voiture, je heurte aux volets, je fais tant des pieds et des poings que j'arrache encore une fois Mariette à ses songes. Puis je lui crie :

— Si madame Zélie rentre cette nuit, n'oubliez pas de lui dire que je suis allé à l'Opéra, où j'ai compté la rencontrer.

Après quoi le remise m'emporte vers la rue Le Peletier.

J'y arrive à trois heures du matin. Mon cocher me réclame cinq francs. J'en paye dix d'entrée. Il m'en reste quatre pour unique fortune.

Et c'est avec ce capital que, la mort dans le cœur, je me faufile à grand'peine à travers la foule qui encombre les couloirs de l'Opéra.

X

A cet endroit de son récit, Narcisse Augelot est obligé de faire une pause.

Le souvenir des angoisses par lesquelles il a passé le bouleverse encore. Il cache son front entre ses deux mains et cherche à se calmer. Isidore, qui, jusqu'ici, l'a écouté avec une attention soutenue, le regarde sans mot dire; mais ses beaux yeux expriment un intérêt croissant.

Au bout de quelques minutes, Narcisse reprend d'un ton moins fiévreux :

— J'avais la tête perdue. Plus j'y réfléchissais, plus l'étrange disparition de Zélie, plus son incompréhensible manque de parole excitaient en moi de fureurs jalouses.

Et tandis que je fouillais la salle du haut en bas, je me répétais avec rage :

— Où est-elle allée en me quittant? où a-t-elle dîné?.. chez qui? avec qui? Au moins aurait-elle dû m'envoyer un mot d'excuse. On ne se raille pas aussi brutalement d'un homme qui vous a rendu service. Ah! si je connaissais celui qui l'accompagne ici, comme je l'insulterais!

Car rien ne m'eût ôté de l'esprit qu'elle était là, dans le bal; qu'elle me voyait, qu'elle riait, que sous le masque elle se moquait de moi.

Comment la découvrir? Je savais que, de ses propres mains, elle s'était confectionné un charmant domino rose. Je l'avais admiré, ce domino. Je l'eusse reconnu entre mille.

Mais Zélie, n'étant pas rentrée chez elle, n'avait pas pu le revêtir. Nécessairement elle avait dû louer quelque costume d'occasion.

Toujours est-il que mes recherches furent vaines.

A six heures du matin, on m'expulsa du bal ainsi que les derniers retardataires. Je courus incontinent rue Dauphine. Pour la troisième fois, je réveillai Mariette. Elle n'avait aucune nouvelle de madame Fredon.

Une fièvre ardente me desséchait la gorge. Je rentrai chez moi en chancelant et en me faisant le serment solennel de rompre avec Zélie. Qu'elle eût passé la nuit au bal de l'Opéra ou ailleurs, sa conduite me paraissait révoltante.

— Elle a promis de me rendre mes quinze cents francs aujourd'hui avant midi, me disais-je. J'irai donc chez elle à midi et je lui ferai mes adieux. Je ne suis pas assez sot pour épouser une jolie femme de vingt-quatre ans qui découche.

Là-dessus, je dépouillai mon pierrot et j'endossai mes habits de ville. Quant à dormir, impossible : mes nerfs me le défendaient.

Ma toilette achevée, je descendis, j'entrai dans un restaurant, et, comme j'avais besoin de me fortifier le moral, je m'offris un déjeuner solide.

Mes quatre francs y sautèrent.

A midi précis, j'arrivais devant le logis de ma perfide parfumeuse. La boutique était fermée. Un dimanche, cela n'avait rien de surprenant. Je pénétrai dans la maison et je questionnai le concierge.

Il m'apprit que, vers dix heures, un commissionnaire était venu demander mademoiselle Mariette, et qu'il lui avait remis un billet à elle adressé par madame Fredon.

Après lecture de ce billet, mademoiselle Mariette était sortie en annonçant qu'elle allait rejoindre sa maîtresse, mais sans dire où elle se rendait ni à quelle heure elle comptait revenir.

Je vous fais grâce, mon cher Isidore, du détail de mes sensations durant cette journée horrible.

Mes angoisses avaient changé de nature. Je tremblais maintenant pour l'argent de mon patron.

A dater de midi jusqu'au lendemain huit heures, je retournai dix-huit fois chez Zélie sans la rencontrer. Ni elle ni Mariette n'avait reparu.

Le lendemain lundi — c'était hier — tandis qu'en proie au plus affreux désespoir, je me tenais enfermé dans ma chambre, on frappa.

Il était onze heures. Je n'avais pas osé me présenter à mon bureau sans les douze cents francs, et je me doutai aussitôt qu'on venait s'enquérir du motif de mon absence.

Effectivement, mon patron, inquiet de ne m'avoir point vu, me dépêchait son homme de peine.

J'alléguai une indisposition.

L'homme y crut d'autant mieux que j'avais une mine effroyable, et que la terreur, la honte, le remords, me secouaient des pieds à la tête.

Du reste, le cas où je serais malade ayant été prévu par son maître, ce garçon avait mission de m'autoriser à garder la chambre.

Seulement, il me pria de lui remettre les douze cents francs que j'avais dû toucher l'avant-veille.

Faisant alors sur moi-même un prodigieux effort, je réussis à paraître calme ; je lui répondis que j'allais beaucoup mieux, et je lui annonçai qu'avant une heure je porterais moi-même l'argent au bureau.

L'homme se retira.

Je tombai à la renverse sur mon lit et je m'y tordis comme un insensé. Ma raison se noya tout à fait. Un instant je fus sur le point de me jeter par la fenêtre.

Mais une vague lueur d'espoir veillait en moi. Je ne voulus pas renoncer si vite à retrouver Zélie, à lui faire restituer la somme fatale.

J'essayai de réfléchir. Mille plans, mille projets contradictoires se combattirent dans mon cerveau.

Du sein de ces ténèbres brûlantes, une seule détermination finit par se dégager, nette, claire, immuable.

Je me démontrai à moi-même qu'avant tout il fallait fuir, me cacher, me dérober aux recherches et aux poursuites.

— Mais, interrompit Isidore, elle était absurde, votre résolution.

— Pourquoi ? Qu'eussiez-vous fait à ma place ?

— A votre place, j'eusse tout avoué à mon patron, je lui eusse offert de le rembourser par mon travail d'une année.

— Vous ne connaissez pas cet homme, Isidore. Il est sans pitié quand il s'agit de son argent. Je l'ai vu faire arrêter une servante qu'il soupçonnait de lui avoir volé trente sous. Jugez de ce que m'eût réservé sa colère.

Moi aussi je l'ai volé, en définitive. De quelque côté qu'il envisage la question, je suis à ses yeux sans excuse. J'ai détourné une somme qui lui appartient. N'ayant plus confiance en moi, jamais il n'aurait consenti à me garder dans sa maison.

C'est parce que j'ai l'expérience de son caractère, que j'ai revêtu ce costume, que je me suis défiguré autant que je l'ai pu.

Je n'y ai pas gagné grand'chose, il est vrai.

Vainement ai-je passé et repassé depuis hier devant le magasin de Zélie : sans cesse je l'ai trouvé hermétiquement clos.

Et si j'ai, d'autre part, grâce à ce déguisement, échappé à une arrestation immédiate, je n'en suis guère plus avancé : car, à l'heure où je vous parle, mon signalement est donné à la préfecture, et les abords de mon logis sont, j'en jurerais, cernés par des agents de police.

Mais, je vous le certifie, plutôt que d'aller en prison, plutôt que d'être jugé publiquement, plutôt que d'être condamné à une peine infamante, je me réfugierai dans la mort...

Maintenant, ce que j'ai souffert à errer comme un vagabond pendant deux jours et pendant une nuit entière, je le passe sous silence.

L'état dans lequel vous m'avez rencontré, l'action désespérée à laquelle vous avez mis obstacle, ont dû vous faire comprendre où j'en étais arrivé.

Voilà mon histoire, Isidore. Ainsi que je vous en avais averti, elle n'est point belle ; et, malgré vos excellentes intentions, ce n'est pas vous qui me tirerez d'embarras.

— Je vous demande pardon, dit tranquillement Isidore : je vais vous en tirer tout de suite.

— Vous ! s'écrie Narcisse en souriant.

— Moi.

— Et de quelle manière ?

— En vous prêtant les douze cents francs dont vous avez besoin pour rembourser votre patron.

Narcisse continue à sourire, et, levant les épaules :

— Allez, allez, mon cher ami, amusez-vous à mes dépens. Je ne suis pas susceptible.

— Vous croyez que je plaisante ?

— Je crois que douze cents francs et vous...

— Nous n'avons jamais passé par la même porte, voulez-vous dire ? Eh bien ! regardez cette porte-ci, en face de nous, et vous verrez venir vos douze cents francs.

Comme il achève ces mots, la porte s'ouvre et livre passage à madame Girole.

— Ah ! vous voilà, maman, lui dit le guitariste. Ne m'avez-vous pas averti tout à l'heure que vous avez quelque chose à me remettre ?

— Oui, bijou. Et je vous l'apporte, ce quelque chose-là, réplique la cabaretière d'un ton triomphal.

— De quoi s'agit-il ?

— Des deux mille trois cents francs que vous m'avez prêtés, il y a trois ans, mon cher petit Isidore, et qui m'ont sauvée de la misère, et qui m'ont aidée à reprendre mon commerce, et qui, tout le temps, m'ont porté bonheur.

Narcisse Augelot, pâle de surprise et de joie, arrondit des yeux énormes. C'est à peine s'il peut respirer. Des gouttes de sueur perlent sur son front.

— Les voici, — conclut la mère Girole.

Et elle étale sur la table quelques billets de banque de différentes dimensions.

— Comptez, mon minet!... la somme est là. J'y ai joint naturellement les intérêts à cinq du cent.

— Quant aux intérêts, mère Girole, vous allez me faire le sensible plaisir de les rangaîner *illico*. Je ne suis pas un usurier, entendez-vous? Et puis, si vous avez l'intention de m'insulter, faut le dire. On ne remettra plus les pieds ici.

— Mais, mon cher enfant, vous...

— Chut! Assez là-dessus. A présent, sur les deux mille trois cents francs, reprenez-en mille.

— Pour quoi faire?

— Parce qu'ils m'embarrasseraient. Je n'aime pas à sortir avec tant d'argent sur moi. Fourrez-les dans un tiroir, usez-en à l'occasion ou n'en usez pas, à votre choix. Vous serez ma banquière. Quand j'aurai soif de monnaie, je vous en demanderai.

— Soit. Et maintenant, comme je ne vous ai pas remercié...

— Oh! pas de remerciements, la mère, ou je m'évanouis. Tenez, voulez-vous être la perle des Girole?

— Parbleu!

— Eh bien! préparez-nous un bischof au vin blanc, pendant que je termine une discussion politique avec mon ami. Après ça, vous trinquerez à ma santé, je trinquerai à la vôtre, et nous serons quittes.

— Ça va. Et puis je vous raconterai une drôle de chose qui vous concerne.

— Bah!

— Oui. Une chose heureuse en tout cas. Figurez-vous un monsieur qui, rien qu'à vous voir dans la rue, s'est intéressé à vous, vous a suivi, désire vous protéger, et vous prie d'aller lui rendre visite, chez lui, demain matin.

— Qu'est-ce que vous me chantez là, mère Girole?

— La vérité. Voici sa carte, à preuve. Lisez-la. Je reviens dans un quart d'heure et vous en narrerai plus long.

Et, après avoir placé devant son jeune favori la carte du baron, la cabaretière s'empresse de sortir.

Isidore, étonné, la suit des yeux en souriant.

Puis il se penche négligemment sur le carré de carton.

Et, tout d'un coup, il se dresse, pâle, le visage décomposé, les mains tremblantes.

— Le baron de Jourdy!... murmure-t-il, d'une voix faible comme un soupir.

XI

Debout, tournant entre ses doigts la carte du baron, Isidore est resté l'œil fixe, la bouche entr'ouverte, dans l'attitude d'un homme que frappe un coup inattendu.

Sa stupeur est visible, sa consternation est évidente. Cependant Narcisse Augelot n'a rien remarqué.

Narcisse regarde les billets de banque étalés devant lui sur la table. Il se croit le jouet d'un rêve. On dirait un condamné à mort auquel on vient d'accorder sa grâce.

Et de fait, cet argent, que le petit musicien lui prête avec tant de générosité, c'est plus que la vie pour Augelot : c'est l'honneur, c'est le calme rendu à sa conscience, c'est le droit de se présenter partout le front haut désormais.

Aussi sa poitrine se gonfle, ses prunelles brillent et se mouillent. Pénétré de reconnaissance, il saisit la main d'Isidore.

Celui-ci tressaille. Son esprit voyageait probablement très loin : car, même après ce contact, qui l'a rappelé au sentiment des choses présentes, le guitariste est quelques minutes avant de recouvrer son sang-froid.

Enfin, par un geste de tête insoucieux, il rejette en arrière ses boucles brunes, s'accoude sur la nappe et reprend :

— Que disions-nous?... Ah! nous disions que vous êtes hors d'affaire, n'est-ce pas, mon cher monsieur Narcisse? Voici douze cents francs pour votre patron ; voici cent francs qui vous aideront à atteindre la fin du mois. Avec cela, vous ne craignez plus personne.

— Isidore, mon ami, mon libérateur! bégaye Narcisse en pleurant de joie, — il faut absolument que je vous embrasse...

— Non, merci, répond vivement le chanteur, qui rit et qui rougit tout ensemble. Pas d'embrassades! Entre hommes, c'est bête comme tout.

— Et dire que je ne trouve pas une syllabe pour vous remercier!

— Allons, bon! Encore des remerciements! Moi qui les déteste!

— Mais....

— Voyons, êtes-vous content? êtes-vous heureux?... Oui. Eh bien! ça me suffit. Maintenant, adieu... et à l'avenir, méfiez-vous des parfumeuses.

En prononçant ces derniers mots, Isidore a décroché du mur son chapeau et sa guitare.

Il semble gai comme à son ordinaire. En réalité, les pieds lui brûlent ; il lui tarde d'être dehors ; une anxiété mortelle amène des bouffées roses sur ses joues habituellement décolorées.

— Vous partez ! s'écrie Augelot.

— Oui, répond l'artiste.

Et à la hâte il déchire en très petits morceaux la carte du baron de Jourdy.

— Pourquoi si vite ? insiste le Pierrot.

— Une course importante... Je l'avais oubliée, je me la rappelle à l'instant.

— Quand vous reverrai-je ?

— Qui peut le savoir ?

— Vous.

— Oh ! moi, mon cher, je suis un nomade : je vais où ma fantaisie me pousse et j'ignore où je serai demain.

— Nous pourrions nous rencontrer ici dans quelques semaines, dans quelques mois...

— Ici ?... Bah ! il s'écoulera peut-être des années avant que j'y revienne.

— Apprenez-moi du moins où et de quelle manière je devrai vous faire parvenir votre argent.

— Est-ce qu'il vous pèse déjà ?

— Non ; mais j'entends vous le rembourser aussitôt que j'aurai rattrapé Zélie.

— Alors, prenez patience : vous ne me rembourserez pas de sitôt.

— Vous croyez donc qu'elle m'a volé avec préméditation ?

— J'en ai peur.

— Eh bien ! je travaillerai double, je travaillerai jour et nuit. Et avant un an... M'accordez-vous un an ?

— Je vous en accorde dix, réplique en riant Isidore.

Et il se dispose à sortir.

— C'est-à-dire que vous me faites l'aumône, murmure tristement Narcisse ; c'est-à-dire que vous considérez vos treize cents francs comme perdus.

— Moi ! quelle idée !

— Dame ! puisque vous refusez de m'indiquer votre adresse, ou tout au moins celle d'une personne sûre, entre les mains de qui je puisse déposer vos fonds, lorsque je les aurai regagnés.

— Eh ! parbleu ! déposez-les entre les mains de la mère Girole, mes fonds ! s'écrie avec impatience le musicien, qui ouvre la porte vitrée.

Narcisse court à lui, referme la porte, ramène le guitariste auprès de la table, et, le forçant à se rasseoir :

— Une minute donc, singulier enfant que vous êtes ! Et votre reçu ?

— Qu'ai-je besoin d'un reçu ?

— Mon cher Isidore, cette noble indifférence vous a réussi avec la maîtresse de céans. Vous la connaissiez d'ancienne date. Mais avec moi, que vous ne connaissez pas...

— Êtes-vous un honnête homme ou un fripon ?

— Je suis un honnête homme, et c'est précisément pour cela que je tiens à vous signer mon reçu.

— Signez-le donc... et que le diable vous emporte !

Narcisse a déniché, dans un coin, un cahier de papier à lettres, une plume rongée de rouille et un flacon d'encre moisie. Immédiatement il se prépare à écrire.

— Reçu de monsieur Isidore... A propos, Isidore qui ?

— Isidore tout seul.

— Pas de nom de famille ?

— Non. Et dépêchez-vous.

— Reçu de M. Isidore la somme de treize cents francs, dont je me reconnais son débiteur. La date. La signature. Voilà qui est fait.

— Et nous voilà bien plus tranquilles l'un et l'autre, n'est-ce pas ? ricane le chanteur. Vous me permettez de partir, à présent ?

— Serrez d'abord ce chiffon de papier.

Isidore hausse les épaules et tire de la poche de sa vareuse un élégant carnet en velours bleu, qu'on ne se serait jamais attendu à voir en la possession d'un musicien des rues.

Tandis qu'il l'entre-bâille pour y caser le reçu, un portrait-carte s'échappe du calepin et tombe à terre.

Narcisse le ramasse, jette un coup d'œil sur la photographie, et soudain, avec une exclamation de surprise :

— Qui vous a donné ce portrait ? demande-t-il.

Isidore, étonné, le regarde en face. Puis, d'une voix où tremble un commencement d'émotion :

— Pourquoi me demandez-vous cela ? interroge-t-il à son tour.

— Parce que je connais la personne qu'il représente.

— Vous connaissez cet homme ? s'écrie le guitariste d'un ton retentissant.

Et ses deux mains, frémissantes de joie contenue, s'abattent sur les épaules d'Augelot stupéfait.

— Voyons, reprend-il en tremblant d'être déçu dans son attente, examinez bien. Êtes-vous sûr de ne pas vous tromper ? êtes-vous certain de ne pas le confondre avec un autre ?

— Parfaitement certain.

— Oh ! mon Dieu ! mon Dieu !!... exclame Isidore, qui, éperdu, parcourt la chambre à grands pas. Si vous disiez vrai cependant, ceserait merveilleux !... ce serait un miracle !

— Qu'est-ce qui serait un miracle ? que je ne connusse le beau Roland ? Je ne connais que lui.

— Ah !.. il se nomme Roland ?

— Roland Maugival, oui. Ne le saviez-vous pas ?

— Je ne sais rien. Je ne l'ai jamais vu. Et je le cherche depuis six ans ! Et j'aurais donné toute mon existence à venir pour me trouver avec lui face à face !... Et je désespérais de le rencontrer, lorsque par un hasard surhumain... Ah ! mon cher Narcisse, c'est la Providence elle-même qui vous a placé, ce soir, sur ma route !...

Narcisse ressemble à la statue de l'étonnement. Bouche béante, il suit de l'œil les évolutions d'Isidore, qui bondit çaet là et dont l'agitation l'effraye.

Enfin l'adolescent se calme par degrés. Revenant auprès d'Augelot, il s'écrie :

— Vous ne comprenez rien à mes extravagances. N'importe. Je n'ai pas le temps de vous fournir la moindre explication. Mes minutes sont comptées. Je devrais être loin. Répondez-moi, sans vous inquiéter du reste. Ce Roland, où demeure-t-il ?

— Je l'ignore.

— Et vous prétendez le connaître ?

— Il y a plusieurs années que je l'ai perdu de vue. Au temps où je mangeais mes malheureux cent vingt mille francs, nous fréquentions, lui et moi, le même quart du monde. Une fois ruiné — dame ! mes relations avec lui ont cessé totalement.

— Si bien, murmure le guitariste au désespoir, que je me suis réjoui trop vite !.. Comment découvrir sa trace ?... Qui sait s'il habite Paris ?

— Oh ! quant à cela, j'en réponds.

— Pourquoi ?

— Je l'ai aperçu ce soir.

— Maugreval ?

— Oui, sur le boulevard Sébastopol. Et j'y songe !... fait tout à coup Augelot avec explosion, il existe un infaillible moyen de savoir où il demeure.

— Quel moyen ? articule avidement Isidore.

— Roland sera ce soir, à onze heures et demie, dans le passage de l'Opéra. Quelqu'un, devant moi, lui a donné là rendez-vous. Je l'ai entendu.

— Alors, tout va bien ! s'écrie le musicien, enchanté de rechef. Il ne s'agit plus que de s'attacher à ses pas. Quelle heure est-il ? Dix heures et demie. Bon ! j'arriverai avant lui à son rendez-vous.

Isidore s'élance. Puis il s'arrête court et retombe dans un accablement profond.

— Impossible ! c'est impossible ! gémit-il. Je ne suis plus libre d'agir, à présent. Il est nécessaire que je rentre. Quelle fatalité ! ne pouvoir disposer de quelques heures !

— Mais je le peux, moi, dit Narcisse.

— Quoi ! vous consentiriez..?

— A tout, pour vous prouver ma reconnaissance.

— Vous épierez M. Maugreval ?

— Je ne le quitterai pas plus que son ombre.

— Cependant, vous êtes accablé de fatigue.

— Le plaisir de vous être utile raffermira mes jarrets.

Isidore, vivement ému, considère Augelot avec des yeux rayonnants de gratitude.

— Monsieur Narcisse, prononce-t-il lentement, vous ne sauriez deviner l'importance du service que vous allez me rendre. Dieu veuille que vous parveniez à vous procurer l'adresse de cet homme !

— Je l'aurai ce soir même.

— Et vous me la communiquerez demain ?

— Oui. Mais où ?

— Entrez à neuf heures du matin dans l'église Saint-Vincent-de-Paul : vous m'y trouverez.

— Convenu.

— Et votre bureau ?

— Oh ! mon bureau... Affaire finie. Il est à croire que le patron, heureux d'en avoir été quitte pour la peur, s'empressera de me mettre à la porte dès que je lui aurai restitué son argent.

— Oui, c'est possible. Attendez-moi là ! interrompt le guitariste.

Et il disparaît.

Narcisse est ahuri, hébété. Il ne comprend pas un traître mot à toute cette histoire. Il ne soupçonne pas dans quel intérêt ce gamin recherche Roland, qu'il n'a jamais vu et dont il ignorait le nom il y a cinq minutes.

Néanmoins il se sent rempli d'enthousiasme et de bon vouloir à l'égard de son aimable petit compagnon.

Au bout d'une minute, Isidore reparaît. Il tient à la main le billet de mille francs que tout à l'heure il a confié à la mère Girole.

— Prenez ceci, dit-il à Augelot. Vous ne pouvez suivre Maugreval avec un pareil costume ; vous ne pouvez non plus rentrer chez vous. Le premier magasin de confections venu vous habillera de pied en cap. Et surtout, dans le cas où il se présenterait d'autres dépenses à faire, ne ménagez pas l'argent. Ne craignez rien : je suis riche...

— Vous !

— Très-riche. En me servant, du reste, vous servirez une bonne cause. Soyez intelligent, dévoué, fidèle, et je me charge de votre fortune.

— Qui donc êtes-vous ?

— Si je vous le dis, murmure le musicien avec un charmant sourire, — me promettez-vous d'être discret ?

— Je vous le jure.

— Eh bien! chuchote Isidore, ça va peut-être vous étonner; mais, de mon vrai nom, je m'appelle madame la baronne de Jourdy.

Là-dessus, gagnant la porte de la rue, Isidore se sauve à toutes jambes...

Et Narcisse, suffoqué, entend retentir au dehors un éclat de rire argentin qui s'évanouit peu à peu dans l'éloignement...

XII

Une heure après, Narcisse Augelot descendit de voiture vis-à-vis le passage de l'Opéra.

Il n'avait point perdu son temps. Onze heures et demie sonnaient. En moins de soixante minutes, il avait trouvé moyen de se transformer des pieds à la tête.

Conjecturant, d'après le lieu du rendez-vous, que peut-être il lui faudrait suivre Maugreval au bal masqué, il s'était habillé en conséquence.

Sous un large pardessus doublé d'astrakan, il portait la cravate blanche, le frac noir, le gilet à deux boutons. Un coiffeur habile lui avait collé artistement sur les joues et sous le nez des moustaches et des favoris d'un blond roux superbe.

Très à l'aise dans sa tenue d'homme du monde, ganté, chaussé en perfection, Narcisse, avec son grand corps maigre et son long cou dégagé par un col rabattu, avait exactement l'apparence d'un de ces riches Anglo-Américains qui viennent, chaque hiver, dépenser à Paris le superflu de leurs guinées.

Personne, certes, ne l'eût pris pour l'humble teneur de livres d'un marchand de bric-à-brac ; encore moins eût-on reconnu en lui le sordide Pierrot de tout à l'heure.

Son extérieur était si bien celui d'un jeune étranger cossu qu'il lui attira maintes œillades dès qu'il eut mis les pieds dans le passage encombré de petites femmes travesties en Débardeurs, en Folies, en Bébés, en Pages et en Pêcheurs napolitains.

Ces demoiselles se faufilaient péniblement au travers d'une masse épaisse de curieux, la plupart ayant trop dîné. Pincées par-ci, palpées par-là, obligées de défendre leurs épaules nues contre le contact d'une centaine de bouches, elles feignaient de se hâter vers le bal. Et plus d'une eût été ravie d'y apparaître au bras d'un cavalier opulent et naïf comme paraissait l'être Augelot.

Mais Augelot se souciait peu de leurs effets de prunelles.

Il cherchait le beau Roland. Il s'étonnait de ne l'avoir pas encore aperçu.

Entré par une galerie et ressorti par l'autre, il se disposait à recommencer son exploration, lorsque le timbre traînant d'une voix enrouée le fit tressaillir.

— Du feu, mon prince ?.. s'écriait cette voix par intervalles. Du feu, mon ambassadeur ?.. Voulez-vous du feu ?

Narcisse tourna vivement la tête.

Au beau milieu du trottoir éclairé comme en plein jour par l'illumination des magasins et par l'if chargé de lampions qui flamboyait à l'angle de la rue Le Peletier, se tenait l'homme en blouse du boulevard Sébastopol, — celui-là même qui avait dit tout bas à Maugreval en lui présentant une allumette enflammée :

— Ce soir. Passage de l'Opéra. Onze heures et demie.

Etait-ce pour attendre Maugreval, était-ce pour lui parler de nouveau qu'il stationnait en cet endroit?

Narcisse voulut s'en assurer.

Avisant, à quelques pas du blousier, la sellette d'un décrotteur, il alla lui confier ses chaussures, qui pourtant ne réclamaient pas le moindre coup de brosse.

Placé de la sorte, il put, sans affectation, étudier à loisir les allures du vendeur de feu.

Quant à ses traits, Narcisse dut renoncer à les voir. L'homme avait enfoncé sa casquette sur ses yeux, et un cache-nez de laine tricotée ensevelissait dans ses plis le bas de son visage.

Au bout de cinq minutes, Augelot remarqua que cet individu se livrait à un manège singulier.

Il s'était posté juste en face du passage, de manière à ce que nul de ceux qui y pénétraient ou qui en sortaient ne pût échapper à son inspection.

Ses regards semblaient observer avec soin la figure de chaque passant.

Enfin, au lieu d'offrir du feu à tout le monde, il s'adressait seulement à certaines personnes qu'il avait l'air de choisir dans la foule, et qui, en entendant son cri rauque, s'approchaient aussitôt de lui.

Ceci était déjà passablement bizarre. Mais un détail encore plus étrange surexcita bientôt la curiosité de Narcisse.

Leur cigare une fois allumé, les gens

qui avaient accepté le bon office du voyou auraient dû, en conscience, lui donner quelque chose pour sa peine.

Eh bien ! Augelot finit par constater le contraire.

Il se convainquit, à n'en pas douter, que le voyou glissait entre les mains de chacun de ses clients un objet d'un très mince volume. Le fumeur enfouissait l'objet mystérieux dans sa poche, tournait sur ses talons et s'éloignait immédiatement.

Tout ce trafic s'accomplissait avec une rapidité, avec une adresse étonnante. Pas un mot n'était échangé. Pour s'apercevoir de la manœuvre, il aurait fallu être prévenu, ou bien regarder avec l'attention et la persistance que déployait Narcisse.

En un laps de temps fort court, il vit successivement cinq messieurs très bien mis correspondre ainsi avec le blousier. Il découvrit même qu'avant de l'aborder, ces messieurs ébauchaient à la hâte une espèce de signe maçonnique, lequel consistait à se serrer légèrement la gorge entre le pouce et l'index.

Que signifiaient ces précautions ? qu'étaient-ce que ces gens-là ? Des conspirateurs ? les membres de quelque société secrète ?

Voilà ce que se demandait Narcisse ; et volontiers fût-il resté aux aguets une partie de la nuit.

Mais ses bottes, — reluisantes maintenant comme deux miroirs, — ne lui laissaient plus aucun prétexte honnête de s'immobiliser au même endroit.

Il se rappela en outre qu'il n'était point venu là pour s'amuser.

— Soyez intelligent, dévoué, fidèle, — lui avait dit Isidore, ou plutôt madame la baronne de Jourdy. — Servez-moi sans me questionner, et je me charge de votre fortune.

« Servez-moi » voulait dire ceci : Procurez-moi l'adresse du beau Roland.

A coup sûr, Narcisse brûlait de mériter la protection de cette charmante femme en exauçant son désir le plus vif.

Par malheur, Roland ne se montrait pas.

Et Narcisse, qui, solennellement, avait promis de le suivre, commençait à se repentir d'avoir trop tôt vendu la peau de l'ours.

Il se dirigea vers le passage.

Or, un monsieur marchait devant lui, et ce monsieur justement quittait l'homme aux allumettes.

Comme les autres, il avait fait le simulacre de se serrer le gosier entre deux doigts ; comme les autres, il avait secrètement reçu du blousier un objet quelconque.

Arrivé sur le seuil du passage, il crut introduire dans la poche de son gilet l'objet en question.

Mais, soit qu'il ne l'y eût pas plongé assez avant, soit qu'il ne l'y eût pas plongé du tout, l'objet tomba.

Le monsieur ne s'aperçut de rien et poursuivit sa route.

Narcisse ramassa l'objet.

C'était un très petit morceau de carton vert découpé en triangle.

Sur l'une de ses faces était lithographié un nœud coulant.

Sur l'autre, on avait tracé à la main et disposé dans l'ordre suivant les caractères que voici :

C. D. P.

RUE TAITBOUT

TROIS HEURES DU MATIN

DOMINO NOIR. ÉPAULETTE ROSE

— Allons, se dit Narcisse, il s'agit probablement d'un bal costumé chez des cocottes. Maugreval en sera, puisque l'homme qui distribue ces cartons lui a parlé. Mais pourquoi ce nœud coulant ? pourquoi ces signes de reconnaissance ? pourquoi cette apparence de mystère ?

En accumulant les pourquoi, Narcisse cherchait des yeux le propriétaire du carton. Peine perdue. Il s'était englouti dans la foule qui emplissait le passage. Augelot, d'ailleurs, ne l'ayant vu que de dos, aurait été incapable de le reconnaître, et, par conséquent, de lui restituer le triangle énigmatique.

Assez embarrassé de sa trouvaille, il songeait à la remettre où il l'avait prise, c'est-à-dire à la jeter par terre, lorsque, grâce à une inspiration subite, il se ravisa et l'enferma soigneusement dans son porte-monnaie.

— Parbleu ! pensa-t-il, j'allais commettre une fière sottise. Si Roland va rue Taitbout, il a sans doute une carte pareille à celle-ci. C'est évidemment une carte d'entrée. J'irai donc à ce bal, moi aussi, en domino noir à épaulette rose ; ce qui vaudra mieux que d'attendre Maugreval à la porte, ainsi que j'y eusse été contraint, sans ce monsieur mille fois béni.

Narcisse en était là de son monologue. Tout à coup une exclamation joyeuse jaillit à moitié de ses lèvres.

Il venait d'apercevoir Maugreval.

Celui-ci arrivait à l'instant même. Il n'était pas seul. Fendant la presse avec vigueur, il ouvrait le passage à une élégante jeune femme qui lui donnait le bras.

Cette inconnue était masquée jusqu'au menton. Un délicieux domino rose, garni de dentelles, l'enveloppait des pieds à la tête, sans pourtant dissimuler la plantureuse amplitude de ses formes et la souplesse juvénile de sa taille ronde.

Des mains un peu fortes, mais admirablement gantées, des cheveux blonds d'une nuance chaude et des yeux bleus qui frétillaient gaiement à travers les trous du masque, achevaient de convaincre les curieux que c'était là une créature affriolante.

Quant à Narcisse, il blêmit en découvrant soudain le domino rose.

Il le connaissait, ce domino. Il l'avait vu faire. Il s'était extasié devant lui. C'était, en un mot, le domino rose de la perfide Zélie.

Et c'était Zélie en personne qui, sous l'ombre de ce domino, se suspendait effrontément au bras du beau Roland. Impossible de se faire illusion : c'était elle. Ces cheveux-là, ces mains-là, cette poitrine-là dénonçaient hautement l'ingrate. Narcisse les eût reconnus, les yeux fermés, à tâtons, à l'aveuglette...

Et lorsque le parfum particulier dont se servait Zélie lui caressa le visage, il fut sur le point de la saisir au poignet, de lui arracher son masque et de lui crier :

— Qu'est-ce que vous faites ici? Où sont mes douze cents francs?

Il eut la sagesse de se contenir.

Puis, son premier saisissement une fois dissipé, il se résolut à garder tant qu'il le pourrait l'incognito. Il s'applaudit de pouvoir épier tout ensemble Roland pour le compte de madame de Jourdy, et pour son propre compte la parfumeuse. Enfin, il s'attacha aux pas du jeune couple et se pencha pour épier leur conversation.

Hélas ! ce fut à peine s'il parvint à saisir au vol quelques mots insignifiants.

— En vérité, disait Zélie d'un ton boudeur, vous avez eu là une étrange idée de me faire traverser le passage. N'auriez-vous pu arrêter la voiture devant la façade de l'Opéra?

— Je vous demande pardon, répondit Roland, de vous avoir amenée dans cette foule ; c'est que je n'ai pas osé vous laisser seule, et j'étais absolument obligé de passer par ici.

— Obligé !... Pourquoi ?

Roland feignit de ne pas entendre et continua d'entraîner sa compagne.

Narcisse les suivit de près.

Derrière eux, dix minutes plus tard, il arriva sous le péristyle de l'Opéra ; en même temps qu'eux il déposa son pardessus au vestiaire ; à côté d'eux il monta les escaliers...

Mais alors un frémissement de rage lui parcourut les veines.

Roland et Zélie venaient de se faire ouvrir une loge dont la porte s'était refermée sur eux.

XIII

La mauvaise humeur de Narcisse dura peu.

Il se souvint qu'il avait de l'or et que ce métal ne connaît point d'obstacles.

Posant donc un beau louis tout neuf en équilibre sur le bout de son doigt, il le fit miroiter aux regards de l'ouvreuse.

Puis il désigna la loge voisine de celle où s'étaient renfermés Roland et Zélie, et la pria de l'y laisser pénétrer.

L'ouvreuse hésita.

Quoique encore vide, la loge était louée.

Angelot trancha la question en s'engageant à céder la place aux personnes attendues, dès qu'elles arriveraient.

Moyennant cette promesse et moyennant le louis, la porte de la loge vide lui fut ouverte.

Aussitôt entré, il s'avança sur le devant et feignit de jeter un coup d'œil autour de la salle.

En réalité, il voulait voir la parfumeuse.

Il l'aperçut de l'autre côté de la cloison, à quelques pouces de lui.

Elle avait ôté son masque. Accoudée à l'appui de velours, tantôt elle jouait de l'éventail et tantôt elle enfouissait sa figure ronde parmi les fleurs d'un gros bouquet.

Lorsque Narcisse se pencha en avant, elle le regarda d'un air tranquille. Narcisse, avec ses faux favoris roux, était méconnaissable.

Elle ne le reconnut pas, et ses yeux bleus émerveillés s'abaissèrent de nouveau sur la salle resplendissante.

Avec un étonnement naïf, elle contemplait la cohue bariolée qui bondissait au-dessous d'elle, tandis que l'immense orchestre de Strauss mugissait un de ses quadrilles les plus furibonds.

Le point de vue était fantastique. Casques dorés, écharpes brodées d'argent, plumes, panaches, rubans de toutes couleurs, ondoyaient, étincelaient, ruisselaient en cadence. Une brume rose montait vers les flammes des lustres, et, par instants, quelque tiède bouffée passait, imprégnée de parfums de femmes et de fleurs.

Zélie paraissait enivrée : ses narines sensuelles se gonflaient; ses prunelles lançaient des éclairs de plaisir. Absorbée dans ce spectacle prestigieux, elle ne répondait que par de rares monosyllabes aux observations moqueuses du beau Roland, assis derrière elle.

Ni l'un ni l'autre ne semblait se préoccuper du voisinage de Narcisse, toujours
debout sur le devant de sa loge. Néanmoins Augelot crut devoir leur laisser
une sécurité complète.

Il fit semblant de partir, ouvrit la
porte, la referma bruyamment et se tapit
dans l'ombre, l'oreille appuyée à la
cloison.

Il s'écoula toutefois plus d'une demi-
heure avant que ses deux voisins échan-
geassent autre chose que des phrases in-
signifiantes. Tout à coup Maugreval se
rapprocha de Zélie et lui dit en riant :

— Ah ça! ma chère amie, vous savez
que je serai forcé de vous quitter vers
trois heures ?

— Oui, vous m'en avez prévenue d'a-
vance.

— Ce sera, croyez-le, avec un vif regret. Mais j'ai promis, j'ai donné ma parole. On m'attend à mon cercle pour...

— Je ne vous demande pas d'excuses,
cher monsieur.

— C'est que le temps passe. Désirez-
vous faire un tour dans le bal ou bien
préférez-vous me confier, dès à présent...?

— Quoi?

— Ce que vous prétendez avoir à me
confier, ma chère : car enfin vous m'avez
menacé d'une confidence terrible...

— Ou du moins, bien triste.

— Eh bien! parlez, je vous écoute.

— Vous êtes intrigué, monsieur Roland, avouez-le.

— On le serait à moins. Tout dans votre
personne, dans votre conversation, dans
votre manière d'agir depuis quelques heures, est pour moi une énigme incompréhensible.

— Vraiment? Eh! bon Dieu! qu'ai-je
donc en moi qui vous déroute si fort ?

— Voulez-vous que je m'explique avec
franchise ?

— Je vous en prie.

— Alors, prenons les choses à leur début. Avant-hier matin, dimanche, je suis
arrivé à Paris, où je n'avais pas mis les
pieds depuis près de quatre ans. Or, une
heure après, c'est-à-dire presque au dé-
botté, je reçois un petit billet de vous.

— Qu'y a-t-il là de surprenant ? Vous
m'aviez écrit de Venise. Vous m'aviez
renseignée sur le jour exact de votre retour et sur l'hôtel où vous comptiez descendre... Il n'est donc point merveilleux
qu'ayant un service à vous demander,
j'aie su tout de suite où vous adresser ma
lettre.

— Aussi n'est-ce point là ce qui m'a
étonné : c'est la lettre elle-même.

— Pourquoi ?

— Parce qu'elle était charmante, cette
lettre, très élégamment écrite, très spirituellement tournée...

— Vous êtes bien bon.

— Et parce qu'elle dénotait...

— Une sorte d'éducation que vous ne
m'aviez jamais connue, n'est-ce pas, cher
monsieur ? Que voulez-vous? Une fois installée à Paris, j'ai eu honte de mon ignorance, et j'ai, dans la limite de mes
moyens, essayé de m'instruire un peu.....

— Justement. Voilà déjà mon premier
sujet de surprise. Mais passons. Dans ce
ravissant billet, vous me disiez à peu près
ceci, en terminant : « Attendez-moi chez
vous après-demain, mardi gras, vers sept
heures du soir. J'ai la fantaisie de voir le
bal de l'Opéra. Aurez-vous le courage de
m'y conduire après m'avoir offert à dîner?...»

— Signé : Zélie Fredon. Mais vous oubliez de citer le post-scriptum.

— Il y avait un post-scriptum ?

— Conçu en ces termes : « Soyez assez
aimable pour remettre à la jeune fille qui
vous portera ce billet une somme de
douze cents francs dont j'ai un urgent besoin. »

— La jeune fille était votre bonne ?

— Oui. Et vous lui avez remis les douze
cents francs le plus gracieusement du
monde.

— Cela ne valait pas la peine d'en
parler.

— Pardonnez-moi. J'en parle, parce que
tout à l'heure j'aurai à vous rendre
compte de cette somme.

— Quelle plaisanterie!..

— Hélas!.. il n'y a pas lieu de plaisanter sur l'emploi que j'en ai fait, vous en
conviendrez bientôt. Mais revenons à vos
étonnements.

— Eh bien! après avoir répondu à votre
billet, je courus chez vous, ma chère enfant, afin de vous féliciter sur l'heureuse
transformation...

— De mon orthographe.

— Vous étiez absente. J'y retournai le
lendemain. Absente encore. Force me fut
d'attendre patiemment chez moi la visite
annoncée.

— Et ce ne fut pas sans trembler un peu
que vous l'attendîtes, je suppose.

— A quel propos eussé-je tremblé ?

— Vous m'avez promis d'être franc.
Voyons, la main sur la conscience, est-ce
que vous auriez eu l'aplomb de me promener à votre bras et de me conduire au
Café Anglais, si j'eusse été telle que vous
m'avez... aimée jadis : une paysanne, une
fille gauche, mal élevée, mal mise ?

— La main sur la conscience, non.
J'eusse cherché un biais, j'aurais trouvé
un prétexte...

— A la bonne heure ! s'écria Zélie en riant. Voilà de la sincérité.

— Mais, poursuivit Roland, je vous ai attendue sans crainte. Votre style m'avait éclairé en partie. J'avais deviné votre métamorphose.

— En sorte que, quand je suis entrée chez vous vêtue de ce domino, vous n'avez pas été surpris ?

— Ah ! grand Dieu ! si fait, par exemple. A ce point que si je n'eusse été averti, jamais je n'aurais pu vous reconnaître. Quel changement bizarre ! Le ton, la voix, le geste, la diction, l'attitude, le regard, les manières, tout en vous s'est modifié à votre avantage. La figure seule est restée la même.

— Dieu merci !

— Encore a-t-elle pris je ne sais quelle expression piquante, enchanteresse...

— Vous croyez ? Cependant autrefois...

— Autrefois, ma mignonne, vous étiez simplement jolie.

— Et maintenant ?

— Maintenant, dame ! la jolie fleur est devenue un fruit magnifique ; le plus savoureux, le plus succulent, le plus délicieux des fruits.

— Oui ; mais un fruit défendu, cher monsieur. Il fait trop chaud ici. Veuillez reculer votre chaise.

— Méchante !... Eh bien !... c'est là mon troisième sujet d'étonnement.

— Quoi ?

— Votre... indifférence.

— Qu'appelez-vous de l'indifférence ? N'ai-je pas eu recours à vous quand il m'a fallu de l'argent ? On n'agit de la sorte qu'avec ses meilleurs amis.

— Ne riez pas. Dire que nous avons dîné tête à tête !...

— Et même très bien dîné.

— Dire que je me suis traîné à vos genoux !...

— Ce n'était pas la première fois.

— Et que vous m'avez refusé un baiser de frère...

— On ne saurait trop prendre de précautions, monsieur Roland, avec un frère de votre tournure.

— Ainsi, vous ne m'aimez plus ?

— J'ai bien peur... ne vous fâchez pas de cet aveu, j'ai bien peur de ne vous avoir jamais aimé...

— Vos souvenirs vous trompent, ma chère.

— Non pas. Aujourd'hui que j'analyse froidement mes impressions d'alors, je vois clair en moi-même. Vous m'avez étourdie, fascinée, grisée, affolée... Vous m'avez inspiré du vertige. Quant à de l'amour, j'en doute fort.

— Si vous disiez vrai, ma pauvre Eglantine...

Un cri étouffé interrompit Roland. Zélie, pâle comme une morte, avait caché sa figure entre ses mains.

— Qu'avez-vous ? exclama Maugreval.

— Ah ! vous m'avez donné un coup de poignard ! articula Zélie. De grâce, ne m'appelez plus de ce nom, ne le prononcez plus... Il me répugne. Il évoque en moi de si épouvantables images que je me sens prête à défaillir...

Après une pause assez longue, elle s'essuya les yeux et reprit d'un ton délibéré :

— Je me nomme Zélie Frédon. Ma mère se nommait ainsi étant jeune fille. Et, Dieu aidant, ce sera désormais le nom d'une honnête femme.

— Pas possible ! s'écria le beau Roland, avec une insolence où se mêlait quelque dépit.

Puis, feignant aussitôt de se reprendre :

— Pardon ! murmura-t-il entre deux éclats de rire contenus. Je voulais dire : ceci est mon quatrième sujet de surprise.

XIV

En fait d'étonnement, celui de Narcisse Augelot ne le cédait à aucun autre.

Coup sur coup, il venait d'apprendre que Zélie s'appelait Eglantine, qu'elle avait un passé scabreux, et que, bien qu'elle eût dîné en tête-à-tête avec Maugreval, son présent était irréprochable.

Ce dernier détail le réconcilia un peu avec la jolie parfumeuse. Restait l'histoire des douze cents francs qu'elle avait omis de lui rendre.

— Elle l'aurait pu cependant, se disait Narcisse : elle a, dès le lendemain, reçu de Roland cette même somme. Pourquoi ne me l'a-t-elle point restituée ?

Question suspecte ! Augelot se la posait en soupirant : car il adorait toujours Zélie, et les doutes qu'il avait conçus à propos de sa probité le faisaient cruellement souffrir.

Pendant qu'il méditait avec tristesse, l'entretien s'était poursuivi entre Maugreval et la jeune femme. Narcisse en avait perdu quelques mots. Appuyant sa joue contre la cloison et retenant son haleine, il s'efforça de saisir la suite du dialogue.

— De plus fort en plus fort ! s'écriait Roland à cette minute. Comment ! ma chère, à votre âge, tournée comme vous l'êtes, ayant devant vous, pour peu que vous y consentiez, quinze ans de luxe, de plaisirs et de triomphes, vous rêvez une existence bourgeoise, mesquine, décolorée ?

— Je vous répète que j'entends être une honnête femme.

— Alors, c'est une idée fixe ?

— Il paraît.

— Vous songez réellement à vous remarier ?

— J'y songe.

— Et vous avez quelqu'un en vue ?

— Oui.

— Quelque vieillard opulent ?

— Un jeune homme aussi pauvre que possible.

— Mais beau comme le jour ?

— Pas du tout.

— Très spirituel, au moins ?

— Non.

— Diable ! ni beau, ni riche, ni spirituel. Et vous l'aimez ?

— Je l'estime.

— Parce que ?

— Parce qu'il a du cœur, du dévouement, de la franchise et de la conscience.

— On ne s'amuse guère avec tout ce bagage-là.

— On vit heureuse et honorée.

— Allons, allons, petite rusée, ne jouez pas au plus fin avec moi. Je vous devine. Si vous choisissez pour mari un homme bête et laid, c'est que vous avez vos motifs.

— Et, d'après vous, quels seraient-ils ?

— Très clairs : vous prenez un mari pour acquérir une situation ; vous le prenez laid pour avoir moins de scrupules à le tromper ; vous le prenez bête pour qu'il ne s'aperçoive point de vos fredaines.

— Grand merci, cher monsieur ! Vous me jugez sévèrement. Mais j'aurais mauvaise grâce à m'en plaindre. Ne vous ai-je pas donné le droit de me mépriser ?

— Vous mépriser, moi, Zélie !...

— Au surplus, je ne vous ai pas dit que ce jeune homme fût bête et laid. Il y a un juste-milieu entre la beauté et la laideur, entre l'esprit et la sottise.

— Bref, il vous plaît tel quel. C'est l'important. Puis-je vous demander son nom ?

— Narcisse Augelot.

— Augelot ? Attendez donc. Il me semble que je connais ça...

— Non. Vous ne connaissez pas « ça. » « Ça » n'est point de votre monde.

— Enfin, ma chère enfant, il ne me reste plus qu'à faire des vœux sincères pour votre bonheur. Vous m'inviterez, je pense, à votre messe de mariage ?

— Je n'en aurai garde.

— Quoi !... vous ne me présenterez pas à votre mari ?

— Non, certes.

— Craignez-vous une indiscrétion de ma part ? M'estimez-vous assez peu pour supposer que jamais une allusion ?...

— Je ne crains rien, monsieur Roland.

Le jour où il m'offrira son nom, l'homme que j'ai choisi sera instruit de mon passé. Je lui avouerai tout.

— Quelle folie !

— Il saura qu'une heure a sonné dans ma vie — une seule — où, perdant la raison, me laissant égarer par des protestations menteuses, — je suis descendue au rang des plus viles créatures. Il saura les suites épouvantables qu'a eues ma faute, et il sera libre alors ou de s'éloigner de moi ou de m'accepter pour sa femme.

— Il s'éloignera, ma pauvre Zélie. Votre plan est très beau, très noble, mais dangereux en diable.

— Nous verrons.

— Ah çà ! jusqu'à ce que le mariage soit décidé ou rompu, vous me permettrez bien d'aller quelquefois vous serrer la main ?

— Mon cher monsieur Maugréval, ceci est notre dernière entrevue...

— Bah ! la dernière, vraiment ?... Eh bien ! sans reproche, pour une soirée d'adieux, je trouve qu'elle est singulièrement froide. Et, ma parole d'honneur, je consens à être pendu si je comprends quelque chose à vos façons d'agir.

— Bon ! voilà que vous retombez dans vos étonnements.

— Ma foi, oui ! Tenez, expliquons-nous une bonne fois, voulez-vous ?

— Soit.

— Il y a environ quatre ans que nous ne nous sommes rencontrés. Sauf deux ou trois lettres échangées entre nous, — et encore les vôtres étaient-elles confectionnées, je crois, par un écrivain public.

— C'est vrai. Je ne possédais pas encore assez d'orthographe pour vous écrire moi-même...

— Sauf ces deux ou trois lettres, nous nous étions à peu près perdus de vue ; et il est probable que, même après mon retour à Paris, rien ne nous eût rapprochés l'un de l'autre, si vous ne m'aviez adressé avant-hier le petit billet en question.

— Plus que probable, en effet.

— Vous convenez donc que le rapprochement a été provoqué par vous ?

— J'en conviens.

— Et maintenant vous m'annoncez d'un ton paisible que ceci sera notre dernière entrevue. A quoi bon alors l'avoir fait naître ? Dans quel but avez-vous désiré me revoir ? Est-ce uniquement pour m'informer de votre prochain mariage ?

— Non.

— Enfin, pourquoi ce billet ?

— Pour trois raisons, cher monsieur : d'abord, il me fallait douze cents francs ; je vous les ai demandés...

— Bien. Après ?

— En second lieu, je mourais d'envie

d'aller au bal de l'Opéra. J'avais travaillé, de mes blanches mains, à ce domino rose; je tenais essentiellement à l'étrenner. Un cavalier me manquait : j'ai réclamé votre bras.

— Mille grâces ! Et ensuite?

— La troisième raison est que j'ai une histoire à vous raconter.

— Ah ! oui, à propos ! la fameuse communication !

— Et, si vous n'y voyez pas d'inconvénient, je l'entamerai tout de suite.

— Vous me comblerez de joie.

— J'en doute. Enfin, voici l'histoire. Samedi dernier, vers deux heures de l'après-midi, j'étais allée porter sa note à une de mes clientes qui demeure rue des Saints-Pères. Elle était sortie. Le concierge m'affirma qu'elle ne tarderait point à rentrer et me proposa poliment de m'asseoir en l'attendant. J'acceptai.

Tandis que je me morfondais dans un coin de la loge, différentes personnes entrèrent et se mirent à causer.

C'étaient de petits locataires de la maison, des bonnes, des domestiques. Tout ce monde s'entretenait d'une façon très vive, multipliant les gestes de compassion et les exclamations de pitié.

Je n'eus qu'à prêter l'oreille pour apprendre le sujet de tant d'émoi.

Il était question d'une jeune femme qui, depuis plus d'un an, habitait la maison, et qui, par sa douceur, sa conduite excellente, sa tenue parfaite, avait su se concilier l'intérêt général.

Elle occupait, au cinquième étage, un petit appartement de huit cents francs.

Jamais elle n'y recevait qui que ce fût.

Peintre sur porcelaine, elle avait d'abord gagné très honorablement sa vie ; puis, au bout de six mois environ, une maladie de langueur s'était déclarée, avait peu à peu épuisé ses forces, et, finalement, l'avait mise dans l'impossibilité absolue de travailler.

La gêne était venue, puis les expédients, puis les dettes, puis le papier timbré. Bref, au moment dont je vous parle, la pauvre femme était sous le coup d'une saisie, et le bouleversement que lui avait causé cette perspective, joint à son état de maladie grave, avait déterminé en elle un anéantissement qui ressemblait à une attaque de catalepsie.

Je m'informai du nom de cette dame. On me répondit qu'elle s'appelait Mme Hélène.

— Hélène !!... s'écria Maugreval en bondissant sur sa chaise. Ce n'était pas elle, n'est-ce pas ?... c'est impossible !

— Voilà précisément, répliqua Zélie, la réflexion que je me fis à moi-même, dès que je fus assez calme pour réfléchir : car tout d'abord je m'étais sentie hors de moi.

Je me raisonnai, je me dis : C'est impossible ! il y a quelques milliers d'Hélènes à Paris; pourquoi serait-ce justement celle-là plutôt qu'une autre?

Mais j'eus beau faire : l'angoisse m'étouffait; mon cœur sautait dans ma poitrine. Je résolus, coûte que coûte, de voir de mes propres yeux cette madame Hélène-là.

Profitant de l'inattention des causeurs, je me glissai hors de la loge, et rapidement je montai les cinq étages.

La clef était sur la porte. J'entrai. Je traversai deux petites pièces. Dans la troisième, j'aperçus une femme étendue, raide, immobile, pâle d'une pâleur effrayante.

Auprès du lit, une vieille voisine dormait dans un fauteuil, sous prétexte de veiller la malade.

Et la malade, c'était elle, monsieur Roland !

— Elle ! répéta sourdement Maugreval.

— Oui, elle, madame Hélène, la petite dame des Taillis, comme avaient coutume de l'appeler les paysans de là-bas; ma chère maîtresse, en un mot, celle qui toujours a été bonne pour moi, et envers qui, moi, j'ai été tristement coupable.

Si elle eût pu me regarder en ce moment, je fusse morte de honte.

Mais elle était évanouie, et cet évanouissement, d'après ce que j'avais entendu dire, durait depuis plusieurs heures.

Je m'approchai du lit, je tombai à genoux, je collai mes lèvres sur sa main froide et je fondis en larmes.

Puis je me relevai, décidée à l'aider de tout mon pouvoir.

Et d'abord, il s'agissait de lui éviter la saisie.

Je descendis chez le concierge; je m'informai du chiffre de la dette : elle se montait, intérêts et frais compris, à la somme de quinze cents francs.

Ces quinze cents francs, je ne les avais pas. Où les prendre ? En fouillant tous mes tiroirs, c'est à peine si j'eusse pu réunir quinze ou vingt louis.

Je songeai à vous, monsieur Roland ; mais vous n'arriviez que le lendemain. Savais-je, d'ailleurs, si vous consentiriez à secourir madame Hélène ? J'ignorais que vous vous fussiez séparé d'elle ; je la supposais avec vous en Italie ; sa présence à Paris, sa misère, son dénûment, m'avaient consternée de surprise.

Je courus chez dix personnes : les unes s'excusèrent, les autres demandèrent vingt-quatre heures pour me procurer l'argent que je leur demandais...

Bref, je retournai chez moi, folle de désespoir et n'ayant, hélas ! rien obtenu...

XV

Zélie se tut. Elle paraissait attendre, avant de continuer, que Maugreval manifestât une impression, exprimât une idée.

Mais Roland demeura muet.

Quant à Narcisse Augelot, toujours caché dans l'ombre de la loge voisine, il avait senti peu à peu sa poitrine se dilater, son visage s'épanouir.

La jolie parfumeuse s'était exprimée sur son compte en termes si affectueux, elle avait témoigné pour son caractère tant d'estime et tant de sympathie, que Narcisse en avait été touché jusqu'aux larmes.

Maintenant il écoutait, il admirait, il était attendri. Sans connaître encore le dernier mot de l'aventure, il avait rendu à Zélie sa confiance entière.

— Pour penser et pour agir de la sorte, — se disait-il, — ce ne peut être qu'une noble et excellente créature. Quoi qu'elle ait fait autrefois, je le lui pardonne. Elle sera ma femme.

Et il se rapprocha de la cloison, car la voix de Zélie vibrait de nouveau.

Elle parlait de lui...

Elle racontait comme quoi Narcisse, entré par hasard dans son magasin au moment où elle se désolait de ne pouvoir rien pour madame Hélène, lui avait naïvement offert ses services ; puis, comment le brave garçon, ayant appris qu'elle avait besoin d'argent, avait mis spontanément à sa disposition douze cents francs, qui pourtant ne lui appartenaient pas.

— Et cela, s'écria Zélie, sans même s'informer de l'emploi que je comptais faire de cette somme ! Il se contenta de la promesse que je lui fis de la lui rembourser le lendemain : tant était grande son assurance en ma probité, en ma délicatesse !

Connaissez-vous beaucoup de dévouements pareils, monsieur Roland ? Car enfin, à supposer qu'un obstacle imprévu m'empêchât de tenir mon engagement, le pauvre Narcisse risquait de perdre, non-seulement la place qui le fait vivre, mais encore son honneur, l'unique bien qu'il possède au monde.

Eh bien ! il n'a pas hésité.

Étonnez-vous donc après cela que j'aie de l'affection pour ce jeune homme et que je sois heureuse et fière d'accepter son nom !...

— Au résumé, interrompit Roland, qu'intéressait médiocrement la générosité d'Augelot, parvîntes-vous à épargner à Hélène l'humiliation d'une saisie ?

— Oui, grâce à Narcisse. J'ajoutai à ses douze cents francs quinze louis de ma poche, je courus chez l'huissier, je payai intégralement la dette, et, très contente de moi, je retournai rue des Saints-Pères.

Madame Hélène avait rouvert les yeux. Sa tête pâle et amaigrie se balançait d'un mouvement monotone sur l'oreiller. Des phrases décousues s'échappaient de ses lèvres. Elle était hors d'état de reconnaître personne.

J'envoyai chercher un médecin. A l'aspect de la malade, il fronça le sourcil ; et, comme je le pressais de questions, il me déclara qu'avant quarante-huit heures, il ne pouvait répondre de sa vie.

Puis il écrivit une ordonnance, recommanda qu'on la suivît de point en point et s'en alla en annonçant qu'il reviendrait dans la soirée.

Quant à moi, je m'installai auprès de madame Hélène. Son état de faiblesse était tel qu'il réclamait des soins constants. Il eût été inhumain d'abandonner la malheureuse jeune femme à des mains mercenaires.

Je me donnai pour une de ses amies ; je congédiai la vieille voisine qui avait fait semblant de la garder jusqu'alors et je la veillai toute la nuit.

Triste nuit, je vous assure ! Triste, bien triste aussi fut la matinée qui lui succéda ! Pendant dix-huit heures, madame Hélène, de sa petite voix douce et pénétrante, ne cessa de proférer des paroles inintelligibles...

Ses grands yeux noirs, brûlés de fièvre, étincelaient comme deux tisons. Elle riait, elle chantait, et sans cesse, avec des intonations suppliantes ou désolées, elle répétait votre nom, monsieur Roland ; puis d'autres noms qui me sont inconnus.

Vers deux heures, le lendemain, sa fièvre s'éteignit. Elle tomba dans un profond sommeil.

Dès le matin, j'avais mandé auprès de moi Mariette, dont les services m'étaient indispensables. Supposant avec raison que vous étiez arrivé le jour même à Paris, je vous dépêchai cette fille. Elle me revint une heure après, m'apportant les douze cents francs que vous lui aviez remis séance tenante.

J'étais donc en mesure de m'acquitter vis-à-vis de Narcisse. Mais, au moment où je commençais à lui écrire, une nouvelle complication surgit.

Madame Hélène se réveilla en proie à un accès de fièvre plus formidable, plus effrayant que celui qui l'avait précédé. A dater de cette minute jusqu'au lendemain, ni moi ni Mariette nous ne pûmes nous éloigner d'elle pendant la durée d'une seconde. A chaque instant, nous tremblions de la voir expirer entre nos bras.

Heureusement, c'était la crise finale. A

dix heures du matin, la malade reposait paisiblement; et le docteur, qui, comme nous, avait passé la nuit auprès d'elle, nous affirmait qu'elle était désormais hors de péril.

Mon rôle avait pris fin. Il ne fallait pas que madame Hélène, en recouvrant l'usage de ses sens, me vît et me reconnût. Je m'éloignai sans dire mon nom au concierge, qui me le demanda.

Et ce fut seulement alors que je me rappelai l'infortuné Narcisse. Au milieu de toutes ces émotions, il m'était complétement sorti de la mémoire. Quelles transes ne devait-il pas avoir subies, le malheureux !

Depuis vingt-quatre heures, il attendait la réalisation de ma promesse. Nous étions au lundi. C'était hier. Midi sonnait; et Narcisse aurait dû, à huit heures du matin, verser dans la caisse de son patron l'argent que j'avais encore en poche.

Je montai en voiture et je me fis conduire chez lui. Je ne l'y rencontrai pas. Je me souvins par bonheur de l'adresse de son bureau ; j'y allai.

Un vieillard livide et défait m'accueillit assez brutalement quand je lui demandai Narcisse.

— M. Augelot n'a point paru ici aujourd'hui, me dit-il en se rongeant les ongles de peur et de colère. J'ai envoyé chez lui ce matin; il se prétend malade; il a répondu qu'il allait venir... il ne vient pas !

En parlant ainsi, cet homme me regardait avec des yeux féroces. Je compris tout. Narcisse, n'osant retourner à son bureau sans les douze cents francs, errait probablement à cette heure dans les rues comme une âme en peine !

— Son absence est d'autant plus étrange, — ricana le vieux marchand, — qu'il a dû toucher pour moi, avant-hier soir, une somme importante.

— La voici, répliquai-je. Monsieur Narcisse est trop souffrant pour venir; il m'a chargé de vous apporter cet argent.

Le vieillard devint immédiatement aussi poli qu'il avait été malhonnête. Il me reconduisit jusqu'à ma voiture avec force salutations, et moi je courus une seconde fois chez Narcisse.

Je remis à son portier un petit mot ayant pour but de le rassurer aussitôt qu'il rentrerait. Puis je me hâtai de réintégrer mon magasin, où l'on ne m'avait point aperçue depuis deux jours.

Néanmoins, ma boutique est restée fermée hier et aujourd'hui. J'étais écrasée de fatigue; à tout prix, je voulais me reposer. Je n'ai quitté mon lit que pour revêtir ce domino.

Voilà mon histoire, monsieur Roland.

Convenez qu'elle valait la peine de vous être contée. Ai-je fait un bon usage de votre argent? le regrettez-vous ?

Maugreval ne répondit rien.

Il était plongé dans une méditation douloureuse et n'avait pas entendu un mot de la partie de cette narration relative à Narcisse.

Quant à ce dernier, ce n'était pas de la joie qu'il éprouvait, mais du délire, mais de l'extase...

Il avait un mal énorme à se contenir, à ne point sauter par-dessus la cloison, à ne point se précipiter aux genoux de Zélie, en lui criant :

— Vous êtes un ange !

Il se détestait pour avoir douté d'elle ; il s'insultait, il se bourrait d'invectives !

— Ainsi, se disait-il, si, au lieu de me déguiser en pierrot et de m'enfuir comme un voleur, j'étais resté tranquillement chez moi, fort de ma conscience et me fiant à la parole de Zélie, je me serais épargné d'épouvantables angoisses. Ah ! que j'ai souffert, mon Dieu !... et comme c'est bien fait !

Il se mit à rire. Il avait envie de danser, de se tordre et de se disloquer les membres, à l'instar des enragés qui sautaient là-bas sous les rugissements des saxophones. L'air embrasé, poudreux, qui montait du parterre, lui rafraîchissait les poumons ni plus ni moins que la plus fraîche brise. Le bonheur l'inondait.

— Eh bien ! monsieur Roland, — interrogea soudain Zélie, — vous vous taisez? Est-ce que vous êtes mécontent de moi?

— Mécontent de vous, chère enfant !... Je serais donc un idiot ou un monstre ! Donnez-moi votre main, Zélie : je veux la serrer comme celle d'un camarade... Vous êtes une bonne, aimable et charmante fille, entendez-vous ? Je vous le dis du fond du cœur, et c'est du fond du cœur aussi que je vous remercie pour moi et pour Hélène... Elle est sauvée, n'est-ce pas?

— Oui, mais bien malade encore.

— Elle est sans ressources ?

— Je le crains.

— C'est sa faute. Elle n'a rien voulu accepter de moi lorsque nous sommes séparés. Tenez, Zélie, voici dix mille francs. Il faut que vous trouviez un moyen de les lui faire considérer comme étant à elle. Inventez quelque chose d'ingénieux, envoyez-les lui par petites sommes. Enfin, agissez pour le mieux.

— Ce sera difficile, monsieur Roland. Jamais je n'oserai paraître devant elle, et quant à inventer un roman... N'importe, j'essayerai. Mais pourquoi n'allez-vous pas la voir?

— Elle ne me recevrait pas.

— Allons donc! votre vue suffirait pour la guérir.

— Ma vue la tuerait.

— Vous vous êtes donc quittés après un...?

— Chut! Zélie. Ne nous arrêtons pas sur ce sujet : il m'est pénible. Causons d'autre chose. Dites-moi, êtes-vous heureuse, ma chère amie?

— Sous quel rapport?

— Sous le rapport pécuniaire.

— Dame! je ne suis pas riche, mais je ne dois rien à personne. Vous savez que j'avais un peu de bien là-bas, à Sainte-Croix. J'ai fait tout vendre, et c'est ainsi que j'ai acheté mon fonds de parfumeuse...

— Eh bien! écoutez-moi sans vous fâcher. Vous avez déboursé quinze louis pour Hélène : il est bien juste...

— A mon tour de vous dire « chut! monsieur Roland. » Que moi j'accepte de vous une somme d'argent quelconque, cela est impossible, songez-y. Elle m'avilirait à mes propres yeux. D'ailleurs, madame Hélène m'a dotée. Une partie de ce que je possède m'est venue d'elle, et j'ai bien le droit... Mais assez sur ce chapitre. Offrez-moi votre bras, faisons un tour au foyer, un autre dans la salle, puis je vous laisserai à vos affaires...

XVI

Lorsque Roland et Zélie sortirent de leur loge, Narcisse avait déjà quitté la sienne.

Il se tenait dans le couloir, prêt à les suivre.

Mais la tâche lui fut malaisée. Une foule excessive encombrait les corridors. A chaque instant, quoique l'on fût obligé de marcher au pas, le flot des gens pressés par d'autres gens se jetait entre Maugreval et Augelot.

Heureusement, ce dernier avait pris pour point de repère le domino rose. Il ne le perdait pas de vue, et, ramant des deux coudes, avançant de biais, coupant la presse avec le profil de son grand corps maigre, il finissait toujours par le rattraper.

Cette traversée laborieuse eut une fin. On atteignit le foyer.

Là, bien que très opprimé encore, on circulait plus facilement. Narcisse alors s'aperçut du succès de curiosité qu'obtenait Maugreval.

Sur son passage, sans qu'il eût l'air de le remarquer, partaient des exclamations de surprise, les unes railleuses, les au-

tres admiratives. Il fit surtout sensation dans un certain coin où babillaient quelques jeunes hommes très élégants.

— Avez-vous vu, messieurs?...Est-ce que je me trompe?

— Non, parbleu! c'est lui-même!

— Le beau Roland!

— Toujours beau!

— Et toujours en bonne fortune!

— A qui donne-t-il le bras?

— D'où sort-il?

— On le croyait mort.

Maugreval, souriant et insoucieux, poursuivait sa route. En passant auprès de lui, plusieurs dominos féminins, malgré la présence de sa compagne, lui serrèrent furtivement la main et murmurèrent à son oreille de douces paroles.

Cela fit beaucoup rire Zélie.

— Quelle tendresse!.... s'écria-t-elle. Ces dames n'ont donc pas la patience d'attendre que vous soyez seul?

— Mon Dieu! répliqua Roland, ces dames usent du sans-façon qu'autorise le bal masqué.

— Qui sont-elles?

— Je n'en sais rien : d'anciennes amies probablement.

— Voulez-vous que je leur cède ma place?

— Par exemple!

— C'est que vous me paraissez avoir ici une imposante collection d'amis des deux sexes : de tous côtés on vous salue, on vous adresse des signaux... Et cependant, chacun se tient à distance.

— Par discrétion, ma chère.

— Comment, par discrétion?

— Hélas! oui! on me croit le héros d'une aventure galante, et l'on s'abstient de me troubler. Vous savez pourtant ce qu'il en est, Zélie?

Elle se mit à rire de plus belle.

— N'importe, ajouta-t-elle. Ce doit être amusant d'avoir tant d'amis que cela. Tout le monde ici semble enchanté de vous revoir...Ah!... se reprit-elle avec un léger soubresaut, — c'est-à-dire, non, pas tout le monde...

— Qu'entendez-vous par là?... lui demanda Maugreval étonné.

Ils se trouvaient maintenant l'un et l'autre à l'une des extrémités du foyer. En face d'eux, accoudés au marbre de la cheminée, deux jeunes gens causaient avec nonchalance.

— Connaissez-vous ce monsieur-là? dit Zélie à voix basse et sans désigner celui dont elle parlait, autrement que par un coup d'œil.

— Qui?... riposta Roland : ce grand garçon décharné, au teint blême, au dos voûté, à la tête chauve, au lorgnon enfoncé dans l'œil?... Si je le connais! je le

crois bien : c'est un de nos vieux camarades, le vicomte Clocheton du Rempart.
Et vous dites que ma vue ne lui a pas fait
plaisir?... Tenez, tenez, le voilà qui me décoche ses sourires et ses gestes les plus aimables !

— Il n'est pas question de celui-là,— dit
Zélie, mais de l'autre.

— L'autre?... il m'est inconnu.

— Vous en êtes sûr?

— Très sûr.

— Eh bien!... qu'il vous soit inconnu
ou non, il vous déteste, cher monsieur.

— Bah! vous avez lu cela sur sa figure ?

— Oui.

— Peste! quelle physionomiste !

— Regardez-le encore. Vous devez certainement l'avoir rencontré quelque part
et lui avoir nui sans vous en douter.

— Moi ! Et à quel propos, juste ciel, aurais-je nui à ce jeune homme? Il est très
bien, du reste; il a l'air doux et distingué.
Mais je ne l'ai jamais vu, je vous le répète.

— Cependant, tout à l'heure, tandis que
nous nous approchions de lui, ses yeux
sont tombés sur vous à l'improviste. Alors
il a tressailli violemment; son visage s'est
décomposé et ses mains se sont crispées si
fort, qu'il a failli écraser son chapeau.

— Etes-vous certaine de n'avoir pas
rêvé, chère enfant?

— Tout à fait certaine.

— En ce cas, la chose est au moins bizarre. Si vous le permettez, je vais interroger le vicomte Clocheton. Que diable ai-
je pu faire à ce monsieur? Son nom m'é-
clairera peut-être.

Et Roland, assez intrigué, conduisit la
jeune femme jusqu'à un divan. Puis,
quand elle se fut assise, il s'avança, la
main tendue, vers son excellent ami du
Rempart.

Disons dès à présent que Zélie ne s'é-
tait pas trompée.

Le jeune interlocuteur du vicomte avait
positivement pâli à l'aspect inattendu de
Maugreval, et ses traits, pendant un
instant, s'étaient imprégnés d'une expression d'antipathie et d'anxiété fort vive.

Or ce personnage si peu maître de ses
impressions n'était autre que Gilbert de
Soriat, le héros de notre prologue.

Au moment où nous avons pris congé
de lui, Gilbert, on se le rappelle, était à la
veille de partir pour Paris, où le meilleur
des pères l'envoyait étudier son droit.

Quel genre d'existence avait-il mené depuis lors, c'est-à-dire depuis quatre ans?

Voilà ce que, avant d'aller plus loin, nous
sommes contraint de raconter aussi brièvement que possible.

Dès son arrivée à Paris, Gilbert, par sa
conduite et par ses allures mystérieuses,
avait frappé d'étonnement tous ceux de
ses condisciples du lycée qui prirent en
même temps que lui leurs inscriptions.

Au lycée, ils l'avaient connu insouciant,
flâneur, paresseux même; ils le retrouvè-
rent à la Faculté de droit, sérieux, attentif, griffonnant note sur note et visiblement transformé en travailleur.

Son indolence avait fait place à je ne
sais quelle ardeur inquiète; son apathie, à
une dévorante soif d'activité. Tout en lui
dénonçait l'homme qui vise un point dans
l'avenir et qui veut marcher vers ce point
d'un pas ferme, infatigable, infaillible.

Et d'abord, au lieu de s'enrôler parmi
les étudiants viveurs de la rive gauche, il
s'enferma vertueusement chez lui; au lieu
de gaspiller joyeusement la subvention
paternelle, il se régla de manière à en
économiser les trois quarts.

Bien plus, — chose étrange ! — il se mit
en quête d'une occupation qui lui rappor-
tât de l'argent sans l'empêcher de préparer ses examens.

Tant d'âpreté au lucre eût été concevable
chez un étudiant pauvre ; mais Gilbert de Soriat, comparé à la majeure partie de ses camarades, était un gaillard
opulent.

Pourquoi cherchait-il à augmenter un
revenu qu'il ne dépensait pas ?

Question indiscrète.

Gilbert s'abstint d'y répondre, continua
ses démarches et finit par obtenir ce qu'il
souhaitait.

Le banquier de son père, celui chez lequel il touchait sa pension mensuelle, —
M. le baron de Jourdy en un mot, — voulut bien l'accueillir en qualité de secrétaire particulier.

Ce ne fut pas une sinécure.

M. de Jourdy venait de se marier. Tout
entier à sa jeune femme, il avait besoin
de quelqu'un qui le suppléât absolument.

Lorsqu'il eut apprécié l'intelligence de
son nouveau secrétaire, il remercia le hasard de lui avoir envoyé un aussi précieux
collaborateur, et n'hésita point à lui confier les besognes les plus ardues.

Force fut alors à Gilbert, pour ne pas
succomber à la tâche, de déployer toutes
les ressources de son organisation résolue, tenace et patiente.

Levé avant le jour, n'accordant à ses
nuits que quatre heures de sommeil, non-
seulement il vint à bout de l'énorme labeur qui lui incombait, mais il réussit à
suivre les cours et les conférences de
droit, à fréquenter les cabinets de lecture
et la bibliothèque de l'Ecole.

Ce métier de galérien, cette existence
sevrée de plaisirs et semée d'horribles fatigues lui dévora trois de ses plus belles
années.

Trois années durant lesquelles, sans avoir un seul instant négligé les intérêts de son protecteur, il conquit tous ses grades et se fit recevoir avocat.

Ce but atteint, Gilbert reprit haleine.

Il avait vingt-quatre ans; il était rompu au travail, façonné au maniement des affaires. M. de Jourdy le traitait avec considération et rémunérait largement ses services.

Enfin il s'était créé des amitiés puissantes, car son caractère réfléchi et son savoir précoce lui avaient concilié l'attention de certains personnages influents qu'il rencontrait chaque jour chez le baron.

Appuyé sur eux, Gilbert ne pouvait manquer de faire son chemin tôt ou tard. Dans quelle carrière? L'occasion en déciderait.

En attendant, il s'observa prudemment. Sa vie extérieure conserva une régularité de bon ton. Il alla dans le monde, se montra partout où un homme bien né doit être reçu...

Et partout aussi, sans peine, sans effort, il eut le don de plaire.

Mince et blond, avec une haute taille flexible, une barbe soyeuse, des mains de race et des pieds cambrés, il charmait à première vue par son air de noblesse. Sa physionomie douce et rêveuse, mais rayonnante d'esprit, lui gagnait les cœurs avant qu'il les eût parlé. Une grâce naturelle dans les gestes, dans l'attitude, dans la façon de sourire et de se taire, achevait de lui assurer les sympathies.

Si l'on ajoute à ces qualités physiques un nom de patricien, un père riche, une réputation excellente et mille chances de parvenir, — on devinera que Gilbert fut couché en joue par une foule de mères préoccupées du placement de leurs fillettes.

Vingt partis, — et des plus sortables, — allèrent d'eux-mêmes au-devant de son choix. Il ne s'écoulait guère de soirée où quelque douairière, lui prenant familièrement le bras, ne lui dît sur un ton confidentiel :

— Pourquoi ne vous mariez-vous pas ? Voyons, si l'on vous proposait une jolie personne, parfaitement élevée, fille unique... en un mot, deux cent mille francs et des espérances... que répondriez-vous, cher monsieur ?

Gilbert riait et détournait la conversation.

Mais, comme les douairières revinrent obstinément à la charge, il les réduisit au silence une fois pour toutes en leur avouant qu'il entendait rester garçon.

A dater de cette minute, les demoiselles nubiles l'abandonnèrent à son malheu-reux sort. Par contre, il remonta dans l'opinion des veuves consolables et des femmes mécontentes de leurs maris.

Certes, il n'eût tenu qu'à lui de jouer les don Juan. Plus d'une, — entre deux tours de valse, — le lui donna clairement à supposer. Gilbert fit la sourde oreille. Œillades et agaceries s'émoussèrent sur la triple cuirasse de son indifférence.

Indifférence d'autant plus inouïe que, ni dans le vrai monde ni dans l'autre, on ne lui découvrait de maîtresse.

XVII

Cette étonnante froideur de Gilbert vis-à-vis du beau sexe finit par donner lieu à mille plaisanteries. Il fut le premier à en rire et n'en persévéra pas moins dans sa même ligne de conduite.

Non qu'il affichât une austérité ridicule : bien souvent il s'était laissé entraîner par ses amis à ces parties de jeunes gens, si dangereuses pour les rigoristes.

Plus d'une fois de jeunes pécheresses, prévenues d'avance et récoltées avec soin dans les petits théâtres, avaient enveloppé le bel insensible de leurs séductions.

Mais là où saint Antoine aurait succombé, Gilbert avait résisté toujours.

Il s'était montré joyeux compagnon, convive aimable, causeur spirituel. Seulement il avait découragé ces dames par sa galanterie quelque peu railleuse, et il était sorti de tous ces traquenards aussi pur qu'il y était entré.

Au résumé, les avis étaient extrêmement partagés sur son compte : les uns disaient de lui : — C'est un niais !... les autres : — C'est un poseur !... Les femmes s'écriaient avec conviction : — C'est un ambitieux par amour !

Ambitieux, cela ne faisait aucun doute. Les moindres actes de Gilbert portaient l'empreinte d'une idée fixe : escalader les sommets et emporter d'assaut cette redoute qu'on nomme « une position ».

Quant à être amoureux, il n'en avait nullement les apparences. Certaines curieuses prétendaient bien, à la vérité, que Gilbert, lorsqu'il ne se croyait point épié, tombait en des méditations étranges ; que sa figure respirait alors une sorte d'extase ; qu'enfin le regard de ses grands yeux bleus avait cette expression tendre et profonde qui trahit un bonheur discret...

Mais là se bornaient forcément leurs remarques. Gilbert avait, de longue date, muré sa vie intime : elle déflait tous les espionnages.

Dès son entrée en fonctions auprès de M. de Jourdy, il avait refusé d'accepter chez celui-ci le logement et la table.

Bien plus : le baron ayant son hôtel dans le haut du faubourg Poissonnière, Gilbert s'était loué un appartement à l'autre extrémité de Paris, rue de Rennes, dans le quartier Montparnasse.

Voilà tout ce qu'on savait de ce jeune homme.

Ce qu'on ne savait pas, le voici :

Quoique son père lui servît une pension de trois mille francs, quoique les appointements qu'il gagnait chez M. de Jourdy montassent à plus du double, Gilbert vivait de la façon la plus misérable.

Avec un budget de dix mille francs environ, il était parfois tellement à la gêne, qu'il portait secrètement sa montre au mont-de-piété.

Cependant il ne se permettait aucune dépense extraordinaire. Son prétendu appartement se composait d'une chambre imparfaitement meublée au cinquième étage d'une maison garnie. Il la payait vingt-cinq francs par mois et mangeait à prix fixe dans des restaurants infimes.

Où donc passait son argent ?

Ceci exige encore une explication rétrospective.

Quatre ans auparavant, lorsqu'il avait quitté Soriat pour venir à Paris, Gilbert, on s'en souvient, avait fait la route en compagnie de Mme Haveril et de sa fille.

Il escorta ces dames jusqu'à leur porte et sollicita l'autorisation de les visiter de temps à autre.

Elle lui fut accordée avec empressement.

Peu à peu il devint leur hôte assidu. Elles demeuraient rue de Rennes ; il vint s'y loger aussi, afin de pouvoir leur consacrer les rares instants qu'il dérobait à son travail.

L'intérieur de madame Haveril n'offrait rien de luxueux. On y devinait une pauvreté courageusement combattue. Pas de bonne, pas de domestique. Diane s'occupait seule des soins du ménage. Sa mère l'aidait peu : car son maquillage accaparait les trois quarts de ses heures.

Au bout d'un an de fréquentation, Gilbert s'aperçut tout d'un coup que ses voisines vivaient dans un état de véritable indigence.

Cela le surprit douloureusement.

Il avait cru jusqu'alors connaître leur situation de fortune : on lui avait raconté que madame Haveril, à la mort de son mari, avait hérité d'un petit capital de quarante mille francs, et que, comme veuve d'un chef de bureau dans une grande administration publique, elle touchait en outre douze cents francs de rente viagère.

Le renseignement était exact. Madame Haveril avait effectivement possédé tout cela ; et pendant plusieurs années son modique revenu de trois mille deux cents francs lui avait suffi, puisqu'elle avait trouvé moyen, grâce à lui, de faire donner à Diane une éducation supérieure et de tenir elle-même un certain rang dans le monde.

Mais madame Haveril avait un vice énorme : elle était joueuse. Ce penchant fatal la poussa par degrés à risquer quelques opérations de Bourse. Elle perdit : l'espoir de réparer ses pertes l'encouragea à continuer ; sa passion se changea en frénésie : Elle ne rêva plus que hausse et baisse ; elle n'ouvrit plus un journal que pour consulter le cours officiel ; elle parla primes, reports, liquidation, avec autant d'aplomb et de facilité que n'importe quel remisier.

Elle n'en perdit pas moins.

Vainement, — pour employer l'argot du lieu, — se couvrit-elle par des primes, c'est-à-dire s'arrangea-t-elle de manière à limiter le chiffre de ses pertes, elle vit, d'année en année, son mince capital s'amoindrir.

Alors, saisie de frayeur, elle essaya de combler son déficit en redoublant d'économie dans son ménage ; elle rogna sur tout et sur rien ; elle se priva d'un morceau de sucre dans son café, elle évita d'allumer les lampes de bonne heure, elle retrancha sur la nourriture commune, elle déploya enfin une parcimonie aussi grotesque qu'inutile.

Toutefois, dévorée qu'elle était par l'espérance de réaliser des bénéfices, elle ne cessa point de vendre et d'acheter des primes : si bien que quand elle avait réussi à épargner quarante ou cinquante francs sur les dépenses du mois, arrivait le bordereau de l'agent de change et l'invitation de passer à la caisse afin de le régler.

Ainsi, tout doucement, en détail, par misérables sommes mensuelles de cinq ou six cents francs, madame Haveril se ruina de fond en comble. Une à une, elle vendit ses obligations, ses actions, ses coupures de rente. Un moment vint où elle n'eut plus pour unique ressource que ses douze cents francs de pension.

Heureusement, ceux-là étaient inaliénables.

Mais vivre deux, — fût-ce même deux femmes, — avec douze cents francs, était un tour de force que madame Haveril ne se sentait guère capable d'accomplir.

Ce fut alors qu'elle songea, en remarquant l'extrême beauté de sa fille, à la marier au plus vite et à la marier richement.

La chose était plus facile à concevoir qu'à exécuter. Dans le milieu bourgeois où Diane était née, les célibataires opulents n'abondaient pas. Les amis de madame Haveril appartenaient à la classe moyenne, et leurs fils, à cette race positive et pratique qui, en fait de mariage, compte pour rien la personne à choisir et pour tout le chiffre de son apport. Peu fortunés pour la plupart, ils entendaient s'enrichir en prenant femme. Il n'y avait donc, pour madame Haveril, aucun gendre à espérer de ce côté-là.

— J'aurais dû, se disait-elle, la produire dans les grands centres à la mode, la mener aux villes d'eaux, courir les bains de mer, promener cette enfant dans tous les rendez-vous d'oisifs. A présent, cela m'est interdit, faute d'argent... Il ne lui reste qu'une chance : c'est d'être remarquée dans la rue par un homme riche et désintéressé qui s'en éprenne.

Cette chance se rencontra.

Maugreval aperçut Diane et s'éprit d'elle à première vue. Il la suivit, lui inspira de l'intérêt, s'introduisit chez elle et sollicita sa main.

Madame Haveril fut enchantée. Cependant, avant de conclure, elle crut devoir s'informer du passé de son futur gendre. Le respect humain lui faisait une loi d'agir de la sorte.

Elle obtint d'excellents renseignements sur sa fortune, de détestables sur sa moralité.

Comme elle balançait à prendre un parti, Roland sut, en un clin d'œil, la décider en sa faveur.

Il avait appris — commment?... on l'ignore — que madame Haveril jouait à la Bourse et qu'en ce moment même on la tourmentait à propos d'une différence qu'elle était hors d'état de payer.

Maugreval mit à sa disposition la somme nécessaire et la supplia d'avoir recours à lui chaque fois qu'elle aurait besoin d'argent.

Madame Haveril fut enlevée d'assaut. Le mariage fut décidé. On a vu — dans la première partie de cette histoire — comme quoi Diane n'hésita point à le rompre.

Eclairée sur le véritable caractère de Roland, à la suite du scandaleux éclat de son aventure avec Eglantine, humiliée surtout dans son amour et mortellement blessée dans son orgueil, elle déclara hautement que jamais elle n'épouserait un pareil homme.

En vain sa mère essaya de la faire revenir sur cette résolution, en vain Roland lui-même lui écrivit-il d'Italie, où il parachevait sa convalescence, Diane demeura inébranlable.

Elle souffrit profondément; mais à la longue elle parvint à chasser de son cœur le souvenir du beau Roland.

Puis de longs mois s'écoulèrent; puis insensiblement une autre affection, plus sérieuse, mieux raisonnée et par conséquent mille fois plus vraie, remplaça dans l'âme pure de la jeune fille sa première affection trahie.

Elle aima Gilbert.

Le voyant tous les jours, elle put apprécier la noblesse, la grandeur, la générosité de ses sentiments; elle les partagea sans réserve.

Quand à madame Haveril, elle n'avait pas attendu aussi longtemps pour pénétrer le motif qui attirait Gilbert dans son triste logis. Elle ne fut nullement étonnée lorsque le jeune homme se prononça.

Gilbert en somme était un parti sortable : il serait riche un jour, et dès à présent il pouvait faire vivre honorablement une femme avec le produit de son travail.

Seulement, il n'était pas majeur. De toute nécessité, il fallait demander l'approbation de M. de Soriat.

On lui écrivit.

Courrier par courrier, le meilleur des pères répondit qu'il refusait absolument son consentement, qu'il le refuserait toujours, et que si Gilbert persistait dans son inqualifiable idée de vouloir épouser une fille sans dot, il prendrait des mesures pour le priver de sa succession.

Gilbert ne s'émut pas.

— Patientons jusqu'à ma majorité, dit-il à Diane.

Madame Haveril fit la grimace. Elle n'avait pas le temps de patienter. Elle jouait et elle perdait sans relâche. Si elle désirait un gendre, c'était afin de lui emprunter de l'argent.

A tout hasard, elle se risqua à en emprunter à Gilbert, bien déterminée à le congédier, s'il rejetait sa requête.

Loin de la rejeter, il l'accueillit avec joie, heureux d'être de quelque utilité à la mère de Diane.

Aussi eut-il permission de continuer ses visites comme par le passé. Mais, à dater de cette minute, il n'eut plus un sou à lui. Sa bourse s'était prise, pour ainsi dire, dans un engrenage qui devait la dévorer tout entière.

Au fur et à mesure qu'il touchait ses appointements, madame Haveril l'en débarrassait sans vergogne. Le tout s'engloutissait chez les agents de change. Gilbert le savait et n'osait refuser les sommes que lui extorquait sa future belle-mère, dans la crainte qu'elle ne lui fermât sa porte.

Quant à Diane, ignorant que sa mère

fût ruinée et qu'elle s'occupât d'affaires de Bourse, à plus forte raison ignorait-elle l'odieux chantage auquel cette femme se livrait.

Quatre ans s'étaient envolés au milieu de ces circonstances, lorsque, quarante-huit heures avant le moment où nous le retrouvons à l'Opéra, Gilbert soupçonna tout d'un coup que ses sacrifices d'argent avaient été en pure perte, que madame Haveril le trahissait et que Maugreval allait reparaître entre Diane et lui.

XVIII

Ce soupçon subit de Gilbert avait été, il est vrai, précédé de certaines inquiétudes. Depuis quelque temps déjà, madame Haveril recevait des lettres d'Italie. Il le savait. Deux ou trois d'entre elles s'é-taient par hasard rencontrées sous ses yeux, et il avait constaté qu'elles portaient le timbre de Venise.

Or Maugreval était alors à Venise.

Mais à quel propos madame Haveril eût-elle entretenu des rapports avec lui ? N'était-il pas plus simple d'admettre qu'elle connaissait à Venise d'autres personnes que le beau Roland ?

Ainsi se raisonna Gilbert, et il n'attacha point grande importance à sa découverte.

Toutefois, il ne tarda guère à s'apercevoir que madame Haveril lui battait froid. Sans raison aucune, elle semblait maintenant embarrassée en sa présence. Elle l'importunait moins de ses emprunts. Enfin, lorsque devant elle, causant cœur à cœur avec Diane, Gilbert se laissait aller à ces doux projets d'avenir qu'aiment tant à édifier les amoureux, il avait cru remarquer plusieurs fois que madame Haveril donnait des marques d'impatience et haussait imperceptiblement les épaules.

Au milieu du complet bonheur dont il jouissait, ces incidents, insignifiants en apparence, avaient assombri par moments son âme, comme on voit s'assombrir une prairie couverte de fleurs quand passe un nuage entre elle et le soleil.

Ce jour-là, en l'absence de Diane, madame Haveril lui dit à brûle-pourpoint :

— Avez-vous pris note des sommes que vous m'avez prêtées ?

— Non, certes.

— Vous avez eu tort. Heureusement, j'ai plus d'ordre que vous, et je les ai soigneusement enregistrées.

— A quoi bon ?

— Mais à vous les rendre quand l'instant en sera venu.

Gilbert réprima un sourire. Il avait l'intime conviction que madame Haveril était et serait toujours hors d'état de lui rendre quoi que ce fût.

— Ne parlons pas de remboursement, répondit-il. De vous à moi, la chose serait ridicule. N'allez-vous pas être ma mère !

— Qui sait ?

— Comment ! qui sait ?... Dans un an j'aurai vingt-cinq ans accomplis, et alors...

— D'ici à un an, bien des obstacles peuvent surgir.

— De qui viendraient-ils ?

— De vous-même peut-être.

— De moi !

— Eh ! mon Dieu ! vous étiez deux enfants, ma fille et vous, lorsque vous vous êtes engagés l'un vis-à-vis de l'autre. Un moment arrivera où vous réfléchirez.

— Il y a longtemps, quant à moi, que mes réflexions sont faites.

— Non. Vous n'avez pas assez réfléchi qu'en épousant Diane contre le gré de votre père, vous ruinerez à jamais votre avenir. M. de Soriat vous a menacé d'alié-ner ses biens.

— Qu'il les aliène. J'en serai quitte pour faire fortune.

— C'est douteux. Pour faire fortune, il faut qu'un homme soit complétement libre, tout à fait indépendant. S'il est obligé de songer avant tout à sa femme, à ses marmots, à son ménage, il est arrêté à chaque pas dans ses résolutions ; il ne parvient à rien et il végète.

— Eh bien ! je végéterai. Que m'importe, si je suis heureux ?

— Vous parlez là, mon cher, en franc égoïste. Et Diane, vous imaginez-vous qu'elle sera heureuse dans la misère ?

— Soyez tranquille. Moi vivant, la misère ne l'approchera point.

— Vous vivant, soit. Mais vous pouvez mourir, vous pouvez perdre votre emploi.

— Allons donc !

— On doit tout prévoir, mon ami. Or, en dehors de cet emploi, vous ne possédez rien au monde ; vous n'avez pas mis un sou de côté ; vous n'avez même pas de quoi vous meubler un intérieur confortable... Se marier dans de pareilles conditions, vraiment, c'est de la folie !

Gilbert aurait pu répondre à madame Haveril que, s'il avait mis de côté, depuis trois ans, les sommes dont il s'était dé-pouillé pour elle, il serait présentement à la tête d'un fort joli capital.

Il eut la générosité de se taire à ce sujet. Ne comprenant rien d'ailleurs à l'étrange changement de front de sa future belle-mère, et la supposant sous l'influence de quelque dérangement nerveux, il s'efforça de tourner la conversation en plaisanterie.

Mais son inaltérable sang-froid exaspéra la dame. Elle se fâcha tout rouge, manifesta hautement son regret d'avoir consenti au mariage projeté, pleura sur le triste destin réservé à sa fille et finit par insinuer qu'à la place de Gilbert, un homme d'honneur s'empresserait de renoncer à la main de Diane.

Gilbert, d'abord stupéfait, sentit la colère le gagner.

— Est-ce de la part de Diane, demanda-t-il, que vous me donnez ce singulier conseil ?

— Non, monsieur. Diane ignore et doit ignorer toujours que nous avons eu cet entretien.

— Alors, cette pensée de rupture émane uniquement de vous ?

— De moi seule.

— Personne ne vous l'a inspirée ?

— Personne.

— Daigneriez-vous m'apprendre comment j'ai démérité de votre estime et pourquoi, après trois ans d'entente parfaite, vous désirez subitement que je vous rende votre parole ?

— Je ne désire rien, je ne vous conseille rien ; je fais simplement appel à vos bons sentiments.

— En ce cas, chère madame, les choses, avec votre permission, demeureront telles qu'elles ont été jusqu'à ce jour.

— Vous persistez !

— Je persiste. Mes bons sentiments, d'accord en cela avec ma ferme volonté, m'assurent qu'en s'unissant à moi, Diane sera parfaitement heureuse.

— J'ai la persuasion du contraire.

— Les opinions sont libres.

Gilbert salua et sortit furieux.

Quelle lubie, quel incompréhensible caprice avait donc traversé le cerveau de madame Haveril ?

Voilà ce qu'il lui était impossible de s'expliquer.

Mais, quelques heures plus tard, l'explication s'offrit à lui d'elle-même.

Dix minutes avant d'aller dîner, Gilbert avait coutume d'entrer dans le jardin du Luxembourg et d'y faire deux ou trois tours de promenade.

Il y manqua d'autant moins ce jour-là, qu'accablé de tristesse et poursuivi par de fâcheux pressentiments, il éprouvait un grand désir de solitude.

Il errait donc à pas lents dans une des allées les moins fréquentées, lorsqu'une femme qui marchait très vite le frôla en passant auprès de lui.

Gilbert la regarda s'éloigner. Il crut reconnaître madame Haveril.

Cependant, comme il faisait presque nuit et que les branchages formant voûte au-dessus de sa tête interceptaient les derniers rayons du jour, il voulut s'assurer qu'il ne se trompait point et hâta le pas pour rejoindre la dame.

Quand elle fut arrivée sur une terrasse, au milieu d'un espace découvert, Gilbert ne conserva plus aucun doute.

C'était bien elle.

Sa toilette de toute jeune femme, ses jupes aux couleurs éclatantes, le tintement de ses bibelots en cuivre doré et jusqu'au tremblement nerveux qui commençait à secouer sa vieille tête, rendaient une méprise improbable.

Elle allait et venait, se promenait de long en large, interrogeait du regard les différentes avenues du jardin, et semblait, en un mot, avoir donné rendez-vous à quelqu'un qui la faisait attendre.

Gilbert pensa que ce quelqu'un était probablement Diane. L'âge de madame Haveril excluait de son esprit toute mauvaise pensée.

Désireux de conclure la paix avec elle, il se préparait à s'avancer, quand il vit de loin un jeune homme accoster la dame, le chapeau à la main.

Après quelques paroles échangées, madame Haveril prit le bras du nouveau venu. Tous deux se mirent à marcher un peu à l'aventure, en causant à voix basse d'une manière extrêmement animée.

Gilbert se rapprocha d'eux, les dépassa, puis continua son chemin, sans qu'ils eussent fait attention à lui.

Mais il avait eu le temps, lui, de regarder au visage le cavalier de madame Haveril.

C'était Roland Maugreval.

Roland, arrivé d'Italie ce jour-là même, dimanche gras, avait une entrevue secrète avec la mère de Diane.

Dès lors, ce qui était resté obscur dans la pensée de Gilbert s'éclaira d'une lueur menaçante.

Evidemment quelque machination se tramait contre son bonheur.

Sans perdre une minute, il courut jusqu'à la rue de Rennes. Certain de trouver Diane seule chez elle, il monta.

Diane lui ouvrit et fut effrayée du bouleversement de sa figure.

D'une voix haletante, entrecoupée, Gilbert lui raconta ce qu'il venait de voir et la conversation que, dans la journée, il avait eue avec madame Haveril.

Diane ne parut point surprise. Sa physionomie révéla qu'elle avait déjà soupçonné sa mère d'être de connivence avec Roland. Peut-être avait-elle eu à subir des discussions semblables à celle dont se plaignait Gilbert.

En tous cas, elle conserva une sérénité parfaite. Puis, tendant ses deux mains à son fiancé :

— Laissez-les faire, ami, lui dit-elle avec un doux sourire, et ne vous tourmentez pas. Je suis majeure : nul n'a le droit de violenter ma volonté. Ayez confiance : je vous aime, je ne serai qu'à vous.

— Mais si cet homme vient ici ?...

— Il n'y viendra pas deux fois, Gilbert. Aujourd'hui encore plus qu'il y a quatre ans, je le hais et je le méprise. Je le lui dirai en face, s'il le faut.

Gilbert, enivré, appuya ses lèvres sur ses deux petites mains blanches, et s'enfuit pour n'être pas rencontré par madame Haveril.

Il était pleinement rassuré quant à Diane. Néanmoins, une sombre inquiétude continua de peser sur sa poitrine.

Instinctivement, il se sentit exposé à un danger inconnu, enveloppé par les ombres d'une catastrophe prochaine.

Le visage ironique du beau Roland ne cessa plus de ricaner devant ses yeux. Endormi ou éveillé, il songea continuellement à Maugreval ; continuellement il se demanda quelle embûche allait lui tendre ce superbe bandit.

Ce fut pour se distraire de tant d'idées noires que, pendant la nuit du mardi gras, Gilbert, rompant avec ses habitudes, eut la fantaisie d'entrer au bal de l'Opéra.

XIX

Avant de raconter les scènes suivantes, résumons en quelques mots la situation de nos divers personnages.

L'action va s'engager au bal de l'Opéra.

Il est deux heures du matin. Une foule épaisse glisse en bourdonnant sur le tapis du foyer. Au milieu de cette multitude rieuse, les habitués du lieu constatent avec surprise la présence de Roland Maugreval, qui, depuis plusieurs années, a disparu du monde viveur.

C'est une véritable résurrection. Regardé avec envie par beaucoup d'hommes et avec tendresse par bon nombre de femmes, Roland donne le bras à un charmant domino rose.

Ce domino n'est autre qu'Eglantine, la veuve du malheureux Jean Renot.

Et certes nul ne reconnaîtrait la blonde paysanne de notre prologue, lors même qu'elle n'aurait point sur son visage le masque de velours noir qui met si gentiment en relief sa bouche fraîche et la fossette de son menton.

Eglantine a fait peau neuve. Il ne reste en elle rien qui trahisse la villageoise, rien qui dénote l'ex-camériste. Elle s'est instruite tant bien que mal ; elle parle couramment le jargon parisien; elle porte sa toilette avec élégance. Enfin elle s'appelle Zélie Fredon et elle est parfumeuse.

Sa faute d'autrefois, elle la regrette, elle la déplore, elle n'y peut songer sans frémir. Durant bien des jours et durant bien des nuits, elle a versé des larmes de sang sur ce vertige d'une heure qui l'a jetée entre les bras de Maugreval, sur cette trahison d'un instant qui a précipité son mari dans le suicide.

Mais une jolie femme de vingt-quatre ans ne saurait pleurer toujours. D'ailleurs, que réparent les larmes ? à quoi servent-elles, sinon à ternir inutilement les yeux?

Zélie s'efforce donc d'oublier son passé; elle s'efforce surtout de le racheter par une conduite exemplaire.

Si, vêtue de rose, elle promène en ce moment ses remords au bal de l'Opéra, — c'est qu'une bonne pensée l'y a conduite.

Il y a quelques jours, le hasard lui a fait rencontrer son ancienne maîtresse, madame Hélène, mourante et en proie au dénuement le plus affreux.

Zélie s'est installée au chevet de la malade; elle l'a disputée à la mort, elle a payé ses dettes, elle lui a épargné la honte d'une saisie : — le tout sans se montrer, sans se faire connaître, sans qu'Hélène, revenue à la vie, puisse deviner à quelle main généreuse elle doit l'existence et le repos.

Puis, Zélie Fredon a essayé mieux encore.

Grâce à certaines paroles échappées à Hélène pendant son délire, elle a découvert que la pauvre femme, bien que séparée de Roland par suite de circonstances inconnues, l'aime plus éperdument que jamais.

Zélie a résolu de rapprocher les deux amants l'un de l'autre.

Elle sait où trouver Maugreval : car, après le tragique dénouement de son aventure, après sa fuite du village de Sainte-Croix, Zélie, une fois casée dans son petit magasin de la rue Dauphine, a cru devoir écrire à l'homme qui l'a perdue une lettre de reproches et d'éternel adieu.

Roland a répondu par des offres de services. Elle les a repoussées. Néanmoins, la correspondance entamée entre eux s'est poursuivie, froide et rare, jusqu'au retour à Paris de Maugreval ; — retour dont il a lui-même annoncé l'époque à Zélie en lui envoyant son adresse.

Ainsi renseignée, la jeune parfumeuse ne songe plus qu'à rétablir la concorde entre Hélène et le beau Roland.

Mais une réflexion l'arrête.

Elle ignore pourquoi ils se sont séparés. Si la rupture a été provoquée par Maugreval, celui-ci lui imposera silence au premier mot et ne voudra pas entendre parler de réconciliation.

Il faut donc agir de ruse vis-à-vis de lui, et c'est ce à quoi Zélie a procédé avec un machiavélisme tout à fait féminin.

Dans un billet plein de coquetterie, elle a manifesté à son ancien séducteur le désir de dîner avec lui tête-à-tête et d'aller ensuite au bal à son bras.

Flatté dans son amour-propre, curieux de constater jusqu'à quel point la paysanne s'est transformée en Parisienne, Roland a donné dans le piège.

Il a revu Zélie : il a été charmé; il a senti se rallumer son caprice. Mais, à son suprême étonnement, Zélie lui a tenu la dragée haute.

Elle lui a déclaré, le plus tranquillement, le plus amicalement du monde, qu'elle ne l'aimait plus, qu'elle n'était pas sûre de l'avoir jamais aimé, que tout était fini entre eux, et qu'au surplus elle entendait vivre désormais en honnête femme.

Puis, faisant un suprême appel à son cœur, elle lui a exposé la triste position d'Hélène.

Roland, très surpris, très ému, n'a point cherché à dissimuler son trouble. Néanmoins, il a refusé nettement de revoir la femme qui si longtemps a porté son nom; il a refusé d'un ton si péremptoire que Zélie n'a point osé insister.

— Si elle est sans ressources, a continué Maugreval profondément attendri, c'est sa faute : elle n'a rien voulu accepter de moi. Prenez ces dix mille francs, Zélie, et inventez un moyen de les lui faire considérer comme étant à elle. Offerts par moi, elle les rejetterait avec horreur.

Et comme la parfumeuse ébauchait une question :

— Causons d'autre chose, dit Roland : ce sujet m'est pénible.

Ainsi ont avorté les beaux projets de Zélie. Cependant elle n'est point trop mécontente; et, quoique ne sachant pas au juste comment elle introduira l'argent de Maugreval dans la bourse d'Hélène, elle se console de sa déconvenue en pensant que du moins sa protégée sera pour longtemps à l'abri du besoin.

Cette idée fait resplendir ses yeux bleus. Ils brillent comme deux étoiles à travers les trous du masque, tandis que, suspendue au bras de Roland, elle traverse lentement la foule.

Quant à Maugreval, tout ennuyé qu'il est de promener une femme de laquelle il n'a plus la moindre des choses à attendre, il fait bonne mine à mauvais jeu et l'entretient avec la plus attrayante courtoisie.

A le voir passer ainsi, souriant et insoucieux, on croirait que l'ombre d'une pensée grave n'a jamais effleuré son front. Mais quiconque pourrait lire au fond de son âme reculerait épouvanté.

Mille inquiétudes, mille terreurs, mille plans ténébreux l'assiégent. Et, planant au-dessus de ce noir chaos, deux noms de femme rebondissent sans cesse aux oreilles du beau Roland; deux noms le préoccupent, l'irritent, le plongent en des anxiétés continuelles : le nom d'Hélène et celui de Diane Haveril.

Nul ne soupçonnerait son agitation intérieure. Il rit, il cause, il plaisante, il échange des signes avec ses amis et des bons mots avec tout le monde. Derrière lui se faufile en tapinois Narcisse Augelot.

Narcisse est aux anges. Le bonheur l'étouffe. Ses favoris postiches, son flegme d'emprunt et sa tenue de banquier américain cachent un homme enivré de joie. Il ne se ressemble plus à lui-même; il ressemble encore moins au sale et piteux pierrot qui, quelques heures auparavant, se fût jeté dans la Seine s'il n'eût été retenu par le guitariste Isidore.

Isidore, c'est madame la baronne de Jourdy. Elle a sauvé Narcisse, elle l'a bourré de billets de banque, elle lui a fait entrevoir un avenir radieux, à condition qu'il suivrait Roland et qu'il se procurerait son adresse.

Narcisse se rappelle ces choses vaguement. Pourquoi madame de Jourdy se déguise-t-elle en chanteur des rues? Dans quel but cherche-t-elle depuis six ans Maugreval, qu'elle ne connaît que par une photographie? Dans quel intérêt veut-elle découvrir où il demeure?

Autant de problèmes qui se mêlent dans la tête de Narcisse Augelot. Mais comme tout cela maintenant lui est égal!... Il a entendu la conversation de Zélie et de Roland : il sait que la parfumeuse est une honnête personne, qu'elle l'honore de son estime, qu'elle est disposée à l'accepter pour mari, qu'elle a remboucé les douze cents francs au patron; il sait que la police n'est point à ses trousses et qu'il peut rentrer chez lui le front haut. Le reste ne lui importe guère; il n'a besoin de rien savoir de plus.

Par moments, il lui prend des envies folles de planter là Maugreval, de renoncer à ses fonctions de mouchard, de saisir Zélie par la taille, de lui décliner son nom et de passer le reste de la nuit à marivauder avec elle.

Mais sa probité native le retient toujours. Il a promis, il a engagé sa parole. Et puis Isidore, — ou plutôt la baronne de Jourdy a été si excellente pour lui, que, même en restituant l'argent qu'elle lui a prêté et dont il n'a plus que faire, Narcisse ne se considérerait point comme étant quitte envers elle.

— Que m'a-t-elle demandé, en somme ? se dit-il. Une chose extrêmement simple, extrêmement avouable. Rendons-lui le service qu'elle a sollicité de moi. D'ailleurs, j'ai fait des dépenses à son compte ; les habits qui me couvrent sont payés par elle. Je n'ai qu'un moyen immédiat de m'acquitter : c'est d'accéder à son désir.

Et Narcisse, là-dessus, continue à suivre pas à pas le beau Roland. Et plus il réfléchit, plus il se sent obligé à le suivre, coûte que coûte.

En effet, Narcisse va entrer en ménage ; il a une carrière à se créer, il veut entourer Zélie de luxe et de bien-être. Ce n'est pas le moment de repousser une protectrice telle que la baronne de Jourdy, la femme d'un des plus importants financiers de France, une aimable femme qui a presque fait le serment de se charger de la fortune d'Augelot.

— Le sort en est jeté ! s'écrie-t-il enfin. Je m'attache à Roland comme une sangsue.

Puis, songeant à la carte verte et triangulaire qu'il a ramassée dans le passage de l'Opéra, Narcisse éclate de rire. Disposé à la joie comme il l'est présentement, il se fait une fête de pénétrer sur les pas de Maugreval et à la faveur du domino indiqué par le carton, dans ce qu'il suppose être un bal particulier.

— En temps ordinaire, ce serait un acte équivoque, murmure-t-il à part lui. Mais en carnaval, mais un mardi gras, qui donc pourrait se fâcher d'une aussi délicieuse plaisanterie ?

Comme Narcisse achève de se poser cette question, Roland et Zélie arrivent en vue de la cheminée de gauche du foyer.

Accoudé à la tablette de cette cheminée, Gilbert de Soriat cause avec le vicomte Clocheton du Rempart, qu'il a rencontré là, depuis cinq minutes.

C'est pour lui une bonne fortune. Le vicomte, avec son langage excentrique et sa voix intermittente, a toujours eu le privilége de le dérider.

Cette fois encore, Gilbert a senti sa gaieté renaître en écoutant les lamentations de l'exténué gentilhomme.

Clocheton est un peu plus chauve, un peu plus éreinté, un peu plus ruiné qu'autrefois. Comme autrefois, il est en quête d'une héritière « dans les trois cent mille » ; et comme autrefois, il s'étonne de ne plaire à aucune de celles qui lui sont proposées.

Il a fait à Gilbert le récit de ses déceptions ; et Gilbert, oubliant pour un instant ses propres anxiétés, commence à rire de bon cœur, lorsque, à dix pas devant lui, se détachant d'un groupe, il voit surgir Maugreval.

Son rire se fige soudain. Il tressaille d'une façon tellement apparente, que Zélie le remarque et le fait remarquer à Roland.

Celui-ci n'a vu Gilbert que deux ou trois fois, alors qu'il était un petit jeune homme imberbe et sans conséquence. Il n'a gardé aucun souvenir de sa figure.

Etonné de produire sur un inconnu un pareil effet de répulsion, il conduit Zélie vers un divan, puis s'avance seul auprès du vicomte Clocheton, qu'il se réserve d'interroger.

C'est ici que nous en étions resté dans nos précédents chapitres.

Qu'on nous pardonne cette récapitulation : elle était, croyons-nous, nécessaire pour l'intelligence et pour la clarté des événements qui vont suivre.

XX

En voyant venir à lui Maugreval, le vicomte Clocheton du Rempart pousse un cri ; et, oubliant de continuer la grimace musculaire qui maintient son lorgnon dans son orbite, il s'élance, les deux mains ouvertes.

— Pas possible ! s'écrie-t-il. D'où sors-tu ? Est-ce toi ou est-ce ton fantôme ?

— C'est moi, répond Roland.

— Tu en es sûr ?

— Je t'en donne ma parole d'honneur.

— Tu n'es donc pas mort ?

— Pas pour le moment.

— Et tes blessures ?

— Complétement guéries.

— Eh bien ! tu as de la chance. A ta place, neuf individus sur dix n'en seraient pas revenus.

— Je t'avoue, dit en riant Maugreval, que j'ai eu beaucoup de mal à en revenir.

— Je le crois parbleu bien ! une balle dans le sein droit, une autre à travers le bras gauche, l'épaule fracassée, le corps meurtri...

— Ah ça ! interromp Roland, comment es-tu aussi exactement renseigné sur mon accident ?

— Mais, mon ami, j'étais là.

— Où ?

— A ton château des Taillis, quand on t'y a rapporté sans connaissance ; et il y avait déjà douze jours que tu étais dans cet état-là.

Roland, étonné, regarde son ami.

— Tu étais aux Taillis, il y a quatre ans ?

— Lors de ton aventure, oui, mon cher ; et j'ai été témoin du scandale qu'elle a produit. Ah! mon excellent bon, quel tintamarre! Les paysans voulaient t'écharper; les bourgeois parlaient de te forcer à quitter le pays; les dames se voilaient la face quand on prononçait ton nom devant elles. Tu peux te vanter d'avoir eu un fameux succès.

— Ainsi, murmure Maugreval, tu es au courant de toute l'affaire?

— Parfaitement. Il est heureux pour toi que, parmi la masse énorme de maris que tu as trompés, il ne se se soit pas rencontré un second Jean Renot.

— Voyons! s'écrie Maugreval au comble de la surprise, explique-moi donc comment tu te trouvais là-bas.

— C'est bien simple: j'étais en villégiature chez un de tes voisins de campagne.

— Lequel?

— M. de Soriat. Tu le connais?

— Certainement.

— Eh bien! nous étions réunis chez lui une trentaine à l'occasion du mariage de sa fille, lorsqu'a éclaté la catastrophe. Tu juges du trouble qu'elle a jeté parmi le beau sexe. Il y avait même là une jeune personne... Eh mais! j'y songe: tu devais l'épouser?

— Moi! dit Roland, qui se mord les lèvres.

— Oui, mademoiselle Diane Haveril. Nous ne savions rien de tes projets, nous autres: aussi avons-nous été foudroyés d'étonnement quand elle a déclaré devant nous tous qu'elle te haïssait, qu'elle te méprisait et que jamais elle ne serait ta f....

Ici la voix de Clocheton s'éteint à l'improviste. Maugreval profite de la circonstance pour rompre avec un sujet de conversation qui lui déplaît.

— Ah çà! dit-il au vicomte, je te laisse: car tu n'es pas seul. Adieu! Nous nous reverrons.

— Mais du tout, mais du tout, se récrie Clocheton, tu ne me déranges nullement; et, d'ailleurs, ajoute-t-il en désignant Gilbert, monsieur n'est pas un inconnu pour toi.

Maugreval, souriant alors et adressant à Gilbert un demi-salut:

— Pardon! dit-il, je ne me rappelle pas avoir jamais eu l'honneur de rencontrer monsieur.

— Voilà qui est singulier! dit Clocheton, tu es lié avec son père. N'importe, je vais te présenter.

Et le vicomte, avec un léger sautillement plein de désinvolture, amène les deux jeunes gens l'un vis-à-vis de l'autre.

— Monsieur Gilbert de Soriat, dit-il à Roland. Monsieur Roland Maugreval, dit-il à Gilbert.

Maugreval tressaille, puis s'incline de l'air courtois et rempli de grâce qui lui est habituel. Gilbert ébauche un salut plein de raideur.

Il était d'une pâleur mortelle, et malgré lui ses lèvres tremblèrent lorsque Roland lui exprima, en termes exquis, le plaisir qu'il éprouvait à faire la connaissance du fils de M. de Soriat.

Gilbert ne répondit rien.

En regardant la figure charmante de Maugreval; en remarquant son aisance, son calme, son aplomb, il ressentait une secrète épouvante, une épouvante mélangée de colère et de mépris. Pour la centième fois il se demanda ce que c'était que cet homme, ce qu'il voulait, quel but il poursuivait et qu'elle œuvre ténébreuse il avait autrefois perpétrée dans son château des Taillis.

Ce secret, Gilbert avait été à même autrefois de le découvrir; il avait eu en sa possession la clef du parc, il aurait pu y pénétrer et jeter un coup d'œil à l'intérieur du mystérieux pavillon de Ladimir.

Il ne l'avait point fait. Pourquoi? Parce que, du jour où Diane avait déclaré qu'elle n'épouserait point Roland, les faits et gestes de Roland étaient devenus indifférents à Gilbert.

Mais maintenant il retrouvait sur son chemin ce rival redoutable, et une rage muette lui serrait la gorge à la pensée qu'il aurait pu perdre ce misérable, ou du moins s'en débarrasser pour toujours, et qu'il l'avait laissé libre de continuer ses obscurs complots.

A force de volonté cependant, il parvint à se contenir; mais aux compliments de Maugreval il ne riposta pas une syllabe.

Il s'en suivit un silence très embarrassant, que le vicomte Clocheton s'efforça de rompre par une question incidente.

Il demanda à Roland des renseignements sur la parfumeuse rose.

Roland le prit par le bras, le conduisit auprès de Zélie, le fit asseoir à côté d'elle; puis, après avoir confié tout bas au vicomte que cette jeune personne si blonde et si potelée était une grande dame qui désirait garder l'incognito, il lui recommanda de déployer autant d'esprit que possible et il l'abandonna tête-à-tête avec la parfumeuse.

Après quoi, revenant à Gilbert:

— Monsieur, lui dit-il avec une grande apparence de franchise et de loyauté, je crois qu'une explication est nécessaire entre nous.

— Je le crois aussi, dit sèchement Gilbert.

— Vous me haïssez, reprit Maugreval; et moi, je ressens pour vous autant d'estime que de sympathie. Deux fois vous m'avez rendu service : la première, en m'aidant à échapper sain et sauf à l'incendie allumé par Jean Renot; la seconde, en allant porter chez moi la nouvelle de ce qui m'était arrivé et en m'envoyant du secours. Vous n'étiez donc pas mon ennemi à cette époque?

— Vous vous trompez, monsieur : je vous haïssais déjà.

— Pour quelle raison ?

— Parce que mademoiselle Diane vous aimait. Je vous hais aujourd'hui parce que, sachant que mademoiselle Diane ne vous aime plus, vous persévérez à la rechercher en mariage.

— Très bien! dit Roland : la situation est nettement indiquée. A mon tour de me montrer sincère. J'éprouve pour vous, je vous le répète, un réel intérêt ; je serais désolé qu'il vous arrivât malheur, et c'est pourquoi je vous conseille, ou plutôt je vous supplie de renoncer à mademoiselle Diane.

Gilbert partit d'un éclat de rire strident; mais plus il perdait d'empire sur lui-même, plus Roland redoublait de politesse et de sang-froid.

Ainsi qu'il l'avait annoncé, il s'exprimait avec une sincérité évidente ; et son regard, fixé sur son interlocuteur, reflétait une sorte de bienveillante pitié.

— Est-ce une menace ? ricana Gilbert.

— C'est un simple avis.

— Vous savez que Diane vous a en horreur ?

— On me l'a dit.

— Qu'elle vous méprise ?

— On le prétend.

— Et vous espérez néanmoins qu'elle consentira à devenir votre femme ?

— J'en ai la certitude.

— Alors, vous ignorez que je suis aimé d'elle et qu'elle m'a promis sa main ?

— Je ne l'ignore pas, monsieur Gilbert, et Dieu m'est témoin que, si la chose était en mon pouvoir, je me retirerais et vous laisserais la place libre ; mais la fatalité en ordonne autrement. Qu'elle y consente ou non, qu'elle vous aime ou qu'elle me déteste, mademoiselle Diane m'épousera.

Gilbert haussa les épaules. Sous son calme affecté couvait une fureur profonde. Il était hors de lui. Des gouttes de sueur perlaient sur son front, et sa voix se faisait haletante.

— Par quels moyens comptez-vous obtenir ce résultat? demanda-t-il entre ses dents serrées.

— Ceci me regarde, articula froidement Roland. Je vous ai averti, vous êtes prévenu. Aucune puissance au monde ne saurait empêcher ce mariage.

— En vérité ! s'écria railleusement Gilbert. Votre passion pour Diane est donc bien excessive?

— Je serai franc jusqu'au bout, répliqua Maugreval : je n'ai point la moindre passion pour mademoiselle Diane. Il entre dans mes projets qu'elle soit ma femme : elle le sera. Ce que j'ai résolu s'accomplit toujours. Ce que je veux, je l'ai. Les obstacles, je les brise. Et quant à mes adversaires...

— Ils disparaissent assassinés, murmura Gilbert avec la plus insultante ironie.

L'œil noir de Roland étincela d'un feu lugubre qui s'éteignit aussitôt.

— Vous êtes fou, monsieur, dit-il du bout des lèvres. Je vous pardonne cet outrage : il est trop absurde pour me blesser.

— Cela prouve, répondit Gilbert d'un ton sarcastique, que vous avez beaucoup de prudence dans le caractère.

— Prenez garde, articula Roland. Est-ce un duel que vous cherchez ?

— Avec vous! un duel ? Non. Je ne me bats qu'avec des gens d'une honorabilité certaine.

Maugreval continua de sourire. Il blêmit toutefois.

Accoudés sur le marbre, penchés l'un vers l'autre, parlant bas et les yeux dans les yeux, les deux jeunes gens avaient l'air de s'entretenir des sujets les plus frivoles.

— Ecoutez-moi bien, monsieur Gilbert, prononça lentement Maugreval. Vous venez coup sur coup d'attaquer mon courage et mon honneur. Pour tout autre que pour vous, cette imprudence équivaudrait à un arrêt de mort. Je vous pardonne une fois de plus. A présent, nous sommes quittes. Vous me déclarez la guerre, vous l'aurez; et malheur à vous si, dorénavant, vous vous placez en travers de ma route!

— Monsieur, reprit Gilbert, qui de la tête aux pieds tremblait de furie, vous êtes, sur ma foi, prodigieux d'audace et d'aplomb. Vous discourez en maître; vous prenez des poses magnanimes; vous suspendez sur mon front des foudres aussi mystérieuses que grotesques, et vous ne vous demandez pas si, moi, à qui vous pardonnez si généreusement, je compte user à votre égard de la même clémence. A supposer qu'on vous arrêtât demain matin, cher monsieur Maugreval, qu'adviendrait-il de vos plans de mariage et de vos menaces contre votre serviteur ?

Roland leva des yeux émerveillés sur la flamme des lustres.

— Je ne comprends pas, dit-il.

— Trois mots vont vous éclairer : je sais tout.

XVI

Maugreval pouffa de rire.

— Vous savez tout ?... dit-il gaiement. Ces trois mots-là, sont employés d'habitude par les commis en nouveautés qui veulent rompre avec leur maitresse. On ne sait absolument rien; on s'écrie : « Je sais tout! » et la malheureuse s'incline avec confusion, sans en exiger davantage. Mais, de vous à moi, monsieur Gilbert, le stratagème est un peu bien usé. Qu'en pensez-vous ?

— Je pense, monsieur, que vous êtes un malfaiteur de la pire espèce; je pense que vous commandez à un certain nombre de bandits vêtus les uns de blouses et les autres d'habits noirs; je pense enfin que si vos méfaits ont échappé jusqu'à ce jour à la justice humaine, ils n'échapperont pas longtemps à la justice divine.

— Incarnée en votre personne ?

— Peut-être bien.

— Décidément, monsieur Gilbert, vous avez du penchant pour le drame.

— Moins que vous, monsieur; moins surtout que votre excellent ami le comte Ladimir Obrinski. Cet estimable Polonais vous a-t-il raconté comme quoi, il y a quatre ans, je me suis vu contraint de lui fendre le crâne pour lui ôter l'envie de m'égorger ?

— En effet, dit négligemment Maugreval, j'ai eu vent de cette histoire. Vous vous étiez introduit chez moi par-dessus le mur, comme un voleur; et mon pauvre Obrinski, — lequel est bien l'être le plus inoffensif du monde, — vous a pris pour un larron.

— Pour un espion, rectifia Gilbert. En quoi il ne s'est pas trompé. Le désir m'était venu de contempler M. Ladimir travaillant à son fameux ouvrage sur les convulsions de la Pologne. Il m'a surpris en flagrant délit d'espionnage et a fait tout son possible pour me tuer. C'était son droit. Je ne l'en blâme point; mais il n'a pas réussi, en sorte que je possède son secret.

— Vous dites ?.. s'écria brusquement Maugreval.

— Je dis son secret. Et le vôtre, cher monsieur. Vous voyez donc qu'en préférant les trois mots : Je sais tout, j'étais moins banal que vous ne le supposiez.

Il y eut un instant de silence. Roland examinait Gilbert comme s'il eût tenté de lire au fond de son âme.

Gilbert soutint imperturbablement ce regard. Il avait menti; il ne savait rien, il n'avait rien vu. Mais, menacé dans son amour il s'imaginait pouvoir faire reculer Maugreval en lui inspirant de la crainte.

— Si je vous conçois bien, repartit tranquillement celui-ci, vous prétendez avoir entre les mains une arme contre moi. Pourquoi n'en avez-vous pas usé ? Est-il admissible que, pouvant vous défaire de moi facilement, vous avez résisté pendant quatre ans à cette tentation si naturelle ?

Gilbert embarrassé se réfugia dans un nouveau mensonge.

— Une femme avait intercédé pour vous, fit-il d'un ton pénétré, une femme que je plains et que je respecte. Par compassion pour elle, je vous ai épargné, vous et vos complices.

Une légère rougeur teignit les joues de Roland.

— Le nom de cette femme ? demanda-t-il d'un accent paisible.

— Madame Hélène.

Maugreval inclina la tête. Durant une minute, il resta silencieux.

Puis, subitement, redressant son front, il lança un coup d'œil au milieu de la foule qui encombrait le foyer, et, par un geste machinal sans doute, on le vit se serrer légèrement la gorge entre le pouce et l'index.

Après quoi, avec un charmant sourire :

— Votre conversation est décidément très attachante, dit-il. Comme forme et comme fond, elle me rappelle les contes de fées que j'avais tant de joie à écouter dans mon enfance. Malheureusement, j'ai grandi depuis lors, et les contes me laissent assez froid. Au revoir, M. Gilbert. Je vous souhaite de longs jours.

Il souligna ces derniers mots d'une façon étrange. Il les accompagna d'un regard doucereux, compatissant et railleur à la fois; puis, d'une allure rapide, il marcha vers l'une des portes du foyer.

Dans l'embrasure de cette porte un homme avait surgi.

Il se tenait debout, l'épaule appuyée au chambranle. Il tournait le dos à Gilbert; celui-ci, toutefois, crut un instant reconnaître le cou musculeux et la barbe patriarcale du comte Ladimir.

Se trompait-il ?

Avant qu'il n'eût eu le temps de s'en assurer, l'homme s'engloutit avec Roland dans la cohue bariolée qui remplissait les couloirs.

Alors une réaction s'opéra en Gilbert.

Il comprit tout d'un coup qu'il venait de commettre une imprudence grave.

Evidemment, si Maugreval et ses complices n'avaient point essayé depuis quatre ans de lui nuire, c'est qu'ils avaient été convaincus que Gilbert, malgré sa présence inexplicable dans le parc des Taillis, n'avait rien découvert de leurs ténébreuses intrigues.

Maintenant, il leur avait donné lieu de supposer le contraire.

Il s'était vanté de posséder leur secret, et il s'exposait ainsi à leur défiance et à leur colère.

Qu'allaient-ils tenter contre lui ? Sa mort était-elle déjà résolue ? Succomberait-il sans se défendre ?

Se défendre! mais contre qui ? et comment triompher d'adversaires inconnus ?

Gilbert ignorait de quel pouvoir disposait Roland. Il devinait néanmoins que ce pouvoir occulte était immense : aussi ne s'illusionnait-il pas sur le danger de sa position.

Il avait beau se dire qu'au temps où nous vivons, dans un siècle où la police de sûreté étend partout sa vigilance, un honnête homme aurait tort de trembler sous la menace d'une bande d'assassins cachés; il n'en reconnaissait pas moins que nulle police, nulle surveillance ne serait à même de le protéger contre un coup de poignard ou quelques gouttes de poison.

Ce qui le désolait le plus, c'était d'avoir compromis Hélène en même temps que lui.

Il avait conservé de cette jeune femme le souvenir le plus reconnaissant. Elle avait été son ange gardien ; elle lui avait promis jadis de sauver Diane des embûches de Roland, et, à cette heure encore, l'unique espérance de salut que caressait Gilbert, lui sembla devoir émaner d'Hélène.

Mais où était-elle? qu'était-elle devenue ? Depuis son départ précipité des Taillis en compagnie de Maugreval, toutes relations avaient cessé entre elle et Gilbert.

Torturé par tant d'indécisions, il prit le parti de quitter immédiatement le bal. Ce tumulte, cette joie, ces lumières ne lui apparaissaient plus désormais qu'à travers le crêpe de ses idées sombres.

Il s'approcha du vicomte Clocheton pour lui dire adieu.

Le vicomte, enivré par la conversation de Zélie, qu'il supposait avoir à demi subjuguée, fit à peine attention aux paroles de son jeune ami.

Il lui serra distraitement la main et continua de fasciner la parfumeuse.

Gilbert quitta donc le foyer, descendit l'escalier de sortie et s'arrêta un instant sous le péristyle pour endosser son pardessus.

Il pleuvait à torrents. De brusques rafa-les lançaient obliquement des vagues d'eau à la face de quelques gamins qui battaient de la semelle au bas du perron.

L'un d'eux, accourant auprès de Gilbert, lui dit :

— Vous faut-il une voiture, mon bourgeois ?

N'apercevant nulle part un véhicule disponible, Gilbert fit un signe affirmatif.

Le gamin s'élança, disparut dans la nuit, puis reparut au bout de cinq minutes sur le siège d'une voiture de remise.

Gilbert alluma un cigare, releva le collet de son paletot, et, tout grelottant, s'introduisit dans la voiture, en donnant son adresse au cocher.

De la rue Le Peletier à la rue de Rennes, la distance est assez longue : c'est pourquoi Gilbert, tout accaparé qu'il était par ses diverses préoccupations, éprouva une certaine surprise lorsque la voiture fit halte, après un quart d'heure de marche.

Il se pencha sur la vitre, couverte de buée.

A l'incertaine lueur des becs de gaz agités par le vent, il vit une rue déserte, aux maisons fastueuses, qui n'était pas le moins du monde la rue de Rennes.

Croyant à une erreur du cocher, il frappa au carreau.

Le cocher ne se retourna même pas.

Gilbert voulut ouvrir la portière de droite. Elle résista obstinément. Même résistance de la portière de gauche. A n'en pas douter, elles étaient cadenassées l'une et l'autre.

L'idée subite d'un guet-apens traversa l'esprit du jeune homme.

Il détacha un vigoureux coup de poing dans les vitres; mais elles étaient d'une épaisseur telle qu'il se meurtrit la main sans réussir même à les fêler.

Une angoisse poignante le saisit.

Rapidement il ne se fouilla, cherchant sur lui une arme quelconque.

Rien! il n'avait rien.

Trois heures du matin sonnaient.

Dans la rue, pas une ombre, pas un passant, pas un sergent de ville.

A tout hasard Gilbert exhala une clameur désespérée.

Elle s'éteignit dans le fracas des roues : car les deux battants d'une porte cochère venaient de s'ouvrir silencieusement devant la voiture, qui, aussitôt, s'engouffra sous un vestibule noir.

L'instant d'après, la porte massive se refermait avec un bruit de tonnerre ; le coupé de nouveau s'arrêtait au milieu d'une vaste cour plongée dans des ténèbres compactes, et Gilbert, avec un battement de cœur formidable, attendit les événements.

XXII

A cette même minute, dans le foyer de l'Opéra, Roland Maugreval, élégant et calme comme à son ordinaire, revenait auprès du divan sur lequel il avait laissé du Rempart aux prises avec la moqueuse Zélie.

— Ma chère enfant, dit-il à cette dernière, vous avez déjà reçu mes excuses et je m'empresse de vous les renouveler. Il est trois heures : on m'attend à mon cercle; et, malgré tout le plaisir que j'aurais eu à passer le reste de la nuit avec vous...

— Va-t'en, mon bon, va-t'en vite! s'écria Clocheton. Madame a bien voulu consentir à accepter mon bras pour quelques heures. Je serai fier et heureux de la reconduire.

— En ce cas, répondit Roland, bonne chance et bonne nuit à tous les deux!

Il pressa la main de Zélie, murmura deux ou trois mots à son oreille, et se disposait à partir, lorsque Clocheton, le prenant par le bras et l'emmenant à l'écart, lui dit d'un accent exalté :

— Ah çà! cher ami, voyons, plaisanterie à part, qu'est-ce que c'est que ce petit amour de femme-là?

— Eh bien! mais tout simplement un amour de femme, tu en conviens toi-même.

— Quelle est sa position sociale? est-ce une bourgeoise, une grande dame, une grisette, une actrice ou une cocotte?

— Demande-le-lui.

— Elle me rirait au nez.

— Raison de plus : ce sera pour toi une occasion d'admirer ses dents, qui sont ravissantes.

— Si je lui offrais à souper?

— C'est une idée comme une autre.

— Tu m'y autorises?

— De tout mon cœur.

— Tu ne seras pas jaloux?

— Je n'en ai nullement le droit.

— Alors, tu ne lui es de rien.

— Je suis son ami.

— Es-tu également le mien?

— Cela dépend de ce que tu vas me demander.

— Diable, tu es malin! toi. Tu prends tes précautions d'avance.

— Allons, dépêche-toi, je suis pressé. Combien te faut-il?

— Tiens! tu as deviné que j'avais oublié ma bourse.

— Il y a dix ans que tu l'oublies régulièrement tous les jours. Combien veux-tu?

— Vingt louis.

— Voici un billet de mille francs. Bonsoir!

Le vicomte Clocheton, radieux, retint encore Maugreval.

— A propos, dit-il, une question?

— Parle.

— Tu as donc fait fortune?

— Oui.

— Depuis quand?

— Depuis six ans.

— Es-tu allé en Australie, comme tu nous en avais manifesté l'intention, lorsque nous t'avons payé ta traversée au moyen d'une cagnote de baccarat?

— Non.

— As-tu hérité?

— Pas davantage.

— D'où te vient ton opulence?

— Est-ce que tu tiens à le savoir?

— Je l'avoue.

— Et tu me jures d'être discret?

— Je te le jure.

— Eh bien! si l'on s'en informe auprès de toi, tu répondras...

— Je répondrai?...

— Que tu l'ignores.

Là-dessus Maugreval, plantant là Clocheton stupéfait, sortit du foyer en toute hâte.

Derrière lui s'achemina Narcisse Augelot.

Narcisse avait l'âme inquiète; il s'éloignait à regret de Zélie, qu'il voyait coqueter avec le vicomte et dont le rire argentin lui perçait le cœur.

Il aurait bien aimé rester là. Il aurait voulu la surveiller de près. Un suprême éclair d'intelligence le détermina pourtant à suivre Maugreval, ainsi qu'il l'avait décidé.

Le pauvre Clocheton, d'ailleurs, était si laid, si enroué, si clignotant et si ridicule, qu'on ne pouvait raisonnablement être jaloux de lui.

Narcisse sortit de l'Opéra sur les pas de Roland.

Un domestique en livrée attendait celui-ci sous le péristyle. A la vue de son maître, il fit avancer devant le perron un petit coupé bas attelé d'un cheval bai-brun.

Roland monta dans le coupé; le domestique grimpa sur le siège et le cheval partit.

Quant à Augelot, qui n'avait pas prévu cet incident si simple, il demeura déconcerté. Mais son indécision fut courte. Il prit son élan, et, sans respect pour le vernis de ses bottes, sans égard pour le luisant de son chapeau, il s'élança bravement sous la pluie à la poursuite de la voiture.

Maigre, agile et taillé pour la course, il ne tarda point à la rejoindre.

S'accrochant alors des deux mains au train de derrière, comme eût fait un ga-

min des rues, il se laissa emporter et galopa ainsi au travers des flaques d'eau et
des tas de boue. Heureusement pour lui,
le coupé n'alla pas loin.

Il s'arrêta rue Taitbout, vis-à-vis d'une
maison de riche apparence. Déjà Narcisse
s'était tapi en embuscade dans l'encognure d'une boutique. De ce poste d'observation, il vit Roland mettre pied à
terre et soulever trois fois le marteau de
la porte.

Il remarqua aussi que Maugreval avait
changé de toilette à l'intérieur de la voiture.

Il était maintenant vêtu d'un domino
bleu orné sur l'épaule gauche d'une bouffette de rubans blancs.

La porte s'ouvrit : Roland entra, et son
coupé tourna bride sans l'attendre.

Le regard d'Augelot courut du haut en
bas de la maison, interrogea chaque étage
et n'aperçut de lumière à aucune des fenêtres.

Tout était noir, morne, silencieux.

Au long du trottoir, pas un fiacre, pas
une voiture de maître. Et vainement Narcisse prêta l'oreille : pas le moindre bruit
d'orchestre ne parvint jusqu'à lui.

— Sans doute, pensa-t-il, le bal a lieu
dans une autre partie de la maison. Oserai-je y pénétrer, ou ferai-je mieux de
rester ici en sentinelle?

Mais la pluie redoublait d'intensité.

Augelot, déjà trempé des pieds à la tête,
réfléchit que sa faction pourrait être longue, et qu'il serait beaucoup mieux dans
un salon tiède et parfumé qu'en plein
air.

Rebroussant donc chemin, il retourna
aussi vite que possible au passage de l'O-
péra, entra chez un costumier et endossa
un domino noir, sur l'épaule gauche duquel il fit coudre une bouffette de rubans
roses.

Puis il attacha sur sa figure un masque
de satin noir.

Ainsi déguisé, Narcisse envoya chercher un remise et se fit conduire à la mystérieuse maison de la rue Taitbout.

Ce ne fut pas sans une certaine anxiété
que, moitié riant, moitié hésitant, il frappa les trois coups sacramentels, ainsi qu'il
l'avait vu faire à Maugreval.

Le battant de la porte s'écarta lentement devant lui. Avant de s'introduire
dans cette demeure inconnue, Augelot
examina une dernière fois, à la lueur
d'un candélabre municipal, le petit morceau de carton triangulaire qui allait lui
servir de passeport.

Ce carton, sur l'une de ses faces, portait, on se le rappelle, un nœud coulant
lithographié.

Sur l'autre, les mots suivants tracés à
la main :

C. D. P.
RUE TAITBOUT
TROIS HEURES DU MATIN
DOMINO NOIR. — ÉPAULETTE ROSE

— Allons, se dit-il, je suis dans les termes du programme : il est trois heures du
matin ; j'ai le domino noir à épaulette
rose : que peut-il m'arriver de fâcheux?
Si ma fraude est découverte, si on me reproche de m'être faufilé dans ce bal comme
un intrus, j'invoquerai les droits du carnaval et je me réclamerai du beau Roland.
Il m'a connu autrefois et ne refusera pas
de me servir de caution.

En achevant ces mots, Narcisse fran-
chit le seuil.

Il se trouva d'abord dans une obscurité
profonde; mais en face de lui, à une assez
grande distance, brillait un point lumineux.

Il se dirigea de ce côté.

Quand il eut traversé une cour immense,
il constata que la lumière provenait d'un
falot accroché au mur, au-dessus d'une
porte étroite donnant accès à un escalier
dérobé.

— Voilà, parbleu, un singulier bal!
murmura Augelot, dont la gorge commençait à se serrer sous des palpitations spas-
modiques.

Et il regarda derrière lui avec l'intention vague de s'en aller.

Mais derrière lui, la perspective était si
noire, le silence si complet, que ses jambes s'immobilisèrent sur place.

D'ailleurs, il avait refermé la porte cochère et rien ne trahissait la présence
d'un concierge.

Une sueur froide parcourut le dos du
pauvre diable.

— Il faut pourtant avancer ou reculer,
balbutia-t-il. Je ne puis demeurer là toute
la nuit.

Là-dessus, appelant quelque énergie à
son aide, il gravit résolûment les marches
de l'obscur escalier.

Elles le conduisirent dans une sorte
d'antichambre ronde, vaguement éclairée
par une lanterne chinoise. Un épais tapis
couvrait le parquet ; les murailles étaient
tendues de lourdes tapisseries, et, assis
sur des escabeaux l'un vis-à-vis de l'autre, deux hommes déguisés en moines, la
ceinture serrée par une corde, la figure
couverte d'un capuchon, se tenaient
tellement immobiles qu'on les eût pris pour
des mannequins.

Narcisse, de plus en plus interloqué,
continuait à vivement désirer d'être ailleurs.

Il fit trois pas timides en avant.

Les deux hommes se dressèrent lentement, se placèrent côte à côte et regardèrent le nouveau venu sans prononcer un mot.

Augelot essaya de distinguer leurs traits.

Ce fut en vain : excepté leurs longues barbes blanches postiches, on ne discernait rien d'eux.

Narcisse voulut parler. Impossible.

Sa langue était sèche comme une râpe et son gosier n'avait plus de salive.

Ils restèrent ainsi tous les trois face à face et muets.

Enfin, un des moines, prenant la parole, articula, d'une voix sépulcrale, ces deux mots modulés d'un ton interrogatif :

— La carte ?

Narcisse s'empressa de fouiller dans sa poche et d'exhiber le triangle de carton vert.

L'autre moine alors, d'un timbre non moins lugubre que celui de son compagnon :

— Le signe ? articula-t-il.

Augelot ne bougea pas. Il était pétrifié. Que lui demandait-on ? Quel signe exigeait-on de lui ? Dans quel coupe-gorge, dans quel nid de conspirateurs venait-il de hasarder sa malheureuse peau ?

— Le signe ? répéta impérieusement le moine.

A ce moment, Narcisse eut une illumination soudaine.

Il se rappela le geste qu'avaient dessiné devant lui, sur le boulevard des Italiens, les rares individus qui avaient accepté du feu de l'homme en blouse.

Et, sans balancer davantage, il se serra immédiatement la pomme du cou entre le pouce et l'index.

Les deux moines alors s'inclinèrent comme un seul homme.

— Tu viens tard, frère Fischer ? lui dit le premier.

— La séance est commencée , ajouta l'autre.

Narcisse, ne sachant pas au juste s'il devait répondre ou se taire, se décida pour le dernier parti.

— Il paraît que je m'appelle Fischer, murmura-t-il en lui-même ; je vais tâcher de m'en souvenir. Mais je crois que décidément j'ai eu tort de quitter le bal de l'Opéra et Zélie.

Un son éclatant interrompit son monologue. Un timbre invisible tinta deux fois.

— Je viens d'annoncer ton arrivée. Entre, lui dit un des moines.

Au fond de la pièce, la tapisserie s'écarta, démasquant un panneau de boiserie.

Ce panneau glissa dans une rainure, descendit à fleur de parquet, et Narcisse sentit qu'on le poussait en avant par les épaules.

XXIII

Comment Augelot se trouva-t-il, la minute d'ensuite, assis sur un fauteuil, au milieu de quelques hommes masqués comme lui, et comme lui vêtus de dominos aux différentes nuances? voilà ce que plus tard il ne put jamais se rappeler.

La stupéfaction, la terreur, la fatigue, en pesant à la fois sur son cerveau, lui ôtèrent d'abord toute lucidité.

Pendant près d'un quart d'heure, il regarda sans voir, il écouta sans entendre.

Des paroles bizarres s'égrenaient à son oreille ; il n'en comprenait pas le sens, et, néanmoins, elles le faisaient rire nerveusement.

Par intervalles, il se disait : — C'est impossible, absurde, invraisemblable ; je rêve, j'ai le cauchemar ; dans un instant je vais me réveiller.

Puis, peu à peu, ses nerfs se détendirent, et il parvint à se rendre compte des choses qui l'entouraient.

La salle était vaste et haute.

Ni portes ni fenêtres. En fait de meubles, une douzaine de fauteuils et une table de chêne carrée.

Rien de plus.

Les fauteuils, disposés en demi-cercle, étaient occupés, nous l'avons dit, par des hommes masqués.

Ils étaient huit, y compris Narcisse Augelot.

Chacun d'eux portait un domino ayant sur l'épaule un nœud de rubans de différentes couleurs.

C'était sans doute à ce nœud qu'ils se reconnaissaient les uns les autres.

L'un d'eux, au fond de la pièce, se tenait debout derrière la table et parlait.

Lorsque Narcisse eut réussi à fixer son attention sur les phrases prononcées par cet inconnu, il se crut transporté dans une assemblée d'actionnaires.

L'orateur, avec une grande clarté d'expressions, exposait la situation financière et résumait les opérations de je ne sais quelle immense et fructueuse entreprise.

On eût dit un secrétaire général chargé de justifier les actes de ses administrateurs.

Les assistants étaient vivement intéressés.

On s'en apercevait à leur silence et au recueillement de leurs poses.

Narcisse, du reste, ne tarda guère à se sentir aussi captivé qu'eux.

En effet, le rapport que le secrétaire masqué récitait de mémoire, offrait une suite non interrompue d'aventures effrontées, de hardis coups de main et d'escroqueries heureuses.

Dans cette relation bizarre, les captations de testaments, les suppositions de personnes, les faux en écritures publiques, les vols adroits, opérés sur une colossale échelle, se pressaient, s'enchevêtraient, avec une abondance, avec une fécondité de ressources, avec une simplicité de moyens, capables de défrayer l'imagination d'une vingtaine de romanciers.

De temps à autre, le rapporteur s'interrompait pour adresser, soit une félicitation, soit une parole flatteuse, à celui des membres présents entre les mains duquel l'une de ces étranges affaires avait prospéré.

Le membre saluait modestement; le secrétaire trempait ses lèvres dans un verre d'eau sucrée, et le compte-rendu continuait.

Augelot ouvrit des yeux et une bouche énormes.

A n'en point douter, il avait devant lui les chefs d'une nombreuse association ayant pour but d'exploiter la société de mille manières.

Jusqu'à ce moment, au surplus, rien dans le récit qu'il entendait ne lui avait révélé que ces malfaiteurs comptassent le crime au nombre de leurs moyens d'action.

C'étaient des gens habiles, qui calculaient avec le code, ne franchissaient que rarement la limite étroite des circonstances aggravantes, et, en apparence du moins, répugnaient à verser le sang.

Narcisse, toutefois, ne pouvait concevoir que Maugreval, homme élégant et délicat par excellence, eût sa place marquée parmi ces chevaliers d'industrie.

Quoi qu'il en fût, le fait était inniable.

Roland assistait à la conférence. Augelot, qui le reconnaissait à son domino bleu orné d'une épaulette blanche, le voyait à trois pas de lui, assis nonchalamment, un coude sur le bras de son fauteuil et le menton dans sa main.

Il s'écoula plus d'une heure avant que le secrétaire général arrivât à la péroraison de son discours. Il y toucha enfin, et s'exprima en ces termes :

« Malgré la joie que nous éprouvons à » constater la prospérité croissante de no- » tre entreprise, notre cœur s'attriste, » messieurs, en songeant aux sacrifices » qu'elle nous a coûtés.

» Des vides douloureux se sont faits » parmi nous. Au début de cette année, » notre société comptait douze ädminis- » trateurs; nous ne sommes plus que huit.

» La mort a frappé quatre fois dans nos » rangs : quatre de nos collègues sont » tombés en accomplissant leur devoir, » et, chose extraordinaire, tous les qua- » tre ont péri d'une façon aussi im- » prévue qu'uniforme.

» Au mois d'avril dernier, notre con- » frère de Leipsick, M. Otto Schumann, a » été trouvé pendu à la flèche de son lit. » Un écrit signé de sa main attestait qu'il » avait mis fin volontairement à ses jours : » résolution d'autant plus inconcevable » de sa part que, la veille. il avait passé la » soirée, le verre en main et le sourire aux » lèvres, en compagnie du chef de la po- » lice.»

Ici un léger murmure, qui ressemblait à un ricanement étouffé, s'éleva dans la salle.

L'orateur reprit :

« Vers la fin de juin, à Madrid, des mu- » letiers qui sortaient de la ville au point » du jour, aperçurent un cadavre pendu à » un clou, non loin de la porte d'Alcala. » Ce cadavre était celui de notre corres- » pondant d'Espagne, M. José Castero. Un » billet découvert dans son portefeuille » témoigna qu'il s'était suicidé. M. Cas- » tero avait, deux jours auparavant, ob- » tenu audience du ministre de la justice » et s'était longuement entretenu avec lui » de choses que nous ignorons. »

(Hilarité prolongée.)

« Le 20 septembre, poursuivit le rap- » porteur, notre excellent ami d'Angle- » terre, James Bobson, s'est étranglé, au » moyen de sa cravate, dans une taverne » où il avait coutume de prendre ses repas. » Quelques lignes tracées par lui expli- » quaient que, saisi de dégoût pour l'exis- » tence, il avait cru devoir en sortir. Il » avait déjeuné le matin même avec le » juge de paix de son quartier. »

(L'hilarité redouble.)

« Enfin, tout dernièrement, au mois de » janvier, notre regretté collaborateur, » Van Straët, délégué à nos affaires de » Hollande, a eu la malheureuse idée de » se suspendre par le cou à une poutre, » dans la cave d'un des principaux hôtels » d'Amsterdam. Il avait glissé préalable- » ment, dans sa botte gauche, un papier » signé de lui, où il manifestait l'intention » d'en finir avec la vie. Un magistrat, au- » quel il venait de donner rendez-vous » pour lui confier certaines particularités » inconnues, n'a pu que constater son » décès et s'est perdu en conjectures sur » les causes de ce fatal événement. »

A cet endroit de sa harangue, l'éloquent domino fut salué par une double salve d'applaudissements; et les sept associés, oubliant leur gravité première, se tordirent tous ensemble dans les convulsions d'un fou rire.

Narcisse, abasourdi, se demanda s'il assistait à un conciliabule d'aliénés.

La mort violente et identique de quatre individus ne lui paraissait point de nature à exciter tant d'explosions joyeuses.

Quant au narrateur, il ajouta :

« Telles sont, messieurs, les pertes infligées à notre cénacle par une fatalité » véritablement incompréhensible. Elles » ne se sont point arrêtées là. Chacun de » nous, vous le savez, commande à d'obs- » curs auxiliaires ; chacun de nous, dans » quelque contrée de l'Europe qu'il tra- » vaille au bien commun, a sous ses or- » dres une petite brigade de dix hommes » qui lui obéit aveuglément. Ces dix hom- » mes ne savent rien de nos plans. Ils » fonctionnent sous notre impulsion, com- » me le rouage inconscient fonctionne » dans la machine.

» Eh bien ! messieurs, même parmi ceux- » là, même au sein de cette tourbe infé- » rieure, ce singulier cas de suicide par la » pendaison s'est présenté dix-huit fois » durant le cours de la présente année.

» Plus que jamais, vous le voyez donc, » notre entreprise a justifié sa raison so- » ciale ; plus que jamais, nous avons le » droit de nous intituler : LE CLUB DES PEN- » DUS. »

(*Mouvement d'approbation.*)

« Et maintenant, messieurs, j'arrive au » point important : la question du divi- » dende.»

(*Longue sensation.*)

« Messieurs, vous m'excuserez si je n'en- » tre pas ici dans des détails très explici- » cites. Je n'ai aucune note sous les yeux. » Vous en devinez sans peine le motif. Un » ancien a dit : Les mots s'envolent, les » écrits restent. Notre situation excep- » tionnelle nous fait une loi de préférer » ce qui ne reste pas.

» Sans multiplier les chiffres, j'ai donc » l'extrême satisfaction de vous apprendre » que nos bénéfices, pendant l'exercice » écoulé, s'élèvent à la somme de un mil- » lion cinq cent soixante mille francs. »

(Exclamations de joie, rumeurs. Quelques membres s'embrassent, d'autres se frottent les mains. L'orateur a peine à se faire entendre de nouveau. Enfin le tumulte s'apaise, et il reprend :)

« Sur cette somme, avec votre consen- » tement, nous prélèverons cinq cent mille » francs pour la caisse des retraites. »

(Protestations violentes.)

— Non ! non ! pas de caisse des retraites ! c'est de la blague. Aux voix ! aux voix ! Partageons tout.

On procède immédiatement au scrutin par assis et levé.

A l'unanimité des votes, la caisse des retraites est repoussée.

Le secrétaire s'incline devant le vœu de la majorité.

« Ceci, dit-il, m'oblige à une rectifica- » tion de chiffres. Voici donc, messieurs et » chers collègues, ce que le président et » moi nous avons l'honneur de vous pro- » poser.

» Par suite des différents décès cités » plus haut, nos brigades réunies, qui, l'an » dernier, formaient un total de 120 hom- » mes, ont été réduites à un effectif de » 102. Sauf opinion contraire de votre » part, nous serions d'avis d'allouer à cha- » cun de ces subalternes une gratification » nette de cinq mille francs. »

Réclamations. Cris : C'est trop ! c'est beaucoup trop ! cinq cents francs suffi- raient.

Une discussion s'élève.

Après un mûr examen, la gratification de cinq mille francs est maintenue.

« Cette question résolue, s'écrie le rap- » porteur, il ne nous reste plus qu'une » simple division à faire. La somme à par- » tager entre nous est de un million cin- » quante mille francs ; nous sommes huit » sociétaires : donc la part afférente à » chacun sera de cent trente et un mille » deux cent cinquante francs, que nous » tenons dès à présent à votre disposi- » tion. »

Bravos frénétiques ; tout le monde se lève. Clameurs.

— Où est la caisse ! passons à la caisse !

« La caisse est ici, messieurs, » répond l'excellent comptable en posant la main sur une cassette placée sur la table entre les deux candélabres chargés de bougies. « Vous recevrez votre dividende » dans quelques minutes. Mais permettez- » moi une observation essentielle : avant » de nous séparer jusqu'à l'année pro- » chaine, ne jugez-vous pas convenable » de voter quelques remerciements bien » sentis à l'homme éminent, à l'intelli- » gence hors ligne, à la volonté supérieure » qui, depuis six ans, nous a guidés, nous » a dirigés, a maintenu parmi nous l'or- » dre, l'obéissance, la discrétion, le dé- » vouement?

» Vous savez à qui je fais allusion, mes- » sieurs : c'est à notre dévoué collègue, » à notre honoré président Roland Mau- » greval. Grâce à lui, nous avons cons- » tamment échappé à l'action de la loi ; » grâce à lui, vous allez pouvoir jouir de » vos bénéfices si péniblement acquis. Aux » termes de nos statuts, ses pouvoirs expi- » rent aujourd'hui, et il me semblerait » juste de procéder à sa réélection. »

Un tonnerre de bravos, une tempête de trépignements accueillent cette ouverture.

Roland est renommé par acclamation.

Il se lève alors, remplace le secrétaire devant la table, et, détachant son masque, montre à tous son visage railleur et sculptural.

XXIV

Rien ne saurait peindre l'agitation, l'épouvante du malheureux Narcisse. A quelque point de vue qu'il envisageât sa position, elle lui paraissait désespérée.

Comment fuir? et par où?

Il n'apercevait aucune issue.

Et, d'une minute à l'autre, l'individu qu'il représentait, ce Fischer dont il avait ramassé à terre la carte d'entrée, pouvait surgir et provoquer un esclandre.

Narcisse ne concevait même pas que cet homme n'eût point encore apparu.

— Mais, pensait-il, ce n'est qu'un retard. Mon affaire est certaine. Il reviendra, et je serai impitoyablement massacré.

Son cœur battit à se rompre, ses dents claquèrent; et, se sentant défaillir, il se cramponna des deux mains aux bras du fauteuil.

Sa terreur s'accrut jusqu'au délire, quand Roland montra son visage à découvert.

— Si l'on met bas les masques, bégaya-t-il, tout est fini pour moi!

Maugreval, cependant, ayant salué l'assistance :

« Vous venez, messieurs, dit-il, de me
» réélire votre président. C'est une preuve
» de confiance dont je vous remercie, et
» dont je veux être digne en vous parlant
» avec une franchise entière. »

(*Mouvement d'attention.*)

« J'accepte pour une année, mais pour
» une année seulement, votre mandat.
» Passé ce temps, je compte déposer entre
» vos mains mes pouvoirs, et me retirer
» absolument de l'association. »

Un silence plein de stupeur accueillit cet aveu.

Puis l'assemblée éclata en murmures.

— C'est une trahison! crièrent quelques membres.

— Votre démission n'est pas admissible, ajoutèrent les modérés. Vous n'avez pas le droit de l'offrir : nos statuts s'y opposent. Privée de votre aide, la société tomberait en ruines...

Maugreval, impassible, attendit que les rumeurs se fussent éteintes.

Au moment où il reprenait la parole, une voix brutale et irritée l'interrompit :

— Assez! pas de priviléges! on ne se re-

tire du club des Pendus que pour entrer dans la mort, et vous le savez bien.

Le beau Roland promena tranquillement ses prunelles brillantes à l'entour de la salle.

— Qui a dit cela ? demanda-t-il.

Un domino rouge à épaulette d'or se dressa tout debout ; brusquement, il enleva son masque de satin. Chacun alors put admirer les yeux de rat et l'épaisse barbe noire à reflets fauves du comte Ladimir Obrinski.

Roland se mit à rire. Toisant son ex-ami d'un regard moqueur ;

— Veuillez répéter votre phrase, accentua-t-il.

— Ah! parfait ! charmant ! délicieux ! fit le Polonais... Vous ne m'avez pas entendu, hein ?... Evidemment... évidemment... Eh bien ! je dis que vous resterez parmi nous, ou bien que vous tâterez du nœud coulant comme les autres.

— Je ne resterai pas, répliqua Maugreval. Et je vous conseille à tous — à toi le premier, mon drôle, dit-il à Obrinski — de ne jamais aller à l'encontre de ma volonté.

Son accent était calme, son attitude paisible — et néanmoins, il y eut une si étrange lueur dans ses yeux que ses compagnons frémirent.

Obrinski seul fit un pas en avant.

— Cet homme est un traître ! exclama-t-il. Je suis prêt à le prouver.

Maugreval haussa les épaules et dit :

— Voyons les preuves.

— Oui, oui, les preuves !... parlez !... appuyèrent les clubistes.

Ladimir, du bout des doigts, lança un baiser à ses camarades, joua vivement des sourcils, secoua sa barbe et commença :

— Remontons au début. C'est nécessaire. Et d'abord, qui est-ce qui a introduit Roland dans l'association ?... Moi. C'était à l'époque de notre grande affaire sur les billets de banque russes. J'en avais fabriqué une quantité raisonnable. Avec quelle perfection ? Ce n'est point à moi de me vanter. Je m'en rapporte à vous.

Applaudissements de l'assistance.

Roland, d'un ton plein de bonhomie, murmure :

— Il est de fait que ce garçon est d'une habileté peu commune. Ses produits sont des chefs-d'œuvre, je le reconnais.

— Délicieux! ricane Ladimir... Très flatté !.. Vous reconnaissez aussi qu'à la rigueur, j'aurais pu me passer de vous, hein?..

— Non, vous ne l'auriez pas pu, mon cher. Il ne s'agissait pas seulement d'imiter les billets de banque, il s'agissait surtout de les écouler. Or c'est là qu'a toujours été votre côté faible. A dix-huit ans, vous étiez le plus excellent ouvrier graveur de Paris. Vous vous êtes amusé à confectionner un billet de mille francs : il était admirablement réussi; cependant, lorsque vous avez voulu le changer, votre gaucherie a éveillé les soupçons; vous avez été pincé, jugé, expédié au bagne, d'où vous avez eu l'esprit de vous enfuir au bout de cinq ans.

— Vous sortez de la question, interrompt le Polonais.

— Au contraire, je la simplifie. — Ce que vous alliez dire, je vais l'achever pour vous. C'était il y a six ans. J'étais ruiné. J'avais fui Paris, laissant derrière moi des dettes énormes. Je me trouvais à Aix-la-Chapelle, furieux, désespéré, prêt à vendre mon âme pour reconquérir un peu de cette opulence sans laquelle je ne saurais vivre.

Quelques louis à peine me restaient. Un soir, je les risquai à la roulette et je perdis.

Comme j'avais prévu ce dernier désastre, je ne m'en émus pas outre mesure. J'avais un revolver dans ma poche. Je me transportai dans une des rues les plus désertes de la ville, et je me disposai à me faire sauter la cervelle.

Une main m'arrêta : la vôtre, cher monsieur Ladimir. Vous m'observiez depuis quelques jours. Vous aviez ce soir-là, dans le salon de jeu, remarqué le trouble de ma physionomie; et, devinant ce que je ruminais, vous m'aviez suivi.

Nous causâmes longuement. Le résultat de notre conversation fut que, quinze jours après, nous revînmes tous les deux en France : je faisais désormais partie du club des Pendus. Avec les fonds que cette société, florissante déjà, mais mal administrée, crut devoir mettre à ma disposition, j'achetai et je payai comptant le domaine des Taillis, ainsi que son château, qui est un des plus gracieux de l'Anjou.

Dans le parc de ce château, un pavillon isolé vous fut réservé, mon cher comte. A nous deux, en déployant des précautions infinies, nous étions parvenus à y introduire nuitamment tout le matériel nécessaire à vos travaux. Nous vécûmes là deux ans, unis par une intimité parfaite. Vous produisiez à foison vos ravissants objets d'art; et moi, je les répandais aussi adroitement que possible dans les diverses métropoles de l'Europe.

Moi seul, du reste, j'étais à même de remplir cette tâche. Je ne voudrais humilier personne ici; mais on conviendra que pas un de nos collègues n'aurait su aussi bien que moi se tirer d'affaire. Mon éducation, mes habitudes d'élégance, ma grande expérience du monde, et enfin mes goûts bien connus de dépense et de dissipation m'ont permis d'échanger, contre de bel et bon or, de prodigieuses masses de nos billets faux. Niera-t-on qu'en six ans la Société se soit enrichie de plusieurs millions par mon intermédiaire?

(NON, NON! C'EST ÉVIDENT! C'EST INCONTESTABLE!)

— Ainsi donc, reprend Roland, qu'à chacun de nous deux soit rendue la justice qu'il mérite! Vous avez, vous, monsieur le comte, fabriqué en France de faux billets de banque russes; en Russie, de faux billets français, et à Venise, d'où nous arrivons, de fausses bank-notes. Mais, sans moi, tout ce papier vous eût été inutile et n'eût servi qu'à vous faire arrêter, vous et nos amis ici présents.

Il est vrai qu'en n'hésitant point à m'attacher au club des Pendus, vous avez montré autant de flair que de prévoyance. Là toutefois se bornent vos services. Les miens ont été illimités.

En dépit des nombreux voyages auxquels je me suis consacré dans l'intérêt de notre cause, j'ai trouvé le temps de réorganiser notre association, de l'affermir, de la rendre invulnérable pour ainsi dire; bref, de la placer hors de toute atteinte, dans ce duel que nous soutenons contre la loi.

Grâce à ma vigilance, à mon activité continuelle, nos bénéfices, d'année en année, sont allés en augmentant. D'une commune voix, vous m'avez élu votre chef; et, aujourd'hui que, brisé de lassitude, je désire rentrer dans la vie normale, aujourd'hui que je sollicite pour ma récompense le droit de me reposer, vous me déniez ce droit, vous me flétrissez du nom de traître.

Nos statuts, me dites-vous, s'opposent à ma démission. Une fois admis dans notre club, nul n'en doit plus sortir. Mais ne sauriez-vous faire une exception en ma faveur? Craignez-vous de ma part une délation? Ne vous ai-je point donné assez de gages de dévouement, pour être à mon tour honoré de votre confiance?

— Compagnons, s'écrie Ladimir, ne l'écoutez pas : il cherche à vous tromper. Vous voyez avec quelle astuce il m'a coupé la parole. J'apporte, je vous le répète, les preuves de sa trahison. Ces preuves, voulez-vous, oui ou non, les entendre?

— Parlez! parlez!

Le Polonais s'exécute aussitôt :

— Tout ce que vient de vous dire Roland est vrai. Mais il n'a pas tout dit. Quand, pour la première fois, je l'ai rencontré à Aix-la-Chapelle, crevant de faim, et sur le point de s'envoyer une balle au travers du crâne, il n'était pas aussi complétement isolé que je l'avais cru d'abord.

Depuis un mois, il traînait avec lui une jeune fille. Il l'avait séduite à Paris, enlevée, emmenée en Allemagne, où elle partageait sa misère.

Je n'appris ce détail que plus tard. Il me contraria vivement. Les femmes ont toujours été la plaie de notre société. Malheureusement, le pacte était conclu. J'avais enrôlé Maugreval, et je dus me contenter de lui exprimer mes craintes. Il me jura de se séparer d'Hélène. C'est le nom de la demoiselle en question.

Loin de s'en séparer, il la présenta aux Taillis comme sa femme, se laissa dominer par elle, et finit, ainsi que je l'avais prévu, par lui révéler tous nos secrets.

— C'est faux! cria Roland.

— Faux! répéta Ladimir, ah! parfait!... Vous allez me soutenir qu'elle ignorait ce qui se passait dans mon pavillon?

— Je soutiens que jamais je ne lui ai confié un mot de nos affaires.

— Comment donc les a-t-elle connues?

— C'est vous-même, vous, Ladimir, qui, pendant votre maladie, au milieu d'un accès de fièvre chaude, lui avez tout dévoilé.

— Mensonge! Elle savait tout, même avant notre installation aux Taillis. Je l'affirme.

— Et qu'est devenue cette femme? demanda un membre anxieusement.

— Elle nous a partout accompagnés, ricana le Polonais: à Saint-Pétersbourg et à Venise, elle était avec nous.

— Quoi! vous ne l'avez pas tuée?

Une rougeur épaisse monta aux joues d'Obrinski.

— Je n'y ai songé qu'à Venise, balbutia-t-il. Maugreval a déjoué mon projet. Il a fait partir Hélène à mon insu et a jusqu'à ce jour refusé de me dire où elle se cache.

Un inexprimable tumulte s'éleva dans la salle. On injuria, on menaça Roland.

Des paroles sombres s'échangèrent.

— Ainsi, s'exclamait-on, notre sécurité, notre existence sont à la merci d'une femme! et cette femme est encore vivante!

— Mais défendez-vous donc! dit tout bas le secrétaire à Maugreval.

— J'espère, répliqua Roland d'un air hautain, qu'entre mon affirmation et celle d'Obrinski, mes collègues n'hésiteront pas.

— Et vous continuez à prétendre, gronda le Polonais furieux, qu'Hélène ne sait rien, qu'elle n'a jamais rien su?

— Je le prétends et je l'atteste.

— Eh bien! donc, à vos places, messieurs, fit le Polonais. Je vais produire un témoin de ce que j'avance.

Les assistants indécis se rassirent.

Obrinski, s'approchant de la muraille, poussa un ressort. Le panneau de boiserie s'abaissa; et l'un des deux moines qui veillaient dans l'antichambre, pénétra au milieu de la réunion.

Derrière lui, le panneau se releva sur-le-champ.

XXV

Il y eut une minute d'anxiété générale.

Roland lui-même fronça le sourcil, ne sachant pas quel était ce témoin inattendu que produisait contre lui Ladimir.

Puis, il se rassit tranquillement, et son visage se rasséréna.

A aucune époque de sa vie cependant, il n'avait couru un aussi grand péril qu'à cette heure, dans ce salon paisible, au milieu de ces hommes dont il était le chef.

Non: pas même le jour où, environné de flammes, il avait senti frémir sous ses pieds le toit incandescent de Jean Renot; — pas même ce jour-là, Maugreval n'avait frôlé la mort d'aussi près.

Les statuts étaient formels. Si l'on parvenait à démontrer qu'il avait trahi les secrets de l'association, Roland, sans pitié ni merci, devait être immédiatement immolé.

C'est pourquoi une joie sauvage étincelait dans les yeux de Ladimir, tandis que les autres assistants observaient un sombre silence.

Seul, Narcisse Augelot commençait à respirer.

En voyant l'attention de tous se concentrer sur Maugreval, il se raccrochait à une vague espérance de salut. L'instinct de la conservation, toujours si égoïste et si brutal, lui faisait presque désirer un drame sanglant, à la faveur duquel il lui serait possible de s'enfuir.

Quoi qu'il en soit, l'aspect de l'assemblée était étrangement sinistre.

Dans cette salle sans air, on respirait des miasmes étouffants. La lueur des bougies pâlissait par intervalles, puis envoyait des reflets lugubres sur les costumes multicolores des sept clubistes.

Trois d'entre eux avaient ôté leurs masques.

C'étaient Roland, Ladimir et l'éloquent secrétaire.

Narcisse reconnut en ce dernier l'homme en blouse, le vendeur de feu qui, sur le seuil du passage de l'Opéra, avait distribué les cartons triangulaires.

Pourquoi les quatre autres demeuraient-ils masqués ?

C'était un droit que leur accordait le règlement. Ceux d'entre les membres du club qui désiraient rester inconnus les uns aux autres, avaient licence de dissimuler leurs traits pendant les assemblées. Il suffisait que le secrétaire et le président les connussent.

Mais Narcisse ignorait ce détail. Et il tremblait à chaque instant d'être obligé de découvrir sa figure.

Quant à l'homme déguisé en moine, dont Ladimir se disposait à invoquer le témoignage, il attendait, debout et le capuchon rabaissé sur les yeux, les ordres du Polonais.

Celui-ci se décida enfin à parler :

— Messieurs, dit-il rapidement, quatre mots de préambule. Ne vous impatientez pas. Je serai court.

Vous savez à combien de précautions et à quelles minutieuses mesures de prudence nous astreint le but que nous poursuivons. Nous sommes des cosmopolites. Rarement nous séjournons quelques mois dans la même localité. Une seule fois par an, nous nous réunissons en assemblée générale ; et cette assemblée, qui a lieu pendant la nuit du mardi gras, ne se tient jamais dans la même ville.

Grâce à cette circonspection, nous avons déjoué jusqu'ici la surveillance de la police.

Mais il nous fallait nous-mêmes exercer une surveillance active, sévère, impitoyable, sur chacun de nos membres. Ce que nous avons le plus à redouter, c'est la délation.

En conséquence, chacun de nous est espionné de son propre consentement.

Au premier soupçon, celui qui s'apprête à trahir disparaît anéanti. Le public attribue constamment sa mort à un suicide : car tout homme qui est admis parmi nous doit déposer entre nos mains un écrit signé d'avance, — écrit par lequel il déclare mettre fin volontairement à ses jours.

Ce papier est placé dans nos archives. La date reste en blanc. Nous la remplissons, lorsque la condamnation de l'homme a été prononcée.

De cette manière, nous sommes à peu près sûrs de la discrétion de nos membres. Leur existence en dépend. Et la nôtre, tout chefs que nous sommes, est assujétie aux mêmes conditions.

Eh bien ! messieurs, ces conditions si importantes, si indispensables à notre sécurité, on a négligé de les prendre vis-à-vis de Maugreval. Le club des Pendus avait tant de confiance en lui, qu'il n'a pas cru devoir attacher le moindre surveillant occulte à sa personne.

Ce fut une faute. Je m'en aperçus vite et je la réparai.

Au nombre de mes subalternes, j'avais remarqué un garçon très fin, très intelligent, qui me parut apte à épier notre cher président sans qu'il s'en doutât.

Ce garçon, messieurs, le voici. Je vous le présente, et je lui cède la parole.

Ce disant, Ladimir frappa sur l'épaule du moine, qui rejeta son capuchon en arrière et arracha d'un tour de main sa barbe fausse.

Maugreval, par un mouvement vif, se pencha en avant. Il était curieux de voir les traits de son espion.

Un amer sourire crispa sa lèvre, quand il lui fut donné de contempler la face obséquieuse et les favoris abondants du sieur Désiré, son valet de chambre.

Il ne lui adressa qu'un regard. Puis il lui tourna le dos. Mais ce regard atteignit l'espion en pleine poitrine : il devint livide ; une terreur mortelle sembla le glacer. Il essaya de parler et n'y put réussir.

— Remets-toi, lui dit Obrinski. Tu n'as rien à craindre : notre protection te couvre.

Désiré s'épongea le front, se plaça de manière à ne plus rencontrer l'œil de son ancien maître, toussa pour s'éclaircir la voix et balbutia d'un accent mal assuré :

— Je suis entré, il y a cinq ans, au service de M. Maugreval. J'ai peu à peu gagné sa confiance.

Je l'ai accompagné dans tous ses voyages. J'ai été le témoin, le complice de ses continuels débordements. Et j'ai constaté mille fois l'imprudence qu'avait commise la société, en chargeant de ses pouvoirs un libertin de cette espèce.

Les femmes étaient sa passion dominante : passion irrésistible, effrénée, furibonde. Aucune ne lui résistait, et il ne résistait à aucune. Dans ses moments de folle ivresse, plus d'une fille adroite a dû certainement tirer de lui des révélations singulières.

— Ce n'est là qu'une simple conjecture de votre part, interrompit le secrétaire. Nous ne vous demandons pas votre avis ; nous attendons les preuves de la trahison de Roland, des preuves certaines. En avez-vous ?

— J'en ai !

— Alors, arrivez-y, et soyez bref.

— Eh bien ! j'affirme sous serment qu'à différentes reprises, j'ai entendu madame Hélène reprocher à M. Maugreval de s'être associé à des bandits. Excusez-moi, messieurs : c'est le mot qu'elle a employé.

— Ensuite ?

— Ensuite, je l'ai entendue encore, dans ses scènes de jalousie et de colère, menacer son amant de le dénoncer. Elle savait, disait-elle, que M. Roland fabriquait de faux billets de banque. Elle savait dans quel coin du parc il avait enfoui les presses et l'outillage : enfin, elle savait tout ; et cela, dès le commencement de l'affaire.

Désiré se tut.

Ladimir Obrinski n'avait cessé, tandis qu'il parlait, de cligner des yeux, de hocher la tête et de se caresser la barbe.

Avec son rire cruel, sa physionomie féroce et son domino rouge, il faisait songer aux possédés du moyen âge.

Après une seconde d'hésitation, les quatre auditeurs masqués se levèrent.

L'un d'eux dit à Roland :

— Vous avez entendu ?

— Oui.

— Qu'avez-vous à répondre ?

— Rien.

— Vous avouez les faits avancés par votre domestique ?

Roland haussa les épaules.

— Ce laquais, dit-il, obéit aux ordres de Ladimir. Considérez-vous comme des preuves contre moi les mensonges qu'il plaît à un misérable de débiter ?

— Il est certain, objecta le secrétaire en s'adressant à ses collègues, que nous ne saurions le condamner sur l'affirmation d'un valet.

— Et la mienne ? ricana Obrinski, pour quoi la comptez-vous ?

— Pour une calomnie que vous dicte la haine, fit Maugreval, qui regarda fixement son ennemi.

— Ah! parfait! se récria Ladimir. De la haine, moi? Délicieux! A quel propos vous haïrais-je, hein? N'avons-nous pas vécu des années côte à côte, sans avoir ensemble l'ombre d'une discussion, hein? Je vous ai toujours apprécié, mon cher. Mais le salut commun doit passer avant les amitiés particulières. Voilà pourquoi je vous accuse hautement.

— Vous m'accusez, répliqua ironiquement Maugreval, parce que je vous gêne, parce que vous avez hâte de me voir disparaître, et parce que, moi disparu, vous espérez conquérir Hélène.

— Moi! cria le Polonais, qui blêmit.

— Vous. Hélène vous a inspiré un amour immonde. Chez moi, sous mes yeux, presque en ma présence, vous l'avez, durant six années, poursuivie de vos obsessions. Afin de la séduire, afin de l'éblouir en lui découvrant vos richesses, vous lui avez révélé ce secret qu'aujourd'hui vous me reprochez d'avoir trahi.

— Quelle audace! bégaya Obrinski.

— Puis, comme elle demeurait inébranlable, vous avez tenté de l'assassiner, sous le prétexte faux qu'elle avait résolu de nous vendre. J'ai dû alors me séparer d'elle. Osez donc soutenir que ce départ, en vous enlevant tout espoir de la corrompre, n'a pas surexcité votre haine contre elle et contre moi ?

Ladimir, quoique visiblement décontenancé, garda son attitude provocante. Il affecta de rire et dit à ses collègues :

— On n'a pas idée d'une pareille fourberie. Essayez de lui arracher la vérité. Quant à moi, je m'en tiens là.

Les quatre dominos se consultèrent à voix basse.

Après quoi, celui qui déjà avait interrogé Roland reprit d'un ton grave :

— Il y aurait un moyen de tout concilier. Nous n'avons aucune preuve palpable de la culpabilité de notre président. Il rejette sur Obrinski la trahison que celui-ci lui impute ; et,pour ce qui est du témoignage de ce valet, nous serions imprudents de le prendre en considération.

Une seule certitude subsiste : c'est que la jeune femme en question possède notre secret. De quelque part qu'il lui vienne, elle l'a : ceci est indiscutable.

Donc, cette femme doit mourir. Il faut que, d'ici à vingt-quatre heures, elle ait à jamais disparu.

Et, s'approchant de Maugreval, le domino ajouta :

— L'adresse d'Hélène ?

Par un mouvement brusque, Roland se dressa sur ses pieds.

— Tuer Hélène! cria-t-il. Une femme, une innocente enfant qui, mille fois, si elle l'eût voulu, aurait pu nous envoyer tous, tant que nous sommes, au bagne où à l'échafaud !...

— Pas de sensiblerie! fit le masque. Où est-elle? Le savez-vous, oui ou non?

— Je le sais de ce soir. Mais dussiez-vous m'égorger à l'instant, je me refuse à vous le dire.

Une indignation muette accueillit cette clameur généreuse.

— Eh bien! messieurs, demanda Obrinski avec son éternel ricanement , êtes-vous convaincus? La trahison est-elle assez évidente?

Les clubistes entourèrent alors leur président pour essayer de le fléchir. Il les repoussa d'un geste plein de dégoût.

— Tuer une femme! répéta-t-il, allons donc! vous n'êtes que des lâches.

Il n'avait pas achevé que ses compagnons s'écartèrent de lui, délibérèrent tout bas, puis s'écrièrent d'un commun accord :

— Tout est dit : l'application des statuts !

Ladimir, ivre de joie, frappa sur un timbre.

Le panneau s'abaissa pour livrer passage au second moine, qui vint se ranger auprès de son collègue Désiré.

Sur un signe d'Obrinski, tous deux détachèrent la corde qui leur servait de ceinture.

XXVI

Ainsi donc, le drame qu'avait prévu Narcisse allait s'accomplir.

Roland était condamné à mort.

Les deux moines chargés de son exécution apprêtaient froidement leurs cordes et n'attendaient qu'un signal pour se précipiter sur lui.

Dans la salle du conseil, on n'entendait plus un souffle.

Les dominos masqués avaient repris leurs places. Raides et mornes, ainsi que des spectres, ils étaient absolument résolus à laisser le meurtre se perpétrer.

Tout le sang de Narcisse Augelot reflua vers son cœur. Il se sentit incapable d'assister à un pareil spectacle. Instinctivement, il fut sur le point de se lever, de crier à l'assassin, de se jeter entre la victime et les bourreaux ; mais un éclair de réflexion refroidit cette impulsion spontanée. A quoi serviraient ses clameurs, ses protestations, ses prières ?

Pourrait-il sauver Roland ? Non : il ne pourrait que périr avec lui.

Haletant, le corps secoué par un frémissement d'horreur, les yeux démesurément agrandis, il resta cloué sur son fauteuil par l'épouvante.

A ce moment, un courant d'air frais le frappa au visage et sécha la sueur qui baignait son front.

D'où provenait cette haleine humide ?

Narcisse tourna la tête. Il faillit pousser une exclamation de joie. Le panneau de boiserie n'avait pointété relevé après l'entrée du second moine.

C'était une issue.

Il est vrai qu'Augelot, s'il réussissait à s'échapper par là, ne serait nullement hors de péril. La porte de la maison était hermétiquement close : il le savait et ne se dissimulait point qu'on le rattraperait vite.

Néanmoins, tout lui paraissant préférable à un plus long séjour dans cette chambre odieuse, il songea aussitôt à s'évader sans être vu.

Entreprise difficile ! Entre Narcisse et le panneau ouvert, deux des assistants étaient assis. Il eût fallu passer devant eux. Donc, pour l'instant du moins, adieu à ses projets de délivrance !

Oppressé mortellement, le malheureux dirigea de nouveau, malgré lui, ses regards stupéfiés vers Roland.

Celui-ci, dès l'instant où sa perte avait été décidée, s'était reculé lentement au fond de la pièce.

Très pâle, mais superbe de sang-froid, il souriait. Adossé à la muraille, il tournait et retournait entre ses mains un mouchoir de fine batiste.

Un domino lui dit :

— Roland Maugreval, pour la dernière fois, nous vous adjurons de nous livrer Hélène.

— Et pour la dernière fois, répondit-il, je refuse.

— Avant de mourir, avez-vous un aveu à faire, un désir à formuler ?

Il répliqua :

— Je voudrais vous poser une question.

— Parlez.

— Pourquoi me tuez-vous ?

— Parce que vous avez triplement mérité la mort : premièrement, en révélant nos secrets à une femme.

— J'ai réfuté cette accusation.

— Secondement, en vous opposant à la punition de celle qui , d'une minute à l'autre, peut nous dénoncer.

— Elle a gardé le silence depuis six ans qu'elle sait tout ; elle l'eût gardé éternellement. Je me suis opposé à un crime inutile.

— Troisièmement, enfin, en nous manifestant l'intention d'abandonner la Société ; ce qui dénotait en vous une arrière-pensée perfide.

Roland inclina son front avec un air de raillerie et de mépris indéfinissables.

— Si tout à l'heure , prononça-t-il , quand j'ai parlé de donner ma démission, vous m'eussiez laissé achever ma phrase, vous sauriez à présent quelle était cette arrière-pensée : vous sauriez que, loin de rêver la ruine de votre association, je voulais, au contraire, vous enrichir tous d'un seul coup, sans peine, sans risque aucun, sans exiger de vous le moindre effort.

— Que dit-il ? chuchotèrent entre eux les affiliés.

Roland poursuivit :

— Quel but recherchez-vous ? L'opulence. A supposer que chacun des membres ici présents devînt subitement millionnaire, il ne se soucierait plus d'affronter des périls sans nombre, dans un intérêt d'argent. Le club des Pendus n'aurait plus alors de raison d'être. Ma démission serait immédiatement suivie de la vôtre, et l'on procéderait à la liquidation de la Société. Admettez-vous ce point ?

— Nous l'admettons.

— Eh bien ! les millions qu'il faudrait

pour réaliser cette hypothèse, je les ai, je les tiens. J'allais vous les offrir, lorsque vous m'avez interrompu.

Les dominos tressaillirent et se regardèrent entre eux.

— Combien de millions? demanda Ladimir d'un accent sarcastique.

— Avant la fin de l'année, riposta Maugreval, vous eussiez reçu de moi quinze cent mille francs chacun. Vous êtes sept : calculez à présent les sommes dont je dispose, et jugez de l'avenir que vous avez perdu.

— Mais, s'exclamèrent les bandits, expliquez-vous donc! Il en est temps encore!

— Non : vous avez douté de moi. Je rougirais de gorger d'or des êtres aussi sots et aussi lâches que vous l'êtes. Et maintenant, à l'œuvre! Essayez de me pendre. Je vous préviens charitablement que je me défendrai.

Les sept chefs demeurèrent visiblement indécis.

Leur cupidité était en éveil. Quoique n'attachant aux assertions de Maugreval qu'une créance médiocre, ils hésitaient néanmoins à le supprimer sans autres renseignements.

Ils tentèrent de lui arracher de plus amples détails. Ce fut en vain. Roland ne proféra plus un mot.

Par un geste singulier, machinal peut-être, il continuait à manier son mouchoir, roulé comme un tampon.

Témoin de l'incertitude de ses collègues, saisi de terreur en songeant que son ennemi pouvait lui échapper, Ladimir Obrinski s'écria :

— Ah çà! compagnons, est-ce que, par hasard, vous allez mordre à cette ruse grossière? Sera-t-il dit que, jusqu'à la fin, Roland vous aura joués, bafoués, insultés impunément?

— Non, non... qu'il meure! gronda l'assemblée.

Le Polonais, alors, touchant du doigt les deux moines immobiles :

— Allez! fit-il d'un ton triomphant.

Les deux hommes se courbèrent avec lenteur, se replièrent sur leurs jarrets puis bondirent à la fois sur Maugreval.

Il les attendait.

L'un des moines, atteint d'un coup de poing formidable au creux de l'estomac, fut lancé à dix pas de Roland et s'étendit sur le parquet. Il y resta évanoui, suffoqué, rendant le sang par la bouche et par les narines.

Quant à Désiré, il avait étreint son ancien maître et s'efforçait de lui passer autour du cou son nœud coulant.

Désiré était doué d'une force peu commune. Aussi ne doutait-on pas qu'il ne parvînt à dompter Roland.

Celui-ci le tenait à la gorge. Tout à coup, il appuya son mouchoir sur la figure de son adversaire, et pendant une minute il l'y maintint, en dépit des mouvements furieux de Désiré.

Alors on vit une chose étrange.

Peu à peu, les bras du domestique cessèrent de presser le corps de Maugreval ; ils s'agitèrent faiblement dans le vide, retombèrent flasques et inertes.

Et soudain, s'écroulant tout d'un bloc, Désiré s'abattit à la renverse.

Il était mort.

Maugreval repoussa du pied le cadavre, tira de sa poche un très petit flacon de verre et versa quelques gouttes de liquide sur son mouchoir déjà saturé de poison.

— A un autre! dit-il paisiblement.

Tout le monde était debout, saisi, pétrifié.

Maugreval s'était débarrassé de ses deux adversaires dans un laps de temps si court qu'à peine avait-on eu le temps de comprendre son action.

Ladimir écumait de rage. N'osant approcher son antagoniste, il arma un pistolet.

Un domino le lui arracha des mains, en murmurant :

— Etes-vous fou? Pas de sang ici! et surtout point de tapage!

— Mais alors, hurla le Polonais, sautons sur lui; étouffons-le, écrasons-le, anéantissons-le, le misérable.

Et il accompagna cette objurgation d'un effrayant blasphème.

Roland, les lèvres retroussées par un charmant sourire, qui fit étinceler ses dents blanches sous sa moustache noire, salua Obrinski du bout des doigts.

Puis, posant le talon de sa botte sur le cadavre de Désiré :

— Voyons, accentua-t-il, lequel de vous, messieurs, me fera l'honneur de me venir embrasser? Sera-ce toi, mon cher Ladimir?

Et il balançait élégamment le terrible mouchoir.

— A mort! à mort! vociférèrent les clubistes.

Et tous ensemble, ils marchèrent sur Maugreval.

Aussitôt, Roland s'empara de l'un des deux candélabres de bronze et le lança contre le groupe.

Un domino tomba, la tempe fracassée.

Le second candélabre suivit de près le premier.

Les bougies, foulées aux pieds, s'éteignirent, et la salle fut plongée dans une obscurité profonde.

Narcisse n'avait point attendu cet incident pour franchir le panneau.

Il gagna l'antichambre, descendit à tâtons l'escalier.

Ses jambes se dérobaient sous lui.

La scène épouvantable dont il avait été le spectateur involontaire ne s'effaçait point de son regard. Arrivé dans la cour, il fut obligé de s'asseoir sur une borne pour reprendre haleine.

Il allait même enlever son masque, afin de respirer mieux, lorsque le fracas de la porte cochère qui se refermait le fit sursauter.

Quelqu'un entrait dans la maison.

Narcisse essaya de se lever et chercha des yeux une encognure où il lui fût possible de se blottir.

Mais, avant qu'il eût fait le moindre mouvement, le nouveau venu s'avança auprès de lui.

A la lueur du falot accroché au mur, Augelot distingua un homme revêtu, comme lui, d'un domino noir à épaulette rose.

Narcisse frémit. Evidemment cet homme était le nommé Fischer, celui dont il avait usurpé la carte, le costume et l'individualité.

Fischer s'arrêta devant lui, parut très étonné, mais n'articula pas un mot.

Après une pause de trois secondes, il tourna sur ses talons et gravit l'escalier de service.

— Pour le coup, pensa Augelot, je suis irrévocablement perdu... à moins que je ne trouve moyen de sortir de cette caverne, pendant que les brigands s'entr'égorgent.

En trois bonds, il traversa la cour.

Sous le vestibule, il faisait noir comme dans un gouffre.

Le jour n'allait pas tarder à paraître ; mais d'épaisses nuées, en encombrant le ciel, retardaient l'apparition de la lumière.

Le triste clapotement de la pluie retentissait sans relâche.

Augelot, les bras étendus dans l'obscurité, atteignit la porte cochère et palpa çà et là, dans l'espoir de rencontrer un ressort ou une gâche de serrure. Il ne rencontra rien.

Revenant sur ses pas, il tâta les murs et finit par sentir sous ses doigts la fraîcheur humide d'une porte vitrée.

Là était la loge du concierge.

Il tourna vivement le bouton de cuivre.

La porte, fermée à double tour, résista.

Il frappa au carreau. Nulle voix ne lui répondit de l'intérieur.

Narcisse, éperdu, se prit la tête à deux mains.

Qu'était-ce donc que cette étrange demeure, où l'on pénétrait si facilement et d'où l'on ne sortait plus ?

Comme il se demandait cela, un tumulte de pas pressés éclata au fond de la cour.

Fischer s'était montré, avait parlé : on se mettait à la poursuite de Narcisse.

Le malheureux, les bras écartés en croix, colla désespérément sa face contre le mur et recommanda son âme à Dieu.

XXVII

Il s'écoula quelques secondes, durant lesquelles le pauvre Augelot remua des millions de pensées.

Un frisson d'agonie tordait ses muscles. Il pleurait, il invoquait la Providence, il avait peur enfin, — peur de mourir, lui qui la veille au soir avait tenté de se précipiter dans la Seine !

Ah ! c'est que depuis lors tous ses sujets de douleur s'étaient évanouis comme une vaine fumée.

On ne l'attaquait plus dans son honneur ; Zélie l'aimait ; la baronne de Jourdy l'avait pris sous sa protection : un avenir paisible semblait lui être réservé désormais.

Et voilà qu'au moment où l'existence s'ouvrait devant lui radieuse, il lui fallait la quitter, il lui fallait périr de la mort la plus affreusement cruelle.

Et cette mort, il l'écoutait venir, il l'entendait se rapprocher.

On le cherchait dans la cour, sous les remises, à l'intérieur des écuries.

Le son des voix se faisait à chaque instant plus distinct. La lueur de la lanterne que ses persécuteurs avaient décrochée rampait sur le pavé ruisselant d'eau, et parfois lançait jusqu'à lui son reflet jaune.

Il sanglotait. Noyé dans les ténèbres du vestibule, le visage appuyé au mur, les bras incrustés dans la pierre humide, il exhala vers le ciel un soupir anxieux, ardent, désespéré.

Puis ses nerfs fléchirent, ses mains glissèrent inertes au long des parois de la muraille.

Et soudain il se redressa palpitant.

Sous sa main gauche il venait de sentir un vide.

C'était la baie d'un second vestibule latéral, conduisant au grand escalier de la maison.

Narcisse, avec des précautions inouïes, s'engagea au hasard dans cette voie, marchant sur la pointe des pieds et retenant son haleine.

Il arriva au bas de l'escalier, empoigna la rampe et grimpa les marches à l'aveuglette.

Il était temps.

Ceux qui le poursuivaient, occupant déjà la place qu'il venait d'abandonner, couraient çà et là sous le vestibule, dont la voûte sonore répercutait leurs cris.

Narcisse montait toujours.

Parvenu au deuxième étage, il fit halte. Le rayon du fallot dansait au-dessous de lui. On soupçonnait sa piste.

Éperdu, énervé de terreur, il poursuivit son ascension.

Les clubistes ne montaient pas encore. Ils étaient indécis, ils se concertaient. Sachant que l'escalier ne mènerait le fugitif à aucune issue, peut-être jugeaient-ils oiseux de s'y engager.

Malheureusement Augelot, dans son excès de promptitude, fit un faux pas et dégringola plusieurs degrés avec bruit.

Il reprit aussitôt son équilibre et s'empressa de franchir les marches quatre à quatre. Mais sa maladresse l'avait dénoncé.

La bande acharnée après lui s'élança comme une meute.

Narcisse bondit. Exécutant de prodigieuses enjambées, il atteignit le dernier étage, rencontra devant lui un corridor, s'y engouffra et se trouva, pour ainsi dire, acculé dans une impasse.

L'étroit corridor aboutissait à une porte fermée.

Fou d'épouvante, éperonné par l'approche des bandits, il se rua contre cette porte close.

Elle céda...

Narcisse entra et referma le battant.

Puis il respira profondément et s'essuya le front au revers de sa manche. Mais sa joie fut de courte durée. La porte n'avait ni verrou ni serrure solide; elle avait cédé sous son premier effort, elle céderait nécessairement sous celui de ses adversaires.

Plongeant ses deux mains convulsives à travers ses cheveux, l'infortuné regarda autour de lui.

Le jour naissait à peine. Une aube terne glissait péniblement ses teintes couleur d'ardoise sur le sol carrelé.

Augelot se trouvait dans une mansarde vide et dénuée de tout meuble. Au-dessus de sa tête, une lucarne à tabatière, dont la vitre était à demi soulevée, laissait entrer la pluie à flots et le vent par rafales.

Le plafond était si bas et Narcisse était si grand que ses cheveux frôlaient presque l'encadrement de la lucarne.

Une idée illumina le désordre de son cerveau.

Se cramponnant aux rebords de la fenêtre, il s'enleva brusquement à la force des poignets et parvint à se faufiler sur le toit.

Cela fait, il referma le châssis vitré.

Après quoi, il se traîna sur ses mains et sur ses genoux au long de la pente inclinée du toit recouvert en zinc.

Le bonheur d'avoir échappé à ses ennemis l'empêcha tout d'abord de s'apercevoir à quel épouvantable danger il s'exposait de nouveau.

La pluie tombait avec abondance et rendait extrêmement glissante la route aérienne qu'avait choisie Augelot. Et si quelque bon bourgeois du voisinage eût mis son nez à la fenêtre à cette heure matinale, il eût été certes abasourdi, en découvrant un domino noir, orné de gants paille et de bottes vernies, là où un moineau franc eût hésité à se poser.

Quoi qu'il en soit, Narcisse réussit à gagner sans encombre l'extrême sommet de l'édifice. Il s'abrita au pied d'une large cheminée de briques et s'assit tout à fait épuisé.

C'était la troisième nuit d'émotion qu'il venait de passer sans fermer l'œil. Une fatigue inouïe broyait ses jointures; et, lorsque les battements fébriles de son cœur commencèrent à s'apaiser, un irrésistible besoin de sommeil pesa sur ses paupières.

Deux ou trois fois, malgré lui, sa tête se balança de droite et de gauche, tandis qu'un flot de somnolence le submergeait à demi.

Mais s'endormir ainsi à cet endroit périlleux, sous l'ondée glaciale; s'endormir, lorsque le moindre mouvement involontaire pouvait le faire rouler dans la rue, c'eût été l'acte d'un insensé.

Pour se maintenir en éveil, il résolut de braver la lassitude et de rester debout.

En conséquence, il se releva péniblement, entoura de ses bras la cheminée; et, les jambes vacillantes, l'intelligence alourdie, il promena ses regards de tous côtés.

Mais alors seulement, le vertige fondit sur lui comme un oiseau de proie.

Sa vue s'obscurcit; ses oreilles tintèrent.

A une énorme distance, à une terrible profondeur, il distinguait la ligne brune des trottoirs mouillés, les boutiques encore closes et les lettres dorées des enseignes.

Ce vide l'attira. Quelque chose d'innommé, d'indéfinissable, le poussait à s'élancer la tête en avant dans cet abîme où plongeaient ses prunelles.

Tous les objets environnants se prirent à tourner; lui-même il se sentit emporté comme dans une ronde diabolique, et, de-

vinant qu'il ne pourrait pas lutter longtemps contre cette aberration cérébrale,
il ferma les yeux, ploya les genoux et se
coucha sur le ventre.

Son hallucination se prolongea néanmoins.

Durant un intervalle de temps qu'il lui
eût été impossible de mesurer, Augelot
perdit à peu près connaissance, ou du
moins il demeura dans un tel état d'a-
néantissement que toutes ses sensations
s'abolirent.

Ce fut une nouvelle et plus effroyable
terreur qui le rappela au sentiment de
l'existence.

Doucement, d'une manière lente mais
régulière, il glissait sur le penchant du
toit. Était-ce encore une illusion ?

Non : il descendait bien réellement vers
la gouttière, et nulle aspérité, nulle crevasse, nul obstacle ne se rencontrait pour
retarder sa chute.

En vain écorcha-t-il ses ongles à la surface du zinc : il ensanglanta ses doigts sans
enrayer le mouvement implacable qui
l'entraînait.

Cette fois, Augelot n'avait plus rien à espérer.

Il cessa de se débattre. Pareil au cerf
qui, forcé dans ses derniers retranche-
ments, tend sa gorge au couteau du chas-
seur, il n'eut plus hâte que d'en finir et
attendit avec une impatience morbide la
minute suprême où il s'écraserait sur le
pavé.

Tout d'un coup, la descente s'arrêta; et
Narcisse, à son extrême étonnement, constata que des mains invisibles lui saisis-
saient les jambes, puis le milieu du corps.

Une secousse brusque acheva de l'attirer en arrière; il bascula et se retrouva
debout sur ses pieds, à l'intérieur de la
mansarde où tout à l'heure il avait cherché un refuge.

Trois des clubistes masqués l'entouraient. Un quatrième, celui qui était allé
le dénicher sur le toit et qui l'avait traîné
par un pan de ses vêtements, ne tarda
point à rejoindre ses collègues.

Narcisse était prisonnier.

Pas une syllabe ne fut articulée de part
et d'autre.

En un clin d'œil, Augelot fut renversé,
terrassé, garrotté, bâillonné.

Un des clubistes le chargea sur son
épaule; on descendit le grand escalier, on
traversa la cour, et, au bout de cinq minutes, on déposa Narcisse dans cette
même salle du conseil où il avait vu se
dérouler de si étranges scènes.

Tout y avait changé d'aspect. Il y régnait maintenant un calme profond. Le
cadavre de Désiré avait disparu. Des bougies neuves brûlaient dans les candélabres de bronze. Et Roland Maugreval,
calme, hautain et railleur comme toujours, était paisiblement assis derrière la
table.

Qu'avait-il fait ? qu'avait-il dit pour
dompter ses féroces compagnons ?

Quand ils eurent jeté sur le parquet le
malheureux Narcisse, ils s'inclinèrent en
silence devant leur chef, et conservèrent
dès lors une attitude humble et soumise.

On devinait que Roland avait reconquis sur eux toute son autorité, tout son
prestige.

A coup sûr, il les dominait plus encore
qu'auparavant. Nul n'osait élever la voix.
On épiait son moindre geste, son moindre
coup d'œil, et on lui obéissait avant qu'il
eût parlé.

Ladimir Obrinski lui-même, pâle comme
un mort, affectait une pose repentante ;
et si Roland, par aventure, se tournait de
son côté, le Polonais joignait les mains et
regardait son ex-ami d'un air suppliant.

Appuyant son coude sur la table et sa
joue sur sa main, Maugreval désigna du
doigt Augelot.

Deux hommes se levèrent et lui ôtèrent
son bâillon, sans détacher cependant les
cordes qui le liaient.

— Otez-lui son masque ! ordonna Roland.

Puis il attacha son œil clair, doucereux et scrutateur, sur la figure bouleversée du pauvre hère.

— J'ai déjà rencontré quelque part ce
visage d'imbécile, prononça-t-il à demi-
voix. Il n'a pourtant rien qui sente la préfecture de police.

Il s'étendit languissamment sur le dossier de son fauteuil, examina Narcisse de
la tête aux pieds, et, ayant allumé un cigare, il reprit après une assez longue
pause :

— Ah çà ! qui diable es-tu, mon garçon ? Pourquoi nous as-tu espionnés ? Ra-
conte-nous cela, voyons !

Son accent était doux et mélodieux.
Mais, lorsqu'il avait occis Désiré, fracassé
le crâne à l'un de ses collègues et invité
Ladimir au combat, son intonation avait
été la même.

Narcisse fut glacé jusqu'à la moelle des
os.

XXVIII

— Répondras-tu ? demanda Roland impatienté du mutisme d'Augelot; nous di-
ras-tu enfin qui tu es, pour le compte de
qui tu nous espionnes ?

Narcisse agita ses lèvres blanches; elles
ne livrèrent passage à aucun son. L'accablement lui paralysait la voix.

Maugreval lança lentement vers le plafond une spirale de fumée bleue.

— Je t'engage à te décider, insista-t-il. Puisque tu nous as écoutés, tu sais que nous sommes de la nature des fantômes : nous nous dispersons au premier chant du coq. Ainsi, dépêche-toi.

Narcisse bégaya quelques mots inintelligibles ; puis il demeura interdit.

— Tu préfères garder le silence? reprit Roland. C'est bien. Qu'on l'emmène !

— Qu'en ferons-nous ? interrogea un domino.

— Pendez-le, pardieu !

— Arrêtez ! cria Augelot, dont la langue se délia soudain. Je vais parler.

Et, tombant lourdement sur ses genoux :

— Regardez-moi, monsieur Roland, soupira-t-il entre deux sanglots. Vous devez me reconnaître. J'ai été votre ami.

— Vous?

— Oui, à l'époque où j'étais riche. Nous avons cent fois soupé ensemble.

— Bah !

— Souvenez-vous, souvenez-vous ! Chaque jour, nous nous rencontrions au Bois, et chaque nuit au jeu ou dans les coulisses des petits théâtres. Vous me serriez la main. Vous m'empruntiez mes chevaux et mes maîtresses. Au nom de notre intimité d'autrefois, faites-moi grâce !

Sans se rappeler exactement les faits cités par Narcisse, Roland commençait à se remémorer sa physionomie.

— Comment vous appelez-vous? dit-il.

— Narcisse Augelot.

— En effet, ce nom ne m'est pas inconnu.

— Quelqu'un vous a entretenu de moi cette nuit même, murmura Narcisse, que ranimait une faible lueur d'espérance.

— Qui ?

— Le domino rose auquel vous donniez le bras.

— Zélie ?

— Oui, Zélie Fredon.

Maugreval se pencha vers son prisonnier. Un sourire narquois aiguisa ses traits.

— Ah ça ! fit-il, est-ce que, par hasard, vous seriez l'heureux mortel à qui elle destine sa main ?

Augelot s'inclina.

— Ma foi, mon cher, j'en suis bien fâché pour elle et pour vous ; mais il y a gros à parier que Zélie va être veuve avant la bénédiction nuptiale.

— Cependant, balbutia Narcisse, si je me justifiais?...

— Essayez.

— Eh bien ! c'est par suite d'une erreur, d'un malentendu, que je me suis introduit dans cette maison.

— Comment cela?

— A minuit, dans le passage de l'Opéra, j'ai trouvé par terre et ramassé un carton portant l'adresse du lieu où nous sommes et l'indication du costume à revêtir pour y pénétrer. J'ai cru qu'il s'agissait d'un bal particulier, offert par de bons vivants à des demoiselles légères. J'étais en train de m'amuser ; l'idée folle m'est venue de me faufiler incognito dans cette réunion joyeuse. J'ai loué le domino que voilà, et j'ai exécuté mon malencontreux projet.

— Et ensuite?...

— Ensuite, dame ! une fois entré ici, force m'a été d'y rester.

— Vous auriez dû nous avertir immédiatement de votre méprise.

— Je n'ai point osé.

— Pourquoi ?

— La peur m'étouffait.

— En attendant, vous avez vu et entendu.

— Hélas ! oui. Mais, sur le salut de mon âme, sur ma vie éternelle, je vous jure de me taire.

— Vous vous tairez forcément, mon pauvre ami : car nous ne croyons pas aux serments, nous autres.

— Mon Dieu ! mon Dieu ! gémit Narcisse avec délire, n'est-il donc aucun moyen de vous toucher ?

— Je suis extrêmement touché, mon cher ; mais que voulez-vous ? Trois personnes, à l'heure qu'il est, connaissent l'existence de notre association. Aux termes du règlement, elles devraient déjà être mortes, et elles vivent.

— Trois personnes ! répéta Augelot, en roulant des yeux égarés.

— Oui ; la première est une femme ; et vous avez été témoin de la... discussion que j'ai eu à soutenir à son sujet avec ces messieurs.

Il désigna, en ricanant, les sept chefs, qui courbèrent la tête.

— J'ai obtenu, poursuivit Roland, non pas sa grâce, mais un sursis. Je ne puis vraiment abuser de la bienveillance de mes collègues, en intercédant pour vous, qui êtes la seconde personne initiée à nos aventures.

— Et la troisième? demanda machinalement Augelot.

— Ne vous inquiétez pas de celle-là : elle est entre nos mains, et — acheva Roland, qui consulta sa montre — avant dix minutes, elle aura cessé de nous préoccuper. Quant à vous, mon brave Narcisse, il faut vous résigner aussi.

Augelot devint froid comme un marbre. Il examina tristement l'attitude impassible et morne des gens qui l'entouraient, reconnut que tout appel à leur pitié serait inutile et se releva.

— Allons, dit-il, je me résigne. Tuez-moi !

Et, pareil à l'innocent mouton qui marche à l'abattoir, il se dirigea vers la porte.

Comme il touchait le seuil, Ladimir l'arrêta, en lui posant la main sur l'épaule.

— Le maître n'a rien décidé encore, accentua-t-il du timbre le plus flatteur, le plus humble et le plus soumis.

Puis il déposa un baiser sur ses cinq doigts réunis et le souffla gracieusement du côté de Maugreval.

Celui-ci se parlait à lui-même :

— Pauvre Zélie ! disait-il à demi-voix. Il est vraiment bizarre qu'après avoir causé, malgré moi, la mort de son premier mari, je sois contraint, par la logique des choses, de faire pendre son futur.

Il demeura rêveur. Bien que le temps s'écoulât, personne ne se permit une observation. Il avait à ce point mâté ses subalternes, qu'ils ne se hasardaient plus à proférer leur avis.

— Approchez Narcisse, s'écria soudain Roland.

Augelot, étonné, revînt auprès de la table.

— J'entrevois pour vous une branche de salut.

Le prisonnier tressaillit.

— Ne vous hâtez pas de vous réjouir, continua Maugreval : la ressource que je compte vous offrir ne sera peut-être pas de votre goût.

— Quelle est-elle ?

— La seule chance qui vous reste d'échapper à la corde, c'est de vous enrôler dans le club des Pendus.

Narcisse sauta en arrière.

Un murmure sourd et désapprobateur courut parmi les assistants.

Maugreval les toisa, puis sourit de son mauvais sourire.

— Vous réclamez, je crois, messieurs ?... Si quelqu'un a une objection à me présenter, qu'il s'avance !

Personne ne bougea.

— Eh bien ! reprit le président, qui observait Narcisse, que pensez-vous de ma proposition ?

— M'enrôler dans votre bande ! grommela Augelot, devenu livide.

— Ou périr sur le champ. Choisissez.

Les dents du condamné s'entre-choquèrent ; il se prit à grelotter, comme si on l'eût plongé dans une cuve d'eau froide.

— Mais c'est affreux, horrible, effroyable ! prononça-t-il avec effort.

— Allons, allons, prenez un parti.

— Au nom du ciel, que me commanderez-vous de faire si j'accepte ? à qui devrai-je obéir ? quelles actions m'ordonnerez-vous de commettre ?

— On vous renseignera sur tout cela plus tard. Refusez ou acceptez aveuglément.

— Au moins, accordez-moi du temps pour réfléchir.

— Je vous accorde deux minutes.

Le visage d'Augelot se contracta. Un combat furieux se livrait dans son cœur.

Quand les deux minutes se furent écoulées, il s'écria d'une voix forte :

— J'accepte.

Aussitôt, sur un signe de Maugreval, les liens qui le garrottaient tombèrent.

— Vous êtes des nôtres, lui dit Roland, sans paraître remarquer le mécontentement de ses collègues. Rassurez-vous d'ailleurs. Votre engagement sera de courte durée. D'ici à quelques mois, la société sera dissoute, et vous ne nous devrez plus rien. Jusque là, croyez-moi : retenez votre langue ; que pas une syllabe, pas une allusion ayant rapport à nous, ne vous échappe. A dater de cet instant, des témoins invisibles vous accompagneront en tous lieux.

A la moindre apparence de trahison, ils vous enlaceront dans l'ombre, et la foudre serait moins prompte à vous frapper que notre vengeance.

— Suis-je libre ? murmura timidement Augelot.

— Pas encore. Il y a deux formalités à remplir. Asseyez-vous là.

Narcisse se plaça devant la table. Un clubiste lui apporta une plume, de l'encre et du papier.

Puis Maugreval dicta :

« Que l'on n'accuse personne de ma
» mort. Je quitte volontairement la vie.
» Des chagrins d'amour et d'argent m'ont
» rendu l'existence insupportable. Je meurs
» sans regrets et me recommande à la clé-
» mence de Dieu. »

— Laissez la date en blanc et signez.

Augelot suivit de point en point les instructions de l'homme qui désormais allait être son seigneur.

Lorsqu'il eut fini, lorsque sous sa signature il eut inscrit son adresse, Roland serra le papier dans son portefeuille.

— Vous voyez que l'on vous tient, articula-t-il encore. Ceci nous garantit votre silence bien mieux que tous les serments du monde. Le jour où vous bavarderez trop, mon cher, on vous trouvera pendu n'importe où, et l'on découvrira cet écrit dans votre poche. A bon entendeur salut !

Narcisse écouta ces mots comme un dormeur écoute en rêve.

Il y avait tant d'heures qu'il se débattait à travers des événements fantastiques!

La fatigue et l'émotion tendaient à ce point son cerveau, qu'il touchait aux limites de la folie. Ses yeux hagards, sa bouche frangée d'une légère écume avertirent Roland de son état physique et mental.

— Ce jeune homme a besoin de repos, dit-il avec douceur. Qu'on nous serve le vin de bienvenue, et séparons-nous.

Ladimir s'absenta durant quelques secondes et reparut, soutenant un plateau chargé de coupes en cristal, au centre desquelles se dressait un flacon de vin du Rhin.

Le président présenta une de ces coupes à Narcisse. Il la remplit lui-même jusqu'au bord. Après quoi, Ladimir ayant versé à la ronde, on entoura le récipiendaire et l'on trinqua bruyamment avec lui.

— A notre nouveau collègue! s'exclama-t-on en chœur.

Augelot vida le vin d'un seul trait. A la même minute, le verre lui glissa des doigts et se brisa. Lui-même il s'affaissa comme une masse. Sa tête rebondit sur le parquet; il ne remua plus.

— Il va dormir quarante-huit heures, chuchota Maugreval. C'est plus de temps qu'il ne vous en faut, messieurs, pour retourner à vos postes respectifs. Quand il se réveillera, mes mesures seront prises, et je vous réponds de lui sur ma tête.

— Mieux eût valu le supprimer, gronda le Polonais à l'oreille d'un de ses compagnons.

— Tais-toi, riposta l'autre: nous sommes ses esclaves aujourd'hui; mais nous aurons notre tour.

— Et maintenant, messieurs, annonça Roland, je vous laisse. Il fait jour. Terminez au plus tôt avec le jeune Gilbert de Soriat. Et que pas un d'entre vous ne puisse être rencontré dans Paris d'ici-à deux heures. Au revoir!

Il se dépouilla de son domino, puis sortit entre deux haies de têtes inclinées.

XXIX

Lorsque Narcisse se réveilla, lorsqu'après un long et lourd sommeil, il rouvrit enfin les paupières, un vague sentiment d'épouvante pesait encore sur sa poitrine.

Pareils à de hideuses visions, les incidents terribles qu'il avait traversés s'étaient reproduits au milieu de ses songes.

Il se dressa le cœur battant, la bouche sèche, les poings crispés.

Et, pâle d'angoisse, il promena ses regards autour de lui, tremblant de rencontrer le sourire cruellement railleur de Maugreval, la barbe imposante de Ladimir ou les masques lugubres des chefs de bandits.

Soudain ses traits se détendirent. Une expression de surprise inouïe, de joie folle, d'allégement complet, fit resplendir son visage. Il se tâta le pouls timidement; il se demanda s'il continuait à rêver.

Non: il ne dormait pas. Une belle et bonne réalité avait succédé aux images atroces reflétées par ses souvenirs.

Narcisse venait de se réveiller dans son petit logement de la rue Amelot, dans sa propre chambre, dans son propre lit.

Un gai rayon de soleil, traversant la pièce en écharpe, dorait çà et là les pipes, les vieux livres, les modestes tableaux, les mille objets familiers de son humble intérieur de garçon.

Rien ne saurait décrire l'apaisement, la rafraîchissante quiétude qui se répandirent dans ses veines, quand il n'eut plus à douter du témoignage de ses yeux.

— Ah çà! se dit-il en s'étendant avec délices sous ses couvertures, est-ce que j'ai eu le cauchemar tout le temps? est-ce que, par hasard, le club des Pendus serait une chimère, Maugreval une illusion, Ladimir une hallucination, et les dominos masqués des bonshommes enfantés par la fièvre?

Comme il s'interrogeait ainsi, la pendule sonna dix heures et la porte s'ouvrit avec précaution.

Le portier de Narcisse entra, portant sur un plateau une tasse de chocolat fumant, un petit pain doré et des rondelles de beurre frais.

— Ah! ah! s'écria-t-il joyeusement, vous voilà enfin réveillé, monsieur Augelot! Ça n'est pas dommage. Votre sommeil commençait à m'effrayer; et, ma foi! j'étais presque résolu à vous en arracher, quand même j'aurais dû pour cela vous jeter une potée d'eau sur la tête.

— J'ai donc dormi bien longtemps? fit Narcisse étonné. Il n'est que dix heures; et, si je ne me trompe, j'ai dû rentrer vers cinq ou six heures du matin.

— Oui, avant-hier, riposta le concierge en riant.

— Comment! avant-hier?

— Sans doute. Vos amis vous ont ramené ici avant-hier matin, mercredi des cendres. Or, comme nous sommes au vendredi, vous avez fait un somme de cinquante-quatre heures. Rien que ça.

— Est-il possible! exclama Augelot.

— Possible tout à fait. Il faut croire que vous avez mené une rude existence pendant la nuit du mardi gras. Certainement, vos amis étaient bien pochards;

mais vous, monsieur Narcisse, sauf le respect que je vous dois, vous étiez ivre mort.

— Ivre, moi ?

— Un peu. Il a fallu vous tirer du fiacre, vous monter ici à bras tendus, vous déshabiller et vous coucher ; ce qui n'a pas été une petite affaire. Heureusement, vos amis m'ont aidé. Je n'aurais pas pu y arriver tout seul.

— Mes amis ! balbutia Narcisse. Quels amis ?

— Eh bien ! mais, trois jeunes gens costumés comme vous en dominos. Ah ! les mâtins ! riaient-ils en vous tirant vos bottes. Ils se tordaient, quoi !

Narcisse était redevenu sérieux. Il regardait son interlocuteur d'un air effaré.

— Comment ! ajouta celui-ci, vous ne savez pas qui je veux dire ? vous ne vous rappelez pas même avec qui vous avez fait la noce ? Dieu de Dieu ! est-il permis de se mettre dans des états pareils ?

— Si... si... murmura Augelot, je me souviens à présent. Mais ces messieurs, ces masques, que vous ont-ils dit ?

— Ah ! dame ! ils ont été bien honnêtes. Ils m'ont donné 10 fr. de pourboire et m'ont recommandé de vous laisser dormir tout votre saoul. C'est bien ce que j'ai fait. Cependant il y a des bornes à toutes choses.

Voyant ce matin que vous persistiez à ronfler comme une marmotte, la peur m'a pris, et je me suis dit : Tant pire ! ce n'est pas naturel, je vais le réveiller.

Narcisse, assombri, retomba sur son traversin.

Un frisson hérissa ses cheveux ; il se rappela subitement qu'il avait signé un pacte avec les clubistes, qu'il leur appartenait corps et âme, et qu'il avait sauvé sa vie aux dépens de son honneur.

— Diable ! remarqua le portier, le cœur vous tourne. Vous voilà plus blanc que votre oreiller. Pas étonnant, du reste, après une semblable soulographie.

— Ce n'est rien, bégaya le jeune homme. Je vais me lever, et il n'y paraîtra plus.

— Avalez-moi ça d'abord, insista le concierge. J'ai pris la liberté de vous faire préparer ce chocolat par ma femme. Ça vous ravigotera.

Narcisse, demeuré seul, déjeuna lentement, s'habilla plus lentement encore et se mit à réfléchir à son étrange situation.

L'éclair de son contentement s'était éclipsé. Il s'enfonça dans une méditation aussi triste que profonde.

Par intervalles, des plaques de rougeur brûlantes marbraient ses joues. Il souffrait, il se méprisait, il avait honte de lui-même. A cette heure où, calme et re-

posé, il se remémorait les événements, Augelot ne pouvait comprendre comment il avait racheté ses jours au prix d'une lâcheté.

Qu'allait-il advenir de lui désormais ? qu'exigeaient ses complices ? dans quel bourbier de crimes allait-on le contraindre à se plonger, s'il ne trouvait moyen de rompre avec ces malfaiteurs ?

Problème terrifiant !

Son devoir, il le discernait nettement. Coûte que coûte, il n'avait qu'une chose à faire : se rendre à l'instant même à la préfecture de police et dénoncer le club des Pendus. Mais le pauvre Narcisse, tout honnête et tout loyal qu'il fût, n'était pas un héros. Il tenait à la vie : par conséquent, il manquait de courage. Et, bien que rougissant de sa poltronnerie, il redoutait de s'exposer.

Machinalement ses lèvres balbutiaient les dernières et menaçantes paroles de Maugreval :

« Des témoins invisibles vous accompagneront en tous lieux. A la moindre apparence de trahison, ils vous frapperont dans l'ombre. »

Augelot se répétait ces mots sans trève, et sans trève il se noyait dans un abîme d'indécisions.

A la fin, fatigué de réfléchir, se sentant la cervelle en feu, il saisit son chapeau et sortit.

D'abord, il chemina au hasard ; puis, peu à peu, le grand air aidant, ses pensées s'éclaircirent.

— Le parti le plus sage à prendre, se dit-il, c'est de tâcher de retrouver Roland. Si je l'entretiens seul à seul, peut-être réussirai-je à lui persuader que ma présence dans l'association est inutile. Mais où le chercher ? — Telle était la question.

Augelot supposa qu'en allant rôder dans la rue Taitbout, aux alentours de la maison mystérieuse où s'était réunie l'assemblée, il aurait quelque chance d'aboutir à un résultat.

C'est pourquoi, vingt minutes après, il arriva en vue de l'édifice.

Chemin faisant, ses yeux n'avaient cessé d'inspecter les passants à droite et à gauche. Il se savait épié ; il ignorait si sa démarche n'allait pas lui attirer une mésaventure, ou tout au moins un avertissement.

Néanmoins il accomplit jusqu'au bout sa résolution, sans que nul de ses espions cachés y mît obstacle.

Une fois dans la rue Taitbout, il fit halte sur le trottoir, en face de la maison fatale. Il la reconnut parfaitement, quoiqu'il n'y fût entré que de nuit.

C'était une maison toute neuve, très

vaste, très luxueuse; elle étalait effrontément au soleil sa façade blanche, ses balcons dorés et ses entablements ornés de sculptures.

La porte cochère était ouverte à deux battants.

Un large écriteau appendu au mur portait ces mots : Maison à vendre. D'autres écriteaux placés au-dessous de celui-là faisaient mention d'une foule de grands et petits appartements à louer.

Narcisse entra.

Il longea le vestibule où il avait supporté une si effroyable agonie, et il revit cette loge de concierge où vainement il avait tenté de pénétrer pour fuir ses assassins. Elle était vide. Aucun meuble, pas de papier aux murailles. Dans l'escalier, Augelot rencontra des peintres qui travaillaient en chantant. Les appartements étaient envahis par les menuisiers et les décorateurs.

Évidemment la maison n'avait pas encore possédé un seul locataire.

Narcisse redescendit, traversa la cour, monta l'escalier de service et s'introduisit en frémissant, d'abord dans l'antichambre occupée l'avant-veille par les deux moines, puis dans la salle du conseil où Roland avait tué Désiré.

Là comme ailleurs, le vide, la sonorité, la solitude. Plus de tapisseries aux murs, plus de table, plus de fauteuils. On eut juré que personne ne s'était arrêté en cet endroit.

Narcisse alors chercha le panneau mobile qu'il avait vu jouer dans la boiserie.

Il n'en existait plus la moindre trace. Des ouvriers experts avaient dû nécessairement modifier la cloison et remanier les feuilles du parquet.

L'expérience était concluante.

Le club des Pendus avait tenu ses assises dans une maison inhabitée.

Augelot ne crut pas devoir pousser plus loin ses investigations. Interroger quelqu'un eût d'ailleurs été très dangereux. Il s'éloigna et se reprit à errer par les rues.

Ce fut alors seulement que ses idées changèrent de direction. Il songea aux circonstances qui avaient déterminé son malheur, à sa rencontre avec le petit Isidore, à la transformation de ce dernier en une charmante femme qui s'appelait la baronne de Jourdy.

Il se souvint qu'il avait de l'argent à lui rendre. Il avait dû l'attendre l'avant-veille, à neuf heures du matin, dans l'église de Saint-Vincent-de-Paul, pour apprendre de lui l'adresse du beau Roland. Cette adresse, Augelot eût sacrifié bien des choses pour la connaître; mais enfin il ne la connaissait pas, il n'a-

vait pas rempli la mission dont la baronne l'avait chargé : sa conscience lui ordonnait donc de restituer à cette dame ce qui restait des deux mille trois cents francs.

Narcisse entra dans un café, feuilleta l'almanach Bottin et constata que le baron de Jourdy demeurait rue du Faubourg-Poissonnière.

Ayant noté ce renseignement, il retourna chez lui, rue Amelot, escalada ses cinq étages et se précipita très ému dans sa chambre.

Le soupçon venait de naître en lui que ses excellents collègues du club des Pendus, en le déshabillant, avaient fort bien pu le dévaliser.

Il se trompait.

Son portefeuille était intact dans la poche de son habit. Il contenait dix-neuf cents francs, Narcisse ayant dépensé environ vingt louis pour se vêtir en noble étranger.

Au moment où, muni de la somme, il se disposait à redescendre, il entendit bruire un frou-frou soyeux derrière sa porte. Elle s'ouvrit, et Zélie Fredon, fraîche comme une rose, potelée comme une caille, souriante comme un matin de printemps, sauta au cou du jeune homme ébahi. Narcisse, au lieu de l'écouter, se frappa le front.

— Que je suis bête! s'écria-t-il.

Et, prenant les mains de la blonde parfumeuse, il la fit asseoir dans son meilleur fauteuil, se mit à deux genoux devant elle et murmura :

— Zélie, ma chère Zélie! mais vous la connaissez, vous!... Et dire que je ne me souviens de cela qu'à présent!...

Zélie stupéfaite écarquilla ses grands yeux bleus :

— Qu'est-ce que je connais? demanda-t-elle?

— L'adresse de Maugreval, parbleu!

XXX

Qu'on nous permette maintenant d'abandonner Narcisse Augelot à ses explications et à son tête-à-tête avec Zélie.

L'attention du lecteur devant être bientôt sollicitée par d'autres personnages, encore peu connus, certains éclaircissements sont devenus indispensables.

Ce que nous allons raconter, c'est l'histoire du mariage de M. de Jourdy.

Cette histoire, tenue pour lui secrète, était complétement ignorée du monde parisien. Elle va se lier d'une façon trop étroite à notre drame, pour que nous différions plus longtemps de l'exposer ici.

Donc, quatre ans avant l'époque qui nous occupe, le baron de Jourdy, membre du Corps législatif et banquier quinze ou vingt fois millionnaire, voyageait en Autriche, où l'avaient appelé de très importants intérêts.

Etant à Vienne, un soir, il se fourvoya par désœuvrement dans un petit théâtre des faubourgs.

On jouait là un mélodrame quelconque, saupoudré de féerie.

Le principal rôle était rempli par une débutante. Elle se nommait Laura Gardiani. Elle avait dix-sept ans, et elle faisait fureur, non moins à cause de son talent, plein de verve et de distinction virginale, qu'en raison de son extrême beauté.

Beauté troublante, fascinatrice et chaude; beauté merveilleuse, qui, par une fantaisie de la nature, se rapprochait du plus pur type oriental.

Le baron de Jourdy, bien qu'ayant vécu un demi-siècle, et j'ose le dire, vécu à fond de train, n'avait connu de l'amour que sa contrefaçon.

Quand il aperçut la Gardiani, son heure sonna. Un frisson électrique lui parcourut l'épiderme; une âcre sensation de volupté douloureuse le mordit au cœur.

Et durant la nuit entière, parmi des rêves enfiévrés, il vit bondir cette vierge aux grands yeux d'un noir brûlant, à la pâleur ardente, aux lèvres couleur de feu, à la taille souple, ondulant sur de larges hanches avec une grâce de couleuvre.

Au matin, le baron était à peu près fou.

Il courut chez un joaillier, acheta pour mille louis de diamants et les fit passer à l'actrice, accompagnés d'un billet que n'eût pas désavoué un lycéen : car l'amour authentique a ceci de sublime — ou de ridicule — qu'il restitue à l'âme sa candeur première.

Billet et bijoux lui revinrent.

Laura n'avait daigné ni accepter le présent, ni décacheter la lettre, ni s'informer du nom du donateur; elle avait purement et simplement mis le messager à la porte.

C'était son habitude en pareille occurrence.

Une étrange fille, cette Laura! Les déclarations l'irritaient à l'égal d'une insulte. Elle prétendait que lui dire : Je vous aime! cela signifiait en propres termes :

— Mademoiselle, ayez donc l'obligeance de devenir ma maîtresse. Qu'est-ce que cela vous fait, voyons ? je payerai ce qu'il faudra.

Or elle considérait comme fort injurieux que, par cela seul qu'elle était au théâtre, une foule d'individus plus ou moins jeunes et plus ou moins gantés, plus ou moins vieux et artistement réchampis, la supposassent disposée à se vendre.

C'est pourquoi elle opposait un dédain superbe à leurs airs penchés et à l'artillerie de leurs prunelles.

Quant aux piéges qu'on pouvait lui tendre, elle s'en inquiétait peu, ayant derrière elle un protecteur. Son père ne la quittait pas; il la suivait jusque dans les coulisses, où chacun ménageait ces deux êtres si fiers dans leur pauvreté, si unis dans leur tendresse réciproque.

Tels furent les renseignements que recueillit le baron. Ils exaltèrent son amour, en le doublant d'estime et de respect. Mais que lui laissaient-ils à espérer ?

Il était dans l'automne de l'âge. Vaincrait-il, là où avaient échoué tant de séduisants jouvenceaux ? Et quel moyen emploierait-il pour captiver une fille insensible à l'argent, blasée sur les adulations, inébranlable en son ferme parti pris de vertu ?

Réflexions décourageantes! Après les avoir bien ruminées, le baron alla se planter devant un miroir, et s'examina sérieusement.

Il avait cinquante ans révolus, mais il ne se teignait pas, ne portait ni corset ni ceinture; enfin, beaucoup de jeunes gens eussent envié sa mâle prestance et sa vigueur.

— Allons, allons! se dit-il, on peut essayer.

Là-dessus il prit un abonnement au petit théâtre que Laura était en train d'enrichir; puis il manœuvra de manière à obtenir ses entrées au foyer des acteurs.

Et alors sa conduite fut un chef-d'œuvre d'astuce.

Au lieu de se joindre à l'essaim d'imbéciles qui papillonnaient autour de la cruelle, il se fit indiquer le papa Gardiani.

On lui montra une espèce de momie, à profil de casse-noisettes, qui grelottait au coin du feu sous un amas de fourrures.

Le baron s'approcha de ce débris humain, salua, se nomma, s'assit, entama la conversation en allemand, et déploya tous les trésors de sa cordialité.

Le bonhomme Gardiani répondit en français.

Il n'était guère accoutumé à de semblables aubaines. On le délaissait fort. Parce qu'il avait l'air triste, on le croyait hargneux. Débile, ratatiné, paralysé aux trois quarts, miné surtout par une mélancolie profonde, ce pauvre vieux pâtissait de la répulsion qu'inspirent les visages chagrins.

Les avances de M. de Jourdy le déridèrent. Le baron, de son côté, fut excessivement surpris de rencontrer en ce père d'actrice le ton parfait et l'exquise urbanité des gens de bonne compagnie.

Son étonnement diminua lorsqu'il eut découvert qu'il s'entretenait avec un ar-

10

tiste distingué, un musicien de mérite, un compositeur dont le nom, maintenant oublié, avait été presque célèbre.

Au bout d'une demi-heure de dialogue, le malade ragaillardi lui en fit lui-même la confidence :

— Oui, M. le baron, s'écria-t-il, ranimé par le souvenir de cette période brillante de sa carrière; oui, les plus grandes scènes de l'Italie ont exécuté mes opéras. Il fut un temps, je puis le proclamer avec orgueil, où les théâtres s'arrachaient les partitions de Gardiani, de même que les salons se disputaient sa personne.

Il disait vrai.

Recherché par la meilleure société de Milan, sa ville natale, Gardiani, alors jeune et très joli garçon, avait remporté là d'enivrants triomphes d'amour-propre.

Mais, pour son malheur, il avait puisé aussi, dans ce milieu opulent et frivole, le goût du luxe et des plaisirs coûteux. L'or qu'il gagnait à pleins coffres, il le dissipait à pleines poignées, sans nul souci du lendemain.

Tout à coup, des infirmités précoces le terrassèrent. Son génie fut frappé d'impuissance; la vogue de ses premiers ouvrages s'épuisa; les tendres amies s'éloignèrent; les affectueux seigneurs coururent à de nouveaux favoris... et l'infortuné maëstro, violemment expulsé de son rêve d'azur, se réveilla seul, dénué de ressources, face à face avec le désespoir.

— Seul, non — se reprit-il, après avoir raconté ces choses à M. de Jourdy. Un ange était auprès de moi. Quelques années avant la catastrophe, j'avais épousé par amour une Française, une orpheline belle à miracle... et pauvre autant qu'on peut l'être.

Elle fut ma consolation. Elle me communiqua son énergie. Elle accepta bravement pour elle-même une infortune que pourtant elle n'avait point méritée.

Et, résolue à travailler elle aussi de ses mains, elle me persuada de venir en France, où, moins difficilement qu'en Italie, pensait-elle, nous trouverions moyen l'un et l'autre de tirer parti de nos aptitudes.

Hélas! monsieur le baron, six semaines après notre arrivée à Paris, ma femme mourait en accouchant de Laura.

Ce dernier coup faillit me tuer.

Ma raison s'engloutit. Le blasphème souilla mes lèvres. Je me serais fracassé le crâne contre un mur si à ce moment l'on n'eût placé entre mes bras ma pauvre petite fille.

Il me fallait vivre pour l'élever; il me fallait me raidir contre le sort et pourvoir à notre commune subsistance.

Je me fis maître de musique.

D'abord tout marcha bien. Un pensionnat m'accueillit au nombre de ses professeurs externes.

Peu à peu j'eus des élèves au dehors, et peut-être eussé-je fini par sortir d'embarras si mon défaut de santé me l'eût permis.

Mais, hors d'état quelquefois de me mouvoir et même d'articuler un mot, j'étais trop souvent contraint de garder la chambre.

On se lassa de mes irrégularités : on me congédia.

Là gêne alors se glissa chez nous, puis la détresse, puis la misère, une misère affreuse.

Misère vaillamment subie d'ailleurs, et courageusement combattue. Mais que la lutte fut longue!

Durant quinze ans, M. le baron, je vécus Dieu sait comme et de combien de métiers. Ni mon enfant ni moi nous ne dînâmes tous les jours. Laura n'en était pas plus morose, la chère fillette! Elle grandissait, devenait aussi belle que sa mère. Gaie, rieuse, alerte, ingénieuse comme une petite Parisienne qu'elle était, elle travaillait pour quelques magasins de modes et ramenait déjà un peu d'aisance dans notre humble logis.

Moi, je me sentais décliner. Ne pouvant lui laisser de fortune, je me hâtais de cultiver sa jeune intelligence.

Ce fut ainsi qu'en outre de l'italien, ma langue maternelle, je lui enseignai l'allemand, que je possède assez bien, ayant passé une partie de ma jeunesse en Bavière, où j'ai été maître de chapelle.

Vous avez vu si elle a profité de mes leçons : elle prononce l'allemand avec autant de pureté qu'une bourgeoise de Vienne, et l'on prétend même...

— Pardon! interrompit M. de Jourdy, comment se fait-il que mademoiselle Laura, étant Parisienne et ayant de la vocation pour le théâtre, ait débuté, non pas à Paris, mais en Autriche?

À cette question si simple, le compositeur tressaillit, comme tressaille un blessé quand on lui pose le doigt sur sa plaie. Un tremblement convulsif agita sa mâchoire. Une pâleur terreuse envahit sa face creusée, sillonnée de rides.

Il resta silencieux. Dans ses prunelles s'alluma une flamme sombre. Ses traits s'imprégnèrent d'une sorte de rage haineuse, farouche, concentrée.

Soudain il eut un ricanement sinistre, tordit ses poings crispés au-dessus de sa tête, puis retomba dans son fauteuil, — haletant, affaissé, anéanti.

XXXI

Le baron, stupéfait, eut peur que Gardiani ne perdît connaissance, et fut tenté d'appeler à l'aide.

Excepté lui et le vieillard, il n'y avait personne au foyer. Tout le monde, y compris Laura, était en scène. On entendait bruire par bouffées les accords de l'orchestre et les applaudissements du public.

Cinq minutes s'écoulèrent. Enfin Gardiani rouvrit les yeux, promena ses mains décharnées sur son front chauve et murmura :

— Veuillez m'excuser, M. le baron. Des images poignantes, douloureuses, ont traversé ma mémoire. Faible et nerveux comme je le suis, je n'ai pu dompter... Mais voilà qui est fini. Vous me faisiez, je crois, l'honneur de me demander...

— Mon Dieu! s'empressa de répliquer M. de Jourdy, calmez-vous, reposez-vous. Je suis vraiment confus d'avoir provoqué par mon indiscrétion...

— Mais, nullement ; mais n'allez pas supposer cela, je vous en supplie, se récria le maëstro. Votre question était toute naturelle, et je n'ai aucune raison de n'y pas répondre. Ce n'est pas elle, je vous le jure, qui a déterminé cette crise, à laquelle d'ailleurs je suis sujet ; c'est le souvenir subit de certaines circonstances... que je dois vous taire... et qui nous ont attirés en Allemagne, il y a deux ans, ma fille et moi.

— N'importe! fit M. de Jourdy. Ma question les a fait renaître, ces souvenirs. Tâchons de les écarter. Changeons d'entretien.

— Non, non, insista Gardiani. Il ne faut pas que la moindre équivoque plane par ma faute sur la conduite de ma fille. Tout à l'heure, vous vous étonniez à juste titre de ce qu'étant Française et Parisienne, elle se soit engagée dans une troupe de comédiens allemands...

— De grâce! interrompit le baron.

— Et, poursuivit le vieillard, ma sotte défaillance, arrivant alors comme à point nommé, a pu vous faire soupçonner un mystère là où il n'en existe aucun. Dieu merci! tous les actes de Laura peuvent être étalés au grand jour.

Le baron attesta qu'il n'en avait jamais douté.

— Cependant, appuya Gardiani, faites-moi la grâce de m'accorder quelques instants d'attention. Je tiens essentiellement à ne laisser rien d'obscur dans votre esprit relativement à ce qui nous concerne.

M. de Jourdy, bien que très contrarié d'avoir forcé pour ainsi dire le compositeur à lui exposer sa confession, s'inclina en silence.

Gardiani, après s'être recueilli une seconde, reprit en ces termes :

— C'était donc il y a deux ans. Nous demeurions, ma fille et moi, dans une rue de Paris qui n'existe plus maintenant, je crois : la rue de la Harpe. Grâce à Laura, nous avions enfin quelques économies, et nous commencions à être, sinon tout à fait heureux, du moins assez tranquilles, lorsqu'un malheur inattendu fondit sur nous.

En un mot, monsieur le baron, et pour n'avoir point à revenir sur ce sujet pénible, une personne qui nous tient de fort près disparut à l'improviste.

L'honneur, le devoir nous faisaient une loi de la retrouver, de la ramener à tout prix.

Certains indices nous portaient à penser qu'elle se cachait en Allemagne. Nous vendîmes le peu que nous possédions, et nous partîmes.

Pendant des mois nous parcourûmes l'Allemagne. Nos recherches furent vaines. Pour comble de malheur, elles avaient englouti nos épargnes ; et le jour où, désespérés, nous songeâmes à rentrer en France, il ne nous restait plus un sou.

Nous étions alors à Munich. Le manque d'argent nous contraignit à nous y fixer. Peu nous importait d'ailleurs d'être pauvres en Allemagne ou pauvres à Paris. Laura me le fit comprendre.

Accoutumée à se suffire, ma chère enfant n'était jamais prise au dépourvu. Elle nous créa immédiatement des ressources : elle donna des leçons de français, de dessin, de piano, à deux ou trois jeunes filles dont elle réussit à se procurer la clientèle.

Ce qu'elle gagna nous empêcha de mourir de faim. Mais j'étais accablé de douleur en songeant que les belles années de ma chérie allaient s'écouler dans ce labeur ingrat.

Un soir que, pour me distraire, elle me lisait une tragédie de Goëthe, un de nos voisins entra dans notre chambre. C'était un vieux comédien retiré du théâtre. Il habitait le même hôtel que nous et nous avait toujours témoigné de l'affection.

Il fut émerveillé par la diction de Laura et crut discerner en elle le germe d'une vocation dramatique. L'extrême désir qu'il avait de nous obliger acheva de lui monter la tête. Il pressa vivement ma fille d'entrer au théâtre, offrant de lui ap prendre la déclamation et de la mettre à même, avant six mois, de paraître en public.

Comme je lui objectais qu'on n'engagerais point une enfant de quinze ans qui, de sa vie, n'avait foulé les planches, il se fit fort d'aplanir tous les obstacles, et nous éblouit par de si superbes espérances, que Laura se laissa endoctriner.

L'année suivante, elle était engagée à Munich, dans les conditions les plus modestes. Mais, ses débuts ayant eu du retentissement, elle fut appelée ici, à Vienne, où le directeur de ce théâtre lui fit signer un traité fort avantageux.

Depuis lors, nous sommes plus riches que nous ne l'avons jamais été. Vous le voyez, monsieur le baron, il n'y a dans tout cela rien de mystérieux.

Au moment où M. de Jourdy se disposait à répondre, la foule des acteurs envahit le foyer, et Gardiani profita de cet entr'acte pour se rapprocher de sa fille.

— Ma chère enfant, lui dit-il, permets-moi de te présenter un de tes compatriotes.

— Un Français! s'écria-t-elle enchantée. Et elle tendit au baron sa main blanche...

Depuis des mois, en effet, elle était lasse de n'entendre et de ne croasser que le lourd jargon tudesque; elle avait soif de ce langage limpide, coloré, doucement railleur, qui flotte dans l'atmosphère excitante de nos boulevards.

Avec une pétulance d'enfant gâtée, elle harcela de questions M. de Jourdy. Elle ne pouvait s'adresser mieux : le baron était un étincelant causeur. Son existence, toujours dorée par la richesse, toujours égayée par le plaisir, se reflétait dans ses récits couleur de rose. Il charma la comédienne; il l'amusa; il la fit pleurer; il la fit rire.

Et, par intervalles, il s'interrompait tout à coup pour la contempler.

Etait-ce bien la fille hautaine qu'on lui avait dépeinte, cette belle et bonne créature qui, joyeuse, animée, le traitait déjà en camarade et en frère?

Ah! comme il la regardait! Accoudée au fauteuil du vieillard, elle ressemblait, dans son costume de féerie, à une jeune reine échappée de quelque conte de Perrault.

Laura, d'ordinaire, remplissait des rôles masculins : elle excellait dans les travestis et portait avec une égale aisance la tunique du page, l'habit de velours du marquis ou le sarrau du gamin.

Mais, ce soir-là, par exception, elle était en femme.

Une chlamyde de gaze violette, étroite et traînante, constellée d'étoiles d'or, découvrait les fraîches rondeurs de ses bras nus et les fossettes de ses épaules.

Sur ses cheveux noirs scintillait un cercle d'or.

Rien de plus. Mais rien n'aurait donné un plus étonnant relief à son adorable petite tête de Juive, si fièrement posée sur un corps d'Andalouse.

Quelle fête pour les yeux du baron!

Et dans son cerveau quelle capiteuse ivresse! A grand'peine se maîtrisait-il.

Laura, par bonheur, ne pressentit pas en lui un amoureux.

L'âge de M. de Jourdy, sa tenue, son tact, la souriante bonté de ses traits, tout lui inspira confiance. A l'issue du spectacle, elle le remercia chaleureusement d'avoir, en cette soirée trop courte, dissipé la sombre humeur du vieux Gardiani.

Ainsi donc, elle se déclarait son obligée. Heureux baron! la chance qui l'avait favorisé depuis le berceau continuait à lui être fidèle.

Il escorta le père et la fille jusqu'au seuil de leur logis.

Là, pâle comme un trépassé, d'une voix que saccadait la terreur d'un refus, il sollicita l'autorisation de leur rendre visite.

On la lui accorda.

Une semaine après, il était leur ami, leur confident, leur hôte quotidien.

Il leur dit alors qu'il voyageait pour affaires et que son séjour à Vienne serait très limité; il s'en tint là. Les Gardiani ne soupçonnèrent même pas sa haute situation de fortune. Au surplus, en quoi cela les eût-il intéressés?

Ces braves cœurs étaient incapables d'échafauder d'hypocrites calculs. Ils avaient accueilli le baron, parce qu'il leur rappelait la France; ils l'avaient aimé pour ses qualités délicates. L'annonce de son prochain départ les affligea d'autant plus que, séparés do lui par la différence des rangs, ils n'espéraient point le revoir.

Mais les jours s'écoulèrent, et le baron ne partit pas. En vain mille intérêts sérieux le rappelaient à Paris : il resta. De jour en jour il s'éprenait davantage.

Admis dans l'intimité de Laura, libre de l'étudier à loisir, il put constater sa droiture, sa simplicité de cœur, son manque absolu de coquetterie, son mépris pour le mal et son horreur du vice.

Il reconnut, en outre, que, sous des dehors modestes, elle cachait une intelligence supérieure. Elle parlait avec pureté l'italien, le français, l'allemand; elle dessinait à ravir; elle était excellente musicienne : tout ce qu'une jeune fille bien née doit savoir, elle le savait.

Quand des informations minutieuses eurent démontré au baron que Laura, malgré sa profession d'actrice, était décidément une honnête fille, une fille plus pure, plus chaste mille fois que bien des demoiselles élevées au couvent, il se dit qu'elle ferait une honnête femme et n'hésita point à demander sa main. Laura se rendit à ses vœux avec reconnaissance.

Elle l'aimait, bien qu'il eût trente-trois ans de plus qu'elle et qu'il approchât de la vieillesse.

Ce triomphe, le dernier de tous ceux qu'il avait obtenus, fut aussi le plus doux au cœur du fortuné baron.

Le mariage eut lieu à Vienne, sans pompe et sans bruit. Deux mois plus tard, le vieux Gardiani mourut ou plutôt il s'éteignit comme une lampe dont l'huile est épuisée. Il s'endormit paisiblement au milieu de ce luxe qu'il avait regretté toujours et qui dora son heure suprême.

Quelques minutes avant d'expirer, il avait eu avec sa fille un entretien secret. Les paroles qui s'échangèrent entre eux durant cette entrevue, M. de Jourdy n'en eut pas connaissance. Il s'abstint par discrétion de questionner sa femme. Et cependant, il avait remarqué l'expression solennelle et sévère de la figure de Laura, lorsqu'elle quitta le chevet de son père.

Quant au compositeur, il conserva même après sa mort, sur son visage convulsé, l'empreinte d'une pensée terrible.

XXXII

Gardiani enterré, les deux nouveaux époux revinrent à Paris.

Une calèche les attendait à la gare.

Quand Laura eut franchi la grille dorée de l'hôtel de Jourdy; quand, après avoir traversé l'ombreux jardin, elle eut mis pied à terre vis-à-vis du vestibule, un monde de valets silencieux et empressés, un essaim de suivantes accortes se rassemblèrent devant ses pas, comme pour lui souhaiter la bienvenue.

Puis, à travers de longues enfilades de salons magnifiques, le baron la conduisit à son appartement.

Alors elle soupçonna pour la première fois que son mari était puissamment riche.

En effet, depuis le seuil jusqu'aux combles, la maison recélait des merveilles d'art, de luxe, de goût et de splendeur.

Partout des émaux précieux, des tapisseries antiques, des meubles rares et charmants.

Les galeries de tableaux, les statues, les serres, les bibliothèques, trahissaient à la fois une opulence énorme et l'amour éclairé des belles choses. Les écuries contenaient des attelages royaux; les remises, des chefs-d'œuvre de carrosserie. Enfin, tout dans cette demeure princière concourait à caresser l'âme et à éblouir les yeux.

Laura était profondément artiste. Elle fut d'abord enivrée. Passer sa vie au milieu de ces ravissantes productions de l'esprit humain lui parut le dernier mot du bonheur sur la terre.

Mais, en y réfléchissant mieux, elle se sentit plus effrayée que contente de son immense fortune.

Elle savait que richesse oblige ; elle redouta que la sienne ne lui imposât une sorte d'esclavage. Son caractère indépendant répugnait à ces devoirs d'apparat, à ces simagrées hypocrites que le monde impose à ses favoris.

Le baron la rassura aussitôt. Epris comme il l'était, M. de Jourdy ne pouvait avoir d'autre volonté que celle de sa femme. Il la laissa complétement libre de vivre à sa guise, de recevoir qui elle voudrait, de visiter qui elle entendrait.

Il lui offrit même de renoncer aux affaires et d'aller habiter l'une ou l'autre de ses nombreuses propriétés.

Laura n'accepta point ce sacrifice : le mouvement, l'activité, la fièvre des grandes entreprises, étaient nécessaires à la santé du baron.

Elle obtint de lui qu'il ne changerait rien à ses habitudes, et elle s'arrangea pour elle-même une existence d'accord avec ses penchants.

Quatre bals fastueux par hiver et une douzaine de dîners de cérémonie furent le tribut qu'elle paya aux exigences des indifférents. Le reste de son temps, elle le consacra aux arts et à la bienfaisance.

Elle s'entoura d'un cercle d'intimes uniquement composé de gens de talent et de femmes aimables.

Quant aux sommes considérables que le baron fut heureux de placer sous ses mains, elle les répandit sur une foule de familles pauvres.

S'il est vrai que le bonheur puisse appartenir à quelqu'un ici-bas, le baron le posséda dans son expression la plus complète.

Quatre ans s'écoulèrent. Ils furent pour lui comme un rêve rapide, un rêve d'amour et de parfaite félicité.

L'on a vu comment une inquiétude passagère ébranla tout d'un coup sa confiance.

Il crut reconnaître Laura sous les vêtements d'un chanteur des rues et fut mordu au cœur par un soupçon sinistre lorsqu'il se demanda :

— Pourquoi s'est-elle déguisée ainsi ?

Nous avons raconté son entrée furtive dans le cabaret où venait de s'introduire Isidore; nous avons reproduit son entretien avec la maîtresse de ce cabaret.

Madame Girole lui ayant affirmé qu'elle connaissait Isidore depuis l'enfance, toutes les incertitudes du baron s'évanouirent.

Il demeura convaincu qu'Isidore était bien réellement Isidore; il se reprocha d'avoir mal pensé de sa femme, se moqua intérieurement de lui-même et retourna chez lui.

C'est à dater de ce moment que nous allons désormais le suivre.

M. de Jourdy, l'on s'en souvient, arrivait de voyage. Nul ne l'attendait dans l'hôtel. On n'espérait point son retour avant un mois ou six semaines.

Grande fut donc la surprise de ses gens, quand il leur apparut vers dix heures, le soir du mardi gras.

A peine entré, il s'informa de la baronne.

On lui répondit que madame de Jourdy était absente depuis le matin. Elle avait déjeuné et dîné chez une de ses amies, madame de Clairchamp. Elle avait annoncé à sa femme de chambre que, probablement, elle ne rentrerait point avant minuit.

Le baron trouva la chose fort naturelle. Madame de Clairchamp était une jeune veuve très-spirituelle et jouissant d'une réputation intacte : Laura et elle s'aimaient passionnément. Il leur arrivait parfois de passer ensemble des journées entières.

Néanmoins il sembla dur à M. de Jourdy d'avoir deux longues heures de solitude à dévorer.

S'étant habillé à la hâte, il fit atteler et se rendit chez madame de Clairchamp.

Le cœur lui battait comme à un amoureux de vingt ans ; il souriait par avance de l'étonnement de Laura; il se figurait ses exclamations de plaisir.

Aussi fut-il positivement décontenancé, en ne l'apercevant point dans le salon de son amie.

Il y avait là quelques personnes. On prenait le thé. Assise au piano, la jolie veuve chantait.

Avec sa gaieté ordinaire, elle plaisanta le baron sur son retour inopiné. Après quoi elle lui dit :

— D'où vient que vous ne m'amenez pas votre femme ?

Le banquier reçut ce coup en pleine poitrine. Toutefois il ne sourcilla pas. Bien que frappé par une mortelle douleur, il répliqua d'un ton paisible que Laura, étant un peu souffrante, avait dû se mettre au lit.

— Souffrante ! s'écria madame de Clairchamp. Qu'a-t-elle ? Je l'ai vue hier soir, et elle se portait à ravir.

— Est-ce que vous ne l'avez pas vue ce matin? demanda le baron.

Sur la réponse négative de madame de Clairchamp, il cessa de la questionner davantage, accepta une tasse de thé, causa durant une demi-heure et prit congé.

Revenu à l'hôtel, il apprit que sa femme était rentrée. Effectivement, elle se tenait dans son boudoir, et, déjà déshabillée, enveloppée d'une robe de chambre, elle lisait au coin du feu.

M. de Jourdy s'avança vers elle, un peu pâle, mais le sourire aux lèvres. Elle lui sauta au cou, témoigna son plaisir de le revoir si tôt et lui parla de mille sujets insignifiants avec la volubilité d'une femme qui essaie de cacher son embarras.

Puis, s'interrompant soudain :

— D'où venez-vous? lui dit-elle.

Une anxiété profonde faisait trembler sa voix, et elle épiait à la dérobée les traits de son mari.

Le baron demeura impénétrable. Rien de ce qu'il souffrait ne se trahit sur son visage : il se montra aussi avenant, aussi calme, aussi tendrement courtois que de coutume.

— Je me suis souvenu, en arrivant, répliqua-t-il, que j'avais à m'entretenir avec mon avoué. Je suis allé chez lui, malgré l'heure indue. Il n'y était pas, et je lui ai laissé un mot afin qu'il m'attende demain. Voilà pourquoi je me suis absenté une demi-heure.

Elle respira.

— Et vous, continua M. de Jourdy, où avez-vous passé la soirée?

Elle riposta d'un accent très net :

— Chez madame de Clairchamp.

— Ah !

— Ne vous l'a-t-on pas dit? reprit-elle.

— Si fait; mais je l'avais oublié. Elle va bien, madame de Clairchamp ?

— Parfaitement bien.

— Et la journée ? c'est avec elle aussi que...

— Oui.

Le baron s'en tint là. Un amer chagrin gonfla sa poitrine. Laura le trompait ! Elle lui mentait. De quelle faute se reconnaissait-elle donc coupable?

Il resta près d'une heure encore auprès d'elle. Pendant une heure encore, il eut le courage de lui dissimuler sa douleur : il voulait découvrir la vérité. Ayant l'expérience des femmes, il comptait peu sur leur franchise.

Opposant donc la ruse à la ruse, il feignit une extrême liberté d'esprit et raconta d'une manière plaisante les divers incidents de son voyage.

Vers minuit, il prétexta un peu de fatigue, effleura d'un baiser le front de Laura et lui souhaita le bonsoir de la façon la plus calme du monde.

Sa nuit fut atroce. Le jour le trouva debout, se promenant à pas saccadés dans sa chambre. Il ne s'était pas couché. Il creusait, il fouillait à satiété son cerveau, pour tâcher d'en extraire une explication plausible à la conduite de sa femme.

La jalousie commençait à verser en lui ses poisons.

Au matin, comme huit heures et demie sonnaient et que M. de Jourdy, le front appuyé à la vitre froide, regardait vaguement dans le jardin, il entendit crier le sable sous un pied léger.

Une femme sortait de la maison, et, par des allées détournées, se dirigeait du côté de la grille.

C'était Laura.

Le baron saisit son chapeau et descendit en toute hâte. Il n'avait pas fait vingt pas dans la rue qu'il aperçut sa femme, marchant devant lui avec vitesse.

Il s'achemina sur ses traces et prit soin de ménager une assez vaste distance entre elle et lui.

Précaution inutile? Laura ne se retourna point. Elle longea le faubourg Poissonnière, gagna la place Lafayette et entra dans l'église Saint-Vincent-de-Paul.

On se rappelle qu'elle avait donné rendez-vous là au pauvre Narcisse Augelot, qui devait lui apporter l'adresse de Maugreval.

Mais Augelot, à cette minute même, se débattait dans l'horrible situation que l'on sait.

La baronne s'attarda vainement jusqu'à dix heures à l'intérieur de l'église. Quelques signes d'impatience et certains gestes nerveux démontrèrent clairement à son mari, blotti dans l'ombre d'une chapelle, qu'elle avait espéré y rencontrer quelqu'un.

A la fin, elle perdit patience, et elle reprit le chemin de l'hôtel, toujours surveillée à vingt pas par le baron, dont la jalousie croissait de seconde en seconde.

Il aurait jeté au vent les trois quarts de sa fortune pour connaître le secret qui la faisait agir, qui l'entraînait à de si compromettantes démarches. Car il était revenu à son idée première: il se disait de nouveau qu'Isidore et Laura n'étaient qu'une seule et même personne.

Si maître de lui-même qu'il eût été jusqu'ici, le baron ne put effacer de son visage les rides qu'y avait creusées sa nuit d'angoisse. Quand le déjeuner le rapprocha de sa femme, celle-ci remarqua son abattement. Il s'efforça aussitôt de lui donner le change. Comme la veille, il plaisanta, il rit, il se montra plein de verve et d'entrain.

— A propos, s'écria-t-il tout à coup, je vous prépare une surprise. Aimez-vous les phénomènes, Laura?... Je vais vous mettre en présence d'un jeune homme qui est votre portrait parlant. C'est au point que, si on l'habillait en femme, votre meilleure amie y serait trompée.

Elle blêmit légèrement et dit:

— Quel conte me faites-vous là?

— Ce n'est pas un conte, ma chère; c'est un véritable prodige. J'y ai été trompé moi-même. Oui, quand j'ai rencontré ce garçon, qui, entre parenthèse, est un simple guitariste ambulant, j'ai positivement cru vous reconnaître.

— Quelle folie! balbutia la jeune femme.

Et, de pâle qu'elle était, elle devint extrêmement rouge.

XXXIII

— Au reste, poursuivit le baron, vous allez pouvoir juger vous-même de cette étrange ressemblance.

— Comment cela?

— J'ai fait dire au jeune homme que je m'intéressais à lui, que je désirais me charger de son sort.

— Singulière fantaisie!

— Vous la trouvez ridicule?

— Non; mais je ne m'explique pas cette sympathie subite pour un passant, pour un inconnu...

— Que voulez-vous? Je suis superstitieux. J'ai idée que faire du bien à quelqu'un qui vous ressemble, cela me portera bonheur.

En s'exprimant ainsi, le baron regardait sa femme avec une expression tellement affectueuse, émue et reconnaissante, que Laura lui tendit ses deux mains.

— Vous êtes le meilleur des hommes, s'écria-t-elle attendrie.

— Non, répliqua-t-il simplement: je suis un homme qui vous aime et qui ne sais comment vous témoigner sa gratitude.

Elle lui ferma vivement la bouche.

— Taisez-vous! interrompit-elle. Ne parlez pas de gratitude. Si l'un de nous deux est le débiteur de l'autre, c'est moi. Vous m'avez confié votre honneur, votre fortune et votre nom. Hélas! que vous ai-je donné en échange?

— Le bonheur, Laura. Et non-seulement le bonheur, mais encore une sécurité parfaite, basée sur la loyauté de votre caractère. Mon nom, personne ne le porterait plus dignement que vous; ma fortune, quelle autre en ferait un plus noble usage ?... Et quant à mon honneur...

— J'en réponds !... s'écria-t-elle fièrement.

Elle avait relevé la tête; ses beaux yeux noirs étincelaient de franchise. M. de Jourdy sentit un peu de calme rentrer dans son cœur.

— Allons ! pensa-t-il, si elle ne m'aime plus, si elle aime ailleurs, elle est du moins incapable de s'avilir et de me tromper.

Appuyant alors ses lèvres sur les mains charmantes de sa femme :

— Vous voyez donc bien, continua-t-il, que vous êtes ma créancière. Je renonce du reste à m'acquitter envers vous. De quel prix pourrais-je jamais payer tant d'attentions délicates, tant d'adorable confiance ? Votre confiance, Laura ! voilà surtout la richesse dont je m'enorgueillis. Il m'est si doux de penser que je lis dans votre âme à livre ouvert, que vous ne me cachez rien, que vous n'avez point de secret pour moi !

Comme il articulait ces paroles, il s'aperçut que les mains de Laura tremblaient entre les siennes. Il l'attira doucement à lui et l'implora d'un regard suppliant.

Le comprit-elle ? devina-t-elle ce qu'il souffrait ? eut-elle une rapide intuition des doutes qui enténébraient cette âme virile, et que, d'un mot, elle aurait pu dissiper ?

On ne saurait le dire : toujours est-il que, durant l'espace d'une minute, elle hésita.

Mais une réflexion lui imposa silence. Elle se tut, son sourire se glaça et lentement elle s'éloigna du baron.

— A quelle heure doit venir votre guitariste ? lui demanda-t-elle d'un ton indifférent. Je suis curieuse de le voir.

M. de Jourdy, navré, quitta la table avec brusquerie.

— L'heure est passée, répliqua-t-il sèchement : il ne viendra pas.

Et le baron sortit.

A dater de cet instant, une froideur très prononcée se glissa entre ces deux êtres jusqu'alors si tendrement unis.

En apparence, rien ne fut changé dans leurs relations réciproques : ils continuèrent à passer ensemble toutes les heures que l'un dérobait au travail et l'autre à ses devoirs mondains; mais, adieu les intimes causeries, les confidences pleines d'élan et d'abandon !

Ils se méfièrent l'un de l'autre ; ils s'observèrent à la dérobée. La gêne se mit en tiers dans leurs entretiens, la contrainte s'établit même au milieu de leurs sourires.

Les choses en étaient là, lorsque, quarante-huit heures après la conversation qui précède, Narcisse Augelot se présenta, non sans une secrète appréhension, à l'hôtel de Jourdy.

Narcisse se séparait à l'instant de sa parfumeuse. Elle était accourue chez lui, inquiète de ne l'avoir point aperçu depuis quelques jours.

Des explications avaient eu lieu des deux parts.

— J'étais mardi à l'Opéra ; je vous y ai rencontrée, lui avoua Augelot. Vous aviez votre domino rose et vous donniez le bras à Maugreval. J'ai entendu tout ce que vous lui avez dit.

— Tout ! s'écria Zélie.

— Oui, tout, même les allusions au passé.

— Alors, balbutia-t-elle, je vous inspire du mépris ?

— Vous m'inspirez de l'estime et de l'adoration. J'ai su que vous consentiez à devenir ma femme, et je vous en remercie à deux genoux.

Ce discours avait été suivi d'effusions mutuelles. Puis Narcisse, sans parler de ses tribulations avec le club des Pendus ni de son engagement vis-à-vis de madame de Jourdy, avait prié sa future de lui indiquer l'adresse de Maugreval.

Il avait débuté par là, il finissait de même.

— Pourquoi faire ? interrogea Zélie étonnée : serait-ce pour lui chercher querelle ? seriez-vous jaloux de lui, par hasard ?

— Dieu m'en garde ! J'ai été témoin de la façon dont vous l'avez tenu à distance : et, si je conservais une arrière-pensée, je croirais vous faire injure. Non, ma chère petite femme, je ne suis pas jaloux de Roland ; je le suis si peu que j'éprouve le désir de renouer avec lui.

— Où donc l'avez-vous connu ?

— Dans tous les endroits où l'on dépense bêtement son or. C'était à l'époque où j'en avais.

— Mais, se récria la parfumeuse, maintenant que vous n'en avez plus, vous auriez tort de vous lier de nouveau avec ce monsieur. Ce serait pour vous un dangereux ami.

— J'en conviens, répliqua Augelot. Je ne souhaite le voir que pour lui demander un service; après quoi, je m'abstiendrai de le fréquenter.

— Quel service ?

— Eh ! mais c'est bien simple : Roland a des relations superbes ; et, comme je suis sans place, il lui sera facile de me caser. Vous concevez mon ambition, n'est-il pas vrai, Zélie ? Plus tôt j'aurai un bel emploi, plus tôt nous nous marierons, ma chère.

Vaincue par ce raisonnement, Zélie donna l'adresse que réclamait Narcisse et se laissa reconduire par lui au magasin de la rue Dauphine.

Augelot, demeuré seul, balança sur ce qu'il devait faire.

Irait-il d'abord se précipiter aux genoux de Maugreval, afin d'obtenir de lui sa radiation du club des Pendus ?

Ou bien commencerait-il par aller restituer à madame de Jourdy l'argent qu'il possédait encore à elle ?

Narcisse se décida pour le dernier parti.

Roland désormais lui faisait peur. Ainsi que la plupart des caractères faibles, il reculait devant une démarche pénible et se plaisait à temporiser.

Il était environ quatre heures du soir lorsqu'il arriva au faubourg Poissonnière.

Laura se disposait à sortir. Sa voiture attelée l'attendait; elle-même venait d'apparaître sur le perron au moment où Narcisse se préparait à le gravir.

A l'aspect d'Augelot, elle ne put retenir une exclamation étouffée. Sans prendre garde à la présence de ses gens :

— Ah ! c'est vous, enfin ! s'écria-t-elle, Venez, monsieur, venez !

Elle le saisit par la main et l'entraîna dans le salon le plus proche.

— Pourquoi avez-vous tant tardé ? demanda-t-elle d'une voix haletante.

Narcisse s'excusa de son mieux, mais eut soin de ne formuler aucune allusion à ses abominables aventures. Depuis le matin, il vivait sous le coup d'une continuelle épouvante.

— Et l'adresse ?... fit fiévreusement la baronne.

Narcisse lui présenta un papier sur lequel il avait inscrit le nom de l'hôtel qu'habitait provisoirement Roland.

Nous disons provisoirement, parce que Maugreval, arrivé à Paris depuis très peu de jours, n'avait pas eu le temps de s'installer.

Il serait impossible de peindre la joie, l'expression triomphale, qui brillèrent dans les prunelles de Laura.

Elle se mit à marcher nerveusement à travers le salon ; et, pendant près d'un quart d'heure, elle sembla oublier Narcisse.

Augelot, déconcerté, intimidé, finit par tousser légèrement, afin de lui rappeler sa présence.

Elle revint auprès de lui.

Narcisse alors lui rendit compte des dépenses qu'il avait dû faire et voulut lui rembourser les dix-neuf cents francs restants.

— Gardez cela, répliqua-t-elle. J'aurai encore besoin de vous, et cet argent vous sera nécessaire.

Narcisse secoua tristement la tête.

— Si vous avez l'intention de m'employer contre Maugreval, répondit-il, s'il entre dans vos projets de lui nuire, je dois, madame, vous avertir dès à présent que je me récuse.

Elle se tourna vivement vers lui :

— Vous me refusez vos services ?

— Contre Maugreval seulement, madame.

— Pourquoi ?

Augelot rougit, balbutia et répondit :

— Il a été mon ami.

La baronne l'examina longtemps avec attention.

Il s'efforça de lui cacher une partie de son trouble. Tremblant déjà d'avoir trop clairement parlé, il se jurait intérieurement de retenir sa langue.

— Et qui vous fait supposer, interrogea madame de Jourdy, que je veuille du mal à votre ancien ami, M. Roland ?

— Je ne suppose point cela, madame. J'ignore si vous lui voulez du mal ou du bien. Je me permets simplement de vous prévenir que rien au monde ne me déciderait à l'avoir pour adversaire, même occultement.

La baronne recommença de marcher en silence. Puis elle ajouta d'une voix douce :

— C'est bien, monsieur Narcisse, je vous remercie : vous pouvez vous retirer.

Ce congé ne faisait pas l'affaire d'Augelot. Après un instant d'indécision, il se détermina subitement à rappeler à Laura sa promesse.

Elle lui avait donné à espérer un emploi lucratif dans la maison de banque du baron, et Narcisse n'eût point renoncé de gaieté de cœur à cette espérance.

A peine eut-il parlé que madame de Jourdy s'écria :

— C'est vrai, vous avez raison : chose promise, chose due ! Seulement, ce n'est pas dans les bureaux de mon mari qu'il me conviendrait de vous placer, c'est ici.

— Ici ? répéta Narcisse ébahi.

— Oui : de cette façon je vous aurai toujours sous la main, et je pourrai mettre à l'occasion votre dévouement à l'épreuve... Voyons, sous quel prétexte vous introduirai-je auprès de moi ?... Quelle fonction seriez-vous apte à remplir ?.. Eh ! mais, j'y songe, la fonction est trouvée !..

Elle réfléchit encore et reprit :

— Ecoutez-moi. Le secrétaire particulier de mon mari, M. Gilbert de Soriat, s'est absenté à l'improviste. Voici trois jours qu'il n'a point paru ; et cependant il n'a envoyé au baron ni un avis ni un mot d'excuse. Ce manque d'égards a froissé M. de Jourdy. Comme il ne peut se passer de secrétaire, présentez-vous à lui demain hardiment, mais non point de ma part. D'ici à demain, je vous aurai une lettre de recommandation puissante.

— Mais, objecta Narcisse, si M. de Soriat revient ?

— En ce cas, nous vous chercherions autre chose. Au revoir ! A demain matin, huit heures. Votre billet d'introduction sera prêt.

Augelot se confondit en remerciements et en saluts.

Tandis qu'il se retirait à reculons, Laura, sans le voir, attachait sur lui son regard distrait.

Quand il eut disparu, elle déplia pour la vingtième fois le papier qu'il lui avait remis.

Puis, d'une voix vibrante et concentrée, elle articula sourdement ces mots :

— A nous deux, Roland Maugreval ?

XXXIV

Narcisse, après avoir quitté madame de Jourdy, descendit à pas lents le faubourg Poissonnière.

Il était à la fois mécontent et satisfait.

Satisfait de se sentir protégé par une jeune femme, belle, riche, et dont l'influence, s'il continuait à s'en montrer digne, allait le guider certainement vers la fortune.

Mécontent de s'être, pour ainsi dire, engagé à lui servir d'instrument dans une intrigue à laquelle il ne comprenait rien.

Aimait-elle Maugreval ? le haïssait-elle ?

Voilà ce qu'il aurait voulu deviner au prix de dix années d'existence.

Vainement avait-il protesté que, sous aucun prétexte, il ne consentirait à agir contre le beau Roland ; Laura n'avait paru tenir aucun compte de ses paroles.

— A quel propos supposez-vous que je veuille du mal à votre ancien ami ?.. lui avait-elle dit d'un ton hautain.

Et comme ce n'était là ni une négation ni une affirmation, l'esprit de Narcisse flottait dans une perplexité déplorable.

Tête basse, rasant les murs, glissant à droite et à gauche des coups d'œil timides, il essayait de s'assurer s'il était suivi, si les invisibles espions dont on l'avait menacé s'attachaient à ses pas.

Il ne remarqua rien d'insolite. Nul passant n'avait l'air de s'occuper de lui. Mais Augelot n'osa se fier à cette sécurité trompeuse.

Il avait l'imagination frappée. Il attribuait à Roland et à ses acolytes une puissance surhumaine. Il se disait que peut-être sa conversation avec Laura était déjà connue d'eux, bien que la baronne l'eût reçu dans un salon aux portes fermées et aux fenêtres closes.

— Ai-je eu tort de lui procurer l'adresse de Maugreval ? ruminait le pauvre diable. Comment va-t-il interpréter cela ? Dans le cas où la baronne serait son ennemie, il ne peut l'ignorer ; et alors il m'accusera de conspirer contre lui avec elle. Que faire ?.. que faire ?..

Question épineuse ! d'une part, Narcisse avait à ménager le soin de son avenir ; de l'autre, il redoutait la colère du club des Pendus.

Au résumé, ce fut le désir de sauver ses jours qui l'emporta. Il se résolut à raconter sur-le-champ à Maugreval l'histoire de ses relations avec madame de Jourdy, à ne lui rien cacher et à lui démontrer ainsi sa parfaite innocence dans toute cette affaire.

Il espéra se concilier de la sorte la bienveillance de Roland.

Cette détermination une fois bien arrêtée, il se dirigea vers le boulevard des Capucines.

Maugreval s'était logé là, dans un de ces somptueux caravansérails où les riches étrangers reçoivent une hospitalité aussi brillante que coûteuse.

Mais Narcisse ne l'y rencontra point. Roland était sorti.

A trois reprises différentes, Augelot, dans la même journée, revint s'informer de lui, et toujours sans succès.

Il y retourna encore à dix heures du soir. Même absence de Roland.

Augelot, triste jusqu'à la mort et bourrelé de pressentiments sinistres, acheva la soirée auprès de Zélie. Puis il regagna sa chambre et se coucha.

De la nuit il ne parvint à fermer l'œil. Sa situation était menaçante à tous les points de vue. La chance la plus heureuse qui pût lui échoir, c'était que la police englobât tout d'un coup les Pendus. Mais, en admettant même ce hasard improbable, Narcisse serait-il sûr de n'être point compromis avec eux ?

Il faisait partie de leur bande, contre son gré, il est vrai. Comment toutefois le prouverait-il ?

Accablé d'inquiétudes, il se leva dès l'aube ; et, de même qu'un malade mortellement atteint s'efforce de ne point songer à son mal, de même il tenta de secouer le poids de ses angoisses.

— A la grâce de Dieu ! se dit-il. Je n'ai plus qu'à me laisser aller au fil des événements.

A huit heures du matin, il se rendit à l'hôtel de Jourdy et fit remettre sa carte à la baronne.

Laura n'était point levée. Sa femme de chambre apporta de sa part à Narcisse un billet de deux lignes et une enveloppe cachetée.

Dans le billet, elle invitait Augelot à se présenter immédiatement à M. de Jourdy.

L'enveloppe contenait une lettre de recommandation très chaude, très pressante, qu'elle avait obtenue d'un haut personnage lié avec le baron.

Muni de ce viatique, Narcisse se transporta dans le corps de logis où le financier travaillait chaque matin avant d'aller à sa maison de banque.

Augelot confia sa lettre à un valet de chambre. L'instant d'après il fut introduit.

Pâle et le sourcil froncé, M. de Jourdy n'avait guère meilleure mine que son solliciteur. Les soucis jaloux, les regrets, les déceptions amères, se lisaient sur sa figure fatiguée. Ces quatre derniers jours l'avaient vieilli subitement : sa haute taille se courbait, ses cheveux paraissaient plus blancs, les stigmates de l'insomnie avaient flétri ses tempes.

Puis une contrariété inattendue venait de s'ajouter à ses nombreux chagrins.

Il tenait à la main une lettre, reçue par lui à l'instant même, dont la lecture excitait visiblement son dépit. Cette lettre, datée du Havre, était signée : Gilbert de Soriat.

En termes brefs, secs et polis, Gilbert y annonçait à son patron qu'appelé en Amérique pour y recueillir l'héritage d'un parent éloigné, il se voyait forcé de s'embarquer à la hâte sur le premier paquebot en partance.

Il priait M. de Jourdy de l'excuser s'il le quittait aussi brusquement et terminait en lui donnant sa démission.

La froide concision de cet écrit froissait le banquier. Il avait toujours traité Gilbert plutôt en ami qu'en subalterne. Il éprouvait pour lui une affection quasi paternelle. Il s'était depuis longtemps promis de le pousser, de le placer dans une position brillante.

Et voilà que, sans un mot de remerciement, sans la moindre parole sympathique, l'ingrat prenait congé de lui comme d'un étranger.

Certes, il était heureux que la fortune eût souri à son jeune secrétaire; mais il aurait voulu que celui-ci lui en eût communiqué autrement la nouvelle.

Gilbert d'ailleurs le laissait dans l'embarras.

Familiarisé avec toutes les entreprises du baron, ayant eu pendant quatre années la haute main sur ses affaires personnelles, il avait peu à peu assumé la direction d'une foule d'écritures parmi lesquelles M. de Jourdy ne se reconnaissait plus.

C'est pourquoi le baron, pressé par la nécessité immédiate de se procurer un auxiliaire, se demandait sur qui, parmi ses innombrables employés, il allait arrêter son choix.

Ce fut à cette minute qu'il reçut la visite de Narcisse.

Ce dernier lui arrivait pourvu d'une sérieuse référence.

Le baron, préoccupé, l'interrogea brièvement, fut assez content de ses réponses et consentit enfin à l'accueillir en qualité de secrétaire intime, mais seulement à titre provisoire.

Il se réservait de l'étudier avant de l'admettre définitivement.

Ce demi résultat enchanta Augelot. Une fois en pied dans la maison, il comptait bien, à force de travail et d'assiduité, s'y établir tôt ou tard d'une façon solide.

Il entra en fonctions séance tenante. M. de Jourdy lui dicta quelques lettres, lui donna un compte rendu à élaborer, et, quand l'heure fut venue pour lui de se rendre à ses comptoirs, voulut indiquer au jeune homme ce qu'il aurait à faire dans la journée.

Il s'aperçut alors que la plupart des registres et des papiers dont il avait besoin se trouvaient dans les tiroirs d'un bureau réservé jusqu'alors à l'usage de Gilbert.

Or Gilbert avait omis de lui en renvoyer les clefs.

Cette négligence acheva d'irriter le baron. Il sonna violemment un domestique et demanda un serrurier.

Il ne fallut pas moins d'une demi-heure pour ouvrir le meuble : les serrures en étaient difficiles et compliquées.

Quoique obligé de sortir, M. de Jourdy attendit néanmoins la fin de l'opération.

Quand l'ouvrier se fut retiré, il procéda avec Narcisse à l'inventaire du bureau où, du reste, il trouva toutes choses dans un ordre et dans un arrangement parfaits.

L'un des tiroirs contenait plusieurs objets ayant appartenu à Gilbert et que celui-ci, sans doute, avait jugé plus en sûreté en cet endroit que chez lui.

C'étaient d'abord un paquet de lettres, noué par une faveur bleue; puis, deux ou trois bijoux anciens, provenant de sa mère morte; une miniature qui représentait sa sœur Fanny; une boucle de cheveux blonds de la même, et enfin trente ou quarante louis.

Le banquier fut extrêmement surpris de ce que Gilbert, au moment de s'expatrier, n'eût pas songé à reprendre cet or et ces souvenirs qui, sans valeur pour tout autre, devaient lui être, à lui, très précieux.

Comme le baron allait refermer le tiroir, ses doigts effleurèrent une boîte d'un mince volume, enveloppée d'un papier de soie.

Distraitement, sans avoir conscience qu'il commettait une indiscrétion, il développa le papier et entr'ouvrit la boîte.

Aussitôt un cri lui échappa.

Il avait sous les yeux une petite bourse de soie rouge, travaillée au crochet et marquée en noir des deux initiales H. G.

M. de Jourdy resta sans voix, les yeux fixés sur cette bourse. Des pensées tumultueuses se succédèrent sur son front.

Soudain sa figure se contracta. Oubliant Narcisse, il s'élança hors de son cabinet et courut aussi vite que ses jambes de quinquagénaire le lui permirent, vers la partie de l'hôtel habitée par Laura.

Il traversa les appartements à la hâte, et, contre son habitude, il entra dans la chambre de sa femme sans s'être fait préalablement annoncer.

La baronne était encore au lit.

La brusque apparition de son mari, son air bouleversé, ses yeux hagards, l'effrayèrent. Elle se souleva sur un coude, et, muette, elle le regarda.

Le baron s'affaissa sur un siége. Il y eut cinq minutes de silence.

Dès qu'il fut en état de parler, M. de Jourdy, d'un ton calme, mais où frémissait une profonde émotion refoulée, dit à Laura :

— J'aurais une requête assez bizarre à vous présenter. Vous allez me taxer de caprice ou de folie, et cependant je vous supplie de réaliser immédiatement mon désir.

— Quel est-il ? demanda la jeune femme étonnée.

— Vous m'avez montré autrefois un objet auquel, m'avez-vous dit, vous portiez un attachement excessif. C'était un souvenir. De qui ? je l'ignore. Jamais vous ne m'avez fait l'honneur de m'en informer. Il s'agit d'une petite bourse de soie rouge.

— Eh bien ?...

— L'avez-vous toujours en votre possession ?

— Certainement.

— Eprouveriez-vous de la répugnance à me la faire voir ?

— Non, certes ! Mais que signifie...

— Les éclaircissements viendront plus tard. Voyons la bourse, d'abord.

Et, ce disant, le baron, d'une main tremblante, étancha la sueur froide qui ruisselait sur son front.

Laura, stupéfaite, demeura une minute indécise. Enfin, elle passa vivement un peignoir, sauta hors de son lit et s'approcha d'une table en bois de rose, sur laquelle était posé un charmant coffret incrusté d'écaille.

Le baron sourit amèrement. Il savait que Laura fouillerait en vain cette cassette. Il était persuadé qu'elle essayait de gagner du temps, et qu'elle était en train de forger un laborieux mensonge, ayant pour but d'expliquer la disparition de la bourse.

Il était convaincu, en un mot, que sa femme avait donné cette bourse à Gilbert et que Gilbert était l'amant de Laura.

XXXV

Mme de Jourdy ouvrit la cassette.

Elle était remplie jusqu'aux bords de ces jolies babioles si chères aux jeunes femmes : les perles, les colliers, les bracelets, les médaillons, s'y pressaient pêle-mêle avec une foule d'insignifiants colifichets, dont un homme eût été embarrassé de définir la nature.

Laura, sans mot dire, commença par entasser toutes ces bagatelles sur la table.

Puis elle plongea ses doigts au fond du coffret.

Alors le baron, qui la regardait ironiquement, haussa les épaules.

— Epargnez-vous tant de peine, dit-il d'un ton sarcastique : la bourse n'est point là-dedans, vous le savez aussi bien que moi.

— Comment ? s'écria-t-elle, mais la voici !

Et elle plaça sous les yeux de son mari une bourse de soie rouge exactement pareille à celle qu'il froissait en ce moment dans sa main.

M. de Jourdy, stupéfié, les compara. Même forme, même dimension, mêmes initiales. Elles se ressemblaient de point en point.

— Qu'est-ce donc que celle-ci ? balbutiait-il en présentant l'autre à sa femme.

Ce fut au tour de Laura de tomber de son haut. Elle recula, joignit les mains, et, avec une expression extraordinaire de joie, d'espérance et de surprise :

— De qui tenez-vous cela ? s'exclama-t-elle.

Avant de répondre, le baron attacha sur elle un regard scrutateur.

— De M. de Soriat, répliqua-t-il.

— Votre secrétaire ?

— Oui.

— C'est étrange !

— N'est-ce pas ?

— Et lui ?... articula-t-elle d'une voix palpitante, lui, de qui a-t-il reçu cette bourse ?

— Je l'ignore.

— Appelez-le. Au nom du ciel, interrogez-le à l'instant même. Il faut que je sache...

— M. de Soriat n'a point paru ici depuis quatre jours, Laura.

— C'est vrai. Mon Dieu, je l'avais oublié. Mais je vous en conjure, mon ami, envoyez chez lui. Ecrivez-lui de venir sans perdre une minute.

— C'est inutile, fit lentement le baron : M. de Soriat n'est point à Paris.

— Où est-il ?

— A bord d'un paquebot, qui, à l'heure qu'il est, navigue en pleine mer.

Laura, désespérée, tordit ses beaux bras au-dessus de sa tête.

— Allons ! murmura-t-elle, la fatalité me poursuit.

Et, se rapprochant du baron, elle lui demanda curieusement, avidement, par suite de quelle aventure il avait, en l'absence de Gilbert, été mis en possession de cet objet.

Le baron le lui raconta. Il reconnaissait une fois de plus que ses soupçons sur la fidélité de sa femme avaient été injustes et injurieux. Une véritable confusion se refléta dans son attitude.

Laura, tristement pensive, se taisait.

— Dois-je me retirer ? fit timidement M. de Jourdy, ou bien désirez-vous m'adresser d'autres questions ?

Elle releva la tête et le considéra un instant en silence.

Puis, par un élan plein de grâce et d'abandon, elle s'assit sur ses genoux.

— Oui, dit-elle en lui enlaçant le cou de ses bras, j'ai encore une question à vous faire : pourquoi, lorsque vous êtes entré ici, étiez-vous si pâle, si tremblant, si défait ? pourquoi cette colère qui vibrait dans chacune de vos paroles ? pourquoi cette amertume qui jaillissait de vos yeux ?

Il demeura muet. Frissonnant de tendresse, il promena ses lèvres émues parmi les cheveux noirs de Laura.

— Seriez-vous jaloux, par hasard ? reprit-elle avec un adorable sourire.

Il n'articula point une syllabe ; mais sa figure déconcertée parla pour lui.

— Ainsi, continua-t-elle d'un air à moitié railleur et à moitié offensé, ainsi, vous avez cru que j'étais avec M. Gilbert en des termes assez intimes pour me dessaisir en sa faveur d'un souvenir sacré ? vous avez pu supposer que ce jeune homme, comblé de vos bienfaits, était capable de vous trahir ? et vous avez pu penser que moi qui vous dois tout, moi dont le cœur vous appartient tout entier, j'étais assez lâche, assez vile pour vous tromper ?

Il l'étreignit passionnément sur sa poitrine.

— Pardon ! bégaya-t-il : je suis si malheureux !

Et il posa son front brûlant sur l'épaule de sa femme, afin de lui dissimuler les pleurs qui, malgré lui, gonflaient ses paupières.

Mais elle, se laissant glisser à genoux sur le tapis :

— Vous êtes malheureux, Armand, parce que vous doutez de moi, parce que des apparences fatales vous abusent. Ah ! croyez-le bien, si vous souffrez, je souffre autant que vous. Votre froideur, votre hâte à m'éviter me prouvent, depuis quelques jours, à quel point j'ai descendu dans votre estime.

Le baron voulut protester du geste. Elle l'interrompit et ajouta :

— J'ai mérité cette douleur. Vous m'avez surprise en flagrant délit de mensonge. Ne vous ai-je pas affirmé l'autre soir que j'avais passé la journée chez madame de Clairchamp ? Vous saviez que c'était faux. Et pourtant, vous avez eu la générosité de ne point me le dire. Mais vous vous êtes éloigné de moi. A présent, que ressentez-vous pour votre femme ? est-ce du mépris ? est-ce de la haine ?

Il tressaillit. Appuyant vivement sa main sur la bouche de Laura :

— Pas un mot de plus ! s'écria-t-il. Vous blasphémez contre mon cœur. Quoi qu'il arrive, quoi que vous puissiez faire, Laura, je n'éprouverai jamais, en pensant à vous, qu'une affection sans bornes.

Emue, attendrie, elle étudia le regard de son mari pendant qu'il s'exprimait de la sorte.

— Cette affection, reprit-elle, cette tendresse, qui est mon bien le plus cher, n'at-elle pas un peu diminué le jour où vous m'avez rencontrée, errante, sous des habits d'homme.

— Non, soupira-t-il d'un accent brisé. Seulement, je me suis souvenu, pour la première fois depuis notre mariage, que j'ai trente-trois ans de plus que vous, et qu'en vous liant à moi, j'ai commis un acte presque odieux.

Elle se releva souriante, et s'inclinant sur les cheveux gris du baron, elle lui mit au front un baiser.

— Pauvre Armand ! dit-elle.

Il la saisit entre ses bras. Ce sourire et cette caresse venaient d'illuminer son âme ainsi qu'un rayon d'or. Ces deux mots de Laura venaient de le rassurer, bien mieux que n'eussent pu le faire des protestations infinies.

— Parlez, prononça-t-il, parlez encore.

Elle secoua négativement la tête.

— Je ne le puis, répliqua-t-elle : un serment tient ma langue enchaînée. Mais si, loyalement, ma main dans votre main et mes yeux dans vos yeux, je vous jure que ma conscience est nette, que je n'ai rien d'impur à me reprocher et que votre honneur est en sûreté sous ma garde, me croirez-vous, Armand?

Elle proféra cette dernière phrase avec une sincérité irrésistible. Belle d'énergie et de fierté, elle eût convaincu le plus endurci des sceptiques.

— Eh bien! oui, s'écria M. de Jourdy enthousiasmé; oui, je vous croirai, chère enfant.

— Et, ajouta-t-elle, vous ne vous inquiéterez plus de ce qui, dans mes allures, vous semblera bizarre?

— J'essayerai.

— Vous me laisserez libre d'agir à ma guise?

— Il le faudra bien.

— Vous ne m'interrogerez pas?

— Je vous le promets.

— Puisque vous êtes si bon, si noblement confiant, acheva-t-elle, je veux, dès à présent, abréger votre martyre. Apprenez donc qu'avant un mois, à dater d'aujourd'hui, ce secret, qui vous tourmente et qui me pèse, aura pris fin. Alors vous saurez tout, et vous vous sentirez fier d'avoir eu foi en celle qui... dois-je dire : qui vous aime?

— Dites-le! s'écria-t-il extasié.

— Eh bien! comme ce mot-là ne doit être prononcé que tout bas, approchez votre oreille.

En ce moment, deux coups discrets retentirent à la porte de la chambre à coucher de Laura.

Elle s'échappa d'entre les bras du baron. Il était temps. Une femme de chambre apparut et annonça qu'une jeune dame sollicitait la faveur d'entretenir quelques instants madame la baronne.

— Le nom de cette dame? demanda Laura.

— Elle a refusé de me le dire.

— Pourquoi?

— Elle prétend que ce nom est inconnu à madame.

— N'importe! Retournez vous en informer et envoyez-moi Julie.

La camériste se retira.

M. de Jourdy se disposait à l'imiter, quand sa femme, lui barrant le passage, lui dit de son air le plus câlin :

— Accordez-moi encore une grâce.

— Laquelle?

— Vous avez de nombreux correspondants; vous possédez des clients et des amis à peu près sur tous les points du globe, n'est-ce pas?

— Eh bien!...

— Eh bien! tâchez donc de découvrir en quel lieu du monde abordera votre introuvable secrétaire.

— Mais, objecta le baron, je sais déjà qu'il abordera en Amérique.

— C'est quelque chose. Ce n'est pas assez... Dans quelle Etat, dans quelle province, dans quelle ville?

— Je l'ignore.

— Découvrez-le et entrez en correspondance avec lui. Faites en sorte qu'il vous renseigne sur ce que je brûle d'apprendre.

— Quoi donc?

— Je voudrais savoir qui lui a donné cette bourse sœur jumelle de la mienne. Cela est pour moi d'une importance énorme. Une seule personne, à ma connaissance, a pu lui faire ce présent. Ce que cette personne est devenue, où elle est, où il me sera possible de la retrouver, voilà ce qu'il est nécessaire que je sache à tout prix.

Le baron allait de nouveau questionner Laura. Elle lui posa son doigt mignon sur les lèvres, et, par un coup d'œil, lui rappela sa promesse.

Il lui baisa la main et sortit.

L'instant d'après, la soubrette de Laura reparut, apportant à sa maîtresse un feuillet de papier détaché d'un agenda. Sur ce papier, on avait écrit ces mots au crayon :

« Mademoiselle Diane Haveril supplie » madame la baronne de Jourdy de vou- » loir bien lui accorder quelques minutes » d'audience. »

— Mademoiselle Diane Haveril, répéta la jeune femme, qui cela peut-il être?

Elle fit rajuster ses cheveux à la hâte, entra dans son boudoir et se trouva en présence d'une belle jeune fille, dont le frais visage, quoique empreint d'une profonde tristesse, était rempli de grâce, de modestie et de dignité.

Madame de Jourdy fut gagnée sur-le-champ par la rare distinction de Diane. S'apercevant qu'elle tremblait un peu, et devinant qu'un motif impérieux lui amenait cette inconnue, elle l'accueillit de la façon la plus aimable. Puis elle attendit que mademoiselle Haveril lui exposât le but de sa visite.

— Veuillez d'abord lire ceci, madame, murmura la jeune fille, qui lui présenta une lettre décachetée.

Laura, assez intriguée d'un pareil début, prit la lettre, et, machinalement, courut à la signature.

— Gilbert de Soriat! dit-elle, au comble de l'étonnement. Vous connaissez M. de Soriat, mademoiselle?

Diane répondit :

— Je suis sa fiancée.

— Et il vous écrit du Havre..., de même qu'il a écrit ce matin à mon mari, en l'avertissant de son départ. C'est le ciel qui vous envoie, mademoiselle. J'ai besoin de connaître la résidence actuelle de M. Gilbert. Peut-être vous l'indique-t-il dans ces lignes ?

Mais Diane, inclinant douloureusement son front :

— Cette lettre, madame, pas plus que celle qu'a reçue ce matin M. de Jourdy, n'a été écrite par Gilbert. On a imité son écriture.

— Que dites-vous ?

— Je dis que Gilbert est mort, ou, tout au moins, en grand danger de mourir.

XXXVI

Madame de Jourdy eut un haut-le-corps.

Elle saisit la main de Diane, dont le charmant visage pâli révélait une tristesse difficilement contenue.

— Voyons, dit-elle, je vous ai mal comprise, je vous ai mal entendue, sans doute. Il est impossible que M. de Soriat...

— Hélas ! madame, il est mort, je vous le répète.

— Vous en avez la certitude ?

— J'en ai le pressentiment.

— Alors, je respire. Les pressentiments ne signifient rien. Mais, de grâce, mademoiselle, qu'est-ce qui a pu vous inspirer une aussi affreuse supposition ?

— La lecture de cette lettre, — murmura la pauvre enfant, qui sentit les larmes lui monter aux yeux.

Puis, faisant un vaillant effort sur elle-même, afin de vaincre son émotion :

— Au nom du ciel, veuillez la lire, madame. On m'a dit que vous étiez la bonté même. Je viens à vous en suppliante... et j'ai besoin, avant d'implorer votre aide, que vous sachiez sur quelle base reposent mes soupçons.

Laura parcourut la lettre.

Elle était conçue à peu près sur le même plan que celle adressée à M. de Jourdy.

En phrases sonores, dont la mélancolie affectée dissimulait mal la froideur, Gilbert annonçait que, désespérant de vaincre les refus de son père, il croyait devoir renoncer à la main de mademoiselle Haveril.

« Je suis trop pauvre, ajoutait-il, pour » persister dans ma recherche. Il serait » égoïste à moi d'accepter le sacrifice de » votre vie entière et de vous imposer le » fardeau de mon indigence.

» Oubliez Gilbert, ô ma Diane bien-» aimée ! L'homme que vous aviez distin-» gué avant moi vous revient, repentant » et plus épris que jamais. Il est jeune, il » est beau, il peut mettre à vos pieds une » fortune immense. Epousez-le ; soyez » heureuse. Moi, j'emporte, au-delà des » mers, votre souvenir chéri, votre image » adorée. »

Gilbert terminait en annonçant à Diane son départ immédiat pour l'Amérique.

Laure replia la lettre et la rendit à la jeune fille.

— Eh bien ! madame, interrogea timidement celle-ci, quelle impression gardez-vous de ces lignes ?

— Si elles sont sincères, répliqua la baronne embarrassée, elles prouvent chez M. de Soriat beaucoup de générosité, un désintéressement héroïque...

— Et fort peu de tendresse, n'est-il pas vrai ? fit Diane en rougissant d'orgueil. C'est pourquoi j'affirme que Gilbert n'a point écrit cela.

Madame de Jourdy secoua la tête.

— Votre conclusion me paraît un peu hasardée, mademoiselle. De ce que M. Gilbert témoigne ici une grande abnégation, il ne s'en suit pas nécessairement qu'un autre que lui ait rempli ces pages. D'ailleurs, vous reconnaissez son écriture ?

— Oui, madame ; mais je ne reconnais ni son style ni ses pensées. Les sentiments étalés ici sont en complet désaccord avec ceux que Gilbert lui-même m'exprimait il y a quatre jours, — le jour de sa disparition.

— Et cette disparition, vous l'attribuez ?...

— A un crime.

— Quel en serait l'auteur ?

— L'homme auquel il est fait allusion sur ce papier.

— Un rival de M. de Soriat ?

— Un homme que j'ai cru aimer avant d'aimer Gilbert ; un homme que je hais maintenant, que je méprise et que je crains.

— Il est donc bien redoutable ?

— Gilbert m'a dit cent fois qu'il avait lieu de le supposer investi d'un pouvoir ténébreux et presque sans limites.

Laura ouvrit tout grands ses yeux surpris.

— Ah çà ! mais, ce serait alors un héros de mélodrame. Il n'en existe pourtant guère, au siècle où nous vivons.

Et, d'un accent amicalement incrédule, elle ajouta :

— Etes-vous sûre que le chagrin ne vous porte pas à exagérer les choses, à transformer à votre insu ce monsieur-là en Croquemitaine ?

Diane répliqua, sans parvenir cette fois à cacher ses pleurs :

— Vous ne me feriez pas cette question, madame, si vous connaissiez M. Maugreval.

Laura se dressa tout de bout, effarée et stupéfaite.

— Maugreval ! s'écria-t-elle... Roland Maugreval !

— Oui, madame ; tel est son nom.

— Lui ! accentua la baronne... lui encore ! lui toujours !

— Vous le connaissez ? exclama Diane.

Madame de Jourdy l'enlaça par la taille.

— Ah ! fit-elle, j'avais raison de dire tout à l'heure que c'est le ciel qui vous envoie. Nos causes vont devenir les mêmes. Je le devine déjà. Parlez... parlez vite. Racontez-moi tout ce que vous savez de ce Roland. A quelle époque l'avez-vous rencontré pour la première fois ?

Diane alors commença le récit qu'on lui demandait. Elle ne dissimula rien. Elle narra comment, quatre années avant ce jour, elle avait été remarquée, puis suivie par Maugreval; comment l'élégance, les manières charmantes, l'étrange beauté de celui-ci avaient séduit, fasciné son cœur de petite pensionnaire; comment Maugreval l'avait recherchée en mariage, et avec quelle joie elle l'avait accepté.

Elle raconta ensuite comme quoi, invitée à passer quelques jours au château de Soriat, qu'habitait sa meilleure amie la sœur de Gilbert, — elle avait su que Roland possédait une propriété dans le voisinage; puis, comment elle avait appris qu'il vivait là, en compagnie d'une femme, laquelle portait son nom.

Elle rapporta la scandaleuse aventure de Roland avec Eglantine, et confessa qu'à la suite de cette odieuse histoire, son attachement pour lui s'était changé en aversion.

Elle avoua enfin qu'un an plus tard, elle s'était mise à aimer Gilbert d'un amour aussi sérieux, aussi réel que sa tendresse pour Maugreval avait été puérile.

— Nous étions heureux, continua-t-elle, notre mariage était décidé. Ma mère l'envisageait avec confiance; M. de Soriat, le père, refusait à la vérité d'y donner son consentement, mais Gilbert était résolu à passer outre.

Nous ne songions plus ni l'un ni l'autre à M. Maugreval, lorsqu'il y a huit jours à peine il reparut à Paris.

Les moyens qu'il employa pour gagner ma mère à ses projets, je les ignore. Toujours est-il qu'à partir de ce moment, elle changea d'opinion tout d'un coup, traita de folie et d'enfantillage mon affection pour Gilbert, et s'efforça de l'amener lui-même à nous rendre sa parole.

Il s'y refusa, bien entendu. Mais en même temps il me fit part de ses craintes, me parla de ce Roland comme d'un individu qu'il savait capable de tout et ne me cacha point qu'il s'attendait à une catastrophe.

— Soyez-en persuadée, Diane, — me dit-il, — vous et moi, nous sommes désormais sous le coup d'un péril. Tenons-nous sur nos gardes. Cet homme va chercher certainement, soit à vous enlever, soit à me faire disparaître. Si vous appreniez qu'un malheur a fondu sur moi, n'hésitez point à en accuser Maugreval.

Le malheur est arrivé, madame. Gilbert a disparu, et vous voyez que je n'accuse point son ennemi à la légère.

Dix fois déjà j'ai pris la liberté de me présenter ici pour m'informer si M. de Soriat y était revenu. J'espérais sans cesse que mes terreurs étaient vaines. Je me berçais de l'illusion que Gilbert peut-être avait été chargé de quelque mission par M. de Jourdy.

Aujourd'hui, je me suis convaincue du contraire. Et c'est à vous, madame, à vous de qui mon fiancé m'a vanté si souvent la bienveillance et la noblesse de cœur, que je viens demander à genoux protection et appui.

En achevant ces mots, Diane s'agenouilla en sanglotant aux pieds de la baronne. Elle lui baisa les mains éperdument et s'écria :

— Aidez-moi, madame, au nom de tout ce que vous avez de sacré au monde, aidez-moi, sinon à le sauver, du moins à retrouver son cadavre et à faire punir son meurtrier.

Laura, profondément remuée par ce désespoir, releva la jeune fille et tenta de l'encourager avec d'affectueuses paroles.

— Calmez-vous, rassurez-vous, lui dit-elle en l'embrassant. M. Gilbert n'est pas mort. Si endurci dans le crime que puisse être Maugreval, il aura hésité, soyez-en sûre, avant d'assassiner M. de Soriat. Tout au plus l'aura-t-il séquestré. Dans ce cas, nous le retrouverons. Grâce à Dieu ! mon mari est riche, et l'or a une puissance infaillible. Comptez sur nous. Tout ce qui dépendra de nos efforts sera tenté.

Diane, à demi défaillante, acheva de s'épuiser en protestations de gratitude.

Madame de Jourdy la supplia de s'apaiser.

— Ce qu'il nous faut à présent, lui dit-elle, c'est du sang-froid. Réfléchissons, avant de mettre qui que ce soit en campagne. Et d'abord, M. Maugreval s'est-il présenté chez vous depuis la disparition de M. Gilbert?

— Non, madame; mais j'ai la preuve qu'il a eu de fréquentes entrevues au dehors avec ma mère. Quant à elle, abusant de la fausse lettre que voici, elle ne cesse de dénigrer Gilbert au profit de M. Roland.

— Pauvre mignonne! je me figure votre vie. Elle doit être horrible, et qui sait ce que le destin vous réserve encore?

— Oh! s'écria Diane d'un accent fiévreux, le destin! je le défie. Si Gilbert n'existe plus, je suis déterminée à le rejoindre.

Laura, plongeant ses mains dans ses cheveux, se prit à méditer.

— Il serait urgent, reprit-elle, de nous aboucher avec quelque personne faisant partie de l'entourage de Maugreval. Lui connaissez-vous un domestique que l'on puisse séduire?

— Hélas! non.

— Avez-vous été en rapport avec un ou plusieurs de ses amis?

— En fait d'amis, je ne lui ai entendu citer que le comte Ladimir Obrinski; encore ne l'ai-je jamais vu!

— Et cette femme avec laquelle il vivait en son château des Taillis; cette femme qui, dites-vous, portait son nom, qu'est-elle devenue?

— Ma mère m'a juré qu'il s'était séparé d'elle en Italie, qu'il l'avait perdue de vue depuis lors.

— C'est fâcheux, dit Laura: car, si l'on parvenait à mettre la main sur cette créature, il serait facile de tirer d'elle des renseignements précieux.

— Oh! non, murmura Diane: à aucun prix elle ne consentirait à compromettre M. Maugreval.

— Qu'en savez-vous, ma chère enfant? l'avez-vous donc étudiée d'assez près pour...

— Jamais je ne l'ai rencontrée, madame. Toutefois, d'après les bruits qui couraient là-bas à son propos, elle semble être douée du plus généreux caractère. Sa bienfaisance était inépuisable; et, malgré sa situation fausse, on ne prononçait qu'avec respect le nom de madame Hélène.

Laura poussa un cri aigu, prolongé, retentissant.

Elle se précipita sur Diane, et, la serrant contre sa poitrine :

— Quel nom avez-vous dit? s'écria-t-elle.

XXXVII

Diane resta interdite.

Ce nom d'Hélène, qu'elle venait de prononcer par hasard, semblait avoir jeté madame de Jourdy dans un état d'exaltation violente.

Laura connaissait donc la petite dame des Taillis? elle avait donc été liée avec une femme perdue? Etait-ce probable? était-ce admissible?

Ainsi réfléchissait la jeune fille. Nature timide et douce, elle fut presque effrayée de l'agitation de la baronne.

En effet, celle-ci l'étreignait avec force. Elle tremblait, elle souriait et elle pleurait tout ensemble. Ses incomparables yeux noirs lançaient des éclairs mouillés et ses lèvres répétaient sans trève :

— Vivante! Hélène serait vivante!

Peu à peu cependant elle parvint à dominer cette émotion nerveuse, et alors elle pressa Diane de questions.

Mais Diane ne savait rien, n'avait pas l'ombre d'un renseignement à lui donner.

Laura, d'abord désappointée, se souvint de la bourse de soie rouge. Elle la tira de la poche de son peignoir, et la montrant, à mademoiselle Haveril :

— N'avez-vous jamais vu, lui dit-elle, une bourse pareille à celle-ci entre les mains de M. Gilbert?

— Pardonnez-moi, répliqua Diane, qui retrouva soudain dans sa mémoire ce fait oublié. Il la tenait de madame Hélène, pour laquelle il professait, m'a-t-il dit, une très vive amitié.

Madame de Jourdy se dressa radieuse.

— Plus de doute! s'écria-t-elle, Hélène vit, et M. de Soriat doit être à même de m'apprendre où elle est. Seulement, il nous faut délivrer M. de Soriat.

— Oh! oui, madame, soupira naïvement l'affligée, délivrons-le!

Laura ne put s'empêcher de sourire.

— La chose est plus facile à concevoir qu'à exécuter, prononça-t-elle. Comment faire?... Vis-à-vis d'un homme tel que M. Maugreval, on ne saurait user de moyens ordinaires. Il a dû prendre ses précautions pour déjouer l'œil de la police, et la passion irrésistible qui l'entraîne vers vous le rendra impitoyable à l'égard de son rival.

— La passion! répéta Diane amèrement; mais il ne m'aime pas, madame.

— Il ne vous aime pas? fit la baronne abasourdie.

— Il se soucie de moi comme de la cendre de son premier cigare.

— Pourquoi chercherait-il à vous épouser ?

— Eh ! mon Dieu ! le sais-je ? Un intérêt que j'ignore, un intérêt puissant le pousse à me lier à lui. Dieu seul lit au fond du cœur de ce misérable.

— Dieu... ou Satan, gronda la baronne belle d'indignation. Venez, ajouta-t-elle. Vous n'avez pas une minute à perdre. Il faut vous confier à M. de Jourdy. C'est un homme sage, intègre et plein d'énergie. Allons lui demander conseil.

Et Laura, prenant Diane par la main, l'emmena dans le corps de logis que s'était réservé le baron.

Elle ne songeait point qu'à cette heure de la matinée, le banquier travaillait dans ses bureaux de la rue Laffitte.

En arrivant à son cabinet, les deux jeunes femmes n'y rencontrèrent que Narcisse Augelot.

Il se leva quand elles entrèrent et se mit avec empressement aux ordres de la femme de son patron.

Laura, très contrariée de l'absence de son mari, demeura fort indécise sur ce qu'elle devait résoudre.

A la fin, elle se fit indiquer par Narcisse le tiroir où Gilbert avait enfermé les objets à lui appartenant.

Puis, d'un signe, elle appela Diane auprès d'elle; et, à la grande surprise d'Augelot qui ne connaissait pas mademoiselle Haveril, elles furetèrent l'une et l'autre au fond de ce tiroir.

Peut-être espéraient-elles y découvrir quelque indice ayant trait à la disparition du jeune homme.

Leur espoir fut déçu. Sauf un paquet de lettres, que Diane reconnut pour les siennes; sauf le portrait et la boucle de cheveux de Fanny, elle ne trouva rien qui eût pour elle un attrait quelconque.

Quant à Laura, elle aperçut parmi les papiers de son mari le billet attribué à Gilbert, celui où soi-disant il donnait sa démission. Elle le compara aussitôt à la lettre également signée de lui que Diane avait reçue.

L'écriture était la même. On avait si merveilleusement imité la cursive de M. de Soriat, que le baron ne s'était pas douté un seul instant de la supercherie.

Tandis que, penchées l'une vers l'autre, Diane et Laura chuchotaient avec vivacité, Narcisse les examinait du coin de l'œil.

Il devinait bien qu'elles s'occupaient de son prédécesseur ; mais il ne soupçonnait pas dans quelle intention.

Toutefois, désirant leur être agréable, et talonné par l'ambition de s'introduire dans les bonnes grâces de la baronne, il essaya de se mêler à l'entretien en parlant de Gilbert.

— Autant que j'en puis juger, dit-il avec un sourire obséquieux, ces dames ont chargé M. de Soriat d'une mission qu'il n'aurait point remplie ? Si j'avais prévu ce contre-temps, si j'avais prévu surtout que je serais appelé à lui succéder, je l'aurais prié de me céder ses obligations et ses devoirs.

Laura se tourna vers lui d'un air étonné.

— Est-ce que vous étiez en relations avec M. de Soriat ? demanda-t-elle.

— Non, madame : je ne l'ai entrevu qu'une seule fois.

— Vous l'avez entrevu ?... quand ?...

— Mardi dernier.

Diane tressaillit. Serrant à la dérobée la main de la baronne, elle lui dit à l'oreille :

— C'est dans la nuit de mardi à mercredi que Gilbert a disparu.

Laura mit un doigt sur ses lèvres pour lui recommander le silence; et, se rapprochant de Narcisse :

— Où cela ? reprit-elle.

— Au bal de l'Opéra.

— A quelle heure ?

— Vers deux heures du matin.

— M. Gilbert était seul ?

— Il causait avec un de ses amis, que l'on nomme, je crois, le vicomte Clocheton du Rempart.

— Ah çà ! fit en riant madame de Jourdy, par quel miracle, n'ayant jamais rencontré jusqu'alors ni M. de Soriat ni son ami, avez-vous su leurs noms ?

— J'étais à deux pas d'eux : j'entendais toute leur conversation. Et puis, un moment est venu où M. le vicomte du Rempart a proféré très haut le nom de M. Gilbert, en le présentant à...

Ici, Narcisse s'arrêta court, comme on s'arrête au bord d'un précipice.

La rage de bavarder l'avait encore une fois entraîné trop loin.

Après s'être interdit toute allusion à Maugreval, il venait presque de parler de lui : aussi s'interrompit-il en se mordant la langue.

Madame de Jourdy fut frappée de son embarras.

— A qui ? interrogea-t-elle.

— Pardon ! balbutia Augelot ; je ne saisis pas très bien ce que madame la baronne me fait l'honneur de me demander.

— Je vous fais l'honneur de vous demander à qui M. le vicomte du Rempart a présenté M. Gilbert.

— A... à quelqu'un.

— Je m'en doute ; mais le nom de ce quelqu'un ?

— Je... ne sais. J'ai oublié.

— Cherchez bien. Consultez votre mémoire. Ne serait-ce point à M. Roland Maugreval?

Narcisse rougit du menton à la racine des cheveux. Ses yeux hagards se promenèrent autour de la chambre, comme pour conjurer la colère de ses fameux témoins invisibles. Après quoi, il réfléchit que l'aveu de la vérité ne pouvait être en rien préjudiciable à Roland.

— C'est à M. Maugreval, en effet, appuya-t-il. Je me le rappelle à présent.

Laura ne le quittait point du regard. Elle commençait à se méfier d'Augelot. Elle avait constaté le tremblement de sa voix et sa répugnance à s'entretenir de Maugreval.

— Il s'est passé quelque chose entre eux, pensa-t-elle ; quelque chose que ce garçon ne m'a point confessé. Dorénavant, je prendrai garde à lui.

Puis elle continua son interrogatoire :

— M. Maugreval a-t-il conversé longtemps avec M. Gilbert ?

— A peu près une demi-heure, madame.

— Amicalement ?

— Très amicalement.

— Avez-vous entendu quelques-unes de leurs paroles ?

— Aucune. Ils causaient bas et riaient fort.

— Et ensuite ?

— Ensuite, M. Gilbert a quitté le bal.

— Et M. Roland ?

— M. Roland n'est parti que longtemps après.

— C'est bien, acheva Laura. Merci, M. Narcisse.

Et, prenant le bras de Diane, elle la ramena dans son boudoir.

— Ma chère enfant, lui dit-elle alors avec un sourire sérieux, vos soupçons étaient justes, vos craintes étaient fondées. Gilbert est au pouvoir de Maugreval. Tout nous le prouve. Mais tout me prouve aussi que le coupable s'est placé hors de l'atteinte des lois. C'est donc par la ruse qu'il faut le combattre. Et je m'en charge.

— Vous, madame ?

— Moi. J'ai un ancien compte à régler avec le beau Roland. Une lutte à outrance va s'engager entre lui et moi.

— O mon Dieu ! vous m'épouvantez, madame.

— Soyez tranquille ! je remporterai la victoire. Quant à vous, Diane, retournez auprès de votre mère et ne revenez plus ici. Votre rôle, à dater de cet instant, doit être absolument passif. Lorsque Maugreval s'introduira chez vous, accueillez-le bien. Tâchez de lui sourire, et surtout ne lui laissez pas supposer que vous regrettez M. de Soriat.

— Mais, madame, c'est impossible. Moi,

sourire à cet assassin ! Est-ce que j'en aurai la force ?

— Il le faut, Diane. Le salut de votre fiancé en dépend. Jurez-moi de m'obéir.

Diane, fondant en larmes, fit le serment qu'on exigeait d'elle.

— Et maintenant, adieu ! accentua Mme de Jourdy. Nous ne devons plus nous revoir avant bien des journées. Oubliez le chemin de cette maison. N'ayez jamais l'air de me connaître et attendez avec calme la réalisation de ma promesse. Gilbert vous sera rendu, mort ou vivant.

Elle embrassa la jeune fille avec tendresse.

L'instant d'après, Diane s'éloignait de l'hôtel de Jourdy.

. . . .

Le soir de ce même jour, à six heures, au moment où Narcisse Augelot, fort content de ses nouvelles fonctions, sortait à son tour de l'hôtel et se disposait à aller dîner, il sentit une main se poser sur son épaule.

Narcisse se retourna vivement.

Un cocher de fiacre, à la figure épanouie et violette, se tenait derrière lui.

— Que me voulez-vous ? demanda-t-il étonné.

— Pardon, excuse, mon bourgeois ! c'est-y bien vous qu'on appelle M. Augelot ?

— Oui.

— Eh bien ! il y a une dame qui vous espère.

— Où est-elle, cette dame ?

— Là, dans ma voiture.

Et, du bout de son fouet, le cocher désigna un fiacre arrêté à dix pas de Narcisse.

— Et une chouette dame encore ! ajouta l'homme : une grosse blonde, fraîche comme l'œil. On en mangerait, quoi !

— Zélie ! exclama Narcisse.

Il courut vers le remise, ouvrit la portière, et, immédiatement, se sentit attiré à l'intérieur par deux poignets d'airain.

— Ah ! parfait ! charmant ! délicieux ! modula une voix suave et flatteuse. C'est moi qui suis la dame. Vous ne m'en voulez pas, hein ? Evidemment ! évidemment ! Donnez-vous donc la peine d'entrer, mon cher collègue.

Et le comte Ladimir, clignant des yeux, secouant sa barbe, déposant sur le bout de ses doigts des baisers qu'il émiettait sur la banquette d'en face, fit asseoir Augelot à ses côtés.

Narcisse se laissa faire sans résistance. On aurait dit un ballot de coton. L'épouvante l'avait annihilé.

Quant à la voiture, elle roulait déjà d'un bon train.

FIN DE LA DEUXIÈME PARTIE

TROISIÈME PARTIE

LA VENGERESSE

I

Un mois s'est écoulé.

La nuit est sombre, le froid vif et piquant.

De chaque côté de la route déserte, les arbres, les buissons, les taillis, sont poudrés à frimas.

Quoique l'on touche à la fin de mars, il a beaucoup neigé durant le jour; puis le vent du nord a nivelé l'immense linceul qui couvre la campagne.

A voir ces vastes plaines toutes blanches, on croirait qu'elles appartiennent à la Sibérie ; cependant elles ondulent dans un des plus riants vallons de l'Anjou.

Car notre récit va se renouer à l'endroit même où a débuté notre prologue.

Les champs sont vides et silencieux. Mais là-bas on distingue un roulement sourd et le sol durci résonne sous le choc cadencé des sabots d'un cheval.

Une voiture monte la côte.

La lueur jaunâtre de ses lanternes la précède, en rasant la terre. C'est une bonne vieille carriole de paysan riche ou de notable bourgeois. La caisse, fraîchement repeinte, miroite aux reflets de la neige ; le harnais reluit ; les ferrures étincellent.

Une antique jument grise, un peu chargée d'embonpoint, se carre entre les timons. Tantôt elle s'élance au galop, et tantôt elle s'arrête court. On devine à son allure que la folâtre bête n'a jamais connu d'autre loi que son caprice.

La voiture chemine avec lenteur. Outrageusement cahotée, la capote de cuir tressaute, se dandine, penche même quelquefois d'une manière inquiétante ; ce qui n'empêche pas le véhicule d'avoir parcouru dix lieues depuis le matin.

— Allons, Blanchette ! allons, ma fille ! accentue de l'intérieur du cabriolet une voix mâle, caressante et enrhumée.

Blanchette, c'est la jument grise.

Elle vient, pour la vingtième fois, de s'immobiliser, sans le moindre motif raisonnable. A la timide prière de son maître, elle ne répond qu'en baissant le nez d'un air narquois, et elle fait semblant de brouter une herbe absolument chimérique.

— Blanchette, je t'en conjure, insiste le patient voyageur.

Blanchette balance de droite à gauche sa tête vénérable. Ce geste signifie, à n'en pas douter : — Ma foi, non !

Puis, elle souffle ironiquement par ses naseaux deux jets de vapeur qui forment autour d'elle une buée transparente.

— Quel affreux caractère ! nasille l'organe enchifrené. Mais, malheureuse, tu veux donc que nous périssions ici l'un et l'autre. Sais-tu que le thermomètre marque trois degrés au-dessous de zéro?

Le personnage qui se lamente de la sorte a pourtant pris quelques précautions contre les rigueurs de la température. Une chaude casquette lui emboîte le crâne ; il a des bottes fourrées, une couverture autour des jambes, un pardessus épais, d'énormes gants de tricot, un cache-nez incommensurable.

Ainsi enveloppé, il ressemble à un colis. Nul ne s'aviserait de reconnaître, dans ce paquet, maître Théodore Lampon, notaire et propriétaire au village de Soriat.

Pendant que, ridiculement arrêté au beau milieu de la route, il épuise sa rhétorique afin de fléchir Blanchette, le fracas d'une voiture retentit subitement derrière lui.

L'instant d'après, le notaire se voit dépassé par une berline couverte de givre, et lancée au trot de deux chevaux pleins de feu.

Conduite par un cocher enseveli aux trois quarts dans de superbes fourrures, cette calèche de voyage filait avec une rapidité d'ouragan. Elle frôla l'humble carriole ; mais ce ne fut point là ce qui fit pâlir et tressaillir maître Lampon.

Il avait cru — était-ce une illusion ? — entendre sourdre à travers les glaces de la berline un gémissement étouffé.

Théodore retint son souffle et prêta l'oreille.

En vain. Plus de berline ! Elle avait disparu. Le bruit de ses roues s'évanouissait parmi les mille plaintes du vent.

— Je me serai trompé, se dit le notaire, qui, désespérément, secoua les guides sur le dos de Blanchette.

Celle-ci, loin de se piquer d'honneur, se raffermit tellement sur ses quatre pieds que Théodore, pour le coup, estima nécessaire de déployer quelque énergie.

— Bonhomme de bois ! s'écria-t-il ; on va se fâcher, mademoiselle.

Et, solennellement, il fit claquer son fouet.

Blanchette s'ébroua. Vous eussiez juré qu'elle ricanait. L'espiègle savait bien que, sous aucun prétexte, le fouet de Damoclès ne s'abattrait sur son échine.

Elle devinait juste. Le fouet reprit peu à peu la verticale ; maître Lampon capitulait.

— Allons, soit ! balbutia-t-il. Je ne veux pas te surmener, mignonne. Respirons ici un petit moment.

A peine eut-il achevé que, par esprit de contradiction, la jument partit comme une flèche.

Le notaire, enchanté, releva le collet de son paletot, pour se préserver de la bise qui, du haut de la côte, précipitait de longues rafales très aiguës ; et la carriole, en un clin d'œil, atteignit le sommet de la montée.

Au loin, une horloge asthmatique sonnait neuf heures.

— Bien, bien ! grommela maître Lampon. L'horloge de la mairie ! Nous approchons.

En effet, si, au zénith, d'épaisses nuées envahissaient le ciel, par contre, l'horizon se dégageait ; et sur ce fond d'un gris sale, à droite de la route, Soriat massait en noir sa silhouette.

Soriat manque de majesté. Par les temps sereins, l'on aperçoit d'un kilomètre son église au faîte presque plat, que surmonte un coq en zinc perché sur une croix de fer rouillé. Ce n'est pas beau. Toutefois, les treilles et les vergers qui l'environnent rendent, pendant l'été, ce coin supportable aux regards.

L'hiver, c'est différent. Lorsque la neige coiffe les toits et fait paraître plus bistrée la teinte uniforme des murailles, l'aspect de Soriat est, à peu de chose près, celui d'un cimetière.

Mais quelle que fut la saison, Soriat, pour le notaire, était un paradis terrestre.

On juge si, par cette nuit glaciale, il avait hâte de réintégrer le logis, où l'attendaient sa femme, sa fille, un feu pétillant, un souper confortable et le plus moelleux des lits de plume.

Blanchette n'avait pas besoin d'être excitée. Elle flairait l'écurie...

Tout à coup, elle eut un brusque soubresaut.

Puis elle s'arrêta net.

Et, frissonnante, les jambes écartées, les oreilles rabattues, elle se prit à souffler, comme en proie à une indicible terreur.

Son maître, frémissant, lui aussi, se pencha vivement hors de la carriole.

Il avait entendu, et distinctement cette fois, un long cri de détresse.

Maître Lampon se trouvait alors à six ou sept cents mètres de Soriat, dont les premières constructions dessinaient leurs angles en face de lui.

Or, c'était évidemment là, c'est-à-dire à l'entrée du bourg, qu'avait été poussé le cri lamentable.

Tandis que les yeux du notaire essayaient de percer les ténèbres, un second cri, ou plutôt une clameur déchirante, proférée par un timbre féminin, traversa de nouveau l'espace.

Les cheveux de maître Lampon se hérissèrent.

— Qu'est-ce que cela ? bégaya-t-il.

Et, le cœur battant, il sortit à moitié son torse du cabriolet.

Blanchette, paralysée, tremblait de tous ses membres.

A ce moment, la voix de femme éclata en sanglots retentissants.

— A l'aide ! soupirait-elle. A moi ! au secours !

Certes, maître Lampon ne possédait pas l'étoffe d'un foudre de guerre. Mais, à cet appel d'un être faible et en péril, une bouffée de sang lui empourpra les tempes.

— Courage ! vociféra-t-il à son tour. Tenez bon ! j'arrive.

Et pour la première et la dernière fois de sa vie, il cingla vigoureusement les reins de Blanchette.

Hélas ! ce stimulant produisit un effet contraire à celui qu'il avait espéré. Stupéfaite et furieuse, la jument recula, rua et redevint plus immobile qu'une souche.

Maître Lampon la connaissait trop bien pour insister. Il repoussa le tablier de cuir de la carriole, sauta sur le chemin et, n'écoutant que son héroïsme, s'élança comme un gros petit lion.

Par malheur, il avait l'haleine encore plus courte que les jambes. En outre, les vêtements nombreux dont il s'était affublé le gênaient.

Il courut néanmoins. Que dis-je ! Il galopa, il vola, les prunelles anxieusement dilatées.

Et à mesure qu'il se rapprochait du village, il discernait peu à peu les détails de je ne sais quelle mystérieuse tragédie.

D'abord, il remarqua, stationnant à une portée de fusil du bourg, cette même calèche qui l'avait croisé vingt minutes auparavant.

Puis, non loin de la calèche, il découvrit deux ombres humaines.

Leurs contours se découpaient si nettement sur l'éblouissante blancheur du sol, que maître Lampon put se rendre compte de leurs moindres gestes.

Il y avait là un homme et une femme.

L'homme avait saisi la femme par les poignets et s'efforçait de l'entraîner vers la voiture. La femme résistait, se débattait, criait.

Elle était de très petite taille, mince, richement vêtue. La réverbération de la neige éclairait son manteau de velours noir bordé d'hermine.

Celui qui la brutalisait, homme grand et vigoureux, semblait, comme elle, appartenir à la classe élégante.

Une distance de deux cents pas environ les séparait du notaire. Mais ni l'un ni l'autre ne le voyaient accourir.

Déjà, la malheureuse femme, à bout de force, touchait au marchepied de la berline, lorsque, par un haut-le-corps inattendu, elle se dégagea brusquement et se prit à fuir dans la direction du village.

Son adversaire bondit sur ses traces, fondit sur elle et la ressaisit.

Elle refusait de le suivre ; il la poussa par les épaules. Elle se coucha dans la neige ; il la traîna impitoyablement. Et comme elle se raidissait encore, il osa la menacer du poing.

— Ah ! brigand ! cria le notaire en précipitant sa course, — entreprise que ses bottes fourrées lui rendaient pourtant difficile.

A sa voix, l'inconnu tourna la tête. Il aperçut maître Lampon, exhala un blasphème ; puis, ayant sifflé d'une certaine façon, prononça cinq ou six mots dans une langue étrangère.

Aussitôt le cocher qui, jusqu'alors, était resté neutre, dégringola de son siége. A eux deux, ils eurent vite raison de la fugitive. L'un lui ferma la bouche et comprima tous ses mouvements, l'autre la prit entre ses bras : ils la portèrent ainsi dans la voiture.

Maître Lampon courait toujours.

Il n'était plus qu'à une centaine de mètres. La sueur l'aveuglait ; l'indignation lui donnait des ailes.

— Scélérats ! hurla-t-il. Arrêtez ! je vous somme de lâcher cette dame. Je vais....

Il n'en put articuler davantage. Le verglas accumulé sous ses semelles lui joua un mauvais tour : il glissa et s'étendit tout de son long.

Se relever, arpenter le terrain de plus belle, furent pour lui l'affaire de dix secondes. Mais la voiture s'ébranlait.

Elle partit.

Emportée avec une vitesse vertigineuse, elle s'effaça dans l'ombre, laissant bien loin derrière elle et le notaire et le bourg de Soriat, dont les habitants endormis ne se doutaient guère qu'un drame se fût accompli à leurs portes.

II

Lorsque maître Lampon, haletant et déconcerté, fut arrivé sur l'emplacement qu'avait occupé la berline, peu s'en fallut qu'il ne s'imaginât avoir rêvé, tant régnaient maintenant autour de lui la solitude et le silence.

L'endroit en question pouvait passer pour un faubourg du village.

Çà et là, de misérables clôtures, à hauteur d'appui, enfermaient des carrés de légumes. Cet ensemble de murs bas, aux crêtes inégales, troués de brèches et pour la plupart en voie d'écroulement, communiquait au bourg l'apparence mélancolique d'une forteresse ruinée.

C'était là que l'étrange conflit avait eu lieu, ainsi que l'attestaient des empreintes profondément gravées dans la neige.

Maître Lampon s'épongea les tempes. Malgré sa douceur, malgré son caractère paisible, il ne parvenait point à étouffer la généreuse colère qui bouillonnait en lui.

Car maître Lampon avait une âme haute ; car dans sa poitrine de notaire battait un cœur de paladin. Le sexe faible était pour lui l'objet d'un culte véritable : culte secret et silencieux, grave et recueilli, chevaleresque et ignoré.

Or un lâche avait, presque sous ses yeux, violenté une femme : à cette pensée, tout son être entrait en révolte. Quoique ne sachant rien de cette femme, quoique n'ayant même pas entrevu ses traits, Théodore, les bras croisés et les yeux fixés en terre, songeait à elle avec un intérêt plein d'inquiétude, et se disait que, sûrement, s'il avait atteint le coupable, il lui aurait infligé un châtiment sévère.

Inutiles regrets! la berline était loin. Maître Lampon poussa un gros soupir et se disposait à rétrograder vers sa carriole, quand un point brillant d'un éclat tout métallique attira son attention sur la neige.

Il se pencha. Le point brillant provenait du fermoir d'acier d'un portefeuille en cuir de Russie.

Evidemment ce portefeuille avait été, pendant la lutte, égaré par l'homme inconnu ou par sa victime.

— Ah! ah! s'écria le notaire, peut-être là-dedans vais-je trouver des indications précieuses? Qui sait si, Dieu aidant, elles ne me permettront point de prévenir un forfait?

Comme il ramassait le portefeuille, un souffle chaud lui caressa la nuque. Il fit volte-face et reconnut Blanchette. La fantasque bête s'était remise à trotter dès que son maître avait renoncé à l'y contraindre, et elle venait de le rattraper en flânant.

Au lieu de remonter dans sa carriole, maître Lampon, qui brûlait de feuilleter le portefeuille, prit la jument par la bride, et, s'engageant par les ruelles tortueuses de Soriat, il se dirigea vers son logis.

Aucune lumière n'égayait les vitres d'alentour. A part le sourd refrain d'un ivrogne expulsé de l'auberge et trébuchant à tâtons sur le champ de foire, on n'entendait bruire nulle voix humaine.

Par contre, les bassinets de cuivre appendus au-dessus de l'échoppe du barbier se balançaient au vent avec un cliquetis aigre, et, de l'une à l'autre extrémité du village, les aboiements de deux chiens de garde se répondaient.

La commune de Soriat n'est pourtant ni déserte ni momifiée.

On y compte, s'il vous plaît, dix-huit cents âmes. Quant au bourg lui-même, il faut vingt minutes, montre en main, pour en opérer le tour. En fait de monuments et de curiosités, on vous y montrera cinq gendarmes, trois médecins, deux notaires, un bureau de poste et une halle neuve, que les conseillers municipaux ne sauraient contempler sans tressaillir d'orgueil.

Ce sont là, certes, des preuves de civilisation. Néanmoins Soriat se couche avec le soleil: car Soriat est à trois cents kilomètres de Paris et à cinq lieues de la ville la plus prochaine.

On y dormait donc à poings fermés, lorsque le notaire, le portefeuille, la jument et la carriole arrivèrent à une maison d'apparence à demi-rustique, à demi-bourgeoise.

Blanchette hennit joyeusement.

Aussitôt, derrière les volets de bois plein d'une fenêtre au rez-de-chaussée, l'espagnolette grinça.

— C'est-il vous, M. Théodore? interrogea une voix plaintive.

— Oui, oui! ouvre le portail, Isabeau.

— Seigneur, mon Dieu! reprit la voix, qu'une frayeur intense altérait: c'est-il bien vous, au moins?

— Eh! oui, poltronne.

Les contrevents s'écartèrent avec défiance. Dans la baie lumineuse que forma l'encadrement de la croisée, on aperçut les poutres enfumées du plafond, plusieurs casseroles rangées au long du mur et de vagues profils de marmites.

Puis une coiffe blanche et une face rouge se hasardèrent au dehors.

— Ah! monsieur, gémit Isabeau, robuste paysanne de vingt-cinq ans, dont les joues étaient si rondes, si fermes, si saillantes, si luisantes, que chacune d'elles semblait recouvrir une moitié de pomme, — ah! monsieur, je vous reconnais.

— C'est heureux! dépêche-toi de m'ouvrir.

— Je ne peux pas, monsieur: j'ai les jambes cassées.

— Comment? cassées!...

— La peur me produit toujours cet effet-là... Au nom du ciel, monsieur!...

— Eh bien?

— Approchez-vous voir.

Maître Lampon se rapprocha docilement.

— Monsieur, chuchota Isabeau entre ses dents, qui claquaient d'épouvante... monsieur, la maison est pleine de voleurs.

— Bah!

— De voleurs et de revenants.

— Isabeau, ma chère, tu dis des bêtises.

— Monsieur, aussi vrai comme j'espère me marier un jour, il y a ici des tas de choses qui craquent... J'ai entendu des pas dans le grenier. Gageons qu'il y a un homme caché, là-haut, sous mon lit.

— Le portail, Isabeau! va débarrer le portail.

— Jamais de la vie, monsieur! il faudrait, pour cela, que je sorte de ma cuisine.

— Naturellement, parbleu!

— Et que je passe à côté de l'homme qui vous attend.

— Quel homme?

— Ah! voilà, monsieur! quel homme?... je n'en sais rien, moi. Il n'a pas voulu dire son nom et il se cache la figure. Si vous croyez que c'est rassurant, ça!

— Il m'attend, dis-tu! Depuis quelle heure?

— Depuis la nuit tombée. Il s'est introduit ici comme un fantôme. J'ai eu beau lui assurer que vous étiez absent; il s'est assis dans un coin de la salle à manger, soi-disant pour guetter votre retour. Alors, moi, je me suis enfermée.

— Ah çà! s'écria le notaire étonné, et madame Lampon? et Euphrasie?

— Madame et mademoiselle ont dîné chez la mairesse. Elles ne sont pas rentrées. Je suis toute seule. Vous pensez bien que je ne vais pas m'amuser à tournailler autour de l'homme pour qu'il me coupe le cou.

— Tu es folle. Pourquoi cet inconnu serait-il un malfaiteur?

— Ah! monsieur, c'est sa mine qui le dénonce. Ça doit être le capitaine des brigands qui sont cachés dans le grenier.

Maître Lampon haussa les épaules.

— Voyons, prononça-t-il avec sa bonhomie accoutumée, je parie que c'est un de mes clients. Ne soumettons pas sa patience à une plus longue épreuve. Veux-tu m'ouvrir, oui ou non?

— Je n'ose pas, monsieur.

— Eh bien! recule-toi : je vais entrer par la fenêtre.

Et le notaire, effectivement, avec une agilité surprenante, enjamba la croisée, pénétra dans la cuisine, et se mit sur-le-champ en devoir d'ouvrir la porte qui donnait sur la salle à manger.

Mais à peine eut-il tiré les verrous, qu'Isabeau, se couvrant la tête avec son tablier, proféra des cris, ou plutôt des hurlements assez formidables pour réveiller tout le pays.

Maître Lampon la laissa crier à son aise; il tourna paisiblement la clef dans la serrure, poussa l'huis et chercha des yeux son client.

Tout d'un coup, il sentit que deux mains brûlantes serraient les siennes.

— Ah! c'est vous, c'est vous, enfin! s'écria tout bas l'étranger qui avait tant effrayé Isabeau. Je désespérais de vous voir aujourd'hui. Mais, Dieu soit loué! vous voici. Allons dans votre cabinet, mon cher maître. Il faut que je vous parle à l'instant.

— Permettez! balbutia maître Lampon, à qui ai-je l'honneur...?

Il regardait fixement l'inconnu et ne se souvenait pas de l'avoir jamais rencontré.

— Suis-je donc changé à ce point, murmura le visiteur, que mes plus vieux amis hésitent à me reconnaître?

— Permettez! fit encore le notaire : si vous consentiez à me dire votre nom...

Le nouveau venu articula quelques syllabes à l'oreille de maître Lampon, qui bondit.

— Est-il possible? exclama-t-il. Vous, mon cher enfant! Par quel hasard? pourquoi?...

— Chut! interrompit le jeune homme, ne prononcez pas mon nom tout haut. Éloignez cette fille. Ma présence dans le pays ne doit être connue de personne.

Le notaire, abasourdi, prit sur la table la chandelle qu'Isabeau avait daigné laisser au prétendu capitaine de voleurs. Il fit signe à ce dernier de le suivre et l'introduisit dans son cabinet. Puis, étant retourné dans la cuisine, il dit en riant à sa servante :

— Eh bien! ne te l'ai-je pas annoncé, grosse bête? Ton chef de bandits n'est autre que l'un de mes meilleurs clients.

— Vrai, monsieur? bégaya la robuste fille.

— Parfaitement vrai. J'espère que, maintenant, tu voudras bien faire entrer la voiture dans la cour et dételer Blanchette.

— Dame! oui, du moment qu'il n'y a plus de brigands.

— Après quoi, tu iras te coucher.

— Ah! pour ça, non, monsieur : faudra d'abord que j'aille chercher ces dames chez la mairesse avec le falot.

— C'est juste. Mais alors, quand tu auras ramené ces dames, tu les prieras de se mettre au lit sans m'attendre. Je veillerai peut-être tard avec mon client. Il s'agit d'une affaire sérieuse, et je n'entends pas qu'on me dérange.

— Bon, bon! Pardié! on ne vous dérangera pas. Mais à quelle heure donc qu'il s'en ira, votre homme?

— Occupe-toi de ce qui te regarde, curieuse, répliqua maître Lampon en poussant Isabeau vers la porte de la cour.

L'instant d'après, il entendit la paysanne détacher avec fracas les barres du portail. Le notaire alors ferma la fenêtre de la cuisine, puis entra vivement dans la pièce où il avait laissé son prétendu client.

Une fois seul avec lui, porte close et rideaux tirés :

— Que vous est-il arrivé? mon Dieu! et à quoi puis-je vous être bon? s'écria-t-il les mains tendues. Vous avez bien fait, dans tous les cas, de vous adresser au plus ancien ami de votre famille, et je vous en remercie, mon cher Gilbert.

III

A ces paroles de bienvenue, cordialement articulées par maître Lampon, Gilbert ne répondit rien. Il ne les entendit même pas.

Assis devant la cheminée, les coudes sur ses genoux, la tête entre ses mains et les yeux fixés sur la flamme, il semblait absorbé dans une méditation laborieuse.

A le voir ainsi, l'on comprenait que le notaire eût attendu qu'il se fût nommé pour le reconnaître.

Gilbert, en effet, ne ressemblait guère à ce joyeux adolescent, aux joues rondes et à la physionomie naïve, que maître Lampon avait aperçu pour la dernière fois, quatre années auparavant, sous les charmilles du manoir de Soriat.

C'était maintenant un homme fait. Il avait vécu, il avait souffert. Une soyeuse barbe blonde encadrait son visage creusé par des chagrins récents. Son regard étincelait de mâle énergie.

Mais ce qui, par-dessus tout, ébahissait le notaire, c'était la façon mystérieuse dont Gilbert s'était introduit dans sa maison.

Le jeune homme arrivait de Paris : sa valise, qu'il avait jetée dans un coin, en faisait foi. Un lourd manteau de voyage couvrait encore ses épaules ; et des lunettes bleues, déposées par lui sur le bureau, indiquaient qu'il était venu déguisé.

Pourquoi tant de précautions ? pourquoi Gilbert, au lieu de descendre immédiatement chez son père, s'était-il d'abord arrêté chez maître Lampon ?

Il ne laissa pas longtemps ce dernier dans l'incertitude. Secouant bientôt sa rêverie.

— Avant tout, mon cher maître, dit il, j'ai un long récit à vous faire, ou plutôt une véritable confession. Le temps me presse. Chaque minute qui s'envole a pour moi une valeur terrible. Permettez-moi donc de commencer sans autre préambule.

Maître Lampon n'eut pas plus tôt balbutié quelques mots d'adhésion, que Gilbert entama sa confidence.

Remontant de quatre ans en arrière, il raconta sa première entrevue avec Diane Haveril, son amour pour elle, sa rivalité avec Roland, et enfin les diverses circonstances énumérées dans le prologue de la présente histoire.

Puis, rapidement, il narra tout ce qui était advenu depuis son arrivée à Paris jusqu'au moment où, fiancé avec Diane et sur le point de l'épouser, il avait vu reparaître Maugreval.

Il exposa enfin les détails de sa rencontre avec Roland au bal de l'Opéra, l'entretien bizarre qui l'avait suivie, et comment, au sortir de la salle, ayant pris une voiture quelconque pour rentrer chez lui, cette voiture, évidemment apostée là par Maugreval ou ses complices, l'avait amené dans la cour d'une maison inconnue.

— Je n'avais aucune illusion à me faire, continua-t-il. J'étais sans armes, hors d'état de me défendre : j'étais perdu.

La voiture demeurait immobile. Ses portières cadenassées résistaient à tous mes efforts. Une obscurité compacte m'entourait, et je ne percevais d'autre bruit que celui de l'ondée fouettant les glaces de mon remise.

Au bout d'une heure environ, je sentis tout à coup que l'on me saisissait à bras le corps.

Les deux portières avaient été ouvertes sans que j'eusse distingué le moindre son. En un clin d'œil, je fus garrotté, bâillonné, aveuglé par un mouchoir qui me banda les yeux.

En même temps, une voix menaçante me disait à l'oreille :

— Un seul mot, un seul cri, et vous êtes mort !

Aussitôt on me tira hors de la voiture et l'on me contraignit à marcher l'espace de quelques pas sous la pluie battante. Après quoi, je compris qu'on me conduisait à travers un long couloir. On me fit descendre un escalier de pierre. Un fracas de chaînes et de verroux retentit, et, au même instant, les cordes qui liaient mes bras furent dénouées.

On me poussa en avant avec tant de violence que je m'abattis à genoux sur la terre humide d'un caveau. La porte se ferma ; les verroux grincèrent ; le tumulte des pas qui remontaient l'escalier parvint jusqu'à moi, et je restai seul au milieu des ténèbres les plus noires et du silence le plus effrayant.

Ma première stupeur passée, j'arrachai mon bâillon et mon bandeau. Mais ce fut en vain que mes yeux essayèrent de percer l'épaisse nuit. Je m'avançai les bras étendus ; à tâtons, je palpai les murs de mon cachot.

Il était vaste et très bas de voûte. Une seule porte y donnait accès, celle par laquelle mes persécuteurs m'avaient introduit. Du reste, pas un escabeau, pas même une botte de paille.

Comme j'achevais le tour de cette prison, mes pieds heurtèrent un objet dur : c'était une jarre de ferblanc remplie d'eau. Auprès de la jarre, je m'aperçus qu'on avait empilé cinq ou six pains de munition.

Cette découverte me soulagea d'un grand

poids. Puisque l'on avait songé à ma subsistance, il n'était donc pas question de
m'assassiner.

— Peut-être, me dis-je, en serai-je
quitte pour une détention plus ou moins
longue !

Et, réconforté par cette supposition, je
regardai l'heure : car on ne m'avait point
dépouillé de ma montre, ni de la boîte
d'allumettes que tout fumeur porte sans
cesse avec lui.

Il était quatre heures et demie du matin.

En proie à une insurmontable excita-
tion nerveuse, je me pris à marcher sans
trêve, comme une bête fauve dans sa cage,
ou comme un fou dans son cabanon.

Je ne caressai aucun rêve d'évasion,
aucune chimère de délivrance. J'avais
trop bien jugé Roland pour admettre qu'il
eût négligé de prendre les plus minutieuses précautions contre moi.

Son plan, d'ailleurs, m'apparaissait dans
toute sa netteté.

Je le gênais : il m'avait fait disparaître.
Et ma captivité durerait aussi longtemps
que Diane refuserait de lui accorder sa
main.

Sur ce dernier point, j'étais tranquille :
je savais que Diane ne consentirait sous
aucun prétexte à être à lui. Mais mon
cœur bondissait de rage, lorsque je me
représentais les obsessions auxquelles cet
homme allait la soumettre.

Soudain une hypothèse affreuse sillonna mon cerveau.

— Que décidera-t-elle, me demandai-je,
si Roland lui avoue que je suis en son
pouvoir ?

Evidemment il va lui dire : « Epousez-
moi, et je délivre Gilbert ; repoussez-moi,
et je le tue. »

Alors, que fera Diane ? Hélas ! la pauvre enfant se sacrifiera pour me sauver.

Cette solution extrêmement probable
surexcita ma colère et mon inquiétude.

Pendant plusieurs heures, je me débat-
tis contre de terribles angoisses. Ma tête
brûlait. La fatigue brisait mes membres.
Soudain, à mon suprême étonnement, des
pas résonnèrent de nouveau sur les dalles
de l'escalier.

— Vient-on me délivrer déjà ? pensai-je.

La porte s'ouvrit ; deux hommes m'ap-
parurent.

Ils étaient masqués et revêtus de dominos : l'un d'eux tenait une lanterne ;
l'autre, une corde mince et solide.

— Finissons vite, dit le porteur du falot. Il fait jour, et l'on ne nous a donné
que cinq minutes.

L'autre alors, s'adressant à moi :

— Nous avons ordre de vous conduire
ailleurs.

— Soit, répondis-je : je suis prêt.

— Il faut auparavant, me dit-il, que je
vous attache les mains derrière le dos.

— Faites.

Et je lui tendis mes deux poignets.

Mais, au lieu de les garrotter, il me
lança sa corde autour du cou avec la rapidité de la foudre.

Puis, me renversant à terre et appuyant son genou sur ma poitrine, il serra
de toutes ses forces le nœud coulant.

Une douleur inouïe, épouvantable, envahit tout mon être. Mes prunelles s'em-
plirent de lueurs rouges. Il y eut au fond
de mon crâne de longs mugissements de
tocsin. Ma face se tuméfia. Il me sembla
qu'un torrent de flammes submergeait ma
cervelle. Et je perdis le sentiment de toute
chose.

Combien de temps s'écoula-t-il entre
cette minute infernale et celle où je revins à la vie ? Je ne saurais le dire. Quoi
qu'il en soit, un moment arriva où je me
retrouvai dans ce même cachot, étendu
sur le sol, respirant avec effort et es-
sayant, par un geste machinal, de des-
serrer la corde encore enroulée à mon
cou.

Des mouvements nerveux agitaient
mes muscles. La nature luttait en moi
pour secouer l'engourdissement de la
mort. Et lentement, par degrés insensibles, mon intelligence se rallumait
comme se ranime la lueur d'une lampe
dont on a renouvelé l'huile.

Je pensai, je réfléchis, je me souvins.
Quel spasme d'agonie bouleversa mon
corps des pieds à la tête, lorsque ma mémoire me retraça la torture à laquelle je
venais de survivre ! et quel saisissement
me glaça, quand je songeai que bientôt
j'allais y être soumis de rechef !

Si je vivais, c'était grâce à un miracle.
Mes bourreaux m'avaient cru mort.
Qu'avais-je gagné à ce répit ? Rien. D'un
instant à l'autre, les assassins pouvaient
reparaître ; et, cette fois, je ne leur échap-
perais pas.

Ainsi donc, à mesure que la vigueur
recommençait à circuler dans mes veines,
mon moral s'affaissait sous un découragement plus profond.

Je me traînai dans un angle de mon caveau ; je m'adossai au mur et je m'aban-
donnai à un désespoir farouche.

Ma montre s'était arrêtée. J'ignorais
maintenant l'heure, le jour, la date. Nul
rayon ne se faufilait dans mes ténèbres.
Aucun soupirail ne m'apportait l'air du
dehors. Et toujours, autour de moi, tou-

jours ce silence implacable, ce silence si complet qu'il me permettait d'entendre les battements précipités de mon cœur.

Le temps passa. La faim me tordit les entrailles. D'abord je souffris patiemment : persuadé que j'étais voué à un trépas cruel, j'avais résolu de me laisser périr d'inanition.

Ce fut le souvenir de Diane qui me sauva de moi-même. Et puis, je me dis que mourir de la sorte serait l'œuvre d'un lâche. Dieu, qui avait fait un miracle en ma faveur, m'en réservait peut-être un second.

Je rompis l'un des pains, je le trempai dans l'eau de la jarre, et, après avoir mangé, je m'endormis.

Bien des heures, qui me parurent longue comme des siècles, s'égrenèrent dans ces alternatives de désespoir morne, de sommeil lourd et de repas chanceux. Puis, l'eau et le pain me manquèrent.

J'avais épuisé ma provision.

Cette fois, il ne me restait plus qu'à me résigner. Ma mort, du moins, ne serait pas due à un suicide.

Dès lors un calme parfait descendit en moi. Je fermai les yeux, je me croisai les bras, et, décidé à ne plus faire un mouvement, j'attendis en paix le terme de mon existence.

Mais ce calme philosophique se changea bien vite en un ardent, en un effréné désir de vie, lorsque subitement j'entendis quelqu'un s'approcher.

On descendait l'escalier de pierre.

Me dresser sur mes jarrets, bondir vers le bidon de fer-blanc, le briser à coups de talon, et me fabriquer avec ses débris une arme dangereuse, fut pour moi l'affaire de quelques secondes. Cela fait, je me postai, le bras levé, dans l'encoignure de la porte.

Mon plan était extrêmement simple : il consistait à tuer sans rémission l'individu ou les individus qui allaient se présenter et à prendre ensuite la clef des champs.

— S'il n'y en a qu'un, murmurai-je entre mes dents contractées, j'échapperai pour sûr ; s'ils sont deux, je m'en tirerai encore ; s'ils sont davantage, ils m'égorgeront, et tout sera dit.

La clef tourna lentement dans la serrure.

J'essuyai la sueur froide qui baignait mon front et je me préparai à frapper.

IV

A cet endroit de son récit, Gilbert posa une main sur ses yeux comme pour rassembler ses souvenirs.

Quant à maître Lampon, il était littéralement hébété de stupeur.

Ce brave notaire de campagne, dont la vie s'était écoulée paisible et uniforme, n'avait jamais soupçonné que de pareilles aventures pussent se présenter ailleurs que dans les romans.

Il lui paraissait monstrueux que, malgré la police, en plein Paris, en pleine civilisation, des malfaiteurs fussent à même d'enlever et de séquestrer impunément un homme.

Si tout autre que son jeune ami lui avait raconté une semblable histoire, il l'aurait taxé de hâblerie.

Mais il connaissait trop bien Gilbert pour mettre en doute sa sincérité. Il se demandait toutefois dans quel but ce jeune homme le prenait pour confident, et si c'était uniquement afin de lui narrer ces choses qu'il avait fait le voyage de Paris.

Il y eut une pause de quelques minutes. Les crépitements du feu dans l'âtre et le tic-tac de la pendule furent le seul bruit qui berça les méditations de Gilbert.

Il reprit enfin :

— La porte de mon cachot s'ouvrit donc avec précaution. Un homme entra, mais mon bras levé ne s'abattit point sur sa tête.

Si résolu que je fusse à le frapper, le cœur, au moment décisif, me manqua. Tuer un être sans défense, un être qui ne se défiait pas, fut au-dessus de mes forces. Je restai dans mon coin, immobile et paralysé.

Le nouveau venu fit quelques pas, en hésitant, à l'intérieur du caveau. Il tenait sa main droite une pioche et une bêche, dans l'autre une bougie allumée dont la flamme vacillante éclairait sa figure livide d'émotion.

C'était un jeune homme à la physionomie insignifiante et douce ; il tremblait, il avait peur, et je voyais se condenser autour de ses tempes les gouttelettes d'une sueur glacée.

Tandis qu'il s'avançait droit devant lui, je fus tenté de m'enfuir. Il avait laissé la porte entre-bâillée ; et, comme il me tournait le dos, il m'eût été facile de gagner l'escalier sans qu'il s'en aperçût.

Une pensée me retint.

Une fois l'escalier franchi, où me trouverais-je ? D'autres bandits pouvaient être apostés en sentinelles au sommet des degrés. J'ignorais d'ailleurs en quel lieu de Paris, dans quelle rue, dans quelle espèce de maison l'on m'avait emprisonné.

Le mieux était, avant tout, d'arracher, par la ruse ou par la violence, des renseignements à mon étrange visiteur.

Il continuait à marcher en droite ligne, et, promenant çà et là sa bougie, il semblait avec étonnement chercher sur le sol quelque chose qu'il n'y rencontrait pas.

Je pris mon parti tout à coup.

Aussi doucement que possible, je retirai la clef de la serrure, et je refermai la porte en dedans.

En dépit de mes efforts, cette opération produisit un certain fracas. L'inconnu se retourna vivement. La pioche et la bêche lui échappèrent. Sa face, déjà bouleversée, se décomposa tout à fait, et je l'entendis claquer des dents.

Avant qu'il eût articulé une syllabe, je m'élançai vers lui. Le malheureux tomba sur ses genoux: sans doute, il me prenait pour un spectre.

Mais, lorsque je fus arrivé dans le rayon projeté par sa lumière, lorsque ses yeux épouvantés eurent entrevu mon visage, alors ses traits se détendirent et n'exprimèrent plus qu'une surprise inouïe.

— Monsieur Gilbert de Soriat! balbutia-t-il, quoi! c'est vous! et vous êtes vivant!

Ces paroles saccadées me pénétrèrent d'espérance : elles me prouvèrent que ce pauvre diable, évidemment inoffensif, me connaissait et n'avait aucune mauvaise intention contre moi.

D'où me connaissait-il? qu'était-il venu faire là? voilà ce que, d'un accent impérieux, je lui ordonnai de me dire.

Il eut beaucoup de peine à me répondre: la crainte des gens auxquels il obéissait, et dont il redoutait la vengeance, lui faisait une loi de se taire.

Cependant, comme depuis plusieurs jours il vivait sous le coup de continuelles angoisses; comme il était las de frémir, de s'observer, de lutter, je finis par obtenir de lui une confession complète.

Ah! mon cher ami, l'incroyable et ténébreuse histoire!

Je ne saurais, faute de temps, la reproduire ici dans tous ses détails. Mais il est nécessaire que je vous en expose les principales circonstances.

Ce garçon se nommait Narcisse Augelot. C'était un honnête petit employé qui, ayant perdu sa place et se voyant réduit à la misère, avait tenté, un soir, de se jeter à l'eau.

Une main l'arrêta, celle d'un chanteur des rues qui passait.

Le chanteur emmena son obligé dans un cabaret, le fit dîner à fond et le pria de lui raconter ses malheurs. Augelot s'exécuta. Le prétendu chanteur alors jeta le masque, avoua qu'il n'était ni un jeune garçon ni un artiste du pavé, puis se donna pour ce qu'il était réellement, c'est-à-dire pour une femme.

Et cette femme, devinez un peu comment elle se nommait, mon cher maître! Elle se nommait madame la baronne de Jourdy.

Maître Lampon bondit sur son fauteuil.

— Permettez, permettez! la femme du banquier, la femme de votre patron?

— Elle-même.

— Ah! mon Dieu! mais c'est renversant; mais c'est indécent... une femme du grand monde... se déguiser de la sorte... et pourquoi?

— Pourquoi? répéta Gilbert. C'est ici que l'aventure va vous sembler mille fois plus incroyable encore. Il paraît que madame de Jourdy s'était follement éprise d'un homme, sur la simple vue de son portrait. Une photographie, tombée je ne sais par quel hasard entre ses mains, l'avait rendue éperdument amoureuse du beau Roland. Elle le cherchait partout depuis lors.

— Permettez! bégaya le notaire, la tête me tourne... Tout ça, c'est un vrai conte de fées.

— Il y a, en effet, poursuivit Gilbert, dans tout ceci, des coïncidences extraordinaires. Oui, la baronne de Jourdy, cette femme si fière, si vertueuse, si universellement estimée, se déguisait depuis six ans pour courir les rues, à la recherche de Maugreval.

Une exclamation d'Augelot, quand il aperçut le portrait, ayant prouvé que Roland ne lui était pas inconnu, la baronne lui offrit de l'argent et sa protection, s'il consentait à suivre Maugreval.

Narcisse accepta. Eperonné par la misère, il s'astreignit à ce métier d'espion, et le soir même il retrouvait Roland au bal de l'Opéra.

Ceci se passait pendant la nuit du mardi gras, — pendant cette nuit fatale où ma perte avait été résolue et consommée.

Augelot, qui ne perdait pas de vue mon ennemi, fut témoin de sa conversation avec moi. Puis, dès que je me fus séparé de Roland, il escorta de nouveau ce dernier, et l'escorta si bien, qu'il découvrit un secret terrible.

Maugreval — chose dont je me doutais depuis fort longtemps — était le chef d'une association de malfaiteurs.

Narcisse assista incognito à un de leurs conciliabules. Mais sa personnalité ayant été reconnue, les bandits le condamnèrent à mort et voulurent l'exécuter séance tenante. Maugreval s'y opposa. Soit qu'il eût déjà sur Augelot des desseins arrêtés, soit que ce pauvre hère ne lui semblât point redoutable, il lui fit grâce de la vie et se contenta de l'enrôler dans sa bande.

A dater de ce moment, l'existence de Narcisse devint un enfer: se sachant surveillé par des êtres impitoyables, tremblant à toute minute d'articuler un mot qui fût de nature à les compromettre, bourrelé par la frayeur de recevoir d'eux quelque ordre sanguinaire, il roula dans un abîme de consternation.

Toutefois il lui fallait gagner sa subsistance ; et, quoique n'ayant pas réussi à se procurer l'adresse de Maugreval, il alla réclamer de madame de Jourdy la protection que celle-ci lui avait promise.

Il y avait justement une place vacante chez le baron : c'était la mienne. Depuis quatre jours, je n'avais point paru. M. de Jourdy, ce matin-là, reçut une lettre signée de moi, lettre dans laquelle je lui envoyais ma démission, en lui annonçant mon départ pour l'Amérique.

— Signée de vous ? s'écria maître Lampon ahuri.

— Signée de mon nom, du moins ; mais les bandits avaient imité mon écriture avec une telle perfection, que le baron y fut trompé. N'admirez-vous pas l'astuce de Maugreval ? Il coupait court de la sorte aux commentaires qu'avait occasionnés ma disparition.

— Prodigieux ! exclama le notaire. En voit-on, mon Dieu ! en voit-on dans ce gueux de Paris !

— Augelot fut donc admis sans difficultés. Il me remplaça en qualité de secrétaire intime chez M. de Jourdy. Or, le premier jour de son installation, au moment où il sortait de son bureau pour aller dîner, un cocher de fiacre s'approcha de lui et le pria de monter dans sa voiture, où, disait-il, une dame attendait Narcisse.

Au lieu de la dame annoncée, Augelot reconnut Ladimir Obrinski, le lieutenant et le bras droit de Maugreval. Il s'assit en pâlissant vis-à-vis du Polonais. Puis la voiture les conduisit à l'hôtel où s'était logé Roland. Amené en présence de cet homme, Narcisse eut à subir un long interrogatoire. Et voici pourquoi :

Diane, paraît-il, ma chère et bien-aimée Diane, était allée, ce jour-là même, rendre visite à madame de Jourdy, que pourtant elle ne connaissait pas. Cette démarche avait inquiété Roland. Il désirait savoir quel genre d'entretien avait eu lieu entre ces deux dames.

Narcisse ne put le renseigner. Il avait effectivement entrevu Diane chez la baronne. Il la reconnut à la peinture que lui en fit Roland ; mais, n'ayant rien entendu de la conversation, il était incapable d'en rapporter une syllabe.

Maugreval, très dépité, lui recommanda d'être plus attentif à l'avenir, lui enjoignit de recueillir fidèlement tout ce qui se dirait ou se ferait chez le baron, lui rappela que sa vie ne tenait qu'à un fil et le congédia plus atterré qu'auparavant.

Ladimir alors s'empara de l'infortuné. Il remonta dans le fiacre avec Narcisse. Une heure après, tous deux mettaient pied à terre dans une rue avoisinant le quartier des Invalides, et la porte d'une maison isolée s'ouvrait devant eux.

Après avoir introduit Augelot dans un petit salon délabré, Ladimir lui dit avec un sourire gracieux :

— Mon cher garçon, je vais maintenant réclamer de vous un léger service. Veuillez me suivre, ajouta-t-il en allumant une bougie qu'il lui confia.

Sur ce, ils longèrent un couloir au bout duquel Narcisse rencontra sous son pied les premières marches d'un escalier de pierre.

— Vous allez descendre cet escalier, ordonna Obrinski. Il a soixante marches ; elles aboutissent à la porte d'un caveau dont voici la clef. Dans ce caveau vous trouverez un cadavre.

Narcisse sauta en l'air.

— Ne vous effrayez pas, poursuivit le Polonais. Ce cadavre est celui d'un homme mort depuis quatre jours ; il doit sentir mauvais : c'est pourquoi je vous demanderai la permission de ne point vous accompagner dans la visite que vous allez lui faire.

— Mais..., interrompit Augelot.

— Chut ! Prenez cette pioche et cette bêche. Il s'agit tout simplement d'enterrer le trépassé dans un coin de son caveau. C'est une besogne qui me répugne, et j'ai compté sur votre complaisance.

Narcisse essaya de protester. Le regard clair et féroce de Ladimir lui cloua les lèvres.

— Faites vite ! insista le Polonais. Vous en avez pour environ deux heures. Je vais vous attendre au salon en dépêchant ma correspondance.

V

— Voilà, poursuivit Gilbert, par quel enchaînement de hasards singuliers Narcisse Augelot se trouva jeté en ma présence.

Il ne me cacha rien. Malgré la frayeur que lui inspirait le club des Pendus, ses aveux, d'abord hésitants, étaient devenus, à mesure qu'il avait parlé, de plus en plus francs et lucides.

Quand il eut fini, je l'entendis respirer longuement ; sa main moite pressa la mienne. Le malheur nous avait rendus frères. Nous étions maintenant deux à connaître l'affreux secret, deux à parta-

ger le même péril; et cette conformité
d'infortune restituait une sorte d'énergie
à l'âme faible d'Augelot.

A mon tour, je pris la parole. Je lui expliquai pourquoi, au lieu du cadavre qu'on
lui avait ordonné d'ensevelir, il me rencontrait debout, altéré de vengeance et
décidé à vendre chèrement ma vie.

Je lui racontai comment les assassins
chargés de m'étrangler avaient mal accompli leur tâche ; comment le pain et
l'eau, préparés là sans doute pour d'autres prisonniers, m'avaient servi de nourriture.

Puis je m'informai avidement de l'heure
et du quantième : car il me semblait que
j'avais passé un mois pour le moins dans
les ténèbres.

A ma grande surprise, quatre jours
seulement s'étaient écoulés depuis ma détention. On m'avait enfermé le mercredi
matin, et nous étions au samedi soir.

Quoi qu'il en fût, j'avais tellement hâte
de quitter cet horrible caveau, que, sans
réfléchir davantage, j'entraînai Narcisse
vers la porte.

Mais, se cramponnant à mes habits, il
me supplia de prendre garde à ce que nous
allions faire.

— Car enfin, me dit-il, avez-vous un
plan, un projet ?

— Parbleu ! lui répliquai-je : j'ai le projet de saisir à la gorge le misérable Ladimir, de le traîner dans la rue, et de le
confier au premier sergent de ville qui
voudra me prêter main-forte. Vous m'y
aiderez, je pense ?

— Oui, certes ! balbutia Augelot ; j'agirai selon votre volonté, quelle qu'elle
puisse être.

— Eh bien ! ma volonté est que l'on
coffre cet ancien forçat et qu'on le renvoie au bagne avec Maugreval et tous ses
complices.

Narcisse secoua tristement la tête.

— En ce cas, murmura-t-il, je crois que
nous devons user de ruse. A mon avis, la
violence nous perdrait.

— Qu'entendez-vous par là ? m'écriai-je
impatienté.

Il reprit lentement :

— Nous ne savons rien de la maison où
nous sommes. Est-elle déserte ou habitée ?
D'autres brigands que Ladimir ne s'y cachent-ils point ? et notre évasion s'accom-
plira-t-elle sans obstacle ?

Telle est la question majeure. Mais
écartons-la. Admettons qu'Obrinski soit
tout seul là-haut ; admettons que nous
ayons réussi à nous saisir de lui, à sortir
sains et saufs de ce coupe-gorge, et enfin
à livrer notre captif à la justice ; qu'arri-
vera-t-il ?

Aurons-nous rendu un réel service à la

société ? Le club des Pendus tombera-t-il
sous le coup de la loi ? Maugreval sera-t-il
arrêté, jugé, mis dans l'impuissance de
nuire à votre fiancée ? et nous-mêmes se-
rons-nous désormais hors de péril ?

Non. Ladimir emprisonné, les choses,
croyez-le bien, n'en vaudront pas mieux
pour nous. Il ne dénoncera point ses compagnons de crime, qui, d'ailleurs, à la
première alerte, sauront se faire insai-
sissables. Quant à Roland, que pouvons-
nous prouver contre lui ? Nos alléga-
tions ne s'appuyant sur aucune évidence, il s'en rira et trouvera moyen
de nous anéantir avant d'avoir été lui-
même inquiété.

Ainsi raisonna le prudent Narcisse.

Ses arguments me frappèrent : ils me
paraissaient dictés par une saine logique.
Mais, quand je l'invitai à me donner un
conseil sur la meilleure conduite à tenir,
il demeura fort indécis.

Narcisse, qui prévoyait si bien les ca-
tastrophes, manquait absolument d'imagination pour les conjurer.

Quant à moi, je l'avoue, surexcité
comme je l'étais, je ne rêvais que
sang et représailles. Je songeais avec
une joie farouche que le temps passait,
que Ladimir pourrait bien s'étonner
à la longue de l'absence prolongée
d'Augelot et venir à sa rencontre. Je faisais des vœux pour que son mauvais destin le poussât à franchir le seuil de mon
cachot ; et, quelle que fût mon horreur
pour le meurtre, je sentais bien que nulle
puissance humaine ne m'empêcherait alors
de massacrer l'infâme.

Il ne vint pas. Ma rage s'atténua peu à
peu, tandis que, ruminant les sages paroles de Narcisse, j'arpentais à grands
pas le sol.

Tout à coup une idée m'éblouit.

Mes ennemis me croyaient mort.

Pourquoi ne profiterais-je point de cette
situation bizarre ?

Caché sous un faux nom, déguisé avec
soin, affranchi de toute surveillance de
leur part, ne puis-je les surveiller moi-
même, les environner de pièges invisibles,
et manœuvrer de telle sorte qu'ils soient
tous ensemble englobés par la police d'un
seul coup de filet ?

Cette idée, à peine conçue, m'enivra.
Elle me sembla providentielle.

Sur-le-champ je la communiquai à Augelot. Mais le pauvre Narcisse fut loin de
participer à mon enthousiasme.

La seule pensée d'entrer en lutte avec
les Pendus lui brisait bras et jambes.

Il refusa formellement de me seconder
si je persistais dans mes intentions.

Rien au monde ne m'y eût fait renoncer désormais. Je le lui signifiai.

— Au surplus, ajoutai-je, je ne sollicite nullement votre concours. Il me serait plus nuisible qu'utile. Vous êtes espionné de fort près. Il faut donc qu'à dater d'aujourd'hui, jusqu'au moment où j'aurai triomphé de cette vile canaille, toute relation soit évitée entre vous et moi.

— C'est évident! s'écria Narcisse.

Et je vis son pâle visage s'épanouir.

— Cependant, se reprit-il avec hésitation, si je pouvais de loin et sans en avoir l'air...?

— Non, interrompis-je. Votre rôle, à vous, ne doit point se transformer. Soyez, pendant quelque temps encore, l'esclave soumis de tous ces drôles. Conservez votre emploi chez M. de Jourdy; et, en apparence du moins, demeurez l'instrument de Maugreval.

— J'aime mieux cela, balbutia-t-il.

— Et maintenant, achevai-je, comment vais-je m'enfuir d'ici?

Le problème était difficile à résoudre. Nous le résolûmes toutefois.

A l'extérieur de mon caveau et juste au bas de l'escalier de pierre, il y avait, dans un coin, deux ou trois tonnes vides posées sur un amas de poutres et de plâtras. Je me glissai derrière ces futailles; et je restai immobile, accroupi sur mes talons.

Narcisse, à l'aide de sa bêche et de sa pioche, remua la terre, dans un angle de la prison que j'avais abandonnée, de manière à simuler une fosse fraîchement creusée. Puis il alla retrouver Ladimir.

Ainsi que je l'avais prévu, le Polonais ne tarda point à descendre, accompagné d'Augelot.

Il voulait s'assurer de ses propres yeux que la besogne commandée par lui était faite.

Mon cœur battit avec violence quand il passa auprès de moi, et j'eus bien de la peine à me retenir de m'élancer sur lui. Je me domptai néanmoins.

Ladimir entra dans le caveau, examina la prétendue fosse et gronda Narcisse de ne l'avoir pas mieux dissimulée aux regards.

— Piétinez là-dessus, mon cher, et nivelez le terrain, que diable! lui dit-il en ricanant. Sans quoi le premier venu s'apercevra qu'un chrétien repose ici. Dépêchez-vous. Puis vous refermerez la porte à double tour et vous m'apporterez la clef. Je vous attends là-haut.

Il remonta l'escalier.

Narcisse exécuta ses ordres à la hâte, referma la porte du caveau, et, s'approchant de l'endroit où j'étais blotti:

— Monsieur Gilbert! fit-il à voix basse.

— Eh bien!

— Je songe à une chose. Si vous parvenez à vous échapper de cette maison, où irez-vous? car enfin, puisque vous désirez continuer à passer pour mort, vous n'allez rentrer ni chez vous ni chez personne de votre connaissance.

— J'irai dans un hôtel quelconque, répondis-je; je prendrai un déguisement et je me donnerai pour un étranger récemment débarqué à Paris.

— Vous avez de l'argent?

Cette question si simple me fit tressaillir. Je me fouillai: mes poches étaient vides. Les étrangleurs m'avaient dévalisé.

— Pas un sou! balbutiai-je avec désespoir.

— Et moi, chuchota Narcisse, je n'ai presque rien. J'ai laissé le peu que j'avais chez M. de Jourdy.

— Alors, murmurai-je accablé, tout est perdu. Sans argent, que puis-je faire?

— Attendez! exclama soudain Narcisse.

Il tira un carnet de sa poche, écrivit quelques lignes au crayon, déchira la feuille, la plia en forme de lettre et y mit une adresse.

— Tenez, dit-il en me présentant le papier, portez ceci à la personne dont le nom est inscrit là. Vous pouvez vous fier à elle comme à moi; et je dois même vous prévenir....

— Ah ça! cria au loin la voix retentissante d'Obrinski, arriverez-vous bientôt, hein! jeune homme?

Cette voix terrible produisait toujours sur Augelot des secousses galvaniques. Il frémit de la tête aux pieds, escalada les marches quatre à quatre et disparut, emportant la bougie.

Une nuit profonde m'enveloppa.

Je prêtai l'oreille. Le roulement d'une voiture qui s'éloignait m'annonça le départ de Ladimir et de son malheureux subalterne.

Je patientai encore une demi-heure. N'entendant aucun bruit, je me hasardai enfin hors de ma cachette; je gravis l'escalier à tâtons, je longeai un couloir et je débouchai dans cette vaste cour où, quatre jours auparavant, m'avait amené le fiacre pris par moi au sortir de l'Opéra.

Il était environ neuf heures du soir. Des lumières brillaient à quelques fenêtres de la maison, qui, du reste, avait un aspect misérable et semblait habitée principalement par des ouvriers.

Sans hésiter, je me dirigeai vers la porte cochère.

Une loge de portier très noire et très étroite m'apparut; dans cette loge, une vieille femme lisait son journal.

Je criai bravement : — Le cordon, s'il vous plaît!

La vieille ne daigna pas lever les yeux. Elle tira le cordon, et je m'élançai dehors en aspirant l'air à pleine poitrine.

Seulement, j'eus beau regarder autour de moi, le quartier m'était inconnu.

Je n'en courus pas moins de toute la vitesse de mes jambes. Au bout de deux cents pas, je rencontrai une victoria qui roulait à vide. Quoique sans argent, je fis un signe au cocher. Il arrêta.

— Où allons-nous, bourgeois? me demanda-t-il.

— Ah! oui, au fait : où allons-nous! répétai-je effaré.

Et, me rappelant la recommandation d'Augelot, j'examinai le papier qu'il m'avait remis.

Grâce aux lanternes de la voiture, je pus y lire cette suscription :

« Madame Zélie Fredon, parfumeuse, rue Dauphine. »

Qu'était-ce que madame Zélie Fredon? Je n'en savais rien; mais peu importait.

— Cocher, m'écriai-je, rue Dauphine.

Et la victoria partit.

VI

Dès que je fus assis dans la voiture, dès que l'air de la nuit me rafraîchit le visage et que je me sentis emporté à travers les rues pleines de lumières et de passants, mon agitation diminua, mon cœur battit moins fort, et je commençai à réfléchir.

Jusqu'à cette minute, en effet, j'avais agi au hasard, comme un automate, par impulsions instinctives et aveugles.

Fuir ma prison, échapper à mes ennemis, me dérober à leurs recherches : telle était l'idée fixe qui m'avait précipité dans la victoria et qui m'avait contraint, pour ainsi dire, à indiquer au cocher l'adresse que je tenais de Narcisse Augelot.

Plus calme maintenant, je fus effrayé de ma propre étourderie.

Où courais-je ainsi?

Chez une femme que je ne connaissais pas, qui n'avait jamais entendu parler de moi et à qui j'étais recommandé par un homme dont la veille encore je ne soupçonnais même pas l'existence.

Qu'allais-je demander à cette femme?

Un asile et les moyens de combattre mes adversaires.

N'était-ce pas inouï, ridicule, absurde, humiliant, insensé?

Le rouge me monta au front. Des bouffées de chaleur mouillèrent mes tempes, et je fus sur le point de faire arrêter mon remise.

Mais, quand j'aurais mis pied à terre, comment payer la course? Je ne possédais pas un sou vaillant.

Il est vrai que je pouvais me faire reconduire chez moi.

Et alors adieu mes projets, mes plans de vengeance! car il était certain qu'une heure après mon retour, Maugreval en serait averti, saurait que ses assassins m'avaient manqué, et menacerait ma vie de plus belle.

Tout bien examiné, mieux valait laisser aller les choses, mieux valait persévérer dans la démarche conseillée par Narcisse, quelque extraordinaire et impossible qu'elle me parût.

La voiture roulait avec vitesse. J'enfonçai mon chapeau sur mes yeux et je relevai le collet de mon pardessus : il était important que personne ne pût me reconnaître.

A neuf heures et demie, la voiture fit halte vis-à-vis d'un petit magasin de parfumerie de la rue Dauphine.

Je descendis. Bien que le temps fût assez froid, ma chemise était collée sur mon dos.

Ce fut d'une main tremblante que je tournai le bec-de-cane de la boutique.

Une gracieuse jeune femme, blonde, blanche, et du plus appétissant embonpoint, était assise dans le comptoir.

Quand j'entrai, elle se leva et fit étinceler dans son sourire toutes les séductions mercantiles que déploient avec tant d'avantage les dames du commerce parisien.

Puis ce sourire s'éteignit peu à peu, et madame Zélie Fredon demeura les yeux fixés sur mon humble individu.

Elle avait l'air de se demander en quel lieu et à quelle époque elle m'avait rencontré déjà.

De mon côté je contemplais la jolie parfumeuse : ses traits ne m'étaient point inconnus.

Cette hésitation réciproque eut un côté comique.

Elle s'en aperçut la première, se mit à rire franchement et s'informa de ce que je désirais.

Je ne sus d'abord que répondre. J'étais d'autant plus déconcerté qu'une glace, en face de moi, reflétait ma physionomie piteuse. Mon paletot mal boutonné permettait à Zélie d'entrevoir ma cravate blanche et la tenue de bal que je n'avais point quittée depuis quatre jours. Dieu sait ce qu'elle pensa, en remarquant ma chemise fripée, mes cheveux en désordre, mes mains salies par la poussière du cachot.

D'un ton plus sec, elle réitéra sa question.

Sans mot dire alors, je lui présentai le billet que Narcisse avait tracé au crayon.

Elle le parcourut du regard. Un étonnement prodigieux se peignit sur ses traits mutins. Elle relut deux ou trois fois les lignes mystérieuses ; puis, sortant de son comptoir, elle m'introduisit dans une pièce étroite et sombre qui était l'arrière-boutique.

— Mon Dieu ! monsieur, me dit-elle en m'offrant un siége, veuillez m'expliquer en quoi je puis vous être utile : car véritablement je ne comprends rien à tout ceci.

Il y avait dans sa physionomie un mélange de défiance, d'effroi et de curiosité, qui acheva de me mettre mal à l'aise.

— Est-ce que M. Narcisse Augelot ne vous a point exposé ma situation ? répondis-je avec embarras.

— Vous n'avez donc pas lu sa lettre ? répliqua-t-elle.

Et elle me pria de la lire.

J'obéis. Cette lettre, que le pauvre Narcisse avait écrite à la hâte et sous l'étreinte d'une peur formidable, était conçue en des termes si emphatiques, si ténébreux, que je m'expliquai immédiatement la surprise de madame Fredon.

« Ma chère Zélie, lui disait-il, une af-
» freuse fatalité pèse sur ma tête. D'ici à
» quelque temps, je vous en conjure à
» genoux, renoncez à me voir ; n'essayez
» pas de me rencontrer ; ne risquez au-
» cune tentative pour vous rapprocher du
» malheureux Narcisse. Il y va de notre
» bonheur — que dis-je ? — la moindre
» infraction à la prudence que je vous
» conseille pourrait me coûter la vie.

» La personne qui vous remettra ces
» mots est seule capable de nous sauver.
» Mais il faut qu'elle se cache elle-même
» et qu'elle use des précautions les plus
» strictes. C'est à vous, ma chère amie,
» que je l'adresse. Si vous avez quelque
» affection pour moi, vous lui viendrez en
» aide aussi complétement qu'elle pourra
» le désirer. Mettez sans réserve à sa dis-
» position toutes vos ressources ; et soyez
» certaine qu'en agissant de la sorte, vous
» accomplirez une bonne œuvre et une
» excellente action. »

Le billet se terminait là.

J'étais certes chaudement recommandé ; mais le style mélodramatique et l'obscurité de cette missive n'avaient rien de rassurant pour Zélie.

Pendant que je lisais, elle n'avait cessé de me considérer avec attention.

Tout à coup elle frappa ses mains potelées l'une contre l'autre.

— J'y suis, s'écria-t-elle : je me rappelle où je vous ai vu. N'étiez-vous pas, mardi dernier, au bal de l'Opéra ? et n'y avez-vous pas causé longuement avec M. Maugreval ?

Ce nom de Maugreval, prononcé d'un accent indéfinissable, fut comme un éclair qui sillonna mes souvenirs. J'attachai sur elle un coup d'œil pénétrant.

— Et vous ? exclamai-je malgré moi, n'étiez-vous pas, il y a quatre ans, enfermée un soir, avec ce même Maugreval, dans la grange embrasée de Jean Renot ?

Brusquement elle se dressa sur ses pieds, livide et frissonnante.

— Comment savez-vous cela ? qui êtes-vous ? accentua-t-elle d'une voix brève.

J'étais aussi pâle que Zélie. Une stupeur mêlée de colère me coupait la respiration.

Ainsi, c'était à Eglantine Renot, à l'une des maîtresses du beau Roland, que m'avait conduit ma destinée !...

— Pardonnez-moi de vous avoir importunée, madame, dis-je en me levant. Lorsque je suis entré chez vous, j'ignorais votre véritable nom.

— Mais le vôtre, quel est-il ? insista-t-elle avec énergie : car enfin je ne vous connais pas, moi, monsieur. Je vous ai aperçu mardi à l'Opéra, j'ai remarqué votre geste de haine à l'aspect de M. Maugreval : je ne sais rien de plus. Comment se fait-il que vous soyez au courant de mon triste passé ?

Elle articula ces derniers mots presque à voix basse. Des larmes coulaient au long de ses joues rondes.

Ces pleurs involontaires, ce repentir évident m'émurent.

— Mon nom ne vous révèlerait rien, murmurai-je. Permettez-moi de me retirer sans vous l'avoir dit.

— Alors, appuya-t-elle, vous renoncez à user de mes services.

— J'y renonce.

— Pourquoi ?... Est-ce à cause du mépris que je vous inspire ?

— C'est par prudence, madame. Vous avez pour ami intime mon ennemi mortel.

— De qui parlez-vous ?

— De Roland Maugreval.

— Ah ! s'écria-t-elle, qu'il soit maudit, cet homme qui m'a perdue ! Moi, son amie ! Mais je l'ai vu mardi pour la dernière fois. Il m'est odieux. Et si, ce jour-là, j'ai recherché son entretien, c'était afin de l'intéresser en faveur d'une autre de ses victimes.

— Dites-vous vrai ?

— Je vous le jure sur mon salut. Comment, d'ailleurs, serais-je assez vile pour continuer à voir ce Roland ? J'aime Narcisse. Je lui ai confié la sombre histoire à laquelle vous faisiez allusion tout à l'heure. Il me l'a pardonnée. Il consent à ce que je sois sa femme... Et vous supposez?...

— Non, dis-je en lui prenant la main : je vous crois; et la preuve c'est que je vais vous avouer mon secret :

Je m'appelle Gilbert de Soriat. Ce nom vous apprend-il quelque chose?

— Je l'ai entendu prononcer bien des fois, répondit-elle, à l'époque où j'étais femme de chambre au château des Taillis. Monsieur votre père n'était-il pas le voisin de M. Maugreval?

— Qui; et moi-même je me suis trouvé par hasard au village de Sainte-Croix pendant l'horrible nuit de l'incendie. Voilà comment je suis instruit des circonstances qui vous concernent. Mais, — ajoutai-je en la voyant blémir, — que tout cela soit oublié. Pour l'amour de Narcisse, voulez-vous être mon ange gardien? voulez-vous m'aider à confondre le monstre qui a souillé votre existence et celle de tant d'autres?

— Oui, monsieur Gilbert, je le veux.

— Eh bien! écoutez-moi.

Et, sans hésiter plus longtemps, — car la sincérité naïve de cette jolie créature m'inspirait confiance, — je lui racontai mes aventures et celles d'Augelot.

Décrire son indignation, sa stupéfaction immense, lorsque je l'eus renseignée sur ce qu'était réellement Maugreval, serait une tâche impossible.

Jusqu'à ce moment, elle avait conservé, à son insu, tout au fond de son cœur, une sorte d'admiration pour ce séduisant personnage. La grâce, la beauté, l'élégance et l'esprit exercent toujours un prestige irrésistible sur les femmes.

Or Zélie était femme dans toute l'acception du mot. Mais quand elle eut appris que le beau Roland était le chef d'un immonde ramas de malfaiteurs, les derniers liens qui la rattachaient encore à lui se rompirent.

— Grand Dieu! exclama-t-elle après une longue pause. Et madame Hélène savait-elle cela?

— Hélas! oui; du moins, j'ai lieu de le croire.

— Ah! la pauvre femme! Et cependant elle a eu la générosité de ne point le perdre. Abandonnée par lui, pouvant se venger, elle a gardé le silence.

— Hélène était un noble cœur, un admirable caractère, dis-je en soupirant.

— Oh! oui, M. Gilbert; oui, un noble cœur, dont les battements ont failli s'éteindre par la faute de ce lâche. Et elle possédait son secret! Voilà donc pourquoi dernièrement, pendant sa maladie, au milieu de son délire, des paroles étranges...

— Dernièrement! criai-je effaré.

Et, saisissant les deux mains de Zélie :

— Vous avez vu madame Hélène dernièrement? elle vit?... elle est à Paris!... vous savez où elle est?...

— Mais sans doute.

— Alors, m'écriai-je au comble de l'extase, nous sommes sauvés!

VII

En effet, l'espérance rentrait à flots dans mon cœur.

Zélie, avec deux ou trois phrases, venait de dissiper toutes mes craintes, de raffermir toutes mes résolutions.

Hélène existait!...

Et je n'avais pas à douter un seul instant qu'elle ne s'empressât d'embrasser ma cause.

Aigrie par l'isolement et le désespoir, en proie à une misère affreuse, chassée, délaissée par Roland, elle devait nourrir contre lui un âpre désir de vengeance.

J'y comptais bien. Et à défaut de ce sentiment, je comptais encore plus sur sa jalousie.

Déjà une fois j'avais pu me convaincre de ce dont elle était capable lorsque sa colère était excitée.

Quatre années auparavant, lors de l'union projetée entre Diane et Maugreval, je l'avais vue bondir, vibrante d'indignation et d'orgueil. J'entendais encore retentir à mes oreilles ces mots prononcés par elle avec emportement :

— Des maîtresses, tant qu'il en voudra! une femme, non! Moi vivante, ce mariage ne s'accomplira jamais.

Qu'allait-elle dire maintenant? qu'allait-elle faire à la nouvelle que ce mariage, depuis longtemps rompu, était en train de se renouer?

Ce qu'elle ferait, je ne le devinais pas au juste; mais j'apercevais clairement la ligne que, moi, j'étais déterminé à suivre en compagnie d'une pareille auxiliaire.

Elle tenait dans sa main Roland, Ladimir et leur bande. Initiée à leurs complots, possédant les preuves de leurs méfaits, il ne dépendait que d'elle d'envoyer les uns au bagne, les autres à l'échafaud.

Et voilà ce que, bon gré mal gré, je voulais obtenir d'elle.

Le salut de Diane ne me suffisait plus : il me fallait la perte de Roland.

Aussi fus-je sur le point de courir immédiatement chez la petite dame des Taillis.

Zélie me supplia d'attendre.

Hélène relevait d'une dangereuse maladie : serait-il sage de me présenter à

elle à l'improviste? faible et à peine convalescente, supporterait-elle sans défaillir mes communications?

C'était douteux. Je le compris, et je remis à quelques jours de là ma démarche
auprès d'elle.

Ce point réglé, nous nous concertâmes,
Zélie et moi, sur les précautions que j'au-
à prendre, non-seulement afin de continuer à passer pour mort aux yeux de mes
ennemis, mais aussi afin de pouvoir les
espionner moi-même.

La charmante parfumeuse étant désormais édifiée sur mon individualité, j'é-
prouvai moins de scrupule à user de ses
bons offices.

Je lui avouai donc mon défaut absolu
d'espèces métalliques, et je la priai de
régler la course de mon cocher; ce qu'elle
fit en riant de tout son cœur.

Puis nous improvisâmes une petite
scène de comédie.

Elle appela sa bonne, se jeta devant
elle entre mes bras et avec de grands
éclats de joie me nomma son frère.

Je fus censé revenir d'un long voyage.
On ferma la boutique, on me fit souper et
l'on prépara pour moi un lit dans une
chambre vacante de la maison.

Zélie annonça confidentiellement à sa
camériste que j'étais son frère cadet, une
sorte d'enfant prodigue ruiné par maintes
folies, mais disposé à mieux me conduire
dorénavant.

Elle ajouta qu'elle me garderait plusieurs semaines, et qu'eu égard à mon repentir, elle m'habillerait à neuf et me gra-
tifierait d'un trousseau.

Mariette fut complétement dupée.

Elle répéta ce conte aux locataires. Mon
installation n'excita par conséquent aucune surprise. Et dès le lendemain, je pus,
sans donner lieu à des curiosités péril-
leuses, recevoir la visite du tailleur et du
chemisier que m'adressa ma prétendue
sœur.

Je m'appliquai aussitôt à transformer
mon extérieur aussi artistement que possible.

Sur mes cheveux coupés très ras, je
posai une perruque de couleur foncée, je
rasai ma barbe et ne conservai que mes
favoris; teints en noir, ils me changeaient
d'une façon extraordinaire. Des lunettes
bleues, une redingote longue et un chapeau bas de forme achevèrent de me communiquer une apparence aussi respectable que grotesque.

On m'eût pris pour un maître d'étude
sans préjugé ou pour un étudiant traqué
par les recors.

J'étais à ce point méconnaissable, que
Zélie, quoique prévenue, resta interdite
en me revoyant.

Dès lors, bien certain que je pouvais
tromper tous les regards, je me dirigeai
avec assurance vers la rue de Rennes.

Depuis cinq jours, la pensée de Diane
n'avait cessé de hanter mon cerveau. Je
me la représentais déchirée d'angoisses.
Je soupçonnais, avec raison, qu'à elle
aussi, de même qu'à M. de Jourdy, une
lettre, soi-disant émanée de moi, avait
été expédiée.

Mes persécuteurs avaient dû nécessairement lui faire croire que j'étais parti et
que je renonçais à sa main.

C'est pourquoi je brûlais de désabuser
la pauvre enfant.

Mais, pour en arriver là, quel stratagème employer? Lui écrire eût été imprudent : sa mère décachetait sa correspondance. M'introduire chez elle, inutile
d'y songer. Et d'ailleurs, je n'aurais osé ni
lui faire entendre ma voix ni lui découvrir
mon identité : car l'explosion de son saisissement n'eût pas manqué de nous trahir.

Que faire donc ?

A tout hasard, je me promenai longtemps sur le trottoir opposé à celui de sa
demeure.

J'espérais du moins la voir, soit quand
elle soulèverait un coin de son rideau,
soit quand elle sortirait vers trois heures,
selon sa coutume, en compagnie de sa
mère.

Mes yeux avaient soif de son cher visage,
mon âme était altérée de sa présence, et
il me semblait que je puiserais de la force
au fond de son doux regard, lors même
qu'il s'arrêterait sur moi comme sur un
indifférent.

Hélas ! les heures s'envolèrent, et elle
ne sortit point, et elle n'apparut point à sa
fenêtre.

A la fin du jour, un coupé s'arrêta devant sa porte. Maugreval en descendit. Il
entra dans la maison; et moi je demeurai
immobile, blême , frappé en plein cœur.

Ainsi cet homme recueillait déjà les
fruits de son crime : il était admis chez la
mère de Diane; peut-être l'autorisait-on
à faire sa cour à ma fiancée ? Et cela se
passait devant moi, sous mes yeux ! et la
prudence m'ordonnait de me contenir ! et
la nécessité m'enjoignait de ne point courir sus à ce misérable, de ne point fouler
sous les talons de mes bottes ce voleur et
cet assassin !

Je me domptai. J'eus le courage de rester tranquille. Mais je me jurai de profiter de cette occasion pour ne plus perdre de vue le beau Roland.

Avisant un fiacre, je promis au cocher
une assez forte récompense s'il réussissait
à suivre, sans se laisser distancer, le
coupé de Maugreval.

Il accepta le marché. Je montai dans sa voiture, je baissai les stores et nous attendîmes.

Au bout de trois quarts d'heure, Roland reparut.

La minute d'ensuite, il était emporté de toute la vitesse de ses chevaux, et les rosses de mon automédon galopaient à fond de train sur ses traces.

Cette course effrénée nous conduisit au bois de Boulogne. Là, mon fiacre eut bien de la peine à ne point se noyer au milieu du torrent d'équipages qui sillonnaient les avenues.

Maugreval fit deux fois le tour du lac. Puis son coupé, se dégageant soudain de la mêlée, partit comme une flèche, s'enfonça dans le bois et gagna une allée écartée.

Elle était absolument déserte.

Roland mit pied à terre, dit quelques mots à son cocher, qui tourna bride.

Quant à lui, à pas lents il s'enfonça sous la futaie.

J'étais déjà descendu de mon flacre. Je l'envoyai m'attendre à deux cents mètres de cet endroit, et, courbé en deux sur ma canne, mon chapeau à larges bords cachant mes yeux, j'enfilai le même sentier que Maugreval, en toussant et en crachant comme un vieillard cacochyme.

Au surplus, mon interminable houppelande me faisait ressembler à un septuagénaire.

Roland se retourna, m'aperçut et continua son chemin. Il me considérait comme un être sans conséquence.

Je remarquai alors qu'il était vêtu avec une recherche encore plus grande que d'habitude.

Il y avait dans son allure je ne sais quoi d'ému, de mystérieux. Sa physionomie, toujours exceptionnellement belle, irradiait une joie contenue, et des frissons nerveux agitaient parfois ses mains gantées, tandis qu'il regardait à droite et à gauche, comme un amoureux à son premier rendez-vous.

Je m'assis sur un banc. Je posai mon menton sur ma canne, et je feignis de m'endormir, ou tout au moins de sommeiller.

Précaution superflue! Maugreval ne s'inquiétait nullement de moi. Cet habile homme, confiant dans son coup d'œil infaillible, m'avait jugé: j'étais pour lui le plus inoffensif des vieux bourgeois.

En conséquence, il passa et repassa devant mon banc, sans plus se préoccuper de ma personne que si elle n'avait point existé. Par moments, il se tordait la moustache avec dépit, ou bien il consultait sa montre, puis il frappait le sable de son pied élégamment cambré.

Soudain, un pas vif et léger lui fit tourner la tête.

A l'extrémité de l'allée une femme avait surgi.

Sa mise, sa démarche, cet indéfinissable parfum qui trahit partout les personnes bien nées, la dénonçaient tout d'abord pour une dame du meilleur monde.

Elle approcha timidement. Un voile épais me dérobait sa figure. Une de ses mains, main fine et charmante, comprimait son sein haletant.

Roland courut à elle.

Ce qu'ils se dirent, j'étais trop loin d'eux pour l'entendre; mais, à la pantomime ardente de Maugreval, à son accent plein de feu, à la flamme humide de ses prunelles, je compris qu'il remerciait l'inconnue.

Evidemment il était épris, d'autant plus épris que la mystérieuse dame ne lui avait rien accordé encore.

Après un certain nombre de tendres propos, il lui offrit son bras. Tous deux commencèrent à marcher de ce pas égal et harmonieux dont les amants seuls ont la recette.

Ni l'un ni l'autre ne songeaient à moi. Leur bonheur les absorbait: on eût juré qu'ils se promenaient sur des nuages.

L'entrevue dura peu. Ils n'étaient pas ensemble depuis un quart d'heure, lorsque la jeune femme s'arrêta et parla probablement de mettre fin à l'audience: car je vis les traits de Maugreval s'attrister.

Ils étaient alors face à face. Ils se tenaient les mains, et Roland articulait des paroles dont je ne saisissais point le sens, mais dont le timbre suppliant parvenait jusqu'à moi.

Que demandait-il? Je l'ignore. Le fait est que la dame, subitement et avec un petit rire très musical, écarta l'épaisse dentelle qui masquait sa ravissante figure.

Maugreval plongea ses yeux incandescents d'amour dans les yeux de sa belle amie. Elle me tournait le dos. Quand elle fit volte-face, je bondis sur mon banc et peu s'en fallut qu'une clameur ne s'échappât d'entre mes lèvres.

J'avais reconnu la baronne de Jourdy.

VIII

Cette découverte me causa un vif chagrin.

Pendant toute la durée de mes fonctions auprès de M. de Jourdy, j'avais eu avec sa jeune femme les rapports les plus affectueux, les plus fraternels. Appréciant la noblesse de son caractère, j'avais appris à l'estimer et à la respecter.

Je connaissais, il est vrai, sa tournure d'esprit romanesque, bizarre et un peu excentrique. En outre, son étrange caprice pour Maugreval m'avait été révélé depuis peu. Je savais par Narcisse Augelot que, pareille aux princesses des contes de fées, elle s'était éprise du beau Roland sur la simple vue de son portrait ; je savais que, déguisée en homme, elle fréquentait parfois les endroits publics, dans le fol espoir de le rencontrer.

Mais je considérais ce prétendu amour comme un écart d'imagination, et j'aurais cru que la baronne aurait borné là sa fantaisie insensée.

Maintenant mes yeux me prouvaient le contraire. Enivrement ou fascination, le charme jeté sur elle accomplissait son œuvre. A n'en pas douter, madame de Jourdy était sur le penchant qui mène aux fautes irréparables.

Comment s'y était-elle prise pour se rapprocher de Roland ?

D'après le récit de Narcisse, il n'y avait guère que vingt-quatre heures qu'elle était renseignée sur l'adresse de Maugreval.

Il avait donc fallu qu'elle fît les premières avances, qu'elle lui écrivît, qu'elle lui eût fixé ce rendez-vous.

De la part d'une femme aussi fière, aussi délicate, un tel cynisme était incompréhensible.

Quel talisman secret possédait donc cet homme pour affoler ainsi les plus vertueuses?

Ah ! je le jure, j'aurais donné dix ans de ma vie pour dessiller les yeux de celle-là ; j'aurais voulu lui montrer à nu l'âme sordide de son séducteur. J'aurais voulu lui crier :

— Prenez garde! c'est en faveur d'un faussaire et d'un meurtrier que vous allez trahir le meilleur, le plus confiant, le plus généreux des époux.

Tandis que, pénétré de douleur, je restais à les contempler de loin, Laura et Roland se séparèrent.

La baronne disparut comme un sylphe. A travers les branchages encore dépouillés de feuilles, je vis s'éloigner sa silhouette.

Maugreval attendit quelques instants ; puis, prenant dans la poche de son gilet un sifflet d'or, il en tira un son bref.

Son coupé arriva aussitôt.

Il s'élança sur les coussins, ferma la portière et partit.

Quand je regagnai mon fiacre, la voiture de mon ennemi était hors de vue. Je dus renoncer pour ce jour-là à le suivre.

De retour chez Zélie, je lui rendis compte de l'emploi de mes heures ; et,

quoique l'excellente fille s'efforçât de me réconforter, je tombai dans un morne découragement.

Les difficultés de mon entreprise venaient de m'apparaître. Je commençai à la juger absurde et impossible. Circonvenir mes adversaires, les attirer dans quelque piège, les livrer tous ensemble à la vindicte des lois, tel avait été mon rêve. Ce rêve, je me sentais impuissant à le réaliser.

Néanmoins, pendant plusieurs semaines, je persévérai dans mon espionnage. Sous divers costumes, je m'attachai aux pas de Maugreval. J'espérais le saisir en flagrant délit de crime. Je comptais sur quelque réunion nouvelle entre lui et ses affidés, sur quelque assemblée secrète dans le genre de celle que m'avait racontée Augelot.

Mais en vain mon observation se riva tantôt sur Roland, tantôt sur Ladimir, je ne découvris rien qui fût de nature à les compromettre.

Ils menaient joyeuse vie l'un et l'autre. Reçus dans le monde, fêtés comme le sont à Paris tous ceux qui dépensent l'or à pleines mains, ils fréquentaient les coulisses, les restaurants de luxe, les boudoirs à la mode, les champs de course et les premières représentations.

Loin de se livrer à des manœuvres suspectes, ils semblaient prendre à tâche d'étaler leur existence au grand jour. Ils évitaient même de jouer, tant ils avaient à cœur d'écarter les soupçons ! Souper, parier, couvrir de bijoux cinq ou six demoiselles, et prêter de l'argent à quiconque leur en demandait, là se réduisait leur façon d'agir.

Maugreval, pour sa part, s'était fait une réputation d'insouciance et de gaieté. Jamais viveur n'occupa plus bruyamment ses loisirs. Il filait à la fois plusieurs intrigues amoureuses, sans préjudice de ses entrevues fréquentes avec madame de Jourdy.

Comme elle le tenait à distance, comme en dépit de la tendresse qu'elle lui avouait éprouver pour lui, elle ne lui avait encore accordé que des rendez-vous innocents, la passion de Maugreval s'exaltait peu à peu jusqu'à la frénésie.

Peu habitué aux obstacles, il s'étonnait de cette longue résistance. Son tempérament indomptable s'irritait de ces entretiens platoniques. Et, de jour en jour, grâce aux coquetteries de la baronne, il se dépouillait vis-à-vis d'elle de sa prudence et de son sang-froid.

Cependant il marchait d'une allure lente, mais imperturbable, vers l'accomplissement de ses projets inconnus.

Au milieu du dévorant tourbillon de ses

plaisirs, il trouvait moyen de consacrer quotidiennement quelques heures à la maison de la rue de Rennes.

C'était pour moi une source continuelle d'étonnement que la persistance de cet homme à vouloir épouser Diane. J'avais beau fouiller la question je ne pouvais deviner quel intérêt si pressant le poussait à rechercher la main d'une fille pauvre, de laquelle il était abhorré, et que lui-même il n'aimait pas.

Le fait, si monstrueux qu'il fût, n'en subsistait pas moins. Du reste, il ne m'inquiétait guère. Si étroite que fut l'alliance formée entre Roland et madame Havéril, on ne pouvait contraindre Diane à se marier contre son gré.

Ce qui me tourmentait, par exemple, c'était l'espèce de réclusion à laquelle ma fiancée semblait s'être soumise. Elle ne sortait plus. Mes factions éternelles aux environs de sa porte demeuraient inutiles. En l'espace de trois semaines, je ne l'aperçus point une seule fois.

Quoi qu'il en fût, un apaisement relatif se fit au fond de mon âme. Bien certain de l'inébranlable fidélité de celle que j'adorais, je tournai toutes mes facultés vers le but que je m'étais proposé d'atteindre : à savoir, l'anéantissement du club des Pendus. Je guettai un hasard et j'invoquai la Providence.

En attendant, je profitais de l'hospitalité de Zélie. Tout le monde me croyait son frère; et comme un frère, en effet, je puisais résolument dans sa bourse, quitte à lui rendre plus tard au centuple les fonds mis par elle à ma disposition.

Tout d'un coup fondit sur moi un saisissement terrible, atroce, inattendu.

Passant un soir devant la mairie du sixième arrondissement, et ayant jeté par aventure un regard distrait sur les publications de mariages affichées, j'y lus les noms de Diane Havéril et de Roland Maugreval.

Mes jarrets plièrent. Je ressentis sur le crâne une impression semblable au choc d'une massue. Mes prunelles virent tout rouge, et, prêt à rouler sur le pavé, je me retins au mur.

Puis, follement, éperdument, sans hésiter, sans réfléchir, je me lançai à corps perdu dans la direction de la rue de Rennes.

Combien de personnes je renversai sur ma route, comment j'entrai dans la maison de madame Havéril et de quelle façon j'escaladai les cinq étages, il ne m'en souvient plus.

Tout ce que je sais, c'est que le bouton de cuivre de la sonnette me resta dans la main.

La porte s'ouvrit. Diane était devant moi.

Je la saisis avec violence, je la soulevai dans mes bras, je l'emportai au salon, et, la déposant sur une causeuse, je râlai d'une voix qui n'avait plus rien d'humain :

— Est-ce vrai? Suis-je fou? Ai-je rêvé?

Elle ne répondit pas. Ses yeux, démesurément agrandis par l'épouvante, épiaient chacun de mes mouvements. Elle ne m'avait point reconnu. Elle me prenait pour un homme en démence, et la terreur l'avait paralysée à ce point qu'elle n'avait pas même eu la force d'exhaler un cri.

— Parlerez-vous? m'écriai-je.

Et, penché sur elle, j'attendis l'aveu de son parjure.

Mais alors je fus frappé du changement qui s'était opéré depuis un mois dans toute sa personne. Elle était brisée, amaigrie, blanche comme une statue de cire. Elle avait toujours sa pure beauté d'archange; mais cette beauté s'était idéalisée et donnait le pressentiment d'une fin prochaine.

Mon exaltation s'évanouit. En face de cette douce figure émaciée et souffrante, un éclair d'intelligence illumina mon cœur.

Je devinai subitement ce qu'elle avait eu à subir : des luttes sans nom, des querelles effroyables, et, sans doute aussi, le joug irrésistible de quelque honteuse nécessité.

Je m'abattis à ses pieds, et, incapable maintenant de proférer une parole, j'appuyai mon visage sur ses genoux et je me pris à sangloter.

C'était à l'heure du crépuscule. Des demi-ténèbres régnaient autour de nous. Un grand silence nous entourait.

Par le plus heureux des hasards, je rencontrais Diane seule. Sa mère était sortie.

Mes larmes, en apaisant son effroi, éveillèrent un doute au fond de sa pensée. Lentement, elle se recula, me forçant ainsi à relever la tête.

Quand elle m'eut envisagé, une rougeur ardente envahit ses joues nacrées; puis, malgré mon costume ridicule, malgré ma barbe teinte et mes cheveux d'emprunt, elle discerna qui j'étais.

— Gilbert! cria-t-elle.

Son corps frémissait comme une feuille; mais une joie fulgurante éclatait dans son sourire.

— Vivant! balbutia-t-elle encore. Et libre, n'est-ce pas?

Mes lèvres se promenaient avec ivresse

sur ses petites mains diaphanes. Soudain elle les retira ; son front pâlit, son sourire devint glacé.

Elle se renversa en arrière. Et, d'un timbre expirant :

— Gilbert ! murmura-t-elle, pauvre Gilbert ! Je ne m'appartiens plus. Je me marie.

Ces mots me galvanisèrent. J'éclatai d'un rire farouche. Après quoi, haussant les épaules :

— Oui, dis-je d'un ton très calme, je viens de lire la publication de vos bans. Mais qu'importe ? Me voici, et vous comprenez bien qu'on ne vous arrachera plus de mes bras.

Ce disant, je m'assis à côté d'elle.

— Voyons, repris-je, comment ont-ils extorqué votre consentement ? de quelles ignominies vous ont-ils menacée ? à quelles tortures morales ont-ils eu recours ?

Elle baissa tristement la tête.

— N'accusez pas ma mère. Elle n'a rien exigé de moi. C'est de mon plein gré que j'agis.

Un tressaillement me parcourut les membres.

— J'ai mal entendu ! bégayai-je. C'est de votre plein gré que vous épousez Roland Maugreval ?

— Oui.

Je portai les deux mains à mon front. La chambre tourbillonnait autour de moi et je me sentais comme précipité dans un abîme.

— Adieu ! fis-je brusquement.

D'un bond je gagnai la porte.

Diane n'essaya point de me retenir.

— Si vous partez avant de m'avoir entendue, articula-t-elle avec effort, je croirai que vous ne m'avez jamais aimée.

J'hésitai durant une minute. Puis, m'adossant aux battants et me croisant les bras :

— Parlez, dis-je : je vous écoute.

IX

Diane parla.

Et, dès ses premiers mots, je fus éclairé sur la grandeur de son sacrifice.

Elle se dévouait afin de sauver sa mère.

Madame Haveril était ruinée. La Bourse avait englouti tout son avoir. Je ne l'ignorais pas, puisque, durant trois longues années, je m'étais dépouillé moi-même pour lui venir en aide. Mais j'étais loin de soupçonner la profondeur de son désastre.

Et ce désastre, la malheureuse femme semblait avoir pris à tâche de l'agrandir de jour en jour. A mon insu, son vice avait atteint des proportions effrénées. Elle jouait toujours, et elle jouait sur une échelle effrayante.

Au lieu de payer ses différences avec les sommes que je lui avançais, elle s'en était servie pour risquer des opérations plus vastes et plus aléatoires.

Naturellement elle avait perdu. Et sa perte excédait de beaucoup ses ressources. Après avoir dissipé son capital jusqu'au dernier centime, vendu ses bijoux, vendu son argenterie et engagé la modeste pension de douze cents francs qui la faisait vivre, elle continuait à jouer, à perdre et à caresser de chimériques espoirs de gain.

Cependant la situation devenait menaçante. Des créanciers criards l'obsédaient. Le papier timbré pleuvait chez elle. Enfin, elle devait plusieurs termes et son propriétaire songeait à la congédier.

Bref, le naufrage était complet ; si complet qu'on pouvait prévoir le moment où madame Haveril et sa fille se trouveraient sans asile et sans pain.

Sur ces entrefaites, Maugreval revint d'Italie. Feignant de ne rien savoir des sentiments de Diane pour moi, il s'efforça de renouer la chaîne rompue des souvenirs anciens.

Diane lui imposa silence. Mais madame Haveril, dont toutes les délicatesses avaient sombré en même temps que sa fortune, se cramponna désespérément aux bras qu'on lui tendait.

Haletante de peur, épouvantée aux approches de la misère, elle fit part de sa situation terrible au beau Roland.

Celui-ci n'attendait que cette ouverture.

Il promit à la vieille joueuse de solder intégralement toutes ses dettes et de lui compter, en outre, une somme de cent mille francs, le jour où elle déciderait Diane à l'accepter pour époux.

La perspective était éblouissante. Aussi madame Haveril mit-elle en œuvre et son autorité de mère et sa finesse de femme d'expérience, pour séduire Diane et la détacher de moi.

Elle n'y put réussir. Ses caresses, ses supplications, ses larmes, ses prières, échouèrent devant la fermeté de son enfant.

Ce fut alors que Maugreval jugea urgent de me faire disparaître.

Je vous ai raconté comment il en vint à bout.

Puis Diane reçut une lettre, signée de moi, lettre pathétique, dans laquelle je lui adressais un éternel adieu.

Roland ne doutait pas de l'efficacité de sa ruse. Il se trompait. Diane ne crut ni à mon départ pour l'Amérique ni à mon manque de foi.

Un vague instinct lui découvrit la vérité. Elle devina que mon rival m'avait séquestré. Elle trembla qu'il ne me mît à mort.

Et lorsque Maugreval eut l'audace de se présenter devant elle, elle lui demanda froidement, à brûle-pourpoint, avec un air d'écrasant mépris, ce qu'il avait fait de moi.

Sans se déconcerter, Roland répliqua qu'il m'avait enfermé en lieu sûr, et que la liberté me serait restituée aussitôt après la célébration de son mariage avec elle.

— En ce cas, riposta Diane, Gilbert restera votre prisonnier, jusqu'au moment où la justice vous forcera à me le rendre.

A ce mot de justice, Maugreval eut un sourire moqueur; puis il se retira, sans insister davantage.

A dater de cette minute, madame Haveril comprit qu'il lui fallait renoncer à ses espérances. Horriblement froissée, elle cessa de tourmenter sa fille, garda un mutisme farouche et tomba dans un véritable dépérissement.

Sa santé s'altéra. Son caractère s'aigrit. Pendant des semaines entières, elle demeura couchée, refusant toute nourriture et n'échangeant une syllabe avec personne.

Une nuit, Diane l'entendit se lever, marcher avec agitation et articuler des phrases décousues. Saisie d'inquiétude, elle entra dans la chambre de sa mère.

Madame Haveril venait d'ouvrir la fenêtre et se disposait à l'enjamber.

Diane poussa un cri affreux. Elle se précipita sur la pauvre folle, l'enveloppa de ses bras et lui jura que, dorénavant, elle lui obéirait.

Diane était vaincue. L'amour filial avait obtenu d'elle ce qu'elle avait refusé aux menaces, aux artifices et même à son désir de sauvegarder ma vie.

Telles furent les explications qu'elle me donna. Je l'écoutai sans l'interrompre. Mais quand elle eut fini :

— Ainsi, articulai-je lentement, Maugreval vous avait juré que je serais libre, dès que vous auriez consenti à être sa femme ?

— Oui, murmura-t-elle ; et au milieu de mon malheur je suis heureuse de voir qu'il ne m'a point abusée.

J'éclatai d'un rire sombre.

— Il vous a si bien abusée, m'écriai-je, qu'à l'instant même où il vous mentait de la sorte, Maugreval était persuadé que je n'existais plus.

— Que dites-vous ?

— Je dis qu'il me croit mort ; je dis que, par son ordre, des assassins ont tenté de

m'anéantir; je dis enfin que je leur ai échappé, grâce à un miracle.

— Mon Dieu! exclama Diane, dont la figure se bouleversa ; mais qu'est-ce donc que cet homme?

Ce qu'il était, mes lèvres s'agitèrent pour le lui apprendre; et toutefois je me tus.

La faiblesse de Diane, son épuisement, son état morbide, me faisaient un devoir de la ménager. Je craignis de lui porter un coup fatal en lui révélant qu'elle avait accordé sa main à un bandit, voué tôt ou tard à une fin ignominieuse.

— Ah! se reprit-elle tout à coup, je comprends. C'est une femme, n'est-ce pas, qui vous a délivré ?

— Une femme! répétai-je avec étonnement.

— Oui, une noble et admirable femme. Elle me l'avait solennellement promis.

— A qui faites-vous allusion ? demandai-je, au comble de la surprise.

— Ne le savez-vous pas ? Je me trompe donc ?. ce n'est donc pas madame de Jourdy ?

— Madame de Jourdy! fis-je en tressaillant. Elle vous a promis cela, elle qui est éprise de Roland, elle qui lui accorde des rendez-vous clandestins ?

— Est-il possible?

— Je vous l'affirme sur l'honneur : je les ai rencontrés dix fois ensemble.

Diane parut réfléchir.

— Eh bien! Gilbert, reprit-elle soudain, soyez convaincu que madame de Jourdy joue un rôle : elle travaille pour nous, j'en ferais le serment.

— Pour nous! balbutiai-je effaré. Elle me connaît à peine et elle ne vous connaît pas.

— C'est une erreur. Lors de votre disparition, je me suis jetée à ses genoux, j'ai sollicité son secours. Voici quelles ont été ses propres paroles :

« J'ai un ancien compte à régler avec le » beau Roland. Une lutte à outrance va » s'engager entre lui et moi, et c'est par » la ruse que je veux le combattre. »

Je demeurai stupéfait.

— Et vous vous imaginez, accentuai-je enfin, que madame de Jourdy a entamé cette lutte?

— Oui.

— Que sa passion pour Maugreval est une feinte?

— Certainement.

— Et que son but est d'empêcher votre union avec lui?

— Peut-être. Mais elle n'empêchera rien, prononça Diane avec une tristesse amère. Il faut que ce mariage ait lieu; Sinon, ma mère succombera. Mon devoir est tracé.

Et Diane, appuyant sa tête sur mon

épaule, — car j'avais repris ma place à côté d'elle, — ajouta presque à voix basse :

— Soyez tranquille : avant trois mois je serai morte.

Je la serrai contre mon cœur.

— Non, sanglotai-je, vous ne mourrez pas. Ayez confiance en moi, ma bien-aimée. Si Dieu bénit mes efforts, dans quelques jours, Maugreval lui-même vous rendra votre parole.

Elle sourit douloureusement.

— Vous comptez sur madame de Jourdy ?

— Non, Diane. J'ai malheureusement lieu de penser qu'elle s'est prise à son propre piége et qu'elle aime Roland.

— Alors qu'espérez-vous ?

— Ne m'interrogez pas. Ayez confiance, vous dis-je. Et surtout ne laissez pas supposer à Maugreval que j'existe et que vous m'avez vu.

— Dieu m'en garde! exclama-t-elle.

— Accueillez-le bien, au contraire, et faites-lui bon visage.

Diane me regarda fixement.

— C'est singulier, dit elle. Vos recommandations sont exactement celles que m'a faites Mme de Jourdy.

—Exécutez-les, chère enfant, et tout ira bien.

Mon front s'était rasséréné ; ma voix vibrait d'enthousiasme. Une inspiration soudaine venait de dissiper mes terreurs.

Cependant l'heure s'avançait. D'une minute à l'autre, Mme Haveril pouvait rentrer ; et moi qui, l'instant d'auparavant, étais décidé à braver sa colère, je voulus éviter à tout prix sa rencontre.

Ayant donc encouragé une dernière fois ma pauvre Diane, je me séparai d'elle en lui assurant qu'elle me reverrait bientôt. Puis, en toute hâte, je redescendis l'escalier.

Il faisait nuit complète. Lorsque je débouchai dans la rue, j'aperçus, immobile sur le trottoir d'en face, l'ombre d'un homme.

Il semblait guetter. Etait-ce moi qu'il attendait ?

Rapidement je me mis en marche. Au bout de cinquante pas, je me retournai par un mouvement brusque. L'homme s'avançait derrière moi.

Je m'élançai sur lui sans hésiter. Il fit volte-face, prit la fuite et disparut.

Je continuai mon chemin. Mais la pensée de cet inconnu me bourrelait ; et, à plus de vingt reprises, je fis halte et je promenai des regards investigateurs autour de moi.

L'homme resta invisible. Je finis par admettre que mes appréhensions étaient mal fondées, que ce quidam m'avait suivi parce que telle était sa route, et qu'effrayé de mon soubresaut, il avait changé de direction.

Dès lors, plus rassuré, je m'acheminai à grands pas vers la rue des Saints-Pères.

C'était là que demeurait madame Hélène. Zélie m'avait indiqué son adresse.

Or j'étais résolu à la voir et à lui parler sur-le-champ.

X

Arrivé à la maison de la rue des Saints-Pères, je demandai madame Hélène au portier qui me renseigna sur le nombre d'étages à gravir.

Il y en avait beaucoup. Je ne m'en plaignis pas. Ce fut, au contraire, avec une extrême lenteur que j'en montai les degrés. Je voulais me donner le temps de me remettre. J'étais ému. Je ressemblais au joueur qui se dispose à risquer son dernier enjeu sur une carte. Je sentais que, de la bonne ou de la mauvaise issue de ma démarche, allait dépendre l'avenir de Diane et le mien.

Cette démarche, elle était décidée dans mon esprit depuis bien des jours. Je l'avais retardée sur les instances de Zélie, qui redoutait pour la convalescente des impressions trop vives.

Mais trois semaines s'étaient écoulées, et la santé d'Hélène devait être enfin raffermie. D'ailleurs, il ne m'était plus permis d'attendre.

Je sonnai. Un pas léger, que je reconnus aussitôt et qui me rappela mes entrevues d'autrefois avec la petite dame des Taillis, retentit derrière la porte.

Et tout d'un coup, je me trouvai en face de madame Hélène.

Elle soutenait dans sa main droite une grosse lampe, dont l'abat-jour concentrait la lumière sur son visage.

Je fus surpris du peu de changement que les années, les chagrins et la maladie y avaient apporté.

Hélène m'apparaissait telle que je l'avais connue jadis. A mon compte, elle devait avoir vingt-trois ans. On ne lui eût pas donné plus de dix-huit ou dix-neuf.

C'était la même petite femme brune, mince, à la taille souple, à la tournure élégante. Ses brillants yeux noirs conservaient la même expression résolue, fière, impérieuse; et, en même temps, sa physionomie présentait le même caractère candide et enfantin.

Vêtue d'une longue robe de soie noire à jupe traînante, et le cou orné d'un nœud de satin cerise, elle portait presque le même costume que le jour où, tombée de cheval, je l'avais relevée évanouie dans le chemin creux.

Aussi mes souvenirs furent ravivés avec une précision si saisissante que je demeurai sans voix.

Elle m'examinait en silence. Mon extérieur, à moi, s'était transformé de fond en comble et n'évoquait rien au fond de sa mémoire.

A la fin, domptant mon attendrissement :

— Je suis Gilbert de Soriat, lui dis-je.

Une exclamation lui échappa. Elle me prit la main, m'attira, m'entraîna dans un salon microscopique. Là encore, tout me parla du passé.

Cette pièce était la reproduction exacte du boudoir qu'elle avait habité dans le pavillon rustique des Taillis.

Le large divan de cuir fauve, le piano droit, le chevalet supportant un paysage, les étagères chargées de livres, chacun des meubles enfin était de ma connaissance.

Sur la table d'ébène aux pieds tors, j'aperçus le vase en faïence bleue rempli de fleurs et la coupe pleine de tabac du Levant que, bien des fois, depuis quatre ans, j'avais revus dans le vague de mes rêves.

Et, pour compléter l'illusion, je découvris sur un fauteuil la vieille guitare au manche incrusté de nacre, cet antique instrument auquel Hélène attachait un prix si mystérieux.

Puis, au-dessus de la guitare, accrochés au mur, les deux portraits au fusain, représentant l'un la figure noble et fine d'un vieillard, l'autre une adorable tête de jeune fille.

Mes yeux erraient sur toutes ces choses qui leur étaient familières. Un charme doux et apaisant berçait mon cœur. Je m'imaginais par instants que je venais de me réveiller après un sommeil lourd de fièvre, que les quatre dernières années n'avaient été qu'un songe et que j'allais recommencer ma vie d'adolescent.

La voix d'Hélène me rendit à la réalité.

— Comme vous vous êtes fait attendre ! murmura-t-elle, et que c'est mal à vous d'avoir autant tardé !

— Vous comptiez donc sur ma visite ? lui demandai-je avec étonnement.

— Je l'espérais, du moins. N'était-il pas naturel de penser que vous seriez curieux de voir votre malade ?

Elle me serra la main. Ses prunelles étincelaient d'affection et de reconnaissance.

— Car je vous ai deviné, Gilbert, ajouta-t-elle. Les soins qui m'ont entourée pendant ma maladie, les attentions délicates qui ont adouci mes souffrances, je sais bien que c'est à vous que je les dois.

— A moi ! m'écriai-je.

— Ne niez pas. Je suis seule à Paris, je n'y possède aucune relation. Quelle autre amitié que la vôtre se serait ingéniée à me secourir ?

— Hélas ! vous vous trompez, Hélène.

— Non. Je vous ai reconnu, vous dis-je. Cette personne dévouée qui, jour et nuit, s'est assise à mon chevet et a veillé sur mon délire, c'est vous qui me l'avez envoyée ; cet argent qui, chaque semaine, m'arrive sous enveloppe, c'est de vous que je l'ai accepté. Oh ! n'ayez pas peur, je n'en rougis pas. Je suis fière et heureuse de vous devoir l'existence.

Mes joues brûlaient. Je devins pourpre d'embarras. J'avais juré à Zélie de ne jamais divulguer à son ancienne maîtresse qu'elle l'avait soignée durant sa fièvre chaude.

Les remerciements d'Hélène me contraignirent à manquer à mon serment. Je lui dis tout. Je lui expliquai comment un hasard lui avait amené la repentante Eglantine ; comment celle-ci avait essayé de racheter ses torts envers elle à force de dévouement.

La stupéfaction de la petite dame fut immense.

— Eglantine ! articula-t-elle ; ma femme de chambre ! la veuve de Jean Renot ! Quoi ! c'est elle qui a découvert ma retraite ?

— Elle-même.

— D'où vient qu'elle n'a pas reparu quand j'ai recouvré l'usage de mes sens ?

— La honte, le remords l'ont empêchée de se montrer à vous.

— Pauvre fille ! elle suppose donc que je lui en veux ? Détrompez-la, Gilbert. Je n'ai même pas eu à lui pardonner. A aucune époque, je n'ai ressenti contre elle le moindre mouvement de dépit.

En s'exprimant de la sorte, Hélène était sincère. Je me souvins de la profession de foi qu'elle m'avait fait entendre jadis, à propos de Roland.

— Est-ce que je suis jalouse ? m'avait-elle dit ; que m'importent ces femmes auxquelles il fait l'aumône d'un caprice et qu'il méprise en leur prodiguant ses caresses ? A moi seule son cœur appartient.

Oui, elle m'avait dit cela. Depuis lors, ses sentiments n'avaient point varié. Il était facile de voir qu'Eglantine lui inspirait uniquement de la bienveillance et de la pitié.

— Mais cet argent ? se récria-t-elle soudain. J'étais menacée d'une saisie ; j'avais de grosses dettes : on les a payées. Qui ?... Depuis un mois, j'ai reçu différentes sommes : d'où proviennent-elles ? De vous, n'est-il pas vrai? Au nom du ciel, Gilbert, avouez-moi qu'elles viennent de vous.

Je ne pouvais la laisser dans une pareille erreur. Ma dignité s'y opposait. Il me fallut, au risque de la froisser mortellement, lui confesser qu'Eglantine avait revu Maugreval, lui avait appris la situation d'Hélène et avait reçu de lui dix mille francs.

— Elle s'est chargée de vous les faire parvenir au fur et à mesure de vos besoins, ajoutai-je; et, ne sachant qu'inventer pour vous résoudre à les prendre, elle vous les expédie par la poste sans autre indication.

Hélène s'était dressée tout debout. Ses lèvres tremblaient. Une pâleur affreuse montait à ses tempes.

— Roland! balbutia-t-elle. Oh! mon Dieu! c'était l'argent de Roland!

Et elle enfouit sa figure entre ses deux mains.

Qu'éprouvait-elle à cette heure? était-ce de l'humiliation, de la colère ou de la haine?

Je penchai pour cette dernière opinion.

— Vous le lui restituerez, voilà tout! fis-je d'un ton insinuant. Ma bourse est la vôtre. Je ne suis pas riche, mais je sais comment me procurer des ressources. Pourquoi ne m'avez-vous pas écrit, dès que vous vous êtes trouvée dans la gêne?

Elle ne répondit rien.

— Vous saviez pourtant où m'adresser vos lettres, continuai-je; tandis que moi, j'ignorais si vous étiez morte ou vivante. C'est Eglantine qui m'a rassuré. Dites, pourquoi n'avez-vous pas eu recours à moi?

Rouge et frémissante, elle se mit à marcher d'un pas fiévreux.

— Je ne voulais avoir recours à personne, prononça-t-elle. Je sentais venir la maladie et je souhaitais mourir. Plus tard, j'ai été lâche. Je me suis rattachée à la vie. J'ai béni cet argent qui m'arrivait d'une source inconnue. Ah! si j'avais pressenti qu'il sortait des mains de Roland!...

— Vous le détestez donc bien? interrompis-je.

Et, les bras croisés, je me plaçai devant elle.

S'arrêtant court, elle me regarda d'un air indéfinissable.

— A quel propos me demandez-vous cela?

— C'est que, si vous tenez à vous venger de lui, jamais l'instant n'a été plus propice.

Il y eut entre nous un long silence.

Puis Hélène, m'invitant à me rasseoir, prit place à côté de moi.

Elle ne cessait de me considérer avec une attention singulière. Ses yeux s'efforçaient de lire au fond des miens.

— Ecoutez, fis-je résolûment, jouons cartes sur table. Je ne vous questionne pas. Je ne viens pas, comme autrefois, vous dire: — Est-il vrai que vous possédez un secret grave, un secret mortel pour Maugreval? — Non. Mais je vous affirme que moi, Gilbert Soriat, je suis en possession de ce secret, et qu'un de ces jours, j'enverrai le beau Roland au bagne.

Elle tressaillit. Puis elle esquissa un sourire.

— Quelle folie! accentua-t-elle.

— Non, une réalité! poursuivis-je. Il y avait, dans le parc du château des Taillis, un pavillon peu éloigné du vôtre. Le comte Ladimir Obrinski s'y était logé. Le bruit courait qu'il travaillait là, loin de toutes distractions, à un grand ouvrage historique.

— Eh bien? bégaya Hélène.

— Eh bien! le comte Ladimir, qui, par parenthèse, n'est ni comte ni Polonais, s'amusait à tout autre chose. En sa qualité d'ancien ouvrier graveur, condamné dans sa jeunesse aux travaux forcés à perpétuité pour crime de faux, il fabriquait au fond de sa retraite des billets de banque de tous les pays. Quant au sieur Maugreval, il avait pour mission de parcourir l'Europe et d'écouler çà et là les chefs-d'œuvre de son compagnon.

Hélène, pétrifiée, livide comme une morte, essaya de protester.

— Ce n'est pas tout, continuai-je impitoyablement. La création des faux billets de banque est une industrie productive, certes; mais, si l'on en abuse, elle offre quelque danger. Aussi, le sieur Maugreval et ses amis ne l'exercent-ils que par intervalles. Le beau Roland, d'ailleurs, a plus d'une corde à son arc. En ses moments de loisir, il préside une association ayant pour but d'exploiter en grand la société. L'escroquerie, le vol et le meurtre forment la base des opérations de cette aimable compagnie. Elle s'intitule le club des Pendus.

Hélène poussa un cri étouffé. Sa main s'appuya brusquement sur ma bouche.

— Malheureux! taisez-vous! soupira-t-elle. Qui vous a dit cela? comment avez-vous pénétré cet horrible secret?

— Peu importe! répliquai-je. Il est en mon pouvoir: voilà l'essentiel. Et je dois vous prévenir qu'une deuxième personne est aussi bien renseignée que moi. Vous voyez donc bien, chère Hélène, que Roland est perdu. Pour le faire arrêter, lui et son ignoble bande, il ne nous manque plus que de pouvoir prouver leurs méfaits. Ces preuves, vous êtes à même de les fournir, — et je vous supplie de nous les donner.

XI

Les yeux fixés sur les yeux d'Hélène, j'attendis anxieusement sa réponse.

Je l'attendis si longtemps qu'une angoisse mortelle me gagna.

Pourquoi gardait-elle cette attitude embarrassée ?

J'avais sollicité son aide avec confiance. J'étais convaincu qu'abandonnée, méprisée, humiliée par Roland, elle nourrissait le secret dessein de se venger.

Son silence me désabusa.

Quand je lui eus démontré que j'étais instruit de la plupart des crimes de Maugreval, elle ne manifesta d'autre émotion qu'une sombre stupeur.

— Vous vous taisez ! m'écriai-je.

— Oui, murmura-t-elle : car, en vous écoutant, je viens d'éprouver une surprise pénible.

— De la surprise ! répétai-je avec irritation. Permettez-moi de vous le dire, Hélène, vous manquez de sincérité. Les faits cités par moi n'ont pu vous surprendre : vous ne les ignoriez pas.

— Je l'avoue.

— Alors que signifie votre étonnement ?

— C'est vous qui me l'inspirez, Gilbert. Vos paroles, votre physionomie, vos pensées, ont subi une si étrange transformation ! Je vous ai connu généreux ; je vous retrouve inflexible, inexorable, altéré de haine...

— Contre Maugreval, contre un monstre souillé de forfaits! oui certes... et cette haine, je l'assouvirai; j'en jure Dieu, lors même que vous me refuseriez votre appui.

— Je vous le refuse formellement.

— Pauvre femme! vous aimez encore ce misérable ?

— Je l'aimerai jusqu'à mon dernier soupir, accentua-t-elle. — Je vous l'ai dit autrefois, Gilbert, et je vous le répète : Mon âme n'est point à moi, elle est à lui. C'est un bandit, un faussaire, un assassin... Que voulez-vous que j'y fasse ? Je suis de celles qui ne se donnent qu'une fois. Roland serait au seuil du bagne, au pied de l'échafaud, que je ne cesserais point de l'aimer...

— Soit !... fis-je en me levant furieux. J'agirai sans vous. Je dénoncerai cet homme!

Hélène haussa les épaules.

— De quoi l'accuserez-vous ?

— D'avoir mis en circulation de faux billets de banque, pardieu !

— On vous demandera de le prouver.

— Je ferai arrêter ses complices. Ils parleront.

— Où sont-ils ?.?. Par quels moyens parviendrez-vous à les surprendre ?

— Je dévoilerai l'existence du club des Pendus.

— On vous rira au nez. Roland vous attaquera en diffamation et vous convaincra de calomnie. Il ne suffit pas de dénoncer, mon pauvre Gilbert; il faut des preuves. Or des gens habiles comme ceux-là n'en laissent jamais derrière eux. Vous l'avez si bien compris que, ces preuves, vous les exigez de moi.

— Je ne les exige pas, Hélène, je les implore. Maugreval et Ladimir n'ont pu vous dérober leurs secrets. Vous possédez le fil de toutes leurs intrigues, vous êtes à même...

— Assez, Gilbert. Je mourrais plutôt que de trahir Roland.

— Mais, insensée que vous êtes, vous ne savez donc pas de quel prix ses compagnons comptent récompenser votre dévouement? — Tant que vous vivrez, ils trembleront pour leurs têtes. Aussi vous ont-ils condamnée. Ils vous cherchent. Du jour où ils découvriront votre retraite, tout sera fini pour vous.

— Je le sais. Que m'importe ? Je ne tiens pas à la vie.

— Libre à vous ! exclamai-je avec emportement. Mais je tiens à la mienne, moi; et, quoi qu'il puisse en résulter, j'accomplirai ma résolution.

— Le rôle de délateur est un triste rôle.

— Celui de victime est encore plus déplorable. Et, comme votre bien-aimé Roland m'a fait enlever, étrangler, puis enterrer sans le moindre remords...

— Gilbert, êtes-vous fou ?

— Nullement, je vous raconte une histoire authentique. Il est vrai que ma strangulation a été incomplète et que mon enterrement n'a eu lieu qu'en apparence. J'ai survécu à l'assassinat. Maugreval, néanmoins, me croit bel et bien trépassé.

Hélène me saisit le bras.

— O mon Dieu! balbutia-t-elle. Qu'est-il donc arrivé? Roland n'avait aucune aversion contre vous.... Comment êtes-vous devenu son adversaire.

— Il m'avait prié de renoncer à la main de Diane. J'ai eu l'audace de lui désobéir.

— Diane !... s'écria Hélène qui recula. Quoi! vous aimez encore cette insignifiante pensionnaire!... une petite fille qui n'a jamais songé à vous !

Profondément froissé par ces paroles,

j'y coupai court en déclarant que Diane était aujourd'hui ma fiancée et que son cœur m'appartenait.

Puis, en proie à une exaltation délirante, je suppliai Hélène de s'opposer une seconde fois au malheur qui me menaçait.

Elle se tordit les mains avec désespoir.

— Hélas ! dit-elle, c'est impossible. Je ne puis rien pour vous désormais.

— Rien. Et vous laisserez s'accomplir ce mariage? vous qui aviez solennellement...

— Les circonstances ont bien changé depuis lors. Ecoutez-moi, Gilbert, et apprenez pourquoi je me suis séparée de Maugreval. Nous étions à Venise, quand je découvris que Roland cherchait à renouer des relations avec la mère de cette jeune fille. La colère m'aveugla. J'eus l'imprudence de proférer, devant lui et devant Ladimir, des menaces qui leur démontrèrent à quel point je m'étais renseignée sur leurs secrets.

L'immonde Obrinski profita de l'occasion pour exiger ma perte. Il m'avait poursuivie de son exécrable amour. Je l'avais repoussé. Il ne me le pardonnait pas. Par ses soins, le club des Pendus décréta ma mort.

Roland refusa d'exécuter la sentence. Un orage s'éleva contre lui. Et alors il me pressa de fuir secrètement.

Fuir, c'était céder à ma rivale. Je préférai mourir. Ne réussissant pas à vaincre mon obstination, il dut se résoudre à m'exposer les motifs qui le forçaient à épouser votre Diane.

Ces motifs, Gilbert, ils étaient d'une nature telle, que, malgré ma jalousie, malgré mon serment de ne permettre à aucune femme la possession légitime de Maugreval, je m'inclinai sur-le-champ.

Grâce à des précautions infinies, j'échappai à Ladimir ; et, la mort dans l'âme, je vins me cacher à Paris.

Roland m'avait proposé une pension. Je ne l'acceptai pas. Du moment où je cessais de partager ses périls, j'aurais eu honte de partager son or. J'en connaissais la source odieuse. De tout temps il m'avait fait horreur ; mais, maintenant surtout, il m'eût brûlé les doigts.

J'ai donc vécu de mon travail, jusqu'à l'heure où la maladie m'a terrassée.

Le jour où Roland me reviendra, car, marié ou non, il me reviendra, soyez-en sûr ; — ce jour-là, je n'hésiterai plus à être de moitié dans son luxe, comme je serai de moitié dans son infamie.

Quant à lui nuire, quant à l'empêcher de conclure une alliance à laquelle moi-même j'ai donné mon assentiment, n'espérez pas que je m'y détermine.

Je vous plains ; mais je souffre autant que vous. Résignons-nous l'un et l'autre.

Ainsi parla Hélène, et je demeurai stupéfait. Sa déclaration était nette, catégorique, immuable. Je sentis à son accent que nulle insistance ne la modifierait.

Tout était dit. Mon dernier espoir avait sombré. Il ne me restait pas la moindre possibilité de sauver Diane. Il ne me restait pas même la consolation de me venger.

Sans articuler un mot, je me dirigeai vers la porte. Mes tempes battaient. Des bourdonnements sinistres envahissaient mon cerveau. Mes jambes fléchissaient sous moi.

Tout d'un coup, il me sembla entendre qu'Hélène me rappelait. Je me retournai. Une imprécation errait sur mes lèvres. Je n'eus pas le temps de la lancer. Un voile de sang couvrit ma vue et je m'abattis sur le parquet comme une masse.

Quand je revins à moi, j'étais couché sur le divan. Hélène, penchée sur moi, les yeux en larmes, me faisait respirer des sels.

— Pauvre garçon ! pauvre Gilbert ! murmurait sa voix attendrie.

Elle passa ses doigts à travers mes cheveux, et reprit :

— Ne bougez pas d'ici. Attendez-moi une heure. Peut-être Dieu nous prendra-t il en pitié !

Je remarquai qu'elle avait son chapeau et qu'elle était prête à sortir.

— Où allez-vous ? lui demandai-je.

— Chez Roland.

Je me dressai livide.

Mais, replaçant ma tête sur les coussins, elle ajouta rapidement :

— Pas de fausse joie ! pas de vaines espérances ! Une idée m'est venue. Je vais risquer une suprême tentative en votre faveur. — Roland m'aime, il n'aime que moi, quoi qu'on en dise et quoi qu'il prétende lui-même, appuya-t-elle avec orgueil. Voici bien longtemps qu'il ne m'a vue. Qui sait si je n'obtiendrai rien de lui?

Elle souriait ; mais des gouttes de sueur perlaient sur son front blanc.

Une émotion sourde et véhémente frissonnait sous son calme affecté. Cette entrevue qu'elle se préparait à affronter, elle en avait peur. Son amitié pour moi la soutenait seule.

Je lui pressai les mains avec force. Je n'osai parler : car un souffle de folie ébranlait en ce moment mon intelligence. Elle partit.

A dater de cette minute, je tombai dans une sorte d'hallucination fiévreuse. Mon regard se fixa sur la pendule et ne se détacha plus du cadran. Maudissant la lenteur des aiguilles, je croyais voir jaillir de leurs pointes des flammes roses. Mon sang incendiait mes artères ainsi que du plomb fondu. Jamais les tortures de l'attente ne martyrisèrent un homme à un pareil degré.

L'heure s'écoula cependant. Puis une autre. Puis une troisième enfin. Minuit sonna. Hélène n'était pas rentrée.

Debout, arpentant le salon, déchirant ma poitrine avec mes ongles, je me demandais ce qu'elle avait pu dire à Maugreval. Peu à peu, la terreur s'emparait de moi.

— L'ont-ils assassinée ? balbutiai-je tout à coup.

Une clef s'introduisit dans la serrure de la porte d'entrée. Mon cœur cessa de battre.

Hélène apparut.

— Victoire ! cria-t-elle en s'élançant dans mes bras.

Je chancelai ; l'instant d'après j'étais presque prosterné devant elle.

— La lutte a été ardente, poursuivit Hélène ; mais, à la fin, j'ai triomphé. Il m'aime plus que jamais, j'en étais bien certaine. Et comme il ne peut renoncer à ce mariage sans attirer sur lui une catastrophe, nous avons pris un biais. — Lui et moi nous fuirons ensemble.

— Que signifie cela ? demandai-je étonné. C'était donc contre son gré que Roland recherchait Diane ?

— Oui. Mais pas de questions. Plus tard, quand Roland et moi nous serons partis, vous comprendrez tout. D'ici là, pas un mot à qui que ce soit au monde, entendez-vous ? pas un mot de ce que je vous confie et de ce qui s'est passé ici ce soir ! Surtout, n'essayez point de voir Diane. Demeurez caché. Quittez Paris, si faire se peut. Avant huit jours, vous serez libre d'épouser Mlle Haveril.

Ses yeux noirs scintillaient comme des diamants. Sa poitrine se soulevait par saccades. Non moins enivré qu'elle, et quoique ne discernant rien d'intelligible dans son récit, je couvrais de baisers ses mains charmantes.

— Partez, me dit-elle à la hâte, et soyez sur vos gardes. On m'a suivie. On vous suivra sans doute.

— Qui ?

— Je ne sais. Un homme était aux aguets dans la rue quand j'ai quitté la maison. Il m'a escortée jusqu'à l'hôtel de Roland. A mon retour, je l'ai retrouvé en sentinelle, et il m'a accompagnée encore. Je n'ai pu distinguer son visage. Toutefois il m'a semblé reconnaître Ladimir.

Un long frémissement parcourut mes membres. Ce fut pour elle que je tremblai.

— Partez ! partez ! répéta Hélène.

Et doucement elle me poussa dehors.

XII

Pour la seconde fois, depuis le commencement de son récit, Gilbert fit une pause.

Il y avait une heure qu'il parlait. Sans doute, il attachait une importance capitale à ne rien omettre : car il repassa mentalement tout ce qu'il venait de dire, afin de s'assurer qu'aucun détail, qu'aucun fait n'avait été oublié par lui.

Quant à maître Lampon, sa stupéfaction était incommensurable.

La bouche entr'ouverte, les deux mains croisées sur son abdomen, le regard cloué aux traits expressifs du narrateur, il le suivait en esprit au milieu de son dédale d'aventures et s'efforçait de ne point perdre pied dans cette complication d'intrigues.

Si grande était son attention qu'il ne s'apercevait point de la fuite du temps.

Le feu s'éteignait dans l'âtre, la lampe ne jetait plus qu'une lueur incertaine aux parois de ce cabinet paisible, hermétiquement clos, bourré de cartons verts et de dossiers.

Au dehors régnait un silence de tombe. L'horloge de la mairie tinta onze coups. Pour un notaire de village, l'heure était scandaleusement indue ; et cependant le sommeil ne sollicitait point ses yeux !

Dans la maison, au contraire, chacun dormait à poings fermés. Madame Lampon et sa fille Euphrasie étaient depuis longtemps rentrées. Isabeau ronflait, et la jument Blanchette, étendue sur sa litière, goûtait le repos de l'innocence.

Ce calme profond contrastait avec les images turbulentes que Gilbert déroulait devant son vieil ami. Aussi, quand le jeune homme s'arrêta, cette interruption réveilla pour ainsi dire en sursaut le notaire. Il se croyait à Paris. Ce fut avec un véritable plaisir que, rappelé à la réalité, il se retrouva dans son tranquille petit bourg de Soriat.

Et alors une question qui, à dix reprises déjà, lui avait monté aux lèvres, y remonta de rechef.

— Pourquoi diable Gilbert vient-il me raconter toutes ces choses ?

Comme s'il eût entendu ces mots, que pourtant maître Lampon n'avait formulés qu'en lui-même, Gilbert lui dit soudain :

— M'avez-vous écouté scrupuleusement, mon cher maître ?

— Ah ! saperlipopette, je m'en vante.

— M'avez-vous surtout bien compris ?

— Je le crois.

— Et vous pourriez, au besoin, transcrire ou répéter ma confidence ?

— Mot pour mot.

— Eh bien! tâchez de la graver au fond de votre mémoire. Un jour peut arriver où vos souvenirs seront mis à réquisition. C'est en prévision de cette éventualité que j'ai cru nécessaire de vous dévoiler les agitations de ma vie. Vous les connaissez à présent; mais vous êtes le seul à les connaître. Il me fallait un confident. Je vous ai choisi à cause de votre caractère honorable et de votre ancienne amitié pour ma famille. Quand j'aurai disparu, vous serez à même de continuer mon œuvre et peut-être de me venger.

Maître Lampon tressauta sur son fauteuil.

— Quand vous aurez disparu? exclama-t-il, rouge comme une pivoine. Ah ça! permettez, permettez!... Vous ne vous êtes donc pas encore débrouillé de ce gâchis? Madame Hélène n'a donc point accompli sa promesse? Est-ce qu'elle n'a point emmené son Maugreval à l'étranger? Est-ce que quelque nouvel obstacle s'oppose à votre mariage avec mademoiselle Haveril?

— Rien n'est terminé, répliqua Gilbert, et je suis dans une incertitude au moins égale à la vôtre. Quatre jours seulement se sont écoulés depuis mon entretien avec Hélène. J'ignore si elle est partie; j'ignore si Diane est libre. Mais mon instinct m'avertit que des dangers m'entourent, des dangers plus sérieux que jamais.

Au surplus, — ajouta-il, — accordez-moi cinq ou six minutes de patience. Elles me suffiront pour achever mon récit.

Lorsque j'eus quitté Mme Hélène, lorsque j'eus cessé d'être sous le charme de sa voix consolatrice, mes appréhensions un instant engourdies ressuscitèrent.

Il me sembla étrange, incroyable, que Maugreval eût cédé si vite. Il me sembla excessif que son amour pour elle se fût ranimé tout d'un coup, d'autant plus que je le savais épris de madame de Jourdy et formellement résolu à épouser Diane, coûte que coûte.

Un homme de cette trempe ne devait pas renoncer avec une telle insouciance à des projets laborieusement mûris. Sa faiblesse apparente me parut dissimuler un piége.

Quoi qu'il en fût et à tout hasard, je me promis d'exécuter à la lettre les recommandations de la petite dame; à savoir : de ne point essayer de rencontrer Diane et de rester caché jusqu'au moment où je quitterais Paris pour quatre ou cinq jours.

Il était une heure du matin quand je me mis en marche pour regagner la chambre que j'occupais chez Zélie.

A peine eus-je fait cent pas, que, de l'encoignure d'une porte cochère, je vis se détacher un homme ivre.

Battant les murs, festonnant et décrivant des zigzags sur le trottoir, il suivit le même chemin que moi. Tantôt il me précédait et tantôt il demeurait en arrière.

Deux fois il me frôla de façon à me coudoyer. A la troisième, je le repoussai rudement et l'envoyai rouler au milieu de la rue.

Il se releva en maugréant. Puis il réitéra son manége.

J'étais prévenu. Je ne doutais point que cet individu ne fût celui qui m'avait escorté à ma sortie de chez Diane, et qui, plus tard, s'était attaché aux pas d'Hélène.

Il était coiffé d'une casquette. Un large et long paletot enveloppait sa personne ainsi que dans un sac. Néanmoins, j'avais reconnu Ladimir.

Quoi qu'il eût enfoui son immense barbe entre les replis d'un cache-nez, ses yeux noirs mobiles, percés en trous de vrille, le trahissaient.

Mais, pour sa part, il ne soupçonnait nullement qui je pouvais être. Sa persistance à vouloir m'examiner de près m'en avait fourni la preuve.

J'étais, je vous l'ai dit, méconnaissable. Et d'ailleurs Obrinski ne songeait pas plus à moi qu'aux neiges de l'an passé. N'avait-il pas piétiné sur ma fosse? n'était-il pas certain de m'avoir supprimé?

Toujours est-il que je l'intriguais fort. Je compris qu'il n'abandonnerait point ma trace, et une poignante inquiétude me saisit.

Inquiétude mêlée de remords. En effet, c'était moi qui l'avais conduit à la maison d'Hélène; c'était en m'espionnant qu'il avait retrouvé sa piste. Et si ce misérable devait réussir un jour ou l'autre à s'emparer de la malheureuse femme qu'il exécrait et qu'il désirait tout ensemble, ce serait moi qui aurais provoqué la catastrophe.

Une sourde rage m'alluma le sang. Je crois, en vérité, que, si j'eusse possédé une arme, j'en aurais frappé Ladimir. Je sentais qu'à moins d'employer un moyen violent, il me serait impossible d'éviter sa surveillance. Or il était urgent de lui céler ma retraite.

C'est pourquoi, tournant le dos à la rue Dauphine, je débouchai sur les quais. Puis je traversai le pont des Arts, résigné que j'étais à promener mon espion toute la nuit.

Il devina probablement mon stratagème. Déterminé à en finir avec ses doutes, il changea tout d'un coup d'allures, se reprit à marcher droit et s'avança vers moi d'un pas ferme.

Je m'arrêtai net. Je lui fis face. Son plan était facile à discerner. Il allait, sous un prétexte quelconque, me chercher querelle, et, à la faveur d'une rixe, tenter de m'examiner à loisir.

Tandis qu'il s'approchait, je me fouillai d'une main rapide. Un objet dur se rencontra sous mes doigts. C'était la clef de la mansarde où je logeais. Je la tirai vivement de ma poche.

Un souvenir bizarre sillonna en même temps ma pensée. Je me rappelai la soirée d'automne pendant laquelle, d'un coup de bêche, j'avais fendu le crâne à ce brigand ; et, avec une joie cruelle, je me préparai à le lui fendre de nouveau.

Me voyant arrêté, il eut l'intuition que j'étais sur la défensive. En conséquence, il fit halte à dix pas de moi et se contenta de me dire d'une voix avinée :

— Pardon, bourgeois! quelle heure est-il, sans vous commander?

Je n'articulai pas une syllabe. La nuit était noire. Nous étions tous deux seuls au milieu du pont.

— Etes-vous sourd? répéta-t-il.

Et, d'un bond, il me sauta au collet.

Ma main s'était déjà levée au-dessus de sa tête. Mais il s'attendait à ce mouvement, il l'avait guetté. Ses doigts de fer étreignirent mon poignet. Vaincu par une douleur épouvantable, je laissai tomber la clef.

Il se mit à rire.

— Ah! dit-il en m'arrachant mes lunettes bleues, tu as beau faire : je te verrai, mon garçon.

— Tu ne me verras pas deux fois! répliquai-je, ivre de furie.

Et, le soulevant dans mes bras à l'improviste, je l'assis sur la balustrade de fer qui forme parapet.

Pétrifié de surprise, il essaya de se cramponner au grillage ; mais la stupeur, l'épouvante, l'avaient glacé. Malgré sa vigueur peu commune, il ne put s'arracher d'entre mes serres. J'écumais, j'étais hors de moi, j'étais fou.

Mon bras se détendit comme un ressort ; mon poing, lancé comme une catapulte, atteignit le Polonais au creux de l'estomac. Il perdit le souffle, blêmit, lâcha la rampe, se renversa en arrière et tomba lourdement dans la Seine.

J'entendis le bruit de sa chute. Je vis l'eau s'ouvrir, rejaillir et se refermer. Mes cheveux se hérissèrent. Mes yeux restèrent fixés avec horreur sur le point où Ladimir s'était englouti.

Et subitement, un soupir de satisfaction dilata ma poitrine.

Obrinski était revenu à la surface. Il tirait sa coupe avec aisance et facilité. En moins de trois minutes, il toucha pied sur la berge.

— Dieu soit loué! murmurai-je. Il en sera quitte pour un bain, et je n'aurai pas un meurtre sur la conscience.

Je ramassai ma clef et je m'enfuis à toutes jambes.

Une demi-heure après, j'étais en sûreté dans l'asile que m'accordait depuis un mois la parfumeuse.

Durant quatre jours, je m'abstins de me hasarder au dehors. Hier soir enfin, je me suis fait transporter par un fiacre à la gare d'Orléans. J'ai pris le train-poste. Je suis arrivé ce matin à Angers, où j'ai passé, dans une chambre d'hôtel, la plus grande partie du jour.

Puis j'ai frété une voiture de louage, qui m'a débarqué ici après la nuit tombée. J'avais jugé cette précaution indispensable : car, malgré mon déguisement, bien des gens n'eussent pas manqué de me reconnaître. Or, nous sommes à deux kilomètres du château des Taillis, lequel appartient toujours à Maugreval. Bien qu'inhabitée en apparence, il se pourrait que cette propriété recélât quelqu'un de sa bande.

Vous comprenez donc bien que je ne saurais être trop prudent.

Et maintenant, mon cher maître, arrivons aux motifs qui m'amènent. Il y en a deux. Le premier, vous en êtes instruit déjà : j'ai souhaité faire de vous le dépositaire de mes secrets. Le second est celui-ci :

Voulez-vous me prêter trente mille francs?

Maître Lampon devint violet.

— Permettez, permettez, permettez!... se récria-t-il.

XIII

Le premier mouvement d'un particulier auquel on emprunte une forte somme est de frémir ; le second, d'appuyer les mains sur ses poches ; le troisième, enfin, de s'écrier :

— Permettez, mon cher!

Maître Lampon avait religieusement observé la tradition.

— Trente mille francs! balbutia-t-il indigné.

— Oui, répliqua Gilbert. Il me faut de l'argent, et beaucoup, et tout de suite.

— Mais, bonhomme de bois! trente mille francs, c'est gigantesque, cela. Pourquoi faire ces trente mille francs?

— Pour entamer une lutte avec Roland, si les choses tournent mal.

— Et si elles tournent bien?

— Pour me marier, pour installer convenablement ma femme, pour payer les dettes de sa mère.

— Les dettes de sa mère! ah! comme je te l'enverrais paître, moi, madame sa mère! Et quant à la lutte dont vous parlez...

— Pardon! interrompit Gilbert, une discussion à ce sujet me semble inutile entre nous. Vous avez votre manière de voir; j'ai la mienne. Tenons-nous-en là.

Et, tendant sa main au notaire:

— Je vous ai fait veiller bien tard, ajouta-t-il. Excusez-moi et allez vous mettre au lit.

— Comment! au lit? ah ça! permettez! Et vous?

— Moi, si cela ne vous gêne pas trop, je passerai le reste de la nuit dans ce fauteuil, au coin du feu, et je m'en irai au point du jour.

— Où?

— A Angers, d'abord; à Paris, ensuite.

Maître Lampon, interdit, se mordit les lèvres.

— C'est donc uniquement pour m'entretenir que vous avez fait le voyage?

— Uniquement, oui.

— Et vous allez vous en retourner, comme cela, sans même avoir mis les pieds chez vous, sans même avoir embrassé votre père?

— Mon père ne s'est jamais soucié de moi. Je n'aurais garde de lui souffler un mot de mes affaires. Il me congierait sur-le-champ.

— Mais votre beau-frère est riche, et...

— Mon beau-frère habite loin d'ici. Or, je n'ai pas vingt-quatre heures à perdre. Du reste, tranquilisez-vous. Je sais à qui m'adresser pour obtenir les fonds qui me sont nécessaires.

— Oui, à des usuriers, n'est-ce pas? à des gredins qui vous feront payer cinquante ou soixante pour cent?

— Dame! à la guerre comme à la guerre!

— Saperlipopette! s'écria le notaire qui se leva tout ému. Donnez-moi au moins le temps de réfléchir. Trente mille francs ne se trouvent pas sous le pied d'un cheval. D'ailleurs, est-ce que j'ai refusé de vous les procurer, voyons? Vous êtes solvable, au bout du compte; vous aurez un jour de la fortune, et, tout bien examiné, vous avez eu raison de venir à moi, qui suis au courant de vos ressources.

— C'est, en effet ce qui m'a décidé.

— Certes, certes. Mais, diable, trente mille francs!... Enfin, nous aviserons.

— Il serait urgent d'aviser tout de suite, mon cher maître.

— Tout de suite!... tout de suite! Est-ce que j'ai trente mille francs dans ma caisse?

— Je n'en sais rien, dit Gilbert en souriant.

— Moi, je sais parfaitement que non. A peine ai-je le tiers de cette somme.

— Eh bien! ce tiers me suffira pour l'instant. Vous m'enverrez le reste plus tard.

— Hum!... soit.

Et maître Lampon, avant d'ouvrir sa caisse, retira son lourd pardessus, dont il ne s'était point dévêtu jusqu'alors.

Comme il le jetait sur le dossier d'une chaise, un objet tomba de la poche de ce vêtement.

C'était un portefeuille en cuir de Russie.

— Ah! sapristi! exclama le notaire, qui se frappa le front. J'avais oublié l'aventure de la berline.

Il ramassa le portefeuille et revint s'asseoir auprès du feu.

— Quelle aventure? quelle berline? interrogea Gilbert.

Maître Lampon ne répondit pas. Son esprit travaillait.

— Un enlèvement! balbutia-t-il à demi-voix. C'est incontestable... Elle avait dû s'élancer, à l'improviste, hors de la voiture... L'homme l'a contrainte à y rentrer... Il la brutalisait, le scélérat!... Et ceci se passait sur la route qui conduit au château des Taillis.

Gilbert s'était dressé, l'œil en feu, les narines dilatées.

— Quand? demanda-t-il.

— Ce soir même... il y a deux heures... Je revenais d'Angers... J'étais derrière eux... La femme criait... J'ai voulu courir à son secours... Blanchette a eu peur, et je n'ai pu les rejoindre.

Gilbert saisit le bras de maître Lampon.

— Et cette femme?... gronda-t-il.

— Eh bien!

— Grande ou petite?

— Petite et mince.

— C'est Hélène!

— Je le crains.

Gilbert prit son chapeau et s'enveloppa rapidement de son manteau de voyage.

Mais maître Lampon se précipita vers la porte, donna deux tours à la serrure et mit la clef dans son gousset.

— Si vous croyez que je vais vous permettre d'aller vous faire égorger là-bas comme un mouton, vous vous trompez, dit-il, mon camarade.

Le jeune homme pâlit de colère. Ses yeux s'injectèrent de sang.

— Ah! fit-il d'un timbre sourd; prenez garde, notaire! N'essayez pas de m'arrêter, ou je vous rendrai responsable du meurtre d'Hélène!

— Ecoutez-moi, répondit l'autre froidement. Pas plus que vous, je ne veux que ces bandits l'assassinent. Vous irez ce soir aux Taillis et je vous y accompagnerai.

— Vous?

— Moi. Seulement, je n'entends pas me jeter comme un étourdi dans la gueule du loup. Que vous y consentiez ou non, nous prendrons avant de partir quelques mesures de prudence.

— Dépêchons-nous alors ! cria Gilbert.

— Chaque chose en son temps, riposta le bonhomme sans se troubler. Et d'abord, examinons le contenu de ce portefeuille.

— Où l'avez-vous recueilli ?

— A l'endroit même où l'on a violenté l'inconnue. Remarquez bien que je dis l'inconnue. Nous ne sommes pas certains le moins du monde qu'elle soit madame Hélène. Peut-être découvrirons-nous là-dedans des documents de nature à nous éclairer.

Gilbert finit par comprendre les sages lenteurs de maître Lampon. Il se rassit et le tabellion commença son inventaire.

Il fut court. Le portefeuille ne renfermait rien de décisif. La plupart des feuillets étaient blancs; les autres offraient quelques lignes d'écriture chiffrée.

Cinq ou six feuilles volantes étaient intercalées entre les pages. Elles n'avaient aucune importance. C'étaient des factures et des notes d'hôtel.

Mais, dans un des compartiments du portefeuille, le notaire aperçut une lettre décachetée. Il s'en empara en poussant un cri de satisfaction.

La lettre, datée de Paris, portait la suscription suivante : *Monsieur Auguste, rue des Fripiers, à Bruxelles.*

A peine maître Lampon eut-il parcouru du regard cette missive qu'il s'écria :

— Ce sont nos gens ! Il est question là de Maugreval.

Gilbert tressaillit.

— Et la signature ? dit-il haletant.

Le notaire courut au dernier folio de la lettre, qui paraissait longue et volumineuse.

— Je ne vois, dit-il, que deux initiales.

— Lesquelles ?

— L. O.

— Ladimir Obrinski !

— C'est probable.

— Lisez vite.

Et maître Lampon lut ce qui suit :

« Arrive ici à l'instant même. J'ai besoin de toi. Jamais l'association n'a été en plus grand péril. A nous deux nous pouvons le conjurer. De ta promptitude à venir dépend notre salut.

» Du reste, comme j'ai du temps devant moi, je vais te donner quelques explications sommaires.

» Tu te souviens que je tenais Roland dans mes griffes. Je t'ai prévenu que je voulais l'accuser de trahison en pleine assemblée générale. Je n'y ai pas man-

qué. J'ai fourni les preuves, et, d'une commune voix, il a été condamné à mort.

» Dans l'impuissance où il était de se défendre, il a essayé de sauver ses jours en faisant luire à nos yeux d'étonnantes espérances de fortune.

» Il a prétendu que, si on le laissait libre, chacun de nous avant la fin de l'année recevrait de lui quinze cent mille francs.

» Nous étions huit, en le comptant. C'était donc un magot de douze millions qu'il se faisait fort d'acquérir en quelques mois.

» Par quel moyen ? — Voilà ce que nous lui demandâmes. Avec les airs de grand seigneur qu'il affecte d'ordinaire, il répliqua qu'ayant douté de lui, nous ne saurions rien.

» Ce mot confirma sa perte. Nous crûmes à une ruse de sa part, et le signal de son exécution fut lancé.

» Il se débattit comme un beau diable. Après avoir occis notre pauvre Désiré et considérablement endommagé l'un des nôtres, il se rua contre nous pareil à un lion.

» Néanmoins il allait succomber sous le nombre, lorsque notre collègue Fischer arriva du dehors, constata ce dont il s'agissait, et, saisi d'épouvante, s'écria qu'en supprimant Maugreval, nous ruinions à plate couture. Son cri suspendit le combat. Il y eût une trêve.

» On somma Fischer d'élucider ses paroles.

» Il les élucida si bien que, cinq minutes après, nous étions tous prosternés aux pieds de Roland, sollicitant son pardon et le suppliant de rester notre chef.

» Le fait est, mon cher, que Maugreval ne nous avait point menti, et que, depuis plusieurs années, il mijotait une opération splendide. Fischer seul était dans le secret, par des raisons que je te dirai tout à l'heure.

» Oui, mon vieux, les douze millions existent. Que dis-je ? il y en a vingt-quatre pas.

» Vingt-quatre millions prêts à tomber au pouvoir de Roland ! Et il ne nous en abandonne que la moitié !... Quelle canaille ! Au surplus, voici l'affaire :

» Il y a environ dix ans, un jeune homme très noceur, très bambocheur et complétement ruiné, s'embarqua pour l'Amérique. Il se nommait Paul Mérel. Repoussé par sa famille, il s'exilait, emportant deux ou trois centaines de louis échappés par hasard au naufrage de sa fortune.

» Paul Mérel, après diverses aventures qui ne nous regardent pas, se fixa dans

» le Kentucky. Avec ses derniers sous, il
» acheta là un lambeau de terrain qu'il
» se mit à cultiver lui-même. Un beau ma-
» tin, trois messieurs vêtus de noir en-
» trèrent dans sa petite ferme et s'infor-
» mèrent s'il consentirait à la leur ven-
» dre. En même temps, ils lui en offri-
» rent un prix tellement considérable,
» que Mérel, stupéfait, crut avoir mal en-
» tendu.

» Son silence fut interprété comme une
» hésitation. Les trois messieurs doublè-
» rent leur premier chiffre. Mais déjà
» Mérel était sur ses gardes. Il refusa net
» de se dessaisir d'un terrain qui, évi-
» demment, avait une valeur extraordi-
» naire, quoiqu'à lui inconnue.

» Les hommes noirs ne se découragèrent
» pas. Ils triplèrent, quadruplèrent, quin-
» tuplèrent leurs offres. Ce fut en vain.
» Bref et de guerre lasse, les trois Améri-
» cains démasquèrent leurs batteries.

» N'ayant pu faire leur dupe de Paul
» Mérel, ils firent de lui leur associé.

» Tu vas voir, mon excellent bon, sur
» quelle échelle, en ce pays-là, se traitent
» les grandes affaires. »

XIV

Ici maître Lampon interrompit sa lecture et se moucha méthodiquement.

C'était un homme plein de sang-froid,
ce notaire. Bien que la situation fût tendue, il ne se pressait point d'arriver aux
conclusions de la lettre écrite par Ladimir. Il l'accentuait d'une voix claire, lente,
monotone, mesurée, ponctuant son débit
de légers silences et reprenant haleine à
chaque fin de phrase.

Gilbert bouillait. Il aurait voulu s'emparer du papier et le dévorer d'un coup
d'œil.

— Ah! parbleu! s'écria-t-il, faites-
nous grâce de l'histoire de ce Paul Mérel.
Sautez l'histoire des vingt-quatre millions que Maugreval s'apprête sans doute
à lui escroquer. Que nous importe tout
cela ? Voyez plutôt s'il y a dans ces lignes
quelque chose qui nous intéresse directement, et partons vite. Les minutes sont
précieuses. Hélène est aux Taillis, dans
ce coupe-gorge où l'on peut la massacrer
impunément.

Maître Lampon ne se pressa pas davantage.

— On ne massacrera point Hélène, répliqua-t-il. Si on avait voulu la tuer, le
crime eût été accompli déjà, et point
n'eût été besoin pour cela de l'amener
aux Taillis. Les brigands ont d'autres
projets à son égard, soyez-en sûr.

Il tisonna le feu et reprit :

— Pour ce qui est de l'histoire de Paul
Mérel et des vingt-quatre millions, elle
vous intéresse très directement. Je m'en
suis assuré tout d'abord.

— Poursuivez donc, grommela Gilbert.
Mais, au nom du ciel, hâtez-vous.

Le notaire continua aussitôt sa lecture.

« Ceci se passait en l'année 1859. On
» venait de découvrir, sur plusieurs points
» de l'Amérique du Nord, de nombreuses
» sources de pétrole. La spéculation
» s'était emparée de cette industrie. Elle
» commençait à donner des bénéfices ex-
» traordinaires. Aussi la fièvre de l'huile,
» comme on disait là-bas, était-elle à son
» paroxisme.

» On comptait, à New-York seulement,
» plus de trois cents compagnies de pé-
» trole, représentant un capital effectif de
» plus de 1 milliard de francs.

» Or, les trois hommes qui s'étaient pré-
» sentés à Paul Mérel, appartenaient à
» l'une de ces compagnies. Ils avaient
» sondé le terrain du nouveau colon et ils y
» avaient rencontré une nappe jaillissante
» pouvant fournir douze cents barils
» d'huile par jour. Tout autour de ce puits,
» d'autres nappes moindres, mais capa-
» bles de débiter ensemble un volume très
» considérable, avaient été constatées par
» eux sur une surface de quelques hec-
» tares à peine.

» La propriété de Mérel avait par con-
» séquent la valeur d'une mine d'or. Les
» industriels furent contraints de le lui
» avouer.

» En homme sage, il se garda bien de
» leur vendre sa ferme, reçut comptant un
» denier à Dieu sur chaque acre de ter-
» rain où il permit l'exploitation, puis se
» réserva une part sur les produits bruts
» de l'entreprise.

» A partir de ce moment, les sommes
» qui furent payées à Paul Mérel s'élevè-
» rent par jour à deux mille dollars en
» moyenne — autrement dit à dix mille
» francs.

» Ce ne fut pas tout. Surexcitée par ces
» magnifiques résultats, la convoitise de
» Paul prit un caractère sauvage. Non-
» seulement il s'associa aux compagnies
» exploitantes, mais encore il s'enrôla
» parmi les travailleurs.

» Pendant des années, au fond des ra-
» vins profonds, cet ancien viveur, habi-
» tué au confortable le plus large, creusa
» le sol nuit et jour. Chaussé de grandes
» bottes, mal nourri, plongé dans la
» boue, la neige et l'huile, souvent terras-
» sé par la fièvre, toujours actif et patient,
» il poursuivit son œuvre sans se décou-
» rager.

» Une fortune princière récompensa ses
» efforts. Il songea enfin à se reposer, à
» jouir du fruit de tant de fatigues

» Il n'était plus temps. Ses forces épui-
» sées, sa santé détruite et des infirmités
» précoces l'avaient réduit au rôle d'inva-
» lide. Il revint en Europe. Il traîna dans
» toutes les luxueuses métropoles son
» faste insolent, sa figure sombre et son
» incurable ennui. Rongé par une mala-
» die lente, il se voyait à quarante-cinq
» ans, au milieu de la vigueur de l'âge,
» dépérir sans espoir de salut.

» Un jour, comme il traversait une
» ville d'eaux allemande, il échangea
» quelques conversations avec un voya-
» geur dont la distinction l'avait séduit.
» Ce voyageur n'était autre que notre col-
» lègue Fischer.

» Tu le connais. Tu sais que ce garçon
» est absolument dévoué aux intérêts de
» notre association. Malheureusement il
» manque de l'esprit d'initiative et de la
» hauteur de vue qui sont nécessaires
» à un chef. En cette circonstance toute-
» fois, il se montra rempli d'intelligence.
» Il comprit vaguement, quand il eut
» rencontré Paul Mérel, qu'il y aurait
» quelque riche aubaine à tirer d'un
homme aussi monstrueusement opulent, aussi dénué de famille, aussi voisin de la mort que paraissait l'être ce
parvenu.

» Quant aux voies et moyens à em-
» ployer, Fischer n'en avait pas la pre-
» mière idée. Cela était au-dessus de ses
» aptitudes.

» En revanche, il écrivit à Maugreval
» d'accourir.

» Courrier par courrier, celui-ci ar-
» riva.

» Il faut rendre justice au beau Roland :
» c'est un fat, un gandin et un faux
» frère ; mais c'est un gaillard qui a du
» nez. Dès le début, il fut au courant de
» la situation ; et, en un tour de main, il
» devint l'ami intime de Paul Mérel.

» Au bout de quinze jours, le millionnaire n'avait plus de secrets pour lui.
» Ses plaintes, ses regrets, sa rage de s'é-
» teindre en pleine maturité et en pleine
» richesse, sa rancune contre la famille
» qui l'avait repoussé, sa résolution for-
» melle de ne rien laisser à des parents
» ingrats, il confia tout à Maugreval.

« Tant que je vivrai, lui dit-il, ceux qui
» m'ont renié n'entendront point parler de
» moi. Après ma mort, ils seront frustrés
» de mon héritage. Mon testament est
» fait. Je possède un peu plus de vingt-
» quatre millions. Je les lègue à ma nièce,
» une enfant qui ne m'a pas connu, et qui
» est innocente de torts envers moi. Quant

» aux autres, ils n'auront pas un cen-
» time. »

« Tu devines bien, mon cher garçon,
» qu'à ce mot de nièce, Maugreval dressa
» l'oreille. Le malade parlait encore que
» déjà son plan était bâti. S'informer du
» nom de la future héritière fut pour lui
» l'affaire d'une seconde. Lui plaire, sol-
» liciter sa main et l'obtenir fut l'affaire
» de quelques jours.

» Et voilà pourquoi, bon gré mal gré,
» mademoiselle Diane Haveril s'appellera
» bientôt madame Roland Maugreval. »

. . . .

En articulant ces dernières syllabes,
maître Lampon avait glissé un coup d'œil
malicieux du côté de son jeune hôte.

— Eh bien ! lui dit-il, commencez-vous
à reconnaître que ces détails vous inté-
ressent di-rec-te-ment ?

Debout, pâle à faire peur, se cramponnant au marbre de la cheminée, Gilbert
avait bondi comme sous l'impulsion d'un
ressort.

L'intrigue ténébreuse au sein de laquelle il se débattait depuis quatre ans,
s'était éclairée tout d'un coup. Il comprenait soudain les motifs qui avaient armé
Roland contre lui, les mobiles puissants
qui avaient poussé ce misérable à se débarrasser d'Hélène, à soudoyer madame
Haveril et à rechercher l'alliance de Diane, qui l'exécrait et que lui-même il était
loin d'aimer.

Gilbert envisagea ces choses. Mais
nulle pensée égoïste ou cupide ne souilla
son amour.

Il ne songea point à lui-même. Il ne se
dit pas que, préféré par Diane, possédant
son cœur sans partage, un magnifique
avenir s'offrait à lui. Il ne fallut rien
moins, pour le lui faire remarquer, que
ces paroles narquoises de maître Lampon :

— Ah ça ! mon cher ami, je crois que je
puis maintenant vous prêter trente mille
francs, et même cent fois davantage, sans
courir le moindre risque.

Une rougeur ardente envahit alors les
joues blêmes du jeune homme. Il fit un
geste de protestation et retomba sur son
siége.

— Bien ! bien ! ricana le notaire. Inutile
de parler. Je vous perce à jour. Une
chaumière et son cœur, n'est-ce pas ? ça
vous aurait suffi. N'importe ! Si petite
qu'elle soit, votre chaumière, on y trouvera bien un coin pour caser les vingt-
quatre millions.

Et le ventre du brave homme sauta
d'une façon convulsive.

— Reprenons, dit-il, cette lecture attachante. Avant qu'elle soit terminée, vous aurez eu le loisir de vous remettre. Il écrit bien, ce diable d'Obrinski.

Là-dessus, maître Lampon abaissa de nouveau ses yeux sur la lettre :

« Tu vois d'ici, — poursuivait Ladimir
» en s'adressant à son ami le sieur Au-
» guste, — quel intérêt nous avons tous à
» ce que le mariage s'accomplisse au plus
» tôt.

» Si Paul Mérel venait à mourir avant
» la bénédiction nuptiale, mademoiselle
» Haveril, fille majeure, pouvant disposer
» de sa personne et n'ayant consenti à
» épouser Maugreval que pour sauver sa
» mère de l'indigence, s'empresserait de
» lui fermer sa porte.

» Voilà ce à quoi nous devons prendre
» garde. Paul Mérel est au plus bas. Retiré
» en Suisse, dars un petit village sur les
» bords du lac de Genève, il jouit en ce mo-
» ment de son reste. Encore quelques se-
» maines, et il aura vécu.

» Si, lorsque son heure sonnera, Mau-
» greval n'est point marié, nous aurons
» tous perdu l'unique occasion qui se
» présentera jamais de nous retirer du
» commerce avec de belles rentes. Roland
» nous a promis douze millions. Nous lui
» en ferons suer davantage. Il serait in-
» juste qu'il en conservât douze pour lui
» tout seul. Nous agiterons la question
» plus tard. L'essentiel, quant à présent,
» est de presser son *conjungo*.

» Or un incident a surgi depuis peu
» qui va mettre en péril notre avenir, si
» toi et moi nous n'y mettons ordre.

» Hélène a reparu. Elle s'est rapprochée
» de Roland. Elle a eu avec lui un entre-
» tien secret. Maugreval, depuis lors,
» semble rêveur et moins disposé à préci-
» piter la cérémonie.

» Que s'est-il passé entre eux ? je l'igno-
» re. Je sais seulement que cette créature
» a eu de tout temps une influence excep-
» tionnelle sur l'esprit de Roland. Il a
» beau la tromper, la trahir, la chasser et
» s'amouracher de mille autres; sans cesse
» il lui revient, sans cesse il la reprend,
» sans cesse il finit par exécuter ce qu'elle
» lui conseille.

» Que lui a-t-elle conseillé cette fois-ci ?
» Problème. Elle avait consenti à son ma-
» riage. Rien ne prouve qu'elle n'a pas
» changé d'opinion. Souvent femme va-
» rie.

» Mais, comme fol est qui s'y fie, je vais
» immédiatement déployer un luxe extrê-
» me de précautions.

» Il s'agit de supprimer Hélène. Rien ne
» serait plus facile que de lui tordre son
» joli cou dans un endroit obscur. Je m'en

» abstiendrai pour le présent. Je la réserve
» à un destin meilleur.

» Te l'avouerai-je, ami? moi aussi, je
» me suis toqué de cette femelle. Que veux-
» tu? l'homme n'est point parfait.

» Bref, il me la faut, je la veux, je l'au-
» rai.

» Lorsque j'en serai las, — et dans mon
» propre intérêt, j'espère que ce ne sera pas
» long, — il sera temps de s'en défaire.

» En attendant, jeune Auguste, je ré-
» clame ton bienveillant concours. La tâ-
» che que j'attends de toi n'est ni dange-
» reuse ni compliquée. Si tu la remplis
» agréablement, tu n'auras point à t'en
» repentir. Je suis généreux à mes heures.

» Sur ce, prête-moi une oreille attentive
» et fais en sorte de bien saisir mes ins-
» tructions. »

XV

Maître Lampon leva en l'air sa main droite; une grosse main courte, épaisse, potelée.

— Attention, Gilbert! fit-il en s'arrêtant à ce passage de la lettre d'Obrinski. Nous allons savoir au juste ce que ce Polonais du diable compte faire de la pauvre petite dame.

— Le mystère est facile à pénétrer, répliqua brusquement M. de Soriat, dont les dents s'entre-choquaient d'impatience.

— En tout cas, vous voyez que j'avais raison : elle n'est point en danger de mort...

— Elle court un danger mille fois plus terrible. Mais achevez, mon ami, achevez rapidement. Nous devrions déjà être loin d'ici. Les pieds me brûlent.

— Quatre minutes de calme, et nous partirons, dit le notaire.

Puis, tout d'une haleine, il lut les der-nières lignes de la missive.

Elles étaient ainsi conçues :

« Auguste, jeune Pendu plein d'avenir,
» tu quitteras Bruxelles au reçu de la pré-
» sente. Il faut que tu sois à Paris de-
» main 26 mars, à huit heures du matin.

» Aussitôt arrivé, tu t'habilleras avec
» le soin, le chic, l'élégance, qui vont si
» bien à ta figure candide et mélancoli-
» que. Tu m'entends Tenue simple, so-
» bre, mais épatante de bon goût. Je veux
» que tu inspires confiance à première
» vue ; et, flatterie à part, tu sais revêtir,
» quand il te convient, l'extérieur d'un
» gentleman accompli.

» Une fois ficelé d'une façon supérieure,
» tu te transporteras rue des Saints-
» Pères, à l'adresse indiquée plus loin, et
» tu remettras à madame Hélène le billet
» ci-inclus.

» Il est signé : Maugreval. Il va sans
» dire que je l'ai tracé de ma blanche
» main. L'imitation des écritures est une
» des branches les mieux réussies de mon
» éducation. Je m'en flatte et je m'en
» vante.

» Lorsque Hélène aura lu ce poulet,
» elle s'évertuera naturellement à te tirer
» les vers du nez. Tu te retrancheras dans
» une réserve mystérieuse.

» — Madame, lui répondras-tu avec
» ton air pétri d'innocence, je ne suis pas
» plus renseigné que vous. Maugreval
» vient de partir en toute hâte. Il m'a
» chargé de ce mot à votre intention. J'ai
» lieu de croire qu'il vous invite à vous
» confier à moi.

» — En effet, monsieur, répliquera la
» jeune personne, Roland me recommande
» de vous accompagner là où vous avez
» mission de me conduire. Je suis prête.
» Mais où allons-nous ?

» — Au château des Taillis, madame.

» Il est probable que cette phrase cou-
» pera court à toute hésitation de sa part.
» Tu l'emmèneras à la gare d'Orléans. Tu
» prendras deux premières pour Angers,
» et, quoique la coquine soit très at-
» trayante, tu me feras le sensible plaisir
» de garder vis-à-vis d'elle, d'un bout à
» l'autre de la route, une attitude aussi
» respectueuse que pudibonde.

» A Angers, une calèche vous attendra.
» Tu y feras entrer la demoiselle, en l'em-
» pêchant autant que possible d'examiner
» de trop près le cocher. Ce brave homme,
» du reste, vu la rigueur du froid, sera
» tellement enveloppé de fourrures qu'on
» ne pourra distinguer son mâle visage et
» la barbe opulente dont la nature l'a
» généreusement gratifié.

» A ce détail, tu as déjà reconnu ton
» ami Ladimir.

» Il fera nuit quand la berline vous em-
» portera. Cependant, n'abuse pas de
» cette ombre propice aux doux larcins.
» Ton naturel est libidineux, et c'est lui
» que je redoute. Tâche de le contenir.
» Souviens-toi que la moindre imprudence
» pourrait tout perdre, en donnant l'é-
» veil aux soupçons d'Hélène. Qu'elle te
» soit sacrée jusqu'au moment où nous la
» tiendrons enfermée aux Taillis ; sinon,
» je t'en avertis en camarade, tu n'attein-
» dras jamais l'âge avancé de Mathusa-
» lem.

» Là se bornera ta coopération à mon
» œuvre. Son dénoûment me regarde seul.

» Le château des Taillis est, depuis qua-
» tre ans, absolument vide. Des bois l'en-
» tourent. Au dehors, pas de voisins ; au
» dedans, pas de domestiques. Nul œil à
» craindre, nulle oreille indiscrète. Un
» vieux concierge, il est vrai, garde la

» maison ; mais sa loge touche à la grille
» d'entrée. On tirerait le canon dans le
» parc qu'il n'entendrait rien.

» Donc, sécurité complète. Je suis maî-
» tre de la situation et je compte sur toi. »

Ainsi finissait la lettre de Ladimir.

Un *post-scriptum*, ajouté sans doute
après réflexion, énonçait cet avis prudent :

« Brûle ceci dès que tu l'auras lu. »

Maître Lampon se leva.

— Les jeunes gens sont oublieux, murmura-t-il. L'honorable M. Auguste n'a
rien brûlé du tout. J'ai bien peur qu'il ne
lui en cuise.

Il était magnifique à contempler, ce
brave petit notaire. Malgré sa bedaine de
gros papa, malgré sa physionomie bonasse
et paterne, on sentait fermenter en lui
une indignation généreuse et une résolution à toute épreuve.

Gilbert, en le regardant, se félicita de
l'avoir pour auxiliaire.

— Eh bien ! dit-il, en savons-nous assez ? Partons-nous ?

— Un instant, fit l'autre. Vous avez réfléchi, j'aime à le supposer, au moyen de
pénétrer dans le château ? car enfin nous
serions quelque peu naïfs d'admettre que
sonner à la grille et demander à être in-
troduits serait un stratagème suffisant.

— Soyez tranquille, notaire. J'ai la clef
de la petite porte du parc.

— Bah ! Et comment vous l'êtes-vous
procurée ?

— Il y a des années qu'elle est en ma
posssession. Lors de ma dernière visite à
la petite dame, elle me l'avait prêtée afin
que je pusse sortir des Taillis sans obstacle.
Cette clef, je l'ai déposée chez Marthe, ma
nourrice. Hélène devait aller l'y reprendre le lendemain.

— Et elle ne l'a pas reprise ?

— Elle n'y a plus songé.

— En sorte que la clef est restée chez
Marthe depuis lors ?

— Oui.

— Mais vous l'avez redemandée à Marthe, vous ? et en ce moment elle est dans
votre poche ?

— Hélas ! non. Nous allons être obligés
de passer d'abord au manoir, de réveiller
ma nourrice et de lui réclamer l'objet.

— Diable ! diable ! Et si elle l'a égaré,
si elle l'a perdu ? Enfin, ne nous inquié-
tons pas d'avance. Etes-vous armé, Gilbert ?

— Nullement.

— Bon. Ça ne fait rien. J'ai de quoi
combler cette lacune.

Ce disant, maître Lampon ouvrit un tiroir

— Munissez-vous de ce viatique, dit-il à son jeune ami, en lui présentant un revolver.

Puis il glissa dans sa redingote un pistolet semblable au premier.

— Avec cela, opina-t-il, deux hommes en valent deux autres. A propos, vous ai-je dit qu'ils sont chargés ? Oui, ma foi ! ils le sont. Ça vous étonne, hein ? de rencontrer de pareils joujoux dans le cabinet d'un notaire. Rien de plus simple pourtant. J'ai organisé un tir au fond de mon potager, et je m'y exerce quelquefois la main.

Tout en parlant, il enfilait son pardessus, enfonçait sa casquette sur ses oreilles et arborait ses gants de tricot.

— Quant aux bottes fourrées, grommela-t-il en riant, bien le bonsoir pour aujourd'hui ! Elles m'empêchent de courir; et j'ai idée que nous aurons besoin, cette nuit, d'être agiles. Me voilà prêt. Ditesdonc, Gilbert, ajouta-t-il en riant à petit bruit, si madame Lampon soupçonnait l'expédition que je médite, ah ! bonhomme de bois, quelle scène !

Et tout doucement le notaire entrebâilla la porte de son cabinet.

— Eteignez la lampe et venez, reprit-il. Gilbert obéit.

A la lueur des tisons qui s'éteignaient dans la cheminée, les deux amis sortirent de la chambre, gagnèrent la cuisine, et là maître Lampon alluma un falot.

Cela fait, marchant sur la pointe des pieds, il entraîna sans bruit son compagnon dans la cour.

— Il s'agit maintenant, chuchota-t-il, d'atteler Blanchette. Ça va être pénible. Elle a ses habitudes et elle déteste qu'on la dérange au milieu de la nuit.

— Quelle nécessité d'emmener Blanchette ? fit Gilbert, dont tous ces délais agaçaient le système nerveux.

— Quelle nécessité ? Vous êtes charmant, vous ! J'ai cinquante-cinq ans et n'ai jamais été taillé pour la course. Or, d'ici au manoir de Soriat, deux kilomètres; de Soriat aux Taillis, deux autres kilomètres : ça fait quatre. Autant pour revenir... si nous revenons : ça fera huit. Attelons, Gilbert, attelons.

Et ils attelèrent, en effet.

La stupéfaction de Blanchette fut si profonde, qu'elle oublia de protester. Elle semblait plongée dans une sorte de somnambulisme.

Maître Lampon écarta les deux battants du portail. Gilbert saisit la jument par la bride et la conduisit dehors.

Le portail refermé, les deux hommes installés dans la voiture, Blanchette, chose merveilleuse, partit immédiatement au petit trot. Soit que le sommeil l'eût rafraîchie, soit que sa pitance d'avoine l'eût égayée, soit enfin que tel fût son caprice, elle dévora l'espace pendant un bon quart de lieue.

— Prodigieux animal ! ne cessait de répéter le notaire attendri.

Son admiration lui porta malheur. Blanchette s'arrêta. Ni les supplications, ni la voix larmoyante de son maître ne la fléchirent. Elle s'immobilisa de manière à faire croire qu'elle resterait ainsi jusqu'au jugement dernier.

— Mais, sacrebleu ! s'écria Gilbert, descendons alors. Nous irons plus vite à pied.

— Non, non ! dit le bonhomme. Ne vous impatientez pas. D'ici à dix minutes, elle changera probablement d'avis. La folle ! elle a parfois des lubies incompréhensibles. J'ai essayé de tout en vain pour l'en corriger.

— L'avez-vous battue ?

— O ciel ! y pensez-vous ? la battre !

Gilbert arracha le fouet d'entre les mains de maître Lampon et infligea séance tenante à l'infortunée Blanchette une de ces corrections dont les chevaux rétifs se souviennent jusque dans leur plus extrême vieillesse.

Blanchette rua, regimba, recula, dansa sur ses pieds de derrière. Maître Lampon cria, gémit, se fâcha, implora les foudres du ciel.

Inutile révolte ! Gilbert poursuivit l'exécution. Elle dura trois minutes, au bout desquelles la jument, contrite et désormais domptée, fila un train de poste.

A partir de cet instant, elle devint un modèle de docilité.

— Allons, balbutia le notaire, c'était pour son bien, après tout. Mais j'eusse voulu détourner d'elle ce calice.

Il s'essuya les yeux. La carriole courait maintenant comme une locomotive. En face d'elle se dressèrent bientôt dans l'ombre les deux tourelles du manoir de Soriat.

— Attendez-moi ici, dit Gilbert, qui sauta sur la route.

Maître Lampon, penché en dehors du cabriolet arrêté, le vit courir au pavillon habité par les époux Tringlot et frapper à coups de poing contre les volets.

Marthe, comme la plupart des vieilles gens, avait le sommeil léger. Sa voix retentit à l'intérieur du pavillon. Gilbert y répondit. Un dialogue bref s'échangea. Puis les volets s'ouvrirent.

On entendit une grande exclamation de joie. Marthe avait saisi à deux mains la tête de son nourrisson, et elle le mangeait de baisers.

Mais sans doute Gilbert lui imposa silence : car elle s'apaisa aussitôt et la conversation se poursuivit à voix basse.

Après un très court intervalle, le jeune

homme revint en bondissant vers la carriole et s'installa de nouveau près du notaire.

— C'est fait ! murmura-t-il simplement.

— Vous avez la clef du parc ?

— Oui.

— Aux Taillis, en ce cas, et ventre à terre !

Blanchette ne se le fit pas dire deux fois.

XVI

C'était par une de ces nuits rigoureuses qui, parfois, précèdent l'apparition du printemps.

Le froid piquait. La bise sifflait entre les branches noires. De lourdes nuées envahissaient toute la surface du ciel; et cependant on discernait les moindres accidents du paysage, éclairé qu'il était par la lugubre réverbération de la neige.

Au milieu du solennel silence épandu sur la campagne, les pas de Blanchette sonnaient comme les coups précipités d'un marteau.

Gilbert et maître Lampon n'échangeaient plus une parole. Cette ombre funèbre, ces haleines glacées, la maigre silhouette des bois chauves dont les ramures cliquetaient tristement, et surtout la pensée anxieuse des périls inconnus qu'ils se préparaient à braver, tout impressionnait leurs âmes.

Blottis au fond de la carriole, immobiles chacun dans son coin, ils demeuraient mornes, mais résolus.

Quand ils s'engagèrent dans le petit bois des Taillis, tendu de noir et de blanc ainsi qu'une chapelle funéraire, le malaise qui pesait sur eux redoubla.

Rien de plus navrant que ce deuil. Rien de plus imposant que cette muette solitude.

Enfin, le mur d'enceinte du parc leur apparut, et ils secouèrent leur torpeur.

Ayant mis pied à terre, maître Lampon attacha au tronc d'un arbre la bride de sa jument, jeta sur la bête une chaude couverture, et dit à Gilbert avec une émotion contenue :

— Entrons !

La porte basse du parc était devant eux.

Gilbert introduisit la clef dans la serrure. Il y avait longtemps qu'on n'en avait tourné le pêne : car il fallut beaucoup d'efforts pour en venir à bout. Aussi les deux hommes, une fois entrés, laissèrent-ils le battant entr'ouvert. Ils voulaient qu'en cas de non-réussite, leur retraite ne fût point retardée.

Une épaisse nappe de neige s'étendait au long des allées. Nulle trace de pas n'en souillait la surface. Il était donc évident que Ladimir et son complice avaient pénétré dans le château par la cour d'honneur, et non par les derrières de la propriété.

S'avançant avec précaution, prêtant l'oreille à de courts intervalles, les deux amis se dirigèrent d'abord vers le pavillon autrefois habité par Hélène. Mais il était plongé dans un abandon absolu. Ses deux fenêtres aux vitraux coloriés ne tamisaient aucune lumière.

Ils continuèrent leur route.

Dans l'ancien pavillon de Ladimir, même obscurité, même absence de bruit. C'était, par conséquent, dans le château qu'ils devaient entamer leurs recherches. Rapidement ils en prirent le chemin. Une inquiétude intense commença à leur serrer le cœur.

Comment et par où s'introduiraient-ils dans l'édifice ? — Telle fut la réflexion qui les frappa l'un et l'autre sans qu'ils se communiquassent leur anxiété.

Après une demi-heure de marche, ils aperçurent, à l'extrémité d'une avenue, la masse des bâtiments principaux. Là aussi, calme complet. Des volets solides protégeaient les portes et les croisées, qui ne filtraient ni un murmure ni une lueur.

Toutefois ils ne se départirent point de leur prudence. Avant de se consulter, ils s'abritèrent derrière le socle d'une statue, placée au bas du perron. De ce poste, ils distinguaient nettement les quatre grandes portes de la façade. Elles étaient hermétiquement closes, et des armatures de fer dissimulaient leurs châssis vitrés.

— La situation devient embarrassante, chuchota le notaire. Cette caverne serait inaccessible même à des voleurs de profession. Comment des honnêtes gens comme nous pourront-ils s'y faufiler ?

Gilbert fut incapable de répondre. L'angoisse le suffoquait. Maître Lampon puisa une prise au fond de sa tabatière et continua flegmatiquement :

— A moins de descendre par les cheminées — entreprise que m'interdit mon embonpoint, — je ne vois pas trop ce qu'il nous reste à faire.

— Et pendant ce temps, gronda le jeune homme, Hélène est livrée sans défense aux brutalités de ce bandit.

— Pauvre petite femme ! soupira l'autre. Je donnerais beaucoup pour la sauver. Mais le moyen, bon Dieu, le moyen !

— Quelle heure est-il ? fit brusquement Gilbert.

Maître Lampon regarda sa montre.

— Une heure et demie.

— Ainsi, s'écria M. de Soriat en se mordant les poings, voilà trois longues heures qu'elle est enfermée là-dedans avec eux. Que s'est-il passé ? à quels outrages l'ont-ils soumise ?

Le notaire secoua la tête. Le découragement le gagnait peu à peu.

— Voyons, exclama Gilbert, il faut pourtant nous arrêter à un parti. D'une façon ou d'une autre, il faut en finir. Heurtons à l'une de ces portes. Faisons du tapage. Tâchons d'attirer au dehors le Polonais.

— A quoi bon ?

— A l'effrayer, à le tenir en respect. Quand il se saura surveillé, il n'osera peut-être accomplir le crime qu'il médite.

— Et s'il ne se montre pas ? et si le crime est accompli ? et si... ?

— Ah ! parbleu, interrompit rageusement Gilbert, vous m'exaspérez avec vos objections continuelles. Sommes-nous venus pour tenter quelque chose, oui ou non ? Tenez, j'ai une idée.

En parlant de la sorte, il arma son revolver. Maître Lampon lui saisit le poignet.

— Ah ! permettez, permettez ! dit-il. Quelle folie rêvez-vous ?

— Ce n'est pas une folie ; c'est la chose la plus sage du monde. Je vais tirer en l'air un coup de pistolet ; la détonation inquiétera Ladimir ; il ouvrira une porte ou une fenêtre ; je lui logerai une balle dans le crâne, et nous entrerons.

— Vous êtes fou à lier, répliqua le notaire. Un meurtre ! un assassinat ! Et les conséquences ? Y avez-vous songé ? Je vous déclare, quant à moi...

— Silence ! interrompit soudain Gilbert.

Et il serra la main de maître Lampon de manière à la broyer.

A l'intérieur de la maison, une rumeur de voix se faisait entendre. Elle se rapprocha. Puis le grincement d'une espagnolette annonça qu'une des portes-fenêtres allait s'ouvrir.

L'instant d'après, Obrinski et son ami Auguste surgirent au sommet du perron.

Nu-têtes, débraillés, la serviette à la main, le cigare aux lèvres, riant très haut et parlant tous les deux à la fois, ils semblaient avoir soupé en conscience.

— Il fait trop chaud là-dedans, respirons un peu, balbutia le plus jeune.

— Ah ! parfait ! répliqua Ladimir. Tu crois que l'air va te faire du bien, mon garçon, hein ? Evidemment, évidemment... C'est toujours ainsi, quand on commence à se cocarder. Charmant ! délicieux ! L'air t'achèvera, imprudent jouvenceau. Dans un quart d'heure, tu seras soûl comme une grive.

Et Ladimir modula ce ricanement bizarre qui lui était particulier.

Il était parfaitement solide sur ses jambes ; mais son complice se cramponnait à lui des deux mains pour ne pas tomber.

Gilbert et maître Lampon, toujours accroupis derrière le large piédestal de la statue, retenaient leur haleine.

Le notaire étreignait fortement son jeune ami : car il redoutait que, dans son aveugle emportement, celui-ci ne se livrât à quelque acte de violence.

Malgré le froid, ils avaient l'un et l'autre les tempes baignées de sueur, et c'était avec une attention fiévreuse que leurs yeux épiaient chaque geste des deux causeurs.

Ces derniers piétinaient sans défiance sur la neige du perron. Leurs traits demeuraient dans l'ombre, mais s'illuminaient parfois, grâce aux points de feu de leurs cigares.

Dans l'encadrement de la porte béante, une faible clarté vacillait : elle provenait des bougies allumées tout au fond des appartements.

Durant dix minutes environ, le Polonais et son camarade se promenèrent en bavardant à tue-tête.

Dialogue ignoble, décousu, puant l'ivresse et l'obscénité.

Puis Auguste trébucha.

— C'est pourtant vrai, bégaya-t-il, que l'air me soûle.

— Allons, rentrons, répliqua l'autre. Il y a encore du vin de Champagne à boire.

Il souleva son compagnon par la taille, l'entraîna dans le salon et repoussa la porte d'un coup de pied.

Elle ne se referma point.

Gilbert avait déjà franchi les dix marches du perron. Plus rassis et moins agile, le notaire les gravit une à une.

— Par le saint nom de Dieu ! accentua-t-il tout bas, ne précipitez rien. Du sang-froid, mon ami, du sang-froid !

— J'en aurai, riposta le jeune homme.

Et de fait, la satisfaction d'être entré dans la place, la certitude de pouvoir bientôt provoquer son ennemi, communiquaient à Gilbert du calme et de l'aplomb.

Suivi de près par maître Lampon, il se glissa dans une pièce vaste et obscure. Un tapis moelleux étouffa l'écho de leurs pas. En se heurtant quelque peu aux meubles, ils gagnèrent un deuxième salon, d'où ils entendirent des chants, des cris, des tintements de verres et de fourchettes.

Les deux ivrognes s'étaient remis à table. Néanmoins leur orgie touchait à son terme. Ladimir était en train de le proclamer.

— Après ces deux bouteilles-là, criait-il,

tu iras te coucher, fiston. Je ne veux pas me plonger ce soir dans les brindezingues. Tu devines pourquoi.

Son ricanement sempiternel retentit de nouveau.

Il n'y avait plus maintenant, entre lui et ses adversaires silencieux, que l'épaisseur d'une portière en tapisserie. Maître Lampon s'était assis dans une ganache. Gilbert se tenait debout en face de lui et soulevait du bout des doigts la tenture.

Tous deux, le pistolet au poing et noyés dans des ténèbres profondes, promenaient leurs regards avides à travers la salle du festin.

C'était un petit boudoir octogone, tendu de soie pourpre brochée d'or. Un grand feu pétillant brûlait dans la cheminée de marbre rose, au coin de laquelle Auguste et Ladimir buvaient gaiement face à face, les coudes appuyés sur la table.

Cette table, vivement éclairée par une énorme lampe en porcelaine du Japon, était chargée de victuailles, probablement apportées par Obrinski dans les poches de la berline.

A terre, le tapis, jonché de flacons vides, de fioles enveloppées d'osier, de bouteilles aux diverses dimensions, attestait le peu de sobriété des convives.

Ladimir avait déboutonné son gilet, desserré sa cravate, retroussé les parements de ses manches. Sa barbe étincelait ; ses yeux rutilaient. Il côtoyait l'ivresse ; mais son ébriété ne provenait pas du vin qu'il avait bu. La joie, une joie sauvage, féroce, triomphale, gonflait les muscles de son cou, agitait ses mains velues et lui poussait le sang au sage.

Son compagnon, par contre, semblait extrêmement affaissé. Il avait vingt-cinq ou vingt-six ans. Blanc et rose, avec de grands yeux bleus candides et de blonds cheveux bouclés, ce scélérat subalterne avait la distinction, l'élégance d'un fils de famille.

On lui eût, comme disent les bonnes gens, octroyé le bon Dieu sans confession. Il n'en était pas moins l'un des plus dangereux agents de Ladimir.

Oscillant sur son siége, alourdi, ensommeillé, malade même, s'il fallait s'en rapporter à ses exclamations plaintives, il passait continuellement sur son front sa main fine et transparente comme une main de femme.

— Celui-là n'est point à redouter, dit Gilbert à l'oreille de maître Lampon : il va rouler ivre-mort.

— Lui ! répondit le notaire : il n'est pas plus ivre que vous et moi. Examinez-le bien.

— Bah ! fit le jeune homme, que m'importe ? C'est Hélène qui m'occupe. Où est-elle ? qu'en ont-ils fait, les misérables ?

XVII

En effet, la préoccupation de Gilbert au sujet d'Hélène allait en s'accroissant.

Rien ne décelait la présence de la jeune femme. Aucune des paroles qu'il avait surprises depuis un quart d'heure n'avait eu rapport à elle.

Cela le terrifiait.

Quant au notaire, Hélène était pour le moment le moindre de ses soucis.

Penché en avant, il épiait avec une curiosité bizarre chaque geste de ce jeune bandit qu'on appelait M. Auguste. Si profonde semblait être son attention qu'elle lui faisait négliger sa prudence habituelle.

Il avait beaucoup trop soulevé la tapisserie. Ladimir et son collègue n'eussent eu qu'à lever les yeux pour apercevoir la figure placide et maligne de Mᵉ Lampon.

Heureusement, ils se croyaient parfaitement à l'abri de tout espionnage.

Obrinski, joyeux comme un tigre déchaîné, s'amusait à griser son élève ; et celui-ci se prêtait docilement à ce caprice.

Les bouteilles étaient à sec. Aux vins capiteux avaient succédé les liqueurs fortes. Ladimir, afin de mieux surexciter l'adolescent, buvait du rhum à plein verre ; et le sieur Auguste, quoique de plus en plus stupéfié, lui faisait raison.

Seulement un détail singulier donnait à réfléchir au notaire. Il avait cru remarquer que ledit Auguste, à diverses reprises, au lieu de lancer l'ardent liquide au fond son gosier, l'avait jeté par-dessus son épaule. Tout en ayant l'air de boire, il était demeuré très sobre; et cependant son ivresse atteignait en apparence des proportions démesurées.

Ses yeux se fermaient, sa tête roulait de ci, de là; ses cheveux blonds s'éparpillaient en désordre sur son doux visage d'enfant de chœur. Enfin, sa langue épaisse n'articulait plus que des phrases empâtées.

Un moment vint où son front se heurta contre la nappe. Il se redressa en balbutiant. Ladimir se prit les côtes.

— Allons, gamin, s'écria-t-il, tends ton verre !

— Non, prononça l'autre avec effort. Ça suffit, j'ai mon compte.

— Poule mouillée, va !

— Possible... Je n'ai pas un coffre doublé en cuivre comme le tien... Et puis, tu as beau faire le malin, mon petit Ladimir, tu es rond comme une boule.

— Moi ! ricana le Polonais. Ah ! délicieux ! j'avalerais un litre de rhum sans reprendre haleine, et il n'y paraîtrait pas.

— Avale-le donc, vieux blagueur !

Ladimir saisit un flacon et d'un revers de main fit sauter le bouchon à dix pas.

Puis il en appuya le goulot contre ses lèvres.

Mais, se ravisant tout d'un coup :

— Minute ! accentua-t-il. Pas de bêtises ! On s'abrutira un autre jour.

Auguste éclata d'un rire idiot.

— Je savais bien, murmura-t-il. Tu te vantes. Tu te prétends toujours plus fort que les autres... et au résumé, quand on va aux preuves, tu renâcles.

— Oui, je renâcle ce soir, imbécile ! et pour cause. Il y a des instants où un homme doit résister à ses passions.

— Tais-toi donc ! Avec ça que tu y résistes... parlons-en... Tu y as joliment résisté tout à l'heure... dans la berline.

— Que veux-tu dire ?

— Oui... oui... feins de l'avoir oublié !... Monsieur me recommande de la réserve, de la chasteté... J'ai la sottise de lui obéir. La petite femme ne se doutait de rien... Ça marchait comme sur des roulettes... et puis, crac ! va te promener !

— Ah ! soupira Obrinski, quant à ça, oui, tu as raison. Pendant un moment, l'amour m'a brouillé la cervelle, et j'ai failli gâter mon affaire. Qu'est-ce que tu veux, moucheron ? Il y a si longtemps que j'ai un béguin pour Hélène !

Le sieur Auguste haussa les épaules.

— Ça n'était pas un motif pour arrêter la voiture à moitié chemin, pour descendre de ton siége, où tu remplissais si bien le rôle de cocher, et pour m'y faire monter à ta place.

— Que te dirai-je, petit ? Une rage, un vertigo, une colossale envie d'embrasser la demoiselle m'a empoigné à la gorge. Impossible de me retenir. J'ai grimpé dans la berline et je me suis placé à côté d'elle, tandis que tu fouettais les chevaux à tour de bras.

— Ça t'a joliment réussi ! Tu ne pouvais donc pas attendre ? Non-seulement tu ne l'as pas embrassée ; mais encore, en te reconnaissant, elle a deviné tout le pot aux roses, et, au risque de se tuer, elle s'est précipitée hors de la calèche. Sans vouloir t'humilier, elle ne t'adore pas positivement, cette femme-là.

— Elle m'adorera demain, gronda Obrinski d'un ton sinistre.

— J'en doute, mon bonhomme. Il n'en est pas moins vrai que tu as eu tort de brusquer ainsi l'entrevue... Ça nous a suscité des embêtements ; ça nous en suscitera encore.

— Quels embêtements ?

— Dame ! elle a crié. C'était aux environs d'un village. On l'a peut-être entendue...

— Qui ça ?... A neuf heures du soir, tout le monde dort à la campagne.

— Soit !... Mais tu l'as traînée par terre. On retrouvera ses traces sur la neige.

— Qui diable s'inquiètera d'examiner la chose ?

— Eh pardieu ! le gros particulier qui est accouru à ses cris... Il a, de loin, assisté à la lutte. Ça lui aura mis la puce à l'oreille ; et s'il provoque une enquête ?

— Allons donc !... Tiens, bois ! et mets un terme à tes raisonnements de pochard.

— Pas si pochard ! bégaya l'autre. Et d'ailleurs, pochard ou non, moi, je n'aurais jamais commis cet impair-là. Il nous a fourrés dans une fichue situation... A-t-il pas fallu bâillonner la jeune personne et lui attacher les mains... à elle qui, sans ton vertigo, comme tu dis, serait entrée ici de bonne volonté... espérant y rencontrer Maugreval.

— Après ? On l'a garrottée un brin. Le beau malheur ! Elle n'en a été que plus facile à transporter dans la maison.

— Oui. Mais... une fois là... une fois détachée... Quelle scène !... Quelles clameurs !... Sans compter qu'elle a ramassé un couteau je ne sais où, et qu'elle t'aurait bel et bien éventré, mon bon, si tu ne t'étais tenu à distance respectueuse... Quelle charmante partie de plaisir !

— Sois tranquille, moutard ! Elle a mal commencé ; elle finira bien, je t'en réponds.

— En attendant, tu as été obligé de l'enfermer à double tour, ta future amante.

— Certainement... Histoire de la calmer.

— Et tu comptes risquer bientôt le tête-à-tête ?

— Pardieu, oui !

— Et le couteau ?

— Tu vas aller le lui prendre.

— Moi ! tu es bien bon ; je te remercie. Ma peau ne réclame pas de boutonnière.

— Ah çà ! s'écria le Polonais en ricanant. Tu n'es donc pas plus observateur que ce chenet, jeune crétin ? Tu n'as donc pas remarqué que, pendant plus d'une heure, Hélène a fait un tapage du diable et que tout d'un coup ce tapage s'est arrêté ?

— Si fait.

— Et tu ne soupçonnes pas la cause de son silence subit ?

— Elle était lasse de crier... elle s'est tue...

— Auguste, mon garçon, je rougis de ta candeur. Ouvre cette porte.

Et Ladimir désigna du doigt une porte latérale.

— Pas si sot ! répliqua l'autre. Elle n'aurait qu'à me sauter dessus.

Obrinski secoua sa barbe avec fureur, cligna des yeux et envoya du bout des doigts un baiser à son ami Auguste.

— On n'est pas plus stupide, prononça-t-il avec grâce.

Puis il se leva de table, traversa le salon, ouvrit la porte mystérieuse et revint s'asseoir, sans même avoir jeté un coup d'œil à l'intérieur de la chambre.

— Regarde, dit-il à son ami.

A son tour celui-ci se leva.

Mais à peine eut-il mis le pied sur le seuil de la pièce où l'on avait emprisonné Hélène, que, bondissant en arrière, il exhala une sourde exclamation.

— Eh bien ! reprit tranquillement Ladimir, qu'as-tu vu ?

Auguste, pâle et bouleversé, se cramponna au rebord de la table, et d'une voix éteinte :

— Morte ! s'écria-t-il.

A ce mot terrible, Gilbert, immobile jusqu'alors dans les ténèbres du salon voisin, sentit un froid glacial figer ses veines.

Il allait s'élancer. Les deux bras de maître Lampon le serrèrent comme un étau.

— Pas encore ! chuchota le notaire.

Ladimir, vautré dans un fauteuil et les deux jambes posées sur le marbre de la cheminée, lança vers le plafond une spirale bleuâtre.

— Si tu n'étais plein comme un œuf, fit-il avec lenteur, je te pousserais dehors à coups de pied au bas du dos. Voyons, triple animal, réponds. Qu'as-tu vu ?

Auguste, s'apaisant peu à peu, reprit son rôle d'homme ivre.

— Sacrebleu, que j'ai eu peur ! dit-il. Elle est là, étendue par terre... le couteau lui est tombé des mains... on dirait qu'elle ne respire plus... J'ai pensé...

— Tu as pensé des fadaises. Quel intérêt aurais-je eu à la tuer tout de suite, puisqu'elle me plaît ? Plus tard, je ne dis pas.

— Tu l'as endormie ?

— Parbleu !

— Comment ?.. Tu n'es pas entré là-dedans ?

— Non. Mais Hélène, après s'être suffisamment égosillée, a eu soif, la pauvre fille ! Il y avait une carafe d'eau sur le guéridon. Cette eau, je l'avais préparée moi-même. Comprends-tu ?

— Je comprends.

Et Auguste referma la porte que Ladimir avait ouverte.

— Ne te donne pas tant de peine, objecta le Polonais. Je vais te souhaiter le bonsoir.

— Déjà ?

— Oui.

— Et où passeras-tu le reste de la nuit ?

— Là, naïf enfant ! répondit Ladimir en montrant la chambre close.

Maître Lampon examinait Auguste de plus en plus attentivement. Il le vit blêmir, tandis qu'un accent enjoué il répliquait à Obrinski :

— Alors tu vas la réveiller ?

— La réveiller ! non pas. Je vais la bercer sur mon cœur, au contraire.

— Bah ! tu as bien le temps.

— Cela te plaît à dire.

— Buvons encore.

— Pas une goutte ! Voici une causeuse : étends-toi dessus et dors jusqu'à demain.

— Je n'ai pas sommeil, grommela le jeune homme ; et j'entends jouir de ta compagnie.

— C'est fâcheux. L'honneur de ma compagnie est réservé à madame Hélène. Bonsoir, mon mignon.

Mais Auguste, se dressant soudain, alla se placer devant la porte qui les séparait de la jeune femme. Toute trace d'ébriété avait disparu de sa personne.

Les bras croisés, l'œil étincelant et moqueur, il s'écria froidement :

— Je te défends d'entrer. J'aime cette femme et je la veux.

XVIII

La stupéfaction de Ladimir fut si prodigieuse qu'elle ne laissa d'abord en lui aucune place à la colère.

Il fit pivoter son fauteuil de manière à se trouver face à face avec Auguste, introduisit ses deux mains dans ses poches, et, mâchonnant son cigare :

— Les oreilles m'ont corné, je pense, ricana-t-il. Comment as-tu dit ça ?

Le blond malfaiteur jugea inutile de répéter. Seulement, il s'adossa contre la porte d'un air significatif.

Cette pantomime suffisait. Obrinski fut édifié, ses sourcils se crispèrent, et un rictus infernal découvrit ses dents.

Il se leva, et, d'un coup d'œil vif, s'assura que son complice n'était point armé. Lui-même il ne l'était pas ; mais sa force extraordinaire lui communiquait une confiance sans bornes.

— Ainsi, poursuivit-il, tu t'insurges, mon garçon ?

Ce disant, il s'approchait d'Auguste à

petits pas. Une fureur blanche montait comme une vapeur à son front et à ses lèvres.

L'adolescent ne parut nullement ému.

— En vertu de quel droit avez-vous enlevé Hélène ? interrogea-t-il à son tour. Est-ce pour servir l'association ? Non. C'est pour satisfaire un caprice. Sur ce terrain, je ne suis plus votre subalterne ; je suis votre égal. Libre à vous d'avoir des fantaisies ! Libre à moi de les combattre, si elles me portent ombrage ! Hélène vous plaît ; mais elle me plaît aussi. Pourquoi la céderais-je ?

— Parce que je suis le plus fort ! exclama Ladimir d'une voix tonnante. Prends garde ! Je n'ai qu'à lever la main pour t'anéantir.

— Attendez un peu, répliqua l'autre. J'ai un renseignement à vous donner. Quand vous l'aurez entendu, vous m'anéantirez si bon vous semble.

Obrinski dessina un grand geste de mépris.

— Parle, dit-il.

Auguste continua :

— Avant de quitter Paris hier matin, j'ai confié une lettre à un de mes amis. Cette lettre est adressée à Roland Maugreval. Mon ami doit la mettre à la poste dans vingt-quatre heures, à moins que je ne la lui réclame de vive voix.

Ladimir devint blême.

— Et cette lettre, accentua-t-il, que contient-elle ?

— Elle contient le récit de la mission dont vous m'avez chargé. Moi disparu, Roland saura que vous lui avez pris Hélène, que vous l'avez conduite ici. A bon entendeur, salut ! La puissance de Maugreval est illimitée. Vous vous cacheriez dans les entrailles de la terre, qu'il trouverait moyen de vous y découvrir.

Le Polonais recula foudroyé.

— Tu as fait cela, toi ? balbutia-t-il.

— Je l'ai fait.

— Dans quel but ?

— Je n'en ai eu qu'un tout d'abord : vous placer dans ma dépendance et vous exploiter de fond en comble. — Puis j'ai vu Hélène, et je me suis promis qu'elle m'appartiendrait.

Obrinski tremblait de la tête aux pieds. La rage secouait ses membres. Sa bouche laissait fuir des flocons d'écume.

Un éclat de rire strident, convulsif, partit de sa gorge comme une fusée.

— Je ne sais pardieu pas ce qui me retient de te tuer, maugréa-t-il rudement.

— Moi, je le sais. Vous avez peur.

— De toi, bambin ?

— De Maugreval.

Ladimir courba le front. Durant quelques minutes, il réfléchit en silence.

Lorsque son visage se redressa, on n'y distinguait plus qu'une complète sérénité.

— Bien joué ! dit-il. Tu es fort, toi, pour ton âge. Il n'y a plus d'enfants, ma parole d'honneur.

Et, pensif, il revint s'installer au coin du feu.

— Arrive ici, crapaud, fit-il gaiement, et causons.

Auguste, sans le quitter de l'œil, s'avança.

— Je te rends les armes, commença le Polonais. Tu me tiens, je l'avoue, et je demande à parlementer. Quelles conditions m'imposes-tu ?

— Pas la moindre, riposta l'autre. Nos rôles sont changés, voilà tout. J'obéissais ; maintenant je commande. Je devais dormir sur cette causeuse, et vous y dormirez. Bref, nul autre que moi ne passera le seuil de la chambre où est Hélène.

— Ecoute, dit Obrinski, en bondissant dans un paroxysme de furie, ne me pousse point à bout. Quand le sang me monte aux yeux, — et je sens qu'il y monte, — nulle considération n'est capable de m'arrêter. A l'heure qu'il est, ta vie ne tient qu'à un fil bien mince. Aussi vrai que j'avale ce verre de rhum, tu es un homme mort, si tu n'acceptes à l'instant ce que je vais te proposer.

Il se tut. Sa voix était rauque. Ses prunelles luisaient comme celles d'un chat-tigre. Le meurtre, la soif du sang versé suintaient par tous ses pores.

Auguste frissonna.

— Voyons d'abord la proposition, répondit-il.

Ladimir essuya au revers de sa manche ses tempes humides ; puis, d'un ton bref :

— Jouons Hélène à pile ou face.

Le jeune homme eut un haut-le-corps. Le mot : « Non ! » faillit lui échapper. Mais un coup d'œil lancé sur le Polonais lui indiqua que ce mot équivaudrait pour lui à un arrêt de mort.

— Eh bien ! soit ! bégaya-t-il.

Obrinski tira un louis de sa poche et cria :

— Face !

Puis il lança la pièce en l'air.

— S'il retourne pile, je dormirai tout seul, prononça-t-il d'un air sombre.

Le louis retomba sur le tapis.

Les deux hommes se penchèrent en même temps.

— C'est pile ! exclama Auguste avec une joie fiévreuse.

Et tous deux se redressèrent en se toisant.

Mais, au même instant, ils se sentirent l'un et l'autre appréhendés à la gorge.

Mᵉ Lampon serrait d'une main la nuque du jeune brigand et lui appliquait de l'autre son revolver sur le crâne.

Gilbert étranglait littéralement Obrinski. Du reste, le Polonais ne fit pas résistance. En reconnaissant l'homme qu'il supposait depuis longtemps enterré, il avait fléchi sous l'impression d'une épouvante superstitieuse.

La vue d'un spectre ne l'aurait pas atterré davantage.

— Rappelle-toi le pont des Arts, lui dit Gilbert, et tu seras convaincu que, si tu bouges, tu n'auras point de merci à espérer.

— C'était lui ! balbutia Ladimir accablé.

Maître Lampon, sans lâcher le cou d'Auguste, que ses doigts étreignaient ainsi que des tenailles, murmura d'un accent poli :

— Nous sommes désolés de vous interrompre, messieurs ; mais les circonstances l'exigent. Soyez gentils, on ne vous fera point de mal ; soyez méchants, on vous brûlera la cervelle.

Les deux misérables n'essayèrent point de lutter.

Si absolue avait été leur certitude d'être seuls dans la maison qu'ils ne s'étaient munis d'aucune arme. Se révolter eût été folie. Ils s'abstinrent de bouger.

— Que comptez-vous faire de nous? demanda Ladimir.

— Oh! mon Dieu! c'est bien simple, répliqua le notaire. Vous livrer à la gendarmerie. Et, comme cela nécessite un petit travail préparatoire, je vous engage à ne point perdre de vue les nombreux canons de nos pistolets. Un cri, un geste, un pas vers la porte, et il en sortira une foule de balles, je vous en avertis.

Là-dessus, maître Lampon lâcha le cou de son prisonnier.

— Jeune Auguste, lui dit-il, vous allez me rendre le service de garrotter étroitement monsieur le comte que voilà. Je vous y aiderai de mon mieux. Il ne manque pas ici de serviettes. A défaut de cordes, nous nous en contenterons. Vous, Gilbert, surveillez-moi ces deux gaillards-là ; et, au premier mouvement suspect, faites feu.

Auguste hésita une seconde. Puis, il marcha vers Obrinski ; et tout d'un coup, bondissant avec la légèreté d'un cerf aux abois, il s'élança vers la porte du salon qui donnait sur le parc.

Il n'eut pas le temps de la franchir. Deux détonations éclatèrent à la fois. Gilbert et maître Lampon avaient tiré ensemble. Auguste pirouetta sur lui-même et s'affaissa.

Ce drame n'avait pas eu la durée d'un éclair. Toutefois Ladimir profitait déjà de l'incident.

Plus prompt que la foudre, il s'était rué dans la chambre où gisait Hélène, il en avait refermé le battant et s'efforçait d'en pousser les verrous. Il n'y put réussir. Déjà Gilbert et son ami pesaient sur cette porte de toute la vigueur de leurs épaules.

Irrésistiblement repoussé, Obrinski céda et se réfugia au fond de la pièce. Gilbert et maître Lampon y entrèrent aussitôt.

C'était une vaste salle dont Roland, jadis, avait fait sa bibliothèque. Du haut en bas des quatre murailles, des rayons de palissandre soutenaient quelques milliers de volumes richement reliés.

Personne, au surplus, pas même Obrinski, n'eut le loisir d'examiner ce lieu d'étude. Un fait singulier, phénoménal, incompréhensible, pétrifiait d'étonnement Gilbert, maître Lampon et le Polonais.

Hélène avait disparu.

Cependant les deux fenêtre étaient closes, et nulle autre porte que celle du boudoir octogone n'ouvrait sur la bibliothèque.

A terre brillait le couteau dont la jeune femme s'était servie pour se défendre. Quant à elle, il était impossible de deviner par où elle avait fui.

— Ah! lâche assassin! vociféra Gilbert, en sautant au collet de Ladimir; où l'as-tu cachée?

Obrinski ne protesta point. Il était pourtant aussi surpris que ses deux justiciers. La disparition d'Hélène confondait sa raison, absorbait toutes ses rages.

Mais au contact de l'ennemi qu'il exécrait, il rugit de colère, et le saisissant à bras-le-corps, il voulut le terrasser.

Gilbert, par malheur, laissa choir son pistolet, qu'Obrinski, d'un coup de pied, envoya sous un meuble.

Tous deux tombèrent. Collés l'un à l'autre, leurs corps ne firent plus qu'un. Durant deux ou trois minutes ils luttèrent, se tordirent et roulèrent çà et là, tellement enlacés, tellement confondus que maître Lampon, saisi d'horreur, n'osa lâcher la détente de son arme, par crainte de blesser son allié.

Soudain un cri déchirant sillonna l'air. Puis l'un des combattants se releva tout debout, et, plus rapide que la pensée, courut du côté de la porte.

C'était Ladimir.

Le notaire lui envoya coup sur coup une volée de balles. L'atteignit-il? on ne sait. Ladimir, frappé ou non, poursuivit sa course effrénée, enjamba le corps d'Auguste et gagna le parc en moins d'une seconde.

Maître Lampon n'osa l'y suivre. Il s'a-genouilla rapidement auprès de Gilbert dont l'immobilité l'effrayait. Puis il se rejeta en arrière avec une exclamation de terreur.

Le sang ruisselait à flots du sein droit de Gilbert.

Ladimir avait ramassé le couteau abandonné sur le parquet et le lui avait planté dans la poitrine.

XIX

Le surlendemain de cette nuit fatale, Paris s'éveilla radieux.

Brusquement, sans transition, le printemps venait d'éclore. Des souffles tièdes parcouraient l'espace ainsi que des messagers de victoire, et, sur leur passage, la neige avait fondu laissant à découvert la verdure tendre des premiers bourgeons.

Avril allait naître.

C'est surtout à ce fugitif moment de l'année que la campagne, toujours charmante aux environs de Paris, est particulièrement belle sur les hauteurs de Sèvres et de Meudon.

Jusqu'alors silencieux et noirs, les grands bois ressuscitent. Leurs rameaux gonflés de séve tressaillent, se raniment, revêtent à la hâte une parure nouvelle. Des millions d'oiseaux volent çà et là d'une allure affairée. Ce n'est partout que rumeurs joyeuses, gazouillements, parfums et rayons d'or.

Tout ce qui végète et tout ce qui respire se prépare pour cette fête étincelante qu'on nomme l'été.

Or, le matin dont nous parlons, un cavalier, jeune comme la saison naissante, élégant et beau comme les sites qu'il parcourait, longeait au galop de son cheval arabe le bord de la Seine, entre le pont de Billancourt et le Bas-Meudon.

Il semblait avoir dix-huit ans à peine. La fraîcheur matinale et l'animation de la course avaient nuancé de rose ses joues naturellement mates. Son épaisse chevelure brune voltigeait au vent derrière lui. Ses lèvres charnues et rouges aspiraient la brise avec délice, et une surabondance de vie scintillait dans ses yeux d'un noir éclatant.

Il était mis comme un écolier de bonne famille : veston de velours noir, pantalon gris perle, petit chapeau bas de forme et gants de Suède. Mais jamais écolier n'eut cette taille svelte et souple, cette tournure dégagée, cette grâce accomplie dans les moindres mouvements.

En entrant dans le village, il ralentit l'élan de sa monture et consulta du regard les enseignes appendues aux portes des cabarets.

On sait que les naturels du Bas-Meudon, ainsi que tous les riverains du monde civilisé, cumulent les fonctions de pêcheur avec celles de marchand de vins.

Une longue file de restaurants modestes côtoyait la berge du fleuve ; et de toutes ces échopes s'exhalaient, en crépitant, de fortes senteurs de friture.

Après une hésitation fort courte, notre cavalier s'arrêta devant une maison blanche, ornée à son rez-de-chaussée, comme la plupart des maisons d'alentour, d'une boutique à comptoir d'étain.

Au-dessus de la vitrine, il avait lu ces mots :

Au rendez-vous des blanchisseurs. — Dupré, aubergiste.

— C'est bien ici ! murmura le jeune homme.

Et, sautant à terre, il avança la tête à l'intérieur du cabaret.

Le sieur Dupré, robuste gaillard aux larges épaules, s'avança aussitôt vers lui, en essuyant ses bras nus à son tablier, car il était en train de rincer des bouteilles.

— Que désire monsieur ? demanda-t-il.

— On a dû retenir hier votre cabinet n° 7 ? interrogea l'adolescent.

— On l'a retenu en effet.

— Et la personne qui a commandé le déjeuner est-elle là ?

— Ma foi, monsieur, elle est déjà venue trois fois ce matin. M. Roland, qu'on l'appelle, pas vrai ?

— Précisément.

— Eh bien, M. Roland est arrivé dès neuf heures. Il s'est informé si son ami avait paru. Je lui ai répondu que non, et il est parti se promener, histoire de gagner de l'appétit. Il doit en avoir un fameux, pour le quart d'heure, d'appétit; car deux autres fois, comme je vous le disais, il est revenu vous demander. C'est bien vous qui êtes son ami, je suppose ?

— C'est moi, oui.

— Pour lors, monsieur n'a qu'à monter. M. Roland ne tardera guère. Je vais toujours conduire votre cheval à l'écurie et faire ouvrir les huîtres.

Le jeune homme jeta la bride aux mains du père Dupré, puis il gravit lestement un escalier de bois qui menait à l'étage supérieur.

Une servante l'attendait sur le palier. Elle l'introduisit dans un cabinet très étroit, mais plus confortablement meublé qu'on n'aurait pu le croire d'après l'aspect général du logis. Un joli papier à fleurs bleu, un divan et deux larges miroirs donnaient à ce réduit une couleur assez gaie. Auprès de la fenêtre ouverte sur la rivière et sur les coteaux verdoyants, une table était dressée. Deux couverts y apparaissaient l'un en face de l'autre.

La servante, grosse fille plantureuse à l'avenant sourire, essaya de marivauder avec son client qu'elle trouvait tout à fait à son gré. Mais celui-ci la congédia d'un geste.

Resté seul, il alla pousser le verrou, lança son chapeau sur la table et s'approcha du mur de gauche.

C'était une simple cloison de bois.

Le cavalier y appuya son oreille. N'entendant aucun bruit, il frappa du pommeau de sa cravache trois coups régulièrement espacés.

Au bout de quelques secondes trois coups semblables lui répondirent.

— Vous êtes là ? fit le nouveau venu.

— Je suis là, répliqua de l'autre côté de la cloison une voix masculine.

— Depuis quand ?

— Depuis une heure.

— C'est bien. Veillez et faites en sorte qu'il ne soupçonne pas votre voisinage.

— Il n'a donc pas été exact au rendez-vous ? reprit la voix d'un accent railleur.

— Au contraire. C'est moi qui suis en retard. Mais chut ! Le voici, je l'entends.

Des pas rapides résonnaient effectivement dans le corridor. On heurta d'une façon discrète. Le jouvenceau s'empressa d'ouvrir, et le beau Roland s'élança, le sourire aux lèvres, à l'intérieur du cabinet.

— Combien vous êtes bonne, s'écria-t-il, et que je vous remercie !

En même temps, il couvrait de baisers les blanches mains que Laura, baronne de Jourdy, lui abandonnait d'un air tendre.

— Ah ! soupira-t-elle, vous ne savez pas tous les mensonges qu'il m'a fallu inventer pour avoir ma journée libre. Vous ne savez pas tous les périls que je brave pour vous consacrer ces quelques heures. M'en saurez-vous gré, Roland ? m'en tiendrez-vous compte ? m'en récompenserez-vous par votre soumission ?

— Je suis votre esclave, dit-il tout bas d'une voix ardente. Que parlez-vous de soumission ? Moi, qui de ma vie n'ai obéi à personne, je suis en face de vous plus rampant qu'un chien. Je tremble au froncement de vos sourcils. Sur un de vos coups d'œil, j'entreprendrais des choses impossibles. Ce serait à vous de me récompenser, chère Laura. Et pourtant, avouez que vous êtes bien rude à mon égard.

Elle éclata de rire.

— Plaignez-vous, je vous le conseille, dit-elle en le regardant de manière à le rendre fou. Si j'étais rude, cruelle, impitoyable, ainsi que vous me le reprochez

sans cesse avec des mines mourantes, serais-je ici ? Aurais-je consenti à ce tête-à-tête ? Mais voilà bien les hommes ! Toujours égoïstes !

— Pardon ! murmura Roland. Oui, vous dites vrai : je suis égoïste et injuste. Hélas ! je vous aime tant, Laura, et vous m'avez si peu accordé !

— Encore ! interrompit-elle d'un ton de reproche.

Et elle ajouta doucement, d'un timbre ému, faible comme un souffle, à l'oreille de Maugreval :

— Patience, donc !

Il y avait dans ces deux mots, dans l'intonation mutine et mystérieuse dont elle les prononça, quelque chose de si enivrant, de si flatteur, que Roland frissonna de la tête aux pieds.

— Voilà bien des jours et bien des nuits que ma patience est à l'épreuve, dit-il en enveloppant Laura des flammes de ses prunelles. Quand aurez-vous pitié ?

Derechef elle approcha ses lèvres si près de l'oreille de Roland qu'il en pressentit le contact et qu'il pâlit.

— Bientôt ! chuchota-t-elle.

— Mais encore...

— Et que sais-je ! Un an, six mois, six semaines ou six jours, cela dépendra de vous...

— De moi ! s'écria-t-il éperdu.

Son bras tremblant entoura la taille souple de la baronne. Il la sentit frémir dans son étreinte, il la vit fermer à demi les yeux, et, affolé d'amour, il l'attira contre sa poitrine.

Mais elle, se dégageant soudain et bondissant au fond de la chambre :

— Non, non, non !... balbutia-t-elle, tandis que ses dents claquaient.

Puis elle s'assit vis-à-vis de lui, à l'autre bout de la table, plongea ses deux mains dans ses cheveux et parut lutter contre une émotion violente.

Son sein haletait. Ses yeux, chargés de langueur, devinrent humides.

— J'ai eu tort de venir, reprit-elle après une longue pause. Vous manquez de loyauté, Roland, et ce n'est point là ce que vous m'aviez promis. Dois-je me défendre contre vous, lorsque j'ai déjà tant de peine à me défendre contre moi-même !

Elle était adorable à contempler. Une passion difficilement contenue semblait émaner d'elle, en dépit de ses efforts. Les rapides éclairs qui s'échappaient d'entre ses cils abaissés démentaient la feinte colère que voulait exprimer sa bouche boudeuse. Rien ne pourrait peindre la crânerie charmante, la désinvolture pimentée que lui communiquait à son insu peut-être son costume d'homme.

Aussi la raison de Maugreval, déjà sérieusement ébranlée depuis un mois, achevait-elle de se noyer. Un charme vertigineux, une attraction irrésistible, le livraient pieds et poings liés à cette étrange et merveilleuse créature.

Il avait pris une attitude suppliante. A genoux, les bras étendus vers elle, il balbutiait des paroles inintelligibles, lorsque la clef tourna dans la serrure.

On apportait le déjeuner.

Maugreval n'eut que le temps de se relever et de s'asseoir au plus vite.

A partir de ce moment, Laura ne toléra plus une seule phrase de tendresse. Echanger des douceurs eût d'ailleurs été impossible en présence de la servante qui entrait et sortait de minute en minute.

Roland essaya bien de l'éloigner. Mais son prétendu compagnon s'y opposa. Il s'amusa même à lutiner la forte fille, et elle se prêta volontiers à la plaisanterie.

Maugreval avait espéré employer autrement ses loisirs. Il finit toutefois par se résigner à attendre, pour entretenir Laura seul à seule, qu'elle en manifestât le désir.

Quant à elle, sa gaieté croissait, et elle paraissait se divertir pour tout de bon. Les effluves de cette matinée de printemps, le scintillement du soleil sur la rivière, le passage des bateaux-mouches qui filaient remplis de voyageurs, les grandes ombres mouvantes projetées sur les eaux par les nuages, tout ce mouvement, toute cette joie, toute cette animation de la nature reveillée, semblaient la griser, lui monter à la tête, non moins que le Rœderer, qui petillait dans sa coupe.

Elle se montra sous un jour que Roland n'avait pas encore soupçonné. Cette femme du monde, délicate et réservée d'habitude, se fit subitement originale et bonne fille. Sa verve, ses reparties, ses rires éblouissants, rappelaient plutôt l'artiste et le gamin de Paris, que la baronne et la dame patronesse.

Roland n'y tint plus. On était au dessert. Il mit la servante à la porte, poussa le verrou, saisit la jeune femme entre ses bras.

— O Laura ! s'écria-t-il, je n'ai plus de patience. Je n'ai plus de courage. Il faut que vous soyez à moi ou que je meure.

Cette fois, elle ne se débattit point. Mais, posant ses deux mains sur les épaules de Maugreval et plongeant au fond de ses yeux un regard indicible :

— Je serai à vous, répliqua-t-elle, si vous êtes l'homme que j'ai rêvé... Sinon, jamais !

XX

Ce n'était pas pour rien que Laura avait été comédienne.

Son geste, sa pose, son regard, les inflexions émues de sa voix et jusqu'aux frémissements imperceptibles qui parcouraient son épiderme lorsqu'elle attachait sur les yeux de Maugreval ses grands yeux humides, voilés, mourants, tout avait été prévu, calculé, préparé d'avance.

Comprenant bien que cet homme expérimenté, sceptique, fin, rompu aux roueries féminines, serait difficile à duper, elle mettait en œuvre pour y réussir les mille ressources de son art.

Roland, du reste, donnait dans le piége avec une entière candeur. Pourquoi se fût-il défié ? quelle arrière-pensée malveillante eût-il pu prêter à Laura ? Elle avait eu soin, dès le début de leur liaison, de l'aveugler aussi complétement que possible. Elle s'était montrée à lui sous l'apparence d'une créature frivole, exaltée, romanesque, excentrique, prête à se lancer tête basse dans les extravagances les plus outrées lorsqu'une passion sérieuse l'affolerait.

Il s'attendait donc de sa part à des bizarreries illimitées. Aussi fut-ce en souriant qu'il écouta ces paroles étranges de la baronne :

— Je serai à vous si vous êtes l'homme que j'ai rêvé.

— Quel homme voulez-vous que je sois ? répliqua-t-il. Ordonnez. Mon cœur et ma volonté sont à vous. Vous pouvez les pétrir à votre guise.

Elle rejeta son front en arrière. Cambrée entre les bras de Roland, elle se mit à le contempler avec une attention pénétrante. Puis ses lèvres vermeilles, exhalant un soupir embrasé, laissèrent voir le blanc émail de ses dents charmantes.

— Ah ! si vous disiez vrai ! murmura-t-elle. Mais non. Ce sont là des phrases banales. Vous me traitez comme une enfant dont on se joue et que l'on ne daigne pas contredire. Eh bien ! vous avez tort, Roland ; et ce n'est pas ainsi que vous obtiendrez rien de moi.

Elle avait froncé le sourcil. Sa physionomie se faisait froide et ironique. Maugreval inquiet protesta de sa sincérité.

Elle lui ferma la bouche d'un air incrédule.

— Avouez, reprit-elle lentement, que vous avez de mon caractère une opinion déplorable. Quant à mes mœurs, je ne vous demande pas de quelle façon vous les avez jugées. Je me suis jetée sur votre chemin. Vous ne me connaissiez nullement ; vous ignoriez que j'existais, lorsqu'un hasard nous plaça au Théâtre-Italien l'un à côté de l'autre. Un hasard ?... Non. Je veux être franche. Cette rencontre, je l'avais provoquée.

— Est-il possible ? s'écria Roland.

Elle inclina son visage sur sa main et poursuivit d'un ton mélancolique :

— Je vous aimais. Il y avait déjà six ans que vous possédiez toute mon âme ; et pourtant c'est à peine si je vous avais entrevu dix fois. J'étais toute jeune alors. Je venais d'épouser un vieillard, et mon cœur n'avait jamais battu. Le jour où je vous vis passer à cheval auprès de ma voiture dans une allée du Bois qui, de ce moment, m'est devenue bien chère, ce jour-là, j'ai senti que vous emportiez avec vous et mon avenir et ma vie.

— Six ans ! reprit Maugreval stupéfait.

Elle continua rêveusement :

— Je vous ai revu à de lointains intervalles. Du fond de mon existence décolorée, je vous suivais en imagination au milieu de vos triomphes. Puis, tout d'un coup, je cessai de vous rencontrer. Mon innocent bonheur s'écroula comme un château de cartes. J'appris que vous étiez ruiné, que vous aviez quitté Paris pour n'y plus revenir. Et cependant j'espérai encore ! J'avais foi en vous. — Il reparaîtra, me disais-je. Il sera plus fort que le destin, et je le retrouverai aussi fier, aussi brillant qu'autrefois.

Elle s'interrompit, et, comme si elle eût craint de le regarder, elle lui serra la main en détournant la tête.

— Six années ont fui, ajouta-t-elle. Mon espoir s'est réalisé. Vous m'êtes apparu de nouveau, et tel que me l'avaient promis mes songes. Alors la force et la pudeur m'ont abandonnée. A tout prix j'ai voulu me rapprocher de vous. Je vous ai poursuivi, épié dans l'ombre. Enfin, il y a de cela un mois, j'ai amené cette rencontre au théâtre, rencontre heureuse ou fatale, qui va décider à jamais de mon sort.

Elle trembla en achevant ces mots. Ses paupières se gonflèrent de larmes contenues.

— Oh ! si vous ne m'aimez pas, Roland, si vos protestations ont été mensongères, combien vous devez me mépriser ! quelle odieuse créature n'ai-je pas été ce soir-là ! La honte m'étouffe quand je me souviens de mon attitude sans dignité. Mais vous étiez là, près de moi. Je vous touchais presque, épié dans l'ombre. Je ne fus plus maîtresse de moi-même. Je devins folle. Mes yeux vous crièrent ma démence et mon adoration. Vous vous rappelez le reste. Vingt-quatre heures après, vous reçûtes un billet de moi ; et, dans ce billet, je vous assignais un rendez-vous.

Elle se tut. Echappant à l'étreinte de Maugreval, elle feignit d'enfouir dans son mouchoir sa figure inondée de pleurs factices.

Si blasé que fût Roland, si accoutumé qu'il fût aux succès de galanterie, son amour-propre était délicieusement caressé. Son étonnement tenait de l'extase. Car, de toutes ses victoires passées, celle-là certes lui paraissait la plus flatteuse.

Etre adoré ainsi !... Et l'avoir été durant six années, par cette femme si jeune, si pure, si intelligente, si miraculeusement belle, par cette femme riche à millions, élégante à effacer toutes ses rivales, désirable à damner un ange, n'y avait-il point là de quoi enivrer un cerveau mille fois plus puissant encore que le sien ?

Il tomba prosterné devant elle. Un flot de paroles tumultueuses, ardentes, pleines d'une éloquence enfiévrée, s'échappa de sa poitrine. Elle eût exigé de lui à ce moment n'importe quelle manifestation imprudente ou insensée, qu'il l'eût accomplie sur-le-champ.

Il le lui dit. Il la supplia de mettre son amour à l'épreuve.

Laura n'eut pas l'air de l'entendre ; mais un éclair de joie infernale illumina son regard.

Après un long silence, elle se tourna soudain vers lui.

— Et maintenant, lui dit-elle, voulez-vous connaître le secret de ma conduite ? voulez-vous savoir pourquoi, vous aimant comme jamais on n'a aimé ici-bas, j'hésite à me donner à vous ? Ce n'est pas, croyez-le bien, par vertu, par attachement à mes devoirs, par terreur du danger, par crainte de l'opinion du monde. Non. Je vous chéris assez pour n'avoir, quand je vous appartiendrai, ni regrets, ni remords. Je ne redoute qu'une chose : c'est que vous ne soyez point l'homme que je me suis imaginé. Si je m'étais trompée ! Si les qualités, les supériorités que je vous prête n'existaient pas en vous !

— Mais, au nom du ciel ! s'écria Maugreval, qui, pour la seconde fois, ne put s'empêcher de sourire, quel homme avez-vous donc pensé que j'étais ?

— Un homme fort, répliqua-t-elle d'une voix vibrante. Un homme indomptable et brave, planant au-dessus des conventions vaines, au-dessus des préjugés admis, au-dessus de la loi, s'il le fallait ; un homme tel qu'on n'en rencontre plus dans notre époque mesquine ; ce qu'on appelle un aventurier, un forban ou un corsaire ; un de ces fiers paladins qui, de tout temps, dans tous les pays, ont su se tailler une royauté visible ou secrète au sein des foules moutonnières.

Maugreval avait reculé de surprise. Laura, superbe d'enthousiasme, l'œil étincelant, les narines dilatées, les bras croisés sur son sein palpitant, se révélait à lui une fois encore sous un aspect inattendu.

— Oui, recommença-t-elle comme entraînée par une impulsion irrésistible, voilà l'homme que j'ai cru deviner en vous. J'ai beau me répéter que je me suis éprise d'une chimère, que les Manfred et les Lara sont pour toujours relégués dans l'oubli, et que ce siècle positif n'enfante plus de ces hardis pirates qui dominaient la société comme les Ecumeurs de mer dominaient l'Océan ; j'ai beau chasser mon idéal, sans cesse il surgit devant moi, et sans cesse il emprunte votre figure. Tenez, se reprit-elle en jetant soudain ses deux bras autour du cou de Roland, puisque j'ai eu l'audace de commencer ma confession, je l'achèverai jusqu'au bout.

Maugreval, frémissant d'émotion, ne put articuler une syllabe. Ainsi que sur des ailes de flammes, la voix sonore de Laura l'enlevait à des hauteurs inconnues.

— On vous disait ruiné, prononça-t-elle vite et d'un accent nerveux. Vous aviez laissé derrière vous des dettes immenses, et voilà que, subitement, on vous a revu semant l'or par torrents. Votre fortune actuelle est colossale. On le prétend du moins, mais nul n'en connaît la source. Eh bien ! oserai-je vous confier le roman que, moi, j'ai bâti à propos de votre inexplicable opulence ?

— Parlez, parlez ! balbutia Roland.

— J'ai pensé que vous avez agi comme agissaient jadis les chevaliers et les hauts barons. Armés jusqu'aux dents, ils guettaient le voyageur et lui livraient bataille. La dépouille du vaincu enrichissait le vainqueur. Quoi de plus juste, après tout, et quoi de plus noble ! Le vrai droit des gens, c'est la force et c'est l'intrépidité. Si l'on y joint l'adresse, on devient un héros. Tant pis pour les faibles et pour les niais ! Leur rôle est d'être rançonnés. Or, j'ai pensé, je vous le répète, que vous vous étiez enrichi à la manière des chevaliers-errants.

Maugreval éclata d'un rire un peu forcé.

— Ah çà ! murmura-t-il, est-ce que, par hasard, vous auriez cru aimer Cartouche ou Mandrin ? Votre idéal est-il le voleur de grande route ? Faut-il, pour vous plaire, que je dévalise les rares diligences qui ont survécu à l'exploitation des chemins de fer ?

Laura le repoussa violemment. On eût dit qu'elle se réveillait d'un songe.

Ecartant de ses deux mains les boucles brillantes qui couvraient son front :

— Allons ! fit-elle tout à coup, mes pressentiments étaient fondés. J'ai admiré, adoré un fantôme. Au lieu de l'étincelant démon de mes rêveries, je contemple un parfait gentleman, un honorable bourgeois, dont les exploits consistent à dompter de temps à autre un cheval rétif et à faire au besoin bonne contenance vis-à-vis d'une épée. Adieu, Roland ! Séparons-nous, et ne vous moquez pas trop de ma folie. Sotte que j'étais de vous supposer capable de mépris pour l'humanité ! Vous êtes beau, brave, élégant, insoucieux et railleur ; mais vous ne sauriez lancer le moindre défi à la loi, aux juges, au bagne, et à la guillotine. Vous n'êtes point le bandit que j'ai cru aimer. Touchez là. Je ne serai jamais à vous.

Elle avait parlé tranquillement, du bout des lèvres. Une ironie sanglante, un incomparable dédain crispaient sa bouche rose. Coiffée de son feutre, et considérant à la dérobée Maugreval entre ses longs cils noirs, elle se ganta par mouvements saccadés.

Saint Antoine, en la voyant ainsi, se fût vendu au diable.

Roland, qui ne ressemblait ni de près ni de loin à ce vénérable anachorète, se sentit hors d'état de lutter davantage.

— Arrêtez ! s'écria-t-il. Non, vous n'avez pas aimé un fantôme. Votre idéal est à vos pieds, Laura !...

XXI

La baronne tressaillit.

Une sombre joie envahit son être. Elle avait réussi ! Ses manœuvres savantes venaient d'arracher à Maugreval un aveu terrible. Elle croyait toucher, elle touchait enfin à cette vengeance depuis si longtemps méditée, attendue.

Involontairement, elle glissa un coup d'œil vers la cloison derrière laquelle se tenait l'auditeur mystérieux.

Puis elle arrêta sur Roland des yeux agrandis par la surprise.

— Songez-vous à ce que vous dites ? interrogea-t-elle. Est-ce une raillerie ? ou bien cherchez-vous à m'abuser ?

Mais lui, debout maintenant et en proie à une exaltation aveugle :

— Écoutez ! s'écria-t-il, et vous ne douterez plus de mon amour. Je vais parler, je vais vous livrer, non seulement ma vie, mais aussi la vie de deux cents personnes. Ai-je le droit d'agir ainsi? Suis-je un lâche ou suis-je un fou? Je n'en sais rien. Je ne veux pas le savoir. Je ne sais qu'une chose ; c'est que vous m'enivrez, c'est que vous m'avez vaincu, c'est que, pour vous obtenir, je consentirais à la ruine du monde.

Elle devint d'une pâleur mortelle. Au moment d'atteindre son but, elle eut presque envie de reculer. Des visions sinistres traversèrent son esprit. Elle eut peur des châtiments que bientôt, avec quelques paroles, elle allait attirer sur tant de têtes.

Et, par un geste instinctif, elle ferma les lèvres de Roland.

— Ne parlez pas ! murmura-t-elle.

—Il est trop tard, répliqua Maugreval. Aussi bien, je voudrais me taire à présent, que cela me serait impossible. Une force impérieuse, incompréhensible, me pousse à vous confier mes secrets. Peut-être est-ce vers un abîme que je marche? Il n'importe. Je parlerai.

Il saisit les mains de Laura et, la considérant avec une tendresse farouche :

— Comment m'avez-vous deviné? reprit-il. Par quel prodige, à première vue, sous mon écorce efféminée et frivole, avez-vous pressenti le révolté, l'insoumis, l'aventurier orgueilleux? C'est là un problème qui m'épouvante et qui me ravit à la fois. Il faut donc que'entre nous, Laura, il y ait des affinités bien singulières!... Nous sommes nés l'un pour l'autre. Votre âme a été coulée dans le même moule que la mienne. C'est pourquoi rien ne pourra les séparer désormais.

Un nuage sanglant obscurcit les yeux de la baronne. Défaillante, elle s'affaissa sur le divan.

— Eh bien, oui, reprit-il, je suis un forban et un pirate. Oui, je commande à une poignée de malfaiteurs qui n'ont d'autre loi que ma volonté. Oui, je tiens la société sous mon genou ; oui quand je veux lui faire suer de l'or, je lui mets mon poignard sur la gorge.

Il se redressa de toute sa hauteur et poursuivit :

—Il y a six ans, j'étais ruiné. Deux partis se présentaient à moi : mourir ou vivre de rapines. Car, m'astreindre au travail, aux privations, à la parcimonie, cela eût répugné à ma nature. La vie, pour moi, n'a de valeur que par le plaisir. Mieux vaut disparaître que végéter. D'ailleurs, vous l'avez dit : La vertu n'est praticable que pour les faibles et les niais. Je ne suis ni l'un ni l'autre.

Laura frémit. A peine osait-elle regarder Roland, dont les prunelles irradiaient une vanité satanique. Il était beau comme l'ange maudit.

— Je règne donc, continua-t-il d'un ton sarcastique. Mon peuple est un peuple de bêtes fauves. Je l'ai souhaité ainsi. Mes sujets sont répandus sur toute la surface de l'Europe; ils grouillent dans les bas-fonds des grandes capitales. Habitant les ténèbres, tapis au fond de leurs antres, ils frappent secrètement, ils attaquent à l'improviste ; et jamais policier, jamais agent de la loi n'a pu, grâce à ma vigilance, mettre la main sur aucun d'eux. Pourquoi tremblez-vous, Laura?

Elle fit sur elle-même un effort surhumain.

— Je ne suis qu'une femme, dit-elle, et je tremble à la pensée de vos périls.

Roland haussa les épaules.

—Et pourtant, accentua-t-il en souriant, vous n'en soupçonnez même pas l'étendue. Ce ne sont point uniquement les juges qui menacent ma sécurité. Mes bandits me menacent d'une façon bien autrement sérieuse. Quand je m'aventure au milieu d'eux, je fais d'avance le sacrifice de ma personne. Pareil au dompteur, je m'attends sans cesse à être dévoré. J'ai des armes sous mon chevet lorsque je m'endors; lorsque je me réveille, je m'étonne d'être encore au nombre des vivants.

— Mon Dieu! mais cette existence est horrible.

— Je n'y renoncerais pas pour un trône! exclama-t-il. J'adore le danger. La fièvre perpétuelle qui me fouette le sang est une condition de mon bonheur. Sans elle, je périrais d'ennui. Mes tigres, au surplus, ne sont pas toujours disposés à me mordre. Je les tiens par mille liens cachés. Je n'aurais qu'à lever le doigt pour les livrer au bourreau. Je pourrais, de ma propre main, les tuer tous impunément. Ils le savent et ils se méfient.

— Effrayant ! effrayant! balbutia la baronne. Tout cela est-il possible? Est-ce une hallucination?

— Soyez tranquille, c'est la plus palpable des réalités. Placez hardiment votre main dans ma main. Je suis l'homme de vos rêves. Ma puissance occulte est infinie. Formulez un désir, il s'accomplira. Rien ne m'est impossible, hormis de renoncer à vous.

Et, s'asseyant auprès de la baronne, il se pencha vers elle avec une passion sauvage.

— Etes-vous satisfaite? Ajouterez-vous foi dorénavant à l'expression de ma tendresse? Jamais femme reçut-elle de celui qui l'adore une pareille marque de confiance et d'abnégation?

Plus froide qu'un marbre, Laura restait immobile. La terreur, le mépris, le dégoût, lui montaient aux lèvres comme une nausée. Elle avait hâte de s'enfuir;

et, toutefois, elle restait clouée à la même place, ainsi que l'oiseau que fascine une vipère.

En effet, ses prévisions étaient dépassées. Elle avait bien pressenti que Maugreval puisait son opulence à des sources inavouables. Elle l'avait cru un grec, un escroc, un chevalier d'industrie; et voilà qu'elle se trouvait en présence d'un criminel, d'un chef de brigands, d'un assassin peut-être!

Une folle velléité d'appeler à l'aide faillit la trahir. Elle se contint. Mais l'air qu'elle respirait lui sembla empoisonné; et, peu à peu, ses traits devinrent livides.

— Qu'avez-vous? lui demanda Roland. Et son front hautain se chargea d'ombre.

Elle comprit alors qu'à tout prix il fallait prolonger l'erreur de cet homme, aller jusqu'au bout du rôle commencé et garrotter moralement Maugreval de telle façon qu'il fût pour jamais réduit à l'impuissance.

— Ce que j'ai? fit-elle en se levant. Je suis honteuse et indignée.

— Pourquoi?

— Parce que, pendant quelques minutes, j'ai eu la naïveté de vous croire.

Maugreval bondit.

— Quoi! s'écria-t-il, vous refusez d'admettre...

— La réalité de vos récits, acheva-t-elle. Vous me prenez pour une enfant, cher monsieur. Vous me racontez des histoires fantastiques, et vous êtes surpris de ce que je ne les accepte pas comme articles de foi. En vérité, vous me jugez bien crédule.

Elle riait! Ses couleurs étaient revenues. Appuyée sur l'allège de la fenêtre, elle aspirait à pleins poumons l'air frais du dehors, tout en ranimant ses yeux aux rayons du soleil qui miroitaient sur l'eau.

— Je vous jure!... accentua Maugreval.

— Ne jurez pas! interrompit-elle. Votre ruse est éventée. Je vous la pardonne, du reste. Elle était bien naturelle.

— Une ruse?...

— Dame! j'ai manifesté devant vous une certaine admiration pour les hommes d'énergie, pour les hardis condottieri en lutte avec la force armée. Là-dessus, vous me déclarez que vous êtes un de ces hommes. Quoi de plus facile à dire; mais quoi de plus difficile à prouver?

— Ainsi, vous exigez des preuves?

— Moi! fit-elle avec un sourire dédaigneux, je n'exige rien.

— Si je vous en donnais cependant! Si je réunissais tous ceux qui me reconnaissent pour leur maître, et si je vous rendais témoin de leur obéissance et de mon pouvoir sur eux!

— Vrai! exclama-t-elle. Vous feriez cela, Roland?

— Je le ferai.

— Quand?

— Le jour où, abandonnant votre vieux mari, votre hôtel et vos richesses, vous consentirez à partager mon sort.

Malgré l'horreur qu'elle éprouvait, elle réussit encore à feindre une curiosité ardente, fiévreuse et malsaine.

— Quoi! vous me montrerez tous ces fauves, tous ces tigres, comme vous les appelez?

— Tous, sans en excepter un seul.

— Roland, balbutia-t-elle, vous confondez ma raison. Roland, vous me donnez le vertige. Eh bien, oui, accomplissez votre promesse, démontrez-moi que vous ne m'avez point menti, et, moi aussi, je vous reconnaîtrai pour mon maître.

Une lueur triomphante jaillit des yeux de Maugreval.

— Accordez-moi cinq jours, dit-il. Ce délai me suffira pour rassembler, à Paris, tout mon monde. Je viens d'acheter un hôtel, avenue Friedland. Dans cinq jours, je dois l'inaugurer par une fête. Mes invités seront nombreux. Aurez-vous le courage de vous mêler à cette foule dont vous serez la reine, puisque j'en suis le roi?

— Est-ce à dire, articula Laura, que ces invités seront les fauves en question?

— Oui, répondit Roland, ma bande tout entière sera présente. A minuit on fermera les portes et nous serons en famille! Viendrez-vous, Laura?

— Je viendrai.

Il y eut un silence. Maugreval appuya ses lèvres sur la main de la jeune femme, dont le cœur bondissait de répulsion.

— L'heure s'avance, reprit-elle. Je ne dois pas m'attarder plus longtemps. Partez le premier, mon ami. Moi, j'attendrai un quart d'heure avant de monter à cheval. — Soyons prudents.

— Pendant cinq jours encore, soit! soupira-t-il; mais ensuite?

— Ensuite, nous verrons. Un dernier mot, toutefois, ajouta-t-elle. Est-il vrai que vous vous mariez?

— Oui. Qu'importe! Je n'épouse pas une femme, Laura. J'épouse vingt-quatre millions. Et, dès le lendemain de la cérémonie, je quitte pour toujours celle qui portera mon nom.

— Je connais cette jeune fille. Elle est bien belle, mais elle ne vous aime pas. Vous n'aurez pas grand mérite à me la sacrifier.

— Comment la connaissez-vous?

— Elle est venue chez moi s'informer

d'un jeune homme qui possède toute son affection et qui a disparu d'une manière étrange.

— Le secrétaire de votre mari ?

— Oui, M. Gilbert de Soriat. Son cœur appartient à mademoiselle Diane. S'il revient, il la consolera de votre abandon.

— Il ne reviendra pas, dit froidement Roland. Il est mort.

Laura sentit ses jarrets fléchir. Elle se cramponna des deux mains à la barre d'appui de la fenêtre.

— D'ailleurs, fit-elle d'un ton indifférent, ce n'est point de Diane que je suis jalouse. Il existe une femme dont je redoute bien davantage la rivalité. On prétend que son influence sur vous est excessive.

— Son nom ?

— Hélène.

— Ne la redoutez plus, dit Roland d'un accent étouffé. Hélène est morte.

— Morte ! cria la baronne.

— J'en ai reçu l'avis ce matin.

— Alors, fit-elle d'une voix rauque, tout est au mieux. Au revoir ! Partez.

Quand Maugreval eut quitté la chambre, Laura, blanche comme un spectre, fit quelques pas en chancelant :

— Morte !... Hélène !... bégaya-t-elle avec effort. Ah ! j'hésitais ! je n'hésiterai plus.

Et, s'approchant de la cloison :

— Armand ! appela-t-elle d'un timbre affaibli.

Et elle roula évanouie sur le divan.

XXII

Au moment où Laura, succombant à l'excès de ses émotions, perdait connaissance, la porte du cabinet s'ouvrit et un homme se précipita vers elle.

C'était le baron de Jourdy.

Le baron souleva sa femme entre ses bras et la porta auprès de la fenêtre ouverte.

Au bout de quelques instants la jeune femme se ranima. Son premier regard rencontra celui de son mari. Elle y lut une tendresse si profonde, une compassion si vraie et une bonté si confiante, que, touchée aux larmes, elle appuya, sans pouvoir articuler un mot, sa tête sur l'épaule du vieillard.

Un doux apaisement se fit en elle. Laura se sentait en sûreté sur cette mâle poitrine, sur ce noble cœur. Elle pleura longtemps en silence.

Quoique profondément attristé, le baron attendit que sa femme se fût calmée. Puis il lui demanda si elle désirait partir.

Elle fit un signe négatif.

— Pas encore, murmura-t-elle. C'est à présent, c'est à l'instant même que je veux vous expliquer ma conduite.

Il l'arrêta du geste.

— Non, dit-il. Plus tard. J'ai patienté un mois : je patienterai encore.

— Et pourtant, s'écria-t-elle, Dieu sait combien vous avez souffert ! Quelque étranges, quelque révoltantes que vous aient semblé mes façons d'agir, pas une question ne s'est échappée de vos lèvres. Vous avez héroïquement tenu votre parole. Vous m'avez laissée libre de mes actions ; vous vous êtes abstenu de me blâmer. Ami, je vous admire et je vous vénère. Je vous remercie à genoux. Puissé-je vivre assez pour vous prouver ma reconnaissance !

— Je n'en mérite aucune, répliqua le baron avec un sourire douloureux ; car si ma bouche est restée muette, mon âme bien souvent s'est insurgée. Vous m'avez dit un jour : — Je vous jure que ma conscience est nette, que je n'ai rien d'impur à me reprocher et que votre honneur est en sûreté sous ma garde. Vous m'avez dit cela, et j'avais promis de vous croire. Eh bien ! Laura, vous l'avouerai-je, plus d'une fois j'ai douté.

— Mais vous ne doutez plus, n'est-il pas vrai ? Vous venez d'entendre ma conversation avec cet homme. Vous avez compris quel piège je lui ai tendu et quelle comédie infâme je me suis astreinte à jouer pour le perdre. Ecoutez-moi maintenant.

Mon pauvre père vous a confié l'histoire de sa vie. Il vous a raconté comment cette vie, si brillante à ses débuts, avait été tout d'un coup brisée, assombrie par des infirmités précoces.

Vous savez que, forcé de quitter l'Italie où il mourait de faim, il amena ma mère en France, et que là, presque aussitôt, je vins au monde.

Ce que vous ignorez, ce qu'il a cru devoir vous taire, c'est qu'il avait déjà une fille, une adorable enfant de quatre ans.

Elle se nommait Hélène.

Vous dire à quel point mon père la chérissait, j'y renonce. Certes, il m'aimait bien, mais sa passion pour elle touchait aux limites de la folie, et cette passion ne fit que s'accroître avec les années.

Du reste, Hélène exerçait une véritable fascination sur quiconque l'approchait. Pareille à une petite fée, elle transformait en bienveillance la dureté des cœurs les plus insensibles. Sa gaieté, sa gentillesse, son charmant caractère, émerveillaient tout notre voisinage.

Aussi fut-elle le bon ange de notre foyer. Nous étions bien pauvres, bien malheureux et, grâce à elle, nous nous apercevions à peine de notre misère. Son rire innocent nous tenait lieu de pain. Ses caresses nous faisaient mépriser le froid. Elle était notre consolation, notre richesse.

Quant à moi, je ne respirais que par elle. Je ne pouvais la quitter d'une seconde. Je me serais jetée au feu pour lui épargner un chagrin.

Des années s'écoulèrent. Hélène avait dix-sept ans, et sa beauté, sans être extraordinaire, avait un charme mystérieux, indicible, qui attirait et retenait déjà bien des regards.

Maintes fois durant nos sorties, elle avait été accostée dans les rues et elle avait eu à subir d'audacieux propos. C'est pourquoi mon père effrayé s'efforça de la garder, autant que possible, auprès de lui.

Comme il nous fallait travailler pour vivre, cette détermination ne fut pas sans inconvénient.

Hélène exécutait, pour certains magasins de modes, des ouvrages assez bien rétribués : il était donc nécessaire qu'elle se rendît presque chaque jour dans ces établissements, si elle voulait conserver sa clientèle.

Néanmoins mon père aima mieux abandonner des profits assurés que d'exposer sa favorite aux obsessions des passants. Trop débile pour l'accompagner lui-même, et me jugeant avec raison trop jeune pour servir de sauvegarde à ma sœur, il la supplia de rester désormais au logis.

A dater de ce moment, elle essaya de se créer des ressources au moyen de travaux à l'aiguille que j'allais vendre de mon mieux. Mais nos gains étaient minimes. Je ne gagnais rien ou presque rien. Le père devenait de jour en jour plus incapable de nous aider. Si bien que notre petit ménage eut bientôt à traverser une effroyable crise.

Elle n'épouvanta ni moi ni ma sœur. Nous étions familiarisées de longue date avec l'indigence ; nous la connaissions depuis le berceau, et même nous ne connaissions pas autre chose.

Ce qui nous fit peur, ce fut la pensée des privations auxquelles allait être assujetti notre cher malade. Son âge, sa faiblesse, ses souffrances, tout réclamait impérieusement, sinon un parfait bien-être, du moins le strict nécessaire.

Un soir Hélène me dit tout bas :

— Nous sommes sauvés ! A force d'y réfléchir, j'ai découvert un expédient qui va nous tirer d'embarras.

Là-dessus, elle m'exposa son projet.

Nous chantions assez agréablement l'une et l'autre. Chacune de nous possédait une guitare. Ces deux instruments avaient été rapportés d'Italie par nos parents, qui, plus tard, nous en avaient fait cadeau.

— Habillons-nous en hommes, me dit Hélène. De cette façon, les messieurs me laisseront tranquille. Ce soir, aussitôt que le père dormira, nous nous échapperons sans bruit et nous irons chanter des romances devant les cafés. On prétend que cela produit parfois beaucoup d'argent.

Je sautai de joie. J'avais treize ans. L'idée me sembla merveilleuse. Nous fouillâmes dans la maigre garde-robe de notre père. Nous y choisîmes, parmi les vêtements dont il ne se servait plus, ceux qui nous parurent les moins râpés et, en deux nuits, nos costumes masculins furent confectionnés par nous-mêmes.

Un terrible battement de cœur s'empara de nous la première fois que, par une soirée obscure, nous nous faufilâmes dehors, la guitare au dos.

Je me rappelle que nous nous tenions par la main et que, tout en riant de plaisir, nous frémissions d'angoisse.

Quand le moment fut venu de chanter, ce fut une bien autre affaire. Plus de voix ! L'émotion nous l'avait coupée. Peu à peu cependant, nous parvînmes à nous vaincre. Il faut croire que nous étions des petits garçons très réussis, car quelques consommateurs daignèrent trouver notre figure intéressante. Cela nous enhardit. Nous détaillâmes nos plus jolis airs, puis je fis la quête.

Bref, en rentrant chez nous, notre recette se montait à la somme de douze francs. Nous étions riches. Quel plaisir ! quels cris de satisfaction ! et comme j'embrassai mon Hélène pour la féliciter de sa découverte !

Vous concevez, mon ami, que cette source de fortune fut exploitée par nous à de nombreuses reprises. Notre timidité primitive s'envola. Nous acquîmes de l'aplomb, et, toujours à l'insu du père, nous prîmes trois ou quatre fois par semaine la clef des champs.

Je rayonnais d'orgueil. Hélène était ravie. L'abondance régnait chez nous, et le malade, s'imaginant que cette prospérité provenait d'une recrudescence de commandes dans nos travaux, s'endormait quotidiennement en toute confiance.

Dès qu'il avait fermé les yeux, nous courions vers les promenades les plus fréquentées. Tout allait bien, lorsqu'un jour, une indisposition insignifiante,—un gros rhume, je crois,— me saisit à l'improviste.

Hélène exigea que je demeurasse à la maison. Malgré mes prières, elle continua de sortir sans moi.

— Qu'ai-je à craindre sous ces habits-là ? me disait-elle en riant.

Et pendant une semaine, je cessai de l'escorter. A mon grand regret, je vous assure ; car ces excursions m'amusaient infiniment.

Le huitième jour, comme Hélène venait de rentrer et qu'elle se deshabillait, je remarquai qu'elle était triste, rêveuse, absorbée. A peine entendait-elle mes questions. Elle n'y répondait que par monosyllabes.

— Qu'as-tu ? lui demandai-je avec insistance.

— Mais, soupira-t-elle, rien !... je ne sais...

Elle s'assit sur le bord du lit. J'étais couchée ; je l'examinais attentivement. Quelque chose de vague me serrait le cœur.

Après une longue méditation, Hélène se redressa soudain et alla prendre dans la poche de sa vareuse un objet qu'elle considéra d'un air singulier.

— Qu'est-ce donc que cela, Hélène ? balbutiai-je.

Elle se retourna de mon côté. Elle m'avait crue endormie.

— Bah ! fit-elle, une plaisanterie. Figure-toi que, depuis trois jours, un jeune homme me suit partout où je vais. J'ai beau changer de quartier, je le retrouve toujours en face de moi quand je chante. Cela me gêne fort ; d'autant plus qu'il me parle et que je suis forcée de l'écouter par politesse. Il est très honnête, d'ailleurs, et ne se doute pas que je suis une femme.

— Et de quoi te parle-t-il ?

— De mille choses. Il me dit que j'ai une jolie voix, que je devrais entrer au théâtre, qu'il aime énormément les artistes et que, si je veux, il m'aidera à faire mon chemin.

— Et toi, que lui répliques-tu ?

— Mon Dieu ! je ris, je plaisante ; mais, comme tu le supposes bien, j'ai refusé de prendre son adresse. Il m'avait engagée à aller le voir. Il a l'air très bon, ce jeune homme.

— Quelle figure a-t-il ? fis-je curieusement.

— Oh ! dit-elle en rougissant jusqu'au front, il est beau comme les anges. Tiens ! regarde.

Et elle me présenta un portrait-carte.

C'était là ce qu'elle examinait lorsque je l'avais surprise.

— Comment ! m'écriai-je, il t'a donné sa photographie.

— Oui, comme un souvenir, m'a-t-il dit. Car tu sauras qu'il me traite tout à fait en camarade.

— C'est gentil de sa part. Ça prouve qu'il n'est pas fier. Mais c'est égal, à ta place, je n'aurais pas accepté le portrait.

— Pourquoi ? prononça Hélène.

Et elle ajouta aussitôt :

— Au fait, tu as raison. J'ai eu tort. Déchire cette photographie.

Je ne la déchirai pas. Le sommeil m'envahit pendant que je regardais le portrait-carte. Il glissa de mes doigts et tomba entre le lit et la muraille.

Hélène reposait déjà à mes côtés.

Il ne fut plus question entre nous de l'inconnu. Ma cervelle de petite fille ne conservait pas longtemps les mêmes impressions. Je ne me souvins de cet homme que trois jours après.

Car trois jours après j'attendis vainement Hélène. Elle ne rentra pas de la nuit. Elle ne rentra plus jamais.

Et jamais je ne l'ai revue...

XXIII

Des larmes amères coulaient au long des joues de Laura. Son mari lui pressa silencieusement la main...

Elle poursuivit :

— Vous jugez de mon inquiétude pendant cette longue nuit d'attente.

Je demeurai sur pied jusqu'au matin, prêtant l'oreille au moindre bruit, le front collé à la vitre, le cœur affreusement serré.

Le jour vint sans ramener ma sœur. Mon épouvante devint de l'égarement. Qu'était-il arrivé à Hélène ? Je m'imaginai cent choses absurdes. Je me la représentai morte, blessée par des voleurs, écrasée par une voiture, emmenée en prison par les sergents de ville... que sais-je ?

Quant à la vérité, le soupçon ne m'en effleura même pas l'esprit.

Qu'Hélène nous eût quittés de son plein gré, qu'elle eût été corrompue, séduite, enlevée par un homme, une pareille supposition ne pouvait naître dans la pensée d'une enfant de treize ans.

Quand arriva l'heure du déjeuner, j'eus presque envie de m'enfuir. N'allait-il pas falloir tout dire à mon père ? Existait-il un moyen de lui épargner cette horrible blessure ?

J'étreignis mon front à deux mains. Je cherchai un mensonge. Je le préparai longuement, laborieusement ; et je n'eus pas plus tôt embrassé le vieillard que le mensonge fut oublié.

Je ne pus que tomber à genoux en m'écriant :

— Hélène n'est pas rentrée !

Ce qui se passa ensuite, il est inutile que je vous le raconte. Le désespoir ne se décrit pas. Celui de mon père le conduisit aux portes du tombeau : car il avait tout deviné, lui.

Durant bien des jours, il resta plongé dans une stupeur muette. Puis une faible lueur d'espoir lui restitua un éclair d'énergie. Il courut à la Préfecture ; il fit sa déposition. Il offrit tout ce qu'il possédait — hélas ! c'était bien peu de chose — à quiconque lui retrouverait sa fille.

Les recherches n'aboutirent à rien.

Trois semaines s'écoulèrent. Tout à coup, j'eus une inspiration. Je me rappelai le portrait-carte qu'Hélène m'avait autorisée à anéantir.

Je l'avais jeté dans un coin parmi des débarras. Il y était encore.

Je le ramassai. Je l'apportai à mon père. Je lui exposai comment cette photographie se trouvait chez nous, et je lui dis :

— Si nous pouvions découvrir ce jeune homme, peut-être serait-il à même de nous renseigner ?

A l'aspect du portrait, mon père bondit de fureur et de haine.

— Plus de doute ! s'écria-t-il, c'est celui-là qui a enlevé ta sœur.

Son instinct ne le trompait pas. Mais que faire ? que tenter ? Nous ignorions l'adresse, le nom, la condition sociale du ravisseur. Nous ne possédions que son image. A l'aide d'un aussi faible point de repère, comment dépister sa trace, au milieu de cet immense Paris ?

Nous l'essayâmes cependant, ou du moins je l'essayai seule. Mon père n'ayant plus la force ni d'agir ni de se mouvoir, c'était à moi de le remplacer.

Je revêtis mes habits d'homme. Je repris ma guitare et, du soir au matin, chaque jour, durant de longs mois, je parcourus sans relâche les jardins publics, les boulevards, les endroits fréquentés.

Moi aussi, j'avais l'âme saturée de haine ; moi aussi, je ne respirais que vengeance. Les traits de l'inconnu détesté s'étaient gravés dans ma cervelle. Si je l'eusse rencontré, je l'aurais reconnu tout d'abord.

Je ne le rencontrai pas. Loin de me décourager néanmoins, je redoublai d'activité, de vigilance.

Etrange histoire que celle de cette époque de ma vie ! Elle m'a laissé des souvenirs mêlés d'amertume et de gaieté.

Je menais l'existence d'un vrai petit bohème. Il y avait de la colère et de la douleur au fond de moi. Tout enfant que j'étais, j'aurais poignardé l'homme sans rémission, si le hasard l'eût offert à ma vue. Et toutefois, comment expliquer cette anomalie ? J'étais presque heureuse, presque insouciante. Je me plaisais à ces excursions aventureuses, à cet état nomade, à ces orgies de grand air.

Que d'ondées j'ai reçues ! que de coups de soleil ! Rien ne me rebutait. J'aimais à me noyer dans les foules. Pas plus que

les cafés luxueux, les bouges infimes ne me faisaient peur. Les oisifs élégants et les flâneurs de bas étage me connaissaient également. Bien accueillie par les uns, malmenée par les autres, j'étais parfois caressée, plus souvent battue.

Ce fut grâce à l'une de ces mésaventures que je me liai avec une excellente femme, la mère Girole, la propriétaire de ce cabaret dans lequel, il y a un mois, vous m'avez sournoisement suivie, vilain jaloux !

Et Laura inclina son front sur les lèvres de son mari qui se prit à sourire.

Elle continua :

— Mais les semaines s'accumulaient, et je n'avais obtenu aucun résultat de ma vie errante.

Un jour, une lettre nous arriva. Elle était d'Hélène. Nous la lûmes en sanglotant.

Notre bien-aimée nous envoyait un suprême adieu. Elle s'accusait d'ingratitude, se déclarait indigne de nous revoir et nous suppliait de lui accorder notre pardon.

Quant à son séducteur, elle en parlait à peine et elle ne le nommait pas.

« Il avait promis, nous disait-elle, de faire de moi sa femme. Il s'y refuse à présent. C'est me condamner à une existence de honte. Je l'accepte pour l'amour de lui ; mais je n'ai plus le droit de me mêler aux honnêtes gens. Je n'ai plus le droit d'embrasser ma sœur et mon père.

« Adieu ! Pensez à moi sans me maudire et priez pour votre pauvre Hélène. »

A la lecture de ces dernières lignes, nous nous regardâmes, mon père et moi, avec des yeux remplis d'une égale indignation. Ainsi donc, elle était malheureuse...

D'après les termes de sa lettre, il n'y avait point à en douter. Non content de l'avoir arrachée de nos bras, cet homme, ce lâche, la traitait en fille perdue, en créature avilie, et ne consentait point à réparer ses torts.

— Je le tuerai ! gronda mon père. Partons !

Et son doigt tremblant me désigna sur l'enveloppe de la lettre un timbre étranger, un timbre allemand.

Hélène était à Aix-la-Chapelle.

Nous vendîmes notre modeste mobilier. Puis, après avoir réuni toutes nos ressources, nous nous mîmes en route.

Triste voyage que ce voyage de perquisitions vaines. Il n'eut d'autre conséquence que d'épuiser nos économies. Vous savez le reste.

Après avoir parcouru l'Allemagne, nous fûmes contraints, pour cause de misère, d'y fixer notre séjour. J'entrai au théâtre afin d'y gagner notre pain. Puis, Dieu a voulu que je vous rencontrasse. Vous m'avez aimée. Je vous ai donné mon cœur sans réserve. Avec quelle gratitude, avec quelle confiance! il m'en est témoin. Celui qui m'a placée sur votre passage.

Je vous le jure, Armand, lorsque vous m'avez offert votre main, j'étais résolue à vous confesser notre secret. Mon père m'en empêcha. Il avait au plus haut point le sentiment de sa dignité compromise; il rougissait de notre malheur commun. Il se jugeait déshonoré en la personne d'Hélène; et, mesurant la profondeur de mon affection pour vous, il redouta qu'un aveu complet ne vous éloignât de moi.

— Puisque Hélène a renoncé à nous, me dit-il, puisqu'elle veut désormais nous éviter, à quoi bon révéler sa faute à M. de Jourdy?

Je me tus. Sur son lit de mort, il me fit promettre encore une fois de garder le silence. Le chagrin l'a tué. Mais, bien plus que le chagrin, la haine inassouvie.

— Cherche-le! Trouve-le! Venge-nous! Consacre ton intelligence, ta volonté à punir cet homme. Le jour où tu l'auras châtié, tu seras relevée de ton serment et je t'autorise alors à tout avouer à ton mari.

Ce furent là ses dernières paroles.

Penchée sur son corps déjà glacé, j'ai proféré le serment qu'il exigeait de moi.

De retour à Paris, j'ai repris mes recherches. Quatre ans entiers, j'ai fouillé la ville. Je me suis loué une chambre dans un quartier perdu. Toutes les fois qu'une affaire vous appelait au loin, aussi souvent que vous me laissiez seule, je m'élançais vers cette mansarde, je me travestissais en chanteur ambulant et je m'en allais au hasard, scrutant les physionomies, épiant les figures.

Enfin, le mois dernier, j'ai touché au but de mes efforts.

Une circonstance providentielle m'a mise en présence d'un homme qui connaissait Roland, qui l'a reconnu à la simple inspection de son portrait, qui me l'a nommé, qui l'a suivi d'après mes ordres.

Cet homme, c'est Narcisse Augelot, ce garçon qui actuellement remplit auprès de vous les fonctions de secrétaire.

Narcisse m'a d'abord servie sans arrière-pensée. A l'heure qu'il est, je me défie de lui. Quelque chose que j'ignore a eu lieu entre lui et Maugreval. Augelot, depuis qu'il a espionné pour moi mon ennemi, me paraît être courbé sous le poids d'une terreur prodigieuse.

Il n'articule qu'en frissonnant le nom de Maugreval, et je ne serais pas surprise que celui-ci l'ait transformé en adversaire contre moi.

Peu importe! J'ai trompé Narcisse, comme j'ai trompé son maître. Je lui ai fait accroire que j'adorais Roland. S'il lui rapporte mes paroles, je suis tranquille.

Du reste, c'est un faible esprit que celui de ce pauvre Narcisse. A son insu, en causant et sans qu'il en ait rien soupçonné, j'ai tiré de lui certaine révélation vague, mais précieuse. Par lui, j'ai deviné que Maugreval était un voleur. Il est pis que cela. Il vient d'en convenir lui-même et vous l'avez entendu.

Quoi qu'il en soit, j'ai dressé mes batteries pour le perdre. Je lui ai inspiré un amour insensé. A présent, je le tiens. Il est à moi. Nulle puissance humaine ne saurait le dérober au sort que je lui réserve.

Un instant, j'ai eu pitié de lui. Ma pitié s'est éteinte. Hélène est morte. Il faut qu'il meure. Au surplus, elle serait vivante et elle implorerait la grâce de ce bandit que je me détournerais d'Hélène.

J'ai juré. Mon père compte sur mon serment.

Laura s'interrompit. Elle était pâle d'une pâleur sinistre. Sa voix était dure, vibrante, implacable comme celle d'une divinité vengeresse.

Le baron la considéra tristement. Puis il voulut parler. Elle ne lui en donna pas le temps.

— Non! s'écria-t-elle, ne me dites pas que j'ai accepté un rôle odieux, indigne, effroyable, impossible. Ce que vous pensez, je le lis dans vos regards; ce que je vous inspire en ce moment, je ne le sais que trop.

D'avance j'avais prévu cela. Lors même que mon serment ne m'eût point liée, je ne vous eusse pas mis de moitié dans mon secret. Vous vous fussiez opposé à ma résolution, à ma vengeance.

Aujourd'hui, nul obstacle ne m'arrêtera, même émanant de vous. Si je vous ai fait venir ici et si j'ai souhaité vous avoir pour témoin secret de mon entrevue décisive avec le monstre, c'est parce que son destin va s'accomplir. Donc je suis déliée de la parole jurée à mon père.

En achevant ces mots, Laura examina le baron avec angoisse. Il était sombre, morne, affaissé. Lentement il se leva, et croisant ses bras sur sa poitrine, il regarda sans le voir le paysage riant qui se déroulait au long du fleuve.

— Ainsi, murmura-t-il enfin, vous êtes bien décidée?

— Oui.

— Dans cinq jours, vous irez chez cet homme?

— J'irai.

— Vous assisterez, vous, une femme, à cette fête qu'il compte offrir à des hommes seulement ? à des malfaiteurs ? à des meurtriers ?

— J'y assisterai.

— Au risque de votre vie ?

— Il le faut.

Le baron marcha vers la porte, qu'il ouvrit.

— C'est bien ! dit-il ; partons ! prenez mon bras.

XXIV

Retournons maintenant en arrière et voyons ce qu'il était advenu du comte Ladimir.

Nous avons laissé ce gentilhomme de bagne fuyant sur la neige à travers le parc des Taillis.

Il venait d'échapper sain et sauf au revolver de maître Lampon. Gilbert, son ennemi juré, râlait, un couteau dans la poitrine. Nul autre adversaire ne se présentait devant lui.

Après avoir couru quelque temps à toutes jambes, le Polonais ralentit peu à peu son élan et se prit à réfléchir.

Il se trouvait en ce moment sous les chênes du parc, à une distance assez considérable du château.

La nuit était calme. Aucun bruit suspect n'en troublait le silence. Trois minutes de méditation démontrèrent à Ladimir que Gilbert et son vieil ami avaient pénétré seuls au manoir, que l'édifice n'était point cerné, que ni gendarmes ni agents de police n'en gardaient les issues.

Cette conviction lui rendit son sang-froid. Il se demanda ce qu'il allait faire.

Revenir sur ses pas, s'assurer de maître Lampon, le coffrer au fond d'une cave ou le tuer au besoin, rien ne lui eût été plus facile.

Mais à quoi bon !

Obrinski n'était venu aux Taillis que pour s'y enfermer vingt-quatre heures en compagnie d'Hélène. Or, Hélène ayant disparu, il n'avait plus le moindre motif d'y séjourner davantage.

Il hésita cependant. Adossé à un arbre, étanchant la sueur qui baignait son front, il se dit qu'Hélène ne devait pas être loin; qu'à coup sûr, elle se cachait dans la maison et qu'en l'y cherchant il finirait par la trouver.

En effet, l'incroyable éclipse de la jeune femme confondait sa raison.

Qui l'avait enlevée? et par où était-on arrivé jusqu'à elle? Inerte, endormie, anéantie par un narcotique dont Ladimir connaissait la puissance, elle ne s'était certainement pas évadée toute seule.

Existait-il un passage secret, une porte invisible ouvrant sur la bibliothèque où il l'avait enfermée?

En admettant cette hypothèse fort probable, d'autres personnes que Gilbert et maître Lampon s'étaient donc introduites au château?...

Décidément mieux valait pour lui s'éloigner au plus vite. D'ailleurs un souvenir subit l'y détermina.

Auguste, son jeune complice, était mort. Encore quelques heures et Roland recevrait la lettre que ce prévoyant garçon, par méfiance de Ladimir, avait déposée entre des mains sûres.

Voilà ce que le Polonais jugea urgent d'empêcher.

—Allons ! s'écria-t-il, en route pour Paris!.. Il faut que je sois auprès de Maugreval quand lui parviendra la lettre dénonciatrice. Je l'intercepterai, si je puis ; sinon, je m'arrangerai pour la démentir.

Il consulta sa montre.

— Trois heures du matin ! maugréa-t-il avec rage. Et soixante kilomètres me séparent d'Angers..., jamais je n'y arriverai pour le premier train ; car me voici forcé d'accomplir à pied le trajet. La berline est dételée!... Et puis, elle ne le serait pas que je n'oserais aller la chercher dans la cour du château. A pied, soit! Et malheur à Hélène lorsqu'elle retombera sous ma griffe!

Il se mit en marche d'un pas délibéré.

Dix minutes après, il atteignait la petite porte du parc.

Elle était grande ouverte. Cela ne le surprit point. Maître Lampon et Gilbert n'avaient pu entrer que par là.

Mais, en examinant les traces empreintes dans la neige, Ladimir remarqua une chose qui le fit tressaillir.

En sens inverse des pas gravés par ses deux ennemis, d'autres pas, plus petits, avaient laissé leurs vestiges. Ils se dirigeaient vers la porte. C'étaient des pas de femme, ceux d'Hélène, probablement.

Obrinski eut un rire féroce.

— C'est par ici qu'elle s'est sauvée, pensa-t-il. Si j'allais la rattraper !

Et il s'élança dehors.

Aussitôt il aperçut devant lui un objet qui lui arracha un cri de joie : la carriole du notaire.

Il la reconnut immédiatement. Elle était connue de tout le pays, ainsi que les caprices de Blanchette.

Ladimir détacha la bride qui, enroulée au tronc d'un arbre, maintenait l'infortunée jument immobile.

Puis il sauta dans la voiture et fouetta la bête.

Elle partit.

Le petit bois des Taillis une fois traversé, Obrinski n'avait plus qu'à suivre la grande route en ligne droite. Blanchette, exaspérée, galopait comme une folle.

Le Polonais se frotta les mains.

— Pour peu qu'elle conserve cette allure, se dit-il, nous serons à Angers dans deux heures.

Mais la jument ne se souciait point de courir ainsi jusqu'à Angers.

Furibonde et ne sachant plus de quelle manière témoigner son indignation, elle prit le parti de s'abattre.

Cela endiabla d'autant plus Ladimir qu'il se sentait perclus de froid. Il n'avait ni pardessus ni chapeau, et le vent le coupait en quatre.

En un clin d'œil il fut à terre. En un tour de main il releva Blanchette. Après quoi il la roua de coups.

Réchauffé par cette exécution sommaire, il opéra quelques perquisitions à la hâte au fond de la carriole et y découvrit une épaisse couverture dont il s'enveloppa comme d'un burnous.

Puis, comme il reprenait place sur les coussins, le hasard lui procura une seconde trouvaille. Ses doigts rencontrèrent une belle et bonne casquette fourrée, une casquette à oreillettes : la coiffure favorite de maître Lampon.

Ladimir s'en affubla.

Au moment où il en nouait les cordons autour de sa mâchoire, et où Blanchette, piteuse et tremblante, attendait de lui l'injonction de repartir, une ombre s'approcha du cabriolet.

— Pardon, monsieur, fit une voix de femme, voudriez-vous consentir à prendre quelqu'un avec vous dans votre voiture ?

Le Polonais se pencha vivement vers l'inconnue dont la personne disparaissait sous un ample manteau de voyage. Malgré le capuchon qui recouvrait sa tête, on distinguait une figure ronde et rose, de brillants yeux bleus.

Ce n'était pas Hélène.

Ladimir, tout en s'efforçant d'examiner cette femme, avait eu soin d'abord de se rendre lui-même méconnaissable. La casquette enfoncée sur ses sourcils et la couverture ramenée jusqu'à ses narines s'opposaient à ce que l'on aperçût un seul de ses traits.

— Ce serait avec plaisir, madame, répondit-il, si j'étais moins pressé ; mais je vais à Angers où m'appelle une affaire urgente. Je ne saurais m'arrêter en route, même pendant cinq minutes. Ainsi..

— Mais c'est à Angers que nous allons, interrompit la voyageuse. Au nom du ciel, monsieur, ne nous refusez pas !

Ce pluriel éveilla la curiosité d'Obrinski.

— Vous êtes donc plusieurs ? demanda-t-il.

— Nous sommes trois.

— Et, ajouta une voix de l'autre côté de la carriole, voici une pauvre femme malade que vous ne voudrez pas abandonner en pleins champs, monsieur. Par humanité, par charité, permettez-nous de la placer auprès de vous.

Celui qui s'exprimait de la sorte était un jeune homme. Il soutenait entre ses bras un corps inanimé.

Ladimir réprima un soubresaut.

Ses prunelles scintillèrent. Il venait de reconnaître Narcisse Augelot, et je ne sais quel pressentiment lui cria que le corps féminin soutenu par Narcisse était le corps d'Hélène endormie.

— Ah ça ! gronda-t-il en lui-même, le drôle a donc quitté son poste sans permission ? Il n'a donc plus peur de nous ! Il conspire donc contre ses maîtres ! Qu'est-ce que tout cela signifie ?

Et frémissant d'une allégresse farouche, il dit en déguisant son organe :

— Du moment où il s'agit d'une malade, je me mets à votre disposition. Mais il n'y a place ici que pour elle.

— Oh ! supplia la première interlocutrice, il y aura bien place pour moi aussi, n'est-ce pas, monsieur ? je ne vous incommoderai pas. Je me ferai bien mince, bien petite...

— Impossible ! répliqua Ladimir. La malade seule... ou personne.

Il balbutiait d'impatience. Il avait hâte d'emporter Hélène comme une proie.

— Vous êtes bien dur, monsieur, murmura Zélie Fredon ; car c'était elle. Je ne puis me séparer de cette dame dans l'état où vous la voyez.

— Ça ne me regarde pas, fit le Polonais sèchement.

— Mais, mon Dieu ! il y a pourtant place pour elle et pour moi.

— C'est possible. Je m'en moque. Je ne veux pas me gêner.

Zélie et Narcisse au désespoir se consultèrent tout bas.

— Eh bien, interrogea Obrinski d'un ton rude, est-ce pour aujourd'hui ou pour demain ? Me confiez-vous la malade, oui ou non ?

— Non, monsieur, dit Augelot. Continuez votre route et excusez-nous de vous avoir dérangé.

— Bonsoir ! grommela le bandit.

Et il cingla les reins de Blanchette.

Il était, au fond, très indécis, très déconcerté.

Il n'avait nullement l'intention de renoncer à la chance qui s'offrait à lui de ressaisir Hélène, et il espérait qu'on allait le rappeler, livrer la jeune femme à sa garde.

Aussi eut-il soin d'aller fort lentement.

On ne le rappela point.

Alors il tourna bride et revint à petits pas vers le groupe immobile qui se détachait en noir sur les talus blanchis du chemin.

— Après tout, se disait-il, mon cerveau est fertile en expédients. D'une façon ou d'une autre, je me débarrasserai de cette grosse blonde quand sa présence m'ennuiera!

Zélie accourut au-devant de lui.

— Ah! merci, monsieur, merci! Vous vous ravisez, n'est-il pas vrai?

— Oui, accentua-t-il d'un air bourru. Montez avec votre amie. Mais dépêchez-vous.

Zélie commença par embrasser Narcisse sur les deux joues.

— Mon pauvre ami, lui dit-elle, vous voilà contraint de faire à pied vos sept ou huit lieues. Allons! courage! Vous nous rejoindrez à Angers. Nous vous attendrons à la gare.

Elle l'embrassa derechef. Puis elle grimpa lestement dans la carriole.

Narcisse alors lui tendit Hélène, dont le sommeil était si profond, qu'il ressemblait au sommeil de la mort.

Zélie la prit entre ses bras comme elle eût fait d'une enfant et l'installa soigneusement dans un coin, après l'avoir enveloppée de son mieux.

— Ça y est-il? en finissons-nous? aboya Ladimir enseveli dans sa couverture brune.

— Quand vous voudrez, mon cher monsieur!

— Ça n'est pas dommage. Hue donc, canaille!

Ce substantif discourtois s'adressait à Blanchette. Il fut accompagné d'un tel coup de fouet, que la malheureuse en brama de douleur.

— Au revoir, Narcisse! exclama la parfumeuse.

La voiture roulait à fond de train, et ce fut à peine si l'on entendit le timbre plaintif d'Augelot qui soupirait dans l'éloignement:

— Au revoir, Zélie!

XXV

— Où diable ai-je déjà vu cette fille-là? se demandait Ladimir en examinant Zélie du coin de l'œil.

La nuit s'épaississait. La neige recom-

mençait à tomber et il faisait très sombre au fond de la carriole.

Néanmoins, comme la parfumeuse avait rejeté son capuchon en arrière, Obrinski distinguait assez bien son profil.

Zélie berçait sur sa poitrine la tête pâle d'Hélène. Inclinée vers elle avec une sollicitude attendrie, elle épiait son souffle faible et s'efforçait de la préserver du froid.

— Est-ce que cette jeune dame est évanouie? interrogea le Polonais, d'un air compatissant.

— Non, monsieur. Elle dort.

— Comment, elle dort?... C'est impossible. Voulez-vous me permettre de lui tâter le pouls?

Ce disant, il prit le poignet d'Hélène.

— Effectivement, reprit-il. Ah çà! mais, dites-donc, ce sommeil-là est bien singulier. J'affirme même qu'il n'est pas naturel.

Zélie poussa un gros soupir.

— A-t-elle bu de l'opium? fit Ladimir avec brusquerie.

— Je l'ignore, monsieur; et je donnerais beaucoup pour qu'on pût la tirer de son assoupissement.

— Diable, diable! Tout ceci me paraît louche. Je ne suis pas indiscret de ma nature; mais je vous avoue, madame, que l'état de votre amie m'inspire d'étranges soupçons et me met presque en droit de vous questionner.

Zélie se tut.

— Je m'appelle Brossard, fit Ladimir avec emphase. Je suis médecin.

— Ah! s'écria Zélie, quel bonheur! C'est le ciel qui nous a placées sur votre route. Ah! monsieur, je réclame vos soins pour ma chère malade.

— Oui, oui... convenu. J'ai là ma pharmacie portative. Seulement je ne puis soigner votre compagne en plein air, vous comprenez. Il faudra nous arrêter dans la première habitation que nous trouverons ouverte.

— Oh! merci, monsieur le docteur, merci! Que vous êtes bon!... Vous qui êtes si pressé...

— Le devoir avant tout, ma chère dame. Au surplus, tranquillisez-vous. La situation de la jeune personne n'a rien d'inquiétant. Son repos est paisible, sa respiration régulière. Tenez-la chaudement. D'ici à une demi-heure, nous rencontrerons une auberge.

Zélie se confondit en remercîments.

— Vous habitez le pays, monsieur?

— Oui. J'ai mon domicile ici près, dans un village des environs.

— Lequel?

Ladimir, embarrassé, fit un appel à sa

mémoire, saisit au vol le premier nom de village qu'il y retrouva et répondit :

— Sainte-Croix.

La parfumeuse tressaillit violemment.

— Sainte-Croix ! balbutia-t-elle. Alors vous y êtes installé depuis peu ?

— Pourquoi ?

— Parce que... parce qu'autrefois, il y a quatre ans, Sainte-Croix ne possédait pas de médecin.

— C'est vrai, prononça Ladimir qui regarda plus attentivement la voyageuse. Il y a quatre ans, un médecin y eût été cependant nécessaire. Un drame sanglant a eu lieu dans cette commune, à ce qu'on m'a raconté. Un homme s'y est suicidé, après avoir grièvement blessé l'amant de sa femme, et ce dernier a failli périr faute de secours.

Zélie, blème comme une morte, se renversa au fond de la voiture.

— L'histoire vous est connue, je suppose, articula Obrinski.

Elle garda le silence.

— Non ?... Eh bien ! je vais vous la narrer.

— Oh ! de grâce, monsieur, taisez-vous ! taisez-vous ! bégaya-t-elle.

Ses dents claquaient. Elle se boucha les oreilles.

Ladimir fut éclairé.

— Eh pardieu ! pensa-t-il, où avais-je l'esprit ? C'est madame Jean Renot. C'est cette petite Eglantine, l'ancienne femme de chambre d'Hélène, l'ancienne maîtresse de Maugreval.

Il enfonça davantage sa casquette et ramena la couverture plus haut sur son nez.

Le fait est qu'Eglantine, pendant près de deux ans, avait vécu côte à côte avec lui dans le château des Taillis. De même que Roland, il avait persécuté de ses galanteries la jolie camériste, et c'était un miracle qu'elle ne l'eût point reconnu.

— Soyons prudent et soyons adroit, se dit le Polonais. L'aventure se corse.

Il se prit à siffler d'un air insoucieux, tout en cinglant les reins de Blanchette, la triste martyre. Son imagination travaillait : cinquante problèmes à la fois s'y pressèrent tout d'un coup.

Quels rapports Zélie avait-elle conservés avec sa rivale ? Qui donc l'avait prévenue du danger couru par celle-ci ? Par où s'était-elle introduite au manoir ? Comment avait-elle réussi à en faire sortir Hélène ? A quel propos enfin Narcisse l'avait-il accompagnée ?

Mystères sur mystères.

— Il est certain, ruminait intérieurement Obrinski, que je vais être contraint d'étrangler cette pauvre Renote. Elle me semble tenir à sa protégée comme à la prunelle de ses yeux. Elle refusera de me la céder ; et, si nous nous chamaillons, gare à elle ! Toutefois, avant de lui serrer le cou, j'aimerais fort à lui soutirer l'explication de ses agissements.

Il s'assura que pas un poil de sa barbe ne dépassait la couverture ; car cette barbe phénoménale l'eût trahi.

Après quoi, il continua tout haut :

— Les récits tragiques vous font peur, ma chère dame. Que serait-ce donc si vous aviez été témoin de ce que je viens de voir ? Etes-vous de ce département-ci ?

— Oui, docteur, répliqua la parfumeuse étonnée.

— Alors, vous avez entendu parler de la propriété des Taillis, l'une des plus belles de l'Anjou ?

Elle tressaillit de nouveau.

— Oui, dit-elle faiblement.

— Eh bien ! j'en arrive.

— Vous, monsieur ?

— Moi. On m'y avait appelé vers minuit et demi. Le domestique envoyé à ma recherche m'a rencontré à mi-chemin, à Soriat, où j'avais été retenu par un accouchement. Cet homme, très effaré, du reste, m'apprit qu'un crime avait été commis au château.

— Un crime ! exclama Zélie. Aux Taillis ?

— Aux Taillis. Jugez de ma surprise. Les Taillis sont inhabités depuis quatre ans.

— Eh bien ? fit Eglantine haletante.

— Eh bien ! je voulus interroger le domestique. Il avait disparu. Ma foi ! je me dirigeai à tout hasard vers la maison désignée. La grille en était grande ouverte. Personne ne parut pour me recevoir. Je traversai la cour d'honneur ; j'arrivai dans un salon, et là.... ah ! madame, quel spectacle !

— Quoi donc ? prononça Zélie en respirant à peine.

— Figurez-vous un champ de bataille ; des meubles renversés. Sur une table, couverte des débris d'un festin, une nappe tachée de sang ; puis du sang par terre, du sang sur les murs, du sang partout ; et enfin, gisant sur le tapis, deux cadavres.

— Deux cadavres ! répéta la jeune femme aussi stupéfaite qu'épouvantée.

— Mon Dieu ! oui. D'abord celui d'un tout jeune homme. Deux balles lui avaient perforé le crâne. Donc rien à faire avec celui-là. En second lieu, le corps d'un homme de trente-deux ou trente-trois ans, très vigoureux, bien charpenté et ayant une des plus magnifiques barbes que j'aie rencontrées de ma vie.

— Ladimir ! exclama Zélie en sursautant.

Le Polonais se pencha vers elle :

— Vous dites ? interrogea-t-il.

— Rien, rien !... Et ce malheureux était mort ?

— Pas tout à fait. En m'apercevant, il ouvrit les yeux, se souleva sur un coude et me dit d'une voix mourante :

— Je me nomme Ladimir Obrinski... Je suis assassiné... Mon meurtrier s'appelle Narcisse Augelot.

Zélie, terrifiée, frappée comme d'un coup de foudre, n'eut même pas la force de jeter un cri : l'horreur, l'indignation, l'étouffaient.

Ladimir poursuivit tranquillement :

— Quand il eut exhalé ces mots, il pâlit affreusement, et je crus qu'il allait rendre le dernier soupir. Mais se redressant encore une fois, il me montra du doigt une porte fermée :

— Là... soupira-t-il. Entrez là !... Il y a une femme prisonnière... C'est pour elle, c'est à cause d'elle que je meurs.

Et l'infortuné expira.

J'enfonçai la porte indiquée par lui. Je me précipitai dans la chambre... Chose extraordinaire, elle était vide.

Voyons, que pensez-vous de cela ?

Zélie paraissait changée en statue. Ses deux bras serraient convulsivement Hélène.

— Voilà pourquoi je suis si pressé, termina Ladimir. En face d'un pareil événement, que pouvais-je résoudre ? J'étais seul, dans une maison déserte, absolument abandonnée. Pas un valet, pas une âme. Rien que ces deux morts dont les blessures semblaient me crier vengeance. Je m'élançai dans ma voiture. Et je cours présentement à Angers, afin d'avertir le procureur impérial. Heureusement, mon Dieu ! que j'ai le nom de l'assassin.

Cette fois, Zélie recouvra l'usage de sa langue.

Bondissant de colère :

— Mais, s'écria-t-elle, c'est un mensonge, c'est une infamie. Narcisse est innocent. Et je ne conçois pas dans quel but le misérable Obrinski l'a faussement accusé. Narcisse ignorait, j'ignorais comme lui, ces deux meurtres.

— Ah ! ah ! grommela le Polonais. Je vois que mes soupçons étaient fondés. Vous êtes pour quelque chose dans l'affaire, ma belle enfant, et cette jeune dame qui dort est probablement celle que m'a signalée la victime.

— Eh bien ! oui, monsieur, vous ne vous trompez pas. Seulement, ajouta Zélie en embrassant Hélène, la victime, la voici. Quant à ce Polonais infâme qui l'avait enlevée, et auquel, Narcisse et moi, nous l'avons reprise secrètement, nous ne l'avons même pas vu.

— Il faudra prouver cela, ma chère ; car vous devinez que je ne vous lâche plus.

— Oh ! dit-elle fièrement, je n'ai pas envie de m'enfuir.

— A la bonne heure ! Nous irons ensemble au parquet. Vous établirez votre innocence et celle de ce bon M. Narcisse.

Et Ladimir, affectant de ricaner en dessous, stimula l'ardeur de Blanchette.

— Je ne demande pas mieux que d'être interrogée, monsieur, dit la jeune femme. Mais je m'aperçois avec douleur que vous vous défiez de mes assertions. Est-ce que vous me croyez coupable ?

— Hé ! hé ! ma chère dame, je ne crois rien. L'affaire est tellement mystérieuse, obscure, embrouillée...

— En ce qui nous concerne, Narcisse et moi, accentua Zélie, l'affaire est parfaitement claire.

— Pas si claire que cela, ma chère enfant ! car, enfin, vous venez de m'avouer votre présence au château des Taillis, pendant que s'accomplissait le meurtre.

— Je l'expliquerai, soyez tranquille.

— Vous aurez de la peine, hélas ! bien de la peine.

— Non, monsieur, nullement. Si vous consentez à m'entendre, je vous démontrerai dans quelles intentions généreuses nous avons quitté Paris, moi et mon fiancé, pour venir aux Taillis.

— Allons donc ! exclama Ladimir en lui-même. Je savais bien qu'elle parlerait !...

Et d'un accent touché, il reprit :

— Ah ! il est votre fiancé, cet excellent M. Narcisse. Tiens ! tiens... Pauvres enfants !... Parbleu ! voilà que vous m'intéressez, à cette heure. Or ça, causez, ma belle, je vous écoute.

Il avait pris la main de Zélie et il la tapotait doucement, comme pour encourager la blonde fille.

En même temps, son regard oblique errait à travers la campagne neigeuse.

Il pensait :

— Quand elle aura fini, je l'expédierai en douceur. Il y a par ici des fossés profonds et très capables de cacher pendant quelques jours le corps d'une femme morte.

XXVI

Jusqu'à ce moment, Ladimir avait joué son rôle avec perfection ; Zélie était complètement sa dupe.

Elle le prenait pour ce qu'il s'était donné, c'est-à-dire pour un médecin de campagne. Elle le jugeait un peu brusque, un peu brutal, mais bonhomme au fond.

De la fable grossière qu'il venait de lui improviser afin d'exciter sa terreur et de provoquer ses confidences, elle n'avait pas mis en doute une syllabe.

Aussi suffoquait-elle de chagrin. Tout son être entrait en révolte. Que l'on accusât Narcisse, — le doux, le timoré, l'inoffensif Narcisse—d'un horrible assassinat, cela lui paraissait monstrueux et sacrilège.

Néanmoins, elle comprenait la gravité de l'accusation. Elle sentait que son ami aurait du mal à s'en laver.

Ecrasée d'inquiétude, elle éprouva, comme tous les gens que presse une angoisse poignante, le besoin de s'en décharger l'âme en un flux de paroles. Elle crut devoir disculper Augelot.

C'était bien ce qu'avait prévu Ladimir.

— Je vais tout vous dire, monsieur, commença Zélie. Je vais vous parler comme je parlerais à mon père ou à mon confesseur. Vous allez voir si, Narcisse et moi, nous sommes des meurtriers.

Je suis parfumeuse à Paris. Avant-hier soir, un jeune homme qui, depuis quelque temps, demeurait dans ma maison, me dit :

— Je pars en voyage. Pendant mon absence, soyez assez bonne, ma chère madame Fredon, pour veiller de très près sur Hélène. Je sais positivement qu'un danger la menace. On l'a suivie. On complote quelque chose contre elle. Visitez-la demain matin. Suppliez-la de ne recevoir personne, de ne pas sortir de chez elle jusqu'à mon retour.

Hélène, il faut que vous le sachiez, mon cher monsieur, c'est cette jeune dame qui dort entre mes bras. J'ai eu autrefois sa femme de chambre. J'ai eu des torts graves envers elle, et je sacrifierais ma vie pour son bonheur.

Dès le lendemain, je me présentai chez elle. M. Gilbert, le jeune homme en question, m'avait assuré qu'elle ne m'en voulait pas et qu'elle me reverrait sans colère.

Cependant, je tremblai un peu en m'informant d'elle au portier. Quelle ne fut pas ma surprise ! On m'apprit que madame Hélène, dix minutes avant mon arrivée, était montée en voiture en compagnie d'un monsieur ; qu'elle avait emporté des bagages et qu'elle s'était fait conduire à la gare d'Orléans.

Ce départ subit m'effraya.

Très intriguée, je résolus d'entrer dans son appartement. Un vague instinct me faisait espérer que j'y découvrirais quelque indice au sujet de sa détermination précipitée.

Le concierge me connaissait. J'avais soigné madame Hélène pendant une maladie.

Il n'hésita point à me confier la clef du logement.

J'y pénétrai aussitôt. Mon premier regard tomba sur une lettre oubliée au bord d'une table. Elle était ouverte ; je la lus.

Cette lettre portait la signature de Roland Maugreval, le propriétaire des Taillis. Quoique vous habitiez le pays depuis fort peu de temps, mon cher Monsieur, je suis sûre qu'on vous a raconté cent fois quelle était la situation de madame Hélène vis-à-vis de M. Roland

— Oui, oui... Continuez, continuez...

— Ils avaient rompu depuis dix-huit mois. Ils avaient absolument cessé de se voir. C'est pourquoi la lecture du billet m'inspira un étonnement profond.

M. Maugreval y disait ceci ou à peu près :

« Je suis aux Taillis. Je vous y attends. Accompagnez la personne qui vous remettra ces mots ; elle a mission de vous amener auprès de moi. »

La peur me prit. Je courus chez M. Maugreval. Je sus qu'il n'avait point quitté Paris ; mais il me fut impossible de l'entretenir, car il passait presque tout son temps au dehors.

N'importe !... je fus fixée. La lettre était fausse. Un guet-apens avait été tendu à ma chère maîtresse.

Ne sachant qu'imaginer pour le secourir, je m'arrêtai à un parti décisif, quoique évidemment absurde : celui de me rendre en personne aux Taillis.

L'anxiété me bourrelait. J'avais la tête égarée. Toutefois, un reste de bon sens me démontra que, seule, je ne serais bonne à rien ; il me fallait le bras d'un homme.

Je songeai à Narcisse. Je l'aime. Il sera mon mari. N'était-il pas naturel que j'eusse recours à son aide ?

J'allai le trouver. Le pauvre garçon m'avait pourtant défendu de me rapprocher de lui jusqu'à nouvel ordre. Il se prétendait environné d'espions, plongé, malgré lui, dans une intrigue si ténébreuse que je n'y ai jamais rien compris.

Il occupe, en outre, un emploi très lucratif chez un riche banquier. Le service que je sollicitais de lui nécessitait son départ immédiat, il risquait donc de perdre sa place.

Eh bien, monsieur, il ne hasarda pas même une objection. A peine eus-je fermé la bouche, qu'il saisit son chapeau et me dit simplement :

— Partons, Zélie !

Une demi-heure après nous étions en wagon.

Hélène et son cavalier inconnu nous précédaient de trois heures à peine.

A huit heures du soir, nous arrivâmes à Angers. Nous eûmes la chance de pouvoir louer une voiture. Elle nous transporta aux Taillis aussi rapidement qu'il nous était permis de l'espérer. Une heure du matin sonnait lorsque nous mîmes pied à terre devant la grille.

Notre cocher refusa de nous attendre. Nous ignorions d'ailleurs combien de temps nous séjournerions au château. Nous agissions machinalement, aveuglément. Le sort d'Hélène nous préoccupait avant tout.

Je tirai timidement la cloche qui correspond au pavillon du concierge. Il vint et je me nommai. Ce brave homme a de l'affection pour moi, parce que, à l'époque où j'étais femme de chambre aux Taillis, j'ai eu parfois occasion de lui rendre quelques bons offices.

Il nous introduisit chez lui. Je lui narrai que, sur le point de me marier et revenue au pays afin d'y recueillir les papiers indispensables, j'avais eu la fantaisie de faire visiter à mon futur la magnifique habitation où s'étaient écoulées mes belles années de jeune fille.

— Puisqu'il n'y a pas une âme au manoir, ajoutai-je, il vous sera facile de nous y loger pendant un jour ou deux, n'est-il pas vrai, père François?

— Pas une âme! se récria-t-il. Trois personnes viennent justement d'y arriver.

— Qui donc?

— Le Polonais, un de ses amis et une femme dont je n'ai pu distinguer la figure.

— Où sont-ils en ce moment?

— Dans le salon rouge. Ils soupent. On les entend d'ici rire et brailler. — En voilà une idée! continua le père François en haussant les épaules — de choisir le château pour y faire leurs débauches! Seraient-ils pas mieux à Paris?

Et nous présentant des chaises, il reprit:

— C'est égal, mes enfants, je vous logerai tout de même. La place ne manque pas, Dieu merci! En attendant je vas vous offrir à souper.

— Ce n'est pas de refus, répliquai-je. Et pendant que vous préparerez vos petites provisions, moi, je ferai un tour dans le parc avec Narcisse.

— Dans le parc! exclama le bonhomme. A l'heure qu'il est et quand il y a par terre trois pouces de neige?

— Oh! dis-je en riant, rien qu'un tout petit tour.

Et j'entraînai Narcisse. J'avais mon plan.

Mais je dois d'abord, mon cher monsieur, vous avouer une chose. M. Maugreval, au temps où j'étais au service de madame Hélène, me faisait la cour. Chaque fois qu'il réussissait à me parler sans témoin, il me demandait de lui accorder un rendez-vous, et me suppliait d'aller l'attendre dans sa bibliothèque.

Je refusais de l'écouter. J'alléguais cent prétextes pour échapper à ses insistances. Je lui opposais, entre autres difficultés, celle de pénétrer dans cette pièce ou d'en sortir sans être aperçue.

Ce fut alors que M. Roland, croyant vaincre ma résistance, me mit de moitié dans un secret que, jusqu'à cette heure là, il avait gardé pour lui seul. Il me conduisit dans la serre vitrée dont la principale porte ouvre de plain-pied sur le parc, et, déplaçant une touffe de plantes exotiques, il me montra sur le sol une large dalle pourvue à son milieu d'un anneau de cuivre.

La dalle soulevée me découvrit un escalier tournant. J'hésitais à le descendre. M. Roland, avec force éclats de rire, m'y contraignit.

L'escalier aboutissait à un couloir souterrain, obscur et assez long, qui lui-même se terminait au pied d'un deuxième escalier.

Nous le gravîmes. Mon maître toucha un ressort, un panneau s'écarta et je poussai un cri de surprise.

Nous étions dans la bibliothèque. Le panneau s'était refermé. J'eus beau regarder minutieusement le mur : nulle fente, nulle fissure n'y révélait l'issue qui nous avait livré passage.

— A présent, me dit M. Maugreval, vous connaissez le chemin.

Et il m'indiqua de quelle manière je devais m'y prendre pour ouvrir et refermer le panneau.

Je vous prie de croire, monsieur, que jamais je n'ai usé de ce moyen pour tromper madame Hélène. Tant que j'ai vécu sous son toit, je suis restée irréprochable. Plus tard, hélas! je...

— Mais, interrompit Zélie avec un soupir, il ne s'agit point de cela.

Le souvenir du couloir souterrain m'était donc revenu en mémoire. Narcisse et moi, nous nous glissâmes dans la serre, et, après avoir soulevé la dalle, nous descendîmes.

Je me rappelais que le salon rouge, où soupaient en ce moment Ladimir et son ami, touchait à la bibliothèque. Mon intention, par conséquent, était de m'introduire dans cette pièce, afin d'écouter à la porte et de découvrir ce que ces misérables avaient fait de leur victime.

Bref, nous montons le deuxième escalier. Je pousse le ressort, le panneau s'écarte, et qui voyons-nous dans la bibliothèque, à la lueur d'une bougie posée sur un guéridon?

Madame Hélène!...

Elle était étendue sur le parquet, froide, immobile, inanimée. A deux pas d'elle brillait un couteau échappé de ses mains.

Je la crus morte. Elle dormait.

A travers la porte, on entendait bruire les verres et résonner les voix des deux ivrognes.

Monsieur, que pouvions-nous faire? Fuir au plus vite, fuir le plus loin possible de cette maison isolée, dangereuse et maudite : car, dans aucun de ses recoins, Hélène n'eût été en sûreté.

Narcisse la chargea sur son épaule et nous reprîmes notre galerie mystérieuse. La peur nous talonnait.

Nous traversâmes le parc; nous en sortimes par la petite porte ménagée dans le mur de clôture. Elle était ouverte, par parenthèse, et, en face d'elle, au dehors, stationnait un cabriolet. Le vôtre probablement, monsieur; mais, pas plus que Narcisse, je ne m'attardais à l'examiner.

Le bois franchi, nous rejoignîmes la grande route. Nous comptions marcher seulement l'espace de deux kilomètres et aller prendre gîte au village de Soriat. Le bruit de votre voiture qui roulait derrière nous me fit changer d'avis.

Il me parut plus prudent de nous rendre à Angers, si l'on consentait à nous accueillir dans la carriole.

Voilà notre histoire, monsieur. Vous êtes maintenant renseigné sur les motifs qui nous ont attirés, Narcisse et moi, au château des Taillis.

Quant au double meurtre dont vous dites que cette maison a été le théâtre, c'est vous qui m'en avez donné la première nouvelle.

S'il est vrai que le comte Ladimir a été assassiné, Narcisse est pur de ce crime, je vous le jure sur mon salut éternel.

— Hé bien! ricana le Polonais, tant pis pour Narcisse et tant pis pour vous, ma pauvre Eglantine. Vous allez vous repentir amèrement, l'un et l'autre, de n'avoir point assassiné cet excellent Ladimir.

En s'exprimant de la sorte, il rejeta sa couverture de voyage, souleva sa casquette et inclina vers Zélie, terrifiée, son féroce visage de forçat.

XXVII

Zélie ne proféra pas un mot, n'exhala pas un cri.

Sa force, sa présence d'esprit s'en allèrent. Une langueur mortelle détendit ses muscles, et de même qu'il arrive dans les mauvais rêves, elle sentit peser sur sa gorge un fardeau horrible, surhumain, étouffant.

Ainsi l'homme hideux qu'elle croyait mort, dont elle s'imaginait fuir le cadavre et dont le souvenir la glaçait, il était là, auprès d'elle!... C'était à lui qu'elle venait de confier Hélène après la lui avoir arrachée. Elle s'était jetée étourdiment entre les griffes du loup ; et, cette fois, à moins d'un miracle, elle ne pouvait lui échapper.

La carriole traversait en ce moment une vaste plaine solitaire, et la neige couvrait les champs de sa blancheur désolée. On n'entendait aucun son. Pas une ferme, pas une chaumière n'apparaissait entre les branches noires des arbres. Le jour était loin. Nul espoir de salut.

Ricanant, clignant des yeux, tiraillant sa barbe sinistre, Ladimir savourait l'effroi de la jeune femme. Il la fascinait à ce point qu'elle ne tenta pas le moindre effort pour s'évader.

Elle aurait pu sauter hors de la voiture, car Blanchette, abandonnée à elle-même, ne marchait plus qu'au pas. Elle savait que Ladimir ne l'aurait point poursuivie ; elle devinait bien que le bandit n'en voulait qu'à Hélène.

Et cependant Zélie demeura immobile.

Pâle, les dents serrées, elle étreignit la pauvre dormeuse contre son cœur.

Le Polonais rompit enfin le silence.

— Pas de bêtises! accentua-t-il. Nous nous comprenons, hein! mon bijou. Inutile de débiter de longues phrases. Vous êtes une jolie fille. Vous devez tenir à votre peau. Descendez, croyez-moi, et allez-vous-en droit devant vous sans retourner la tête.

Elle le regarda fixément.

Il répéta :

— M'avez-vous entendu? Descendez.

— Seule?

— Parbleu!

— Et si je refuse...

— Je vous tordrai le cou.

Elle promena ses yeux à travers la nuit.

— Mon Dieu! mon Dieu! sanglota-t-elle.

— Bah! fit Ladimir, le bon Dieu est couché à l'heure qu'il est. Vous l'appelez en vain. Examinez ceci, ma belle!

Il lui montrait ses mains monstrueuses.

— De vraies tenailles! ajouta-t-il. Quand votre gosier sera pris là-dedans, vous n'aurez pas pour deux minutes d'existence. Allons, vite, décidez-vous. Je suis pressé.

Zélie, folle d'épouvante, balbutia :

— Par grâce, monsieur... attendez un instant... laissez-moi réfléchir.

— A quoi? Vos réflexions seraient oiseuses. Vivre ou mourir : telle est la question. Toutefois, je consens à vous accorder trente secondes.

Là-dessus, Obrinski se détournant un peu, tira sur les guides afin d'arrêter tout à fait Blanchette.

Elle fit halte immédiatement.

— Mourir! soupira Zélie. Mourir si tôt... et d'une affreuse mort.

Elle se pencha sur les cheveux d'Hélène et y appuya ses lèvres.

— Hélas! murmura-t-elle, si du moins ma mort pouvait vous sauver, ma chérie. Mais non. Moi, morte, ce brigand me repoussera du pied et vous emportera dans son repaire.

Soudain elle tressaillit. Par un mouvement imperceptible, Hélène avait redressé la tête. Elle était réveillée. Depuis combien de temps? Mystère.

Toujours est-il que ses prunelles luisaient dans l'ombre et s'attachaient sur celles de Zélie, comme pour lui recommander la prudence.

Placée comme elle l'était, Hélène occupait le coin de la carriole. Avec des palpitations formidables, Zélie s'aperçut qu'elle soulevait lentement le tablier de cuir et qu'elle s'apprêtait à se laisser glisser sur le sol.

Dès lors la parfumeuse n'eut plus d'autre préoccupation que celle de favoriser la fuite de sa compagne. Elle s'avança de manière à la masquer; puis joignant ses deux mains et s'armant de son plus délicieux sourire :

— Ah! monsieur, modula-t-elle d'une voix câline, vous ne parlez pas sérieusement, j'en suis sûre. Vous avez voulu m'effrayer. Vous êtes trop généreux pour tuer une malheureuse femme.

Elle était ravissante ainsi et elle ne l'ignorait pas.

Obrinski la considéra sans mot dire. Le brusque changement de physionomie de sa blonde prisonnière l'étonnait.

— Il y a du nouveau, pensa-t-il; que diantre complote-t-elle ?

Et il se pencha en dehors du cabriolet pour s'assurer que nul incident suspect n'avait surgi.

Zélie alors lui jeta résolûment ses bras autour du cou.

— Oh! n'est-ce pas, murmura-t-elle, n'est-ce pas que vous ne me ferez pas de mal ?

Le Polonais se mit à rire.

— Tudieu! s'écria-t-il, comme la frayeur vous rend expansive, ma chère! Eh non, je ne vous ferai pas de mal... à moins pourtant que vous m'y forciez, ce qui serait dommage, car vous êtes, sur ma foi, un attrayant morceau.

Il enlaça la taille de la parfumeuse, l'attira brusquement et l'embrassa sur la bouche avant qu'elle eût pu s'en défendre.

Zélie frissonna jusque dans la moelle de ses os. Malgré son dégoût, malgré la frénétique aversion que lui inspirait Ladimir, elle subit cette répugnante caresse, car elle avait constaté qu'Hélène n'était plus dans la voiture et elle comprenait la nécessité de gagner du temps.

— Or çà, reprit Obrinski, trêve à vos manèges, petite rusée! Ils ne changeront rien à ma détermination. Soyez bonne fille et séparons-nous.

— Allons!... dit-elle avec un gros soupir, vous êtes implacable... Puisqu'il le faut, je descends.

D'un bond, elle s'élança sur la neige.

— Bon voyage! lui cria railleusement Ladimir.

Et d'une main que la joie faisait trembler, il chercha Hélène dans les ténèbres opaques où il la supposait endormie.

Ses doigts ne rencontrèrent que le cuir de la banquette.

Un blasphème jaillit de sa gorge; mais ce blasphème s'acheva par un éclat de rire.

— Farceuse! grommela-t-il. On veut donc plaisanter avec papa! C'est bien. Vous aurez le sifflet coupé, ma belle.

Déjà ses pieds touchaient la terre. La minute d'ensuite, il courait avec une agilité sans pareille après les deux fugitives.

Il les apercevait devant lui en dépit de l'obscurité. Les pauvres femmes fuyaient à perdre haleine; mais il était douteux qu'elles pussent détaler longtemps de ce train. Obrinski le voyait de reste. Aussi ne leur épargnait-il pas ses sarcasmes.

— Courage! vociférait-il. Allongez donc le pas; vous perdez du terrain, mesdames. Est-ce que vous seriez fatiguées, par hasard? Quant à moi, je trotte comme un cerf. J'avais besoin de cette petite course hygiénique; elle me ranime, elle me réchauffe...

En gouaillant de la sorte, il précipitait son galop.

Chose étrange! A deux ou trois reprises, il lui sembla distinguer derrière lui le battement rapide de deux bottes sur la route durcie par la gelée.

On eût juré que quelqu'un le poursuivait.

Trop affairé pour tourner la tête, il continua sa chasse.

— C'est l'écho! se dit-il.

Et il redoubla de rapidité.

En moins de cinq minutes, la distance conquise par ses victimes effarées fut reperdue. Hélène, qui avait de l'avance, la conservait encore; mais elle était visiblement épuisée.

Quant à Zélie, dont le séduisant embonpoint alourdissait l'allure, elle se traînait maintenant plutôt qu'elle ne courait.

Ladimir la rejoignit.

— Grâce! supplia-t-elle en s'abattant sur ses genoux.

— Pas de grâce! gronda le bandit. Tu vas y passer, coquine. Je rattraperai l'autre après.

Il étendit ses doigt de fer; mais elle se déroba par un haut-le-corps brusque.

— Grâce! râla-t-elle encore. Pitié!

Il la saisit par le cou.

— Ah! fit-il avec un féroce éclat de voix, je te tiens donc enfin!...

— Non! hurla quelqu'un à son oreille. Tu ne la tiens pas, grand lâche!

Au même instant, Ladimir tomba lourdement sur le dos. Il avait été renversé, grâce à ce geste traître que le gamin de Paris appelle vulgairement un croc-en-jambes.

Narcisse Augelot s'accroupit sur sa poitrine.

— Qu'est-ce que tu dis de cela, monsieur le comte? fit-il en maintenant le Polonais avec vigueur.

Celui-ci, pétrifié de stupéfaction, ne put que balbutier:

— Sacrebleu! d'où sort-il, celui-là?

— Ah! ah! Tu ne m'attendais pas, hein? Tu me croyais à deux ou trois lieues. J'étais suspendu à la voiture, imbécile. Tu avais refusé de me recevoir dedans; je me suis accroché derrière. A présent, causons. Quelle punition vais-je t'infliger, misérable assassin?

— Ah çà! repartit Ladimir, est-ce que tu t'imagines bonnement que je suis à ta merci?...

— Pardieu! si je me l'imagine!

— En ce cas tu te trompes.

Et le Polonais, dont la force était prodigieuse, se secoua de manière à faire lâcher prise à son ennemi.

Heureusement qu'Augelot s'était cramponné au forçat comme le chien se cramponne au sanglier qu'il mord. Il se laissa secouer et tint bon. Mais il pressentit qu'avec un pareil adversaire, il ne tarderait point à avoir le dessous.

Obrinski se débattait d'une façon inquiétante.

— A moi, Zélie! exclama Narcisse. A moi, Hélène! Aidez-moi, au nom du ciel! s'il se relève, c'en est fait de nous.

Et convulsivement il s'efforçait de paralyser les soubresauts de Ladimir.

Un moment arriva où celui-ci parvint à se redresser sur son séant. Un de ses bras redevint libre. On entendit craquer les os de Narcisse qui poussa un cri de douleur.

Ce cri galvanisa la parfumeuse. Elle se rua comme une lionne au secours de son amant. Renversé de nouveau par le choc, le Polonais heurta le sol avec ses épaules.

Il riait toutefois. Il riait de ce rire atroce qui prouvait sa rage. Une bave écumeuse jaillissait d'entre ses dents.

— Mettez-vous deux, mettez-vous trois, mettez-vous dix contre moi, prononça-t-il d'un timbre sourd, je vous écraserai comme des pailles!

— A nous, Hélène! implora Zélie. Il nous soulève, il est le plus fort.

Hélène accourait.

— Tuez-le, accentua-t-elle lugubrement, tuez-le sans pitié, sans miséricorde; tuez-le comme un chien, comme un serpent, comme un meurtrier qu'il est, sinon c'est lui qui nous tuera!

— Tu dis vrai, fit Ladimir en se relevant à demi pour la deuxième fois. Oui, je vous massacrerai tous... Mais toi, Hélène, tu sais... pas tout de suite.

Il avait réussi à se planter sur ses genoux.

Hélène, hors d'elle-même, échevelée, en démence, prévit la minute où elle allait retomber au pouvoir du monstre.

Une grosse pierre se rencontra sous son pied. Elle la ramassa. Cette pierre était horriblement lourde. Prête à s'en servir comme d'une arme, elle hésita; car Ladimir venait de chanceler.

Mais c'était une ruse.

Brusquement il dégagea son second bras, saisit d'une main Zélie, de l'autre Narcisse, puis les pliant ainsi que des joncs:

— A mon tour! rugit-il.

— Oui, répliqua Hélène derrière lui. A ton tour de mourir!

Un choc sourd retentit. La pierre énorme avait frappé le crâne du Polonais. Il ouvrit les deux bras et s'affaissa inanimé.

— Debout! mes amis, soupira Hélène plus livide qu'un spectre. Vite à la voiture. Fuyons!

XXVIII

C'était une habitation princière que l'hôtel récemment acquis par Roland Maugreval.

Sise dans le quartier des Champs-Elysées, au centre du Paris luxueux, cette maison, environnée de vieux arbres, avait une apparence tout à fait magnifique.

En admirant de loin, à travers les grilles, ses vastes proportions, les sculptures de sa façade, les statues de marbre et les groupes de bronze qui peuplaient ses jardins, le promeneur se demandait ébloui quelle altesse ou quel nabab avait fixé là sa résidence.

Mais, si l'extérieur était beau, l'intérieur était littéralement splendide.

On le prétendait du moins: car, hormis quelques intimes du nouveau propriétaire, personne encore n'avait franchi le seuil de l'hôtel.

Or, cinq ou six jours après les événements qui précèdent, ce palais silencieux s'anima tout à coup.

Dès midi, une interminable file de voitures sillonna les avenues sablées qui conduisaient aux perrons.

Maugreval pendait la crémaillère. Il inaugurait son logis par un déjeuner de garçons que devait suivre un bal échevelé.

Il va sans dire que ce déjeuner de garçons était offert aux célibataires des deux sexes.

Les curieux entassés devant les portes virent descendre de leurs coupés et de leurs calèches un essaim de jeunes femmes rieuses, jolies et adorablement parées. Elles faisaient partie de ce monde équivoque dont les nobles étrangers sont toujours si friands ; et en effet, les invités mâles de l'amphitryon étaient des étrangers pour la plupart.

Les noms annoncés à pleine voix par les valets avaient des terminaisons italiennes, espagnoles, anglaises ou allemandes. Les noms français étaient rares et absolument inconnus.

Du reste, à quelque nationalité qu'ils appartinssent, les amis de Roland semblaient être des gens d'assez bonne compagnie. Leur tenue était irréprochable. Leurs discours et leurs attitudes ne laissaient rien à désirer.

On eût bien rencontré çà et là, parmi eux, certains individus qui, dépouillés du frac noir et revêtus d'une blouse, eussent eu des physionomies patibulaires. Mais on sait que les types varient selon les latitudes et que ce que nous appelons à Paris la « distinction » affecte, suivant les contrées, des formes bien différentes des nôtres.

Tant que dura le déjeuner, c'est-à-dire jusqu'à la fin du jour, les convives se montrèrent pleins de réserve. Beaucoup avaient l'air timide. Le plus grand nombre était mal à l'aise et visiblement gêné. Mais, vers le soir, quand les grands vins eurent produit leur effet, cette froideur disparut pour faire place à une gaieté bruyante, tapageuse et quelque peu singulière.

Puis on illumina les massifs. Deux orchestres lancèrent au vent leurs fanfares. L'hôtel s'alluma depuis la base jusqu'aux combles. On dansa. Et la fête alors dégénéra en bacchanale.

Des rires frénétiques firent tressaillir le voisinage. On entendit des exclamations qui ressemblaient à des hurlements, des refrains qui semblaient chantés par des sauvages. Les nobles étrangers manifestaient leur plaisir à la manière des animaux d'une ménagerie ; et il est à croire que leurs danseuses furent d'abord légèrement effrayées.

Mais ces dames étaient de celles qui se rassurent vite. Elles s'habituèrent à ces façons bizarres, et bientôt leurs cris aigus se mêlèrent allègrement aux accents cuivrés des voix masculines.

Enfin, minuit sonna. Ce fut comme un signal de retraite. Les aimables pécheresses, d'avance prévenues que, passé cette heure-là, on ne réclamerait plus leur présence, s'éclipsèrent discrètement une à une.

Les hommes restèrent. Des tables de jeu les attendaient. Le silence succéda au bruit et ne fut plus interrompu que par le tintement de l'or.

A cette minute, le beau Roland, qui depuis le matin n'avait pas quitté son monde, entra seul dans une salle du rez-de-chaussée : salle élégante, meublée comme un cabinet de travail.

Il se jeta sur un divan. Ses traits portaient des traces évidentes de fatigue, de souci, de chagrin et aussi d'espérance.

— Viendra-t-elle ? se demandait-il en songeant à Laura.

Et l'instant d'après, songeant à Hélène, il murmurait avec angoisse :

— Qu'est-elle devenue ?

Car, tout follement épris qu'il fût de la baronne, Hélène lui tenait encore au cœur par des attaches profondes. Jamais il n'avait pu se défaire entièrement de son souvenir. Loin de lui ou près de lui, elle exerçait sur son être une influence mystérieuse, incompréhensible.

Cinq jours auparavant, lorsque dans le cabaret du Bas-Meudon Laura lui avait témoigné une sorte de jalousie à propos de cette rivale inconnue, Roland s'était écrié :

— Ne la redoutez pas. Elle est morte. J'en ai reçu l'avis ce matin.

Il lui avait répondu cela pour couper court à une scène pénible. En réalité il ne croyait point alors au trépas d'Hélène.

L'avis reçu par lui émanait du jeune Auguste, le compagnon de Ladimir.

Dans cette lettre non signée, Auguste prévenait Maugreval qu'Obrinski, après avoir enlevé Hélène, la conduisait au château des Taillis.

A cette nouvelle, un courroux formidable s'était emparé de Roland. Sa première impulsion avait été de courir au manoir et de fouler aux pieds l'ignoble ravisseur.

Puis il s'était vu contraint d'y renoncer. Son mariage imminent d'une part, de l'autre son intrigue avec Laura, et enfin l'arrivée prochaine de tout le club des

Pendus convoqué par lui en assemblée extraordinaire exigeait impérieusement sa présence à Paris.

Bouillonnant de fureur, dévoré d'inquiétude, il avait dû se contenter d'envoyer aux Taillis quatre hommes sûrs.

Or ces émissaires, chargés par lui de délivrer Hélène, de s'emparer de Ladimir et de le lui amener mort ou vif, n'avaient point reparu depuis quatre jours. Voilà ce qui le préoccupait par-dessus tout.

La promesse solennelle que lui avait faite madame de Jourdy de venir chez lui ce soir-là n'accaparait sa pensée qu'en sous-ordre.

Il était bourrelé de remords. Il se disait parfois :

— J'aurais dû tout abandonner pour voler au secours d'Hélène.

Et cet homme étrange, tantôt s'emportait en imprécations contre le Polonais, tantôt était prêt à fondre en larmes à l'idée horrible des périls courus par la femme qu'il se figurait ne plus aimer.

Le temps marchait. L'aiguille maintenant marquait une heure du matin. Dans les salles voisines, les bandits rassemblés au complet se volaient réciproquement et commençaient à se quereller.

Roland leur avait annoncé une communication d'importance. Ils l'attendaient impatiemment. Et Maugreval avait hâte de les congédier.

Il comprenait le danger de laisser trop longtemps réunies ces brutes, dont les discussions, d'un instant à l'autre, pouvaient se transformer en une rixe générale et sanglante.

Ils étaient seuls à la vérité dans l'hôtel. Les prétendus valets eux-mêmes étaient de la bande. Il n'y avait donc à craindre nulle curiosité du dehors.

Roland néanmoins frémissait malgré lui. Il savait que les brigands une fois déchaînés seraient sourds à sa voix, et, par intervalles, il examinait d'un œil sérieux les armes de toutes sortes qu'il avait eu soin de mettre à portée de sa main.

Une tristesse noire envahissait par degrés son âme. Il eût comme le pressentiment qu'un malheur s'avançait dans l'ombre.

Pour la première fois, il se repentit d'avoir confié à Laura ses terribles secrets.

— Si elle m'avait joué ? se dit-il ; si elle m'avait trahi ? C'est pour elle que j'ai appelé ici mes hommes ; c'est pour lui prouver ma puissance et mon audace. Et elle ne vient pas !... elle ne vient pas !...

Il ensevelit son front dans ses deux mains.

Le tic-tac de la pendule répondait aux sourdes pulsations de sa poitrine. La demie tinta.

Presque immédiatement un coup léger retentit en face de lui dans la muraille.

— Ah ! s'écria-t-il enivré, la voici !

D'un bond il se leva, courut au mur et pressa un bouton de cuivre caché au milieu des armes d'une panoplie.

Une porte secrète s'ouvrit lentement. Ce fut un homme qui entra.

Roland reconnut en lui l'un de ceux qu'il avait expédiés au secours d'Hélène.

— Ah ! fit-il avec humeur. Enfin ! Tu as bien tardé ! Où sont les autres ?

— En bas, dans le souterrain.

— Avec le prisonnier ?

— Oui.

Le visage de Maugreval s'éclaira d'une joie terrifiante.

— Ainsi, nous le tenons ?

— Nous le tenons.

— Où l'avez-vous trouvé ?

— Chez un paysan qui l'avait recueilli à moitié mort.

— Où cela ?

— Sur la grand'route, entre les Taillis et Angers. Ladimir avait le crâne ouvert. Quelqu'un a dû lui asséner un coup qui se portait bien.

— Quel est ce quelqu'un ?

— Il a refusé de nous l'apprendre.

— Alors, il a repris connaissance ?

— Il n'a été qu'étourdi. Maintenant, il se ressent à peine de sa blessure.

— Très bien. Il ne s'en ressentira plus du tout dans quelques heures. Veillez sur lui étroitement. Se doute-t-il du sort que je lui réserve ?

— Parfaitement. Il a essayé deux fois de se suicider. Mais nous sommes là.

— Veillez, vous dis-je. A présent, que sais-tu d'Hélène ?

— Rien.

— Comment ! rien ?

— Nous avons fouillé le château, du grenier aux caves. Pas un chat ! Du reste, nous n'y avons pas séjourné plus d'une demi-heure. La police y était.

— La police ?

— Oui, la rousse, le procureur, le juge de paix, les gendarmes, tout le tremblement. Il paraît qu'on s'est battu dans le salon rouge. Deux morts. Un des nôtres, le petit Auguste de la brigade de Bruxelles, puis un jeune homme du pays. C'est Ladimir, pour sûr, qui aura fait des siennes là-dedans. Mais il s'obstine à rester muet comme une tanche...

— Oh ! je le ferai bien parler, moi. Va-t'en, Bernard. Et dis à tes camarades que je leur apporterai la gratification promise.

L'homme salua et s'enfonça à reculons dans l'étroit passage démasqué par la porte ouverte.

Ce passage, — dont Maugreval en personne avait surveillé le percement, — était la reproduction exacte de celui qui, au château des Taillis, allait de la serre vitrée à la bibliothèque : à droite, on distinguait les premières marches d'un escalier qui plongeait sous terre; à gauche, un long couloir, qu'une lampe éclairait, devait conduire à quelque issue ignorée.

Tandis que Bernard descendait l'escalier, Roland resta l'oreille tendue au seuil du couloir secret. Il lui avait semblé entendre au loin le bruit d'une porte qui se refermait.

— Ce ne peut être qu'elle, murmurat-il : c'est par là qu'elle doit arriver.

Un pas vif et rapide sonna sur les dalles.

— Est-ce vous, Laura? demanda Roland.

— C'est moi.

Il s'élança au-devant d'elle, la saisit éperdument entre ses bras et la porta dans le petit salon.

La panoplie mobile avait repris sa place, et nul indice ne trahissait l'existence d'une porte à cet endroit.

XXIX

— C'est vous enfin!... c'est vous! murmurait avec adoration Roland agenouillé devant la baronne de Jourdy. Je ne rêve pas! Vous voici chez moi... vous y êtes venue bravement, loyalement. Et j'ai douté de vous!... Et j'ai tremblé... j'ai pâli... j'ai souffert... j'ai maudit la marche lente des heures. Ah! maintenant puisse cette nuit bienheureuse ne jamais finir!

Tout en parlant, il effleurait de ses lèvres les petites mains blanches de Laura.

Sa voix tendre, harmonieuse, ravie, s'imprégnait de cet irrésistible accent qui avait séduit tant de femmes.

Il ne mentait pas cette fois. Il était sincère. Il aimait; et la passion communiquait à ses yeux noirs, à son admirable visage, une expression réellement superbe.

A demi-renversée sur le divan, muette et comme anéantie, Laura le regardait. Elle avait son costume d'homme. Un masque noir cachait sa figure. Les palpitations de son sein soulevaient le velours de sa tunique.

Il comprit cette émotion poignante. Il crut deviner les combats qui se livraient dans ce cœur timoré. Doucement il s'efforça de rassurer la jeune femme.

Evoquant tout ce qu'il y avait de meilleur en lui, tout ce qu'il ressentait d'amour, de respect, de reconnaissance, il le mit aux pieds de Laura.

Elle voulut l'interrompre. A plusieurs reprises, elle essaya de lui fermer la bouche. Puis elle tenta vainement d'articuler un mot.

Soudain elle se redressa. Enervée, haletante, par un geste violent elle arracha son masque.

Roland recula stupéfait.

Il avait reconnu Hélène.

Pâle, les joues inondées de larmes, elle se pencha vers lui ; et, lui posant ses mains sur les épaules :

— Tu l'aimes donc bien, cette femme ? fit-elle d'un timbre expirant.

Il la considéra effaré.

— Hélène!... balbutia-t-il. Comment êtes-vous entrée ? Qui vous a livré la clef de la porte secrète ? Que venez-vous faire ici ?

Elle répliqua sourdement :

— Je viens mourir avec toi.

— Mourir !

— Oui. Tu es perdu. Tu es trahi. Ta maison est entourée, cernée. Pas un seul de ceux qui sont sous ton toit n'échappera.

Il bondit en arrière. Ses doigts, en s'appuyant machinalement sur le bureau, rencontrèrent un pistolet.

Il s'en empara.

— C'est donc toi qui nous as vendus ? dit-il avec une lenteur sinistre.

Elle leva les épaules.

— Moi !... prononça-t-elle. Pourquoi faire ?...

— Pour te venger.

— Tu me connais bien peu, Roland. Je ne suis pas jalouse. Celle qui t'a vendu, c'est la baronne de Jourdy.

— Tu mens !

— Ecoute. Je vais te convaincre en quelques mots. Nous avons le temps d'ailleurs. Le jour paraîtra bien avant qu'on ait enfoncé les portes de l'hôtel.

— Mais alors on peut fuir !

— Par où ?

Il désigna le panneau mobile.

Hélène secoua la tête.

— Cette issue est mieux gardée que les autres, dit-elle. Insensé! qui, après s'être ménagé avec tant de soin un moyen de salut, va en confier le secret à une femme! Et elle se nomme Laura, cette femme exécrable! Laura! un nom béni, un nom radieux, que jusqu'ici je n'ai balbutié qu'avec attendrissement.

Elle soupira et reprit entre ses dents contractées :

— Le nom de ma jeune sœur! le nom d'une enfant chaste et pure! Qui m'eût dit que je mourrais en le maudissant, ce nom qui appartient aussi à madame la baronne de Jourdy ?

Roland s'armait à la hâte.

— Ils ne m'auront pas vivant, gronda-t-il.

Elle répondit.

— Je le sais. Voilà pourquoi je suis venue. Mon dernier souffle doit s'exhaler en même temps que le tien. En attendant, laisse-moi te démontrer l'infamie de celle à qui tu as livré cent cinquante têtes.

Il y a quatre jours, j'étais tombée au pouvoir de Ladimir. Te l'a-t-on appris ?

— Oui. Ladimir est là : sois tranquille. Je ne périrai pas sans lui avoir fait payer cher son audace. Mais qui t'a délivrée de lui ?

— Un brave garçon, un jeune homme aimé d'Eglantine.

— Narcisse Augelot ?

— Oui. A eux deux ils sont parvenus à me sauver.

— Comment ?

— Peu importe. Ils m'ont ramenée à Paris. J'étais souffrante et brisée. Eglantine a exigé que je descendisse chez elle. J'y ai consenti.

Or son fiancé nous visitait fréquemment. Par amour pour Eglantine, qui m'est dévouée, il me témoignait un sincère attachement; et moi, touchée de leur affection, je leur ouvrais mon âme sans réserve. C'est te dire que je les entretenais de toi.

Eh bien! ce soir, à dix heures, Narcisse est accouru auprès de nous. Tu n'ignores pas qu'il est le secrétaire du baron de Jourdy ? A l'instant même il sortait de chez le baron, et il était si bouleversé qu'il nous fit peur.

— Vous portez intérêt à M. Maugreval ? me dit-il.

— Oui.

— Moi, je l'exècre. Mais il ne s'agit pas de moi, il s'agit de vous, madame; car, j'en suis certain, s'il lui arrive malheur, vous ne lui survivrez pas.

— Un malheur le menace ?

— Il va être arrêté. Madame de Jourdy. dans un but incompréhensible, lui a tendu un piége. Elle s'est fait adorer de lui, et il a commis l'imprudence de se mettre à sa discrétion. Bref. à l'heure qu'il est, l'hôtel de M. Roland est enveloppé, surveillé, bloqué. On assure qu'il a réuni là toute une bande de malfaiteurs. Ils seront saisis comme dans une souricière : car la police a pris des mesures exceptionnelles afin de s'emparer d'eux sans coup férir.

— Mais, m'écriai-je épouvantée, de qui tenez-vous ces renseignements ?

— De madame de Jourdy en personne.

Une haine affreuse l'excite contre M. Maugreval. Sa joie d'avoir réussi à le perdre est si grande qu'elle ne cherche plus à la dissimuler. Il y a vingt minutes à peine, elle se vantait à son mari, devant moi, d'avoir habilement disposé le guet-apens.

— A son mari ? quoi! le baron trempe dans cette lâcheté ?

— Le baron désapprouve sa femme, mais il est son esclave, il n'ose lui résister. J'ai assisté à leur entretien.

— Vous avez ?

— Oui. J'ai entendu la baronne dérouler son plan. Elle s'était défiée de moi jusqu'à ce jour. Elle ne se défie plus de personne, par la raison que personne à présent ne peut sauver M. Roland.

En écoutant ces paroles de Narcisse, continua Hélène, je sentis se glisser en moi un froid mortel.

— Roland se défendra, lui répliquai-je. Malheur à ceux qui l'attaqueront! Ses hommes sont nombreux et résolus. Il faudra, pour les soumettre, organiser un siége et risquer un assaut.

— On a songé à cela, m'a riposté Narcisse. Avant d'employer la force, on emploiera la ruse. La baronne a rendez-vous cette nuit avec M. Roland. Il lui a donné la clef d'un passage secret par lequel elle doit s'introduire dans l'hôtel.

L'entrée de ce passage s'ouvre dans une autre maison et dans une autre rue. On n'en aurait jamais soupçonné l'existence, si M. Roland ne l'eût révélée à la baronne. Or, elle ira au rendez-vous. Elle s'assurera que les bandits ont avalé le narcotique et qu'ils sont hors d'état de lutter. Puis elle tirera un coup de pistolet en l'air. Ce sera le signal.

— Un narcotique! exclama Roland, qui, stupéfié, livide d'horreur, d'indignation et de surprise, était resté pareil à une statue.— Quel narcotique ?

— Ah ! fit Hélène, c'est vrai. J'oubliais de vous expliquer cela.

Maugreval, la sueur au front, tendit l'oreille dans la direction des salles où, une heure auparavant, ses hommes se querellaient à grand bruit. Il remarqua, non sans frémir, qu'un silence complet avait succédé aux rumeurs. Ses cheveux se hérissèrent.

— Oui, accentua Hélène. Ils dorment. On a gagné l'un des vôtres, et il ne leur a versé, à partir de minuit, que du vin préparé de manière à les engourdir. Oh! madame de Jourdy est une adroite personne. Elle a tout prévu.

Roland s'étreignait les tempes à deux mains.

— Est-ce possible ? Que lui avais-je fait ? Pourquoi tant de haine ? A quel propos cette froide et lâche trahison ?

— Ainsi, fit Hélène amèrement, c'est elle encore qui vous occupe!... Vous vous demandez pourquoi elle vous a perdu, et vous ne vous demandez pas comment il se fait que j'aie pu pénétrer ici à sa place.

Je vais vous l'apprendre cependant.

La première pensée de Narcisse, quand il connut le complot, fut pour moi. Il songea aussitôt à l'épouvantable coup qui allait me frapper en vous atteignant. Que pouvait-il faire pour me l'éviter? Rien. Et toutefois il jugea possible de retarder la catastrophe.

Pendant que la baronne et son mari étaient encore à table, il se glissa dans l'appartement particulier de madame de Jourdy. Tout y était prêt pour son travestissement prochain. Ses habits d'homme étaient sur un meuble, et auprès d'eux la clef du passage secret.

Narcisse vola cette clef, vola ces vêtements et m'apporta le tout. Il avait réfléchi que cela forcerait vos adversaires à changer de tactique, et que, par conséquent, vous y gagneriez quelques heures. Vous devinez le reste, Roland. J'ai revêtu ce costume. J'ai mis ce masque et je suis accourue à vous.

Les agents qui fourmillent aux alentours de l'hôtel m'ont laissé entrer. Ils m'ont prise pour la baronne.

Et maintenant, je vous le répète, vous êtes perdu, bien perdu. Ne caressons pas de chimères. Il n'existe pour nous aucun moyen d'évasion.

— Mais, ajouta la jeune femme en décrochant un poignard fixé à la panoplie, — il nous reste un sûr moyen de délivrance : le voici. Quand tu voudras, nous partirons pour l'éternité.

Roland plongea ses yeux dans les yeux d'Hélène. Elle était calme, souriante, presque joyeuse. Un dévouement sans bornes et une indicible tendresse irradiaient de ses prunelles.

Il l'attira sur son cœur et lui mit un baiser au front.

— Merci ! fit-il lentement. Ton âme est vaillante, et je t'aime !

— Je le sais, dit-elle avec un sourire.

Il reprit :

— Sais-tu aussi que je t'aime uniquement? que je n'ai jamais aimé que toi, et que, malgré les folles ivresses de mon cerveau, tu as seule habité mon cœur?

— Je le sais, répéta-t-elle.

— Eh bien ! nous mourrons ensemble, s'il le faut. Mais avant de mourir, vive Dieu ! allons voir s'il nous est absolument interdit de nous défendre. Viens !

Et Roland saisit la main d'Hélène.

Il avait redressé sa haute taille. Son front orgueilleux semblait maintenant défier le destin. Sous sa moustache fine et brillante ses dents étincelaient.

— Qu'espères-tu? lui demanda la jeune femme.

— Peu de chose : réveiller une douzaine de dormeurs. Si j'y parviens, messieurs de la police passeront un mauvais quart d'heure.

— Soit ! Essayons, dit-elle.

Et tous deux traversèrent l'enfilade de salons qui précédaient les salles de jeu.

Un spectacle étrange les y attendait.

XXX

Sous les clartés ruisselantes des lustres, sous les faisceaux de rayons projetés par les candélabres d'or, cent cinquante ou deux cents gentlemen, vêtus de noir et cravatés de blanc, ronflaient à l'unisson.

Quiconque eût parcouru à cette heure les splendides galeries de Maugreval, se fût cru transporté dans le palais de la Belle au Bois-Dormant.

Les uns, debout et adossés aux murs ; les autres, assis, cartes en mains, devant les tables vertes ; ceux-ci étendus à platventre sur les tapis somptueux ; ceux-là couchés, vautrés, accroupis sur les divans et les causeuses, reposaient immobiles.

Les faux valets eux-mêmes sommeillaient revêtus de leurs livrées éclatantes.

A terre, vides et débouchés, gisaient mille flacons ayant contenu des vins d'Espagne et de Sicile, vins fallacieux où l'on avait glissé d'engourdissants poisons. Des plateaux de vermeil, des cristaux, des verres mis en pièces craquaient sous le pied.

Cet assoupissement profond, qui avait terrassé les clubistes au milieu de leur orgie, dépouillait leurs traits de toute expression hypocrite. Ils apparaissaient maintenant tels que leur nature farouche, leurs passions sauvages et leur soif de sang les avaient pétris.

Les chemises entr'ouvertes, les gilets déboutonnés, les cravates arrachées violemment, dévoilaient des poitrines tatouées, des bras poilus, des cous sillonnés d'immondes cicatrices.

Les nobles étrangers de tout à l'heure n'existaient plus. Le masque était tombé. Il n'y avait plus là que des forçats.

Hélène et Roland traversèrent dix salons. Tous offraient le même aspect. Dans les antichambres et dans les offices, sur les marches du perron et dans les bosquets du jardin, dans les cours et dans les écuries, partout ils rencontrèrent des dormeurs.

En vain Maugreval essaya-t-il de les tirer de leur léthargie : appels, éclats de voix, secousses, tout fut impuissant.

— Rien à espérer de ceux-là, murmura-t-il. Rien à tenter en leur faveur. Les malheureux se réveilleront à la préfecture. Et c'est moi, moi leur chef, qui les ai trahis !

Son front se pencha lourd de honte.

— Ils m'auraient défendu jusqu'à la mort, reprit-il tristement. Eux debout, il aurait fallu pour m'atteindre lancer contre moi une armée. Et alors, oh ! la belle bataille ! Nous aurions fait une trouée, ou bien nous nous fussions ensevelis sous les ruines de ma maison.

Il exhala un soupir rauque.

— N'y songeons plus, ajouta-t-il. On a paralysé tous ces bras de fer. On a redouté leur furie. On a reculé devant le déploiement de forces qu'eût nécessité leur nombre. Oh ! les gens de bien sont prudents. Ils nous tiennent. D'où vient qu'ils n'attaquent pas ?

Et Roland d'un geste rapide invita Hélène à le suivre.

Ils entrèrent au jardin, s'arrêtèrent au milieu de la pelouse, au bord d'un vaste bassin de marbre, et prêtèrent l'oreille.

Aucune rumeur ne s'élevait des rues environnantes.

C'était par une nuit tiède et parfumée. La lune bleuissait mollement les parterres. Sous les charmilles un rossignol chantait.

— Qu'attendent-ils ? demanda Roland.

— Ils attendent le signal, répondit Hélène. Sans doute madame de Jourdy ne les a pas rejoints encore. Ils continuent à être dupes de ma supercherie, et ils guettent le coup de pistolet qui doit leur annoncer le sommeil complet des Pendus.

— Oui, ricana Maugreval. Ils ne veulent pénétrer ici qu'en toute sécurité, ces braves !

Hélène appuya sa tête sur l'épaule de son amant.

— Asseyons-nous, lui dit-elle. Jouissons en paix de cette nuit charmante.

Roland s'affaissa auprès d'elle sur un banc de pierre. Mais, se relevant tout d'un coup :

— Eh bien ! non, exclama-t-il avec rage. Non, tant qu'il me restera un atome d'énergie, je lutterai.

— Que dis-tu ?

— Je dis que quatre hommes robustes et déterminés sont là dans les caves de l'hôtel. Ils n'ont pas bu l'infernal mélange. Ils veillent sur Ladimir. Demeure ici, Hélène. Je vais les chercher. Ladimir lui-même est d'une vigueur colossale. Je lui ferai grâce de la vie, s'il consent à nous aider. Et il y consentira, je te le jure.

— Mais, balbutia la jeune femme, quel est ton projet ? combattre ? résister ? Ce serait folie.

— Non ! accentua-t-il avec exaltation. Je rêve mieux que cela. Patience !

Il s'élança en courant vers l'hôtel.

Le regard pensif d'Hélène l'accompagna jusqu'à ce qu'il eût disparu. Puis la pauvre créature enfouit entre ses deux mains son visage pâle.

— Chimère ! prononça-t-elle tout bas. Inutiles efforts ! Notre heure a sonné, l'heure du châtiment, de l'expiation, de la rédemption peut-être. Elle ne m'épouvante pas. Je suis prête. Et pourtant il m'eût été doux de revoir mon père et ma sœur.

Ses larmes coulaient. Un grand silence régnait autour d'elle. Lentement elle leva ses yeux noirs inondés de pleurs vers le bleu sombre du firmament.

— On m'a prédit, reprit-elle, lorsque j'étais enfant, que je mourrais jeune et de mort violente. La prédiction va s'accomplir. Et cette mort, elle me viendra de ma propre main.

En soupirant ces mots, elle jouait avec le poignard détaché par elle de la panoplie. Elle l'avait passé à sa ceinture et elle en maniait la garde avec une sorte de volupté.

Un quart d'heure s'écoula. Au loin, dans la direction de la grille d'entrée, des piétinements sourds et le chuchotement d'une foule de voix contenues commençaient à bruire.

Hélène ne remarqua point ce murmure menaçant. Son âme errait dans le passé. Des ombres chères parlaient à son cœur. Si abstraites étaient ses méditations qu'elle tressaillit quand Roland, de retour, lui toucha l'épaule et lui dit ce seul mot :

— Viens !

Elle quitta son banc. Derrière Maugreval marchaient les quatre hommes, sa suprême ressource. Ils étaient munis de pioches, de pics et de leviers.

Au milieu d'eux s'avançait Ladimir, les poignets garrottés. En apercevant Hélène, il sourit d'un air étrange ; puis il détourna les yeux.

Roland entraîna au pas accéléré sa petite troupe vers le fond du jardin, qui était immense. Arrivé là, il leur montra le mur de clôture, et leur dit :

— Perçons cela ! De l'autre côté de ce mur, dont la hauteur est trop considérable pour qu'il nous soit possible en ce moment de le franchir, il y a le jardin d'une maison particulière. Si l'on y a posté des agents, nous serons pris ; sinon, sauvés. C'est une chance à courir.

Il n'avait pas achevé que ses compagnons attaquaient le mur.

Maugreval alors, s'approchant de Ladimir, dénoua les cordes qui le liaient.

— Allons, lui dit-il, travaille !... Il est

heureux pour toi que nous ayons eu besoin de tes biceps. A l'œuvre! et songe que nous avons l'œil sur tes moindres mouvements.

Obrinski, sans répondre, empoigna un outil massif, et du premier coup creusa dans le mur une énorme entaille.

La maçonnerie était peu épaisse. Sous les chocs redoublés des six hommes — car Roland s'était joint à ses acolytes — une brèche ne devait point tarder à se faire.

Mais tandis qu'acharnés à leur besogne, ils faisaient voler autour d'eux les moëllons et les platras, Hélène entendit subitement, à l'autre extrémité du jardin, un brouhaha de mauvais augure.

Elle se pencha en avant.

A travers les branchages et les feuillées, elle vit des reflets rougeâtres colorer le sable des allées, courir sur l'herbe des pelouses.

La police avait envahi l'hôtel. Soit qu'on eût escaladé les grilles, soit qu'on eût forcé une issue, la maison s'emplissait de gens armés.

Hélène distinguait déjà la fumée sombre et les étincelles de leurs torches.

Elle accourut auprès de Roland. Dès qu'elle lui eut communiqué la fatale nouvelle, tout travail s'arrêta. Les bandits découragés lâchèrent leurs outils et blêmirent.

— Imbéciles! leur cria Maugreval, pourquoi vous interrompre? Nous avons plus de temps qu'il ne nous en faut!... On va fouiller la maison d'abord; on ne visitera qu'ensuite ce côté du jardin. Courage, camarades!

Haletants, éperonnés par l'épouvante, ils ressaisirent leurs pioches et se ruèrent avec frénésie contre le mur.

Hélène elle-même ramassa une barre de fer et concourut au labeur général.

Ladimir n'avait cessé jusqu'alors de l'épier à la dérobée. Profitant de ce qu'elle ne le surveillait plus, il lui déroba prestement le poignard qu'elle portait à sa ceinture.

C'était une courte lame en acier trempé, large, flexible, pointue, à deux tranchants. Le Polonais la glissa dans sa manche.

Puis, de nouveau, il se reprit à aider ses camarades.

Enfin le trou fut percé. Il ne restait plus qu'à en élargir l'ouverture. Avec quelle hâte, avec quelle précipitation fébrile les fugitifs s'acquittèrent de cette tâche, on le devine. La lueur des torches approchait. De même qu'on avait fouillé la maison, l'on commençait à fouiller le jardin. Encore quelques secondes, et il serait impossible de faire retraite.

Tous ensemble, ils réunirent leur élan.

Un lourd monceau de briques s'écroula.

Sans attendre davantage, les quatre hommes préposés à la garde de Ladimir se faufilèrent un à un par la fissure suffisamment ouverte.

— A ton tour! ordonna Maugreval au Polonais. Hélène et moi, nous passerons les derniers.

Il s'adossa au tronc d'un arbre énorme, essuya d'une main son front ruisselant et de l'autre indiqua la brèche à Obrinski. Celui-ci s'approcha de Roland, un affreux sourire aux lèvres.

— Les derniers, soit! ricana-t-il.

Et il lui plongea son poignard dans le cœur.

Roland ne poussa pas même un soupir. La mort l'avait foudroyé. Son corps demeura tout debout, appuyé au tronc d'arbre.

Hélène était à dix pas de là, faisant le guet. Quand elle se retourna, elle vit Ladimir arrêté vis-à-vis de son amant.

— Fuyez donc! s'écria-t-elle. Oh! mon Dieu! ils avancent. Les voici! Viens, Roland.

Elle s'élança auprès de lui, cherchant à l'entraîner, elle lui saisit la main. Cette main était froide.

— Tu ne réponds pas? articula-t-elle avec angoisse. Es-tu fâché contre moi? Qu'y a-t-il? que lui avez-vous dit, misérable?

— Je lui ai dit... cela! riposta le Polonais d'une voix amère.

Un cri déchirant sillonna l'espace.

Hélène avait été atteinte en pleine poitrine par l'arme ruisselante de sang.

Trois minutes après, une lumière éclatante éclaira l'endroit fatal.

Madame de Jourdy, entourée de soldats et d'agents de police, apparut au bras du baron.

Son premier regard tomba sur Roland.

— Le voici! exclama-t-elle, le doigt étendu vers lui et le visage bouleversé par une joie triomphale. Le voici. Saisissez-le.

Deux agents mirent la main sur Maugreval, dont le cadavre oscilla, puis se renversa tout d'un bloc.

— Cet homme est mort, madame!.... murmurèrent dix voix stupéfaites.

— Mort! répéta-t-elle. Eh bien! tant mieux. Ma sœur est vengée.

A cet instant, elle trébucha. Son pied avait heurté un obstacle. Elle abaissa ses yeux, aperçut à terre une forme svelte et gracieuse, hésita pendant la durée d'un éclair, puis, livide, elle arracha une torche d'entre les mains d'un de ses valets.

Tout d'un coup, une clameur formidable déchira sa gorge.

— Hélène! râla-t-elle en se précipitant à genoux.

Hélène entr'ouvrit ses paupières, déjà noyées dans une brume violette.

— Ce n'est pas toi... qui nous a tués.... balbutia-t-elle avec effort. Embrasse-moi, ma sœur. Je te pardonne.

Et elle expira.

XXXI

Ladimir, après avoir frappé Hélène, s'était hâté de franchir l'ouverture pratiquée dans la muraille.

Il se trouva dans le jardin de la maison contiguë.

Mais aucune porte n'était ouverte. Tous les locataires de ce logis dormaient. Aucun d'eux n'avait eu le soupçon du drame horrible qui venait de s'accomplir.

Deux fois le Polonais fit en courant le tour du jardin. Lorsqu'il eut constaté qu'il y était enfermé comme dans une cage, une indicible frayeur le glaça. Il prévit le moment où les agents de police passeraient par la brèche béante et le découvriraient.

Cependant quatre de ses compagnons l'avaient précédé. Il ne les apercevait nulle part. Où se cachaient-ils? par où s'étaient-ils envolés?

La réponse s'offrit d'elle-même à Ladimir.

Comme il longeait l'enceinte du jardin, il remarqua tout à coup un objet qui lui donna la clef de l'énigme.

Contre le mur une échelle était appuyée. Avec l'agilité d'un singe, il l'escalada. Puis, debout sur la crête du mur, il regarda de l'autre côté, mesurant de l'œil la distance qui le séparait du sol.

Au même instant, deux coups de feu éclatèrent. L'on était sur sa piste. Une balle lui effleura la joue, mais la seconde siffla par-dessus sa tête.

Au risque de se tuer, Obrinski sauta, toucha terre, se releva sain et sauf, et prit ses jambes à son cou.

Il était tombé dans une rue déserte. Quelle rue? Il n'en savait rien. Il s'élança au hasard, tourna une encoignure, enfila coup sur coup une demi-douzaine de voies.

La sueur et le sang inondaient son visage. Un râle de fatigue sortait de sa poitrine épuisée. Pendant une demi-heure il courut éperdument, aveuglément. A la fin, il s'arrêta, et ses yeux hagards tentèrent de s'orienter.

Le jour naissant blanchissait les toits; des lueurs roses moiraient les larges trottoirs et la chaussée solitaire. Ladimir avait fait halte sur l'un de ces nouveaux boulevards qui ont remplacé l'ancienne banlieue.

Il s'assit sur une grosse pierre, au seuil d'une maison en construction. Quoique bien certain d'avoir dérouté les poursuites, le meurtrier tremblait de tous ses membres. Il lui semblait que son crime était écrit sur sa figure.

Ses mains frémissantes eurent peine à tirer le mouchoir qu'il chercha dans sa poche. Il s'en essuya rudement la face. Peu à peu, les battements de son cœur se ralentirent; il se rassura, rassembla ses idées, se demanda ce qu'il allait faire et dans quelle direction il devait continuer sa route.

Au moment où il se levait, quelqu'un lui saisit le bras.

Livide et réprimant un cri de terreur, il fit volte-face : alors il eut un soupir de soulagement.

Ladimir venait de reconnaître ses quatre camarades, ceux-là mêmes qui l'avaient ramené d'Angers, d'après les ordres de Roland.

Ainsi que lui, ces brigands subalternes s'étaient réfugiés pour quelques minutes derrière les matériaux de l'édifice inachevé.

— Ah! parbleu! s'écria-t-il, voilà une vraie chance ! Puisque je vous rencontre, nous allons nous concerter.

Au lieu de lui répondre, Bernard, l'un des quatre hommes, l'examina d'un air attentif. Après quoi, il lui dit froidement :

— Il y a du sang sur ton gilet. Qui as-tu tué ?

Ladimir sourit. Selon sa vieille habitude, il cligna des yeux, secoua sa barbe et envoya, du bout de ses doigts énormes, des baisers aux nuages.

— Coup double! ricana-t-il. Le mâle et la femelle. Ils ont été escoffiés en deux temps.

— De qui parles-tu ?

— Du beau Roland, d'abord. Il nous a trahis. Je l'ai tué. Ensuite, j'ai cru devoir expédier son Hélène. Elle en savait trop long sur nous. Plus de chef, mes mignons. Plus de tyran. Plus de despote. Remerciez-moi.

Bernard lui étreignit le poignet à le briser.

— Tu as tué Roland ? gronda-t-il; Roland, notre unique ressource, notre protecteur, notre appui! Roland, qui allait tous nous enrichir!

— Jamais! balbutia Obrinski, déconcerté. Roland était fini, puisqu'il s'est laissé pincer par la rousse.

— Il lui aurait échappé, canaille! En l'assassinant, tu nous as ruinés. Mais nous le vengerons.

— Qu'est-ce que c'est? se récria Ladimir. En voilà des bêtises! Nous avons bien assez de dangers sur le dos sans nous dévorer entre nous. Allons! une poignée de main, camarade!

Bernard se recula.

— Roland t'avait condamné à mort, riposta-t-il. J'ai la sentence dans mon portefeuille. Elle sera exécutée.

Les quatre hommes formaient maintenant un cercle autour du Polonais. Leurs physionomies étaient implacables.

Obrinski s'efforça de rester calme.

Il jeta un coup d'œil inquiet sur le boulevard, dont plusieurs passants rompaient déjà la solitude.

— Vous êtes fous, grommela-t-il. Les sentences prononcées par Roland ou par le comité n'ont pas la moindre valeur, puisque le club des Pendus est à tous les diables... Séparons-nous, et tâchons de nous dissimuler. Ça vaudra mieux!

— Bah! répartit Bernard. Nous n'avons pas besoin de nous cacher, nous autres. On n'a point notre signalement, et nous sommes trop obscurs pour que l'on s'avise de nous inquiéter. Quant à toi, c'est différent. Cache-toi, si tu le peux; mais nous te suivrons, je t'en préviens.

— Pourquoi faire?

— Pour te régler ton compte.

— Eh bien! suivez-moi tout de suite.

Ce disant, Ladimir renversa l'un des hommes, en étourdit un deuxième d'un coup de poing, et se remit à détaler comme un cerf aux abois.

Ce nouveau danger avait infusé en lui une nouvelle vigueur. Plus agile, plus adroit que jamais, il s'enfuit à l'aventure, multiplia les détours, s'égara dans des quartiers impossibles et finit par distancer ses adversaires.

Une voiture vide le croisa. Il bondit dedans, jeta cent sous au cocher et lui cria:

— Rue de Seine!... à fond de train.

Pourquoi la rue de Seine? Il eût été embarrassé de le dire. Il avait articulé ce nom de rue parce qu'il s'était présenté le premier sur ses lèvres.

Arrivé là, il mit pied à terre, ne distingua nulle part la silhouette de ses excellents amis et s'applaudit du succès de sa ruse.

Les boutiques s'ouvraient. Celle d'un coiffeur attira son attention. Il tressaillit. Une idée lumineuse venait de l'éblouir.

Sa magnifique barbe noire était de nature à le faire reconnaître. Le Polonais en fit le sacrifice. Elle tomba sous le rasoir d'un artiste capillaire encore à moitié endormi. Cinq minutes après, Obrinski, complètement transformé, sortait de la boutique. Sa laideur repoussante s'étalait sans voile. Mais aussi

Ladimir rayonnait de confiance et d'aplomb.

Le nez au vent et les mains dans ses poches, il entra chez un fripier, troqua ses vêtements contre une blouse blanche, son chapeau contre une casquette, et, parfaitement tranquille désormais, songea sérieusement à déjeuner.

Sa promenade vagabonde l'avait amené dans la rue Saint-André-des-Arts. Là, le Polonais fut séduit par l'apparence paisible d'une échoppe de marchand de vins à devanture basse, sombre et garnie de barreaux de fer. Il entra.

Une grosse femme balayait le carreau. A la vue de Ladimir, elle sursauta comme si elle eût aperçu un spectre, laissa choir son balai, joignit les mains avec fracas et se mit à marmoter d'une voix grelottante:

— Ah! mon Dieu!... ah! mon Dieu!... ah! mon Dieu!...

Obrinski devint pâle à son tour. Une stupéfaction profonde tirailla ses joues glabres. Il hésita, fit mine de vouloir s'en aller; puis, se ravisant aussitôt:

— Eh bien! de quoi? de quoi? la mère! accentua-t-il avec un rire qu'il essaya de rendre franc. Est-ce qu'on va s'évanouir? est-ce qu'on ne va pas embrasser son garçon plus vite que ça?

— T'embrasser, scélérat! t'embrasser, gredin! sanglota la mère Girole. Plus souvent! Faudrait donc que je sois une sans cœur! Qu'est-ce que tu viens faire ici, gueusard? Me dévaliser, me mettre sur la paille comme tu l'as déjà fait dix fois. Va-t'en, propre à rien, ou je te fais ramasser par les sergents de ville.

La brave femme pleurait à chaudes larmes. Ses paroles étaient dures, mais ses regards étaient tendres. Ladimir ne s'y méprit pas:

— Si c'est comme cela que vous me recevez, maman, répliqua-t-il avec tristesse, j'aurais aussi bien fait de me laisser arrêter. Ça vous est-il égal qu'on me fourre en prison? Moi, j'ai pensé que vous aviez encore un vieux fond d'amitié pour votre fils; et, comme j'ai su par hasard votre adresse, je suis venu vous demander un asile. Vous me le refusez. C'est bon, je m'en vas.

— En prison! vociféra la cabaretière. Quel crime as-tu encore commis, Papavoine?

— Moi, un crime! Jamais de la vie, maman. On m'en accuse, voilà tout. Mais, vous savez, une fois pincé par ces gens-là, on ne sort pas de leurs griffes comme on veut. Si j'avais pu faire le mort pendant une semaine ou deux, le temps qu'on découvre mon innocence...

— Es-tu innocent seulement?

— Comme l'enfant qui vient de naître.

— Eh bien ! dit-elle en sautant à son cou et en se noyant de pleurs ; eh bien ! sois tranquille, Antoine, mon pauvre garçon. Je te cacherai. Je te sauverai... parce que je suis ta mère, après tout. Ah ! dame ! je la suis ; n'y a pas !

— Oui, dit Ladimir, vous êtes ma mère ; et, qui plus est, vous êtes une brave femme. Mais si vous consentez à me cacher, occupez-vous-en tout de suite, rapport aux mouchards.

— Tu as raison, Antoine. Viens ! viens vite là-haut... dans ma chambre... On ne te dénichera pas, je t'en réponds.

Et la mère Girole, éperdue, prit son fils par la main.

Il fallait sortir de la boutique pour entrer sous la porte cochère de la maison.

Ladimir, ou plutôt Antoine Girole, n'eut que deux pas à faire dans la rue, qu'il inventoria d'un coup d'œil vif.

— Personne ! pensa-t-il. Tout va bien.

Et il suivit sa mère qui, après lui avoir fait monter cinq étages, l'introduisit dans une petite pièce très propre et très convenablement meublée.

— Tu seras ici comme un coq en pâte, prononça-t-elle doucement. As-tu faim, sacripant ?

— Oui, maman, une faim carabinée.

— Bon ! Ne t'impatiente pas. D'ici à vingt minutes je t'apporterai à déjeuner. Vingt minutes, entends-tu ? l'histoire de te fricoter un bon petit plat.

Et la digne femme, ayant embrassé le misérable une dernière fois, regagna toute frétillante d'aise son humble boutique.

Au bout de vingt minutes, ainsi qu'elle l'avait annoncé, elle se chargea d'un plateau couvert de victuailles, et elle remonta l'escalier.

A moitié chemin, elle faillit se heurter contre quatre hommes qui descendaient les marches.

Un frisson instinctif, involontaire, glaça les épaules de la mère Girole.

— D'où viennent-ils, ceux-là ? murmura-t-elle. Tout de même, ils ont de mauvaises figures.

Et elle continua son ascension.

Parvenue au cinquième étage :

— Tiens ! se dit-elle, paraît qu'Antoine a ouvert sa porte, car je suis sûre de l'avoir fermée en m'en allant.

Et, tout épanouie, elle entra.

Tout à coup les voisins entendirent une clameur effroyable, mêlée à un grand fracas de vaisselle cassée.

La mère Girole était tombée à la renverse.

Voici ce qu'elle avait vu :

Pendu à un énorme clou fiché dans le plafond, le cadavre de son fils se balançait, déjà raidi, au bout d'une corde.

Sur la commode, une feuille de papier dépliée portait ces mots :

« Qu'on n'accuse personne de ma mort. J'ai mis fin volontairement à mes jours. »

Cela était signé en toutes lettres : «Comte Ladimir Obrinski, né Antoine Girole.»

La signature semblait ancienne, mais la date était encore fraîche.

XXXII

Franchissons un espace de six semaines. Nous sommes au mois de juin. L'été prépare ses débuts. La fraîcheur du matin et le parfum des roses pénètrent à flots dans une chambre située au premier étage du vieux manoir de Soriat.

La chambre d'un garçon, à coup sûr. Des armes de prix, des livres rares, de belles gravures, en forment l'ornement principal.

Par les deux croisées largement ouvertes, on découvre une perspective magnifique. A perte de vue se déroulent des prés, des bois, des vallons bleuâtres, que sillonne, ainsi qu'un long ruban argenté, l'onde étincelante d'une rivière.

Plus près s'élargit en demi-cercle la masse imposante du parc, avec ses futaies ombreuses et ses branchages touffus, d'où s'envolent les gazouillis de quelques milliers d'oiseaux.

Plus près enfin, juste au-dessous des deux croisées, s'étend une immense pelouse d'un vert d'émeraude, parsemée çà et là de pâquerettes et de pensées.

Or, sur ce tapis de moire vivante, sont réunis trois personnages de notre prologue, — trois êtres assez privilégiés du ciel pour n'avoir joué aucun rôle dans le drame violent dont nous avons été l'historien.

Le plus âgé des trois, c'est le propriétaire du château, M. de Soriat, surnommé le meilleur des pères.

Rose, frais, robuste, majestueux, cet agronome se promène en lisant son journal. Un contentement paisible frétille dans les fossettes de ses joues. Il est heureux, car rien ne le gêne. Il a sa casquette de chasse et sa veste de velours à côtes. Triptolème, sa pipe préférée, dégage autour de lui des brouillards intermittents. Par intervalles, M. de Soriat s'arrête, et, d'une voix qui vibre comme un tam-tam, il communique certains passages de sa lecture à son gendre et à sa fille.

Celle-ci n'a point changé. C'est toujours la jolie petite Fanny d'autrefois. Seulement elle est un peu plus rondelette. La candeur et la bonté sont les traits dominants de sa physionomie enfantine.

Agenouillée sur le gazon, elle joue avec un adorable bébé de trois ans, aux cheveux d'or et aux yeux d'un bleu céleste, comme les siens.

Par moments, le bébé s'échappe des mains de Fanny, et, avec une mine malicieuse, court se rouler à l'improviste sur son père, étendu à trois pas de là tout de son long dans l'herbe haute.

Edgar ne riposte pas tout de suite à cette provocation. Sans égard pour son blanc costume de planteur, il se laisse d'abord piétiner par le marmot.

Puis il prend à son tour l'offensive. Une lutte s'engage entre le papa et sa progéniture. Dieu sait alors quels cris de joie s'élèvent, quels éblouissants éclats de rire et quelle grêle de baisers, quand Bébé triomphant se replie en bon ordre dans les bras de sa mère !

Tel est le spectacle auquel assiste, accoudé sur l'appui de sa fenêtre, l'habitant de la chambre en question. Et il est à croire que ces effusions de famille excitent dans son cœur un peu d'envie, car il vient de soupirer à son insu.

— Eh bien ! Gilbert, murmure derrière lui une voix paterne, avez-vous suffisamment réfléchi ? êtes-vous décidé à partir ?

Celui qui parlait de la sorte était maître Lampon.

Installé dans un moelleux fauteuil, les deux mains croisées sur son ventre, il examinait son jeune ami d'un air sournois.

Gilbert revint s'asseoir auprès de lui. Depuis quelques jours, il était entré en convalescence.

Pendant bien des semaines, on avait désespéré de sa vie, et l'horrible blessure que lui avait faite Ladimir ne s'était fermée qu'à grand'peine.

Aussi était-il encore faible. Sa figure amincie, ses mains diaphanes dénonçaient hautement ses souffrances.

— Je partirai demain, répliqua-t-il.

— Pour Paris ?

— Pour Paris.

— C'est une imprudence. Attendez au moins que vos forces soient tout à fait revenues.

— Le changement d'air achèvera de me remettre.

Maître Lampon se frotta le menton en dissimulant un sourire.

— Mais que diantre irez-vous faire à Paris ? Est-ce que vous tenez à suivre les débats du procès qui va se juger en cour d'assises ? car vous savez que tous les membres du club des Pendus sont sous la main de la justice.

— Tous ?

— Mon Dieu oui ; tous sans exception, grâce au jeune Auguste, qui a survécu à nos coups et qui a fait des révélations.

— Ah ! il n'est pas mort, dit Gilbert. Tant mieux !

— Tant mieux pour nous ! appuya maître Lampon. Nous n'aurons pas son décès à nous reprocher. Mais tant pis pour lui. Le moins qui puisse lui advenir, ce sont les travaux forcés à perpétuité. Est-ce pour le voir condamner que vous songez à nous quitter demain ?

Gilbert haussa les épaules.

— Non ? reprit le notaire. Alors quel est votre but ? Vous ne comptez pas rentrer dans votre emploi auprès de M. de Jourdy ? Le baron a quitté la France.

— Avec sa femme ?

— Parbleu !

— Pauvre Laura ! soupira le jeune homme. Dans quel désespoir elle doit être plongée ! Avoir cherché si longtemps sa sœur et ne s'être retrouvée en face d'elle qu'au moment où Hélène expirait !

— Hélène ne pouvait pas vivre, répartit maître Lampon. Son sort était lié à celui de Maugreval. S'il eût été arrêté, elle aurait partagé sa honte. Mieux vaut qu'elle soit morte.

Une larme brilla dans les yeux de Gilbert.

— Et Narcisse Augelot ? demanda-t-il pour couper court à ses tristes pensées.

— Narcisse ! s'écria le notaire. Oh ! il va devenir un gros monsieur, celui-là.

— Vraiment ?

— Il est marié. Il a épousé Zélie la semaine dernière. Madame de Jourdy a généreusement doté la parfumeuse, et le baron commandite Augelot, qui se prépare à fonder une maison de banque.

— Eh bien ! j'en suis enchanté. Le brave garçon mérite son bonheur.

— Voyez cependant comme tout s'arrange, prononça le notaire. Il n'y a désormais que des gens heureux autour de vous. Est-ce que cela ne vous irrite pas quelquefois, Gilbert ?

— Moi, grand Dieu ! m'irriter du bonheur des autres ! Et pourquoi ?

— Dame ! parce que vous-même vous n'êtes pas heureux.

Une légère rougeur colora le teint du convalescent.

— Vous vous trompez, mon ami. Que me manque-t-il pour l'être ? Ne suis-je pas entouré d'affections ? N'ai-je pas Fanny, Edgar, mon père et vous ?

— Hum ! Et cela vous suffit ?

— Je serais un ingrat si je disais le contraire.

— Ainsi, vous avez absolument renoncé à mademoiselle Diane ?

Gilbert se leva. Ses traits s'imprégnirent d'une expression douloureuse.

— De grâce! balbutia-t-il, brisons-là. Ce sujet m'est pénible.

— J'en suis bien fâché, fit maître Lampon en ouvrant sa tabatière. Mais pénible ou non, il faut l'épuiser aujourd'hui une fois pour toutes.

— Mon cher monsieur...

— Permettez! Je suis tenace, et vous ne me ferez pas lâcher prise. Jusqu'à présent je me suis tû, parce que le médecin m'avait défendu de vous contrarier. Actuellement, vous voilà ferme sur vos jambes, et, saperlipopette! vous m'écouterez.

Gilbert se laissa retomber sur son siége.

— Voyons, commença le bonhomme, quelle mouche vous a piqué? quelle lubie vous a traversé la cervelle? Il y a, de par le monde, une belle jeune fille que vous adorez depuis que votre cœur bat, c'est-à-dire depuis l'enfance. Mille obstacles se dressaient entre elle et vous. Ces obstacles ont disparu. Vous chérissez Diane plus que jamais. Elle vous aime. Votre père, qui lui était hostile, consent à la nommer sa bru; et vous, subitement, sans rime ni raison, vous refusez de la revoir. Que diantre est-ce que cela signifie?

— Cela signifie, dit Gilbert, que mademoiselle Diane est un parti trop riche pour moi. Je ne veux pas être accusé d'avoir circonvenu une héritière.

Maître Lampon bondit sur ses pieds.

— Ah! ah! s'écria-t-il, c'est donc là que le bât nous blesse? Je m'en doutais, bonhomme de bois!... Parlons franc, Gilbert. Vous vous croyez un prodige de désintéressement, n'est-ce pas? Vous n'êtes qu'un orgueilleux.

Gilbert sourit avec tristesse.

— Un orgueilleux, je le répète. Il vous déplairait de devoir votre fortune à votre femme. C'est absurde et insensé. Jamais d'ailleurs la pauvre enfant n'a eu, autant qu'à cette heure, besoin d'être aimée, chérie, protégée. Elle est seule au monde, mon ami, seule, entendez-vous bien.

— Seule? bégaya Gilbert étonné.

— Sa mère est morte.

— Madame Haveril?

— Oui, madame Haveril est morte, il y a de cela un mois. Morte de saisissement. On lui avait annoncé sans précaution que son frère Paul Mérel, à qui elle ne pensait plus, était trépassé en léguant à Diane vingt-quatre millions. Cette nouvelle l'a tuée roide.

Gilbert, effaré, saisit la main du notaire. Celui-ci ne lui donna pas le temps de parler.

— Du reste, continua-t-il, elle a eu tort de se presser de mourir. Si elle avait attendu un peu, l'excès de sa joie eût été bien amoindri.

— Comment cela, notaire?

— Comment cela?... Dame! on a trouvé parmi les papiers de Paul Mérel un second testament, d'une date plus récente que le premier. Dans ce deuxième testament, il déshéritait sa nièce et il abandonnait ses vingt-quatre millions aux hôpitaux.

Gilbert poussa une exclamation extasiée.

— Mais alors, elle est pauvre... aussi pauvre qu'avant?

— Hélas! non. Pas tout à fait autant. L'oncle a eu un remords. Il lui a laissé un souvenir, une misère : deux cent mille francs. Que voulez-vous, mon pauvre Gilbert? il n'existe pas de félicité parfaite ici-bas; et, si vous croyez en conscience que ces infâmes deux cent mille francs soient inacceptables....

Il ne put achever. Gilbert le serrait dans ses bras de manière à l'étouffer.

— Vous vous moquez de moi, notaire, et vous avez raison. Je suis un sot. Aidez-moi à faire ma valise.

— Pour aller chercher mademoiselle Diane? Inutile. On peut vous avouer ça, maintenant que vous vous portez bien. Mademoiselle Diane est ici.

Gilbert chancela.

— Ici? fit-il d'un timbre sourd.

— Parfaitement. En apprenant la mort de sa mère, votre sœur s'est mise en route et nous a ramené l'orpheline. C'est elle qui vous a soigné, mon garçon, pendant votre délire.

Le jeune homme, stupéfait, fou, enivré, plongea ses deux mains à travers ses cheveux.

En bas, dans le jardin, une petite voix d'enfant cria :

— Oncle Gilbert! descends vite... descends. La dame ne se cachera plus. Le docteur lui a permis de se laisser voir.

Gilbert fit un pas vers la fenêtre.

Sur l'herbe de la pelouse, il y avait une personne de plus. Appuyée au bras de Fanny, Diane vêtue de deuil, Diane souriante et sereine, le regardait.

Il resta un instant immobile, comme pétrifié. Tout d'un coup, il écarta brusquement le notaire et se précipita hors de la chambre. On l'entendit dégringoler l'escalier quatre à quatre.

Maître Lampon s'offrit amicalement une prise à lui-même.

— Allons! dit-il, les voilà tous enchantés. Il n'y a que moi de mécontent... Blanchette est fourbue!

FIN

Paris. — Imp. Dubuisson et Cᵉ, rue Coq-Héron, 5.

www.ingramcontent.com/pod-product-compliance
Lightning Source LLC
Chambersburg PA
CBHW061442030726
47503CB00005B/1533